U0622722

编 当代作家论

陈映真论

中国当代作家论

谢有顺 主编

任相梅／著

陈映真论

作家出版社

任相梅

■ 1982年生于山东沂源，文学博士，日照职业技术学院教师。主要研究方向为中国现当代文学，文章散见于《中国现代文学研究丛刊》《南方文坛》《文艺报》等，代表作有《高原的呐喊——评张炜的长篇小说〈你在高原〉》《比红烧肉还要好看》《1930年代的艾青》等。曾主持省部级课题三项、市厅级课题七项，参与完成国家社科基金项目、山东省职业教育重点教改项目，参与编写文学经典书系两部，获日照市社科成果一等奖。

主编说明

自从到大学工作以后，就不时会有出版社约我写文学史。很多文学教授，都把写一部好的文学史当作毕生志业。我至今没有写，以后是否会写，也难说。不久前就有一份高等教育出版社的文学史合同在我案头，我犹豫了几天，最终还是没有签。曾有写文学史的学者说，他们对具体作家作品的研究，是以一个时代的文学批评成果为基础的，如果不参考这些成果，文学史就没办法写。

何以如此？因为很多学问做得好的学者，未必有艺术感觉，未必懂得鉴赏小说和诗歌。学问和审美不是一回事。举大家熟悉的胡适来说，他写了不少权威的考证《红楼梦》的文章，但对《红楼梦》的文学价值几乎没有感觉。胡适甚至认为，《红楼梦》的文学价值不如《儒林外史》，也不如《海上花列传》。胡适对知识的兴趣远大于他对审美的兴趣。

《文学理论》的作者韦勒克也认为，文学研究接近科学，更多是概念上的认识。但我觉得，审美的体验、"一个灵魂唤醒另一个灵魂"的精神创造同等重要。巴塔耶说，文学写作"意味着把人的思想、语言、幻想、情欲、探险、追求快乐、探索奥秘等等，推到极限"，这种灵魂的赤裸呈现，若没有审美理解，没有深层次的精神对话，你根本无法真正把握它。

可现在很多文学研究，其实缺少对作家的整体性把握。仅评一个作家的一部作品，或者是某一个阶段的作品，都不足以看出这个作家的重要特点。比如，很多人都做贾平凹小说的评论，但是很少涉及他的散文，这对于一个作家的理解就是不完整的。贾平凹的散文和他的小说一样重要。不久前阿来出了一本诗集，如果研究阿来的人不读他的诗，可能就不能有效理解他小说里面一些特殊的表达方式。于坚也是一个典型的例子。很多人只关注他的诗，其实他的散文、文论也独树一帜。许多批评家会写诗，他写批评文章的方式就会与人不同，因为他是一个诗人，诗歌与评论必然相互影响。

如果没有整体性理解一个作家的能力，就不可能把文学研究真正做好。

基于这一点，我觉得应该重识作家论的意义。无论是文学史书写，还是批评与创作之间的对话，重新强调作家论的意义都是有必要的。事实上，作家论始终是中国现代文学的一个宝贵传统，在1920—1930年代，作家论就已经卓有成就了。比如茅盾写的作家论，影响广泛。沈从文写的作家论，主要收在《沫沫集》里面，也非常好，甚至被认为是一种实验。中国现代文学研究界的许多著名学者都以作家论写作闻名。当代文学史上很多影响巨大的批评文章，也是作家论。只是，近年来在重知识过于重审美、重史论过于重个论的风习影响下，有越来越忽略作家论意义的趋势。

一个好作家就是一个广阔的世界，甚至他本身就构成一部简易的文学小史。当代文学作为一种正在发生的语言事实，要想真正理解它，必须建基于坚实的个案研究之上；离开了这个逻辑起点，任何的定论都是可疑的。

认真、细致的个案研究极富价值。

为此，作家出版社邀请我主编了这套规模宏大的作家论丛书。经过多次专家讨论，并广泛征求意见，选取了五十位左右最具代表性的作家作为研究对象，又分别邀约了五十位左右对这些作家素有研究的批评家作为丛书作者，分辑陆续推出。这些作者普遍年轻、锐利，常有新见，他们是以个案研究的方式介入当代文学现场，以作家论的形式为当代文学写史、立传。

我相信，以作家为主体的文学研究永远是有生命力的。

谢有顺

2018 年 4 月 3 日，广州

目录

绪论　生命的思索与呐喊 / 1

第一章　戒严时期的台湾左眼

第一节　乡愁式的左翼 / 10

第二节　《乡村的教师》：彷徨的改革者 / 26

第三节　《苹果树》：虚幻的希望 / 41

第二章　六十年代知识分子群像

第一节　从苍白孤绝到冷静讽刺 / 52

第二节　《一绿色之候鸟》：地域与代际呈现 / 74

第三节　《最后的夏日》：爱情与美国 / 86

第四节　《唐倩的喜剧》：透过性体察知识分子 / 100

第三章　"外省人在台湾"

第一节　缝合一道伤口 / 117

第二节　《第一件差事》：剪下的树枝 / 139

第三节　《文书》：过往的梦魇 / 143

第四节 《累累》：仓皇而凄楚的生死爱欲 / 155

第五节 《永恒的大地》：七十年代的苍茫暗夜图景 / 159

第四章 为"后街"小人物立传

第一节 从人道主义出发 / 168

第二节 《死者》：祖孙关系的彻底"断裂" / 184

第三节 《六月里的玫瑰花》：小人物的情与爱 / 193

第五章 十字架下的哀泣

第一节 枷锁上的断痕 / 206

第二节 《加略人犹大的故事》：十字架上的爱与悲悯 / 216

第三节 《贺大哥》：于困境中活出基督 / 226

第四节 《万商帝君》：在行动中拥抱大地 / 235

第六章 对资本主义的反省与批判

第一节 写作"华盛顿大楼"系列的种种 / 245

第二节 《夜行货车》："企业下人的异化" / 259

第三节 《万商帝君》："跨国公司的必然性格" / 278

第七章 重访左翼精神山路

第一节 "对于我，一九五〇年充满意义" / 296

第二节 《铃珰花》：重返 1950 年 / 317

第三节 《山路》：台湾左翼的遗忘史 / 331

第四节 《赵南栋》：父辈的为理想献身与子辈的精神迷失 / 350

第八章 分断体制下的"归乡"之路

第一节 迎战"台独"势力 / 369

第二节 《归乡》：台湾和大陆两头，都是我的老家…… / 394

第三节　《夜雾》：一个国民党特务的惧与怕 ／410

第四节　《忠孝公园》：民族认同危机的救赎 ／420

陈映真生平与创作简表 ／453

参考文献 ／468

后　记 ／470

绪论　生命的思索与呐喊

> 文学毕竟要给失望的人以希望，给受到耻辱的人以尊
> 严，给挫伤的人以安慰，给绝望的人以一点希望的火星。
>
> ——陈映真访谈

读过诸多关于陈映真的评述，依旧格外欣赏《陈映真作品集出版缘起》中对陈映真的评价。那是 1988 年由台北人间出版社编辑出版《陈映真作品集》的"编辑会议"署名写成的。《缘起》写道：

> 从一九五〇年代末，在二十二岁时开始在同人文学杂志《笔汇》发表小说以来，虽然产量不丰，陈映真不但是他那个世代的作家中一直没有停过笔的少数文学家之一，他所创造的独异的文字，在中国现代文学中，也已确定了一个卓著的地位。
>
> 在文学上，他纤致、锐敏、忧悒和温蔼的感性；他那糅合了我国三〇年代新文学、日语和西语的特殊的文体，和多情、细巧、苍悒而又富于知性的语言；他隐秘着某种耽美，甚至颓废的、清教主义和激进主义的灵魂；他那于台湾战后世代至为罕见的、恢豁的历史和社会格局，使陈映真的艺术，卓然独立。
>
> 在"冷战·民族分裂"的历史时代，三十年来，他呈

现在无数访谈、议论、随想和争论中的思想，如今回顾，他一直孤独却坚定地越过一整个世代对于现实视而不见的盲点，戳穿横行一世的捏造、歪曲和知性的荒废，掀起日本批判、现代主义批判、乡土文学论战、第三世界文学论、中国结与台湾结争论、台湾大众消费社会论、依赖理论和冷战·民族分裂世代论等一个又一个纷纭的争论，在战后台湾思想史上，文学家的陈映真成为备受争议，无法忽视的存在。①

除却称赞陈映真作品艺术和思想的特色与成就外，还讲到一个事实，那就是"在战后台湾思想史上，文学家的陈映真成为备受争议，无法忽视的存在"。的确，陈映真在战后的台湾独树一帜，他的文学不局限于"乡土"，不卖弄"现代"，而是始终基于人性，基于对"人"的终极关怀，用艺术手法挖掘社会现实，表达个人的思想与见解。

一、思想家陈映真。

毋庸置疑，陈映真是思想型的作家，他认为一切文学作品，都是在为当前最紧迫的问题找答案，或是在寻求足以指导人生的理念。他这一思想可以从十岁时追溯起。

陈映真十岁那年，目睹台湾"二二八"事件，看见被人打在地上呻吟、鞋袜沾着血迹的外省人，听着大人神色恐惧地谈论国民党军队扬威台北。上小学五年级时，老师在半夜被军用吉普车押走，住在他家后院的陆家兄妹也被人押走。读初中时，他眼看着宪兵在火车站贴出的告示："……验明正身，发交宪兵第四团，明典正法。"同一时期，从父亲书房里发现的鲁迅小说集《呐喊》，启发了他的

---

① 陈映真作品集编辑会议：《陈映真作品集出版缘起》，《陈映真作品集》第 1 卷，人间出版社 1988 年 4 月，第 3 页。以下本书所引用文字，凡出自此套《陈映真作品集》者，1—10 卷为 1988 年 4 月版，11—15 卷为 1988 年 5 月版，只注明卷数和页码，均不再加注版本。

文学思考与探索。陈映真曾说："鲁迅给了我一个祖国"，"鲁迅给我的影响是命运性的"。其后，他又读了契诃夫、屠格涅夫、托尔斯泰。上大学时，他对于知识和文学如饥似渴，读西洋文学，在台北旧书店搜寻鲁迅、巴金、茅盾、老舍等作家的作品，甚至找到《联共党史》《红星照耀中国》《马列选集》这些禁书。他也细读《美和审美的社会功利性》以及《艺术的劳动缘起》这一类的美学。1959年，陈映真开始写小说，发表在尉天骢主编的《笔汇》上。从此，他没停笔，用他冷峻而丰润的笔，写出了大量精致、理性、批判性的作品。

　　陈映真的成就是多方面的，作品不只局限于小说，他以"许南村"之名发表过大量的文论与政论，有关政治、经济、社会以及文学方面的批评，皆是针对当前现实，做了犀利而深刻的探讨；他创办《人间》杂志，以图片与文字双重媒体，揭示社会真相和发掘问题，影响普遍而深远。被誉为"台湾地区的鲁迅"的陈映真，在台湾的确可以称得上是个"不合时宜者"。执笔五十年来，他认真思索的问题大致如下：

> 　　如何面对日本殖民的遗留；冷战、分断与白色恐怖对台湾社会的精神创伤；第三世界的新旧殖民体制下的知识状态；跨国资本主义对于在地人民的主体创伤与社会扭曲；左翼的道德主体状态的危机以及"女性问题"；宗教（或宗教的某种核心价值）在当代的意义；当理想遭遇重大危机时，主体该如何自我保存；谁是加害者？谁是受害者？如何跳出这个无尽的加害与受害的循环？如何宽恕？……①

　　因此，我们今天再读陈映真，其意义可能并不仅限于从文学层面进行品评，而是透过陈映真的小说思考台湾的历史与现实，思考

---

① 赵刚：《"不合时宜"的陈映真：他首先是个战士，然后才是个作家》，见澎湃新闻网。

两岸的关系，思考我们应该如何理解"中国"，最终思考我们应该如何更好地成为"人"。

二、文学家陈映真。

对陈映真作品尤其是小说的评述和概论，2001年台北洪范书店编辑出版的《陈映真小说集》的概论虽简短洗练，却言语中肯，颇富代表性。概论如下：

> 陈映真一九三七年生于台湾竹南，台北成功中学、淡江文理学院毕业；大学时代即以小说深受识者注目，嗣后四十年广植深耕，累积丰富，文字独具魅力，思想层次分明，为当代最被议论的小说家之一。
>
> 陈映真笔路优蔚中见刻意之颉颃，指涉简赅，寓意深远，所有作品都在他不移的理想主义，使命感，和广大的同情所规范之下成型；文学语言之为用，表里响应，虚实互补，将个人深邃的思维通过艺术结构加以阐发，使小说在现代文化的大环境里兼具政治论述之性格，反复叩责历史以汲求任何可能接近真理的道德启示，睥睨时代风潮趋向，自成一家言。①

"自成一家言"的陈映真在当代台湾文学史中创造了各项"首先"。陈映真首先透过《面摊》（1959）这个创作生涯第一篇小说，检讨了台湾初生期资本主义社会中的城乡移民与贫困议题；首先透过《乡村的教师》（1960）探讨了一个左翼志士的生与死，以及作为历史背景的日本殖民统治、太平洋战争、台湾光复、"二二八"事件，以及1950年展开的白色恐怖；透过二十世纪六十年代的多篇小说［包括《将军族》（1964）］，首先探讨了所谓"外省人"与

---

① 《陈映真小说集》第1卷封底，洪范书店2001年10月。以下本书所引用文字，凡出自此套《陈映真小说集》者，只注明卷数和页码，均不再加注版本。

"本省人"的关系；透过《一绿色之候鸟》（1964），高度寓言地首先批判了自由主义意识形态及其"改革希望"；透过《六月里的玫瑰花》（1967），首先批判了美国帝国主义及其挑起的越南战争；透过《唐倩的喜剧》（1967）等多篇小说，首先面对了台湾当局统治下"西化"知识分子的某种被阉割与失根状态；透过《夜行货车》（1978），首先批判了跨国资本主义对于第三世界的宰制与扭曲效果；透过《累累》（1979），首先直接将批判指向国民党军队内部，指出那些当年被抓夫来台的底层外省军官的虽生犹死的寂天寞地；以《铃珰花》（1983）等小说，首先检视与反省了白色恐怖对台湾社会的伤害变形……① 在台湾 1960 年以降的"文学领域"里，我们找不到第二位像陈映真这样的战士在台湾戒严时期创作的众多"首先"。陈映真的小说让我们得以从大历史的变局与微小个人的运命关联之处，去思索台湾战后的历史，理解台湾作为中国历史的有机部分，也是一独特部分的当代史的命运。然而正如谙熟现当代文学的著名学者李欧梵所言：

> 从他的作品中来揣测陈映真这个人太复杂了，而且充满了矛盾：他既写实又浪漫，既有极强的意识形态又有浓郁的颓废情操，既乡土又现代，既能展望将来又往往沉湎于过去，对人生既有希望又感绝望，对于社会既愿承担（而且也做了那么多有意义的事）但也在承担的过程中感到某种心灵上的无奈……②

正因如此，品评陈映真的文学作品绝非易事。尽管陈映真自己以许南村之名在文论中处处否认文学技巧的重要性，然则他的"每

---

① 赵刚：《"不合时宜"的陈映真：他首先是个战士，然后才是个作家》，见澎湃新闻网。
② 李欧梵：《小序〈论陈映真卷〉》，《陈映真作品集》第 14 卷，第 19 页。

一篇作品中都深藏着各种叙事技巧和象征意象的圆熟运用"，"都各具瑰丽奇特的形态，每一个人物都不重复雷同，连造句遣字都不肯用一句陈腔滥调式的套语，他的意和词都是崭新的，诗的，简洁，生动有力"。[①] 然而我们注意到，尽管陈映真是一个左派，是一个"统派"，但他的文学意义和价值，并不在于他宣扬了左派或"统派"的观点与见解，而在于陈映真其实是一个上下求索的思想家，而非据自己所擅长的理论而理论的理论家。陈映真的文学创作，从不是站在一种启蒙高位，去宣扬某些"理论""意识形态"或"立场"。归根结底，这是因为他不是因"已知"而写，而是因困思而写。

三、回到"陈映真文学"本身。

曾建民曾叹言："长期以来，有关陈映真的讨论经常会出现一种不当的倾向。有人喜欢陈映真的文学，却不喜欢他的思想和政治。有人肯定他 70 年代以前的作品，却否定 70 年代以后的作品；有人喜欢年轻现代味的陈映真，却诅咒左派的陈映真；有人尊敬他为台湾社会正义发声，却批评他的统派立场。……出现了只高举陈映真的文学而刻意回避或矮化陈映真的思想和政治的发言。"[②] 的确，在如何评价陈映真的文学与思想这一问题上，出现了一个巨大的悖论，那就是大部分评论家在其生前或身后多以"拆分"或"分裂"的方式争取或对待陈映真这一"巨大的存在"。其实，我们要真正理解陈映真，就要把他作为一个整体来理解，其关键恰恰就在这些看似"对立"或"矛盾"的关系上。早在 1988 年，姚一苇就敏锐地洞察到陈映真小说的特色就在于"文学"与"反文学"的纠缠中：

> 但是在我看来，他所写的其他文字和他的小说，事实

---

① 李欧梵：《小序〈论陈映真卷〉》，《陈映真作品集》第 14 卷，第 20 页。

② 曾健民：《瞭望台·更正与说明·有关 6 月 2 日的发言》，《台湾立报》2013 年 6 月 6 日，转引自邱士杰《试论陈映真的社会性质论》，《现代中文学刊》2013 年第 6 期。

上是一体的两面，所不同的只是表现的方式，小说是内蕴的，含蓄的，潜移默化的，是属于艺术的形式；而其他的文字则是说理的、明示的，诉之于吾人思考的逻辑的形式；因此论理是小说的延伸，小说是他理论的变形。因为陈映真正是这样一位真诚的作家；他是入世的，为人生而艺术的。只有在他对现实有所感、有所思、有所作为时，才发而为文；他可以采取小说的形式，也可以采取其他的形式。①

只有在感性与理性的互搏中，陈映真小说的重量与独特方能显示出来。陈映真多次说过，他之所以写作，是要解决他思想上所苦恼所痛感的问题。对于陈映真这样的一直企图响应所困惑的重要时代问题的思想型小说家来说，文学与思想是合二为一、融为一体的。如何回到"陈映真文学"本身，正是本书思考和研究的重点。把陈映真作为一个整体的研究对象，恰如吕正惠所言：

> 在战后一个极端扭曲的台湾社会里，像陈映真这样一个知识分子，如何在青春的乌托邦幻想与政治整肃的巨大恐惧下，曲折地发展出他的小说写作的独特方式，以及藉由小说所折射出来的思想的轨迹；随后，在越战之后，他又如何发展出一套第三世界想象，并借着另一种小说，思考台湾知识分子的位置及其潜在问题。②

本书试图从文学本体论的认识层面上，以陈映真小说创作为主线，分析陈映真文学与思想的辩证关系，并试图阐释与理解陈映真的价值与意义。之所以选择陈映真的小说为研究主体，因为认可赵

---

① 姚一苇：《〈陈映真作品集〉总序》，《陈映真作品集》第1卷，第19页。
② 吕正惠：《为赵刚喝彩》，赵刚著《左眼台湾——重读陈映真》序言，北京大学出版社2016年，第2页。

刚所说"小说是陈映真发展以及表达他的思想的最有效的方式",因为,就广度而言,他的小说所处理的很多重要问题往往不见得是论文、随笔或评论所能深入处理的(例如,性、女性、宗教、生与死、知识分子主体状态等议题);就深度而言,他的小说往往较其他文体展现了更大的复杂张力、暧昧难决、自我怀疑,以及深度提问。[①] 总而言之,陈映真的小说创作蕴含着丰富的思想,既有对历史的独到认识、对现实的高度敏感,更有对未来的绝望与希望,以及对自我的反思与忏悔。

为了更好地阅读和理解陈映真的小说创作,本书采用台湾学者赵刚的研究成果,把陈映真从第一篇小说《面摊》(1959)到最后一篇小说《忠孝公园》(2001)之间长达三十五年的创作生涯分为三个阶段。[②] 这三个阶段分别是寓言—忏悔录时期、社会批判时期,以及历史救赎时期。寓言—忏悔录时期涵盖了从《面摊》到《猎人之死》(1965)的写作;社会批判时期是从《兀自照耀着的太阳》(1966)到《万商帝君》(1982);历史救赎时期则是从《铃珰花》(1983)到《忠孝公园》。[③] 引入这个分期,并非为了分类而分类,而是想要大致掌握陈映真小说写作中思想主题的变化。简言之,陈映真寓言—忏悔录时期的写作,大约是作家二十二岁到二十八岁之间的青年时期写作,涉及的议题非常宽广,绝非现代主义的评论者只看到的性、死亡、绝望和忧悒,还包括白色恐怖、左翼男性、宗教、对战争的反思、理想的沉沦、外省人、禁欲主义、乌托邦想象等议题;社会批判时期的写作,大约是作家二十九岁到四十五岁之间的中年时期写作,这一时期主要是针对帝国主义、资本主义下第三世界精神与知识状态的扭曲的写作;后期历史救赎时期的写作,

---

① 赵刚:《左眼台湾——重读陈映真》,北京大学出版社 2016 年,第 2 页。

② 35 年这个年数没有算错,因为扣除陈映真入狱,被迫中止 7 年的创作:陈映真于1968 年 5 月被警总逮捕,并被判刑 10 年,于 1975 年 7 月因蒋介石去世被"特赦"出狱。

③ 赵刚:《左眼台湾——重读陈映真》,北京大学出版社 2016 年,第 6 页。

大约是作家四十六岁到六十四岁之间的写作，这一时期先后涉及台湾的社会主义者在民族分断与白色恐怖下的悲剧性斗争，以及内战、冷战与民族分断对台湾民众所造成的精神危机、认同伤害与人格扭曲。本书以上述三阶段分类为参照，尝试着眼于陈映真小说创作的整体，以左翼、知识分子主体状态、外省人、"后街"小人物、宗教、资本主义、分断体制等为主题涵盖，一一阐释与解析陈映真的二十九篇小说。

阅读陈映真的作品，常常被他思想的丰富与开放、文笔的细腻与优蔚，以及坚持于信与爱的执着所打动，不由想起他在《现代主义底再开发》一文中的一段话：

> 一个思想家，不一定是个文艺家。然而，一个文艺家，尤其是伟大的文艺家，一定是个思想家。而且，千万注意：这思想，一定不是那种天马行空、不知所指的玄学，而是具有人的体温的，对于人生、社会抱着一定的爱情、忧愁、愤怒、同情等的人的思考。一个艺术家首先是一个温暖的人，是一个充满了人味的思索者，然后他才可能是一个拥抱一切人的良善与罪恶的文艺家。①

陈映真的这段话用在他自己身上最恰当不过了，纵观其作品正是由一个充满了温暖的人写出来的，由一个充满人情味的思索者写出来的。正如聂华苓所说，中国需要那种从整个中华民族的观点，从整个人类的观念写出来的作品；中国更需要像陈映真那样具有"人"的体温、"人"的骨头、"人"的勇气的知识分子！② 在此，我想引用一句陈映真的战友唐文标的话作为结束："为一个人不欺负人的世界努力吧。"陈映真让我们看到了这个世界诞生的可能。

---

① 陈映真：《现代主义底再开发》，《陈映真作品集》第 8 卷，第 7 页。
② 聂华苓：《一个脊骨挺直的中国人——陈映真》，《明报月刊》1979 年第 11 期。

第一章　戒严时期的台湾左眼

第一节　乡愁式的左翼

　　陈映真一向被认为是台湾左翼作家的代表，他的"左翼"显征莫过于他向来所主张的中国统一论，文学方面读者所熟知的左翼代表作品则是二十世纪八十年代创作了《铃珰花》系列的"白色恐怖三部曲"。然则，早在六十年代，二十几岁的陈映真开始创作时，便已显露出"左翼"特征。这类小说可以粗略列举出《我的弟弟康雄》《乡村的教师》《哦！苏珊娜》《加略人犹大的故事》《苹果树》《猎人之死》等诸篇。在这些小说中，他较强地展现出贯通文学、历史与思想的特质，年轻的陈映真不仅是一个作家，也是一个历史书写者与思想者。诚如赵刚所言，也正是在此时，他已大致确立了自己的写作位置：在真实的历史与社会情境中，思考他所感受到的迫切问题，并以文学形式进行表达。[①]

一

　　陈映真曾在散文《鞭子和提灯》中，回忆自己幼时与有左翼思想倾向的邻居陆家大姐交往的故事。这也许是他最早接触到的左

---

① 　赵刚：《左眼台湾——重读陈映真》，北京大学出版社 2016 年，第 164 页。

翼人士。

　　小哥死后几年，屋后迁来一家姓陆的外省人。陆家小姑，于今想来，二十上下的年纪罢。直而短的女学生头，总是一袭蓝色的阳丹士林旗袍。丰腴得很的脸庞上，配着一对清澈的、老是漾着一抹笑意的眼睛。她不懂台语，养家的大姐不识汉语，但是借着手势和有限的笔谈，她们竟成了闺中腻友。

　　她陪我为一小畦我所种植的绿豆浇水；几乎每日，她看着我做功课；她教给我大陆上的儿歌……曾几何时，她成了我生活的中心。放学回家，扔下书包，就找到屋后去看陆家大姐，唠唠叨叨地述说一日间的种种。

　　一个索漠的、冷冽的早晨。我大约因为发了高烧早退。回到家，高烧已使我昏昏沉沉的了。但扔下书包，几乎习惯地往屋后跑。

　　陆太太怀抱着那方甫出生的婴儿，哀哀愁愁地哭着。陆家大姐在一边絮絮地、温婉地劝慰着些什么。然后，她跟着两个陌生的、高大而沉默的男人走出房门。就在她跨出门槛的时候，她看见了我。她的丰腴得很的脸，看来有些苍白。然而她还是那么迅速地笑了笑，右手使劲地按了一下我的头，走过幽暗的走廊，走出屋子……

　　这以后的几日，我再也不曾看见陆家大姐。接着，陆太太也搬走了。[1]

　　1950 年，白色恐怖的寒流降临，十三岁的陈映真因着陆家大姐的缘故，即使年幼也敏锐地感受到政治氛围的沉闷和狞厉。以至

① 　陈映真：《鞭子和提灯》，《陈映真文集·杂文卷》，中国友谊出版公司 1998 年，第180 页。

于"有好长一段日子，我一个人默默地蹲在绿豆畦边，看着它们一寸一寸地在竹架上攀援。小哥死后，这是第二次感到深刻而无从理解的寂寞"[①]。这些看似模糊的历史背景，却给陈映真留下了深刻的印象。

我们再以陈映真在《后街》[②]中的自述为契机，进入作家彼时的内心世界和当时的社会环境。

> （初中时）一次在书房中找到了他的生父不忍为避祸烧毁的、鲁迅的小说集《呐喊》。不告而取，从此，这本由暗红色封皮的小说集，便伴随着他度过青少年时代。
>
> ……
>
> （高中时）他开始并无所谓地、似懂非懂地读起旧俄的小说。屠格涅夫、契诃夫、冈察洛夫，一直到托尔斯泰……却不期因而对《呐喊》中的故事，有较深切的吟味。
>
> ……
>
> 一九五八年，考入淡江英专。……在这小镇上，他不知何以突然对于知识、对于文学，产生了近于狂热的饥饿。他开始把省吃俭用的钱拿到台北市牯岭街这条旧书店街，去换取鲁迅、巴金、老舍、茅盾的书，耽读竟日终夜。但这被政治禁绝的祖国三十年代文学作品的来源，自然有时而穷。而命运不可思议的手，在他不知不觉中，开始把他求知的目光移向社会科学。艾思奇的《大众哲学》在这文学青年的生命深处点燃了激动的火炬。从此，《联共党史》、《政治经济学教程》、斯诺《中国的红星》（日译本）、莫斯科外语出版社《马列选集》第一册（英语）、出

[①] 陈映真：《鞭子和提灯》，《陈映真文集·杂文卷》，中国友谊出版公司1998年，第180页。

[②] 陈映真：《后街》，《中国时报·人间副刊》1993年12月19—23日。本书中凡引用《后街》，均是此版本，不再注明。

版于抗日战争时期纸质粗粝的毛泽东写的小册子……①

这些从父亲书架或是牯岭街旧书摊挖掘到的文学宝藏，包括厨川白村、鲁迅、巴金、老舍、茅盾等人的作品，以及艾思奇、斯诺、马克思、列宁、毛泽东等人的左翼思想，"一寸寸改变和塑造着他。他几乎日日觉得自己在不断地蜕化，不断地流变，却不知道自己终于要蜕化成什么，深深恐惧着不让即使父母朋友察觉到自己不能自抑的豹变"②。处于五十年代白色恐怖时代的余威当中，可以想见阅读这些与肃杀体制格格不入的书籍时的紧张、刺激与恐惧，担心被别人知道自己内心深处翻天覆地的变化，即使对家人朋友也丝毫不敢泄露。这种状态下，陈映真将内心的激愤、郁悒、恐惧和火热，以书写的方式，隐秘地宣泄出来。他这样回顾道：

> 他开始在创作过程中，一寸寸推开了他潜意识深锁的库房，从中寻找千万套瑰丽、奇幻而又神秘、诡异的戏服，去化妆他激烈的青春、梦想和愤怒，以及其更激进的孤独和焦虑，在他一篇又一篇的故事中，以丰润曲折的粉墨，去嗔痴妄狂，去七情六欲。③

尽管文坛提供了排解焦躁和愤怒的空间，然而由于缺乏思想可以共鸣的志同道合的同志，陈映真依旧觉得孤寂。他这样阐述自己精神上的困境：

> 他从梦想中的遍地红旗和现实中的恐惧和绝望间巨大的矛盾，塑造了一些总是还抱着暧昧的理想，却终至纷纷

---

① 陈映真：《后街》。

② 同上。

③ 同上。

挫伤自戕而至崩萎的人物，避开了他自己最深的内在严重的绝望和自毁。[1]

在这种思想状态下，陈映真创作了《我的弟弟康雄》《乡村的教师》《故乡》等一系列小说。小说中，空有乌托邦的梦想却只能等待、无法行动的康雄的自戕，怀抱着改革梦想却处处碰壁、终至萎缩的吴锦翔的自杀，怀有悲悯之心和理想情怀的哥哥的堕落成魔，以及迷茫、困惑的"我"被迫着发出无家可归的呐喊……这些都是他内心绝望与自毁的反映及文学表现。

1960 年，是左翼青年陈映真极为关键的一年，这一年他进入《笔汇》为媒介而展开的文坛，并得到友情和文学的滋润；这一年，他开始从默默无闻的大学生逐渐转变为青年作家，并受到青年导师叶嘉莹、姚一苇等人的教导和关爱。的确，自 1960 年起，他变得喜悦开朗起来，书写舒缓了蜕变中的痛苦和绝望，成为热火焚身的青年陈映真的自救之途。他写道：

> 而于是他变得喜悦开朗了。自我封闭的藩篱快速地撤除。他更能固守他思想的隐秘，同时又能喜悦地享受着因《笔汇》而逐渐开阔起来的动人的友情和文艺的网络。文学创作像一场及时的、丰沛的雨水，使他因意识形态的烈日剧烈的炙烤而濒于干裂的心智，得到了浸润，使他既能保持对历史唯物主义基本知识与原理的信从，又能对人类心灵最幽微复杂的存在，以及它所能喷发而出的创造与审美的巨大能量，保持高度的敬畏、惊诧与喜悦……[2]

反映在文学上，这年陈映真最后创作的两篇小说《死者》与

---

[1] 陈映真：《后街》。

[2] 同上。

《祖父和伞》，一改往昔沉郁悲戚的色调，逐渐呈现爽朗明亮之态。其后，回想起这段经历，他这样概述："这以后的几年，我耽读的书，相与的朋友，像一个又一个紧密相扣结的环节，构成了现时的我，也打成一条命运的链条，使我拴锁其中。"① 就这样，青年陈映真在时局、书籍和朋友的影响下，逐渐"左转"，并同时创作了不少有关左翼志士的小说。下文将以创作时间为顺序简要概述。

二

在创作于 1960 年的《我的弟弟康雄》中，陈映真塑造了康雄这一疲倦、柔美、善感的人物形象，同时也隐秘地刻画了在极度压抑、"死灭的"五六十年代台湾，一个如作者本人一般"孤苦地缠绕于禁忌的社会主义信念、青春期的性苦闷，以及偶或，基督教罪意识之中"② 的左翼青年。其中，就禁忌的社会主义信念，作者以"康雄在他的乌托邦建立了许多贫民医院、学校和孤儿院"（1：17）③ 一笔带过，然而这样一个激进的安那琪主义者，却终其一生"连这样一点遂与行动的快感都没有过"，"只能等待一如先知者"（1：16）。受时代所限，康雄的左翼理念只能在脑际中激烈地盘旋，现实不允许他有所行动，他只能"成为一个虚无的先知者"。这个不得行动的先知者，又对自己有着极高的道德要求，因此，在与"妈妈一般的妇人"发生性关系后，陷入痛苦的自责、诅咒和煎熬，绝望地号叫着"我求鱼得蛇，我求食得石"（1：18），终而自戕身亡。那个弟弟的同道——留着长发、涨红着因营养不良而尸白尸白的眼圈的小画家，也因贫苦休学，竟至于卖身给广告社了。姐姐在

---

① 陈映真：《鞭子和提灯》，《陈映真文集·杂文卷》，中国友谊出版公司 1998 年，第 181 页。

② 赵刚：《左眼台湾——重读陈映真》，北京大学出版社 2016 年，第 165 页。

③ 本书所使用的陈映真小说版本是洪范书店 2001 年版《陈映真小说集》（1—6）。本书标记小说文本来源于引文之后，如"2：16"表示第 2 卷第 16 页。

康雄死后的四个月，也义无反顾地"向处女时代、向我所没有好好弄清楚过的那些社会思想和现代艺术的流派告别"（1：16），毅然把自己出卖给了财富。尽管康雄姐姐自称，这最后的反叛，使她尝到一丝丝革命的、破坏的、屠杀的和殉道者的亢奋，然则，我们看到婚后两年的姐姐变得懒散、丰满而美丽，只想着了却给康雄"修一座豪华的墓园"的心愿后，"安心地耽溺在膏粱的生活和丈夫的爱抚里度过这一生"（1：22）。小说中三个曾经有左翼倾向的人——康雄、小画家，以及康雄的姐姐，结局都极为黯淡，或者屈于道德的自律，结束了生命；或者迫于经济的压力，委身于财富。

同年 8 月发表的《乡村的教师》的主人公吴锦翔经历过残酷的太平洋战争，有幸存活下来，并再度燃起了对生活的希望，确认了对中国的热爱，然则时局变化，乡亲麻木不仁，学生顽冥不灵……在一连串的打击下，他逐渐陷入绝望、悲哀与愤怒。终于在一个青年学生再次被"欢送"着入伍参与同胞残杀的内战的时刻，极度压抑的吴锦翔爆发了，他泄露了自己吃过人肉的秘密，四座皆惊，他也陡然崩溃，终至割腕。小说的主旨在后文中详述，在此不再赘述。

同年 9 月发表的小说《故乡》，叙述的是一个大学刚毕业、前途茫茫的青年，在一个傍晚时分忆起故乡哥哥的故事。带着"一箱箱的书"与"基督教信仰"的哥哥，从日本留学归来，舍弃了"高尚而赚钱"的开业医师一职，不顾家人的反对和周围人的惊愕，竟而到了焦炭厂为工人当保健医师。在"我"眼中这个"有着海一般宽而深的额""虔诚和蔼"的哥哥，却在父亲生意失败、病倒、破产、偿债，以及父亲去世等一系列家庭事故的打击下，骤然"变成了放纵淫邪的恶魔"。一个虔诚的热衷公益的基督徒，何以陡然剧变？每每阅读至此都充满不解和疑惑，因为"哥哥"本来就不在意家庭是否荣华富贵，何以家庭之变引起他如此剧烈的反应？读到赵刚的阐释后，才恍然大悟。

首先，哥哥的身份定位。"哥哥"是一个虔诚的基督徒，但同时他还有另一个禁忌的身份。多年后，大学已毕业、多少知晓一些世变的弟弟，这样描述他的哥哥，说他的哥哥是一个"由理性、宗教和社会主义所合成的壮烈地失败了的普罗米修斯神"（1：51）——那位因将天火盗予世人，而遭宙斯残酷惩罚的天神。而在历史的某一点，这种普罗米修斯式的人格状态在岛屿上遭到歼灭性打击。

其次，这就涉及陈映真因政治避讳只结记了暗号的历史节点——1950年的剧变。那一年朝鲜战争爆发，全球冷战架构以及两岸分断体制确立，白色恐怖开启。是这个剧变而非家道中落，使得哥哥愤懑、绝望、自残自惩，乃至遁入生犹若死的虚无放荡。在此，以赵刚的论述为证：

> 陈映真在交代"哥哥"突然变得不可理解地乖张的时代背景时，只用了一个暗号："到了我考取高中的时候"（1：50）。我认为，那大约就是1950年。因为之前作者已经交代："哥哥自日本归国的时候，我才是个甫上初中的小子。"（1：49）"哥哥"是二战后回到台湾的，那么应该是1946—1947这两年左右。将这两个线索合起来，就可以把"哥哥"的剧变合理地扣在1950年的时空下。因为白色恐怖的来临，"哥哥"放纵形骸，以阮籍式的自我沉沦自我伤害来掩饰深度伤痛与绝望。在反共戒严体制下的1960年，陈映真无法时空具体地讨论这般的人与事，只能把某些线索似有若无羚羊挂角于这里那里，在平淡无奇的一个春去秋来之类的交代下，隐藏了千军万马血流漂杵的大变乱。[①]

赵刚的这段分析严谨细致，极为精彩。只有顺着这些晦涩隐

---

① 赵刚：《左眼台湾——重读陈映真》，北京大学出版社 2016 年，第 170 页。

秘、似有若无的线索，才能深入小说的内核，真正理解"哥哥"的痛苦、绝望，以及由之而来的剧变。

肇始于 1950 年的"白色恐怖"中，无数与"哥哥"相类的左翼理想主义青年，被抓的抓，被枪毙的枪毙。在这种极为严峻、危险的高压氛围下，侥幸脱身的人，除了自责于同志的被害和自己的幸免，还得面对毫无出路的残酷现实。处境如此，要么做无谓的牺牲，要么做个"虫豸"虚度此生。"哥哥"两不取，竟而以变成恶魔维系曾经是天使的隐秘。弟弟突然想到："恶魔不也是天使沦落的吗？"陈映真以诡异的笔法，描摹了"弟弟"想象魔鬼"哥哥"的景象，小说写道：

> 思索之间，一向在观念中狰狞恐怖的魔鬼，便也有着深阔如海般智慧的额和青苍的脸，穿着一身玄黑的依利萨白时代的英国紧身，长着一副大的蝙蝠翅膀，或许还拖着一条粗黑带钩的尾巴罢。突然间，这魔鬼振翅而飞了，扑着阴冷的风，带着如钟鸣般的叛逆的笑声，向云涌的、暗黑的天际，盘旋着飞起。
>
> ——啊！哥哥！我惊叫几乎出声。天上的云，戏耍似地卷着、飞着；闷雷滞滞地响着，仿佛有个空了的大油桶在天上滚动一般。又是骤雨的时节了。（1：51—52）

小说中"弟弟"把"哥哥"想象成值得同情的"魔鬼"，不仅是基于文学体悟的解读，也有陈映真撰写的悼念至友吴耀忠的文章《鸢山》互为印证。吴耀忠与陈映真同在 1968 年入狱，1975 年获释，出狱后的吴耀忠大抵属于陈映真所说的"在出狱后因极度恐惧而惊惶丧志的人"[1]。在悼文中，陈映真以沉郁之笔痛惜地写道：

---

[1]　陈映真：《汹涌的孤独》，《陈映真文集·杂文卷》，中国友谊出版公司 1998 年，第 586 页。

约八○年以后，我和爱他的朋友们逐渐发现到他心中那至深不可自拔的废颓。表面上他日日醉酒，任性而又极度的虚无，但实际上他在对自己的许诺和失望、哀怨和愤怒的循环中不住地挣扎，终至于不知从什么时候起，完全放弃了自己，任自己在那深不可知的忧伤、绝望和颓废的恶流中，逐波而去。

革命者和颓废者，天神和魔障，圣徒和败德者，原是这么相互酷似的孪生儿啊。几个惊梦难眠的夜半，我发觉到耀忠那至大、无告的颓废，其实也赫然地寓居在我灵魂深处的某个角落里，冷冷地狞笑着。①

"革命者和颓废者，天神和魔障，圣徒和败德者，原是这么相互酷似的孪生儿啊"，小说中的"哥哥"又何尝不是经历了这般痛苦的挣扎与转化呢。"哥哥"为之挣扎、喘息的，是一时代的虚无与颓废，这厚重、无边际的黑暗终是让他完全放弃了自己。尔后，弟弟便"投进了繁华的、恶魔的都市……过起拉丁式的堕落的生活。留着长发，蓄着颚须，听着悲愁的摇滚乐，追逐着女子"（1：56）。弟弟曾一度犹豫着是否要回故乡，但是最终决定继续流浪，小说的结尾他呢喃着："我不要回家！我没有家呀！"（1：56—57）

《故乡》这篇小说借由兄弟俩的变化与结局，对"白色恐怖"进行了严厉的审视。"白色恐怖"以枪杆铁栏摧毁了"哥哥"这一世代怀抱的追求与理想，使他们"消失"、堕为"虫豸"，或变成"魔鬼"；进而这个失去了希望与理想的"故乡"，进一步虚无化了"弟弟"所代表的下一个世代。因此，这篇小说更深刻的寓意在于它对历史发出了提问，这提问是："白色恐怖"作为一历史事

---

① 陈映真：《鸢山——哭至友吴耀忠》，《陈映真文集·杂文卷》，中国友谊出版公司1998年，第123—124页。

件，如何形塑了之后的台湾社会以及一代代的人？如何借由从根破坏"故乡"，使得虚无的、"恶魔的"、性欲的"现代化"得以风行草偃？① 陈映真的《故乡》曲折地面对与正视"白色恐怖"这一特殊历史时期，并为"哥哥"所代表的故乡理想者们招魂。

同年创作的另一篇小说《哦！苏珊娜》是一篇唯美、浪漫的作品，其中对左翼青年进行了深刻的剖析。小说中自诩为天才的男子李某，将自己放逐于孤岛。他追求着高尚的人生和美善的理想，然则在"我"这一曾眷恋着他的俊美与才气的女子看来，李某的作为也不过是和"他的几个也是懒惰而傲气的朋友抨击着毫不相干的政治、新出版的书，以及一些很有名气的作家。此外他只是默默地和我做爱"（2：80）。对于这样一个满脑子离经叛道、被当局所禁忌的青年，除去与三五相仿的同类高谈阔论，何曾见其任何关于未来的行动设想和谋划？此外，"我"还发觉，这个并不见得生性沉默的李某，对于"我"却异常地沉默。李某可以和他的朋友臧否人物高谈国事，也可以和他引为同类的"圣徒"，说个没完没了，他们总是"男人们谈论着"。然则，对于"我"这般的女子，却"一年下来，他几乎从来没有和我分享过他的莫测的宇宙"（2：80）。以至于，初到此地时，"我"就因"将要和一个沉默得令人窒息的人共处一段时间了，便不禁想起昨日以前充满哗笑的日子，偷偷地忧愁起来"（2：76）。

李某不仅对"我""不想说"，而且与"我"的做爱也只是默默的，褪去了生命愉悦的光环，没有热情和热力的投入。他在性爱后"喝着上床前预备好的冷开水"的习惯，使"我"不安，也使"我"恼怒。对于性爱这般自由游弋的亲密接触，他却这般理性着、规划着，难免有将女性物象化、肉体化的嫌疑，也让人疑心性爱之于李某并非你侬我侬、两情相悦，也许不过是他脱离苦闷与绝望的短暂"救赎"罢了。

---

① 赵刚：《左眼台湾——重读陈映真》，北京大学出版社 2016 年，第 172 页。

陈映真在《哦！苏珊娜》中巧妙地设置了"我"这一女性身份，并透过女性眼光来察看和体悟这个所谓的左翼理想青年。"我"所看到的他们的状态与缺点，的确值得反省与体认。这个"不想说"与将女性的物象化，实则强烈地暗示了一个根本的问题：尽管李某认为他所苦思的是高深大道理，容或如此吧，但如果连最亲近的关系都难与之言，那么那些理想或道理又如何能达到他所隐秘寄望的"人民"呢？[①] 再则，左翼知识分子如果不跟社会和现实相结合，唯抱有崇高的理性，只知高谈阔论的话，便只会借着性爱、自得等若有若无的媒介，来满足、欺骗自己，从而走入耽溺、消沉、颓废的境地。

　　因此，李某虽则有着令人动容的一面，"他们用梦支持着生活，追求着早已从这世界上失落或早已被人类谋杀、酷刑、囚禁和问吊的理想"（2：84—85），然则"他们都那样的独来独往"，即使近在咫尺，"我"也深切地感受到他的拒斥和不以为类。这样的李某，注定了"我"终不被需要，终要离开。这里就引申出了有关左翼知识分子的一个重要的问题：在革命大业中如何面对两性问题，如何面对人民，如何直面人生？这个问题如果未能妥善处理，便会出现不堪的后果：

　　　　一个革命者，不论男女，如果最终没有处理好两性之间的问题，这个革命者以及他的革命，也将是虚空的，因为他在仰望理想、梦想的星空时，没有足够的谦卑面对足下的大地、真实的生活与真实的人。而这一味的向上向前，不但无法成功，反而最后还让大地与生活顺着他的预期产生了反动，成为了理想与希望的对反，成为一种向后向下的回归，在那儿，生命与生活的美好反而是以"归"或"死"的意象在经营。[②]

①　赵刚：《左眼台湾——重读陈映真》，北京大学出版社 2016 年，第 37 页。
②　赵刚：《左眼台湾——重读陈映真》，北京大学出版社 2016 年，第 39 页。

这也是《哦！苏珊娜》这篇小说带给我们的丰富的多义性思考。

三

陈映真早期有关左翼主题叙述的作品中，浪漫基调与幻灭感同时并存。我们可以看到，这些作品一方面充满着无政府主义、人道主义的浪漫精神，一方面结局却是个大幻灭，恰如康雄苦闷的呐喊，"我求鱼得蛇，我求食得石"。尉天骢曾指出这浪漫主义多是受十八、十九世纪欧洲浪漫主义的影响，其中最重要的一点，便是浓厚的人道主义的精神。并强调，这种人道主义的理想跟现实接触，必然会有很多冲突，因此，他的作品也就产生了幻灭感。[①] 蒋勋也强调无政府主义是陈映真作品的一个主调。一种宗教的狂热与理想，一旦介入现实社会，就很自然会产生无政府主义的观念和气质。而这种气质，蒋勋认为主要源于基督福音与社会关怀的结合。他谈道：

> 这两种东西结合，会产生十分矛盾的性格，宗教的理想是纯粹唯美的乌托邦，可是现实社会，一旦介入，就是接二连三的残酷、秽恶的事实。所以有这种倾向的思想家、文艺家，常常造成性格上强烈的忧郁及虚无的气质……他们在社会中，常常是现实政治的牺牲品，而他们理想又虚无的气质也使他们视死亡为无物，甚至以死亡作为他们对理想与现实矛盾挣扎的最后交代。[②]

---

① 尉天骢、齐益寿、高天生：《从浪漫的理想到冷静的讽刺——尉天骢、齐益寿、高天生对谈陈映真》，《陈映真作品集》第5卷，第157页。

② 尉天骢、李欧梵、蒋勋等：《三十年代的承传者——谈陈映真的小说》，《陈映真作品集》第5卷，第189页。

22

由此，我们看到陈映真笔下的左翼知识分子，诸如康雄、"哥哥"、吴锦翔、李某、林武治等早期左翼知识分子，皆以堕落、孤僻、自杀或被拘捕等不幸收尾。除却上述原因，尉天骢还指出一系列幻灭结局的描写还与陈映真所处时代与社会紧密相关。他说：

> 陈映真出生于1937年，他出生的时代、环境，对他思想的发展有非常重大的影响。台湾光复时，他还是个小学生，政府从大陆迁台湾，他才接受中学、大学的教育，他所面对的情况是：一方面是对台湾光复，对中国归依所抱持的愿望，以及对未来世界的向往，而另一方面，就在那段时期台湾的震荡，大陆的震荡，以及一些历史发展的事实，多少给那些抱持大愿望的人一种幻灭的感觉。①

陈映真对左翼知识分子幻灭结局的描写自有其背景与原因，那么同时代的人又是如何看待他们呢？他们的幻灭是否启蒙了群众，提振了群众的士气，抑或激发他们认清生活本质，奋起反抗专制或庸俗，抑或更友善地相处呢？可惜，从诸篇中我们皆看不到这方面的亮色。《故乡》中"我"哥哥的堕落成了乡人茶余饭后耻笑的对象；《哦！苏珊娜》中，李某的女友最终选择了离开他，回到家乡；《苹果树》中林武治"成了秽闻的人物"，他被捕后不久，"一切便又回复到过往的规律里"，至于"武治君的苹果园，那就早被人干干净净地遗忘了"（1：155）；《乡村的教师》中吴锦翔割腕自戕后，面对根福嫂的尖声号啕，"年轻的人有些愠怒于这样一个阴气的死与哭声；而老年人则泰半都沉默着"（1：45）。仅以《我的弟弟康雄》为例做详细分析。

---

① 尉天骢、齐益寿、高天生：《从浪漫的理想到冷静的讽刺——尉天骢、齐益寿、高天生对谈陈映真》，《陈映真作品集》第5卷，第152页。

我的弟弟康雄的葬礼，是世上最寂寞的一个。平阳岗里，我们连半个远亲都没有。一个粗制的棺木后的行列，只有一个年迈的老人和一个不伦不类的女孩子。没有人哭泣。这个卑屈的行列，穿过平阳岗的街道，穿过镇郊的荒野。葬礼以后的坟地上留下两个对坐的父女，在秋天的夕阳下拉着孤伶伶的影子。旷野里开满了一片白色的芦花。乌鸦像箭一般的刺穿紫灰色的天空。走下了坟场，我回首望了望我的弟弟康雄的新居：新翻的土，新的墓碑，很丑恶的！于是又一只乌鸦像箭一般的刺穿紫灰色的天空里了。(1：19—20)

　　关于康雄葬礼的描写很容易让人想起鲁迅《药》里关于坟地的描写，都是黑灰的色调，同样是先驱者（或先知者）身后经历的寂寞、凄凉和冷峻。《药》里的革命者夏瑜忧国忘家，却被族人告发；在狱中仍然宣传革命，却招来一阵毒打；在刑场被杀，只招来一帮"看客"；鲜血还被别人当"药"吃。他的母亲上坟，还感到"羞愧"，一样不理解他为之牺牲的革命大业。可见夏瑜是多么寂寞，多么悲哀啊！同样，《我的弟弟康雄》里父亲把康雄们的理想和抱负称为"小儿病"；康雄自杀后，他父亲"所只能说出的世界上最了解的话，只是如此：他说他的孩子死于上世纪的虚无者的狂想和嗜死"(1：18)；康雄的葬礼，寂寞又苍凉，牧师坚持不肯为其主持宗教葬仪，亦无亲朋好友为其送行。

　　鲁迅与友人谈到《药》时说：

　　《药》描写了群众的愚昧，和革命者的悲哀；或者说，因群众的愚昧而来的革命者的悲哀；更直接地说，革命者为了愚昧的群众奋斗而牺牲了，愚昧的群众并不知道这牺牲为的是谁，却还要因了愚昧的见解，以为这牺牲可以享用，增加群众中的某一私人的福利。①

　　《药》的主题即如上文鲁迅所言。鲁迅还提及自己写作《药》，旨在"揭出病苦，引起疗救的注意"。那么，陈映真六十年代写作包括《我的弟弟康雄》在内的相关左翼主题的小说，其意义又在哪里呢？诚然，为着政治避祸，这些小说历史脉络与社会背景都被曲折化与模糊化，小说的主人公也不只是内指的、怀疑的、忏悔的主体，更是特定历史背景下的思考者与行动者，尽管他们的行动多以等待或失败而告终。陈映真对这些左翼主体状态的多维呈现与深刻反思的写作价值，不能以那种和中国割裂为前提的"台湾文学"的框架来理解，更不能以狭小的"现代文学"的框架来理解，而必须摆在中国的与世界的左翼运动脉络下来理解。其意义在于：

　　　　当中国大陆的"左"正在热火朝天之时，陈映真在台湾孤独地、困顿地，在没有出路下想出路，在斗室之外一片茫茫的白色恐怖夜雾之下，反省自己的向上与沉沦、亢奋与脆弱、真实与虚伪、谦虚与傲慢，以及反省与惯性。这是一个没有同志、没有组织、没有任何社会内部支持以及国际主义远处支撑的孤独的思考者；他孤独、他挫败，但他并不溃败，不但如此，他还成为施淑教授所说的"唯一一个从白色恐怖中逃出来的报信者"。我相信，陈映真关于左翼主体的深刻反思，以及他在"德不孤但无邻"的环境下仍长期不屈不挠的人格状态，对于今天这个"左翼"已经在全世界范围（包括中国大陆）退潮数十年之久的时代，更是彰显出它历久弥新的时代意义，可以让所有孤独的左翼思考者、运动者，在面对外在与自身的挫败、

———————————

① 孙伏园：《药》，《鲁迅先生二三事》，作家书屋 1945 年。

消沉、疲倦的情境时，有所慰藉、有所参照、有所反省。[1]

记录六十年代台湾苛严、压抑的政治氛围，既能警醒与提醒后人，亦能让当今孤独的左翼志士，面对挫败、消沉与疲倦时，有所慰藉、参照与反省。这也许是陈映真在六十年代冒着极大的风险，描摹与刻画各类左翼志士不同精神、心理状态的最大价值与意义所在。

第二节 《乡村的教师》：彷徨的改革者

《乡村的教师》叙述了向往中国革命的台湾青年吴锦翔，在1941年到1950年这十年间，从希望到麻木到复苏到幻灭，终至自戕的曲折道路，同时，小说将人物放置在大的时空架构下陈述，历史背景涵盖了日本殖民、太平洋战争、台湾左翼运动、内战、冷战，以及两岸分断等内容，某种程度上可以称之为"历史救赎"小说。

然而读者以及不少研究者，长期习惯以特定视角解读陈映真早期的小说，将小说的主人公解读为陈映真本人，《乡村的教师》也如此。譬如，把吴锦翔这一惶惶的左派青年，因改革无望而走向自杀，在这一过程中，他呈现出的孤独、忧悒、哀伤、自怜等情绪，莫不认为与《试论陈映真》中所论述的小城镇知识分子相若。然则，是否真是如此呢？

通过详细解读《乡村的教师》一文，探索吴锦翔的秘密，我们可以重新感受陈映真是如何"寻找千万套瑰丽、奇幻而又神秘、诡异的戏服"，点妆"他激烈的青春、梦想和愤怒、以及更其激进的孤独和焦虑"。[2]熟悉陈映真作品的人，都知道小说的主人公吴锦翔

---

① 赵刚：《左眼台湾——重读陈映真》，北京大学出版社2016年，第13页。

② 陈映真：《后街》。

并非完全虚构的人物，而是有所本，本于作家的童年之眼：

> 一九五〇年夏天，他上六年级。级任老师在升学辅导
> 自修课上，捧着《中央日报》看朝鲜战争的消息。那年秋
> 天，一个从南洋而中国战场、而复员、因肺结核而老是青
> 苍着脸、在五年级时为了班上一个佃农的儿子揍过他一记
> 耳光的吴老师，在半夜里被军用吉普车带走，留下做陶瓷
> 工的白发母亲，一个人幽幽地在阴暗的土屋中哭泣。[①]

这个"吴老师"后来成为陈映真小说《乡村的教师》和《铃珰
花》中的人物原型，尽管两者的创作时间跨越二十三年。鉴于1960
年台湾思想控制的严峻和思想氛围的反动，陈映真不得不采用极为
隐蔽和极富象征性的手法写作，其中的禁忌难言之事，更是叙述跳
跃、左右闪烁，这些无疑都增加了理解小说的难度。为了更好地理
解小说，我们先来解读小说中的时间代码，其中最重要的代码便是
吴锦翔的年龄。时间代码的解读，目前也存在争议，本文倾向于赞
同赵刚的解读。具体如下：

> 小说中的第一句话："青年吴锦翔自南方的战地归国
> 的时候，台湾光复已经近于一年。"（1∶31）因为这一句
> 话，我们知道他回来时已是1946年10月左右。其次，在
> 第二节一个不起眼的地方，我们又得以推论吴锦翔是1920
> 年生，只因为小说有这么一句话："她（吴母）评论着
> 二十六岁的儿子好像他仍旧是个虚弱的孩子一样。"（1∶
> 34）第三节的开头则是："第二年入春的时候，省内的骚
> 动和中国的动乱的触角，甚至伸到这样一个寂寞的山村里

---

① 陈映真：《后街》。

来了。"（3：37）此处的"第二年入春"指的是吴锦翔回来的第二年（也就是1947年）的入春，也就是"二二八事变"。到了第四节，开头第一句"逐渐地，过了三十岁的改革者吴锦翔堕落了"（1：40），尤其是关键密语，指的正是1950年的巨变。为何？因为吴锦翔1920年出生，过了三十岁，正好时值1950年。因此，这是一篇大隐于市集的政治小说也是历史档案……①

基于上述解读后的时间代码，我们方可知这篇小说是建立在特定的历史与社会背景之上的，是陈映真揣摩的特定时空与人。

理想信念：由绝望摒弃而复苏

小说的开场，是1945年台湾光复时，坐落在大湖山区小村里的政治气氛：

> 光复之于这样一个朴拙的山村里，也有其几分兴奋的。村人热心得欢聚着，在林厝的广场，着实地演过两天的社戏。那种撼人的幽古的铜锣声，五十余年来首次响彻了整个山村。这样的薄薄的激情，竟而遮掩了一向十分喜欢夸张死失的悲哀的村人们，因此他们更能够如此平静而精细地撕着自己的希望。（1：31—32）

虽然地处偏僻，村民们还是感染到告别日据殖民地的兴奋。这里的兴奋，与后面吴锦翔对祖国的期望相呼应。另外，因为这兴奋与喜悦，他们也忘却了被征召至南洋从军的五个不归的男子。然而就在村子回归寂静时，青年吴锦翔奇迹式地回到了寡母根福嫂的残

---

① 赵刚：《左眼台湾——重读陈映真》，北京大学出版社2016年，第176—177页。

破家中。雨夜的油灯下，好奇的村人惊叹地围视着他：

> 一个矮小、黝黑的（当然啦）但并不健康的青年。森
> 黑森黑的胡须爬满了他尖削的颊和颌，随着陌生的微笑，
> 这些胡髭仿佛都蠕动起来了。（1：33）

颇有意味的是，吴锦翔的归来带来的不是反思战乱、殖民的契机，而是人们对南方传奇的遐想，"他们时兴地以带有重浊土音的日语说着Borneo，而且首肯着"（1：33）。这是陈映真第一次在小说中反思台日殖民关系。战争带给吴锦翔的触动又是什么呢？

战前，吴锦翔因为读书和参加反抗活动，不甘心在日帝殖民政权下做顺民，"锐眼的日本官宪便特意把他征召到火线的婆罗洲去"（1：35）。五年的丛林战争让吴锦翔失去了理想之园，在疾病、恐惧、饥饿和绝望的围堵下，"只要活下去"成为唯一的信念，战前的理想与追求早已被抛诸脑后：

> 五年的战火，几乎使他因着人的大愚和人的无助的悲
> 惨，而觉得人无非只是好斗争的、而且必然是要斗争的生
> 物罢了。知识或者理想在那个命定的战争、爆破、死尸和
> 强暴中成了什么呢？（1：35）

然而，出身佃农家庭的吴锦翔，因为"自小以苦读闻名于山村"，回村后接下了山村小学的教职。执教这一"入世的热情"和由于战争结束带来的"新的乐观"，给了他反思的第一次契机。虽然执教的是一所仅有二十来个孩子的学校，吴锦翔却是被重新唤醒了五年战争中消磨殆尽的理想与热情：

> 忽然所有他在战争以前的情热都苏醒了过来。而且经

过了五年的战争，这些少年的信仰，甚至都载着仿佛更具深沉的面貌，悠悠的转醒了。（1：35）

同时，伴随着战争的结束，对着大地、农家和烈日下的农活，在吴锦翔的心里，"有一种他平生初次的对于祖国的情热"（1：36）。

"这是个发展的机会呀。"他自语地说着……一切都会好转的，他无声地说：这是我们自己的国家，自己的同胞。至少官宪的压迫将永远不可能的了。改革是有希望的，一切都将好转。（1：36）

小说中，陈映真写到了光复初期知识分子的普遍心情：脱离殖民地之后，燃起的是对祖国的向往，是重建破败家园的振奋之情，一切都充满了希望。他将满腔热情倾注在自己的学生身上，渴望这些农民子弟将来能够担负起改造社会的责任。

开学的时候，看着十七个黝黑的学童，吴锦翔感觉到自己的无可说明的感动。他爱他们，因为他们是稚拙的；爱他们，是因为他们褴褛而且有些肮脏。或许，这样的感情应不单只是爱而已，他觉得甚至自己在尊敬着这些小小的农民的儿女们。他对着他们笑着，简直不知道应该怎样把自己的热情表达给他们。务要使这一代建立一种关乎自己、关乎社会的意识，他曾热烈地这样想过：务要使他们对自己负起改造的责任。（1：36）

他不仅"爱"他们，甚至于"尊敬"他们。他在他们身上寄寓了多么热烈的希望与信念啊！他的热情与信念使得他确信"改革是有希望的，一切都将好转"。对这一时期的吴锦翔而言，尽管"爆破、死亡的声音和臭味；热带地的鬼魂一般婆娑着的森林，以及火焰一般的太阳，又机械地映进入他的漫想里"（1：35—36），然而复苏的热情与信念，让他有足够的力量抵御黑暗的战争梦魇。有理想与实践支撑着，他甚至认为：

> ……设若战争所换取的就仅是这个改革的自由和机会，他自说着：或许对人类也不失是一种进步的罢……这世界终于有一天会变好的，他想。（1：37）

"二二八"：由热情乐观而混乱朦胧

如果历史的发展按照吴锦翔的想象推进，他一直能够以饱满的热情向着理想步步迈进，也许战争的梦魇终会偃旗息鼓。然则，"省内的骚动和中国动乱的触角"终于延伸至这个偏僻的村庄，这显然是指"二二八"事件爆发了，吴锦翔再次转变了。虽然不同于身边那些"简单而好事""谈论着，或者喧说着夸大过了的消息"的村民，且不似村民"有着省籍的芥蒂"，但吴锦翔"逐渐地感到自己的内里的混乱和朦胧的感觉"（1：37）。吴锦翔这次的思想震荡，可以用一句话概括："第一次他开始不用现存的弊端和问题看他的祖国"（1：37）。实现这一转变的关键性因素则是"由于读书"。小说曾提及吴锦翔的热爱读书：

> 由于读书，少年的他曾秘密地参加过抗日活动；由于读书，由于他是出身贫农的佃农，对于这些劳力者，他有着深厚的感情和亲切的同情。而且也由于他的读书和活动，锐眼的日本官宪便特意把他征召到火线的婆罗洲去。"而我终于回来了。"他自语着，笑了起来，搬着指头咯吱咯吱地响着。（1：35）

"读书"在短短的几行中提了三次，显然读书是件重要的事。因为"读书"，吴锦翔深受社会主义思潮的影响，成长为一个致力于抗日，并对劳苦百姓给予深切同情与关怀的左翼青年。这次与"二二八"在他内心所产生的"混乱与朦胧"相抗衡的，依然是"读书"。小说中写道：

　　　　他努力地读过国内的文学；第一次他开始不用现存的弊端和问题看他的祖国。过去，他曾用心地思索着中国的愚而不安的本质，如今，这愚和不安在他竟成了中国之所以为中国的理由，而且由于这个理由，他对于自己之为一个中国人感到不可说明的亲切了。（1：37—38）

　　文中所强调的"国内的文学"，以及这些文学对吴锦翔认识祖国的触动，都很容易让人联想到陈映真在《后街》中的自述他阅读鲁迅小说集《呐喊》后的转变。尽管我们解读小说，要避免对号入座，但是吴锦翔这一形象的确反映了青年陈映真自身感情与心智状态的一面。吴锦翔通过"读书"或者说是"知识"（当然是指特定系谱的知识）形成了对中国的认同。"这种知识使得吴锦翔的觉醒不是直接否定外在现实，也不是通过其所不愿的外在现实而否定自己过去的思想之路。吴锦翔是通过承认、接受现实，而将现实内化，从而清理自身。"[1]吴锦翔通过读文学、读地理、读历史而认识的"病穷而肮脏的、安命而且愚的、倨傲而和善的、容忍而又执着的中国人"（1：38），不再仅仅是书中的记载，当他望向窗外时便有了这样的感受，"窗外梯田上的农民，便顿时和中国的幽古连接起来，带着中国人的另一种笔触，在阳光中劳动着，生活着。"（1：39）

―――――――――――

[1]　张立本：《导读〈乡村的教师〉的现实感——革命彷徨，和不可得的革命主体》，见新浪博客。

这个重要的思想调整，说明了"祖国的热情"不是不证自明的，只有经历过现实刺激和知识调动，吴锦翔才能以更稳固的方式，真正地理解"中国"。"吴锦翔原先素朴地觉得'改革是有希望的，一切都将好转'，'不失是一种进步的罢'的带有长时期历史观点意味的思索，此时因'现存的弊端和问题'都重新展开了历史厚度。"① 不仅知识与现实叠合，历史也与现实叠合了，故得以妥当安置"现存的弊端和问题"：

> 　　这样的中国人！他想象着过去和现在国内的动乱，又仿佛看见了民国初年那些穿着俄国军服的革命军官；那些穿戴着像是纸糊的军衣军帽的士兵们；那些烽火；那些颓圮；连这样的动乱便都成了中国之所以为中国的理由了。（1：35）

这段文字暗示了中国反帝反封建以来的历史，重新思考中国从封建走向"现存的弊端与问题"的起起伏伏的过程，及这一过程与当下的关系。回溯历史的长河，念及当下"省内的骚动和中国的动乱"，吴锦翔明确地意识到，他所期盼的好日子并未因为日帝离去而到来，因为革命远未结束，他不得不继续面对战乱。因此，当从大陆撤退的军队来到村外的祠堂驻扎时，吴锦翔特意去看过他们。"他们的笨拙绑腿；机械的油味；兵的体臭；军食的特别味"，都让他"仿佛看见了数百十年来的中国的兵火了"（1：39）。

吴锦翔在否思中肯认了现实，他确认了自己之为这样一个有着愚而不安的本质的中国人的不可说明的亲切；然而这样的思想转变并未全然稳固，因此"这样的感情除了血缘的亲切感之外，他感到一股大而暧昧的悲哀了"（1：38），他感叹：

---

① 　张立本：《导读〈乡村的教师〉的现实感——革命彷徨，和不可得的革命主体》，见新浪博客。

这是一个悲哀，虽其是朦胧而暧昧的——中国式的——悲哀，然而始终是一个悲哀的；因为他的知识变成了一种艺术，他的思索变成了一种美学，他的社会主义变成了文学，而他的爱国热情，却只不过是一种家族的、（中国式的！）血缘的感情罢了。（1：38）

陈映真通过吴锦翔表达的悲哀是双重的，一个是民族处于长期动乱的悲哀，另一个致命的则是左翼困兽之斗的悲哀——白色恐怖下的左翼被迫受压抑，信念无法践行，理想终将成空。在这样的状态下，他无情地自嘲着：

幼稚病！他无声地喊着。这个喊声有些激怒了自己，他就笑了起来：幼稚病！啊！幼稚病！有什么要紧呢？甚至"幼稚病"，在他，是有着极醇厚的文学意味的。他的懒、他的对于母亲的依赖、他的空想性格、改革的热情，对于他只不过是他的梦中的英雄主义的一部分罢了。想着想着，吴锦翔无助地颓然了。（1：38—39）

作家通过吴锦翔的自讽，实际上嘲弄了吴锦翔刚回来山村时的乐观、热情的空想改革论。这样的改革论，终是"无稽的幼稚病"，因为他的知识、思索和社会主义，不过是艺术、美学和文学，他的爱国热情只不过是血缘的感情罢了。对他来说，不是悲哀又是什么？

自我质疑至此，吴锦翔的乐观热情已不复存在，替而代之的是混乱朦胧。朦胧之间，他"想起了遣送归乡之前在集中营里的南方的夕霭"，战争的狰狞记忆又始崭露头角；冥冥里，他"忽然觉得改革这么一个年老、懒惰却又倨傲的中国的无比的困难来"，以至于当他"想象着有一天中国人都挺着腰身，匆匆忙忙地建设着自己的情形，竟觉得滑稽到忍不住要冒渎地笑出声音来了"（1：38—39）。

作为一个左翼分子，他肩负着救亡与改造的责任，然而经过对中国这般深刻的体认，他确乎认识到改革的困难，这样的困难还不只在于中国的"年老、懒惰却又倨傲"，更在于改造"中国人"的困难——被张立本称之为"不可得的革命主体"，具体后文分析。

1950：现实痛击下的自戕

1950 年，年过三十的改革者吴锦翔堕落了，堕落成"只是一个懒惰的有良心的人"，对堕落后的吴锦翔，陈映真有着翔实的旁录：

> 他绝不再苦读到深夜如少年时一般，因为次日的精神不振对于学生是一种损失。每学期剩下来的簿本一定卖掉以添购体育用具；他从没有让学生打扫他自己的房子或利用他们的劳力为他自己的厨房蓄水；他为贫苦的学生出旅费参加远足。（1：40）

这些在旁人看来可以称得上善的行为，对吴锦翔来说，不过是"大的理想大的志愿崩坏后的遗迹"。此外，他坚持不娶，足见对未来已然不抱希望，他的排遣之道是：

> 偶尔到镇上看一场便宜的电影，顺便带回来几本出租的日文杂志，津津有味地读着其中的通俗小说。但另外的嗜好则就有些可责了：他成了一个喝酒的人。不过他毕竟是个温和的人物，他没有什么酒癖，但偶尔也会叫人莫名其妙地醉着哭起来，像小儿一般。不过这到底还是少有的事。（1：40—41）

吴锦翔变了，他不再读"国内的文学"，诚如陈映真所读过的鲁迅、巴金和茅盾，而是读日文的通俗小说。理想消沉之后，苦读已无意义，倒不如消遣度日。然则，内心的苦闷伴随着那小儿般的啼哭，泄露而出。读到这里，不禁要问：吴锦翔何以堕落？

首先要回到他所处的历史大环境来理解。1950年朝鲜战争爆发，两大阵营对抗壁垒形成，开启了全球冷战年代，在这个主架构下，两岸分断对立也作为一个次体系得到巩固。在美国卵翼下，国民党的"中华民国"成为以美国为首的西方集团之一员，与社会主义阵营在第一线对峙。在这个大背景下，台湾出现了白色恐怖大肃清，昔日的左翼兄弟多遭劫难，有幸躲过一劫的也痛感前路茫茫，不再有施展行动的可能性，陷入困顿和落寞。"1950"象征的不只是白色恐怖，更是在整个"冷战、分断"的变局中，台湾加入了以美国为首的西方阵营，成为了对抗自己同胞的势力的马前卒与桥头堡。这个结构，使得吴锦翔那要参与到整个中国民族的发展的心志被暴力摧折了。[1]

其次，革命主体的不可得。这里的革命主体或者说革命群众由两部分组成，一则是孩子，即吴锦翔的学生，也就是革命（或改革）的继承者；一则是村人，即革命（或改革）的依靠者和支持者。先说孩子，初任教师的吴锦翔怀抱着极大的热情与信念启蒙这些农民的后代，"务要使他们这一代建立一种关乎自己，关乎社会的意识，他曾热烈地这样想过：务要使他们对自己负起改造的责任。"（1：36）但他却怎么也调动不起学生的积极性来：

> 然而此刻，在这一群瞪着死板的眼睛的无生气的学童之前，他感到无法用他们的语言说明他的善意和诚恳了。他用手势，几度用舌头润着嘴唇，去找寻适当的比喻和词句。他甚至走下讲台，温和地同他们谈话，他的眼睛燃烧着，然而学童们依旧是局促而且无生气的。（1：36）

---

① 赵刚：《左眼台湾——重读陈映真》，北京大学出版社2016年，第188—189页。

吴锦翔带着急切的、暧昧的期望话语，这些乡村学童终是无从理解的。由于常年的殖民统治，对这些学童来说，中国人的自我意识的重建，是遥远且不可理解的；对吴锦翔来说，却是迫近的、亟须确立的。在这一错位中，吴锦翔的一股热血与热望终究无法表露并施展。

学生如此，村人又如何呢？小说伊始，村人们在光复后的铜锣声中热心地欢聚着，征人未归，但"这样的幻灭并不意味着他们的悲哀"（1：31），他们懒散地谈论着"我们的健次是无望的了"，"后来留在巴丹的，都全被歼灭了"，没有多少怜惜的意味。战争只是他们农闲的谈资：

> 人们一度又一度地反复着这个战争直接留在这个小小的山村的故事，懒散地谈着五个不归的男子，当然也包括吴锦翔在内的了。没有人知道他们在哪一年死去。或许这就是村人们对于这个死亡冷漠的原因罢。然则，附带地，他们也听到许多关于那么一个遥远的热带地的南方的事：那里的战争、那里的硝烟、那里的海岸、太阳、森林和疟疾。这种异乡的神秘，甚至于征人之葬身于斯的事实，都似乎毫无损于他们的新奇的。（1：32）

这样的场景，很容易让人想起鲁迅笔下的"看客"。他们携带着国民劣根性的基因密码，对外界漠不关心、麻木不仁，让人"哀其不幸，怒其不争"。当吴锦翔归来后，围观的村人们对他不是关怀、忧戚和同情，竟而随着"日本远征军的空间拓展，驰骋于一种殖民兴奋想象（colonial fantasy）"[1]。作家用暗含寂寥、无奈的语气，描述着散尽的村人：

---

[1] 赵刚：《左眼台湾——重读陈映真》，北京大学出版社 2016 年，第 189 页。

然而战争终于过去了。也包围着雨霁的山林。月亮照在树叶上、树枝上，闪耀着。而山村又一度闪烁着热带的南方传奇了。他们时兴地以带有重浊土音的日语说着Borneo，而且首肯着。（1：34）

　　待到吴锦翔死亡的当日，在根福嫂"山歌一般的哭声"中，邻家的年轻人居然有些愠怒于这不常见的死亡和哭声，老年人也寡然沉默着，"只是懒散地嚼嚼嘴巴罢了"。在这个节奏滞重的山村，在愚昧麻木的村人们中间，吴锦翔的所思所想所念，是全然不被触及、感受与理解的。

　　这样的生存境地，无论是历史大环境还是身处的小山村，都可谓压抑至极，而青年学生的被征兵入伍，终于将故事推向了高潮。在为入伍学生送行的筵席中，吴锦翔的悲哀、愤怒和绝望到了极致，在极度愤怒中，他道出了在婆罗洲吃过人的秘密。也愤怒于残暴的战争体制，也愤怒于千百年来一直作为战争炮灰的民众的愚不可及。更何况，学生的这次参军，是加入同胞互相残杀的国共内战。村人们却兀自在灯下"红着脸""兴奋着"。这样的情景，怎不叫吴锦翔痛心疾首呢。小说中写道：

　　　"可也真快。"老年人说。
　　　"快呢。"大家和着说。青年人兀自笑着，都沉默了。
　　　"快什么，嗯？"吴老师说，强瞪着眼："快么？……人肉咸咸的，能吃么？嗯？"
　　　大家笑了起来。
　　　"能吃吗？人肉咸咸的啦，岂是能吃的吗！"他细声地说，询问于老年人。老年人笑着，拍着他的肩，说：
　　　"自然，自然。人肉是咸的，哪能吃呢？"

"我就吃过。"大家都还懒散地笑着，"在婆罗洲，在Borneo！"

于是大家都沉默了。

"没东西吃，就吃人肉……娘的，谁都不敢睡觉，怕睡了就被杀了吃。"他眯起眼睛，耸着肩，像是挣扎在一只刺刀之下。

……

"放在火上，那心就往上跳！一尺多高！"

……

"就赶紧给盖上，听见它们，叮咚叮咚地，跳个不停，跳个，不停。很久，叮叮咚咚的……"

大家都噤着。这时候，吴老师突然用力摔下筷子，向披着红缎的青年怒声说："吃过么？都吃过么？嗯？……"

接着就像小儿一般哼哼哀哀地哭了起来。（1：41—43）

这段奇诡的文字里，吴锦翔顷刻间泄露了他吃过人肉的秘密，四座皆惊。有人或许会把这里的"吃人"与鲁迅《狂人日记》里的"吃人"相提并论，以为是"文学象征"，然则，我认为这是实指，用以指出战争的残酷，不但同类血肉相搏、互相残杀，甚至如畜生般餐食；而理想主义者如吴锦翔，也因战争而丧失理想坠入非人状态。何况，根据张立本的考证，太平洋战争中的确发生过吃人事件。如下：

战争刚结束，《台湾新生报》就陆续揭露战时状况。随着散落的人们参差回台，1945年12月24日《台湾新生报》第三版出现这样的采访内容："……以日本刀，割其臂、腿、或心脏切成薄片，悬挂床前晒干然后和酱油及糖烤热，以为饮酒之肴名为'耶歧脱利'即烧鸟！……"同日第四版（即日文版），黑底标题醒目《比岛台胞地狱より

帰る》(在菲台胞从地狱归来)，同版《蓬頭垢面、生色な
し　死線彷ふ同胞の消息齎す》报导末期台湾人原日本兵在
皇军溃逃过程所见，而《台胞を射殺、肉喰ふ　大部分は生
死不明》更证言，日本军在美军追击下深入内陆，物资用
尽致使逃兵发狂、愈显暴虐，甚将台湾人杀死烹煮……①

　　小说中，吴锦翔不惜以暴露自己"吃人"的秘密，向村人揭示
战争的暴力、不义和非人道，然而没有人在意他对战争的控诉和警
告——筵席后的第二天，"一队锣鼓迎着三、四个披着红缎的青年走
出山村去了。家族们穿着花花绿绿的衣服，簇拥在后面"（1：43）。
目睹这一切的吴锦翔，"突然间，他仿佛又回到热带的南方，回到
那里的太阳，回到婆婆如鬼魅的树以及炮火的声音里"（1：44）。
战争的梦魇终是沉沉来袭。

　　同时，他吃过人肉人心的秘密，很快传遍山村，连他所爱的农
民子弟学童，在课堂上也"都用死尸一般的眼睛盯着他"（1：44）。
这让他白日梦游大汗淋漓。两个多月后，吴锦翔割腕自杀了，他
"无血液的白蜡一般的脸上，都显着一种不可思议的深深怀疑的颜
色"（1：45）。这是怎样的惊悸与怀疑呢？这样的怀疑又指向了哪
里？诚如张立本所言：

　　　　吴锦翔的理想崩毁，吴锦翔的深深的怀疑的白蜡一般
　　死亡的脸，并不直接反映小说家内在抽象理想之崩毁，而
　　是首先尖锐的批判了战后和平虚伪地崩毁、1950 年代的
　　历史现实地导致不可能；继而由于现实本身，凸显某一种
　　空想改革论之可笑，嘲弄了未能妥当安置其动荡过后的思
　　想的改革者；再继而，通过陈映真设想的社会状态、革命

────────────
① 张立本：《导读〈乡村的教师〉的现实感——革命彷徨，和不可得的革命主体》，
　　见新浪博客。

者的情境，由陈映真对某部分的批判与反省焦点强烈之所在，可见到陈映真暂时无法设想革命可能性，是由于他理想情景的或许"不实际"，也可能未知 1950 年代革命中的具体事实，但毫无疑问陈映真是朝着"现实"而来。改革/革命不能全靠改革者自身，吴锦翔的孤单、自始无能为力，必须对应地将村人纳入，才完整陈映真之所思。[①]

吴锦翔、学生，以及村人，从小说中一切在场的人物身上，都无法看到革命的可能性。对于吴锦翔来说，也许只有死亡才是通向未来的唯一通道。

第三节　《苹果树》：虚幻的希望

"那时候，夜莺和金丝雀们都回来了。它们为了寻找失去的歌声离开我们太久太久。当夜莺和金丝雀唱起来的时候，唉唉，人的幸福就完全了。"（1：147）

当林武治在一棵青绿的不高的茄冬树下，抱着吉他吟唱起关于幸福的"苹果树"之歌时，短暂地为只顾着生存的后街众生"燃起了许多荒谬的，扭曲了的希望"（1：148）。《苹果树》讲述了一个颇具幻想颓唐气质的大学生林武治，在他所赁居的一条后街里，由着一把吉他、一首歌给众人带去了对"苹果树"所象征的幸福的期待与想象；之后沉浸在愉悦感受中的林武治迷离在月光的凄美里，并借由这束月光的温润，理性平静地回顾过往，展开了自省之途，可惜他的理想与自省尚未外化为行动，便随着月光的失却戛然而

---

① 张立本：《导读〈乡村的教师〉的现实感——革命彷徨，和不可得的革命主体》，见新浪博客。

止。这篇小说情节荒诞离奇，叙述跳跃跌宕，是陈映真早期作品中较难解读的篇章之一，也是早期"寓言—忏悔录"系列的典范，可正如论者所言，"陈映真透过一个言在乎'此'的荒诡奇诞的虚构，诉说了一个言在乎'彼'的真诚切身的痛感。"[①] 结合六十年代的历史语境，可以看出《苹果树》描写的是六十年代初台湾岛屿上的一种绝无仅有的身心状态，是一种在绝望中犹抱存希望的惊疑、无奈与扭曲——林武治自己（亦或说陈映真们）连"苹果"是什么样子都不知道，更别说吃过，却孜孜向往与众人共享"苹果"的幸福，那他又怎能传递苹果的福音呢？因此说，这是陈映真对当时他们这群被压抑的、认知尚不全面的左翼青年们青涩、彷徨、反抗、迷乱、自省、欲望，与绝望的自残描述与反思，剖析了特定历史与社会背景下他们的身心与思想状态。[②]

"后街"众生

在一个春寒三月的午后，大学生林武治坐着三轮车来到"保安宫后面这一条长长的贫民街"（1：135），并在后街众人的注视下，搬进了他所租赁的一间狭小的阁楼斗室里。小说对这条后街以及蜗居其中的穷苦之人，以冷淡之笔予以细致而略带嘲讽的刻画。三轮车进来时，后街是这样的景象：

> 在屋檐底下曝日的嶙峋的大老头，伸着瘦瘦的颈子望
> 着它；脏兮兮的小子们停下游耍，把冻得红通通的手掩在
> 身后盯着它；让婴儿吮着干枯的奶的病黄黄的小母亲，张
> 着一个幽洞似的虚空的嘴瞧着它；正在修理着一只摊车的

---

① 赵刚：《橙红的早星——随着陈映真重访台湾一九六〇年代》，人间出版社 2013 年，第 56 页。

② 赵刚：《橙红的早星——随着陈映真重访台湾一九六〇年代》，人间出版社 2013 年，第 58—59 页。

黑小伙儿也停下搋钉，用一对隐藏着许多危险的眼睛瞅着它。这个冬日里的破烂巷子，在它的寂静中，本有它的熙攘的，都在这个片刻里全部安静下来了。（1：136）

"这些鉴别贫富上特别锐利的贫民的眼光"很快就意识到这个新来的后生不过是一个穷小子，他全身的行当也就那件海军大衣还算是不错的行头，但也已十分陈旧，于是这一系后街众生在失望中，"又回归到熙攘的寂静中去，回归到执著的、无可如何的生之寂静中去"（1：137）。这篇小说以毫不浪漫的笔触描写着后街众生的生活状态，很容易让人联想到康雄所谴责贫穷的危害："贫穷本身是最大的罪恶……它使人不可免的，或多或少的流于卑鄙龌龊……"（1：14）后街众生的贫穷衍生出愚蠢、丑陋、病态、邪恶等种种不良习气，而这些恶习又加剧着他们的贫困，在这一恶性循环中，没有人去思考和寻求生活的意义，就如廖生财日日摆弄着粗木块和木屐，却丝毫没有工作的"价值"一般。对这样的"非人"状态，小说里有精到的议论：

> 但是这也并不是说我们这里的居民是过着如何非人的生活，至少他们自身并不以为是"非人"的。因为他们实在没有功夫去研究"人的"与"非人"的分别。他们只是说不清是幸还是不幸地生而为人，而且又死不了，就只好一天捱过一天的活着。因此之故，生活对他们既无所谓失意，也就更无所谓写意什么的了。这就仿佛我们常见的猫狗之属，因为它们是活着的缘故，就得跑遍大街小巷找寻些可以吞吃的东西以苟活一般。……哀乐等等，对他们是不成意义的。（1：139）

这种虫豸般的生活状态，是陈映真小说中常描述的，与之相对的则是理想主义者。然而对这些麻木不仁的后街众生而言，理想似乎是可嗤之以鼻的。他们的"理想"也不过是做一名无聊的"看客"。从这个角度理解《苹果树》的话，毋宁说，理想主义者林武治引吭高歌着幸福，企图引领后街众生走出荒芜、蒙昧的"看客"状态，然则最终失败，自己反而成了"看客"们"围观"与"群啄"的对象。鲁迅对民国时期中国的"看客"有辛辣的描述与讽刺，以期揭示国民劣根性，引起拯救的注意。陈映真笔下1960年代的台湾"看客"同样地丧失了主体精神和意志，把情感的波动肤浅地寄于生老病死、吵闹打斗等原生状态。小说中他们的"理想"莫过于发生一些"特别的"事情：

> 在这样局促、看不见生机的地区里，每个人仿佛都在企望着能在每一个片刻里发生一些特别的事，发生一些奇迹罢——或者说：一场斗架也好；一场用最无悔的言语缀成的对骂罢；那家死个把人罢；不然那家添个娃娃也一样。只要是一些能叫他们忘记自己活着或者记起自己毕竟是活着的事，都是他们所待望的。（1：137）

在这潭死水般的生活里，林武治的到来，没能激起一丝微澜。因为他不过是"一个大而且粗笨的家伙，老天，很长的头发，镶着一张极无气味的苦命的长脸"（1：136）的穷小子，他的贫穷、邋遢以及破旧的行李，极为融洽地安顿在这条长长的后街里。

缥缈的"苹果树"梦想

表面上，林武治与后街众人无异，"他一天三次像一条懒狗一般的从他的窝居溜出来吃饭，老披着一身黑色的海军大衣，呆头呆脑地在街上迈着很无声息的步伐"（1：138），然则他毕竟是异于众人的，因为"他们却谁也没有林武治君的悠悠哉的写意劲"（1：139）。他这股子写意劲，也许得益于他对绘画的热爱——尽管他在"一个十分野鸡的大学里的法律系里挂着学籍"，然则他却"一心要成为画家"（1：138）；但更重要的是"因为务农的家里一个月给他寄三百元"（1：138），从而使他免于直面生活，从而"得以逃避大部分的狰狞的压力"（1：142）。

林武治这个"悠悠哉的写意者"，却是个怯于行动的懒惰者，他热爱艺术，也想从事艺术，然而"我们并看不见他整天忙着画"。一方面，固然因为除去租赁费、生活费，他"真没有余钱购买颜料画布什么的"；但另一个方面，他的"懒惰"却是无疑的，既无意于打工挣钱贴补绘画的费用，也懒于去上他不感兴趣的法律课业，只是日复一日地守着"贴满一些日历上留下来的名画复制品、和若干自己的素描速写的成绩的小世界"（1：138）潦草度日。这样的林武治，对我们接下来界定"苹果树"的涵义有重要的意义。因为这样的林武治，竟然给虫豸般的后街众人，带来了从未有过的朦胧触动和莫名向往。在一个暮春五月的傍晚，林武治带着他的吉他坐在青青的茄冬树下，他边弹边唱，吟唱起那"幸福"的"苹果树"之歌：

> 高地之上，巧巧农舍是我家；
> 高地之上，黝黝松林我祖业；
> 高地之上，累累果园父手植；
> 守园的姑娘，依稀，依稀……
> 浓雾罩着松林，
> 寒霜结在苹果树园。
> 守园姑娘，依稀，依稀……
> 果树青青，我的乡愁轻轻……（1：143—145）

"爱情之为何物，对他尚是陌生的"（1：144），林武治却把对爱情的憧憬转化为感伤的情绪不住地吟唱着。唱着，唱着，富于幻想的他竟而感动起来了，进而"沉醉在自己的琴音、歌声以及幻觉所错综的世界里了"（1：145）。他突兀地质问："嗨，我说这株苹果树怎么老不结果子呢？"进而诚挚地祈祷："该结果了，该结的累累地。绿的，粉红的，黄金的……"（1：145—146）这个累累果园的祈盼，吸引了饥饿孩子们的想象。他们询问苹果为何物，对于"自己也竟都不知道苹果之为物"的林武治来说，他只能搪塞众人"苹果就是……幸福罢"（1：146）这样的答案，让林武治激动地流泪了，"他用全心灵浸渍在他的信仰里"。"苹果树"的信仰，让他兴奋而激动，在他想象幸福的憧憬中，"大家都迷失在一种苍白的、扎心的欢愉里去了"（1：147）。

林武治首先期许自己的幸福是"一双能看见万物的灵魂的眼睛……能够将这些入画"（1：147）。而后，他又庄严地将"幸福"许诺给了一众围观者。饥饿的小子是"一碗香喷喷的白饭"，男子们不再酗酒野蛮，母亲们都健康美丽，宝宝们"有甜甜的奶"，老头们"都有安乐椅"，拾荒的老李"眼病会好好的"……而且——

> 那个时候，再没有哭泣，没有呻吟，没有诅咒，唉，没有死亡。
>
> 那时候，夜莺和金丝雀们都回来了。它们为了寻找失去的歌声离开我们太久太久。当夜莺和金丝雀唱起来的时候，唉唉，人的幸福就完全了。（1：147）

在林武治热情想象的鼓动下，那苹果树的消息，让人们"仿佛看见了拯救一般仰面无极的高空"（1：148），"的确叫我们燃起了许多荒谬的、扭曲了的希望"（1：149）。富足、健康、快乐、仁慈、爱情、正义、希望……这些都是果实累累的"苹果树"之象征。然则，结合历史情境，何为"苹果树"？"苹果树"是"社会主义的福音"还是"基督教的福音"?

诚如,小说中"苹果树"代表的幸福,接近于基督教的"应许之地",尤其那句"那个时候,再没有哭泣,没有呻吟,没有诅咒,唉,没有死亡"(1:147)。它与《圣经·启示录》第 21 章第 4 节"神要擦去他们一切的眼泪;不再有死亡,也不再有悲哀、哭号、疼痛,因为以前的事都过去了"非常接近。[①] 另外,在小说结束时,廖生财的疯妻听闻了"苹果的福音"后,在月之银盘中看见了一个幻想:"一片苹果树林的乐土,夜莺歌唱,金丝雀唱和。幸福在四处漂流着。而在林间悠然地漫步着一对裸着的情侣,男的武治,那女的可不就是伊自己吗?"(1:153)这般情境,也很容易让人想到"伊甸园"里偷吃了"禁果"的亚当与夏娃。

然则,果真如此的话,小说中的禁忌与压抑氛围又作何解释?因为,在台湾,基督教并不被打击镇压,何以小说中作为传播福音的教徒林武治是个没有组织(教堂)、没有信仰(通奸者)、没有行动(懒惰者)的颓唐者? 另外,"苹果的福音"很快遭到"三个有海军大衣的人"的一致反对,他们异口同声地主张"苹果是极毒之物,虫蛇鸟兽所不近的毒果"(1:148)。小说中,"海军大衣"绝对有所指,它象征的是阶级的划分,是富有资产者与底层后街贫民的阶级对立。再者,陈映真在谈及离开教会的原因时,自述因为"六〇年初开始读了三〇年代文学及社会科学的作品,受到作品背后的哲学的影响,使思路和价值颠倒过来了"。发表于 1961 年的《苹果树》正是这一时期陈映真思索的文学结晶。可见,小说中的"苹果"或"苹果树"象征的是社会主义理想。

陈映真笔下的林武治便是一个满脑子社会主义热的文艺青年,却又不知自己梦寐以求的社会主义理想到底为何物,他只能把它想象成"幼有所教、老有所养、病有所医、住有所居"的幸福。现实

---

① 赵刚:《橙红的早星——随着陈映真重访台湾一九六〇年代》,人间出版社 2013 年,第 69 页。

中的陈映真又何尝不是如此？年轻的他与挚友吴耀忠只能读着"破旧的新书"：

> 读斯诺的《漫记》，使我们心中战栗、热泪盈眶；读艾思奇的《哲学》，世界和生活顷刻改变了意义，当我们偷偷地唱着中国大陆的新歌，有时竟而也使他感极而泪，不能终曲……①

他们只能从极为有限的被禁忌着的艾思奇或日本社会主义者的译著里推测社会主义理想的样子，这与林武治从塞尚的绘画里推断"苹果"的形状相类。如果传播"福音"的人，连"福音"的意蕴都不清楚，那他又怎样传播呢？民众又怎可能接受呢？因而，小说中，夜毕竟也深了，人们打着哈欠，回去睡了。结尾处，只有疯女人"伊"终于接受了林武治的"福音"，她却在翌日便死去了。

由性而及的左翼主体反思

众人散去，回到住处的林武治赫然发现廖生财疯了的妻坐在他的铺上。尽管伊有着死鱼一般的眼睛、十分骇人的脸庞，沉浸在方才自己幸福福音兴奋里的林武治却"止不住油然的悲悯起来"（1：149）。也许是由于月光之故，"那夜的月光太迷人了，青得像一片深泉，青得叫人心碎的深泉，一定是的，一定是由于那至今从未见过第二度的那种月色之故"（1：151）。原本只不过想安慰伊的无告与哀伤的林武治，"那夜，他犯了伊"（1：150）。这个从不知女性的男子成长了，"一个全新的感觉的世界为他敞开来，好像仙境"（1：151），而况"一种新的凄绝的寂寞盘踞了他的甫失童贞的

---

① 陈映真：《鸢山——哭至友吴耀忠》，《陈映真文集·杂文卷》，中国友谊出版公司1998年，第123页。

心"（1：151）。过去他赖以支撑的"少年的感伤主义"（1：151）
轰然倒塌了，从此，成人的林武治开始孤独地重新认识自己，认识
自我与他人、与社会之间的关系。了解自己之所以成为自己的所有
历史与社会条件。

在林武治的转变过程中，性爱起了关键性的作用，如何看待性
爱在左翼青年成长中的作用，恰如赵刚所分析：

> 相对于少年康雄吃了禁果失去童贞，从而为他的世界
> 带来了摧毁性的后果，这里的林武治君则因吃了一个似乎
> 更不伦的禁果，反而获得了整理自我、了解自我的智慧与
> 勇气，对幸福之为物或"社会主义福音"，也有了从扑朔
> 迷离梦幻泡影，到具有身体实感的信仰的认识转变，从而
> 使追求幸福的意志变得更坚定。而这个自我大修整，不是
> 透过上接宇宙人类，甚至也不是透过革命阶级民族这些大
> 视角，而是透过重新认识他与他自己的家的关系而达成。①

林武治毕竟是一个靠着老家资助的未经世事的懵懂青年，对
人间真正的苦难或是幸福并不知味，因此他所吟唱的幸福，他所构
想的幸福的样子都是虚无缥缈的。然则一夕为成人的林武治透过
"家"来反思和审视自己：

> "……我的父亲和地政人员勾结着，用种种的欺罔诈骗
> 我们家那些不识字的佃户，然后又使人调解息讼。我明明
> 知道这些，但我只好像父亲所期待的那样装着不知……"
> ……
> "我什么也做不了。但是我终于走出来。也许在逃避

---

① 赵刚：《橙红的早星——随着陈映真重访台湾一九六〇年代》，人间出版社 2013
年，第 79 页。

着自己家的恶德罢。然而，若我们没有了那些土地，我们更只好等着沦为乞丐了。我的父亲什么也不能做，一个哥哥因肺病养着，另一个哥哥自小便是赌徒。"

"但是我出来了又有什么用呢？每天每天我的用度仍旧是那些不义的铜钱。"（1：152）

他不再是个徒知愤怒于世的莽撞青年，开始理解父亲，理解家族的"恶德"，而且反省和谴责自己每日的用度仍是"那些不义的铜钱"。如此一来，自己与"一群又滑稽又愚笨"的父母亲朋兄弟有何差别？自己看似叛逆、有个性、遗世独立，实际上，每时每刻都依附于那些自认为与己不相干的家庭恶行上。这样的叛逆，又是怎样可笑而幼稚的叛逆！许是念及此，他"于是笑出声来，感觉到一种无可如何的哀愁"（1：152）。自己的"家"不仅有着对外的恶行和不义，对内又何尝不是冰冷而苛厉呢？他继续倾诉着那些构成自我的秘密：

> 他的幼妹如何出乎意外的和一个野鄙的外乡人私奔，使他蒙受何等的内伤；他的侄儿如何因兄嫂耽于赌博而死于乏人照顾的斑疹里；他的母亲如何由于少时受了父亲的冷落，哭成一个瞎子。（1：153）

凡此种种，在回首拥抱生命过往的疼痛里，林武治委实亲近泥土和大地了。这些"过去之失落"，足以让他重新审视自己"能从那无气味的生之重压支取一些他自己的自由"到底建立在怎样的基础之上，这样的"自由"又是何等的让人引以为耻。这些反省和审视强烈地撞击着他那颗好高骛远、浮躁不安的心灵。在这样的喟喟自叙中，"突然间他想起了他自己的苹果树来。曾几何时他已经超出了幻想而深深地信仰着那幸福的苹果了"（1：153）。许是受到林武治开启心智的感染，伊在那一高大银盘中看见了一个幻象。继而：

> 林武治看见伊的死鱼一般的眼睛第一次点起了灵秀的
> 人间的光彩。一朵静静的微笑第一度浮在伊无色的嘴唇。
> 这使他惊愕良久。止不住狂喜地摇撼着伊的肩膀。
> 　"喂，你知道了，你惊醒了，你相信我的苹果树！"
> （1：154）

可惜，在"闻道"的一刹那，伊静静地死去了。第二天，林武治便被警车载走了，"他的表情是近乎雕刻般的死板而且漠然"（1：154）。那梦幻憧憬所寄寓的累累苹果树，其实不过是一棵低矮的无果实的茄冬树罢了。这样的结尾，也符合六十年代陈映真对左翼分子悲剧性结局的想象。可是，我仍然忍不住想，如果伊不是一个精神有障碍的有夫之妇，而是一个能意会并赞许林武治的"苹果"福音的同龄女孩，又会是怎样的结局呢？即便在当时的局势下，他们不能轰轰烈烈地有所作为，至少也可以相濡以沫地彼此慰藉吧？可惜，六十年代的陈映真从未有过这般情境的左翼想象。

第二章　六十年代知识分子群像

第一节　从苍白孤绝到冷静讽刺

早在 1979 年，在比较了白先勇、黄春明等同时代短篇小说家的作品特征后，学者齐益寿特别强调陈映真描写知识分子，尤其是描写城镇知识分子的心态非常成功，那种挣扎、彷徨、苦闷和想突破又找不到出路的心态，不仅是陈映真作品的主要内容，也是当时这批知识分子赤裸裸的写照。他说：

> 整体地看，（陈映真的小说）究竟是以捕捉知识分子的面貌及灵魂为主。在陈映真笔下的知识分子，二十年中是一步一步从苍白孤绝，发展到人生的理念以及当前迫切的问题，渐渐能够提出比较具体的看法。换句话，知识分子的各个阶段，少年的苍白，青年的抗议，壮年的成熟，这既是陈映真生命发展的轨迹，同时也大致反映了二十年来知识分子的风貌，因此对知识分子契刻之深、层面之广，陈映真无疑是佼佼者。[1]

---

[1] 尉天骢、齐益寿、高天生：《从浪漫的理想到冷静的讽刺——尉天骢、齐益寿、高天生对谈陈映真》，《陈映真作品集》第 5 卷，第 158 页。

结合齐益寿的评论，纵观陈映真一生的创作，作为台湾光复后的第二代作家，他很尽责地在作品中描绘了半个多世纪以来台湾知识分子的挣扎、彷徨和奋斗的历程。陈映真前期的小说，以知识分子为主人公的篇章占了大约三分之二，剩余者如《面摊》《将军族》《死者》等作品，即使主人公不是知识分子，也泰半反映或映射了知识分子陈映真当时的心境与精神状态。因此，知识分子是陈映真早期小说中一个重要的主题。而他在二十世纪八十年代后的创作，如《云》中对知识分子形象与心态的刻画，已完全实现了齐益寿的展望——将少年的苍白、青年的抗议、壮年的成熟这些知识分子各个阶段的风貌贯穿一气，并且跟社会发展演变做紧密的结合，使作品的视野更为广阔，气象更为恢宏，为各种类型的知识分子的心路历程，留下了最生动最真实的见证。

本章着重论述六十年代陈映真小说中知识分子的意蕴与内涵，其他作品留待后文分析。同时，又因为主题划分的需要，不少涉及知识分子的作品，如《乡村的教师》《故乡》《苹果树》等在"左翼"章节述及，再如《我的弟弟康雄》《哦！苏珊娜》《加略人犹大的故事》等在"左翼"及"宗教"章节均述及，《第一件差事》《文书》《某一个日午》等在"外省人"章节将述及，本章节涉及的作品主要是《凄惨的无言的嘴》《一绿色之候鸟》《唐倩的喜剧》等。陈映真在以许南村之名所作的《试论陈映真》一文中，曾写道：

> 基本上陈映真是市镇小知识分子的作家……在现代社会的层级结构中，一个市镇小知识分子是处于一种中间的地位。当景气良好，出路很多的时候，这些小知识分子很容易向上爬升，从社会的上层得到不薄的利益。但是当社会的景气阻滞，出路很少的时候，他们不得不向着社会的下层沦落。于是当其升进之路顺畅，则意气昂扬，神采飞

舞；而当其向下沦落，则又往往显得沮丧、悲愤和彷徨。①

陈映真早期小说中的知识分子大抵也便是这两种类型，得志者，意气飞扬；失意者，愤懑彷徨。其中，又以1966年为界，前期的小说多以叙述失意者居多，笔调沧桑、忧悒；后期的小说，则以讽刺为主，笔调辛辣、轻快。本节以此为分界点，分别论述不同时期的作品特征。

一

文学知己兼老友尉天骢在论及陈映真早期的作品时曾说，像《我的弟弟康雄》《乡村的教师》《故乡》这些早期的小说，都不同程度反映了陈映真的面影："……一个富于理想的穷苦青年，在现实中所表现的情绪上的反抗；一个热爱祖国的台湾青年，在中国混乱中的迷失；一个充满浪漫气质的思春期的少年，为何趋向反抗型的虚无精神和梦幻式的安那琪道路。"② 而这几篇小说的主角，不约而同地都是在理想失落、思想碰壁之后，走向自我毁灭之路的。这是缘何？恰如蒋勋的困惑：

> 我以前看陈映真小说的时候，常常觉得他的小说有一种空白，早期的，像《我的弟弟康雄》，还有《家》《故乡》《乡村的教师》的吴锦翔，他们的变化几乎是一个公式的。出现的时候，都是充满理想主义的、热情的、非常善良的、要想改革社会的。然后中间一下子转变、堕落。哥哥堕落、康雄自杀、吴锦翔自杀；那是为什么？中间好像都是一个空白。③

① 陈映真（许南村）：《试论陈映真——〈第一件差事〉〈将军族〉自序》，薛毅编《陈映真文选》，三联书店2009年，第3页。
② 尉天骢：《一个作家的迷失与成长》，《陈映真作品集》第14卷，第5页。
③ 冯伟才：《陈映真早期小说的象征意义》，《陈映真作品集》第14卷，第203—204页。

这个"空白"是什么呢？身为台湾人，也是陈映真的学生兼好友的蒋勋不会不知道。正是六十年代台湾高压的政治环境，使得小说家陈映真不得不用"曲笔"抒发那种"情绪上的反抗"，被迫在小说中留下了"空白"。诚如他所说"陈映真的早期作品，便表示出这种闷局中市镇小知识分子的浓重的感伤情绪"。这是外在的客观环境，同时作家陈映真本人的内在因素也应考虑在内，在《试论陈映真》一文中，他写道：

> 他的父亲一代出身农村的败落的家庭，因刻苦自修，成为知识分子而向市镇游移。一九五八年，他的养父去世，家道遽尔中落。这个中落的悲哀，在他易感的青少年时代留下了很深的烙印。这种由沦落而来的灰暗的记忆，以及由之而来的挫折、败北和困辱的情绪，是他早期作品中那种苍白惨绿的色调的一个主要根源。[1]

他接着剖析自己早期作品的感伤主义和无力感的根源："其实也是陈映真自己和一般的闷局中的市镇小知识分子的无气力的本质在艺术上的表现"。[2] 这种"苍白惨绿的色调"在他知识分子主题的作品中也留下了深刻的印记。创作于 1964 年的《凄惨的无言的嘴》是一部描述知识分子症候的力作。借由小说之名，我们也可知这是一部偏向忧悒、凄楚的作品，"嘴"除却饮食，重要的一个功能便是对话与交流，然而小说中"嘴"的意象却是"无言的"，这象征着隔膜与疏离。隔膜与疏离，也是小说的主题之一，不仅体现在主人公"我"与神学生郭先生等知识分子间的相互隔膜（这部分的分

① 陈映真（许南村）：《试论陈映真——〈第一件差事〉〈将军族〉自序》，薛毅编《陈映真文选》，三联书店 2009 年，第 3—4 页。
② 陈映真（许南村）：《试论陈映真——〈第一件差事〉〈将军族〉自序》，薛毅编《陈映真文选》，三联书店 2009 年，第 8 页。

析，详见本书"枷锁上的断痕"一节），也体现在"我"对外界的认知上。小说中的主人公"我"是一名患精神病的大学生，入院治疗一年半，即将出院。小说中一半以上的篇幅描写"我"在精神病院的经历，最后一部分写他发现了一个被谋杀后的年轻女子的肉体。

在与郭先生的交流中，"我"谈及一个景象，这也许是"我"在精神病院中最常见的景象吧。

> 我想起了在医院的草坪上那些晒着太阳的轻病人们。一张张苍白的脸上，一双双无告的眼神里，都涂着冷澈得很的悲苦。这些悲苦的脸常常对着你恶戏地笑了起来，使你一惊，仿佛被他窥破了你的什么。（1：210）

"无告的眼神""冷澈得很的悲苦""恶戏的笑""窥破"这些词语，不自觉地呈现甚至放大了"我"所感受到的"哑口无言"的情境。大家彼此孤立、惊惧，沉默无语。这是一种语言的阻碍。这也是日常中最常见的疏离与隔膜之一。

"我"散步时，常常到仓库那边去看铁路工人们，"我"喜欢（或者说是"只能"）"隔着远远地瞧着他们"。一则因为"我不懂他们的话"，这一层是语言的隔膜，无法跟他们交流沟通；二则因为"身上又穿着这儿的人都能辨别的医院的衣服"，这一层则是身份的隔离，试想很少有人愿意与一个"疯子"交流吧。而附属在身份上的远不只疾病、职业等外在因素，亦有精神、素养、心理等内在因素。恰如"我"对这些工人的体认：

> 他们总共才十来个人，脚上都穿着有轮胎橡皮做成的仿佛草鞋模样的东西。我最爱的便是这个。它们配着一双双因劳力而很均匀地长了肌肉的腿，最使我想起罗马人的兵丁。我曾经差一点儿就是个美术学生。因此，对于他们

那种很富于造型之美的腿，和为汗水所拓出来的身体，向往得很。当阳光灿烂，十来个人用肩膀抵着满载的车箱，满满的向前进行的时候，简直令人感动。（1：215）

美术成为一种疏离的典型，"我"不是体会和理解他们的辛苦，而是下意识中，将这群台湾工人看成一幅描绘中的乡村景观，勾勒成画图的艺术。在"我"的孤寂中，他们成为了美感经验和雕塑艺术。他们的存在、他们的工作，这些都是"我"所无法了解，也无意了解的。

当下，"我"决意换一个方向散步时，恰好碰到了"一个企图逃跑的雏妓，被卖了伊的人杀了"的场景，目睹了雏妓惨死的裸体及周围人的冷漠后，在"信步往回院的路走着"时，"我"忍不住沉思：

暂时间我有些茫然，因为这是我毕生第一次看到的裸的女体。我想起那一对小小的乳房，那印象几乎有点像隔夜的风干了的馒头。而最令人不安的，便是伊的那一头很龌龊的头发。（1：217）

这样迫近地细细打量、审视一具赤裸的受伤的女体，"我"虽则也与周围的人一般因为好奇着、冷漠着，然而由回医院后的思索与晚上的梦境，可知"我"不只感到愤怒，而且被这一场景所代表的意义震惊并醒悟了。仔细列举了这具尸体的细节后，"我"转向内省：

忽然我想起了《朱利·该撒》中安东尼说的话：
——我让你们看看亲爱的该撒的刀伤，一个个都是凄惨、无言的嘴。我让这些嘴为我说话……（1：217—218）

"我"接着赞美了莎士比亚，尽管"我"既不清楚女体上那些伤口是性交疾病的明证，也忽略了安东尼的私心——该撒受伤的肉体是政治权宜的祭奠。然而，"我"不再如前一般只将工人们视为美术因子，而是从熟悉的戏剧中去辨识真正的生命，去认清一个年轻妓女的身体，并意识到"将肉身上致死的伤口、淤血的伤口，比做人的嘴，是何等残酷何等阴惨的巨灵的手笔"（1：218）。正如米乐山所说，这些"主题——客观存在的不安、人际关系的疏离、语言的隔阂——全部在这名精神病患发现一具被谋杀的女体后的独白中，托盘缩影而出"①。

　　第二天例行检查诊断时，"我"告诉医生，说"我"做了"一个很好玩的梦"：

　　　　"有一个女人躺在我的前面，伊的身上有许多的嘴……那些嘴说了话，说什么呢？说：'打开窗子，让阳光进来罢'！"（2：219）

　　这里，"我"引用了歌德临死前说的话。并告诉医生后来有个罗马勇士刺破了黑暗，阳光进来了，"所有的霉菌都枯死了；蛤蟆、水蛭、蝙蝠枯死了，我也枯死了"（1：220）。显然，由于谋杀事件的震撼，"我"感到社会人心的需求光明、对抗黑暗。但是"我"很快又被推回睡梦中。因为，医生听罢，只搪塞地说"果然是很好玩的梦"；当"我"问起梦的意义时，医生说："你现在已经不是病人，所以那些梦对我没有意义了"（1：221）。这个职业化的冷漠的答案再次让"我"陷入困惑与迷茫，因此结局中"但我一直记不清我确乎曾否做了那一场噩梦"（1：221）。

――――――――――

① 米乐山：《枷锁上的断痕——陈映真的短篇小说》，《陈映真作品集》第15卷，第120页。

二

陈映真在《后街——陈映真的创作历程》中说，在 1964 年、1965 年之际，他开始了对自己实践的严厉要求，也有了一些在白色恐怖之下难得的"实践"，譬如组织读书会之类，然而——

> 在实践上的寸进，并没有在文学上使他表现出乐观和胜利的展望。被牢不可破地困在一个白色、荒芜、反动，丝毫没有变革力量和展望的生活中的绝望与悲戚的色彩，浓郁地表现在六五年的《兀自照耀着的太阳》《猎人之死》，和一九六六年《最后的夏日》。①

1965 年 2 月创作的小说《猎人之死》，结合阿都尼斯与维纳斯这两个形象，来记录知识分子自己的天人交战。猎人阿都尼斯与爱神维纳斯分别代表了两种截然不同的人生状态，而且他们自身内心的对话也是互相质疑、互相奚落的，两人所代表的每一种呼唤后面都配有强直的道理与哲学，以及瓦解对方的犬儒的道理与哲学。小说借由希腊神话，是在一个暧昧不明、高度抽象化的社会结构下进行的，具有很强的自传性，展现出以作家为代表的小城镇知识分子在精神困局中颠踬前进的犹疑状态，是作者在处理自身的困惑、忏悔，并企图维系自己的理想于不坠的状态下的一种主观性很强的写作。

阿都尼斯自称猎人，然而这个猎人"没有剑，没有弓，也没有矢"（2：33），而且"不曾有人看见他驰骋纵横于林野之间"（2：27）。这个从没打过猎的猎人不过是个"孤独的，狐疑的而且不快乐的家伙"（2：27），他每天的所作所为不过是：

---

① 陈映真：《后街》。

他只是那样阴气地蜗居在他那破败的小茅屋里，间或也吹着他的猎号。而那号声也差不多同他的人一样地令人不快乐，而且有时竟至于很叫人悒悒的。（2：27）

然而，如果我们说他不是猎人，也不对，因为他所追狩的"并不是这地上的山猪"，而是"一盏被囚禁的篝火"（2：33）。如果把"野猪"理解为世俗的权力、金钱、名声、性爱诸如此类的话，"囚禁的篝火"则象征了形而上的可以带给人间爱与温暖的光明与希望，这样的诠释如果不好理解的话，可以借用小说中描述的幸福乐园来阐释：

"但流离的年代将要终结。"他说，"那时辰男人与女人将无恐怕地，自由地，独立地，诚实地相爱。"
……"那时在爱里没有那暗色的离愁底乌影。请不要流浪了罢"。（2：49）

以此来理解的话，阿都尼斯可以称得上是世间第一猎人。他的志向是反抗宙斯的独裁意志，把光明与希望带给人间，他说"因此我一直被宙斯和他的仆从们追狩着像一只猎物"（2：33）。对于追逐理想的结局，他毫无信心，"他们终于要得着我的"（2：34）。在恐惧与绝望中，却又"妄想的活跃着"，掺杂着某种悲壮与自恋："我的尸身将四分五裂，我的尸身将苍白如青玉。"（2：35）当他对维纳斯倾诉着他心底的这些希望与忧惧时，维纳斯则"把玩着猎人很丑陋而单薄的手，吃吃地笑了起来"（2：33），并劝他"不再追狩了罢。让我们栖止，让我们相爱罢"（2：35）。

小说的前半部分，阿都尼斯一直护守着自己的禁欲主义，那怎样看待他的禁欲主义呢？我赞同赵刚的分析。即"猎人阿都尼斯孤独地怀抱着一个让禁忌的理想回到人间的伟大理想。这个天降的大任使斯人决意避开世间的沉瀣沉浊，孤独自重洁身自好，甚至不近女性，一切只为了护卫他的伟大的理想。他以禁欲主义作为他可是不同的，他可是有大任的，唯一证明"①。阿都尼斯的守身如玉，可以说是为了证实他对理想之忠贞，因此虽则当维纳斯一再劝说"因没有一点意志力而有一种低能者的虚弱感"（2：36）的阿都尼斯"让我们栖止相爱"时，他没有答应，而是一味沉浸在自己追逐理想被迫害的臆想里，并不饶地追问爱神"然而你始终不曾爱过的吗"（2：37）。原本伊"不住地从一个男人流浪到另一个男人"，"真是流浪得厌了"（2：37），阿都尼斯的追问令维纳斯对那个"腐败的诸神的世界"更加厌烦了，伊想起年轻的自己"第一次爱情"时，在"坚硬而狭小的情欲生活"里因被离弃受到的伤害，"那便是伊常年流浪的开始罢"（2：38）。流浪中的伊也有自己的悲楚：

> 伊断乎不是一个不识悲楚底人。当伊为伊所执著地需要的男人所弃的时候，伊是苦楚的，而且十分之苦楚；当伊在情欲底昏暗而浓浊的日子里忘不掉伊的及里面的荒谬和不曾满足底感觉时，伊是苦楚的，而且十分之苦楚；当伊纵姿地舍弃了一个男人，而又被那么秽乱，那么绝望，那么衰败的神们的世界弄得极为憎恶至于有强烈地欲望着另一个拥抱，另一个怀抱的时候，伊是苦楚的，而且又是十分之苦楚的。（2：34）

维纳斯因欲望不能餍足而苦楚，阿都尼斯因理想不能实现而苦楚，"但两种不同底苦楚因着或一种共同底频率而共鸣了"（2：35）。因此伊发出"栖止相爱"的邀请。恰如维纳斯知道她只能宿命般无法自抑地流浪，阿都尼斯也清醒地认识即使"栖止相爱"，"他们又终于会得着我的"，"我会被弃尸于野地里"（2：35）。

① 赵刚：《左眼台湾——重读陈映真》，北京大学出版社 2016 年，第 25 页。

他们命中注定，无法"栖止"。恰如伊所说，"我们在爱情之中流浪着，而你却在爱情以外漂泊着。"（2：40）

因此，面对阿都尼斯的追问，伊只能诚实地喟叹："然而我真流浪得厌了。"（2：38）当他发现爱神只不过是爱上了爱情而非真能爱人时，竟然对她说："那么你也是个无能于爱情的了。"（2：39）能对司爱情的女神说出无能于恋爱这样的话，估计也只有阿都尼斯了。不像维纳斯所阅历的芸芸男子——在他们表面的强、勇、力之下，有一种因欲望占有而来的"一种卑鄙的、低贱的、愚拙的内底弱质"（2：33），猎人阿都尼斯则"是一点儿也没有一种男人的淫荡底狡慧的呵"（2：30），他有一种少见的内在的真实与纯粹，甚至因为真实，这使得猎人"时常有一种不十分能令人了解的严肃"（2：37）。

然则，阿都尼斯与维纳斯还是"相爱了"。因为伊总是那样地祈盼爱情，他的"一个笑脸引动了伊的温柔"，使伊"虔诚的兴奋起来"（2：40）。而况，阿都尼斯并不是一个没有情欲的人：

> 他只不过是一个因着在资质上天生的伦理感而很吃力地抑压着自己的那种意志薄弱的男子罢了。或者他是个理想主义者罢。而且在那么一个废颓和无希望的神话时代底末期，这种理想主义也许是可以宝贵的罢。然而，其实连这种薄弱的理想主义，也无非是废颓底一种，无非是虚无底一种罢了。（2：34）

阿都尼斯把禁欲主义当作理想主义的唯一证明，力不从心地守护着。"因为如你所知，阿都尼斯是个意志薄弱的可怜的男人，而况有谁能拒绝爱情之神的试诱呢？"（2：41）在"那个孤单得很的月牙儿在黝黑的枝桠上锐利地弯着"（2：42）的夜晚，猎人终于知晓人事。维纳斯以"惊诧和喟然底声音"说："傻瓜。你这傻瓜呵。"而猎人则——

　　依然沉默着。童贞的破弃，竟比他所想象的还要平板
　　无奇的。他甚至于一点儿哀惜的感觉也没有。只不过是那
　　样的芜杂，那样地急促而不可思议罢了。但在这些浮浮而
　　且茫茫的里面，满满的都是伊的过份的温情。伊幽然地说：
　　"这便就是人生啊。"
　　他于是有些憎恶起来。（2：43）

　　初夜并没有引领猎人上升，反而令他陷入浮浮茫茫的虚无中。
在晨光里，他们默默地走着，"看来浮肿、肮脏、倦怠而且鄙俗"
（2：44—45）。只此一夜，伊已经"感到了那种分离的情绪"；他却
一如昨晚般地沉默着。他们两人的不同只在于，她愿意接受这就是
人生，而他不愿意。

　　这"匆促且慌乱的一夜"（2：45），对惯于"在爱情中流浪的"
维纳斯而言，是一个幻灭的开始，以及另一个希望的初前。伊"又
复感到强烈底流浪的感觉了"，忽然想起"利地亚的海岸"，那里有
"干净的白色的沙滩"，那里的牧童"唱着淫猥的情歌"（2：46）。
维纳斯已决定继续流浪了。

　　看着眼前执着于浪迹天涯的维纳斯，阿都尼斯智慧地说了一
句："我们都一样地躲着什么。一样地流放自己"，并仿佛"他所长
久困惑着的难结似的"说："我其实只不过是虫豸罢了"（2：47）。
接着，他感谢维纳斯使他成为男人，并感觉幸福，但他说"我们都
迟了"，还说："我们都是很岌岌的危城，寂寞的，岌岌的危城，谁
也扶庇不了谁。"（2：48）显然，维纳斯的享乐主义拯救不了阿都
尼斯的理想主义，反之亦然。于是，阿都尼斯愉悦地涉足于湖水之
中，并对女神说："我得回到一个起点去。那里有刚强的号角声，
那里的人类鹰扬"（2：49）。于是阿都尼斯"滑进湖心里去了"，维

纳斯则狂奔而去，不知所终。

《猎人之死》的结局依旧暗淡无光。阿都尼斯虽然回到了生命的起点，但是"我的耳已聋，听不见号声。我已死亡，鹰扬不起来"（2：49）。维纳斯呢？当阿都尼斯坚持追问维纳斯懂不懂爱时，伊痛苦地承认："我不晓得。爱着的时候总觉得比什么都真实。然而一旦过去了，却又总是那么单薄又那么空茫。"（2：38）未来，伊依旧这般诚实迷茫地沉沦着。

1965 年 7 月发表的小说《兀自照耀着的太阳》讲述的是因善良易感的女孩小淳行将死亡的触动，一群城镇知识分子苍白、忧悒的忏悔故事，他们希冀要从"帷幕深重的小天地"（2：70—71），走向那被太阳所照耀的"一切芸芸的苦难的人类"（2：73），却终因无力超拔其阶级位置而陷入不可自拔之境。故事的发生地是某矿区小镇的一个日据时期就有的老字号外科医院，也即魏医生家，楼下执业，楼上住家。魏医生才刚进入青春期的女儿小淳，三个月前目睹了"三十多个压得扁扁的坑夫排满了楼下的院子"（2：61），这使她深受震动。思想的震荡之下，竟然任由生命枯萎下去。病笃中，她要求将病榻移至客厅，打开窗子，"为了看见黎明的阳光"（2：71）。小说描述的就是在小淳弥留的晚上直至翌日清晨，魏医生及其日本太太京子，中年生意人许炘及其夫人菊子，还有小淳曾经的家庭教师、年轻男子陈哲围绕着小淳的病榻，在这个深深的夜里，对过去的人生产生了负罪感。他们自责着往日自渎、自欺、虚假的生活方式，决意伴随着小淳的新生，也开启一种新的关怀他人的生活方式。然则黎明前，挨不过睡意的他们，横七竖八地全睡着了，而小淳就在他们熟睡的黎明中去世了。

> "我一生也不知道看过多少死亡的了。"他看著病床上的女孩："但从来不曾这样地在生命的熄灭前把自己打倒了。"（2：55）

面对小淳的因仁而死，身为人父的魏医生犹自念着自己的专业和阅历，摆着一副表演的姿态。另外两人呢？陈哲的哀戚感并不由衷，他"耽于自我的欲望探索、经常陷入感官性的回忆中，以及连带着的一种与他人的疏离感与非现场感"。[①] 许炘这一子承父业的战后新兴企业主，则踌躇满志于阔谈自己买田置业的宏伟计划。他们都失落了对小淳应有的关心与悲悯。

对小淳尚且如此，对他人的死亡更是漠然。魏医生说："在这个矿区的镇上……死亡早已不是死亡了"；许炘也说："我从小在这儿长大。这样的死，就是我父亲时候都有了的"（2：61）。小淳却与他们截然不同，当她就着窗子俯瞰那些为亲属所呼天抢地的草席裹尸的罹难者时，她以无声的泪水抗议与呐喊着，期望自己的父母从对他人生命的麻木中惊醒过来。然而魏医生无动于衷，"我想：那只不过是因为伊是个女娃儿，何况又在伊那种感伤的年纪……那时我甚至没有安慰伊的"（2：62）。不得已，小淳只能以死来唤醒他们麻木不仁、漠不关心的灵魂。

面对病榻上奄奄一息的小淳，母亲京子诚挚地说"请好起来吧，小淳。你活着，妈咪一定也要陪着你真正的活着"时，魏医生也接着说：

> ……"但现在的心情却是很想为淳儿的生命跟谁商量，或者交换什么条件也好。不曾有一个生命的熄灭如此地使我不安，使我彷徨的。"（2：66）

小淳的死，终于让他们对死亡有了不安与彷徨的感觉。紧接着魏医生以纯洁、敏感、善良的小淳为比照，反省了他们在帷幕后醉生梦死的虚空往事。

---

① 赵刚：《橙红的早星——随着陈映真重访台湾一九六〇年代》，人间出版社 2013年，第188页。

"但是淳儿竟那样地流着眼泪。"医生说。……

　　"但我从来不知道要为别人，或者不同族的人流泪的事，"魏医生说："淳儿这个孩子啊……"（2∶65）

　　……

　　"是的。我和妈妈忽然感觉到从来便没有活过。"医生说。（2∶66）

　　在这个悲戚情境中，陈哲问及："我们都不曾活着。——谁该活着呢？"这时，魏医生将忏悔推向高潮：

　　　医生说："我们所鄙夷过的人们，他们才是活着的。"
　　　"那些像肉饼般被埋葬的人们。"许炘衰竭地说。
　　　"那些尽管一代一代死在坑里的，尽管漫不经心地生育着的人们。"（2∶66—67）

　　在他们一句接一句地反思与自省时，小淳竟而醒了。她的"像一泓清澈的秋天的潭水"般的眼睛张开了，安慰了大家几句，旋即睡了过去。这一"奇迹"的出现，"鼓舞"着众人继续忏悔。

　　　"……就不知道要怎样过完往后的日子。"菊子说。
　　　"那些过去的日子啊——"陈哲说。
　　　"那些绝望的、欺罔的、疲倦的日子。"医生说。
　　　"成天的躲在帷幔深垂幽暗的房子里。那些酒，那些探歌舞曲！"京子说。……
　　　"呃。那些死灭的日子啊！"京子说。（2∶69；71）

　　他们的忏悔不能不说深刻，然而却以保有他们最宝贵的、最怕失去的小淳为前提，透出一股"许愿"的味道。

> 京子望着小淳喃喃地说：
>
> "我们可要真实的活着呢，小淳——只要你同我们活着。"
>
> "虽说那不会没有困难，对吧，医生？"
>
> "对的。"医生说："但是抛弃过往的那种生活，恐怕无论如何都是一个最基本的条件吧。"
>
> "抛弃那些腐败的、无希望的、有罪的生活……只要小淳同我们留下来。"
>
> "真的，真的。"菊子说。（2：72）

然则，这看似忏悔至深的五个人，不等见到黎明就都"深深睡熟了"。当太阳升起时，小淳在"安安静静地五人沉睡的匀息以及初升的旭晖中断了气"，同时"太阳却兀自照耀着：照耀着小淳朴素的脸；照耀着医生的阳台；照耀着整个早起的小镇；照耀着一切芸芸的苦难的人类"（2：73）。

《兀自照耀着的太阳》中，陈映真塑造了"小淳"这一形象，她的意义在于"对她的与民众隔绝的、对他人苦难无感的，从而是与'真正的活着'隔绝的命运"[1]进行反抗。这种对物质的、压抑的、无意义感的生活的反抗，在绝望中留下一条乐观的小尾巴——小淳在一种似乎看到旭日的乐观中死亡。这样的看似光明的解决方式，连作家自己都觉得"突兀可笑"：

> 和他所描写的风雨冷冽的长夜比较起来，陈映真所看见的"阳光"又显得多么无力、多么突兀可笑，仿佛一个惊于自己设色之惨苦的画家，勉强地加上几笔比较明快的

---

[1] 赵刚：《橙红的早星——随着陈映真重访台湾一九六〇年代》，人间出版社 2013 年，第 203 页。

颜色一样。[1]

这般结局，可谓意料之外、情理之中。说"意料之外"是因为，这五个人，在强烈的思想震荡中，揭出多年以来的罪恶感和羞耻感后，不是如获新生地守护着希望、守候着黎明，反而沉沉地睡去了！这样的集体忏悔，不是犹如做戏吗？这样的结局，不也象征着他们的觉醒无望吗？

2000 年年初，陈映真在一篇访谈中曾谈及其作品描写市镇小知识分子的绝望、虚无与苦闷时的思想根源。他说：

> 第一，在思想上，我自觉自己是个小知识分子，从社会科学上的定义来说，我自认是社会阶层的中间者，因为知识分子、作家、文化人的基本社会属性，都是小资产阶级。为何这种身份会被特别提出，因为从左翼的观点来看，小资产阶级是最中间的阶层，可上可下，情况好时，可上升为上层的阶级的服务；情况不佳时，可能牢骚特别多，转而同情下层的人，一起闹革命。此外，有些评论家认为我作品中弥漫着苦闷与绝望，故事主角动不动就死亡，和我早期受现代主义的影响有关。基本上，对于评论者的论点，我保持尊重的态度，不能跳出来否定，但在此我想进一步清楚的说明。最重要的原因有两点，第一，年轻的基本格调就是感伤、忧郁、易感，像吕赫若如此年轻就能呈现冷恻、具现实主义色彩的作品是很少见的，颇令人讶异。第二，当我开始在牯岭街的旧书店流览，接触到像《联共党史》《政治经济学教程》《大众哲学》《马列选集》第一册等左派的社会科学书籍时，受到的影响很大，

---

① 陈映真（许南村）：《试论陈映真——〈第一件差事〉〈将军族〉自序》，薛毅编《陈映真文选》，三联书店 2009 年，第 7 页。

但在当时台湾，我获得了那样的知识反而不敢和别人分享，像吴耀忠那么好的朋友，也是到了后来实在忍不住了才敢告诉他。当时环顾左右，台湾实在没有30年代、40年代那种优秀作家、文化人、学生共同高举红色的旗帜奔走呼号的环境，而是一片沉寂、荒芜与绝望。有了这些影响，因此，我的作品呈现较为不同的风格。①

作家自认为描写知识分子苍白、忧郁与绝望的思想根源大致有三点：其一，自身小资产阶级知识分子的属性；其二，六十年代，作家恰好处于多愁易感的青春时代；其三，阅读了左派社会科学书籍后，思想引起变动，然则周围的肃杀的环境却不允许他的思想有任何出口，只有在小说中小心翼翼地展演。

三

一九六六年以后，契诃夫的忧悒消失了。嘲讽和现实主义取代过去长时期以来的感伤和力竭、自怜的情绪。理智的凝视代替了感情的反拨；冷静的、现实主义的分析取代了煽情的、浪漫主义的发抒。当陈映真开始嘲弄，开始用理智去凝视的时候，他停止了满怀悲愤、挫辱和感伤，去和他所处的世界对决。他学会了站立在更高的次元，更冷静、更客观、从而更加深入地解析他周遭的事物。这时期他的作品，也就较少有早期那种阴柔纤细的风貌。他的问题意识也显得更为鲜明，而他的容量也显得更加辽阔了。②

---

① 陈映真、杨渡：《运笔如椽的梦想家——专访陈映真》，王妙如记录整理，《中国时报·人间副刊》2000年1月23日。

② 陈映真（许南村）：《试论陈映真——〈第一件差事〉〈将军族〉自序》，薛毅编《陈映真文选》，三联书店2009年，第8页。

1966 年是陈映真结束"契诃夫的忧悒"的旧时期,进入"讽刺批判"新时期的重要年份。1966 年以后,他的创作已向着一个新风格转变,他努力运用现实主义的创作方法,使自己从漫长的忧悒的时代突破而出。这时期的作品主要用写实的手法、嘲讽的笔调,暴露和批判了知识分子崇洋媚外、虚伪自私等恶习,因而面目一新。这一时期《最后的夏日》围绕李玉英的出国,引发了不同性格知识分子的不同反应,暴露了他们虚伪、善妒、阴暗、崇洋媚外的特质。《唐倩的喜剧》通过唐倩先后与三个不同类型的知识分子恋爱、试婚、结婚都失败的故事,对台湾读书界的恶浊空气做了辛辣的讽刺。小说结尾处,唐倩终也实现了"美国梦",在大洋彼岸过上了如鱼得水的生活。《第一件差事》里的主人公"我"更是一个不谙世事、却盲目自大的知识分子,通过他对不同人的不同态度的接待,又看出他的狡猾与世故,最后一篇洋洋洒洒为交差而写的报告,更暴露了他肤浅、被洗脑的可悲可怜之状。因上述作品在本章后文有详细评论,故在此简略述及。

要深刻地理解陈映真这时期的作品,首先必须追根溯源了解六十年代台湾知识分子热烈向往"美国梦"的背景与缘由。陈映真在《美国统治下的台湾》一文中所做的详细论述可供我们参考:

> 从五十年代到八十年代的今天,亲美、扬美、依美成为台湾三十年来主要的政治、经济和文化政策。因此,台湾三十年间,政治上、意识上反美和对美国的批评,基本上是一个禁忌……三十年来,美国在台湾被塑造成自由、民主的最高榜样;美国是"自由世界"伟大的领袖,是对抗"邪恶的共产主义"的世界盟主;美国是富裕、有正义感、慷慨、友好的国家;美国是一切进步学术、艺术、文学的来源;美国是世界上最先进技术与科学的总本山;美国社会是一个开放、多元、富裕、民主、自由甚至公平社会的最

高榜样……①

在分析了政治上、军事上、经济上、文化上美国对台湾的操控，以及台湾对美国愈来愈深的依赖后，他下结论道：

> "国府"长期、公开的亲美、从美政策，在台湾的朝野间，形成了一股深远的、复杂的崇美、媚美、扬美的氛围，并且在民族的精神和心理上造成了对美国、西方的崇拜，和对自己的自卑所构成的复杂情"结"。②

"美国梦"是述及六十年代知识分子不可绕过的主题，陈映真在小说中有着深入论述。对于"美国梦"对民族精神与民族性格造成的危害，陈映真也有着透彻的分析，在《断交后的随想》中，他写道：

> 三十年来，美国对于台湾政治、经济、社会和文化各方面，有十分强大、深远、复杂的影响。这种支配性的影响，在国民的心理上，对美国产生极为繁复的错综——羡慕、敬畏、忿怒、嫉妒、卑屈、狂傲。有一位留过美的"专栏作家"就曾说，对于美国，他是一个"感情上的反美主义者"，但也是"理智上的亲美派"。感情上，看见美国对弱小国家的骄姿、干涉、欺负，引起很大的反感；但是在"理智"上，又觉得自己的生存，非依赖美国不可。这种矛盾，常年怄积起来，足以斫伤一个个人、一个民族的人格，养成一种"敢怒不敢言"，当面赔笑脸、背后捂着嘴发出恶骂的卑屈、猥琐的奴才性格。③

---

① 陈映真：《美国统治下的台湾》，《陈映真文集·杂文卷》，中国友谊出版公司1998年，第325—326页。

② 陈映真：《美国统治下的台湾》，《陈映真文集·杂文卷》，中国友谊出版公司1998年，第327页。

③ 陈映真：《断交后的随想》，《陈映真作品集》第8卷，第22—23页。

这种"民族性格的卑屈化、猥琐化和奴才化",正是二战后,在美国支配下的第三世界各国、各民族,包括台湾在内,普遍而严重的精神疾患,并长期毒害了这些民族的精神生活。因此,陈映真不能不在小说中,对美国式教育、文化、消费观念、文学价值等对台湾文化、社会等各方面造成的影响,给予深刻的反省和检讨。

其次,理解他这时期的作品,必须要了解现代主义对台湾知识界的影响。陈映真在他著名的《现代主义底再开发》一文中,曾激烈地批判六十年代台湾的现代主义,他写道:

> 我们的现代主义文艺,不是徒然玩弄着欺罔的形式,便是沉溺在一种幼稚的,以"自我"那么一小块方寸为中心的感伤;不是以现代主义最亚流的东西——堕落了的虚无主义、性的倒错、无内容的叛逆感、语言不清的玄学等等——做内容,就是蜷缩在发黄了的象牙塔里,挥动着废颓的白手套。在客观上,台湾的现代主义先天的就是末期消费文明的亚流的恶遗传;在后天上,它因为一定的发生学上的环境,成为一种思考上、知性上的去势者。结果,我们的现代主义便缺少了一种内在的生命力,缺少一种自己生长,自己纠正自己和接受新事物等等的能力。[①]

陈映真对台湾现代主义深刻的反省与检讨,蒋勋认为有一个重要的原因恐怕"来自于他自己曾经切身经过最深的对现代主义的摸索罢","他早期小说中颓放自苦的主角,理想堕落之后的自戕毁灭,那种蚀啃生命的本质上的绝望……'现代'对于他,并非外在形式上的造作,却来自于政治禁闭年代对那苦闷的反弹",所以他"较早反省到了台湾现代主义的虚假性"。[②]陈映真于 1967 年撰写

---

① 陈映真:《现代主义底再开发》,《陈映真作品集》第 8 卷,第 6 页。

② 蒋勋:《求真若渴,爱人如己》,《陈映真作品集》第 8 卷,第 22 页。

的文章《期待一个丰收的季节》中，对台湾现代主义有着深刻的认识，他写道：

> ……台湾的现代派，在囫囵吞下现代主义的时候，也吞下了这种反抗的最抽象的意义。我说"抽象的意义"，是因为在反抗之先，必须有一个被反抗的东西。然而，与整个中国的精神，思想的历史整个儿疏离着的台湾的现代派们，实在说，连这种反抗的对象都没有了。[①]

正因为对现代主义有着越来越清醒的认识，陈映真方才挖掘出台湾现代主义的特殊相，即性格上的亚流倾向，以及思考和知性的贫困性。因此在陈映真的作品中虽然也吸收现代主义的表现手法，有着现代主义的外壳，但却皆包裹着"文学的关怀""人的主题""民族的现实"等内核。他还对台湾文艺的发展提出了希冀，这也许是他对自己的要求吧。兹抄录如下：

> 问题不在于"现代"或"不现代"，不在于"东方的"或"国际的"，不在"禅"，不在于"观静"，不在于……问题的中心在："它是否以做为一个人的视角，反应了现实。"文艺是现实的反应；而反应现实的制作者，是人；是一个具备了思考、爱、和批评能力的人。文艺的形式历有变革，但做为思考的人的那种追求人的完全的心灵，却永未间断，而且……应该奔向一个更高的层界去的罢。[②]

南方朔在《旧俄文学"无用"之人》中曾说过，十九世纪旧俄社会因为领导人多是贵族的西化派人士，于是他们与现实有着很大

---

① 陈映真：《期待一个丰收的季节》，《陈映真作品集》第8卷，第12页。
② 陈映真：《现代主义底再开发》，《陈映真作品集》第8卷，第4页。

的距离，这样就使之有"无根"的感觉；"无根"的另一同义词就是"无用"，于是当时的知识分子多是能说善道的谈话英雄。尉天骢认为，台湾五十年代到六十年代的知识分子也大致如此，"在这种'我们再也懒于知道我们是谁'的时代，或如徐复观所说的'不思不想'的日子里，陈映真能追根究底，起而批判，这是很不容易的。"①

第二节 《一绿色之候鸟》：地域与代际呈现

《一绿色之候鸟》借由着一只偶然到来的绿鸟，讲述了赵公、陈老师，以及季公及其家人所产生的友谊、希望、康复、死亡、绝望等过程，在这个过程中探讨了他们所代表的六十年代台湾知识分子的不同主体状态。小说中，赵公、陈老师与季公虽是同一所大学的教师，然而他们的身份不同（外省人与本省人）、专业不同（文科与理科）、年龄不同（差距近三十年），而且性格有别，经历迥异，因此理想志趣也大不相同。是故，陈映真选取的这三个知识分子涵盖面较广，具有较强的代表性。

小说伊始，年轻的陈老师在一个雨天的午后，无意在眷属区家门口捡到一只"绿色的鸟，张着很长的羽翼。人拳大小的身体在急速地喘息着"（2：3）。因为这只绿鸟，原先并不十分相熟的陈老师与赵公逐渐熟稔起来，并结识了季公，他们"便这样在绿鸟上结下亲密的友情了"（2：19）。动物学教授季公经过彻夜的研究，得出"那绿鸟据说竟是北国的一种候鸟"的结论：

> 据说那是一种最近一个世纪来在寒冷的北国繁殖起来

<hr />

① 尉天骢、齐益寿、高天生：《从浪漫的理想到冷静的讽刺——尉天骢、齐益寿、高天生对谈陈映真》，《陈映真作品集》第 5 卷，第 160 页。

了的新禽，每年都要做几百万里的旅渡。季公说如果这个判断不错，那么这绿鸟——至今我仍无以名之——一定是一个不幸的迷失者……这种只产于北地冰寒的候鸟，是绝不惯于此地这样的气候的，它之将萎枯以至于死，是定然罢。（2：17）

他们都为着这只绿鸟的离散、失群、失路的命运，有所触动、有所感悟。赵公因这绿鸟的迷途难归，念起海峡对岸的故地，及其年轻时的遭际与抱负，进而陷入落寞与寂寥；陈老师因这绿鸟的因缘，深入理解了赵公和季公沉郁、不平的遭际，渐次从"远走他乡"的凌空高蹈的生活中沉淀下来，并生起踏实生活的希望，然而这希望随着妻子的骤然离世，又转为"哀莫大于心死"；只有季公因预知绿鸟水土不服之必然，虽则曾让病妻一度地焕发过，然则在妻子终是无可挽回地离世时，他恸哭一场后，携着幼子再次笃定、沉着地迎接生活的风雨。

赵公：死亡与绝望的呼唤

赵公年近六十，单身——"十多年来，他都讲着朗格的老英文史。此外他差不多和一切文化人一样，搓搓牌；一本一本读着单薄的武侠小说。另外还传说他是个好渔色的人……"（2：8）这样一个混日子的老教授，青年时代却是个"热情家"呢。不仅"翻译过普希金、萧伯纳和高斯华绥的作品"，而且在祖国危难之际，毫不犹豫地"回到上海搞普希金的人道主义，搞萧伯纳的费边社"（2：22）。可知，年轻时的赵公应是一个关心社会改革与社会正义的知识分子。

赵公在得知绿鸟的消息后，落寞地想起了"春秋之际，常常有各色的禽鸟自四方飞来栖息，然后又飞上他们旅途"的家乡：

故乡多异山奇峰。我永远忘不掉那些禽类啁啾在林野
的那种声音。现在你再也看不见它们成群比翼地飞过一片
野墓的情景了；天又高，晚霞又烧得通红通红！（2：8）

"成群""比翼""野墓"这样的词语，再联想到赵老的身世，
不免触目惊心。恰如失群的候鸟般流浪至台湾岛上，既无比翼同肩
之人相伴，又无归乡的希望，这般情境怎叫人不"落寞"呢。

待听及陈老师介绍到绿鸟的声音是"一种很遥远的、又很熟悉
的声音"（2：9）时，赵公突然地沉默起来，忽然用英文轻慢慢地
诵起泰尼逊的句子：

Sunset and evening star
And one call for me！

学生问我："这个 call 到底是指什么。"赵公接着说：
"我就是对他们：'那是一种极遥远、又极熟悉的声音。'
他们哗笑着说不懂。他们当然不懂！"

"是的。"我说。

"他们怎么懂得死亡和绝望的呼唤？他们当然不懂！"

他笑了起来，当然也是一种落寞的笑。

……

"十几二十年来，我才真切的知道这个 call，"他继续
说："那硬是一种召唤哩！像在逐渐干涸的池塘的鱼们，虽
还热烈地鼓着腮，翕着口，却是一刻刻靠近死灭和腐朽！"

这一"涸辙枯鱼"的寓言景象，是怎样的凄苦与无望啊。而这
何尝不是赵老当下堕落、虚无生命状态的描述呢。这样一个相对开
明、进步的知识分子来台后，在极右的、威权的国民党统治下，失
去了任何言动的空间，从而只能过着混吃等死的日子。于他而言，

岂不是逐日走向死灭与腐朽的衰败吗？

早已心灰意冷的赵公，在目睹了季公丧妻时的恸哭后，发出由衷的敬叹："能那样的号泣，真是了不起……真了不起"（2：22）。念及自己年轻时的失情失德，顿生羞耻感、罪恶感与忏悔感，禁不住向陈老师倾吐了压在心底的辛酸往事：

> "我有过两个妻子，却全被我糟蹋了。一个是家里为我娶的，我从没理过伊，叫伊死死地守了一辈子活寡。一个是在日本读书的时候遗弃了的，一个叫做节子的女人。"
>
> 我俯首不能语。
>
> "我当时还满脑子新思想，"他冷笑了起来，"回上海搞普希金的人道主义，搞萧伯纳的费边社。无耻！"
>
> "赵公！"我说。
>
> 他霍然而起，说：
>
> "无耻啊！"
>
> 便走了。（2：22—23）

也许是对两个妻子压抑已久的歉疚感与罪孽感，赵公来台后亦未娶？不得而知。然则，他为着"国"的热情与理想，抛却了"家"的小确幸，换来的却是荒唐度日的凄凉结局，想来亦是令人唏嘘不已。小说后面，赵公得了老年痴呆症，住进精神病院后，陈老师去清理他的宿舍时，"才发现他的卧室贴满了各色各样的裸体照片，大约都是西方的胴体，间或也有日本的。几张极好的字画便挂在这些散布的裸画之间，形成某种趣味"（2：24）。小说关于赵公精神与状态的勾陈，隐秘地批判了国民党高压统治对知识分子的摧残与压制。兹引赵刚的论述为证。如下：

> 1960 年代，国民党政权在美苏的冷战对抗大体制下，

以及美国支持的两岸分断体制下，所进行的权威统治，以及对思想文化的控制，使得原本怀抱着某种理想知识分子（或文化人）为之颓唐堕落；"知识分子"不能有思想，"文化人"不能有异见，所余者，麻将、武侠、字画，与东洋裸体画也。赵公不但遗失了对未来的希望与对知识的热情，也一并丢却了主体所以立的文化根本，包括道德与审美。他将"几张极好的字画"混杂在裸画之间，不就是鱼目混珠泥沙俱下的表征吗？[①]

因为失却对未来的希望，一并丧失了知识的热情、情感的充实和道德的操守，赵公之走向疯狂与死亡亦是料想之中的。

季公：也无风雨也无晴

因为季公之妻，这个"极爱小动物的女人"（2：12），对绿鸟甚感兴趣，季公便经由老友赵公结识了陈老师。季公是个"穿着蓝长衫的瘦小的长者"，他的"温文而又体贴"的"京片子"，"使这个健康显然不佳的老教授顿时显得庄重起来"（2：11—12）。他是个温文、真诚、庄重，并动辄脸红的羞怯之人。因为妻子年龄小他很多，且"是下女收起来的"，不但大儿子对此不能接受，且不为知识界所容，季公被迫离开原教职，来到而今的大学。虽然"歧视依然压迫着他们"（2：18），但季公因爱而勇，悠悠八卦之下，敬己爱人乐天。[②]

较之《多么衰老的眼泪》中因为顾忌儿子的反对与周围人的眼光，即使与年轻的下女阿金已有夫妻之实，却迟迟不肯给予阿金妻

---

① 赵刚：《橙红的早星——随着陈映真重访台湾一九六〇年代》，人间出版社 2013 年，第 153 页。

② 赵刚：《橙红的早星——随着陈映真重访台湾一九六〇年代》，人间出版社 2013 年，第 3 页。

子名分的康先生，季公可谓是个至情至性之人。他"热情地恋爱着他现在的妻子"，也许好事之人会猜想他贪婪伊的年轻与美貌，可是当伊在生了一个男孩，就"奇异地病倒"后卧病的七八年间，他不离不弃，"房间、庭院、妻子的汤药、晨晚梳洗，都是他一双手做的"（2：18），那窗明几净的房间、花木扶疏翠竹离离的院落，以及病妻的优雅，这些难道还不是季公忠贞爱情的证明吗？而况妻子病逝时，他之号啕大哭，更触人心弦。陈映真以沉郁之笔写道：

> 当夜死者入殓的时候，季公忽然号泣起来了。我大约永世也不能忘怀那种男人的恸哭的声音罢。差不多是单音阶的、绝望之极的哀号，使丧家顿时落入一种惨苦得不堪的氛围里。那位应该是岳丈的老农夫开始轻轻地劝着他。到后来连恸哭着的岳母也止住了哭声，也劝起季公了。然而他就是那样放声号泣着，使他的那个身体极高大的儿子，也有几分无头绪起来了。（2：21）

年近六十，历经沧桑，还能这般真性情地恸哭，的确是了不起的。与赵公相比，季公有超越省籍、超越阶层的爱人的能力，除却重情重义，勇于逐爱外，季公还是个不以物喜不以己悲的理性之人。

小说没有介绍他的历史，只知道他是个"动物学教授"，专业造诣颇深，三十岁时就已出版著作；而且他还有个"身材很高大"的大儿子。尽管大儿子对他与下女的婚姻很不以为然，季公依然追随内心，与伊结婚生子；为着让孩子在一个没有歧视的环境下快乐长大，他们将孩子交给南部娘家养；在小说中所有人都对绿鸟怀抱着某种热烈的或难以言说的希望与寄托时，季公也欣欣于绿鸟的来临和为其妻带来的快乐，然则仍预言"它之将枯萎以至于死是定然罢"，而不盲目希冀、盲目寄托。这不是说季公是个消极、悲观之人，断断不是，在陈老师看着院子里玩耍的孩童，说他像季公，也像他母亲时，季公则斩然地说：

> "不要像我，也不要像他母亲罢。一切的咒诅都由我
> 们来受。加倍的咒诅，加倍的死都无不可。然而他却要不
> 同。他要有新新的、活跃的生命！"（2：26）

季公希望下一代走出自己的路，而不要像前一代人那般走在崎岖的山路上。

比照季公与赵公的两种完全不同的生命状态，可知赵公最大的不幸，不在于两岸分断，甚至不在于国民党的思想控制，而在于他对自己的绝望，以及由之而来的对自我、对生活的完全放纵。季公的生活也满是泥淖，他的婚姻被诅咒、爱妻病重、小儿子被歧视、大儿子形同陌路……然则，他依旧自爱爱人，清醒地爱与敬着。他诚恳、自敬、自重的人格与文化本源来自哪里呢？我认可赵刚的说法，他认为，这来自于"中国传统文化"：

> 是传统中国文化的某些因子对季公提出支援，使他
> 在荒芜的、残忍的、无助的、歧视的境遇中，仍能自重爱
> 人，穷，不及于滥。季公为自己在此时此地保养了一方救
> 赎的心园——他不酸腐、嫉恨、犬儒、绝望，从而对人保
> 持温润如玉的光泽善意。证据为陈映真让自然科学的教授
> 季公一上场就穿着象征传统的蓝长衫，以此来陈述季公的
> 内心与外衣。另外，季公一口上好的"京片子"，他的家
> 居井井有条、窗明几净，有一种让人安静的"数不清楚的
> 氛围"，还有一幅草书（2：14）；他的庭院更是簇簇绿油
> 油的翠竹。[1]

---

[1] 赵刚：《橙红的早星——随着陈映真重访台湾一九六〇年代》，人间出版社 2013年，第 163—164 页。

京片子、草书、翠竹，难道不是传统中国文化的暗示与象征吗？再则，他既不是如赵公那般崇尚人道主义、费边主义的自由知识分子，也不是有信念的社会主义者或者虔诚的基督教徒。因此，唯有在"中国传统文化"这个大范畴中，可以寻踪一二。

陈老师：由希望渐至绝望

相信多数读者与我之前一样，认为小说的表面主人公陈老师，不过是故事的讲述者，是个穿插在各个人物之间将故事串连在一起的穿针引线式的人物，他自身却并无多少实质性内涵。毕竟他没有赵公与季公曲折离奇的身世背景和命运遭际，小说对他也没有浓墨重彩的书写，虽然他是小说讲述者，但他的言行与举止却最是平淡无奇。然而，当我再次细读小说时，才发现陈老师的形象绝非表面上看起来那般扁平，而是随着绿鸟到来至神秘消失经历了一系列精神、思想与情感的变化。

遇到绿鸟之前，陈老师自认为是个漂泊半生的失意之人。他的失意其实就是移民美国梦的挫败。为了出国，他努力地学习英语，希望以此作为去美国的敲门砖，出国梦受挫后，转而教英文，却"对英文是从来没有过什么真实的兴味的"（2：1）。他结婚，是因为"对出国绝了望，便索性结了婚"，这样的婚姻也成为绝望之后无可如何之事。婚后，他又屡屡发现妻子"是个多诡计的、有些虚伪的女人"，从而越觉生活的可恶。

小说伊始，陈老师正在准备史蒂文森一篇题为 *Walking Tours* 的文章，"不耐得很"，乃至后来竟"憎恶得很"（2：1—2）。陈老师何以会因为这样一篇文章而大动肝火？陈映真又何以在小说中选择 *Walking Tours* 一文呢？唯有读了这篇散文，才能更好地了解作家的用意。这篇文章（全文内容见本节文末附件）的核心意象便是"远游"，必要条件则是"独自出游"。远足"必须单独前往，其精髓在于能够逍遥自在，随兴之所至，时停时走，或东或西，无所拘束"，而且"身旁切忌有喋喋之音"，也切忌"陷入思维之中"，唯如此方能达到远足的最终目的——"难以言诠的安详宁静"。

文中所提及的"远游他乡、逍遥自在、无他人干扰、胸怀开放、思维开阔……"都是陈老师意淫中"美国梦"的实指，也是当下生活不如意的反衬。身边既有虚伪、狡诈之人相伴，又被迫陷入没有兴味的职业中，何来的"恣意感受"与"安详宁静"？透过史蒂文森的这篇文章，我们知道陈老师的欲望与人格状态：离开此地、无拘无束的自由、个体最大、他者是地狱，古今之人谁也别来烦我……这里展现了一种在六十年代高压体制下的一种非社会性的、去政治化的个人追求：生活在他乡。年轻的陈老师其实是为数甚多的无法出国不得不窝在大学当助教或讲师的青年知识分子的一个代表。[①]

"美国梦"的挫败，让"思考上和知性上的贫弱症"[②]的陈老师过上了一种不真实的，或无法真实的生活。因此，他经常对妻子有尖锐的陌生感，觉得身边最亲密的人竟有着"一张白油油的仿佛面具的脸"（2：5）。在陈老师看来，妻子是个工于心计之人，她以学英文为借口接近自己，假装喜爱小动物疼爱孩子，婚后却换了另一张面孔——不要孩子，不喜欢绿鸟甚至有"几分厌恶"即是例证。这些更加剧了陈老师物是人非的虚假感，他却从未试图深层次地了解伊，并做出真正理性的判断。然而，绿鸟的出现却是个转机，促使他从凌空高蹈的理想神坛上走下来，逐渐过上脚踩大地的平实生活。这从他对妻子感受的转变，以及自我精神、情感的变化中可以印证。

初始，他为着妻子不要孩子而觉出伊的虚伪，而"第一次感到

---

① 赵刚：《橙红的早星——随着陈映真重访台湾一九六〇年代》，人间出版社 2013年，第 156、158 页。

② 陈映真：《现代主义底再开发》，《陈映真作品集》第 8 卷，第 6 页。

一种不可自由的凄苦的情绪"（2∶5），这种情绪再一次在伊对绿鸟的"过分的漠然"中得到印证。然而绿鸟不食不鸣。陈老师只好接受妻子的建议，打开鸟笼，任其自由，这时陈老师想到"漂泊了半生"的自己，竟而再次"为之凄然"起来（2∶7）。年纪轻轻的陈老师，既没有经历战火流离、妻离子散，竟用"漂泊了半生"形容自己，可知，他也认为自己一直着浮萍般漂游无根的生活。他竟夜的忧虑也不过是"一只空了的鸟笼""野猫的侵害"，以及"妻的面具般的脸"（2∶7），较之赵公、季公的大悲恸、大怆伤，这是何等微不足道的烦恼啊。次日清晨，当他发现绿鸟仍在时，立即"感到一种隐秘的大喜悦"，本来注定要漂泊的绿鸟，竟然没有离他而去，驻留下来，这般的情境与他自身的境况是何其相似呢。一种同病相怜的感觉，让"从小便不曾对鸟兽之类关心过的我"，更加怜惜与关注绿鸟了。

因着绿鸟的机缘，与赵公逐渐熟悉起来的陈老师在听到赵公关于"死亡和绝望的呼唤"的阐述时，"我的心竟然微微的作疼起来"（2∶10）。向来视"他者为地狱"的陈老师，开始有了共情之心，能体会到他人的悲痛与苦楚了。尽管他将这悲楚感理解为"那大约无非是年老的一种心境罢了"，但这是极为难得的转变。

接着，陈老师与妻子一起去拜访季公，并慷慨地将绿鸟相赠。在季公家，他看到一向饶舌的妻子安静的一面，并注意到伊对季妻真诚的关爱，"那笑脸是又同情、又友爱的"（2∶15）。这使得他"原先因着绿鸟而来的对伊几分敌意，却因这个拜访烟散了"（2∶15—16）。在得知了季公与妻子坎坷曲折的情感经历，以及季公始终对妻不离不弃、敬爱有加的作为后，他第一次"落入极深的沉思里了"（2∶18）。尽管依旧身处"青年们像往时一般来往校园里"，他的心却有了"往时未曾有过的衰老和哀伤的重苦之感了"（2∶19）。陈老师委实被季公所表现出的不随波逐流、忠于内心、敢于逐爱、勇于对抗生活挫折的精神打动了，他的共情能力也进一步提升了，也更加了解了妻子。伊像小孩子一般追问着季妻病情的细节，欢喜着、祝福着，憧憬着与康复后的季妻成为好朋友。他第一次了解到妻子在眷属区的寂寞。此时，"季公、赵公和我们，便这样在绿鸟上结下亲密的友情了"（2：19）。向来睥睨一切的陈老师，有了友情。

半月后，季妻去世。葬礼上，陈老师被季公"单音阶的、绝望至极地的哀号"所震撼，所打动，他"大约永世也不能忘怀那种男人的恸哭的声音罢"（2：21）。他发自内心地与他人的情感共鸣了，再也不是昔日那个"事不关己、高高挂起"的清高之人。对于妻切切的哭泣，他也尽力地安慰着，且"似乎第一次看见了妻的这个我从未曾知道过的一面"（2：21）。从之前认为妻子狡诈、虚伪、冷漠，到而今看到伊的多情善感、友善爱人，这期间转变的哪是伊，不过是陈老师自己而已。他逐渐敞开心扉，能真正地体恤他人、感知他人的喜怒哀乐，才会在短短的时间内，对妻子的认知有了一百八十度的转变。

有了同情共感的陈老师，与妻子一起被"一种悲苦如蛆虫，如蛛丝一般在我们的心中噬蚀着，且营着巢"（2：21），想到大家都太难过了，某夜，他提议请季公与赵公来家里吃顿饭，并主动拥抱了妻子。小说写道，那样的拥抱"是没有欲望的"，"我感到伊的悲楚渗入我的臂膀里了"（2：23），这也表明他对妻子的拥抱、爱恋，不再只是因新婚而来的性事热情，而是能真正体谅妻的感受，这才能痛彻地感受到了伊的悲楚。可以说至此，陈老师彻底完成了由"异化"至"共情"的转化。

当帮着赵公清点遗物时，面对他贴满各色裸照，并间杂着几张字画的卧房，陈老师没有人云亦云地附和着"他的病与淋病有关"的传言。反而想起易卜生《群鬼》中奥斯华在发病前喊着说："太阳！太阳！"并思忖着赵公会喊些什么呢？（2：24）完成人格主体重建后，自主独立的陈老师，深刻地理解了赵老的悔恨与懊恼，理解了他的郁郁不得志，理解了他身处历史夹缝的身不由己。

照此情形下去，不出意外，陈老师会成为一个人格与心态健康的、与季公相类的敬己爱人之人。却不料，一个月后，陈妻"忽然死了"（2：25）。入殓的时候，"我望着伊白油油的，仿佛面具的脸，感到生平不曾像这个片刻那样爱着伊"。虽则，"我没法像季公那样地号泣，致使娘家有些忿忿的意思了"，但却深信"妻必能了解的"（2：25）。"我忽然想起赵公话：'……能那样的号泣的人，真是了不起呵！'"虽然知道妻子能理解他对伊的一片情深与眷恋，却进一步体会了赵老所体验过的对妻子的悔恨，为之前对妻子的漠然与误解而自责并懊悔。陈老师的前途与未来是光明的了吗？可惜不是。妻子的遽然谢世，使得他刚刚建立的、尚未稳定的主体人格也随之轰然倒塌了，他再次被驱赶至"哀莫大于心死"的困境。小说结尾处，他"感到自己真像赵公所说的那一塘死水中的鱼。只是我连鼓腮都不欲了"（2：26）。那些升腾起的希望，就如同那赫赫连片的竹花和消失不见的绿鸟，一切又复归毫无出路的寂寂了。对于六十年代的陈映真来说，除却失路失心，他再也想不出其他的可能性了。

行文至末尾处，不能不提及陈妻的忽然离世，这一突如其来的诡异之笔，令我跟不少读者一样，都觉得陈映真的这般安排，过于突兀和离奇，难免让小说有失真的嫌疑。后来，在读到彼时就与陈映真相熟，且分外理解其作品意蕴的老友尉天骢的解释时才恍然大悟。尉天骢指出，小说中陈妻的突然死亡，非常令人茫然，因为"他（陈映真）觉得没有出路就安排死亡，所以陈映真的作品实在有点概念化"。这种写法受当时历史条件的限制，也受流行的现代主义写法的影响，还谈及，按照现在的写法，我们会写现代大学教授腐化的情形，会安排在下班时刻："喂！老李，下班后来打八圈！"这在写实性上就进步了许多。因为，"这死亡来说，也不是一闭眼就完事的，另一种行尸走肉的死亡，不是更能显示人世的可悲吗"？[1]

---

① 尉天骢、齐益寿、高天生：《从浪漫的理想到冷静的讽刺——尉天骢、齐益寿、高天生对谈陈映真》，《陈映真作品集》第 5 卷，第 170 页。

附件

作者：罗伯特·路易斯·史蒂文森

（Robert Louis Stevenson）

译者：不详

徒步旅行（Walking Tours）[①]

欲享徒步旅行之乐，唯有独自出游。倘若呼朋引伴，即便仅双人同行，徒步旅行也会名存实亡，成为另类活动，反倒更像郊游野餐。徒步旅行必须单独前往，其精髓在于能够逍遥自在，随兴之所至，时停时走，或东或西，无所拘束。务必保持自我节奏，切忌与竞步高手并肩疾走，也勿因与女子同行而故作莲步。此外，要开放胸怀，恣意感受，让眼目所极丰富思维；要如同风笛，随清风吹奏。黑滋利特曾说："边走边谈实在不智。每回身处乡间，我都希望自己如同乡村一般悠闲沉静。"此话可谓一语中的，切中要旨。身旁切忌有喋喋之音，以免扰乱清晨冥想的幽静。人若陷入思维之中，便难以享受伴随户外剧烈活动而来的微燻之感，初而目眩神迷，脑筋迟钝，最终归于难以言诠的安详宁静。

第三节　《最后的夏日》：爱情与美国

写于 1966 年的小说《最后的夏日》讲述的是在台湾某中学担任教职的教师裴海东、郑介禾与邓铭光围绕着漂亮女教师李玉英及其出国发生的一系列的故事。小说着力刻画了他们执着的美国梦与

[①] 译文转引自赵刚《橙红的早星——随着陈映真重访台湾一九六〇年代》，人间出版社 2013 年，第 176 页。

前恭后倨的爱情丑态，以此展示出知识分子，尤其是市镇小知识分子自私、虚伪、矫饰的性格特征。所谓的"美国梦"，能去者，欣喜若狂；不能去者，怅然若失，并以酸葡萄的心理掩饰之。"爱情丑态"则是有希望时，一意赞美，竭力维护；无希望时，恼羞成怒，翻脸不认人。不同于之前的小说，在这篇小说中，陈映真一扫感伤、忧悒的风格，初露揶揄、讥讽和批判的锋芒。

《最后的夏日》是陈映真结束"契诃夫的忧悒"的旧时期，进入"讽刺批判"新时期的首篇。这时期，虽则依旧孤独难遣，他却以堂吉诃德的姿态冲决而出，英勇、睥睨、批判地向外出击，以现实主义的方式开启其批判现实主义时期。这些小说以知识分子为主体，讨论了台湾知识分子的精神状态、知识界的知识格局与状况、外省人在台湾的流离，以及帝国主义战争与第三世界等。

裴海东：透明的欺罔

小说伊始，盛夏时节，裴海东独自在教员休息室埋首用朱笔圈点《史记》。虽则读的是圣贤书，而况又无人干扰，裴海东却心猿意马地思绪纷扰。当读至"……而说者曰尧让天下于许由，许由不受。耻之。逃隐"时，"裴海东顿时被'耻之。逃隐'这样的句子给吃了一惊，至绞痛地悸动起来"（2：88）。面对许由重义轻利的高洁之风，常人多会赞叹、仰慕、钦佩，"三十四岁的土黄色的胖脸，发着皮质的油亮和微汗的光泽"（2：94）的裴海东却吃惊至"绞痛地悸动起来"，从这不寻常的反应，可推知他至少是个非常在意功名富贵的人。

他听见一阵匆促的脚步声走进休息室，并停留在墙角的粉笔架边，裴海东"狡慧地"询问"哪一个"，当"一个困惑而有若干惧怖的声音"回答道"我是周蓉"时，裴海东重又打开他的《史记》，翻到方才的《伯夷列传》，"心里怎也不能不觉得有些孤苦起来了"

（2：88）。何以孤苦呢？忽而，他气愤地斥责周蓉"三番两次规定了的"不懂规矩，进办公室却不先喊报告，何来这么大的火气呢？而学生周蓉为何又"以一种畏惧的、踌躇的脚步声走近他的桌子"（2：88）呢？答案暂时不得而知，至少我们可以推测周蓉惧怕裴海东，她原不想惊扰他，不料却被从不曾专心读书的裴撞个正着。接下来，面对周蓉的哭泣，裴不是劝慰或阻止，反而感觉"哭声使得这恶燥的夏日益加落寞起来"（2：89），同时，他"点起一支烟，看见发育得那么好的伊的身材，使他芜蔓地想起伊总是坐在教室的末排漫不经心地写着作文的样子"（2：90）。为人师者，这般师德，与他正读着的木刻字体"——夫学者载籍极博犹考信于六艺……"可谓形成鲜明的对照，作家的嘲讽之意跃然纸上。

原本"一些木刻的字体毫不生意义地跳进他的眼睛"（2：89）的裴海东，看到郑介禾进门，打发走周蓉后，想起学生背后称漂亮的郑为"阿兰·德隆"，并说李玉英老师对他"有意思"时，他"忽然拾起《史记》来轻声地念着"，以"刻苦用功"掩饰内心因嫉妒产生的酸气。虽则嘴里念着书，注意力却终是在郑介禾身上。他开始试探郑介禾："学生们都说李玉英对你有意思"，看到郑介禾无动于衷，他又接上一句"无风不起浪"。郑介禾折弄着手里的手，淡漠地说"没那事"。打探没有结果的裴海东只好又去翻他的书，只是，

> 那些木刻的字，今天对于他就像路边的石头或者什么，一点也生不出意义：
>
> ……余悲伯夷之意。睹轶诗可异焉。其传曰。伯夷叔齐。孤竹君之二子也。父欲立叔齐。及父卒。……（2：92）

裴之读书岂不味同嚼蜡嘛，他的心思忽焉在周蓉"发育极好的身材"，忽焉在学生之私下议论，忽焉又在怀疑郑李关系之不寻常，如此这般"用功"治学，又岂会"生出意义"呢？

当郑介禾询问裴周蓉何以哭时，裴的作答更是让人大跌眼镜。

"周蓉这孩子，越来越不成话。"裴海东说。

……"你瞧这女孩子成天只知道打扮，说老师们的闲话，交男朋友……"

……"去年我第一次上伊们的课。"裴海东说："我就知道周蓉这小孩复杂。"

……"复杂。"裴海东说："下课的时候，没事找事来找你，挨着你讲话。'裴老师——'……"

……"'裴老师——'，就是那样。像刚才吧，伊一个人溜进来了。"

郑介禾把信封也丢进字纸篓里。裴海东说："来了。说是要来看月考的分数。我说还没改好，你猜伊怎么着？——挤在我身边，他×的，挤在我身边，乱缠乱缠！"

"哇——"郑介禾恶戏地说："哇——"

"我狠狠地训了一顿。"裴海东义正辞严地说："你看看这个孩子。"

"复杂。"郑介禾不耐地说。（2：94—95）

裴海东丑恶的嘴脸在此间一目了然——明明自己觊觎周蓉的青春貌美，周蓉对其避之不及，他反而颠倒黑白，指鹿为马，把周蓉丑化成一个"挤在我身边，乱缠乱缠"的"复杂"孩子；因为嫉妒"被那些女学生们谈论着的，甚至恋爱着的老师"郑介禾，却意淫出唱歌般的"裴老师——"自我慰藉。裴之伪善、嫉妒、满口雌黄的虚伪形象呼之欲出，并在接下来对李玉英的态度中达到极致。

郑介禾谈及漂亮女教师李玉英即将出国时，裴海东表面漠然，然则"某一种绝望的情绪慢慢地渗进他的胸腔"（2：97）。至此，小说始进入主题，郑与裴围绕着出国与评价李玉英展开了对话。

"伊的哥哥李文辉是我的同学。"裴海东终于说："我说一句公道话：这女孩子不行。我说的是公道话。"

"噢。"郑介禾说："我是搞化学的。什么行不行，我全不知道。"

"老郑我们现在是说公道话，老郑。"裴海东说："最重要的一点：这女孩没脑筋；就是没思想，没深度。"

说起深度。郑介禾就有些担忧起来。他扶了扶眼镜，一下子不知道说什么好。

"这是最要紧的一点。"裴海东说："李文辉是我的朋友。所以我得照顾伊。这是说公道话。我借书给伊看。但没用的。漂亮女孩都这样：没深度，没有气质。李文辉是我的朋友——"

"女孩子嘛！"郑介禾说。

"就是这话！"裴海东欢喜地说："人家说我对伊怎么样，哼！这就是笑话。"

于是裴海东不屑地笑起来。郑介禾也不知其所以地笑了。（2：98—99）

裴不但竭力撇清他与李玉英的关系——将他对李的好归结为李的哥哥是自己好友的缘故，而且多次以"说公道话"来强调李玉英的"不行"——"没思想，没深度"，"没深度，没有气质"。李之"没有深度"的证据之一，则是伊与邓铭光谈着《文星》，他们谈"五四"，谈"全盘西化"……"他们就不晓得'五四'呀、'全盘西化'呀为我们中国搞出了共产党！"（2：99）这一证据的列出，足以显示裴之缺乏历史常识，进而证实自己的浅薄与"没有深度"了。

裴接着恶毒地鄙夷李，却暴露了他想出国而不能的酸葡萄的心理："出去学什么——学什么都一样。一条牛牵出去，回来还是一条牛。"并说着兀自"狰狞地笑了起来"（2：99）。这般无礼叱骂、阴险的笑脸，连一向漠然的郑介禾都"微微地一惊"。裴还在继续："而且，这女孩有点浪漫。你不要说我们学国文的古板。文辉是我的朋友，我当然当小妹妹待伊。哪里知道——"（2：100）要不是下课铃声再次响起，打断了裴的臆想，他定会重蹈周蓉之旧辙，陷入意淫的漫想中，并无礼地杜撰李的"浪漫"。刚刚背后诋毁李玉英的裴，在去上课的路上，看见伊傲然地擦身而过时，"第一次感觉到一股冷澈至极的恨"：

> 在那一霎时，他立刻从这种恨毒的情绪中得了这样的
> 解释：这么冷澈的恨，便证明一向不曾爱过伊的吧！他于
> 是又得胜似地笑了起来。（2：101）

这是何等地自欺欺人！在"阿Q精神胜利法"般的安慰中，方始平息自己的愤懑与仇恨。这仇恨来自哪里呢？李玉英的日记为我们揭开了答案。裴每每在李去学校的路上等伊，尽管看出伊的顾虑与不情愿，还是一如既往地等待。因着哥哥的缘故，一向尊重他的李终于不耐于这般纠缠，告之伊将出国的事实。不想，裴闻之勃然变色。陈映真对其"变色"的描摹，极为精彩，兹抄录如下：

> 他忽然用一本书不住地打着我靠着的那面墙。书掉落
> 了，里面满是红笔的点点圈圈。他又捡起书，一面打，一
> 面说：
> "李玉英你为什么不早告诉我，为什么不早告诉我！"
> ……
> 他一下子安静下来，倚在弄口的墙上。他喃喃地说：
> "你为什么不告诉我？"
> ……

"我晓得了。"他终于说:"你是那种自以为世界上的男人都会痴痴地迷恋着你的那种女人。你弄错了,李玉英!我不过是照应你一点罢了——还不是因为李文辉?"

然后他骂我是个×女人;说我搔首弄姿;说我自私;说我只看见自己一张脸,"把一张粉脸当做全世界";说我浅薄……我没想到:一个国文研究所的研究生,会用那么多不堪入耳的话骂我。然后他甩着头走了。(2:102—103)

手握象征仁义礼智信的古籍,却满嘴不堪入耳的话语,这是何等不协调而刺目啊。爱慕时,觍着脸一而再再而三地示好;一旦无望,便极尽能事地谩骂、诋毁,为自己开脱。裴海东的卑鄙无耻、小人嘴脸已昭然若揭。

在小说后头,邓铭光因激愤于裴对梦中女神李玉英的污蔑,曾愤然揭出他的真面目。

"裴海东他混×,"邓铭光激动地说:"他算什么东西?他酸葡萄。你知不知道?他阿Q!他从开学起就追人家,在街角等人家,你知道吗?——学生都告诉我。他追不到手,他就来这套。他是个老顽固,你听我说:他说五四运动和现代的文学都是共产党!God damn it!He's just a good damn dirty sonuvabitch!"

……

"他最喜欢跟女学生纠纠缠缠。他还到处说人家的女学生坏话:说这个去勾引他;那个去诱惑过他。他不要脸!你知道不?噢!他说我打学生。不错god-damn-it!我打,要他们好,男的打,女的也照打!怎么?我公平,严格。他呢?他把打分数当做对付女学生的手段。对男生呢?作补习的要挟。一句话,他性变态!"(2:111—112)

"把打分数当做对付女学生的手段。对男生呢？作补习的要挟"，裴海东不仅在私德上龌龊不堪，而且在公德上极不检点，难怪周蓉会对其躲避不及呢。

邓铭光："美国梦"的拥趸

邓铭光是个"高大的广东人"，母亲早逝，家境优渥，住的是花园洋房，还有仆人侍奉，满口中英文夹杂的他是"美国梦"的忠实拥趸。他的美国梦有着雄厚的现实基础，"关于出国的问题，他是从来不曾考虑过物质问题的：他的家富有，此外，在美国还有许多亲戚"（2：108—109）。他本人更是个"美国通"，小说借由饮料对此进行细致的刻画。

> 邓铭光说苹果苏打原来就是美国的饮料。"R.C.Cola也是。"他说。郑介禾一下子似乎没听懂。邓铭光就说是"荣冠可乐"。郑介禾懂了，他说：
> "噢，噢。"
> "人家的东西，就是好。"邓铭光说。
> "当然。"
> "这有什么办法呢？"邓铭光很歉然地说："人家东西是好的嘛！"（2：107）

把美国的饮料当成高贵的待客之礼，以此表达自己的热情，做一番炫耀，都可见"美国"在他心中是尊贵的、高人一等的；那句三番两次挂在嘴边的"人家的东西就是好"更是足以暴露了他崇洋媚外的心性；"歉然"一词，也让我们看出，虽然还没有到美国，他的心早已飞到了大洋彼岸，并以美国人自居了。

接下来，他力邀郑介禾及其弟弟一起去美国。

"明年毕业了，让他出国。"邓铭光说。

"我也这么想。"

"你们一块去吧。"邓铭光热情地说。

郑介禾忽然笑了起来。"有什么好笑?"邓铭光说，"你是学化学的，在那边不会吃苦的。"郑介禾没有解释他为什么笑了。他只说:

"在这边，日子过得飘飘浮浮;到那边，还不是飘飘浮浮的过?"(2:108)

"女人?"邓铭光举杯说。

"老郑，"邓铭光虔诚地说:"你是个帅小伙子。可是美国也不是就没妞儿们呀!"(2:109)

"我也替你打一封信吧。不管怎样，那边是个新的天地，充满了机会。美国的生活方式你知道……"

……"你再想想。想通了，我立刻替你打一封信。"邓铭光说。(2:115—116)

好一个"虔诚"!凡是可证明美国优越的话题，邓都虔诚以待，以未来主人自居热情介绍、引导和劝诱;略微呈现美国不足的话语，他也自动过滤屏蔽了。对于郑介禾那句颇有深意的"飘飘浮浮的过"，邓只当作"物质上的不安定的意思"，却没有予以深思。对他来说有恰当的专业、足够的物质基础，还有美女可伴，足矣。身份认同的困扰、精神的困惑、"独在异乡为异客"的寂寞，他是全然不曾顾及的。不顾及并不代表了不存在，恰如《唐倩的喜剧》中唐倩问乔治周——"在那边，中国人是负担吧"，轻轻一问，却有四两拨千斤的力道。

邓比裴为人要真实多了，所以郑跟他聊天时，也更能倾泻自己的情绪和内心的真实想法，而不再只是"嗯啊"地应付。不过在邓看似性格积极阳光、乐观爽朗的背后，也有阴暗、自私的一面，主要表现在他与李玉英的交往上。他跟裴一样，先是试探性地打听郑跟李玉英的关系，得到满意的答复后，继续交谈。邓夸李玉英不仅漂亮，而且"有点脑筋"（2：111）。这样的答案让我们读者啼笑皆非。果然，作家让郑代我们问出了心中的疑问：

> 郑介禾忽然笑了起来："裴海东搞国文，你搞英文。他说李玉英没脑袋。你呢？说有脑筋——"（2：111）

邓一听勃然大怒，拍案而起，把裴海东着实大骂了一通。详见前文，兹不详述。我们刚要为他"路见不平一声吼"的"正义"感暗暗喝彩时，孰料他骂着骂着居然"开始有些陶然了"，犹自沉醉在宣泄和咒骂的快感里。这一小小的自私心理难免有损他"正义"的伟光正形象。从接下来的谈话中，我们更了解到这"正义"的动力源于他兀自将李玉英当作了未来的女友，并憧憬着与李结成在诗篇里写着的那种"爱的形式"（2：113）。然而这"纯情派的爱情"却建立在虚假的基础上。李玉英要他打一封信，他却误解为"女孩子们的诡计多端"，自作多情可窥一斑。更让人不齿的是，他竟趁机在没有告知李的前提下，为着满足自己的私心，径自改变了李的留学学校，并找借口推诿：

> "我是觉得这女孩子不错。"邓铭光羞涩地说："伊原先申请了一个南部的学校，靠近墨西哥那边。我跟伊说，那边黑人、波多黎各人，够讨厌！伊吓坏了，就央请我再申请一个。"（2：114）

在李玉英这边，却是"话题谈到出国的事，他说他跟我一个学校。这是他没有事先告诉我的"（2：117）。可见满口正义痛斥裴海东虚假、恶劣的邓铭光，也是虚伪做作之人。这副面孔在晚上与李玉英的约会中推向了极致。席间，他不住地夸赞李玉英"气质好，有深度"（2：117），待他逐渐说了许多暗示的话后，只把他看作普通朋友的李玉英不得不"委婉地告诉他康的事"（2：117），邓的反应丝毫不逊于裴海东。且看：

> 他的脸一下子变白了。又从白的变红了。他奇怪地笑着。"丘士康吗？我认得他，我认得他，"他夸张地说："他高我两班，就是那个黑黑的家伙。"
>
> 我一下子明白了。为什么这些男孩都这样自私，这样自作多情呢？我越想越气。我告诉他我要走了。他忽然沉默起来，他掏出我托他打的 form，撕成两半、四半。他低低地说："李玉英，你没什么了不起……"（2：117）

难怪李玉英痛斥邓、裴等人永远也不会懂得"风度""教养"是什么（2：117）。至此，我们才恍然大悟，原来搞国文还是英文并不重要，有没有能力与实力去美国也不重要，重要的是能不能得到自己所贪恋的李玉英的爱情。有望得到，便柔声细语，一派甜蜜；反之，则勃然变色，打击报复——不同之处，只不过一个用野蛮的咒骂，一个用"文明"的撕裂罢了。在这一点上，邓铭光与裴海东毫无差别。

郑介禾：虚无的默然者

较之裴与邓，陈映真对郑介禾还是较为偏爱的，他有着作家笔下熟悉的眼睛描写——"满胀着一种疲惫的浮肿","那种带着几分忧悒的眼神"（2：9）。郑为人虽则漠然、冷淡，却是三人中最为真实的一个。在对李玉英的态度上，裴明明一直明里暗里地追李，挫败后却声称为着李哥哥的缘故照顾伊而已；邓翘首以盼与李"凤凰于飞"，无望后旋即撕碎了李的 form。只有郑介禾，他说"自从李玉英来我们学校，我总共只跟伊说不到三十个字的话"（2：110），这在李玉英"他一直对我很冷漠"（2：116）的自忖中得到证实。邓铭光称赞郑介禾这种"绝不自作多情"的脾气，其实只猜测对了一半，另一半是他不喜欢李，觉得伊"太过于幼嫩"（2：111）。较之裴与邓，他更忠实于自我的内心——邓曾称赞他："别人说你这个人吃喝嫖赌。但只有我知道你是性情中人。你对你的弟弟，也可说是仁至义尽了。"（2：108）暂且按下他弟弟的事不表，我们来看看为何这个口耳相传中"吃喝嫖赌"五毒俱全的郑，居然是个"性情中人"。

郑在与邓铭光的聊天中，曾说起李玉英不漂亮，因为"我是历尽沧桑的。我的标准，不算的"（2：110）。他还说："女人不是供你争论的，女人是供你生活的。"（2：112）这样的高见，所显示出的对女性的尊重与平等以待，不知高出裴、邓之流多少倍。那以郑的标准，什么样的女人才是他所喜欢的呢？小说中写道：

> "我爱过一个女人。只有这一个，"郑介禾说："一个真正懂得爱，也懂得叫别人去爱的女人。"
>
> 邓铭光沉默地听着。
>
> "伊有一种自然的人的味道。"郑介禾悠悠地说："比方说——伊的右乳房比左边的大一些。伊就管右边的叫'梅琦表姊'，左边的呢？'梅琳表妹'。"
>
> 郑介禾开心地笑起来。"伊就是这样的女人，"他说："在伊以前和以后，我只是个自我中心的性的 important。而你呢，还只是个小儿科。"他又开心地笑起来。

"你相信不？"邓铭光感动地说："我懂你意思。"

"算了吧，"郑介禾说："只有那个女人才知道性是一种生活。这个，小儿科们是不懂的。"

"可是你不能否认另外的一种爱的形式……"邓铭光说。

郑介禾喃喃地说："梅琦表姊，梅琳表妹。"他不住地侧起身喝酒。（2：113）

郑介禾喜欢的女人是有着"一种自然的人的味道"，并且"真正懂得爱，也懂得叫别人去爱的"。比较起来，自幼生活在富人圈里，如公主般被宠溺着长大的李玉英，是否有气质有深度姑且不论，却定然是不具备他说的这些"标准"。郑之堕落沉沦，走向吃喝嫖赌，也许与那个女人的死有关，因为"这个世界上，再也找不到一个能为自己的乳房起名字的那种女人了"（2：115）。

郑不但在情爱观上忠于自我，还是个善良、重情义的人。小说中曾强调，郑"那是一种生活的忧悒感吧，而不是知性的那一种"（2：92），他对生活的忧悒感主要来自两方面，一方面是情感的虚空，"曾经沧海难为水，除却巫山不是云"的寂寞；另一方面则是来自经济的压力，虽则他这个"一人吃饱全家不饿"的单身汉"吃喝嫖赌"应是一笔不小的花费，但更大的花费来自供弟弟读书上进。而这个弟弟不过是他表弟罢了——"郑介禾的兄弟是跟着他大舅出来的。后来表舅死了"。对自己的弟弟，郑介禾真可谓"仁至义尽"。补习费，甚至打麻将赢的钱，都泰半寄给了那个因用功过度"身体太坏了"的弟弟。而弟弟呢，他的来信"不是来要钱，就是说钱已收到了。总是这些"（2：94），虽语气间稍嫌不满，郑还是一意为弟弟打算，包括将来节衣缩食供他出国。郑之善良，还表现在他撞见周蓉的哭泣时，"他顿悟了似地说：'把本子拿回班上去发了'"。这种小细节表现出为别人着想，不让人尴尬的特质。

对待情感的态度，郑介禾可谓清晰明了，然则对于"美国梦"

却暧昧不清。在两次谈及出国时，他都强调，"我要去就是去开麻将馆"，因为"有中国人的地方，就有麻将"（2：110）。这里既显示出郑的真性情，也从侧面讽刺了包括邓铭光在内一窝蜂"出国热"的国人，出国并非追求上进、充实，学习更多知识，反而照样地随波逐流，国内怎样国外还是怎样，并不因为出国而有所改变，这也是郑"飘飘浮浮的过"的真正内涵。这点上，郑是知识界极少数对"美国梦"有着清醒认识的人。然而，这并不是他对"美国梦"认知的全部，他也心心念念着美国。

当邓铭光给他苹果苏打喝时，郑熟门熟路地指出"这玩意，据说是美军指定使用的饮料"，而且尽管"他并不十分喜欢那种苹果的酸味"，却仍然附庸风雅地"又为自己倒了一杯"（2：107）；接下来，当他喝着苏格兰的威士忌时，郑"一下子高兴起来"（2：109），一杯接一杯地饮起来；当老王送来一套藏青的刚洗过的西装时，郑跑去摸料子，"'英国料子嘛。'他在行地说"（2：112）。这些细节，都可以看出郑介禾对美国同样有着极高的兴趣与热爱。他自己没有太大的欲望出国，理由是"舍不得这里的麻将、补习费"，"还有，舍不得这里的女人"（2：109）。这样的理由半真半假，毕竟经济压力是摆在他面前最窘迫的现实，但他却长兄如父般替弟弟做好了毕业后出国的打算，并拜托邓"将来我弟弟要出去，你一定要帮我在那儿照料照料"（2：115）。面对邓铭光三番五次的出国邀请，他也没有断然拒绝，可知，在他看来出国至少是不错的打算与安排。

那么"美国梦"所代表的美国、欧洲与日本等举凡发达资本主义国家，对台湾及台湾人民（包括知识分子）究竟意味着什么呢，让几乎所有的知识分子都蠢蠢欲动、心向往之？作家也有一丝透露。小说中，李玉英主要起着穿针引线带起话题的作用，对她的着笔不多，主要用以验证裴、郑、邓诸人的真实人格，从而反衬他们的虚伪与做作。与陈映真小说中其他女性一样，李玉英是个善良的、有教养的女孩子——当妈咪得知裴对伊的肆意污蔑，"立刻就要打电话去告诉校长"，却被伊阻止了；当邓对伊恶意侮辱时，伊也只是"立刻离开座位，独自雇车回家"，"没有惊动满场的舞客"。这样一个善良、敏感的女孩子，在裴、邓等人的几番打击下，原本出国是"要尽量充实自己的"（2：10），后来竟心甘情愿地奔赴那"高大，文雅，而且温柔"的工程博士康，去做"一只快乐的寄生蟹"（2：118）。在李玉英转念的同时，作家插入了对欧、美、日真实意味的认知：谢医生、妈咪与陆伯伯的合资公司倒闭破产了，因为"美国和日本的进口货做得比我们好，我们竞争不过"（2：119）。即便如此，他们还是热烈地支持李玉英去美国，哪怕只是去做一只快乐的寄生蟹。两相比对，岂不是更具讽刺意味？

第四节 《唐倩的喜剧》：透过性体察知识分子

《唐倩的喜剧》描写的是娟好聪慧的唐倩与她的三个男性知识分子之间的情爱故事。这三个男子分别是"存在主义者"胖子老莫、"逻辑实证论者"罗大头，以及留美青年工程师"乔治·H.D.周"。小说借由唐倩这个女子，让我们看到环绕在她周围的男性知识分子的荒谬可笑，从而尖锐地嘲讽了冷战—分断体制下知识分子的精神与知识状况。在此意义上，赵刚称这篇小说为台湾六十年代的一篇"学场现形记"可谓恰如其分。

胖子老莫与存在主义

小说伊始，第一次见面唐倩便被胖子老莫"那种知性的苦恼的表情给迷惑住了"（2：121），继而在两人的约谈中，老莫继续滔滔不绝地议论"沙特的人道主义"，在疾声厉色地抨击教会的人道主义后，他忧伤地轻摇着头说：

"我们被委弃到这个世界上来，……注定了要老死在这个不快乐的地上。"

……"因而，"老莫说："人务必为他自己作主；在不间断的追索中，体现为真正的人。这，就是存在主义的人道主义底真髓。"（2：123）

老莫的话迅速击中了唐倩，她深以为然，并想起了自己黯淡的童年——因为父亲的遗弃，母亲成了"一个终年悲伤而古板的老妇人"（2：123）。正是因为要弥补两性不平衡的缺失，"被委弃到这个世界上来"的唐倩长大后一个接一个地周旋于众多男子之间，"在不间断的追索中""以各种方式去把男子趋向困境为乐"（2：127）。领悟到萨特迷人之处，并对老莫无比崇拜的唐倩，"顿时觉得写诗的于舟简直太没味道了"（2：122）。第二天，她便跟于舟提出分手，分手的理由竟而是他们在一起太快乐了，"快乐得忘了我们是被委弃到这世界上来的"（2：124）。打发走了于舟的伊，自然而然地跟老莫走到了一起。

"公开同居"是伊与老莫情爱故事的起点。"同居"这一原本两性间比较私密的生活，却被读书界冠以"罗素的试婚说的性的解放者"之名，所热烈地拥护，称赞"这是试婚思想在知识界中的伟大的实践"（2：125），并将他们比拟为萨特与西蒙·德·波伏娃的"伴侣婚姻"。然则，他们何曾理解罗素的试婚说以及萨特与波伏娃"爱情合约"的思想意义呢，不过是如作家犀利尖刻地嘲讽所言——他们为"在逛窑子的时候能免于一种猥琐感的性的解放论者"（2：125）罢了。

老莫作为存在主义的教主的身价，与唐倩成为他的美丽使徒的地位，无疑在读书界是确定了的。为着配合教主与使徒的身份，老莫继续模仿萨特"穿着他的粗纹西装上身，戴着圆框的老式眼镜"

（2：126），并把《生活杂志》图片上的一种新的标志知识分子的制服介绍给唐倩。除去外在装扮、举止的"存在主义"化，唐倩在言谈中亦熟练地使用"存在""绝望""恐惧"字眼，老莫更是整日地把"痛苦""不安""拒绝""无意义"等词挂在嘴边。诗人里尔克"空无的世界"的荒原景象，更是他们的最爱。他们"越来越历练地在老莫的崇拜者中，抑扬有致地吟诵里尔克的这样的句子"：

> ——他的目光穿透过铁栏
> 变得如此倦怠，什么也看不见。
> 好像面前是一千根的铁栏
> 铁栏背后的世界是空无一片。（2：126）

然则，老莫与唐倩在人前竭尽全力地扮演着痛苦和不安的"存在主义者"，在这"空无的世界"上感受着深深的"委弃"感；退居幕后，却恣意地消遣着世俗的、烟火的男欢女爱。人前人后，完全是两张截然不同的面孔。尤其是老莫，"他在他的朋友之前，永远是一副理智、深沉的样子，而且不时表现着一种仿佛为这充塞人寰的诸般的苦难所熬练的困恼底风貌"（2：128），然而，当他在床第之间的时候，却"是一个沉默的美食主义者"（2：128）：

> 他的那种狂热的沉默，不久就使唐倩骇怕起来了。他的饕餮的样子，使伊觉得：性之对于胖子老莫，似乎是一件完全孤立的东西。他是出奇地热烈的，但却是一点也感觉不出人的亲爱。（2：128）

老莫的性充满了焦虑与杀伐的气息，他的性爱如同"一头猛狮精心剥食着小羚羊"，毫无顾及对方感受的体贴，更谈不上情爱的欢愉。何况，老莫刚从性爱中抽身而出，便继续大谈特谈他的"存在主义的人道主义"，他之对爱的冷淡，完全不是白日里满口慈悲怜悯、人道主义的形象。难怪唐倩不久就发现了老莫身上有着"男人——特别是这些知识分子——所不能短少的伪善"（2：128）。陈映真描写老莫的伪善和矫饰可谓文笔辛辣、入木三分，揭示他人前人后截然不同的面貌之余，还着重通过叙述他何以走向存在主义，以什么蓄养存在主义，以及怎样告慰去势的存在主义三个关键性的节点来刻画。

老莫自称他之"走向反神的存在主义和罗素的性解放论，是有深刻的基础的"（2：127），这"深刻的基础"竟是与表妹无疾而终的恋爱，或者更确切说是他自作多情的单相思。这般无聊乏味的青春期游戏，却被他冠以"受了长久的基督教的捆绑"（2：126），而"从此发现了基督教的伪善"（2：127）等宏大名号，并义正辞严地总结道"这第一次的失恋，我打破了与肉体游离的、前期浪漫主义的恋爱观"（2：127）。他之所以激烈地抨击基督教那一派的存在主义，也是为着私欲的报复而已——因为虔诚信奉基督教的姑妈强烈反对他与表妹的恋爱。可见，老莫对存在主义的热爱，并非是真正的内心共鸣，不过是宣泄自己情爱失败的借口与幌子。老莫认为"存在主义者最大的本质是痛苦和不安"（2：129），为着蓄养这种伟大的痛苦和不安，他竟然以《生活杂志》《新闻周刊》和《时代周刊》上的越南战争图片刺激自己。老莫存在主义的最底层构成要素其实是战争、杀戮与暴力，也即是嗜血的。[1]老莫又是怎样看待越战呢？他完全认同美国的立场和观点，称那些越共是"为一种国际性的阴谋不明的黑衫的小怪物"（2：129），鄙夷他们的自杀为"愚昧的暴行"，他们的死亡则是"卑贱的死亡"（2：129）。为了坚持美国价值观，他不惜与所敬爱的罗素观点相左：

胖子老莫坚持：美国所使用的，绝不是什么毒气弹，

---

① 赵刚：《橙红的早星——随着陈映真重访台湾一九六〇年代》，人间出版社 2013 年，第 220 页。

就如罗素所说的。那只是一种用来腐蚀树叶和荒草的药物，使那些讨厌的黑衫小怪物没有藏身的地方；至于那些黑衫的小怪物们，决不是像罗素说的什么"世界上最英勇的人民"，而是进步、现代化、民主和自由的反动；是亚洲人的耻辱；是落后地区向前发展的时候因适应不良而产生的病变！（2：130）

可见，老莫骨子里是暴力和杀戮的狂热支持者，并且满脑子现代价值论，只不过是披着存在主义的外衣罢了。再者，较之于老莫这以血蓄养的"不安"，何为真正的"不安"呢？陈映真在《最牢固的磐石》中写道：

> 诚然，在这个现代人的世界上，还存在着许多的现实，比方人的物质化、疏隔的悲哀、虚无和颓废的必要性，个人的、安那琪的悲愤，对于定命的死亡的惧怖等等。这些，或者是我们的比较高尚的，教养良好的，神经纤细的知识分子所关切的罢。倘若不能够把这些同整个现存的根本辄铄联起来想，他便不算是一个真正懂得这一切的不安的人。他只不过是一个把悲愁放在唇边玩弄着的，造作的 Stylist 罢了。[1]

"把悲愁放在唇边玩弄着的，造作的 Stylist"用以形容老莫可谓恰如其分。小说中，尽管老莫努力蓄养着伟大的痛苦与不安，但在一向喜欢追逐西方新潮的读书界，老莫及其所秉持的存在主义逐渐去势了。与之相反，唐倩肚子里孕育着的新生命却在日日成长着。当老莫得知唐倩已秘密地为其怀孕三个月时，他不是惊喜和感激，

---

[1]　陈映真：《最牢固的磐石》，《陈映真文集·杂文卷》，中国友谊出版公司1998年，第193—194页。

而是"立刻就很慌张起来"（2：131），他畏惧新生命的降临，畏惧生活的变动，却虚伪地告诉伊，自己喜欢和伊有个孩子，只是"孩子将破坏我们在试婚思想上伟大的榜样"（2：131）。这是何等地不知廉耻！明明是惧怕人生的变动，却以"思想"之名来掩盖自己的懦弱与无能。在老莫的劝说下，唐情不得不取去了他们的孩子。这样的老莫何曾真正地理解他所念兹在兹的萨特呢？萨特等人的价值在于：

> 他们不但深刻地反映了、解剖了、哭泣了现代人精神的被虐的情况，也厮他们个人的爱情和悲愤，用他们的行动和锐利的思考，生活在现实的最中心——甚至纳粹德国的地下——使自己不断地飞跃、不断地前进。[1]

萨特等人给我们最大的启示是，一个艺术家首先是一个温暖的人，是一个充满了人味的思索者，然后他才可能是一个拥抱一切人的良善与罪恶的文艺家。[2]这些是自负、伪善、冷漠的老莫何曾能真正理解的呢？！据说，后来老莫被"杀婴的负罪意识"所苦，却由此得到一个人道主义的结论，即"每次想到那个子宫里曾是杀婴的屠场，一个真诚的人道主义者，是不会有性欲的"（2：132），并以此来安慰自己的无能，战胜"在他里面日深一日蔓延着的去势的恐怖感"（2：133）。正如赵刚所言，"存在主义"于老莫，不过是一场长期的演出，一种不自觉的行动艺术，照着一种庸俗化的脚本，演给这个读书界小众看的——他何曾"自己作主"过了？这里展现了一种根本无法统整起来的断裂人生状态。[3]

---

① 陈映真：《现代主义底再开发》，《陈映真作品集》第 8 卷，第 23 页。

② 同上。

③ 赵刚：《橙红的早星——随着陈映真重访台湾一九六〇年代》，人间出版社 2013 年，第 218 页。

罗大头与逻辑实证主义

唐倩再度出现时，跟上了风头最健的"逻辑实证主义"翘楚罗大头。逻辑实证论最大的特点是以热爱"真理"自居，而拥护"真理"的前提则是"质疑"。"真理"与"质疑"间颇显牵强的逻辑，却受到"知识界中一大批天生的犬儒的质疑论者"（2：136）的欢迎，并以获得了"一种似懂非懂的理论和方法"而自喜。陈映真不无嘲讽地概括逻辑实证论的本质：

> 被这种理解和方法武装起来的质疑派，一律都显得热爱真理，而且有两个好处：第一，它能提供一种诡辩的诘难所获得的快乐；第二，它使自己从消极的、守势的地位，转而为积极的、外侵的质疑者。于是质疑不再是一种苦闷，一种忧悒，而是一种虚荣，一种姿态。（2：136）

因而，当有人指摘唐倩的转向，是由伊与胖子老莫之间的私怨所致时，伊丝毫不带"主观情绪"地辩解："不是我不爱我友，实因我更爱真理！"（2：135）这般淡然、洒脱的"姿态"，岂不是对逻辑实证论的完美诠释嘛。

站在质疑主义先锋的罗大头，在现实生活中却深陷在"质疑"唐倩情爱的漩涡里，不可自拔。虽则坚信伊在哲学道路上对自己的忠心，罗大头还是失落地发现伊"残留着许多胖子老莫的习惯"（2：136），"这个颇为突然而令他大吃一惊的发现，一时很使崇尚唯理论的罗大头，大为烦恼"（2：136），这烦恼又转化为怒不可遏地争吵，使他丧失了冷静审视的理智，而认为这是"属于他自己的危机"（2：137）。然而，这样的问题，"似乎无从自实证逻辑的'方法'去取得解决的罢"（2：137）。这是罗大头第一次感觉到逻辑实证论在解决自己现实烦恼上的无能为力，这却没有成为他反思逻辑实证论缺陷的契机。在又一次"十分甜蜜的和解"之后，罗大头向伊倾诉了自己的身世，以及皈依"新实证主义福音"的原因。

他出身于江西地主家庭，"有过一个幸福而富裕的家，他是这个家庭的快乐的独生子"，但家破人亡后，他"一个人流浪，奋斗，到了今天"（2：138）。他啜泣道：

> "比起来，他们搞存在主义的哪一个懂得什么不安，什么痛苦！但我已经尝够了。我发誓不再'介入'。所以我找到新实证主义底福音。让暴民和煽动家去吆喝罢！我是什么也不相信了。我憎恨独裁，憎恨奸细，憎恨群众，憎恨各式各样的煽动！然而纯粹理智的逻辑形式和法则底世界，却给了我自由。而这自由之中，你，小倩呵，是不可缺少的一部分！"（2：138）

因为政治、政权和暴力曾给予他沉痛的打击和痛苦的幻灭感，罗大头不再直面人生，不再相信，而是选择了逃避至"逻辑实证论"的世界里逍遥自在。在次日的学术会议上，他更是气宇轩昂地结论道：那些"感情冲动的、功利主义的语言……丝毫没有真理底价值。……而真理是没有国家、民族和党派底界限的"！这般冷静、沉稳的姿态，自然博得了掌声与喝彩。然而，私底下，罗大头却逐渐变得反复无常了，他毫无理由地感到孤独，感到不被唐倩所爱，在涉及唐倩过去和老莫的关系时，更是大发醋劲、暴怒不可自制。他在妒忌，却不让唐倩所知，并且强烈地压抑着自己，因为"这是一种斗争啊"（2：142）。久而久之，他便罹患了神经衰弱和偏头疼。即使这般，为着斗争的缘故，他依旧强自压抑与掩饰。然而，无论他怎么努力与控制，终于出现了他无法自控和压抑的巨大"质疑"——性的征服。小说中写道：

起初的时候，他是为了征服他所不识的那些胖子老莫留给唐倩在生活上的影响，而开始致力于那种生活的。然而，过不了多久，他就发现一件可怕的事实了。他理解到：男性底一般，是务必不断地去证明他自己的性别的那种动物；他必须在床第中证实自己。而且不幸的是：这证明只能支持证实过的事实罢了。换句话说：他必须在永久不断的证实中，换来无穷的焦虑、败北和去势的恐惧。而这去势的恐怖症，又回过头来侵蚀着他的信心。然而，当男性背负着这么大的悲剧性底灾难的时候，女性却完全地自由的。性之对于女性，是一种根本无须证明的、自明的事实。倘若伊获得了，固然足以证明伊之为女性；而倘若未曾获得，也根本不足以说明伊底失败。（2：143—144）

这样一个严重的质疑，毫无疑问得出了一条"真理"般的结论。可这样的发现，却把罗大头逼得发狂，而终至自杀死亡。然而，杀死罗大头的真的是"性"吗？是较之女性的自明、自适，男性需要永久不断的证实，且证实换来的不过是"无穷的焦虑、败北和去势的恐惧"吗？恐怕不是。其根本原因却如陈映真在小说中所分析的，他不是积极面对生活，解决自己的精神和心理的难题，反而在逻辑实证论这一"玄学的魔术里找寻逃遁的处所"（2：140）。具体如下：

罗仲其的不幸的童年，换句话说：他的家庭底灾难，加上他长时期在不安定的恐惧中底生活，使他完全失去了面对实际问题底核心的勇气。他埋首在哲学著作的书城中，实际上是在玄学的魔术里找寻逃遁的处所。这样，他找到了把一切都纯粹化、追求最明白的意念的新实证主义。这个东西恰好从正面供给他逃避，"勾销"一切使他的知识底良心发生疼痛的过去的、和现在的难结之理论和方法，从而他的知性底弱质，整个儿给正当化了。但是，这毕竟只是解决了他的知识范围的难结罢了。他逐渐感觉到：这种固执的和故意的歪曲，实在只不过是一种幻想而已。许多他所不能"勾销"的事事物物，依然顽固地化妆成他的感情生活里的事件，寻其出路。（2：140）

正如陈映真所说，由于五十年代以来的知性贫困所致，造成知识分子思想的薄弱化，他们对事物的把握，一般上只止于表面性和情绪性。[1] 罗大头终而被他所深深依赖的，并极力维护的逻辑实证主义给戕害了。他所倚仗理论回避、"勾销"的生活难题，终而演化成不可解的、痛苦的感情矛盾，给予他猛烈的攻击。不堪忍受的罗大头自杀了，伤心欲绝的唐倩只知道："这个旷世无匹的天才，是怎样痛苦地热爱着伊的。"（2：144）浅薄的她有所不知，即使没有这一感情事件，未来的生活中，总会有另一个棘手的矛盾将罗大头置于死地，因为戕害他的从来都不是别人，而是他自己的主义、理论与思想。

乔治周与现代主义

唐倩与"一个十分体面的留美的青年绅士"乔治·H.D. 周第三次绽放恋爱之花时，却如一面照妖镜，让整个读书界全体现形了。他们原本对唐倩十分崇拜与钦佩，称伊是一个"全身都是热力和智慧的女人""一杯由玫瑰花酿成的火酒"，是"使男性得以完成的女性"（2：145）。转眼间，"捧杀"变为"棒杀"，恶评如潮：

---

[1] 陈映真：《台湾变革的底流》，《陈映真文集·杂文卷》，中国友谊出版公司1998年，第8—9页。

堕落以至于成为一个"下贱的拜金主义者"、一个"民族意识薄弱"的"洋迷",而且一叹再叹地说:唐倩终于"原来也只不过是一个恶俗的女人"罢了。(2:145)

对他们来说,悲愤不在于唐倩的再度恋爱,而是伊居然找了一个留美的绅士!对于崇洋媚外的他们来说,"美国梦"这一可望不可即的终极理想,竟而在唐倩这里即将实现了。念及此,他们的嫉妒、怨恨之心油然而生,只好借着对伊的"恶骂",来安慰那受挫的自我。面对议论纷纷,唐倩却淡定如水,伊扬扬眉毛,说:"乔,你向他们解释罢。"乔治周这一漂亮的青年绅士,优雅地笑了起来。

"美国的生活方式,不幸一直是落后地区的人们所妒忌的对象。"他说,"我们也该知道:这种开明而自由的生活方式,只要充分的容忍,再假以时日,是一定能在世界的各个地方实现的。"(2:146)

没错。小说中乔治周就是美国现代生活方式的"活生生的具现",他"温和洒脱的绅士风采"将唐倩在西洋电影中习得的"那种温柔,那种英俊,那种高尚以及那种风流"(2:146)的美好憧憬,全部激活了。以至于伊念及过往偕同老莫、罗大头的生活时,顿觉索然无味了。"那些空虚的知性、激越的语言、紊乱而无规律的秩序、贫困而不安的生活以及索漠的性,都已经叫唐倩觉得疲倦不堪了"(2:147)。

乔治周是一个学工程的留学生,毕业后留在美国的一家公司,现时来台湾出差。作为美国生活方式的拥趸,他以过来人的语气向从未出过国的唐倩宣介美国生活方式的优越、文明与舒适,甚至扬言"就只工业技术一层,中国跟美国比起来,简直是绝望的"(2:148)。他炽烈地颂扬着美国生活"无法想象"的自由,并怂恿唐倩也去美国。他说：

> 一个人应该为自己选择一个安适的位置，到一个最使你安逸的地方，找一个最能满足你的生活方式。这是一个人的基本权利。国籍或民族，其实并不是重要。我们该学会做一个世界的公民。（2：149）

这里的"世界公民"显而易见是"美国公民"的同义词。六十年代的台湾知识分子，对美国的推崇可谓无与伦比，在乔治周这个工科知识分子的身上表露无遗。陈映真在《美国统治下的台湾》中所提及的历史背景，有助于我们理解小说的讥讽：

> 在文化上，美国在战后根本改造了台湾教育结构，透过教科书、派遣研究人员、到美留学，完成了台湾教育领域——特别是高等教育领域——中的美国化改造。美国新闻处、好莱坞电影、美国电视节目、美国新闻社的消息，基本上左右着台湾文化，并且持续、强力地塑造着崇拜美国的意识。在六十年代，美国自由主义被当时"进步"知识分子奉为经典，美国的流行音乐、美国的抽象主义、超现实主义艺术和文学支配台湾的文艺界达十数年之久。大量的留学生从六十年代起涌向美国，并滞留不归。[1]

美国通过价值观的多渠道输入，彻底改变了台湾知识分子的认知与思维，与美国所代表的现代化论调同步共振，成为当时知识界的主流。乔治周念念不忘的"世界公民"便是这一症候颇为讽刺性的显著标志。虽然在唐倩的逼问下，他承认"在那边，做一个中国

---

[1] 陈映真：《美国统治下的台湾》，《陈映真文集·杂文卷》，中国友谊出版公司1998年，第326页。

人，是一种负担"，然则他还是快乐地标举着"世界公民"。正如赵刚所言，"世界公民"这样的大概念似乎也无法抚平一种浅浅的但总是在那儿的屈辱感，一种总是要证明你自己其实并不差的必要感，以及一种经常被有意无意提醒的你是外人之感——虽然，你不断提醒你自己，这是一个伟大的、开放的、多元的、融合的国度，千万别把自己当外人哟。①

乔治周的言谈举止，彻底激起了唐倩再度热恋的欲望，因为"那新世界底发现，豁然地使伊不由得有一线光明底再生之机，射入伊底无出路的生命中来"（2∶150）。伊决意在他离开台湾仅剩的四个月中，赢得他的欢心。于是，乔治周忽然觉得"唐倩正以令人炫目的变化，日复一日地美丽起来"（1∶15）。美丽的唐倩，一如既往的敏锐而狡慧。在洞察了他的节俭后，伊便适时地表示了伊得体的俭约；在倾听了他妻子、情人的双重标准后，伊立即"予以充分的把握，巧加运用"。没多久，乔治周便认定唐倩不论作为一个情人或妻子，都是个完美的上选女性。

唐倩在费尽心机迎合乔治周的时候，乔治周也未尝不是在国内物色合适的妻子人选。从他对 Anne Kerckoff 这个"雪白的皮肤，金黄色的头发"的丹麦少女意淫般的叙述，以及小说结尾处点明的"回到美国以后的乔治，淹没在一个庞大的公司里的职员系统中"（2∶156），可知乔治周在美国过得并不如意，正如赵刚所分析的：

> 乔治周在美国的人生，是一个高度压力、单调与异化的人生，必须时时刻刻步步为营，努力工作，努力偿还贷款，把人生当作一个无法停下来的轮子往前滚。于是，他唯有将自己平面化、手段化、浅薄化、去历史化、机器人化，把自己深埋在现代化意识形态与科技理性中，在一个

---

① 赵刚：《橙红的早星——随着陈映真重访台湾一九六〇年代》，人间出版社 2013年，第 237—238 页。

科技人、工程人的凡事规划、注意细节、控制欲望、按图施工的固定节奏中，过他的新大陆人生。[1]

乔治周这种被技术化的扁平人生观，映照在他与唐倩的床笫之间，便是：伊觉得他是"一个极端的性的技术主义者——他专注于性，一如他专注于一些技术问题一般"（2：155）。唐倩——

> 觉得自己被一只技术性的手和锐利的观察的眼，做着某种操作或实验。因此，即使在那么柔和，那么暗淡的灯光里，唐倩由于那种自己无法抑制的纯机器的反应，觉得一种屈辱和愤怒所错综的羞耻感。然而，不久唐倩也就发现了：知识分子的性生活里的那种令人恐怖和焦躁不安的非人化的性质，无不是由于深在于他们的心灵中的某一种无能和去势的惧怖感所产生的。胖子老莫是这样；罗大头是这样；而乔治·H.D.周更是这样。（2：155）

好一个"更是这样"，通篇观之，小说暗示了不论老莫、罗大头还是乔治周，对于"无能和去势的惧怖感"，皆不能勇敢直面、积极应对，而是不约而同地选择了逃避，逃避进各种刻板的理论里、单调的技术中，甚至远遁至美国，却终也免不了落个惊惶终日、束手无策的下场。

回美国不久，乔治周便被他一度认为"温顺贤淑"的妻子唐倩抛弃了，伊"嫁给了一个在一家巨大的军火公司主持高级研究机构的物理学博士"，并"在那个新天地里的生活，实在是快乐得超过了伊的想象"（2：156）。伊在新大陆如鱼得水般快乐生活着的时候，我们的读书界却江河日下，终至寥落晨星了。小说写道：

---

[1] 赵刚：《橙红的早星——随着陈映真重访台湾一九六○年代》，人间出版社2013年，第240页。

113

事实上，胖子老莫没落了，以及罗大头的悲剧性死亡以后，这小小的读书界，也就寥落得不堪，乏善可陈了。这期间自然间或也不是没有几个人曾企图仿效莫、罗二公。故作狷狂之言，也终于因为连他们的才情都没有的缘故，便一直没弄出什么新名堂，鼓励出什么新风气来。而且最近正传说他们竟霉气得被一些人指斥为奸细，为万恶不赦的共产党，其零落废颓的惨苦之境，实在是可以想见的了。（2：156）

结　　论

相较于前期小说忧悒孤独的惨绿气息，《唐倩的喜剧》这篇小说应是陈映真"嘲弄、讽刺和批判"时期的顶峰之作，被吕正惠认为"是台湾知识界的重要文献"。谈及小说的写作缘起时，陈映真认为：

西方化、"国际"化潮流下自我认同的丧失的问题，表现在城市知识分子的生活中，是一片"崇洋媚外"的精神。对于这样的精神，我也于不知不觉之间，或者竟于半知半觉之间，受了感染。几篇我在这个时期写成的"随想"文中，夹杂着不少不必要的洋文，便是赖不掉的铁证。[1]

于是陈映真便以积累的相关生活素材为基础，写下了《唐倩的喜剧》这篇小说，并将矛头对准"西方化、'国际'化潮流下知识分子自我认同丧失的问题"，嘲弄和挖苦了台湾知识界当时缺乏主体性、缺乏思想性，乃至不学无术的境况。这一境况在同时期的台湾学者齐益寿等人的回忆中得到证实，齐益寿在一次访谈中谈及

---

[1]　陈映真：《怀抱一盏隐约的灯火——远景〈第一件差事〉四版自序》，《陈映真作品集》第9卷，第24页。

《唐倩的喜剧》中所描写的当时大学思想界的状况时，谈道：

> 当时的大学青年，在思想上受两派的影响最大：一派
> 是"存在主义"，一派是"逻辑实证论"。我个人受当时风
> 潮的冲击，不免也要赶时髦一番……当时这两派思想被认
> 为是最尖端的东西，大家对它几乎都没有批判的能力。因
> 此我看到陈映真对此地这两派思想人物那种做作浮夸所作
> 的嘲讽，不禁大吃一惊，不禁拍案叫绝。由此可见陈映真
> 的思想成熟得相当早，至少在《文学季刊》的时候已经非
> 常成熟。他自己恐怕也是从这个思潮过来的，但是很早就
> 能做出深刻的批判……[1]

在这种情况下，年轻的陈映真能够超拔出来，对存在主义与逻
辑实证论加以批判，颇为难得。正如徐复观所说："他在《唐倩的
喜剧》中，把风行一时的存在主义、逻辑实证论，在形象化的过程
中，也用简净的笔墨，作了一针见血的批评。假定不是经过彻底了
解、彻底反省，把包装上的乌烟瘴气，洗涤得干干净净，是绝做不
到的。"[2] 由此显示了陈映真这方面的"学养"。

最后论及《唐倩的喜剧》这篇小说的意义，我们不能不提及胡
秋原写成于1988年的《〈中华杂志〉与陈映真先生》一文，其中论
述道：

> 于舟、老莫、罗大头、周，在台北太多了。唐倩是
> 谁？她不仅代表台北读书界、文化界，她代表一百多年来
> 的中国！一百多年来，中国知识界在西化、俄化中陶醉匍
> 匐、打滚和仰卧；特别是二次大战后的台湾，又特别是台

---

① 尉天骢、齐益寿、高天生：《从浪漫的理想到冷静的讽刺——尉天骢、齐益寿、高
天生对谈陈映真》，《陈映真作品集》第 5 卷，第 155 页。

② 徐复观：《海峡东西第一人》，《陈映真作品集》第 14 卷，第 112 页。

北最高学府的台大，就是老莫、罗大头、乔治·H.D.周们出风头的地方，也就是中国青年男女都成为唐倩的时代。现在，乔治·H.D.周的时代并未过去……

……

《唐倩的喜剧》尤有重大意义。赫胥黎的《美丽新世界》和欧威尔的《一九八四》描写二次世界大战前后西方科学帝国主义和极权主义倾向，《唐倩的喜剧》则反映战后第三世界虽在政治上脱离殖民主义，然则在精神上还在力求进入殖民主义。[①]

何为"精神上还在力求进入殖民主义"中的"殖民主义"？我赞成赵刚所认为的"现代化意识形态"，这一现象至今仍引人深思与警惕。赵刚写成于2013年的《橙红的早星》一书中谈道：

> 揆诸1960年代以降，国民党政权与教育对美国的依附，以及一群群学成归国的留美学人在1970年代的台湾广泛推广"现代化理论"，而形成了至今超越蓝绿的最高文化共识。对"现代化意识形态"及其所支配的社会与人文学术思想在台湾的霸权性胜利，《唐倩的喜剧》是一个准确而不幸的预言。[②]

写成于二十世纪六十年代的《唐倩的喜剧》，幸或不幸，竟准确地预言了未来台湾知识界的走向。照此情形，如果陈映真继续就知识分子题材深入挖掘，并书写下去，成就不可估量。然则，历史不能假设，因为不久之后，陈映真便锒铛入狱了。

---

① 胡秋原：《〈中华杂志〉与陈映真先生》，《陈映真作品集》第15卷，第229页。

② 赵刚：《橙红的早星——随着陈映真重访台湾一九六○年代》，人间出版社2013年，第247页。

第三章 "外省人在台湾"

第一节 缝合一道伤口

> 我承认他（陈映真）是"海峡两岸第一人"的说法，
> 因为他透出了中国绝大多数人是没有根之人的真实。
>
> ——徐复观《海峡东西第一人》

陈映真早期的作品在题材上有个特点，就是他"对寄寓于台湾的大陆人的沧桑的传奇，以及在台湾的流寓底和本地的中国人之间的人的关系所显示的兴趣和关怀"[①]，从而呈露出这批流寓的中国人没有根的真实。陈映真在《试论陈映真》中谈到自己"对于侨寄的大陆人之过去的传奇发生十分浓厚的兴味"时说：

> 从《那么衰老的眼泪》开始，在《文书》《将军族》
> 《最后的夏日》和《第一件差事》等一系列大陆人和本省
> 人同时登场的小说中，陈映真捕捉那些令一九三七年出
> 生于台湾、嗣后便过着停滞不波的生活的他着迷的各种

[①] 陈映真（许南村）:《试论陈映真——〈第一件差事〉〈将军族〉自序》，薛毅编《陈映真文选》，三联书店2009年，第8页。

传奇。在陈映真的世界中，大陆人有牵萦不断的过去的记忆。他们在那个渺遥阻绝的故乡，有过妻子；有过恋人；有魂牵梦系的亲人故旧；有故乡山河的记忆；有过动乱的、流亡的、苦难的经历；有过广袤的地产、高大的门户；有过去的光荣和现在的精神底或物质底沉落。交织着侵略和革命的二十世纪的中国，在她从历史的近代向着历史的现代过渡时所引起的剧烈的胎动，怎样地影响着游寄台湾的大陆人——这毋宁才是陈映真对于这些传奇怀着传奇以上的兴味的一个原因吧。[①]

因为较早就开始关注"外省人在台湾"的话题，陈映真也是在小说中书写这一题材的鼻祖。吕正惠就认为，白先勇的《台北人》系列从《现代文学》26 期起陆续登载，而陈映真的《那么衰老的眼泪》《文书》《将军族》《一绿色之候鸟》等四篇小说都在此之前就已经发表，因此，从作品问世的时间上说，"就'大陆人在台湾'这一主题而言，陈映真无疑是一个开拓者，我们甚至可以怀疑白先勇可能受到陈映真的影响"[②]。此后，陈映真的小说和文论，始终贯穿着一个主题，那就是：分断体制下的"分离"与"结合"，以此来关注在台的外省人和台湾人。陈映真之所以成为"外省人在台湾"这一主题的开拓者，有其复杂的时代背景与社会因素。

从二十世纪五十年代初期到六十年代初期，台湾文学的发展主要有两条路线，一是以大陆来台作家为主轴，一是以台湾本地作家为骨干。就大陆作家来说，他们在 1949 年来到台湾时，一方面背负着中国传统封建时代的包袱，一方面也由于战争造成的家庭的离乱与归乡的绝望，在精神上充满了怀乡与流离的愁绪。在这种背景

---

① 陈映真（许南村）：《试论陈映真——〈第一件差事〉〈将军族〉自序》，薛毅编《陈映真文选》，三联书店 2009 年，第 9 页。

② 吕正惠：《从山村小镇到华盛顿大楼》，《陈映真作品集》第 15 卷，第 187 页。

下，他们写出的文学作品便透露出一股他们所说的"孤臣孽子"的悲愤。这种苦痛伤怀的作品，以"孤臣文学"来概括，庶几近之。其典型作品便是"反共"小说，其中以段彩华、尼洛、朱西宁、司马中原等为显著代表。

就台湾作家而言，他们在战前饱受日本殖民政权的欺凌，其心灵的创伤原本希望在战后获得治疗。不幸，战后他们立即面临一个新的政治闷局，使得精神上的疤痕反而旧创复发，剧痛加深。从战前到战后，台湾作家写出的作品便强烈表现出彷徨无依的挫折感。这种抑郁的感情，便是吴浊流所说的"亚细亚孤儿"的感情。因此，以"孤儿文学"来形容台湾本地作家的作品，当不为过。其主要作品为抗日小说，吴浊流、钟理和、钟肇政等人的作品颇引人注意。

陈映真的小说，很大程度上继承了"孤儿文学"这一传统。他小说中的痛苦与彷徨，正是他早期对于战后政治、社会的不满和抗议，这种抗议，与战前"孤儿文学"中反抗殖民地的精神，可以说是一脉相传。与前代作家不同的是，陈映真与李乔、郑清文、黄春明等同一时代的作家一起，结合新的现实，建立了新的希望，使得"孤儿文学"的命脉演化为乡土文学的重要精神。

一

出生于1937年，在战火中成长的陈映真，无可避免地承受了那个时代台湾人的苦难。战争结束后，到1947年"二二八"事件发生时，陈映真的心智或未臻于成熟，却已有足够的能力辨识那个时代的混乱、恐慌与动荡，并在早期所写的《乡村的教师》中，描写了台湾人的"祖国之梦"在动荡的时代中黯然落幕的过程。小说中，台湾青年吴锦翔在战争结束后，从南洋服役回来，内心充满了政治改革的理想，对结束被殖民统治的台湾未来满怀憧憬与抱负。然而残酷的现实告诉他，战后的纷乱正啃食着他的乡土。不仅台湾岛屿掀起巨大的祸变，就连他寄予厚望的"祖国"，也正风起云涌地产生动乱。面对这样的时局，吴锦翔终于不得不如此自嘲起来："……而他的爱国热却只不过是一种家族的（中国式的！）血缘感情罢了！"甚至谴责自己："幼稚病！呵，幼稚病！"（1：38）

陈映真以一种极其沉重的笔调描写绝望中的吴锦翔："他的懒、他的对于母亲的依赖、他的空想性格、改革的热情，对于他只不过是他的梦中的英雄主义的一部分罢了。"这段话不仅刻画了战后初期台湾知识分子的心情，甚至也反映了二十世纪五六十年代一些知识分子的处境。身为台湾人的吴锦翔，未能把自己的理想落实到自己的乡土，却和同时代的许多知识分子一样，乌托邦一般地描绘着空茫的中国的远景。那种远景，极其遥远，远得以至于不着边际。

类似改革者吴锦翔的知识分子，即使在今天也不乏其人。在他们远大可敬的抱负里，不仅想改造台湾，甚至也想改造整个中国，且不论他们的改造能否成功，改造的结果如何；最迫切的问题是：现实环境容不容许他们改造？《我的弟弟康雄》里，陈映真着力刻画了一个因贫与病而极思改造整个社会的台湾青年康雄。小说借由一位姐姐，感伤地表达了康雄的苦闷心情："那时候我的弟弟康雄在他的乌托邦建立了许多贫民医院、学校和孤儿院。接着便是他的走向安那琪的路，以及和他的年龄极不相称的等待。"无政府主义者康雄虽有改革的热情和心愿，然而终其十八年的生命，"一点遂于行动的快感都没有过"。康雄的心路历程，不能不使人想起一位俄国革命家说过的话："无政府主义是绝望的产物。它是失常的知识分子或游民的心理状态，不是无产者的心理状态。"既然已跨入绝望的境域，那么像吴锦翔和康雄这一类知识分子最后选择自杀一途，似乎是无可避免的。

战争的结束，殖民地的解放，对于台湾人来说，应该是建立自信心的重要条件。每一位台湾人，能够在高压殖民统治下活过来，他们能够承受得起剥削、凌辱、委屈，为什么战后却反而走向绝望的道路呢？日据时代已经开始创作的小说家吴浊流，曾有一篇文章谈及台湾光复后的社会情况，他写道：

……民国三十六年……社会已相当复杂了。当时称外省人叫"阿山"，从大陆回来的本省人叫"半山"。阿山和蕃薯仔（本省人）对立，在外省人中也有得意者和失意者对立。同样是半山，也有失意和得意的对立。最严重的是政与党的对立而言论不一致。例如省党部在不断地高唱三民主义宣传实施民主政治，但事实上相反，是属于外省人的独占政治……

因此，使本省青年的心理上产生失望，加上失业者非常多，而从海外回来的青年几乎完全失业。……如今，虽然光复了，但（台湾人）无法立刻从殖民地性格脱出，欠缺一种自主独立的精神。另一方面，从大陆来的少数外省人浸溺在物欲色欲之中，忘了国家，大肆揩油或欺诈，并且又以骄傲自大的态度对待本省人。

此外，本省知识阶级在光复之际，都以为会比日据时代有发展，但结果是大多数的人都失望了。幸运地在机关得到的职位，也不过是闲职，别说干部，就是科长职位都很难获得。因此，好不容易期待着光复的结果落得与殖民地无异的日子，不由得感到心灰意冷了。①

在这样的社会背景下，台湾爆发了"二二八"事件，其后"外省人"与"本省人"的隔阂更深。陈映真早期小说的主题，更多是探测这种幽隐的答案。在《故乡》这篇小说里，陈映真以象征手法，表达了台湾本地人双重落空的心境。第一层落空是，台湾社会

---

① 转引自冯伟才《陈映真早期小说的象征意义》，《陈映真作品集》第14卷，第204—205页。

战后从自给自足突然跌入穷苦的深渊；第二层落空是精神层面的，台湾人所倚望的"祖国故乡"，并没有想象中那么美好，相反的，竟成为无尽的梦魇。小说中"太阳神一般"的哥哥，战后从日本留学归来，放弃了优裕的就业机会，不顾人们的议论纷纷，选择了在一家焦厂做保健医师，"白天在焦厂工作得像个炼焦的工人，晚上洗掉煤烟又在教堂里做事。"显然，这又是一位热情而虔诚的社会服务者。然后，一场风暴来了，家庭突然没落，在应付各种债务的过程中，我曾经无比崇敬和热爱的哥哥也开始堕落了，"变成了放纵邪淫的恶魔。"

陈映真没有明确道出这种风暴袭来的缘由，也没有指出社会巨大的变动如何打击经济结构中极为渺小的家庭与个人。但是，可以想象战后台湾社会的动荡，正是这样的写照。在小说的结尾，作家深情地刻画出动荡时局中"我"的扭曲心态：

> ——我不回家。我没有家呀。
>
> 我用指头刮着泪。我不回家，我要走，要流浪。我要坐着一列长长的、豪华的列车，驶出这么狭小、这么闷人的小岛，在下雪的荒瘠的旷野上飞驰，驶向遥远的地方，向一望无际的银色的世界，向满是星星的夜空，像圣诞老人的雪橇，没有目的地奔驰着……（1：56—57）

"我不回家。我没有家呀。"这种近乎绝望的呐喊，正是孤儿心态的最好反映。处于六十年代初期的陈映真，体验了社会的闷局，任何改革都看不到希望，在小说写作中自然而然地注入了消极颓唐的情绪。他深深体会到台湾人的凄苦命运，却不知如何寻找拯救的出路，所以死亡的告白遂贯穿于大部分的小说中。他的小说，正是他那个时代知识分子的具体缩影，是六十年代台湾最为贴切的历史记录和现实照应。

二

不仅对台湾人，陈映真对于流离的大陆人也具有深切的同情，他借小说的表现，企图努力调和台湾人与外省人之间的矛盾，而且他对问题的看法，不只停留在"语言"隔阂的层面，更是深入社会的阶级结构去检视。诚然，流落于台湾底层的大陆人，经过长期的坎坷奔波之后，并没有看见丝毫的人生亮光。他们和本地台湾人，同样陷入时代的闷局中，在陈映真的小说中，我们可以看到，在他们的生命深处，一种难以言喻的隐痛牢牢地盘踞在心头。对于这一历史现象，陈映真评析道：

> 1949 年之前的前近代的中国同在日本帝国主义一定的殖民政策下资本主义化、近代化了的台湾省的接触，在大陆人和本省人之间产生了一些难题。在本省人方面，由于长时期受到东方／西方、新／旧帝国主义的阻隔，不能够正确地认识到从前近代跃向现代国家、从近代史向着现代史发展而来的阵痛所必有的混乱、落后和苦难所掩蔽的中国的真正的面貌，从而他们的小市民的单纯的民族主义和爱国主义，便在中国走向国家独立、民族自由的地动天摇的过程中幻灭了、挫折了。这种在中国近代／现代史的历史急流中迷失了自己原有的位置和方向的结果，便在部分人心中产生了所谓中国历史的孤儿、弃儿和受害者的意识，因而走向分离主义道路。在大陆人方面，则因某些人承继了前近代的大华夏主义的恶遗留，也助长了分离主义的成长。[①]

纵观陈映真前期表现"分离"与"结合"的小说，可以看出，

---

① 陈映真（许南村）：《试论陈映真——〈第一件差事〉〈将军族〉自序》，薛毅编《陈映真文选》，三联书店 2009 年，第 9 页。

台湾人之所以绝望，乃是觉得在现在、未来根本不能获得改革的机会；而外省人之所以陷入苦闷的深穴，乃是他们已经没有返乡的希望，而在台湾多数的底层军士官因为贫穷落魄而失去安家立业的机缘。这两种不同形式的郁结，都同样来自一个根源，那就是无能和无助的政治闷局。在小说《累累》中，陈映真便诉说一位名叫鲁排长的大陆人，是如何落入昔日的伤痛中：

> ……不到一个月，战火和少年的不更事，使他一点也不知怜惜地离开了伊，离开了故乡。到了尽头，竟连伊的名字也不复记忆了。而漂泊半生，这个苦苦记不起来名字的女子，却成了唯一爱过他的女性，那么仓皇而痛苦的爱过他。……（3:72）

像鲁排长这种有着甜蜜的过去，而今忆及亲人却参商不见生死未卜的外省人，在台湾应该不在少数。陈映真以他宽大的心胸和悲悯的同情，企图刻画出大陆人的落寞和缺乏慰藉。但是，这时期的陈映真虽有同情，却没有进一步把这些受到伤害的个人、家庭，和整个被扭曲的社会联系起来。在陈映真的小说中，各种外省人的生命状态，与普通台湾人毫无二致，同样晦涩、黯淡，近乎无可挽救，而且都驯服于命运的安排。

在《一绿色之候鸟》中，陈映真以候鸟隐喻旅居台湾的大陆人，"据说那是一种最近一个世纪来在寒冷的北国繁殖起来的新禽，每年都要做几百万里的旅途。"既然是一种候鸟，小说中的季公便下了如此结论："这种只属于北地冰寒的候鸟，是绝不惯于此地这样的气候的，它之将萎殆以至于死，是定然吧。"（2:17）这些写于二十世纪六十年代初期的小说，彻底表现了一位无力的知识分子内心的绝望和空虚。他所看到的台湾人是没有故乡的"孤儿"；看到的大陆人则又是不能归乡的"候鸟"。因此，本地人和大陆人之间的悲欢离合，就建基于孤儿心态与候鸟心态的紧张关系之上。[1] 基于上述分析，可以看出对于这一时期的陈映真而言，外省人与台湾人的结合几乎是不可能的。在《一绿色之候鸟》《那么衰老的眼泪》《文书》《将军族》和《某一个日午》等谈及外省人与台湾人结合的小说中，所有台湾人和外省人企图融合的愿望，最后都以分离或死亡告终。

在《一绿色之候鸟》中，动物学的大陆教授季叔诚，娶了台湾下女为妻。季公和台湾下女结婚的第二年，季妻生下小孩后便病倒了，拖了六七年之后，终也没逃过死亡的命运。季公和妻子的感情极为融洽，但是季公在外面必须抵抗歧视的压力，而季妻则必须与病魔战斗。小说中这样写道：

> 八、九年前还在 B 大的时候，已经颇有了年纪的季公忽然热情地恋爱着他现在的妻子。这在 B 大成了极大的骚动，学期不曾结束，季公便带着伊到这个大学来。但歧视依然压迫着他们。季公便一直默默地过着差不多是退隐的生活。（2：17—18）

这对不幸的夫妻，都表现出了坚毅的生命力；却由于不可知的险恶环境，他们的生命并不足以抵挡外来的侵蚀。季妻最后死亡，徒留一场悲剧。这是台湾人与大陆人结合不可能的原因之一：社会的歧视大于肉体的疾病。

然而，这种结合的不可能并不止于此，也蔓及下一代。《某一个日午》这篇小说，就讲述了在一个生活环境相当优裕的家庭的某一天下午，房处长回忆起儿子自杀以前的种种。小说中，儿子房恭行与外省人父亲房处长之间有了代沟；同时，又与台湾女下人有了肉体关系。夹在两种价值观念的紧张关系中，他最后选择了自杀。

---

[1]　宋冬阳：《缝合这一道伤口》，《陈映真作品集》第 14 卷，第 134 页。

自杀的主要原因是他对父亲这一世代的彻底失望。房恭行对父亲的控诉，呈现在他的遗书中：

> 我的生活和我二十几年的生涯，都不过是那种你们那时代所恶骂的腐臭的虫豸。我极向往着你们年少时所宣告的新人类的诞生以及他们的世界。然而，长年以来，正是您这一时曾极言着人的最高底进化的，却铸造了我这种使我和我这一代人的萎缩成为一具腐尸的境遇和生活；并且在日复一日的摧残中，使我们被阉割成为无能的宦官。您使我开眼，但也使我明白我们的一切所恃以生活的，莫非巨大的组织性的欺罔。（3：60—61）

这段话不只是对房处长的指控，更是对整个社会的谴责。在台湾长大的房恭行，偷偷阅读了父亲收藏的旧有书籍、杂志和笔记之后，发现父亲从前竟有轰轰烈烈的革命历史，与现在那种腐臭、僵化、虚伪的生活形成强烈的对比。更可怕的是，堕落了的父亲，把他那种欺骗方式传递给下一代。房恭行不能接受这样的事实，他期待生活在一个活生生的世界里，因此，他接受了下女彩莲的引诱。

小说对彩莲的着笔不多，却极富活力和希望。房恭行在遗书上说："……然而我要告诉你的，是她在所有凡俗中，却有强壮、逼人，却有执着的跳跃着的生命，也便因此有仿佛不尽的天明和日出。"（3：62）她坚强地拒绝了房处长施舍的金钱冷漠，独自承担起养育孩子的责任，完全不像房处长的世界"令人有着想要呕吐的感觉"。一边是黯淡而堕落的世界，另一边则是乐观而进取的生命。同样是台湾下女，另一篇小说《那么衰老的眼泪》中的阿金，也与彩莲一般拥有一个坚定的灵魂。

阿金在一位颇有教养、经济良好的外省人康先生家里当下女。康先生中年丧偶，有一个在上大学的儿子青儿。寂寞中，康先生诱惑了阿金，两人同居起来，情感也较和谐。然而，康先生自知青儿不能接纳父亲和阿金有了孩子的事实，于是"颇费了一番唇舌，好不容易才说服了执拗的伊的那颗母性的心"。然而阿金在被迫拿掉孩子后，却备感沮丧与失望。不能拥有自己的孩子，于伊而言，他们的同居生活只是看不到未来的得过且过罢了。从此以后"康先生渐渐地感到伊的无意识的眼神中隐秘着的可悯的茫然和寂寞的光彩了"。一天，阿金告诉康先生，伊的哥哥要她回乡嫁人了；他以前来过两次，被阿金拒绝，但这次，阿金答应了。伊说"我要一个孩子"。

> （阿金走后）康先生回到卧室，注视着悲愁地空旷着的床铺。突然之间，他看见床隅络络地堆着阿金的亵衣，这使他跌落一般扑向它，狂人一般地嗅着。他觉得哽塞起来了，在顷刻之间，康先生的身体一寸一寸地苍老下去了。他感到一种成人以后久已陌生了的情绪，因为他的干枯的眼眶里，居然吃力地积蓄着那么衰老的眼泪来了。（1：104）

康先生为了自己的体面，为了与青儿妥协，不得不让阿金离去，因为阿金需要有自己的孩子。在这里，康先生又背负了一个历史的包袱。他的包袱是他大陆时代的生命业绩——他去世的妻子与活着的青儿，便是他大陆时代留传下来的记忆；而康先生的社会尊养，也变成了大陆时代遗留下来的一个烙印。从大陆时代过渡到台湾时代，便出现了不适应的问题。

以台湾乡下女性，来对照有教养的流离外省人，便形成了错综复杂的价值冲突，这背后，也暗示了一个千头万绪的社会。在这些小说中，彩莲、阿金等底层台湾女子的质朴、坚韧与隐忍，与康先生、房处长等人的傲慢、自私、懦弱和保守形成了鲜明的对比。她们没有怨尤、愤懑和贪婪，对生命充满热爱和感激，过着平凡而踏实的生活。

三

陈映真对"分离"与"结合"产生的历史背景、历史条件以及当时当地的包括中国在内的世界的政治、经济形势，做过历史主义的分析。他认为：

> 新的和旧的帝国主义在中国的侵凌，数百年来，在中国发生了长远而复杂的影响。作为东南中国门户的台湾省，更是尖锐地经历了东洋和西洋殖民体制的毒害。她历经殖民主义的局部的或全面的暂时或长期的霸占，使她常常在历史上因而和中国隔绝了。而其中尤以日本人五十年的殖民统治最为长久。在这长时期的霸占中，日本在台湾进行了为使台湾纳入日本帝国主义经济的市场圈所必要的改造，使她早早脱离了当时前近代的中国社会。在这个背景下，1945 年的光复、1949 年国民政府的播迁来台，使海峡两岸的不同发展阶段的社会、经济、政治和文化，在台湾发生了广泛的接触。三十年来，这个接触还在进行着不断的互相调整、再编成和共同发展的过程。[①]

的确，外省人与台湾人之间再编成的过程，是透过社会、经济、政治、文化等各个层面进行的。在这一进行过程中，呈现出各种矛盾和问题，然而也呈露出台湾社会的一种包容力量与同化力量。虽然调和的过程非常缓慢，即使在今天，仍未完全消除。正视"省籍问题"是不可避免，也无可逃避的，陈映真从二十世纪六十年代初就敏锐地关注这种社会冲突造成的创伤，并以巨大的勇气来探讨，这是值得尊敬的。正如宋冬阳的分析：

---

① 陈映真（许南村）：《试论陈映真——〈第一件差事〉〈将军族〉自序》，薛毅编《陈映真文选》，三联书店 2009 年，第 8—9 页。

诚然，所谓"省籍问题"，事实上就是台湾社会的最大矛盾问题，三十年来经过各种偏颇的、失衡的、艰阻的、扭曲的客观环境的安排，就制造了许多结合与分离的事件。在结合与分离的过程里，一方面有和谐熔铸，另一方面也有仇恨对立。无论喜欢它或怨恨它，这就是台湾社会的现实，我们必须具有勇气予以正视。①

陈映真小说的可贵处，在于他提出这个问题，反映这个问题，更重要的是，他在小说中透露出一个信念：外省人与台湾人之间的紧张性必然是可以解除的。如何解除呢？陈映真在某些小说中处理外省人和台湾人之间的关系时，"是将他们置于一个从来不认识大陆人、本省人的社会规律下，以社会人而不是畛域人的意义开展着繁复的生之戏剧的"②。所以，"《将军族》中的三角脸和小瘦丫头儿，便是因为同是社会中沦落的人而互相完全的拥抱着"③。作为同一个社会中的社会人，三角脸和小瘦丫头之间，彼此的人格是独立的，彼此又是平等的。在小说里，陈映真突出表现了他们的社会性，而不是着眼他们出生、生活过的乡土的地域性。这一切都是为了消除已有的隔阂，"使分离或有想分离的危机的中国人重新和睦，为中国的再生和复兴而共同努力"④。三角脸和小瘦丫头的相濡以沫，恰恰就体现了陈映真的这一美好理想。

自然，陈映真没有把大陆人与本省人的"结合"描写得肤浅、简单，而是深入问题的内核，加以探讨。正如《将军族》中的三角脸，陈映真对"大陆人在台湾"这一主题的探讨聚焦于大陆来台的"老兵"这一群体。"老兵"这一特殊群体涉及的历史背景，洪铭水

---

① 宋冬阳：《缝合这一道伤口》，《陈映真作品集》第 14 卷，第 141 页。

② 陈映真（许南村）：《试论陈映真——〈第一件差事〉〈将军族〉自序》，薛毅编《陈映真文选》，三联书店 2009 年，第 10 页。

③ 同上。

④ 同上。

有过叙述，他写道：

> 在国军大批撤退来台之后，一大批单身的军人经过年复一年无尽期地等待，有的甚至于诅咒地说："俺革命，革命得光杆一条……"事实就是如此，多少老兵打心底羡慕台湾的充员兵个个有家。结婚成家这种生理与伦理的需求，对一个中国人而言，并非奢求。但是他们心里明白，那并不是容易实现的愿望。因此，在嫉恨中渡过大半生，给社会平添不少所谓老兵的麻烦。另外也有少数比较能深谋远虑的，就开始默默地累积，一点一滴地储蓄到一个相当的数目，以便作为聘金赌注式地去换取一个穷苦人家的台湾女子。运气好的，就此生儿育女，把希望寄托到下一代；运气差的，就在这种交易的过程中出现背约与欺诈的悲剧。因此，在台湾的所谓"老兵"成了一个特殊的群体，寄居在社会的边缘线上。他们的处境，绝不是我们这些养尊处优的知识分子所能体会于万一的。但是，陈映真的触角却早已深入底里。[1]

早期陈映真作品中唯一结合的外省人与台湾人，是《猫它们的祖母》中的张毅和娟子，从他们在婚姻中的悲伤或希冀的感受，我们可以了解到"结合"的阻力何在，又该如何消除。由贫苦的祖母抚养长大的台湾人娟子，一次偶然的机遇结识了外省士官"老兵"张毅，并相恋起来。然则，两人结婚以后，伊的恶风评便逐渐地多了起来。至于恶风评的内容，作家虽然没有直言，却也可从小说侧面描述中显现出来：

> ……伊想起了他，微微地感到心悸，至于有些愤懑起

---

[1] 洪铭水：《陈映真小说的写实与浪漫》，《陈映真作品集》第 15 卷，第 9—10 页。

来。身世有什么用？伊说，想起了外面对他的风评来。一个外省人，当兵的。然而总是个少尉呢！他没有学历，孤苦一身。然而他疼我，伊想着，呼吸着满满的幸福：然而他疼我，而且他漂亮呢！……身世有什么用咧，伊继续想：喂，你自己的身世咧？（1：89）

张毅的外省人身份是风评的主要内容之一。张毅是"没有学历，孤苦一身"，娟子的身世又何尝不乖蹇可怜呢？娟子是私生女，母亲阿惜"因生下私生儿不能立身漂泊而去"，舅舅青儿家道中落后发疯被禁锢在医院里十余年了，自幼相依为命的祖母则是一个把希望寄托在供奉嬷祖与饲养野猫上的孤苦老太太。这种环境下长大的娟子小学毕业后便接着祖母的工作，当起小校工，而后又成为幼稚园的保姆。照常理，两个命运同样不幸的人牵手走到一起，众人应予以祝福，不承想他们却深陷在"风评"里。正是这些恶风评，迫使乖巧孝顺的娟子变得乖戾骄纵起来。小说写道：

一切似乎是无奈的。除却欲望之外，伊尽力地懒散而延宕地过着日子，关于伊的恶风评便日复一日地明显起来。伊因此觉得愠怒，便益发在他的热情之中，完全的成了奴隶了。为了讨好他，伊拒绝与祖母共食，甚至另外隔开一间局促的小房间给祖母。风评算什么，伊叫着说：风评算什么？（1：90—91）

张毅的外省人身份是风评的焦点，伊之陷在情欲的希求和满足里，未尝不是风评的内容之一。逐渐多起来的恶风评让伊伤心过，然而伊总是宽解自己"或许那些风评是无谬的罢"，再接着伊便将两人封闭起来，连祖母也隔绝起来。娟子选择了用偏激和扭曲的方式抵挡风评的伤害——她选择遗弃一切既有的价值和意义，包括伊的祖母在内。伊在隔绝的空间里，愈加沉醉在他的热情里。

娟子感受到风评的威胁，张毅未尝没有感到那些恶评的威力。不仅伊的四邻左右议论着，他的同事亦是议论纷纷：

> ——老张混的不错，官儿也升了，老婆也有了，还赚了间房子呢。
>
> 袍泽们这样说。他有些感到屈辱……（1：92）

小说一方面写出了外省人与本省人结合所处的恶劣的舆论环境，以及这些舆论给人造成的心理压迫与精神伤害；另一方面，细致而深刻地描述了外省底层军官的内战精神创伤。不同于陈映真其他描写战争的篇目，这个创伤没有戏剧化地提升为疯狂或死亡，却零碎化为每夜的梦魇。战争伤害了他，他唯有沉溺于性的当下，才能抵抗战争记忆的再度伤害。

> 在夜暗之中，他仿佛感到战火半生那种无常的恐惧；这恐惧每每会在这样欢愉的片刻中袭击着他，这很激怒了他，便吻着伊吻着伊，高连长的声音这才逐渐的荒废过去。
>
> 他兴奋起来，因着他故意的音响，他感到生命唯其在这种短暂的时刻中才是实在的。他感到征服和残杀的快乐了。（1：92—93）

张毅年轻、俊美、聪明，有着"优美的倒三角的项背"以及饱满有力的青春。然而，这样的他却只能在每夜的性爱中确认生命的存在，寻求内心片刻的安宁。他们的男欢女爱、鱼水之欢，对伊来说，是无力的蛊惑；对他来说，却是依靠这肉体的征服，来抵御残酷往事的侵袭。半生的戎马生涯，是他萦绕不去的噩梦。那些战火的记忆，动辄便从他脑中一闪而过，让他感到一阵疼痛。

濒死的高连长说："张毅，张毅，你给咱带个信回去呀。"他搜过一袋一袋的银元，都渗着血。他毙过不少的敌兵，他们叫着说："妈妈呀！"（1：92）

这疼痛源于高连长的嘱托——在两岸分断的体制下，他无论如何也不能把音讯带回故乡；源于被他毙杀的敌人濒死前对母亲本能的呼唤；更源自他来台后，行尸走肉的麻木生活。只有在性爱前洗热水澡的片刻里，他才感到青春，感到平和而安定。半生的军旅生活，一直在刀尖上战战兢兢地过活，好不容易来到台湾安定下来，往事的侵袭，现今的恶评，都让他落在困顿里，他拼命地挣扎，却似乎只剩下"那轻笑，那碎语，那肆妄的呼吸"。无论如何，外省人张毅与本省人娟子毕竟相爱了，并且结婚生活在一起，彼此相濡以沫，寻求慰藉。然则，这"风评"的威力在《一绿色之候鸟》中大肆爆发，终至夺去一个无辜女子的性命；在性爱的挣扎中确认生命的意义，则在《累累》中被内敛地张扬着。

在另一篇他早期的经典之作《将军族》中，陈映真亦探讨了这种结合的可能性。小说中，一个被以台币两万五卖给别人的台湾女子"小瘦丫头"，逃脱出来后，与从大陆退伍的中年男人"三角脸"，在一个康乐队相遇了。三角脸随着时代的颠沛流离，历经东北沦陷、国内战乱之苦，被迫妻离子散，流落到了台湾。他们原是属于两个社会的人，但是经过政治迫害、社会盘剥和时代的安排，两个落难的人逐渐从陌生到相识，由相识而熟络。三角脸得知小瘦丫头需要赎身后，偷偷留下三万元的退伍金，不告而别。数年后，两个分属不同乐队的人，竟又在一个出殡场合碰面了。被人口贩子弄瞎一只眼睛的小瘦丫头，一直以感激的心情，到处寻找三角脸，以期报恩。见面后的两人，有如下对话：

"我说过我要做你的老婆，"伊说，笑了一阵："可惜我的身体已经不干净了，不行了。"

"下辈子吧！"他说："此生此世，仿佛有一股力量把我们推向悲惨、羞耻和破败……"（1：201）

小说的结尾，陈映真安排了两人一起自杀。他们死时穿着乐队制服，看来就像"两位大将军"。

小瘦丫头与三角脸之间，并不像其他小说中的人物，存在知识分子与下女的尴尬关系。这是陈映真所写"省籍问题"小说中，第一次出现台湾人与大陆人同属底层的人物。小说中大陆来的老军人三角脸与本省出身卑微的女子小瘦丫头，他们两个都是充满爱心、善良的底层平民，他们有足够的理由相互支持、互相依存着生活下去，陈映真却安排了他们将希望寄托于一个不可知的未来，双双携手一起走向死亡的结局。正如有学者所分析的，他们应该是可以结合的，而且结合得比任何人都还牢固。然而，"陈映真对于他们的情感意识的处理，却是以小知识分子的观点去处理的，把剧烈的历史转型期这一阶段小知识分子找不到出路的哀音，叫这一对吹鼓手去吹吹打打起来；又把小知识分子局促的梦幻的道德意识，移植到他们身上，而导致双双自杀的结局"①。这分析有一定道理，出身底层的台湾人与外省人，尤其是在几十年来政治和经济的折磨下，饱受屈辱和磨难的他们，不会因为歧视、挫折而放弃结合，甚至选择自杀，会在困苦的环境中相濡以沫，继续不断寻求互相扶持的力量。然而陈映真描写了他们的不幸，表现了对他们的同情，而写他们彼此终于消除隔阂，互相信任，又寄托着他对台湾人与外省人和睦相处的希望，尽管在他看来这难以实现。

那么问题在于城镇知识分子陈映真何以产生这些悲观、幻灭的念头呢？好友尉天骢曾质疑过《将军族》中男女主人公悲剧性结局的收尾。他批评道，这是不合乎逻辑情理与历史发展规律的，这

---

① 郭云飞：《陈映真〈知识人的偏执〉序》，《陈映真作品集》第 1 卷，第 54—55 页。

是陈映真受现代主义影响的结果。因为受帝国主义有形侵略，和文化、经济上无形摧残的影响，台湾与中国处于分裂状态，这一情形下，既无法清楚地认识中国近代史的真正面貌，对于台湾的前世今生也都一片茫然，这种情形下，反映资本主义找不到出路而日趋没落的现代主义一冲击进来，他们便毫无反抗和批判的力量，不知不觉做了这种文化的殖民。在这种情况下，知识分子面对工业社会时，他要求个人的尊严，便对这生活着的社会有所反抗；反抗日子一久，面对整个社会时便觉出个人力量的渺小，因此这种浪漫的精神，往往以反抗开始，以消极和虚无结束，所以这个发展产生一些无政府主义的倾向。[①] 可以说，六十年代的陈映真，受困于政治闷局，也受困于自身有限的政治理念，从而在小说中安排台湾人与外省人的死亡结局。他这种幻灭的想法，七十年代出狱之后，才有转机。这一时期创作的涉及"省籍问题"的《文书》与《第一件差事》莫不如此。这两篇留待后文详细分析，在此不再赘述。

四

上述内容多是针对陈映真六十年代关于分断体制下的外省人与台湾人这一主题小说内容及其产生原因进行了探讨，那么放在当时的历史背景下，陈映真写作"外省人在台湾"这一主题的意义和价值何在呢？《文书》是他最早一篇对劫后从大陆到台湾来的外省人批判的作品。尉天骢曾说过，如果把他这篇作品拿来和另外一些用同类题材写作但却充满怀旧感受的作品相对照，便可以发现后者多是来自贵族家庭、王谢子弟的作品，也因为如此，他们有关中国近代史的认识也因站立的立场不同而不同。为说明这一观点，他特以现实的情况做例子说明：

---

① 尉天骢、齐益寿、高天生：《从浪漫的理想到冷静的讽刺——尉天骢、齐益寿、高天生对谈陈映真》，《陈映真作品集》第5卷，第161—162页。

譬如说某人是一个大军阀，我们向四川人问起此人的真正的情况，大多数人都会说出他以往在四川作威作福的事实，然而，此种人跑到台湾来以后，大写自传替自己吹牛，以至于很多不明就底便对之歌颂起来，好像他自己换了一副面貌一样。党国先进居觉生先生的公子居浩然先生曾在一篇文章里表示过：当年父亲要我参加国民革命军，今天看了很多在台湾出版的军阀人物的传记把他们写得那样好，那样爱国；真觉得当年参加北伐是错误的行为。[①]

由此可见，当时入台的贵族子弟们往往只着眼于眼前的种种利益，而未能对这一段中国近代史做一反省从而产生更有深度的作品。陈映真与此不同，他意识到中国人必须不断反省，了解自己身在近代史中所处的地位。这种信念使得他写到王谢子孙时，多多少少赋予他们奋斗挣扎的行为，而不认为他们已槁木死灰，毫无生气。这在《某一个日午》《文书》等小说中有鲜明的体现。对照《文书》和白先勇的《台北人》，前者还在努力挣扎，后者却早已消沉颓废了。如果读者不了解中国近代史，可能就无法理解陈映真此类小说的批判性，也不理解那一代中国人怀抱着的痛苦。

从《文书》《第一件差事》等小说中，我们都能感受到主人公想从现实中挣扎而出，却又挣扎不出来的迫切。这里可以看出陈映真透过中国近代史为某些找不到出路的人物寻求"自救"的启示。《猫它们的祖母》中的男主角和一个普通的女孩子结婚后，很想过上平静而安定的生活，却又难以实现，"风评"作祟的同时，他之深陷往事泥淖不能自拔也是原因之一。《第一件差事》中的男主角有漂亮的妻子、美满的家庭……却缺乏关心的对象，迷失了人生的

---

① 尉天骢、齐益寿、高天生：《从浪漫的理想到冷静的讽刺——尉天骢、齐益寿、高天生对谈陈映真》，《陈映真作品集》第 5 卷，第 158 页。

目标，而寂然以殁。《某一个日午》中的父亲只知道给儿子吃、给他钱，却完全漠视甚至扼杀儿子的精神需求，致使儿子没有往下走的理想和力量。《那么衰老的眼泪》《一绿色之候鸟》《第一件差事》中来自大陆的男子，因为寂寞、爱情或其他原因，都各自找了个台湾底层出身的女子为妻或做伴，却既不能彻底地爱，也不能踏踏实实地去拥抱她们。因为他们原有的背景、家庭的出身，对漂泊流浪的他们来说，是挥之不去的梦魇，他们只得"非常苍白的成为一批上课下课的机器"。

陈映真小说里往往安排本省人与大陆人不能结合的局面，他认为造成这种状况的原因，并不是说从大陆来的中国人有什么问题，也不是本省人有意排除，而是这里面的很多人心上有丢不掉的包袱。在其好友尉天骢看来，一个重要的原因是很多大陆来到台湾的中国人，他没有扎根，却一味口头上喊：我没有根；我不是归人，我是过客；我是波西米亚……陈映真对他们批判的第一点是那些到台湾来的第一代大陆人，他们沉湎在过去里而不克自拔，对台湾这片土地上的生活问题关怀不够；第二点是在本省中产阶级出生的一些子弟，他们只想着进好的中学、大学，然后出国留学，从没想过在本省扎根，可以说是出生于此地的外国人。[①] 然而，归根结底，从中国近代史做一反省，我比较赞同赵刚的观点：

> 以我的理解，陈映真的看法是，这两个群体的相互不理解，并不是简单的"族群因素""省籍因素"这样的修辞大帽所能轻易收整的，也不是感性地呼吁"大和解"就能解决的，更不是蓝绿两党之间的"和解"就能解决的，反之，也不完全是由它们所造成的。对他而言，这两个群体之间的"陌生""离异""紧张""冲突"，是无法只在

---

① 尉天骢、齐益寿、高天生：《从浪漫的理想到冷静的讽刺——尉天骢、齐益寿、高天生对谈陈映真》，《陈映真作品集》第5卷，第160页。

台湾当代内部寻求解决的，无论是台独或是独台都无法解决。真正的大和解是要克服两岸的历史分断体制——从个人传记到家族历史到民族历史的一连串的分断，而这必须回溯到冷战、国共内战、中日战争，到整个中国近代史。因此，陈映真从来不曾对这民族内部的离散两方有过任何的单向谴责或求责。[①]

因此，要想真正消除"外省人"与本省人两个群体的隔阂，必须克服两岸分断体制，实现和平统一。

除此之外，六十年代陈映真对本省人的批判也达到一定的深度，具有独特的价值。除却物质造成的困扰，还有诸如小说《凄惨的无言的嘴》《兀自照耀着的太阳》中描述的一群找不到生活出路、失落了理想，不晓得今后怎样过活才好的人物；他们生活在闭塞的房间里，慢慢地枯萎死亡。这情形恰如《嘴》中将要从精神病院出院的知识青年的梦中，那间黑屋子里躺着女人，她身上的许多嘴一起喊道："打开窗子，让阳光进来吧！"陈映真借此对这类知识分子进行了含蓄而严厉的抗议，他写道：

> 后来有一个罗马人的勇士，一剑划破了黑暗，阳光像一股金黄的箭射进来。所有的霉菌都枯死了；蛤蟆、水蛭、蝙蝠枯死了，我也枯死了。（1：220）

这里的"我"显然是指封闭在黑屋子里的旧我，这样的处理方式暗示着，陈映真鼓励这类知识分子勇敢地突破闭塞、沉闷、狭隘思想的束缚，切实关注和联系社会现实与人生，在黄金般的阳光照射下，迎来重生的新我。

---

① 赵刚：《战斗与导引：〈夜行货车〉论》，《中国现代文学研究丛刊》2017 年第 6 期。

第二节 《第一件差事》：剪下的树枝

《第一件差事》讲述了事业有成、家庭美满的三十四岁中年男子胡心保，到一个乡下小旅馆自杀的故事。主人公胡心保一开始就自杀了，小说围绕着刚从警校毕业的杜警官对此案的调查展开叙述。从旅馆主人刘瑞昌，四十二岁的小学体育老师、外省人储亦龙，以及胡的情人林碧珍等几位关系人的供词或讲述中，大致拼凑出胡心保的身世与面貌。

"人为什么能一天天过，却明明不知道活着干吗？"这是胡心保最大的精神困境。出生在大陆北方地主之家的胡心保，因为国共内战，十七八岁就被迫离开家，历尽波折磨难、生死离别，一路颠沛流离辗转漂泊到了台湾。来台后，为了生存下去，他"拼命地读书""拼命地参加考试"，尔后成家立业，他却喟叹："我于今也小有地位，也结了婚，也养了个女儿。然而又怎样呢？"尽管远离战火，衣食无虞，"笑得好叫人放心"的胡心保却"找不到路走了"，没有了生活下去的动力和方向，感受不到人生的意义了。他曾说：

> 尽管妻儿的笑语盈耳，我的心却肃静得很，只听见过去的人和事物，在旦边儿哗哗地流着。（2：189）

"过去的人和事物"是盘桓在胡心保心头萦绕不散的阴影。故乡、儿时，所有过去的记忆，渐渐冰封了他的内心，让他艰于呼吸，他却无可奈何。1949年后，在海峡两岸隔绝、对峙的分断体制下，离乡却永不得归乡的胡心保，日夜感受着失路之心的煎熬。挥之不去的过往总是如影随形。从旅馆窗户望去，即使一座普通的拱桥，也让他想起逃难时，与之相似的某座拱桥。从而内心陡然浮现死亡与离别的惨淡记忆，以及"你是继续在这儿，还是到那儿？"

的尖锐提问。

> 我于是在星光下看见一座桥，像它那样弓着桥背；那时有个十四岁的小男孩一路跟着我，我对他说咱到桥下睡，夜里也少些露水；他说好。但他两脚一软，就瘫在地上；我拉拉他，才知道他死了……当大家全睡了，只有我一个人终夜没睡，我一直看那座桥的影子，它只是静静地弓着。（2：175）

正如赵刚所分析的，"桥"在这篇小说里，不只单纯地象征了死亡记忆，而是更矛盾、更痛苦地表现了主体所复杂感受到的那种本应是沟通的却成为阻断的，本应是活路的却是死路的，那种希望一再遭背弃的苦闷。摆进历史脉络，具体的所指是：本应是一个民族，本应是一个国家，本应是一个家，本应是通着的……而现在却断成两半了。[1] 偶然触目的景物，即让他浮想联翩；日常相对的妻儿也莫不是过往的延续。胡心保总是管他名叫许香的妻子叫抱月。他的情人林碧珍告诉我们：

> 小时候，曾喜欢着一个年纪相仿佛的，家里的厨娘的女儿，他说：那小女娃真漂亮。他缅怀地笑起来，仿佛记得人家都叫伊"抱月儿"，也不晓得该怎么写，就按着声音，似乎是这个"抱月"罢。他说。他因为面貌的酷似而娶了现在的妻子。（2：205）

周围的人与物是如此地与过去纠缠！偶然陡现的拱桥、日常陪伴的妻子，以及他所抱怨的臭虫，这些人和事拼合在一起，便成为

---

[1] 赵刚：《橙红的早星——随着陈映真重访台湾一九六○年代》，人间出版社2013年，第279页。

一个巨大的离散痛苦的众多物质、身体与社会性的参照。这种参照毋宁说是压迫，让胡心保时至今日内心仍不得安宁，却又无法突出重围。

胡心保和储亦龙都曾几次说"想起过往的事，真叫人开心"。对于储亦龙来说，也许他更缅怀过往的特权与荣光；对于胡心保来说，也许他更向往过去那些刻骨铭心的爱与痛，以及在生存胁迫下充满生命意志的奋进。不管怎样，缅怀也好，留恋也罢，无法与过去和解造成了他们的身心困顿甚至扭曲，既无法安顿当下，也缺乏对未来的想象。因此，我们看到储亦龙只求"三餐有的吃，睡有个铺，我便不再指望什么了"，这般如虫豸般麻木苟且地生存着；而不甘潦草度日的胡心保为了找寻活下去的动力，努力做一个好丈夫、好爸爸和好情人——甚至他的"出轨"都不是世俗意义的纵欲，而是企图经由慰藉一个青春期受了父亲伤害的女孩子，找到存在的意义和自我救赎之途，无论如何，纵使百般努力，还是"找不到路了"。

何以如此？根本原因在于在日趋巩固的分断体制下，胡心保们回乡无望，"关山难越"成为永久的疼痛。他们恰如一截被剪除的树枝，没有了活水源头，自己都快干枯了，又何以能发出爱的新芽？走向自杀或麻木，是被时代所注定的。小说中，胡心保曾对储亦龙说：

> 他跟我说，倘若人能够像一棵树那样，就好了。我说，怎么呢？树从发芽的时候便长在泥土里，往下扎根，往上抽芽。它就当然而然地长着了。有谁会比一棵树快乐呢？
>
> ……
>
> 然而我们呢？他说：我们就像被剪除的树枝，躺在地上。或者由于体内的水分未干，或者因为露水的缘故，也许还会若无其事地怒张着枝叶罢。然而北风一吹，太阳一

照，终于都要枯萎的。他说。（2∶191）

　　"被剪除的树枝"，这是何等贴切而形象的形容！对于因家国剧变流离在台的外省人，陈映真看到了分断体制对他们巨大的、潜在的伤害，并最大限度对他们抱以悲悯、理解和同情。胡心保们曾苦苦挣扎着努力爱过、希望过，可是"这截断枝"终究无法落地生根，无能于相信、希望和爱。

　　除却对外省人胡心保身世和心境的关注，小说还叙述了杜警官、许香等本省人不同的生命状态，以此呈现出理解外省人与台湾人"分断与结合"这一主题更丰富的视角。小说中"树一般"茁壮的二十五岁杜警官的圆滑处世、察言观色，与三十四岁胡心保的善良、羞涩、敏感形成了鲜明的对比。另外，胡心保的自杀是杜警官的"第一件差事"，但他对这个差事的对象毫无理解所必需的历史、文化与感情基础，反倒是有一种隔世的疏离与不解。这种因隔膜所而来的强烈荒谬感，却又不是什么"族群""省籍""城乡"，甚或"阶级"等概念，所可以轻易解释的。[1] 在这种历史隔膜支配下，杜警官自以为是地将胡心保的弃世简单归结为"一个厌世者"。正是这种由大历史所造成的无感、失语，形成了小说内在的张力，以及悲喜剧冲突的反讽效果。

　　来自台湾乡下的女子许香，虽着墨不多，却让人印象深刻。读书不多的她，即使有了丰渥的生活条件，也依旧事无巨细地每日辛勤料理着。她这种"执迷地生活着""快乐地、坚韧地生活着"的态度，令胡心保惊讶、赞叹，以至于恐惧。许香"蔑视一切轻视、冷淡、欺骗而孜孜不懈地生活"的意志，以及散发出的蓬勃的生命力，与胡心保日渐萎缩的生命意志形成鲜明的对比，引人思索。

---

[1]　赵刚：《橙红的早星——随着陈映真重访台湾一九六〇年代》，人间出版社 2013年，第 273 页。

第三节 《文书》：过往的梦魇

　　《文书》讲述的是主人公安某因着一只猫的蛊惑，陷入精神失常，在经历了一连串幻觉的刺激和逼迫后，奋起反抗的他不意却开枪打死了自己心爱的妻子。小说由"公文""报告""自白书"和"诊断说明"四部分组成。其中，"公文"说明案件的性质，"报告"介绍案件的背景、疑犯的基本情况以及对该案件的处理意见，"诊断说明书"是医生对该疑犯的证实材料，"自白书"则是小说的主体。小说在报告书三中介绍了"自白书"的由来："职乃利用其清醒时间，服以大量镇定剂，促其写自白书，历三昼夜而成。职拼排删修数日，乃得疑犯亲笔自白书乙份。"（1：159）对"自白书"的评语为："疑犯自少颇工于文艺，唯其中仍多荒谬妄诞之陈述，语多鬼魂神秘，又足见其精神异常之状态也。虽不足采信，或不无参考之价值。"（1：159）这样的评语很容易让人想到鲁迅在《狂人日记》的"识"中，也写了"语颇错杂无伦次，又多荒唐之言"，但是"间亦有略具联络者"。① 鲁迅通过这些语无伦次的荒唐之言，揭示了封建礼教"吃人"的本质，并发出"救救孩子"的呐喊。同样，在小说《文书》中透过疑犯安某的荒谬妄诞之语，亦可窥见致使这一外省士官精神异常的社会根源。

　　陈映真曾自述，1962 年，他到军中服役。军队里下层外省老士官的传奇和悲惨的命运，震动了他的感情，让他在感性范围内，深入体会了内战和民族分裂的历史对于大陆农民出身的老士官们残酷的播弄。1963 年的《文书》和 1964 年的《将军族》和迟至 1979 年才发表的《累累》，是这种体会的间接和直接的产物。② 较之《第一件差事》中胡心保因失却生活的目标与方向，陷入人生不再有意义的

---

① 　鲁迅：《狂人日记》，《鲁迅全集》第 1 卷，人民文学出版社 2005 年，第 444 页。
② 　陈映真：《后街》。

困境，《文书》中安某的处境完全不同——他深爱着妻子，并独力经营着纱厂，没日没夜地工作着。可以说，安某人生的意义与方向是明确的，他也笃实地行进在这一方向上。从第二部分的报告中，我们从安某的亲朋旧友、同事员工中了解到安某是个"谨慎小胆之人"，"平素为人信实敬业、忠厚勤恳"；且安某与其妻杨某感情深挚，"家庭美满，为邻里所羡"，"其家居生活，尤为和乐美满，有佣人黄氏可以作证"。无论是从个性特质还是夫妻情感，都找不出安某杀妻的理由。那他何以失手杀死爱妻？可见其"精神异常"尤为关键。报告中，办案人员将其解释为"出于疑犯劳碌终年，致精神异常所致也"；自白书中，其妻亦将他的"病"，归结为没日没夜的劳作。可知，安某的内心隐衷、精神困苦是常人难于理解的，也是他艰于解释与释怀的。整篇小说便是围绕着"'我'何以精神异常"这一主题核心，将"猫"的意象作为"我"精神变化的线索，以第一人称的口吻，通过内心独白和自我剖析等方式展开叙述。

一

不同于《第一件差事》中，胡心保和储亦龙的"想起过往的事，真叫人开心"，对"我"而言，过往却是沉沉的梦魇，伴随着挥之不去、难以释怀的罪恶感和歉疚感。

"我"的惨淡记忆始于十岁那年。在北方寒冷萧瑟的冬日的一天，"我"没有像往常一样再追着年迈的仆人老秦让他讲述祖父安师爷的故事，两人只是默默地瑟缩着静听北风的呼啸。就在此时，"我"极其偶然地撞见了死亡。

> 许多的人撞破了柴房的门，一伙人都跌撞着冲进去了。我钻进人群中，看见冯炘嫂赫然吊在横梁上，微微地摇摆着。我伏在地上，很惊悸于这在那时对我并不十分明

白的场面。也便是在那阴暗的柴房里，看到一只极幼小的鼠色的猫，用它鬼绿得很的眼，注视着我。（1∶162）

原来是"我"二叔始乱终弃，糟蹋了冯炘嫂后，便闷着那细长的黄脸进城躲避。震怒的父亲非但没有惩罚二叔，反而将哭泣的冯炘嫂关进了柴房，终把人逼上了死路。这一切对于十岁的"我"来说，自然是不懂的，然则"我是怎么也挥不去冯炘嫂的那种独自稍稍动荡着的钝重之感"，就如驱不去那压抑在心头惴惴的重量。为着排遣这沮丧，"我"追问老秦，那些因军功显赫被大帅赏了三年税的缴税结局，结局却意外残忍，那些已交过十年税的老百姓在逃亡的路上，被另一路兵给杀了，全庄大大小小一个也没留下。原想在祖父飞黄腾达的辉煌往事里平抚内心的"我"，不意却陷入更深的忧愁与恐惧。因为"我"所倚仗的、所自倨的，甚至高人一等的感受，不料却是建立在血腥、杀戮和对他人生命肆意践踏的基础上。

我听着，不料更加地沉闷起来。我的脑子便阴暗的仿佛那间小小的柴房。我忽然便想起那小的鼠色的猫来。这时它用那一对翠绿得很的眼睛，温柔地，洞识地注视着伏在地上的我。在那个相持的片刻里，它便用那桃红的、微湿的鼻子嗅着我。大约便从那时起，这鼠色的猫便吞噬住我的灵魂了。它嗅去了我的灵魂了。（1∶164）

家族的罪愆，压迫着年幼的"我"敏感、脆弱而善良的心灵。自此，那只鼠色的猫的意象，伴随着尖利的自责、不安、愧疚和歉然，进入了"我"的灵魂，"我"被一种类似宗教的原罪意识深深地困缚了。多年后，"我"经历了家道中落、求学失利等蹉跎岁月后，投军入伍，加入全国抗战。"逐渐地脱掉了一个富裕人家的子弟的癖性"，"我"终于习惯了军旅之苦，在升了准尉的那年，有过一次短暂的回家经历。多年来，"我"背负着家庭罪恶的重担，在乱世里挣扎着稍能立足时，最先想到的是回家，回到故乡，不意却遭到鄙视和羞辱。家人知道"我"投军的事后，"不料竟颇以为耻"——家人的表现颇不通情理，因着创造我们家族鼎盛辉煌岁月的祖父便是行伍出身。是啊，"我"这个四处漂泊的士兵的孤苦，何以是居为乡绅的大哥所能理解，所能瞧得起的呢！"我"被迫于次日大早匆匆离家而去，并终于知晓"原来我竟厌恶着家和故乡的啊"。

在驻扎塞北的部队里，"我"遇见了关胖子。"关胖子是个湖南人，一个极其刻薄凶蛮的人。自从他不知何以竟晓得我是安某之裔，待我便尤其的凌厉了。"虽然，"我"厌恶着家，也被家舍弃了，然而"我"是安家后裔的血统身份却更改不了。而自从"我"在十岁知晓了家族的罪恶后，一直被原罪纠缠着。这种情绪的变化，在"我"与关胖子的对峙中，有着精彩的呈现。

当"我"被唤到关胖子房间时，"我原是由于他作虐惯了，一直都有挨拳受腿的觉悟的，因此原先岂止没有恐惧，并且颇愤愤然有嫉仇的心。"然则，当他开口询问"我"是否是安师爷的子嗣时，"我于是很惶惶起来，而且似乎在不可自已地发着抖。"当他慢慢地脱着棉袄时，"我抑制不住地抖索着，汗如雨下。"接下来的景象，亦如冯炘嫂上吊的那幕情景，足以让"我"记一辈子了。

就在那样的隆冬，他在我面前裸了他的上身。一个多肉而异常强壮的身体，在左胸脯很怵目地低注着一个窟窿，在不充足的光线中发着蛇皮一般的光亮。

"他们割去下了酒，在我的面前煮着吃。很好的一块肉哟……"

他抚摸着窟窿，说着，便沉默起来了。这时我才忽然的停止了抖索，很肃然地立正着，脑际只剩下一片空明之

146

感，汗却依旧不住地流着。

"这狗X的！"他低低地说。他回身望着窗外，慢慢地加衣。

"当然不是你安○○割了的，"他说："但却是他那些下人。那时一样都是被拉夫出来干，他们竟何必……"

说着，他悲愤起来了。他猛然地转过身来，掏起手枪重重地拍在我面前的桌子上。

"自己死吧，或者我把你这狗X的枪毙了！"

我几乎毫不考虑地举枪对着自己的天门。但也便在此时他抢上前来，拳头脚踢如雨一般的落在我的身上。

（1：168—169）

经此事，"我"对家族的罪恶又多了一层认识。如果说，冯炘嫂的遭际象征了家人对仆人的冷漠，那丢了性命的全庄老小象征的是祖父对平民百姓的凶残，那么关胖子的出现使得"我"对祖父爱兵如子的最后一丝暖意想象也破灭了。"我"家族曾经的权倾一时、富甲一方，是靠着怎样的盘剥仆人、手下人和老百姓而发达起来的呵。这样血淋淋的真相，再一次刺痛着"我"敏感、柔弱的神经。如果可以选择，"我"宁愿不做安家人。因此，当关胖子让"我"自行了断时，"我几乎毫不考虑地举枪对着自己的天门"。对"我"来说，也许死才是真正的解脱，才是摆脱安家噩梦纠缠的唯一选择。然而，命运没有给"我"这样的机会，"我"依然活着，却做了罪恶的奴隶。

此后，我的日子便是不尽的苦刑和凌辱了。但每次我想起他的低洼着的左胸脯，便陡然的失去了愤愤的心。我便仿佛成了一个受卖身契束缚着的古奴隶，生活在毒恶的鞭笞之中。但在另外的一面，我的如火的怨毒在与日俱增地成长着，一层层地在我的心灵之底层沉淀着、堆积着。
（1：169）

这怨毒终于在一次敌人的夜袭中爆发了。

> 那时我举着枪一发一发地放着。胖子跳跃着，便在我
> 的射程里踉跄着栽下一身肥膘。（1：166）

虽然没有人知道是"我"枪杀了关胖子，大家都以为关胖子身
先士卒，被敌人击毙了，连"我"也不确定关胖子的死是否与"我"
有关，但是，"我"确切地知道"我"恨着他，射击过他，并且内
心极度渴望着他的死亡。这样的念头、动机和举动，足以让"我"
的良心不安，让"我"的罪恶感又加深了一层。于是，"我"再次
看见了那只鼠色的猫。

> 日落以后，我打开关胖子的房间，点上了油灯。便在
> 这个时候，我第二度看见了它，一只鼠色的猫——在这塞
> 外的野战地！——端坐在排长的案头，张着翠绿得很的眼
> 睛，注视着我。时间在一秒一秒地摆渡着，我开始惴惴起
> 来。我在那悲楚的、哀怜的、鬼绿的眼光里恐怖起来。我
> 终于霍然而起，那鼠色的、矫健的猫便烟云一般的逃窜而
> 去。（1：170）

那只猫的出现，暗示着"我"的良心又开始尖啸着刺痛起来。
因为祖父手下人曾经伤害过他，"我"便永远地沉沦在为祖先赎罪、
被他肆虐欺压的黑暗里。"我"失却了愤怒与复仇的理由。那一刻，
"我"甚至希望这个对"我"一向恶毒的关胖子没有死去，或者最
起码不是死在"我"的手上。

而我终于找着了胖子的身体。我剥开了军装。在提灯光里，看见他的腹部有一排敌人的子弹的入口，颇干净地收缩着。但在他的右肺上有一个子弹的出口，很是灿烂地开着血和肉的花朵。顷刻之间，远远地传来一声猫的长啸，继而又一声、一声地渐去而渐远了。（1：170）

终究，"我"确认了关胖子死在"我"手上的事实，终究"我"没有逃过命运的诅咒，"我"亦成为一直所憎恶着的家族罪恶的一部分。"我"的手上也沾满了同袍的血，"我"不再只是无辜承受者，从此，也成为罪恶的参与者的"我"，变成了自己曾经极度厌恶且拼命抗拒的那类人。

二

战争结束后，"我"来到了台湾。不几年，便退了军职，开设了一间纱厂。不同于许多来台的大陆士兵，"我"内心深处极少会涌起思乡之情。那样的家、那样的故乡，不要也罢！有一段时间，"我"一直在买卖的爱情里求得满足，直至遇见了伊。

从那一夜起，我第一次感觉到色欲以外的对于女子的爱情了。那夜，我握着伊的小手，告诉伊我终要娶伊。伊沉默着，继而轻声地哭泣起来，也轻轻地捶打着我的胸膛。

我一次比一次更多地体会到我对于伊的爱情。那是一向不曾有过的生之丰富之感。而纺纱厂在那时又遇着好景气，我开始发觉到工作、生命和利润、安适的强烈的兴味了。第二年，雇了五辆小包车到南部的小村庄去娶

了伊。（1：171—172）

由于伊，"我"第一次懂得了爱情，第一次体验了爱、温暖与希望，第一次渴求安定下来。那时，"我"以为伊是命中注定的女人，是拯救"我"灵魂的天使。"我"日甚一日地爱着伊，并欣喜于同乡亲朋对伊的接纳。然则，直到有一天，"我"回家骇然发现伊怀里抱着一只猫，一只鼠色的猫，并以那样翠绿的眼睛眈眈注视着"我"。"我"陷入惊恐，因为这只猫让"我"想起了过往的种种。这只猫竟从南部迢迢北来，一并带来的还有伊的哥哥的故事。在伊依稀的记忆里，这只猫来的第二天清晨，哥哥便死在监狱里，且是被枪杀的。一任伊的母亲怎样打它、饿它，它都不走。在哥哥被埋葬的那天，母亲把它留了下来，它竟而赢得了全家的喜爱。

虽则伊讲起自己远去的哥哥，早已没有哀悼的意味；然则对于"我"却"仿佛有一只手在撩拨着纠缠着思绪，寻找着什么"。（1：174）那过往沉沉的梦魇又一次来袭。由着这只猫，由着伊的哥哥，"我"又想起了那个漫天寒星的刑场的清晨，那个白色恐怖肃清寒流里做了"我"最后祭物的少年。

> 他努力地站着，我于焉才发现到竟有这样年少的死囚。剃着光头，有些女性化的脸，在那时看来仿佛一个极惨淡的尼姑。幼稚得很的脸，或者说，纯洁得很的脸。
> "不要，不要这布啦，请挪开，请——……"
> 我于是取下了布。他羞涩如处子一般地微笑了一下。他站定了位子。有些死囚开始嘶喊着口号，但他只是那样沉默地，如处子一般地站立着。我按着号令举起了枪。我在准星尖上看见他很匆促地看了我一眼，便微斜着脸去看远处的沙滩。我又按着口令扣动了扳机，他便那样简洁地应声而倒，好像断了线的傀儡；好像从来就不曾有过生命

的土块那样地向前崩落。他只是那样不沉重地扑倒下来罢了。连最微小的挣扎都没有过的。（1：175）

他应声倒下的场景，是如此的安静，没有口号，没有挣扎，没有反抗，甚至因为恐惧站立不稳而自责，短短的几句话，多杂着"对不住""请"，这个有着苍白笑脸的少年是怎样的纯洁，而彬彬有礼。如果能选择，"我"会枪杀这样的少年吗？绝对不会。然则"我"不得不一次次"按着口令"行事。那"断了线的傀儡""不曾有过生命的土块"与其形容他的扑倒，倒不如形容"我"的命运更恰切。在时代和命运的播弄下，"我"又怎能挣扎而出呢？想着那少年，想着命运让"我"的双手又沾染了一个无辜少年的鲜血，"我"是怎样地不安啊。

然则那幼稚得很的脸，那年少的纯洁——这些是一般凶恶的人所没有的——使我很不适了数日。这不久，我便退职了，于是那女子一般的少年便成了我的最后的祭物了。我由是格外的记着他。然而记着记着，也终于淡忘了。（1：175）

在"我"终于淡忘了那少年，那关胖子，那冯炘嫂，那全庄老小的短短数年后，"而今竟又回到过去了的那一个眼点"。"我"疑心那被我枪杀的少年竟是伊的哥哥，即便不是，"我"枪杀的亦是伊哥哥的同类。若是如此，那似乎成了伊哥哥替身的鼠色的猫，在"我"最勃发、最幸福的时日，迢迢赶来，莫不是天意？"我"再次陷入忧思。

伊因着那只鼠色的猫带来的新乐趣逐日丰盈焕发着，待"我"也尤为温顺体贴。"我"却日复一日地萎缩下沉，"仿佛忧虑着什么，也似乎在躲藏什么"。终于，有一日，那少年来到了"我"眼前。

……一进卧室，竟赫然的看见一个少年伏卧着读书。珠美却十分安详地午寐着。那少年慢慢地抬起头来，沉静而有些怡然地望着我。呵，那样纯洁得很的脸；那样幼稚得很的脸；那样如女子般美貌的脸。我猛然的踣地下跪，像孩子一般地哭了起来。哭声惊醒了妻，少年蓦然地消失，只见那瘦长而健捷的鼠色的猫，跃下窗子，消失在院子里。（1：176—177）

伊自此十分忧虑着"我"的病了。为着宽解伊，"我"强作欢颜，然则"我"清楚地意识到那些从十岁起就缠绕"我"灵魂的恶魔又开始作祟了。这次，它们闹腾得尤甚。那有着翠绿眼睛的鼠色的猫，不也千里迢迢地来到了眼前吗？谁又敢说那少年是"我"的幻觉呢？终于，在一个伊又聊起那只鼠色的猫颇通人性的夜晚，"我"彻底沦陷了。

　　……回到卧室里，赫然的竟又是那少年站在我们的床边。他的脸色苍白，在夜光的回照中，十分柔美而和善。我的心悸动着，在茶几的抽屉里握住左轮，对着他开放起来。少年也是那样简洁地仆落在床下，不料却成了关胖子的伏卧的死尸；我于是又朝着胖子连发两枪，枪弹打翻了他的身体，忽然又悬挂在半空里了；冯炘嫂背着我轻轻地动荡着伊的影子。我不住的发着枪，直到弹尽。（1：178）

"我"企图枪杀那些纠缠在"我"灵魂里的恶势力，渴望着将这些过往的梦魇统统驱逐出去，恢复"我"与妻的岁月静好。不承想，那些被"我"击毙的"仇人"，竟是心爱的妻，还有那只鼠色的猫。"我"痛恨的、厌恶的、怜悯的、忏悔的，以及"我"挚爱的、留恋的、不舍的，统统烟消云散了。"我"还是"我"吗？三十几岁的短短生涯里，"我"是怎样走向现在的"我"的呢？

三

《文书》围绕着"一只鼠色的猫"这一意象向读者展示了主人公安某一步步走向毁灭的过程。安某是一个温良、敏感、纤细之人，自从十岁时窥见了家族的罪孽后，便一直背负着原罪，竭尽心力地与暴力、凶残和血腥对抗，然而时代、战争与体制却一次次逼迫着他做了自己向来引以为耻、为之愧疚的"刽子手"。安某的故事，是一个时代的悲剧。

不同于陈映真笔下的其他外省人，《文书》中的安某对过往似乎并无多少留恋之情，反而是在这一湾海峡有他热爱着的伊与事业。伊是个普通的本省女子，他却"如此深深地爱恋着伊"，伊也一向待他温柔和顺，他生病时一意为他忧戚着。这般的事业有成，而又家庭和美，对大多数漂泊在台的外省低阶官士兵来说，是梦寐以求的幸运。安某有幸生活在爱与慰藉里，然而这爱却永远隔着一层。他爱着伊，伊也爱着他，但这只是浅层次的感受，是感性的爱，是没能完全链接的爱。他无法向伊诉说内心的愁苦、恐惧与愤懑，试想，谁愿意嫁给一个枪杀哥哥的仇人呢？再退一步讲，即使安某不是杀死伊哥哥的凶手，他与伊的经验、意识与人格等各方面都不类，对于一对没有共振基础的夫妻，即使他倾诉了，她能真正地理解、宽宥，并救赎他的灵魂吗？似乎不太可能。安某第一次出现少年的幻觉时，他惊骇地跪地痛哭，并仔细地向伊说明他所见的事实，仔细形容那少年的模样，问起伊过去的往事，可惜伊对于哥哥已全然不复记忆了，再说到后来，伊哭诉着自己未曾一个人出过大门、绝不曾有外心的事实。这是怎样的答非所问，怎样的圆凿方枘啊。安某迫切地想确认自己枪杀的少年并不是伊的哥哥，以减轻良心的煎熬，伊却只是以寻常烟火夫妻的感受来应对他、宽慰他，始终不曾觉察他内心的痛苦，一直将他的病归于辛苦的劳作。

既然没有人能真正地宽慰安某，那我们要问了：安某是否罪有应得？答案显然是否定的。试想，如果安某是一个生性凶恶，或者哪怕鲁钝之人，他都不会有这般悲剧的结局。安某在十岁时，敏锐地感知了家族的罪恶，从此为人生涂抹了一层忧郁的底色。他在枪击关胖子时，处在一种极为矛盾痛苦的心境中，一方面为祖父赎罪的想法，让他甘心忍受关胖子的凌辱；另一方面，关胖子凌厉的折磨，一次次积聚着他内心的怨恨和仇视。最终，安某趁着战乱击毙了关胖子，却又立马后悔自己的"以暴制暴"的做法，陷入更深的自责与不安中。

听闻伊哥哥年少时在监狱里被枪杀的事情后，安某再次陷入狂乱，现实中的"猫"数次幻化成那个曾被他击杀的少年，来到他的面前。这自然不是事实，人死不能复生。这只能说是安某不辨今昔、觉梦不分的记忆，一种因巨大创痛和悔恨而生的超现实幻想。小说结尾处，极度衰弱、惊悸的安某自以为杀死那只鼠色的猫之后，就可以跟过去一刀两断，那些萦绕不去的罪恶感、耻辱感和忏悔感也统统一笔勾销，他与妻又可以过上幸福、安宁的生活了。然而，就像他所喟叹的："生命原来便是这样地纠缠不开的羁绊呀！"

这样的羁绊却非安某的个人之罪，其背后拖着一道长长的时代阴影。"很顺利的读完了中学"的安某自是个聪慧之人，缘何"却怎也考不取大学"？因为全国抗战爆发了。军阀混战、战火四起时，为权宜之计，"世代读书"之后的安某才做了某旧军阀的幕僚，这里的"迫不得已"有两点为证，一则家人颇以他的从军为耻；二则关胖子在痛斥安某的罪恶时，曾提起"那时一样都是被拉夫出来干，他们竟何必……"云云。安某于是投笔从戎，成了一介武将，并阴差阳错地遇到了仇人关胖子，并结下一段缘孽。再后来，安某随军来到台湾，并赶上了白色恐怖的政治肃清。身为国民党的一名士兵，他没有选择，也没法选择，只能一次次"按着口令"行事，并因着枪杀了少年而陷入更深的惶恐。陈映真对安某等外省人的生命状态给予了最深切的理解与同情，他没有像其他作家一般谴责这些无告之民，不能安心扎根台湾，不能好好热爱脚下这片土地；而是穿越缭绕复杂的烟云，深入他们的内在，看到了时代的罪恶、战争的罪恶、体制的罪恶统统加诸其身，令他们寝食难安、艰于呼吸的事实，并为之一掬同情之泪。

第四节　《累累》：仓皇而凄楚的生死爱欲

《累累》描写的是六十年代初某个暮夏八月的上午，台湾一个僻静的军营里，三个低阶青年官士兵疏离杂芜的生活片段，他们的浮躁悸动，以及交织今夕的伤痛忆往。陈映真同情而心酸地记载了这些外省军官荒凉的肉体，以及扭曲的精神状态。

这三个官士兵"都是走出了三十若干年的行伍军官"。他们在十六七岁时，被欺骗着加入行伍。

> 鲁排长蓦然想起了那一年在上海的一张募兵招贴，上面说："……结训后一律中尉任用。"如果真的是那样，如果十数年前结训时自己便是个中尉，到现在早已捎上星星了。（3：69）

历经对日抗战、国共内战，其后他们在家破人亡、生死离别的转蓬人生命运的播弄下，流落至台湾，在漫长的两岸分断中，过着流离无告、举目无亲的荒漠生活。忆起过往的妻子、亲人，宛如隔世般恍惚，那些动人心肝的柔情时刻总是不经意间涌上心头，凝成拂之不去的悲哀。鲁排长忆起扶着幼童的他站上木凳眺望"一线淡青色的，不安定的起伏"的山脉的那个于今只是"一个暗花棉袄的初初发育的身影"的姐姐（3：66），"又想起了他的妻"，那个长他四五岁，对他有着如姐如母深情眷顾的女子。新婚不到一个月，他就"因战火和少年的不更事"离开了故乡。对这个有着"古风的从顺中的仓惶和痛苦的表情"的女子，鲁排长——

> 漂泊半生，这个苦苦记不起来名字的女子，却成了唯一爱过他的女性，那么仓惶而痛苦地爱过他。从来再也没有一双女人的手曾那么悲楚而驯顺地探进他的寂寞的男子的心了。（3：72）

即使轻佻油腻、擅长猥谈的钱通讯官，在忆及慌乱哀怜任他求爱的二表姐年少时，"眉宇之际浮现着一种很是辽远的疼苦"，以至于其他军官起先"尚有人猥琐地笑起来，但后来都沉默了"。

陈映真描述了两岸分断下，底层外省官士兵真实的生命状态。他们喜欢猥谈亵语，过着没有志向、没有未来、没有意义，甚至琐屑无聊的生活——他们竟陶醉在野狗交配的欢愉里，在一种逆光的"生之喜剧"中，"听得见一种生命的紧张和情热的声音，使得人、兽、阳光和草木都凑合为一了"（3：69）。他们如"虫豸"般活着，没事就猥谈、打百分牌，或是结伙嫖妓。在这种与故乡、与亲人切断中，他们唯一能抓住的就是性的感受，在须臾的兴奋中，忘却思念的寂寞与思乡的焦虑。鲁排长就从这种动物性的活着中，从部队澡堂那种毫无顾忌的裸露里，体味出生之意义：

> 不论是年轻的充员兵，年壮的甚至近乎衰老的老兵，不论是硕大的北方人或者嶙嶙的瘦子，都活生生地蠕动着，甚至因为在澡室里都显出孩提戏水时那样的单纯的欢悦。这种欢悦是令人酸鼻的，然而也令人赞美，因为他们都活

着，我也活着，鲁排长想。而对于这些人，活着的证据，莫大于他们那累累然男性的象征、感觉和存在。（3：74—75）

这是多么可笑复又可悯的"累累"，让人读之而辛酸的"累累"！"那累累然的男性的象征、感觉和存在"，这种类似草木鸟兽最原始的存在，竟成为这些底层官士兵活着的证明。无独有偶，在寻欢的路上，鲁排长忆起了"中部中国的某一个旷地"，那是在"兵乱的大浊流"中，在山区跋涉数日之后，蓦然惊遇"一小片圆圆的旷地"，其上横陈着裸露的死尸，"那些腐朽的死尸，那些累累然的男性的标志，却都依旧很愤立着"。六十年代台湾国民党军营的风景，和四十年代末华中某一旷地上愤立着阳具的腐尸有何关联？自然，这些累累然愤立的阳具，不可能是现实的存在，更多的是鲁排长因巨大怆痛而生的幻象。这一根根愤立的阳具，既是对战争暴力与不义的无情批判，亦是战争对这些官士兵心理戕害的有力控诉。正如论者所言：

这些底层外省官士兵在这个岛屿上、在这个政权下的"活着"，是活在死上头、活在一片旷寂上头，那么要直指这巨大悲剧以及提问"孰令致之"的文学书写，又有什么方式能比创造出一群死尸，尸身上插着一根根愤怒的阳具的意象，来得更惊悚地"合理呢"？这不是那1960年代初千千万万离乡无告的底层外省官士兵的真实生存状态的超现实写照吗？这幅超现实图画所指出的一个现实是：除了阳具的愤立，他们的人生几乎已经全倒下来了。[1]

这个愤立，除却指向他们缘何寂寥、孤独地活着，指向他们

---

[1] 赵刚：《橙红的早星——随着陈映真重访台湾一九六○年代》，人间出版社2013年，第302—303页。

活着的证明，更是一种对异性慰藉卑微的、执拗的需求。鲁排长从荒山死尸的浮想抽离出来后，又想起故乡的山，山间的小姐姐和妻子。这么想着，"满满地感觉到需要被安慰的情绪"。从"安慰"这一字眼，我们可以看出，这些底层官士兵对异性的渴求，不只是性欲的满足，更是对慰藉的渴求。诚然这种慰藉具有片刻性与交易性……但人们更应该追问与理解的是"这种悲剧的情色是建立在一种什么样的悲剧的主体之上，而这个主体又是镶嵌在一个什么样的大历史之中"。①

《累累》是继《将军族》后，陈映真再一次书写台湾一两百万底层外省官士兵的离散生活的力作，并挑战禁忌地指向现役军人。陈映真一直关注着这些外省士兵的身世。直到二十世纪末，小说《归乡》中，卖早点的老兵老朱曾痛心疾首地向台籍国民党老兵杨斌诉说当年的隐痛：

> "民国四十五年以后，我们才知道'一年准备、二年反攻、三年扫荡……'全是骗人的，"老朱说，"就那年，天天夜里蒙着被头哭。许多人，一下子白了头。"
>
> ……
>
> "那年以后，逢年过节，我们老兵就想家，部队里加菜，劝酒，老兵哭，骂娘……"老朱说，"有些人因骂娘、发牢骚，抓去坐政治牢。一坐就是七年十年。"（6：45—46）

外省老兵的痛无处可告。他们年轻时在部队里被称为"米虫"，年老后，又被戏谑地称为"老芋仔"。他们操着异乡异客的口音粗粝地生存在底层的各个角落，在无所慰藉的他乡，过着落寞、凄凉的生活。人们习惯在偏见或扭曲的识见下，仅仅是因为他们与国民

---

① 赵刚：《橙红的早星——随着陈映真重访台湾一九六〇年代》，人间出版社2013年，第304页。

党上层权贵都是 1949 年左右来台湾的，就把这些身影佝偻的殉葬者当成体制的一部分，不屑地称他们为"国民党的死忠""国民党的投票部队"，以及"不认同台湾的老芋仔"。匆匆而逝的时代，少有人真正关心在意他们内心的荒凉和生命的悲哀。即使有学者关注他们，也仅作为研究的"资料"，用作分析或论证自己的理论。而陈映真，以极大的理解与同情书写了兵燹的、丧乱的大时代中，他们的踉跄之影与离乱之悲。正如赵刚所言，没有《累累》这篇小说，作为苦难中国当代史一章的这些人，"他们的青春、他们的梦呓、他们的失落、他们的荒纵，与他们的空无，将永远从这个人世间消失"[1]。《累累》这篇"老芋仔前传"，作为救赎性写作，救赎的不只是书写的遗忘，更是当代所有人的遗忘。

第五节　《永恒的大地》：七十年代的苍茫暗夜图景

据陈映真自述，《永恒的大地》因为比喻太明显，所以姚一苇力劝其不要发表。陈映真入狱两年后，才由友人以其他笔名发表。"比喻明显"，显然是指这篇小说有政治意喻和现实指涉。然而政治阅读考验着研究者判断、诠释的合理性，及延伸阅读的限度。在仔细推敲小说文本，并阅读了大量相关评论后，我倾向于将阁楼上的"爹"隐喻为国民党统治者，楼下的男子（即儿子）隐喻为国民党"法统""道统"的继承者，红毛水兵隐喻为美国，或者确切地说是美国第七舰队，而"伊"象征着台湾土地与人民。在确立了《永恒的大地》意在批判政治与社会现况后，如何较为准确合理地理解小说批判的矛头，关键在于理解"爹"、男子、红毛水兵以及"伊"错综复杂的关系。

---

[1]　赵刚：《橙红的早星——随着陈映真重访台湾一九六〇年代》，人间出版社 2013年，第 310 页。

一

小说伊始，老病缠身高居阁楼的爹便周期性地把男子叫到阁楼下，来上这么一段对话：

"天气好罢？"

……

"好呢，大好天。"他说。

……

"爹！"

……

"死不了的，早呢！"阁楼上气喘着说："不肖东西……你就盼着罢。"

……

"记得咱老家吗？"

"记得。"

"那旗杆，记得罢？硬朗朗的指着苍天！"

"记得。"

……

"你简直放屁！"接着一声叹息，说："你当时还太小了。偌大一个家业，浪荡尽了。我问你，是谁败的家？"

"是儿子——我。"

"行。咱将来重振家声去。咱的船回来了吗？"

他踌躇了一会，说：

"快了罢。"（3：34—36）

有着阴气嗓子的爹，不时地呛咳着，笑声喑哑，"像一只在夜里唱着的蟾蜍"（3：35），或怒声啸厉，"仿佛一只司着亡魂的恶鸟一般"（3∶43）高高在上。爹不时询问着："天气好吗?""咱的船回来了吗?"他等待着重振家声。从时代背景看，这像极了国民党"反攻大陆"的策略。然则，小说中唯闻其声，却不见爹的具象，即便爹高高在上的威权象征也由男子两次复述老家的印象来确立："朱漆的大门，高高的旗杆，精细花橱的窗子，跑两天的马儿都圈不完的高粱田……"（3∶38）男子的记忆，自始便是模糊的。

> 然而这一切于他多半是十分陌生的，但爹却硬说是他自己荡毁了家业。他是怎也记不得那家业了。只有植满高粱的田野他尚能记得一些……然而是或不是，对于他是个极其遥远且无由企及的事了。他没有故乡，却同时又是个没有怀乡病的游子。（3∶38）

男子的不复记忆与记忆不真切，质疑了爹的话语的可信性。小说中也别无证据证明曾有一份"偌大的家业"，由此也质疑了爹的权威与地位的合法性。男子口述的记忆，是经爹的训斥而来。"自小我便在咒骂中相信我是个可耻的败家子。我不得不希望着回家去，回到了我无乡愁的故乡去!"（3∶47）

爹的强加意志与记忆，不见实现的契机，转为男子具有多重冲突性的主体焦虑："他是从来不曾真切地爱想过故乡的"（3∶39），却时时被迫求着回乡；决意回家之际，因患着"不能自由的病"（3∶40）而回不去老家；想着抛弃爹的记忆，跟伊"好好活"，却又满是焦虑与绝望，因为"深深地知道他终必被埋葬在这沃腴的大地"（3∶48）。由于深陷无路之境，男子的情绪便不时呈现愁苦、空虚、焦灼，乃至恐怖的状态。几经犹豫和周折，在爹的第二次训斥后，他痛下决心从与爹的从属关系中解脱出来，不再理会爹，不再充当爹权威的媒介，要稳定自身，重建自我主体。"楼上的人，他要回家，就让他回去罢!可是我要好好活。这样活着。"（3∶48）

然而男子反叛的动机却疑点重重，能否达成主体重建的目标更是不可信。

自幼跟爹的相处模式造就了他软弱、妥协的性格，常年活在爹的阴影里也蕴养了他易焦躁、踌躇、沉沦的情绪。爹已经病弱到连窗外的汽笛都听不到，天气都看不到的时日，如何构成对他有效的威胁和恐吓？为什么爹已病入膏肓，男子却一仍颤栗地哭叫着"爹"？他反叛的对象是如此脆弱而不可击，反叛的意志是如此薄弱而淡漠，反叛的力量是如此微弱而无力，如何让我们相信他可以达成哪怕是反叛的姿态呢？小说中显见的是爹已无法回乡，男子却一直唯唯诺诺地恭维着，不时应和爹的记忆，迎合爹的心愿，自始至终以谎言支撑着爹的权威。窗外"太阳照得很微弱，远远的海边早已涂着浓黑浓黑的乌云"，他却说"好呢，大好天"（3：34）；船没影呢，他却说"快了罢"（3：36）；后来，"一窗的天空都泛着淡墨的颜色"，男子却说："好得很，出着一个好太阳"（3：43）。由此可见，男子主体状态的内在冲突、虚弱和矛盾，很大程度上也是咎由自取。亦可见，陈映真对男子这一角色的设定绝非是因着受到爹的压抑而精神极度起伏乃至崩毁的值得同情的角色，而是批判与讽刺。恰如张立本所分析，爹的权威有赖于男子欺骗，已是对爹的讽刺，因男子共谋，则陈映真借男子"反叛"以清算爹，也就同时清算了男子。男子与爹交相贼，且共谋。[1] 当男子为反挫折，"悲愁得不堪"地质疑"然而爹一直硬说是我败了那一份儿家业。记都记不得，怎样败法儿"，并试图建立自己的权威时，却毫无出路和答案，"谁也解答不了他的问题的。夜已经在朗诵它自己的序诗了"（3：47）。

男子与爹的关系，基本可以断定是懦弱的合谋继承者对强弩之末的专制统治者的依赖与惧怕。男子与伊的关系又如何呢？伊是否有助于其主体重塑呢？纵观整篇小说，男子跟伊的相处从不曾平等

---

[1] 张立本：《重读陈映真〈永恒的大地〉》，《台湾社会研究季刊》第108期。

地坦诚以待，而是动辄以救命恩人的姿态施以暴力与恫吓。他三番五次地强调："不要忘了我怎样从那个臭窑子里把你拉了上来！好好的跟我过呀"（3：45）。他不停地将爹所施加的忧虑、焦躁、恐惧和愤怒都宣泄在这个对他而言只是臭窑子拉上来的女子身上。男子对伊恣意掠取，拳脚相加。在听完找闺女的提议后，暴露了他对伊矛盾的态度：

> 他定睛地看着半依凭着窗棂的伊的身体。伊的腹和伊的乳都松弛地下垂着，却绝不是没有那种跳跃着的生命的。伊的臀很丰腴的焕发着。他从来不曾爱过伊。然则他却一直贪婪地在伊的那么质朴却又肥沃的大地上，耕耘着他的病的欲情。（3：43）

男子不曾爱着伊，却一直贪婪地霸占着伊。另外，结合文中，他对伊与红毛水兵亲密关系的戒备与警惕，可知骨子里，男子对伊是提防、不信任的，甚至对伊的力量充满了畏惧。他愈是愤怒、殴打、狂暴，愈是借伊耕耘病的欲情，不但无法征服，甚至在发泄中愈感伊的"无限的强韧与壮硕"反挫着"自己的那宿命的终限"。男子的暴力显然有悖反的局限。[1] 小说中，男子始终困于主体失落。陈映真通过对爹与男子的双重讽刺，彻底清算了国民党及其继承者的合法性。

二

爹与男子的无根基、不合法，给人以晦暗、绝望的图景。那么，伊的前景是否美好、光明，充满希望呢？的确，最易给人以乐观印象的莫过于小说的结尾。

---

[1]　张立本：《重读陈映真〈永恒的大地〉》，《台湾社会研究季刊》第108期。

伊的泪汩汩地流了下来。伊忽然没有了数年来对他的恐惧、对他的恨。伊只剩下满怀的、母性的悲悯。

——这孩子并不是你的。

"喂。我说,好好儿跟我过,好好儿跟我过罢!"

——那天,我竟遇见了打故乡来的小伙子……

"喂。"

——他说,乡下的故乡鸟特别会叫,花开得尤其的香!

"喂!"

"呵,我在听着。"伊说。而伊的心却接着说:

—— 一个来自鸟语和花香的婴儿!

……

——但我的囝仔将在满地的阳光里长大。

伊翻侧身来,抱住他。他说:

"嗨,奥。"他的气息慌乱起来。

伊的心像废井那么阴暗。但伊深知道一片无垠的柔软的土地必将要埋掉他。伊漠然地倾听着他的病的、慌乱的气息。

又一声遥远的汽笛传来。伊的俗丽的脸挂着一个打皱了的微笑。永恒的大地!它滋生,它强韧,它静谧。

(3:49—50)

很多人因为这个洪范本小说结尾处,伊腹中的孩子是来自故乡鸟语花香的男子,并希翼着其将"满地的阳光里长大"的未来,而认为伊的前景充满了积极昂扬的格调。然而据张立本考察,在初版本中,伊腹中的"生命"原是红毛水兵的孩子;并没有乡下的故乡鸟叫和花香,而那所谓的"阳光"也是"带着水兵的太阳和碧波";也不见"剩下满怀的、母性的悲悯"的描述,而是"让天罚我们、天咒我们罢"的与男子共迈死灭的决心。据张立本推测，洪范版《永恒的大地》中陈映真新增的故乡阳光并没有取消水兵的阳光，因此，理当复杂了情节与伊的精神状态。况且，更无法仅仅由于伊盼着孩子在"阳光"中长大，便遮蔽了伊在小说其他地方所呈现的懒散、阴暗的消极形象。

我们首先分析伊在整篇小说中不断念想着的红毛水兵和水兵梦。而"那里的船"及水兵，放置在历史大背景下毫无疑问只有一个指涉：美国，及越战时期在台湾来来去去的美国大兵。爹第一次现声，提醒男子莫忘回家"重振家声"，男子心情压抑，但见"伊望着窗外远处的港口，听着汽笛的声音消失。伊忽然笑了起来"（3：36）。这里汽笛的声音，是指红毛水兵的船的声音。念想着水兵与船的形象在小说中不停跃出，成为认知伊的重要构成。爹睡去后，男子向伊叨念着天气好了便要与爹坐船回去，伊却又听见水兵的汽笛声，想着水兵又要走了，并将男子所说的"回去"理解为：

"回到海上去，阳光灿烂，碧波万顷。"伊说："那些死鬼水兵告诉我：在海外太阳是五色的，路上的石头都会轻轻地唱歌！"（1：40）

男子听罢，大怒："谁不知道你原是个又臭又贱的婊子！……尽诌些红毛水兵的鬼话！"并再次殴打伊。男子的愤怒，因着男子不能自由的病，与水兵的来去自由，形成鲜明的对比。这也暗示了水兵之于伊与男子关系的多重影响和作用。男子有意阻断伊与水兵的关系，在与伊肉体耕耘完毕后，他疲乏而软弱地祈求伊"不要信那些红毛水兵们的鬼话罢"，伊嗫嚅着，说"不了。我不信"。

两人关于水兵的对话尚未结束，爹再次醒来，伊因着孤独与恐惧，再次无来由地想起来红毛水兵们：

> 伊忽然的想起以往的那些衰老的和壮硕的红毛水手
> 们。他们的身上、胡须，都沾满了盐腥的海风。他们有些
> 唱著伊所不懂的歌离开伊的床和方寸的房间。他们是活在
> 风浪和太阳中的族类。而伊却只是一支蠢肥的虫豸，活在
> 阴湿的洞穴里。（1：44—45）

恰如张立本所分析，此处"水兵"不再以漫不经心的遐思浮现于伊的心，而是作为伊自身处境的参照，带动伊以阴暗形象自我确认："只是一支蠢肥的虫豸，活在阴湿的洞穴里。"[①] 接着男子的第三度殴打，使伊"疼苦地在喉间发着一种对于人类已很陌生了的那种迸裂的声音"。此后，即便男子再诉说自己的委屈，伊"却激不起一丝爱怜来"。然而，不断承受肉体暴力和疼痛的伊，明知提起水兵的可怕后果，仍回应男子道：

> "又一只那里的船进港了。"伊说。伊为着自己的那一
> 点小小的火星的行将熄灭，轻微地悲哀起来。伊鼓足了勇
> 气说：
> "他们自由的来，自由的去。阳光和碧波几乎都是他
> 们的。"（1：47—48）

伊的"勇气"，揭穿了先前"嗫嚅"之虚伪，确认了水兵之于伊的重要性。伊的话迎来了男子狂暴的第四度殴打，伊的情绪强烈到"头一次看准自己有多么地恨着"。伊在越发明确的自我认知中与男子渐行渐远，也愈发阴郁、消沉，最终"心像废井那么阴暗"。

亦可见，外在的强暴只能使伊深藏心之所属，却不能取消伊借着水兵梦，回应爹与男子所造成的自身处境。而不断期待攀附水兵，也暴露了伊精神调动始终未能促成主体完备、未能修复内在的

---

① 张立本：《重读陈映真〈永恒的大地〉》，《台湾社会研究季刊》第 108 期。

"虫豸"状态。小说中不仅以"只是一支蠢肥的虫豸，活在阴湿的洞穴里"来表现伊的自我认知，而且伊在恐怖之余自行表现得"仿佛奴婢"。也就说，伊的阴郁、压抑、怯懦，不单是与男子互动时的形象，也带着伊的主体感知。伊对男子的暴行从未直接抵抗，而是轻易地自怨自艾、自暴自弃，伊恐惧男子，然而即使被揍打时，仍回以笑脸及身体摩挲，使男子感觉安慰。小说结尾处，伊深知男子必将被埋葬的心思，却仍只是把希望寄托在"团仔将在满地的阳光里长大"，自己却了无生气地"心像废井那么阴暗"。

由是得知，小说中的伊有生命力坚韧、顽强、壮硕的一面，只不过，这并非其全部，伊的阴郁、压抑、苟且、退怯，乃至几次主体确认，或幻想逃脱，都寄希望于红毛水兵的阳光、碧波、自由等异乡梦，这些使得伊最终的"阳光梦"甚是虚弱无力。《永恒的大地》对爹与男子的讽刺显而易见，且一针见血；然而，对伊的指认也绝非如有些论者所断定的那般充满希望与光明，这的确促使我们进一步省思。

第四章　为"后街"小人物立传

第一节　从人道主义出发

> 我深信：人类的文艺方向，在经过这一段长期的失望、悲怆、非人化、颓废和迷失之后，终必有新的人道主义，一种新的肯定论的高水平来临，拭去一切不堪回首的、梦魇一般的过去，使文艺成为造就万民，安慰他们，鼓舞他们的力量……
>
> ——陈映真《打开帷幕深垂的暗室》

陈映真在《现代主义底再开发》一文中指出，文艺家作为一个知性的人，当他面对而且生存于这一个庞大的、被物质文化所非人化了的人和社会时，他应该指摘、批评并唤醒人们注意这一切非人化的倾向，鼓舞着作为人的希望、善意和公正，以智慧和毅力去重建一个更适于人居住的世界。[①] 作为一个具备了思考、爱和批评能力的人，陈映真"民间士人"的人间性，表现在他数十年如一日孜孜不倦地关注小人物，通过小说为大多数属于"后街"的小人物立传。在二十九篇中短篇小说中，陈映真始终坚守人道主义立场，叙

[①]　陈映真：《现代主义底再开发》，《陈映真作品集》第8卷，第24页。

写了这些小人物或忧悒、或决绝、或虚无、或坚信、或朴直、或妄诞……的种种面目与形象。他们在那些虽是虚构却无比真实的时空中行走着，时而历历在目，时而影影绰绰。此刻我们所能想到的就有：疲倦微笑着的少年康雄，吃过人肉的乡村教师吴锦翔，系着一条肮脏红腰带的左翼犹大，浪漫忧悒的艺术家林武治，"存在主义者"胖子老莫，爱好文学的青年工人小文，虚空放纵的学者赵公，为经理梦发疯的跨国公司小职员林德旺，因理想幻灭而亡的老妇蔡千惠，在颓废中生犹若死的美男子赵南栋，本性端方的忠贞党员李清皓，台籍日本老兵林标，"满洲国"汉奸马正涛……这些形色各异、性格不同的小人物"列传"，构成了一道富有历史根性和真实性的人物画廊。

陈映真从心性良知出发，重新赋予那些被历史挫败、伤害和遗忘的"后街"人物以声音容貌，再现他们的脆弱与力量、敏感与坚韧、绝望与希望。本节以劳苦大众与知识分子为主体做大概的划分，简要评述陈映真诸篇涉及后街小人物的内涵，在此基础上分析其人道主义写作的特征，并探索其形成的缘由。

劳苦大众的生与死

1959 年创作的《面摊》是陈映真的第一篇小说，他自称是个"老掉大牙的人道主义"故事。小说讲述的是一对来自苗栗乡下的父母带着患有痨病的孩子来台北摆面摊谋生时发生的故事。开市的第一天因为违反了摆摊车的规矩，他们被警察拉到派出所，罚了六十元。柜台上坐着两个值班警察。

"我是初犯，我们——"爸爸说。
"什么地方人？"抽香烟的说。
"我是初犯，我们——"爸爸说。

"什么地方人？"他的鼻子喷出长长的烟。

"呵，呵，我是——"爸爸说。

"苗栗来的。"妈妈说。

柜台上的两个人不约而同地注视着妈妈，那个写字的警官有男人所少有的一对大大的眼睛，困倦而深情的……（1：6—7）

短短的几句对话，乡下人进城又犯了事的那种忐忑不安、拙于表达的纯朴形象便跃然纸上。有感于之前那个把他们带进派出所"肥胖而暴躁"的警官的粗暴，一家人对这个"困倦而深情"的警官留有极好的印象。稍后，作家从妈妈和孩子的眼中正面描写了这个警官：

他是个瘦削的年轻人，他有一头森黑的头发，剪得像所有的军官一样齐整。他有男人所少有的一双大大的眼睛，困倦而充满着情热。甚至连他那铜色的嘴唇都含着说不出的温柔。当他要重新戴上钢盔的时候，他看见了这对正凝视着他的母子。慢慢地，他的嘴唇变成了一个倦怠的微笑，他的眼睛闪烁着温蔼的光。这个微笑尚未平复的时候他已经走开了。（1：5）

对比日据时代赖和等笔下那些被讽刺为"查大人"和"补大人"的警察的专制与残暴，眼前这个警官温和而善良，对这一家三口充满了同情。后来有一次，这个警官来他们面摊吃面，爸爸巴结地在他面里多添了两次肉汤；妈妈追赶着把他多付的五块钱送还回去，未遂。就这样一件小事情或者说小恩惠，一家人对于这警官满是感恩之心，爸爸一连三次说道"他是个好心人"，也许正是这个警察的温和与亲切，安抚了他们漂泊在城市里悸动的心，给了他们

"橙红橙红的早星"（1：12）的希望。

> "他不要钱吗？"孩子说。
>
> "追上了吗？"爸爸说。点起一根皱折的香烟："啊——他是个好心人。啊——"
>
> ......
>
> "他是个好心人。"爸爸说。半截香烟在他的嘴角一明一熄："好心人。"
>
> ......
>
> "他，不要钱的吗？"孩子说："不要，不要——"
> （1：10—11）

当这个警察消失在街角后，作家借孩子的童稚之口说出："这个警察，不抓人呢。""大宝长大了，要当个好警官，那时候你们不用怕我了。"（1：7）正如沙芜所评：尽管"贫"与"病"侵蚀着、威胁着某些人的生命，他们默默地忍受宿命的安排，在繁荣的角落里，为他们的继续生活下去的目的而挣扎着，他们愚拙，然而忠厚；无知，然而善良。当别人给予一点点同情之后，他们感激，正千百倍超过同情本身的价值，他们会为此沉默、悲哀、流泪，以至怀念终生。他们可怜的单纯情操，是多么让人肃然起敬。[1]《面摊》的意义还在于，作为陈映真的第一篇小说，关注的是后街小人物的命运，此后，小人物成为他文学作品的主角。

1960年的《祖父与伞》是一篇颇具抒情性的小说，借一把伞，叙述者回忆了童年的生活片段，以及老矿夫祖父的死。小说里，"我"小心翼翼地禁持着自己，不去碰触到"伞"的边缘，因为记忆里，伞是与祖父连成一体的，也是与"我"的充满哀愁的童年及生活过的寂寞荒凉的山村连成一体的。因此，"我"格外珍惜，稍

---

① 沙芜：《陈映真的小说》，《陈映真作品集》第14卷，第34页。

一触碰，就揭开了那"满满地是我的乡愁"（1：78）的故事。故事里不可或缺的便是那支美丽的伞了：

> 它的模样要比现今一切的伞大些，而且装潢以森黄发亮的丝绸。它的把柄像一支双咀的锹子，漆着鲜红的颜色，因着岁月和人手的把持，它是光亮得像一颗红色的玛瑙了。天晴的时候，它是祖父的拐杖；雨天的时候，它便是他的遮蔽。（1：79）

每天傍晚，"我"这个寂寞的孩子，"全心地等待着我的祖父和他的高贵的伞了"（1：80）。日子就这样一天天地过去了，虽然孤独些，祖孙俩倒也过得怡然自得。然而两个春天过去后，有人开始砍伐尤加里树林，面对这些护卫矿山区的林子的消失，年迈的祖父变得感伤与悲楚，身体日渐衰弱。

终于，有天晚上祖父病笃了。"我"看到病危的祖父，"拿起祖父的伞，跑出茅屋，冲进倾盆大雨的暗夜里了"（1：81），找人救祖父。在电闪雷鸣、疾风暴雨的夜里，"我"走错了路，又第一次坐台车，体验了在风雨中奔驰的兴奋……不幸，哗的一声，祖父的伞"翻成了一朵花"。"我"紧紧地"抱着伞的尸骨"，回到家时，祖父"断气已经多时了"。次日，埋葬了祖父，落土的时候"我将那一把伞的尸骨也放进墓穴里"（1：82）。小说中，"我"对伞的忌讳，深深寄托着对祖父的怀念。因为那把祖父的伞，是流通着祖父的气息与血液的，自此，伞变成了"我"乡愁的郁结。

1961年的《猫它们的祖母》里的祖母也是个命运多舛的可怜妇人。先是丈夫"死在一个荒远的岛上的狱中"，虽然作家没有直说，但是我们很容易想到他那篇著名的《绿岛》，进而再联想到白色恐怖时代被抓捕枪杀的左倾分子。丈夫去世后，叔伯欺负他们孤寡，把家里的"一切产业全夺了去"，致使原本一心想去日本学画的儿子泉儿希望落空，终也"疯得不成人样"，至今已有十二年，一直"被锢禁在医院里，蓬头垢面，发着谵语"（1：87）。女儿阿惜则"因生下私生儿不能立身而漂泊以去"，"失去音讯凡二十余年"（1：86—87）。伊带着年幼的外孙女娟子来到一所小学当校工，将她抚养成人，为避免娟子重又步入她母亲的命运，只得答应了娟子与外省人的成婚。不承想，娟子婚后竟而不孝起来，"拒绝与祖母共食，甚至另外隔开一间十分局促的小房间给祖母"（1：90），更痛苦的是，伊要夜夜忍受"那轻笑，那碎语，那肆妄的呼吸"（1：88）。老苦无依的伊只有更专心地奉着嬷祖，诵经焚香。

伊之半生诵佛焚香，源于"高僧"德兴先生，他劝伊为泉儿供养牲界，赎偿罪债。为着泉儿，伊发愿"举凡有牲界来依的，我这丐婆就是饿饭也要供它们"。自此，伊都记不清"留过多少批猫猫狗狗的"（1：86），然则泉儿依旧只是疯着。伊又将希望寄托在德兴先生所预言的自己"无病无灾……盘坐诵经直至末了"的末日时辰，以此来补偿"毕生的不幸和劳碌"（1：86）。然则伊病得十分沉笃，极其痛苦，与德兴先生说的"那种神圣而泰平的圆寂相去太远"（1：85）。殁后，盖棺论定"祖母"这历经世态炎凉、人情冷漠的一生，娟子却幽幽地说，"伊是猫它们的祖母罢"（1：94），对祖母来说，这评价是何等的悲戚呵。

1964年，陈映真创作了名篇《将军族》。《将军族》讲述的是由大陆流落到台湾快四十岁的退伍军人"三角脸"，与同一个康乐队里被他叫作"小瘦丫头儿"的十五六岁的女孩子间发生的真挚动人的故事。一天，在月光照耀的沙滩上，小瘦丫头把自己不幸的身世告诉他。原来伊的家人以两万五千元的价格把伊卖给了一个男人两年，那个男人要带伊去花莲当妓女，伊便逃了出来，混进了康乐队里，成了一个有家不能回的流落者。

"小瘦丫头儿。"

"嗯。"

"小瘦丫头儿，听我说：如果有人借钱给你还债，行吗？"

伊沉吟了一会，忽然笑了起来。

"谁借钱给我？"伊说，"两万五咧！谁借给我？你吗？"

他等待伊笑完了，说："行吗？"

"行，行。"伊说，敲着三夹板的壁："行呀！你借给我，我就做你的老婆。"

他的脸红了起来，仿佛伊就在他的面前那样。伊笑得喘不过气来，捺着肚子，按着床板。伊说："别不好意思，三角脸。我知道你在壁板上挖了个小洞，看我睡觉。"

伊于是又爆笑起来。他在隔房里低下头，耳朵涨着猪肝那样的赭色。他无声地说："小瘦丫头儿……你不懂我。"

那一晚，他始终不能成眠。第二天的深夜，他潜入伊的房间，在伊的枕头边留下三万元的存折，悄悄地离队出走了。一路上，他明明知道绝不是疼着那些退伍金的，却不知道为什么止不住地流着眼泪。（1：195）

这样的描写有四两拨千斤的力道。小瘦丫头这边毫不知情，没心没肺地插科打诨着；三角脸那边却已暗下决心无条件地帮助伊，内心一片温柔敦厚，嘴巴却失去了往日的能言善语，结结巴巴地表达不清楚。两人的这般对话便显得格外温柔动人，是一种超越了风月与浪漫的更具人道情怀的温暖。恰如刘绍铭所评："这两个人，一个是落在异乡的异客，一个却被家里像猪牛那样卖出去，出身虽然不同，处境却相同：他们都是枯肆之鱼，理应相濡以沫"[1]。正因此，绝不是心疼那笔退休金的三角脸才一直流泪不止。

---

[1] 刘绍铭：《爱情的故事——论陈映真的短篇小说》，《陈映真作品集》第14卷，第17页。

可是，小瘦丫头带了钱回家后，并没能息事宁人。"他们又带我去花莲。他们带我去见一个大胖子……我对他说：'我卖笑，不卖身。'大胖子吃吃地笑了。不久他们弄瞎了我的左眼。"（1：200）十几年后，在一个出殡场合，小瘦丫头和三角脸再次相遇。

> 伊望着他，笑着。他没有看见这样的笑，怕不有十数年了。那年打完仗回到家，他的母亲便曾类似这样笑过……他们站住了好一会，都沉默着。一种从不曾有过的幸福的感觉涨满了他的胸膈。（1：197）

这种意外相逢的喜悦，对漂泊在外的异乡人来说，是何等地弥足珍贵！透过这样的笑、这般的幸福感，两人之间那种无法言表的情意浓浓地渗透出来。结局，他们虽然携手双双殉情，但那些留存于心间的爱与关怀，却温暖了彼此多年。

《将军族》描写的虽是卑微的小人物，却让我们看到了小人物的尊严，看到人与人之间的信、助与爱。小瘦丫头第一次出逃后之所以主动回家，因为收到家里的信，说为了伊的逃走，家里要卖掉那么几小块田赔偿。"田不卖，已经活不好；田卖了，更活不好。卖不到我，妹妹就完了。"（1：194）被家人卖掉的伊不是对家人充满怨恨，而是念及家里的贫困，以及妹妹的未来，再次主动跳入火坑。伊之两次被卖，都坚决表示"卖笑不卖身"，维护自己做人的人格与尊严，不惜付出被戳瞎一只眼睛的代价。伊又是个懂得感恩的人，为了当面感谢三角脸，多年来，伊到处寻找三角脸，直至找到了他。而三角脸呢？他原是个吃喝嫖赌着浑噩度日的外省男人，在听了小瘦丫头的故事后，他一下子苍老成长了，把压箱底的三万元退伍金都送给了伊，为着不让伊有还款和感念的负担，他选择了悄悄地离开。陈映真所挖掘的他们身上的闪光点，让我们感受到后街小人物生活的尊严、勇气与希望。

知识分子的孤与哀

在自述《试论陈映真》中，陈映真自我剖析因家道中落的挫折而引发了"不健康的感伤"，"脆弱的、过分夸大的自我之苍白和非现实的性质"，同时这种耽于"空想的性格"，以及"认识与实践之间的矛盾"，衍化、产生了各种软弱无力、犹豫苦闷的理想主义人物，譬如《我的弟弟康雄》中的康雄，《故乡》中的哥哥，《乡村的教师》中的吴锦翔，《苹果树》中的林武治，《一绿色之候鸟》中的赵如舟，《猎人之死》中的阿都尼斯等。陈映真对这些人物既持批判态度，又充满同情；对他们予以鞭挞的同时，又不时为其辩护。这些在他陀思妥耶夫斯基式的长篇"独白"中有深刻的揭示：

> 言行之间的背离，不断地刺痛着他们的犹豫、敏锐的良心，使他们痛苦，使他们背负着怆绝的愧疚，使他们深深地厌恶自己，终而至于使自己转变成为与始初完全相背反的人。他们堕落了。天使折翼，委落于深渊而成为恶魔，竟而终于引至个人的破灭。自以为否定了一切既存价值系统的、虚无主义的康雄，在实践上却为他所拒绝的道德所紧紧地束缚着。他无由排遣因这种矛盾而来的苦痛而仰药自杀了；曾经自以为向往社会主义的费边社会主义者赵如舟，在现实生活中却曾残酷地遗弃一个旧式婚姻中的妻子和一个叫做节子的东洋女人，其后又一直在麻木不仁、腐败、肮脏之中生活，而终结于因老人性痴呆症走向癫狂的末路；乡村的教师吴锦翔始而幻灭，继而堕落，再继而发狂自杀；《故乡》中，试图在基督教义中寻找正义的哥哥也变成了一个耽溺在赌博和情欲的恶魔，毁去了一生。[①]

---

① 陈映真（许南村）：《试论陈映真——〈第一件差事〉〈将军族〉自序》，薛毅编《陈映真文选》，三联书店 2009 年，第 6 页。

虽然自谦"在表现上的优美和深刻来说，陈映真当然不及契诃夫远甚了"，陈映真却从阶级、时代和历史等角度分析，并将早期小说中的"衰竭、苍白和忧郁的色调"，称为"很契诃夫式的"。所谓的"契诃夫式"主要指契诃夫表现的"社会转型时代中"的自由知识分子"那种无气力、绝望、忧郁、自我厌弃、百无聊赖以及对于刻刻在逼近着的新生事物底欲振乏力之感"。① 虽然陈映真作品的文本意蕴，显然要比他自己的解剖复杂、深刻得多，但是在大致特征上还是不差的。做出类似判断的还有陈映真作品较早的阐释者尉天骢，他在文章中指出，陈映真主张将文学艺术建基于"人道主义"的"伦理条件"上，即他所标举的"'爱''正义''怜恤'是世界一切宗教至极浅显和直接的共同的理想主义"。②

尉天骢强调，在"每一时代里都有类似康雄一伙人这样的青年"——满带着"虚无的、浪漫的气质"，不满意于某些现状，一方面被思春期的苦恼所困扰，一方面则怀抱着美丽的梦想，"当梦想被现实粉碎时，人物也殖之颓废了"。吴锦翔就是这样一个"对祖国热望着、而又被那战乱的情况弄得混乱的本省青年"。尉天骢指出，从中我们可以看到前一阶段青年陈映真的面影——即"一个富于理想的穷苦青年，在现实中所表现的情绪上的反抗；一个热爱祖国的台湾青年，在中国混乱中的迷失；一个充满浪漫气质的思春期的少年，为何趋向反抗型的虚无精神和梦幻式的安那琪道路"。他还强调："这种对现实的了解，如果说是建基于'思想上的认知'，不如说是建基于'情绪的反应'；因此他所流露的意识是属于美学的病弱的自白，而非政治或社会的主张。"③ 但是，随着年岁的增长，由于对于现实的体认，后一阶段的陈映真"不仅不满于自己过去的苍

---

① 陈映真（许南村）：《试论陈映真——〈第一件差事〉〈将军族〉自序》，薛毅编《陈映真文选》，三联书店 2009 年，第 8 页。

② 尉天骢：《一个作家的迷失与成长》，《陈映真作品集》第 14 卷，第 5—9 页。

③ 尉天骢：《一个作家的迷失与成长》，《陈映真作品集》第 14 卷，第 5 页。

白、悲愤和颓废，而且对于自己过去种种'对现实的偏执'也大为不满"，进一步深化了人道主义与理想主义的文学观，正如他所说：

> 我深信：人类的文艺方向，在经过这一段长期的失望、悲怆、非人化、颓废和迷失之后，终必有新的人道主义，一种新的肯定论的高水平来临，拭去一切不堪回首的、梦魇一般的过去，使文艺成为造就万民，安慰他们，鼓舞他们的力量……①

因为在左翼志士与知识分子的章节中，对陈映真笔下的小知识分子多有论述，是故本小节仅重点关注陈映真1960年创作的《家》。

《家》讲述的是因为没考上大学而去台北读补习班的"我"，在放年假回家的一个冬天的晚上，晚饭后向母亲表达了不愿继续读下去的想法，但是还没到就寝前，他却又下定了重新努力考取功名的决心。小说描述的是这短短的几个小时内，家人之间的微妙互动，以及"我"复杂的内心活动。原本具有反抗意识的"我"，最终屈服于家庭和世俗的压力，丧失了理想，而"成人"而"入世"了。

小说中"我"一直强调自己从落第的即刻，"有两个大的不安的死荫日夜地随着我，拂之不去"（1：26）。这"两个大的不安"主要是成为家长与高考中第。小说中写道：

> 父亲死后不久便赶上联招考试，因此全村的人都在望着我——以一种我所厌恶的善心，期待着一个发奋有为的青年，在丧父后的悲愤中，获得高中金榜的美谈，好去训勉他们的子弟们。然而我终于在全村中带着可恶的善心的凝视之前落了第，而后在一种热病的状态中离开了家。（1：24—25）

---

① 陈映真：《打开帷幕深垂的暗室》，《陈映真作品集》第14卷，第11页。

半年来，因为落榜，受到乡邻们"可恶的善心的凝视"，"我一直不能有片刻能够逃出自己因屈辱而来的伤痕"（1：24）。父亲去世，"我已经是这一家里唯一的男人了"（1：23），这是"我"要"成为家长"的最大理由，金榜题名也是分内之事了。"我"被迫着要以成人的姿势，担任起家长的职责，因此——

> 刚吃过晚饭。我坐着点燃一支香烟。我意识到妈妈正瞧着我，因此我小心地在脸上塑着成人一般的风景。（1：23）

"我"之北上补习，更多的是为着逃避乡邻们"需求美谈的欲望"（1：25）。岂料，来到台北后，并没有感到"在庇荫中的安定"，反而"走进一个更大的梦魇里去了"（1：25）：

> 那些新新旧旧的落第者们，那些生手们，云簇于地狱一般的教室里——不幸，我自小幻想着的地狱里的光，正像这些强烈的日光灯之萤色——眦眼咧齿地听着课……后来我几乎每堂课都看见无数青而瘦的学子们的手在空中挥舞着……忽然也自觉，这个幻象无非是引源于儿时对于忌中之家的功德场上那种挂图中的血湖的印象罢了：也是许多的青而瘦的手挥舞着，曲扭的嘴脸们呐喊着。（1：25—26）

这种以补习班为集大成的教育制度令"我"深恶痛绝。年轻学子们舞着青白而细瘦的手抢答的图景，在"我"看来犹如地狱血湖中的挣扎之手。说白了，高考这扇仰之弥高的冷冷的窄门，不过是激烈的竞争和争夺罢了；那些学子们，也不过是挣扎着、践踏着，蛾一般的可怜虫。"我"对此极度厌恶，终于鼓足勇气，告诉母亲不想继续念书了，因为"那里学费贵，而且又念不出道理"。

母亲警告"我"不可儿戏,"考不上大学,一晃马上就是兵期了"(1:26);又鼓励"我","别再胡思乱想了,明夏考上大学,体面呢"(1:29)。母亲的低泣、妹妹的乖顺、照片上父亲的期望,以及乡邻们索求的"美谈"……这一切都促使"我"重新思考高考的意义。经过重重思想斗争,"我"终于意识到"在对恶无可如何的时候,恶就甚或成了一种必需",决定直面那"不安的死荫"。想通了这些后,想象中的地狱血湖图像"再也不至于撕裂我了"(1:30)。于是"趁着这一丝唐·吉诃德的英武,霍然而起,以明日之我将大有作为的意思决定去睡了"(1:30),并以"父兄的口气"吩咐妹妹该睡了。在熄灯后的卧室里,映着街上的往来车灯,因兴奋而辗转难眠的"我",好几次"看见墙上的父亲的微笑"(1:30)。也许,"我"的妥协与退让,也得到父亲的赞许与首肯吧。

基督教与鲁迅:人道主义思想的渊源

> 最后,我们切记,永远有两种型态的教会:一个教会是穿着华丽,引经据典、谈天说地、有地位、有名声的教会。但耶稣永远站在另一个教会——引导那些不受现代文学祝福,受欺压、侮辱、践踏、不幸者的教会。而我们选择哪一种教会?
>
> ——陈映真《基督教与大众消费》

> 鲁迅、契诃夫、芥川,是十分奇怪的组合。青年时代读过许多西方名著,崇拜铭感是不用说,但却没有如这三个奇异的组合影响着我的语言、风格、精神和命运。
>
> ——陈映真《陈映真的自白》

陈映真对后街小人物的关注与书写,所呈现出的人道主义精神，主要归结为基督教与鲁迅的影响。陈映真少年时代受父亲影响皈依基督教，虽然在青年时代脱离教会，但是宗教精神对他的深刻影响，贯穿他一生的创作。鲁迅是陈映真少年时代接触到的另一重要精神的、思想的、政治的资源，不仅直接影响和改变了他的人生轨迹，其写作也无时无刻不打上鲁迅的烙印。

陈映真的父亲是一位虔诚的基督教徒，是一个在日据时代就关注大陆的民族主义者。在《鞭子和提灯》一文中，陈映真提到在他入狱的 1968 年，父亲第一次看他的十来分钟的晤谈中，这样嘱咐道：

> 孩子，此后你要好好记得：
> 首先，你是上帝的孩子；
> 其次，你是中国的孩子；
> 然后，啊，你是我的孩子。
> 我把这些话送给你，摆在羁旅的行囊中，据以为人，据以处事……①

正如松永正义所说，陈映真大概自幼就是从这样一个父亲承继了他的人道主义、正义感以及民族主义吧。② 即使在读大学后因为接触马克思主义和社会主义，陈映真不再去教堂了，但他笃信基督耶稣的父亲给予的影响却是深刻的。他说过，"曾有一个时候，面目黧黑的、饱受风霜的、贫穷的、忧愁的、愤怒的，经常和罪人、穷人和被凌辱的人们为伍的，温柔的耶稣，以及那位对生命怀着肃穆的敬意，对于周遭世界的不幸，怀有苦痛的同情，并在原始的非洲建造兰巴仓医院的史怀哲医生，成了我青少年时代的偶像"③。正

---

① 陈映真：《鞭子和提灯》，《陈映真文集·杂文卷》，中国友谊出版公司 1998 年，第 182 页。

② 松永正义：《透析未来中国文学的一个可能性》，《陈映真作品集》第 14 卷，第 233 页。

③ 陈映真：《鞭子和提灯》，《陈映真文集·杂文卷》，中国友谊出版公司 1998 年，第 181 页。

是在此意义上，我赞成黎湘萍所言，陈映真赖以安身立命的首先是他自小从父亲那里得到熏陶的基督教精神，特别是《新约》以耶稣为代表的伊便尼派（穷人派）思想。他的社会主义、人道主义思想固然也渊源于六十年代初阅读的三十年代社会科学著作，但家庭早期的基督教启蒙起到了关键性的导向作用。[①]

陈映真将这种人最早由宗教启蒙而来的人道主义精神坚持下来。1985 年 11 月，陈映真创办了以关怀被遗忘的弱势者为主题的《人间》杂志，发出"让我们相信，让我们希望，让我们爱"的号召，并在发刊词里阐明它的宗旨：

> 他们盼望透过《人间》，使陌生的人重新热络起来；使彼此冷漠的社会，重新关怀；使相互生疏的人，重新建立对彼此生活与情感的理解；使尘封的心，能够重新去相信、希望、爱和感动，共同为了重新建造更适合人所居住的世界，为了再造一个新的、优美的、崇高的精神文明，和睦团结，热情地生活。[②]

这一宣言，被姚一苇称之为"一篇当代的人道主义宣言"。陈映真自己形容《人间》杂志是"用全新的视角展望台湾战后急遽发展过程中，人的变化和遭遇，特别从弱小者、没有面貌的这些人的观点来看世界"。在台湾经济刚刚起步的二十世纪八十年代，多数人为物质富裕欢呼时，陈映真则直指资本主义体制和帝国主义经济霸权对人性的扭曲和对弱者的压榨。历经牢狱之灾、生活艰辛，陈映真对后街众生的关照一如既往。

在人道主义这一点上，宗教与左翼有某些共同之处。接着我们

---

① 黎湘萍：《台湾的忧郁：论陈映真的写作与台湾的文学精神》，三联书店 1994 年，第 232 页。

② 转引自姚一苇《〈陈映真作品集〉总序》，《陈映真作品集》第 1 卷。

来谈谈鲁迅对陈映真的影响，尤其是鲁迅对陈映真塑造和关照后街小人物的影响（其他影响在第七章"重访左翼精神山路"论及）。陈映真继承了鲁迅对苦难民族的关切，对底层小人物"哀其不幸，怒其不争"的同情与愤怒，对国民性的思考与批判，对国家民族命运的忧患意识等等。

　　读陈映真的文字，总能感受到鲁迅式满腔淑世情怀，他之以笔为武器，批判现实，揭露黑暗，唤醒国人，大有鲁迅"热心冷眼观尘世，针砭时弊刺沉疴"之风，因此，陈映真的作品总带有"为人生"的性质，恰如鲁迅所评价的俄国文学："无论他的主意是在探究，或在解决，或者堕入神秘，沦于颓唐，而其主流还是一个：为人生。"[①]陈映真在小说中对小人物的种种"人生"状态予以摹写与批判。第一种批判对象是向外的，如《乡村的教师》中村民对战争愚昧的盲从与迷信，《死者》中生发伯们世世代代的贫苦不幸，《猫它们的祖母》中"祖母"一生命运坎坷的可悲可叹，《那么衰老的眼泪》中康先生的优柔寡断、瞻前顾后，《凄惨的无言的嘴》中被残杀致死的雏妓的可怜可哀，《苹果树》中一系"后街"众生的麻木不仁……此间，陈映真的批判的对象是向外的，既同情这些底层小人物的疾苦和不幸，又愤怒于他们的逆来顺受，不觉悟、不抗争。第二种批判对象却是返回自身的，如《我的弟弟康雄》中康雄的纤细、柔弱，终至自戕，《乡村的教师》中吴锦翔的由希望至失望，再至幻灭，《故乡》中"哥哥"由天使堕落至魔鬼，《加略人犹大的故事》中犹大的孤独沉默、世故狡狯，《苹果树》中林武治的游手好闲、耽于空想，《猎人之死》中阿都尼斯的意志薄弱且患有"夸大妄想症"，《哦！苏珊娜》中李某满脑子的离经叛道、孑然放纵……此间，陈映真批判的对象通过对自身的反省、检讨与忏悔，呈现出深厚的历史感与时代性。

　　基于此，陈映真与鲁迅一样，注重强调文学的启蒙意义。他认

---

① 鲁迅：《南腔北调集·〈竖琴〉前记》，译林出版社 2014 年，第 16 页。

为，启蒙是文学的大前提，政治、文学、知识、宗教和科技都应该为"人的解放，使人从物质的、精神的桎梏中解放，从压迫性的体制或人内在的罪恶与愚昧中解放"做出各自的贡献，而不应成为人的解放的重大阻碍。①

第二节 《死者》：祖孙关系的彻底"断裂"

《死者》讲述的是螟蛉子林忠雄自宜兰搭末班车赶到桃园镇郊的老家奔外公生发伯的丧，不料，外公又短暂还阳。生发伯就这样处于弥留状态，直到清晨才咽气。小说描述的就是这一夜里，奔丧者林忠雄与将亡者生发伯各自的内心活动，二舅母在中间穿针引线，将代际关系联系在一起。

初读小说时，很是不解，明明小说名为《死者》，为什么要花费这么多笔墨来讲述将死者生发伯的第三代外孙林忠雄的所思所想，甚至有喧宾夺主的嫌疑。多读几次后，方才晓悟，小说的主人公看似是林忠雄，实则是生发伯，小说围绕着生发伯，揭示了外公、舅舅、外孙三个不同代际的人，在不同价值观左右下截然不同的"命运"。大致说来，外公与两个舅舅属于一代，他们工作勤恳、任劳任怨、重情重义，却最终没逃过"命运"的劫难，死于家族遗传的老病。螟蛉子林忠雄是资本主义商品化时代成长起来的新人类，他满脑子的发财梦，对情感淡漠，甚至奔外公的丧都是不得不到场的点卯而已，却活得自在洒脱、毫无负担。小说通过对祖、父、孙三代渐行渐远，最终人鬼殊途、彻底"断裂"历程的展现，勾勒了一段从日本殖民时期到六十年代初的现当代史，并对传统认同、殖民统治，以及资本主义现代化等问题的纠缠予以梳理。

① 《海峡》编辑部：《"乡土文学"论战十周年的回顾——访陈映真》，《陈映真作品集》第6卷，第104—105页。

生发伯：贫苦人身陷贫苦命运

生发伯在小说中出场时，便是沉默无声的将死之人——他沉沉地睡在白色的帷幔里，重病的胴体散发着腐臭，肺腑的气息已十分微弱了，全新的白色殓衣和黑色的长裤，最显眼的却是"纸糊般的殓衣下那一双水肿的脚，涨得那穿着布鞋的脚盘显得十分笨重"。这一双脚"正是他家里的老病呢"，这在现代医生称为肝癌的病症，在乡人看来却诡异得很，他们称之为"男穿统，女罩裓"——男人肿在脚，女人肿在脸（1：64）。二舅母这样向林忠雄介绍道：

> "你母亲怕也是这种病呢。也是肿得一个脸像罩了裓。古人就不知道叫什么癌。伊也是吐了红死的；同你大舅一样。你二舅则是一程程的拉了血去的……他们家的老病呢，真奇！"伊说着，仿佛震慑在神秘的、受了诅咒的命运之中了。（1：64）

林忠雄就此忆起"只不过是个急躁鲁直的贫苦的寡母"临死前，"一大口一大口地吐着血"垂死挣扎。他恨过母亲，也咒过她死，因为"母亲的一生，并不曾'做好'过；伊有过许多的男人"（1：65）。这样看来，貌似他的母亲是个水性杨花的肤浅女人，然而等我们解读完全篇就会明白伊的不幸。伊必定有着坎坷的婚姻，否则伊不会有许多的男人，这里"坎坷"不是指向现代人婚姻中感情的不顺遂，而是更多地指向死亡与病苦，挣扎在生存温饱线的同舟共济；伊没有自己的亲生子，否则不会有螟蛉子林忠雄，而这个螟蛉子呢，在伊生前痛恨并诅咒伊，在伊死后，"自从他知道自己是个螟蛉子的时候，他就不再纪念他的母亲了"（1：64）。因此，母亲即使"强壮如男人"，"却永远那么贫苦和不快乐"（1：65）。母亲的命运如此，大舅、二舅，以及外公呢？在林忠雄回忆的间隙里，二舅母继续絮叨着：

> "你说咧，"伊说，喁喁地，"说是人做好了，就有好
> 结尾。看他们家，也不然呢。说你二舅吧，从日本时代的
> 壮丁团到光复后入了农会，不贪不取。说你大舅吧，辛辛
> 苦苦从劳役上升到工务股长，从外乡月月汇钱养这老人，
> 谁不说他孝顺。就他老自己，从小拖磨着养了弟兄家小，
> 结果呢？妈妈跑了，在他的老境，接连两个儿子都死了，
> 到如今，落得他这般模样……"（1∶65）

大舅在外乡辛苦打拼，至为孝顺；二舅不贪不取，人格周正；
外公身为长子，肩起扶养弟兄家小的重负……他们都是踏实肯干、
有情有义的人。这一代父与子的差别在于，外公生发伯是典型的传
统型人物，而二舅则经历了日本殖民政权的洗礼，陈映真通过林忠
雄所凝视的壁上的图片展示出来：

> 壁上的二舅的照像……虽然放大技术的粗劣，但穿着
> 日本国防服的二舅，那种沉着的自信，不仅跃然欲活，更
> 令人感到一种不属于村夫的漂亮的表情。它的旁边是一帧
> 新的炭精画像。画着一身儒服的阿公，坐在乌木椅子上，
> 倚着一个书桌，桌上有书册，手里还握着一本半掩的册
> 子，书皮写着："史记"。（1∶66）

照片上身穿"日本国防服"的二舅与"一身儒服的"阿公，放
在一起颇有些突兀，恰如"精神而且豪华"的委员长的画像与日本
影星若尾文子的日历（1∶76）摆放在一起，形成巨大的反差。这
个由"国防服"所衬托出来的二舅的自信与漂亮，不言而喻是被殖
民政权所披上的。作者何以插进这一笔，用以描述二舅与生发伯的

反差？迫于当时的环境，陈映真肯定无法深入批判殖民统治的伤害，然而由此我们可以理解那种因殖民统治而来的亲子之间的认同断裂，即何以外孙林忠雄毫不留恋地与外公所代表的传统方式硬生生地断裂了。

> 盆景、儒服、史记等等，他几乎看惯了；它已经是传统的结构，只要人一死了，他便是一个员外型的儒人，这正如再穷苦的人，哪怕是生时无立锥之地，在他死后，也有遗族烧给他一串串的纸钱，和一幢起码的纸屋子。（1：66）

作家的议论显然已勾画出生发伯的一生，一则他是个儒家的象征着"传统认同"的典型人物；二则他有着贫困国人的共性，那就是重死轻生，甚至向死而生。生发伯于一月前病倒，病因则是"十年之内丧尽了两个好儿子"。他不成声调地哭了三日三夜后，"人们也时常看见他老泪纵横，成天红着枯涩滞板的眼睛，发着呆"（1：68—69），没多久，他便病倒了。病症一天天加重，"但他的记忆却比什么时候都要活泼起来"（1：69），躺在病榻上的生发伯忆起自己贫困操劳、彻头彻尾失败的一生，只能叹息"命呢"：

> 命运如今在他是一个最最实在的真理了，否则他的一生的遭遇，都是无法解释的：他劳苦终生，终于还落得赤贫如洗；他想建立一个结实的家庭，如今却落得家破人亡；他想尽方法逃离故乡，却终于又衰衰败败地归根到故乡来。而那些败德的，却正兴旺。这都无非是命运罢。（1：71）

生发伯的父亲是个懒散而无作为的人，终日倚靠母亲的侍奉；生发伯"从小拖磨着养了弟兄家小"，及至成家立业后，"那年自己的妻，留下二男一女，逃到邻村去了。后来据说伊也经不起劳苦和赤贫，投下涧里死了"（1：71）。第二年，生发伯便出来外县，四面八方去讨生活了。在遭遇了"命运的恶劣"后，生发伯深觉无望，"除了捶心痛哭之外，似乎也是没有法子的事"，因此，"他一向不曾期望再活下去"（1：72）。

临死前，他唯一所在意的事就是像父亲临终前对母亲垂示遗命般，对着他的二媳妇做同样的叮嘱："媳妇呀，可千万不要为我们家做见羞的事情……"（1：73），然而就在一瞬间，他的嘴唇与大脑失去了统御。这最后的愿望，也终是落空了。生发伯为何有这样的担忧？原来这是一个有着一种恶俗的村落——"私通的事情，几乎是家常便饭的事"（1：70）。他年轻时，曾"立志要叫他的后代离开自己那淫奔的故乡"（1：71），但毕竟逃不过"命运"的追踪。尽管病重后的生发伯"三餐有二媳妇照料"，也"好在二媳妇近年来变得强壮能干，干着些杂工、莳田和采花生，加上秀子的贴补"（1：69），使家没有垮掉。但是"不幸他曾数度看见家里似乎曾有神秘的男人的影子"（1：70），因为老眼昏花，加以重聋，所以不敢贸然断定，只好以幻觉安慰自己。然而，我们知道这绝不是幻觉，因为生发伯死后，那男人便现身帮着张罗后事了——二舅母"回转身，向一个年轻的农夫叮咛着。那农夫严肃地听着，顺从地点点头，便回身挑着箩筐出去了。大家都明白伊和那后生农夫之间的关系。但像林忠雄那样长年在外的后生，却是无从知道的。因为这些平板苦楚的脸孔里，实在无法感到这里竟有这样一个怪异的风俗"（1：75）。这个"怪异的风俗"无关风花雪月的调情与浪漫，而是他们贫困生活的一部分，是底层劳动者为了活下来所做的劳动与生活的安排。恰如赵刚所诘问的：二媳妇"养汉"其实不就是劳动力结合的一种特定方式吗？不就是在一个艰困的物质条件下的必然"道德状况"吗？[①] 正如小说中所说：

---

① 赵刚：《左眼台湾——重读陈映真》，北京大学出版社 2016 年，第 213 页。

> 而且一直十分怀疑这种关系会出自纯粹淫邪的需要；
> 许是一种陈年不可思议的风俗罢；或许是由于经济条件的
> 结果罢；或许由于封建婚姻所带来的反抗罢。但无论如
> 何，也看不出他们是一群好淫的族类。因为他们也劳苦，
> 也苦楚，也是赤贫如他们的先祖。（1：75）

这世世代代的赤贫和劳苦，不是个人，而是众多人的苦楚，该
如何解释呢？通过这段议论，由小人物生发伯的悲惨一生，引发我
们对悲剧的理解上升至集体层次时，便可看出整个社会的不合理、
非正义与残酷无情。正如赵刚所说，他们不是没有计划，也不是没
有努力，但这一切都敌不过那"社会"而归为乌有。"历代以来，
中国农村的佃户贫农世世穷厄，其中偶尔不乏企图振作之人，他
们努力劳动、节约、计划、想要创业，想要'生'财、想要'发'
家，但到头来，他们常常比开始时还要赤贫还要潦倒；典当、出
妻、鬻子，全身是债，乃至辗转沟壑……"[1] 到头来，也只能如生
发伯这般，以"命运"为辞聊作自嘲与安慰。

生发伯也有自己的欢喜，那便是：他终于要睡在那巨大而光亮
的樟木棺材里了（1：72）。只有这副漂亮的棺材能给他带来安慰
与尊严，他也不再是众人嘴里的"可怜可怜"了。因为，"他永不
能忘记母亲入殓的时候，众人那种佩服和钦敬的眼色。如今他自己
就要睡在另一副发亮的樟木箱里了"（1：72）。希望与计划早已破
灭了，经过了大苦楚和大凄惨的生发伯对于死亡已平静如潭水，他
想象着自己"撑着发亮的、上好的樟木船"，驶向一个"烟雾的远
地，凛冽而朦胧的"（1：73）。这种向死而生的欢欣，这种将生命
力再次升腾的希望寄托在死亡的想法，都让人读之心塞，怎样的艰
辛、潦倒而落魄的一生，才让生发伯对死亡寄予这么多的期望呢？
陈映真将这希望与生命力的书写都一并倾注在了那口樟木棺材上。

---

① 赵刚：《左眼台湾——重读陈映真》，北京大学出版社 2016 年，第 214 页。

就连"由于自觉是个螟蛉子，这家族的倾颓，并不曾使他十分为之悲愁"的林忠雄，也"整个的被那稀有的巨大而漂亮的棺材所魅惑了"（1∶74）。这副棺材：

> 它的脸部约有一般的两倍那么大，俨然地像一副威武逼人的面孔；它的长度虽和一般的差不多，但那由高而低的线条，有一层雄壮而庄严的气息，而且赭红发亮。箔纸的火光在陈年的漆面上跳着舞，这个棺木便仿佛有了无比的生命力了。（1∶74）

生发伯一生黯淡，毫无美感，他死去的肉身归宿——樟木棺材，却这么威武、焕发。透过这一笔，陈映真将底层百姓生的苦难与死的荒谬淋漓尽致地展现出来了。

林忠雄：不再回头的故乡浪子

寻常人接到亲人将亡的消息时，多会满心悲伤着赶在第一时间回家，期待彼此能见上最后一面。小说中的林忠雄则相反，接到凶电时，虽也有些叫人怃然，但他还是选择坐末班车回老家，因为生意"正赶着景气"，这次是"不得不回来的"。因此，车不曾到台北，"奔丧者的沉重，早已烟消云散了"（1∶59）。较之于生发伯对"兄弟家小"的照应，林忠雄则是完全不同的现代人格，在他看来，唯有赶在入伍前抓紧在东北台湾的几个小镇上巡回放旧电影，多赚些钱，"感觉得尤其之实在"（1∶59），其他则都是虚浮的、不真实的。坐在奔丧的车上，他念念不忘筹划着发财；下车回家的路上，他最担心的不是能不能最后见外公一面，而"怕是哭不出来的这件事情"，为此他"真切的感到事情的严重了，但那感觉无论如何却不是悲戚"（1∶61）。林忠雄象征了一种无能于爱、无能于真情感受的现代人格状态。同时，较之自己的真情流露，他时常将自己对象化，以他人或习俗的眼光揣测或旁观。不是处于对逝者的尊重不抽烟，而是担心是否有这"一道忌讳"（1：60）；对于自己"怎样也流不出眼泪"的事实，不是内疚或自责，而是担心"对于乡下人，似乎是十分不得体的事情"（1：61）；在得知外公处于"还阳"状态时，他被二舅母热心地催着叫"阿公"，却思忖着"这又是习俗上应该的"（1：62）。待到二舅母哽咽起来时——

> 于是他便又阿公、阿公的叫着，觉得自己的声音里，竟酿起一层薄薄的悲哀来了。但这又无非是剧情中的一种自我怜悯，无论如何总不是实际的悲戚吧。……若使阿公能醒过来，说些叮咛、诀别或祝福的话，然后头软软地一垂，像电影上常有的情景，这或许让他能流下眼泪来的吧……（1：63）

经历曲折、微妙的情感周折和心理波动，林忠雄终于觉察、辨别出自己或许能流下泪来的情形，竟然是外公能"像电影上常有的情景"一般"配合"他。或许是职业的缘故，林忠雄将一切都戏剧化、影视化了。对他来说，这趟奔丧，是他与这个破落的、无可留恋的家世过往告别的仪式。因此，当他于昏睡中陡然听到从外厅传过来的哭声时，他知道外公这次真的去世了，而他的第一反应就是"成了"——他"觉着终于完结了一件事"（1：74）。外公的死，终于让他解脱了。对于这个贫困的、苦难的，但却终是养育了他的家族，他没有表现出该有的悲伤与留恋，反而有一丝庆幸的嫌疑：

> 如今自己也算是成长了，虽然尚没有属于自己的女人，尚弄不清自己的生父母。但他要成立起来，让他的后生们有一个好的母亲，好的家庭。虽然他不明白癌并不遗

传，也不传染，但他仍庆幸自己的身上到底没有流着含有"他家里的老病"的血液。（1：65）

自此，他与这个家族再也没有瓜葛了。"无论如何，这对林忠雄是完结了一切事了。而况他有正逢着事业的景气，到明秋入营之前，他得筹好娶妻的本钱。一切在他不过是个开始，他立了志，也筹划着许多的事。"（1：75）经此葬礼，林忠雄终于可以自由地、义无反顾地奔向现代新天地了。

除却热衷于追逐财富，缺乏存在的"真实感"外，林忠雄的另一个显著特征是经常溺于性意识与性刺激。这也是在整个奔丧过程中，他呈现出的唯一的"真实"。在这个奔丧的凄夜里，他时常"切实感到那种噬人的蛊惑"（1：67），他看到二舅母是个"强健的女人，在短薄的衣物中，伊是粗犷而结实的"；听到秀子的名，便想到传言里她和一个野汉子在废矿里黑天暗地地搞了七天，直到被人拖了出来。对于陈映真笔下林忠雄这种六十年代台湾社会资本主义崭露头角时新兴的主体状态，赵刚的分析非常精到，兹引述如下：

> 有一群年轻人正在兴奋地蠕动着挣脱农民、乡土、血缘、家族等传统身份连带，在开始繁华起来的城市的各种新兴行业里寻找发财头路。那时的陈映真敏锐地感受到这群人在努力追求个人"自由"的同时，却也无奈地陷在一种从来不曾领受过的"异化"状态中，而核心征候就是生命严重缺乏"真实感"，在波波相连的欲海中此起彼落；他们也许很忙碌，工作起来或也算得"认真"吧，但整个人的生存感却是细碎、轻飘乃至恍惚。[1]

对于生发伯们来说，他们身陷贫苦的命运，永无仰望晴朗与

---

① 赵刚：《左眼台湾——重读陈映真》，北京大学出版社2016年，第208页。

希望的可能性；对于被资本严重"异化"的林忠雄来说，追逐财富与性刺激是他所向往的光明未来的一切。最终唯一把他们系连起来的竟是那一具棺材，即使对家族的倾颓和外公的去世都不曾十分悲愁的林忠雄也"完全地迷惑于那一具沉默而有生命的棺材了"（1：75）。小说结尾处，林忠雄在迷惑中看到一幅热闹的场景：

> 火光在陈年的漆面上乱舞，照耀得满室都有了一层阴气的活泼的生命了：肖像活了起来；若尾文子憨憨地笑着；纸画上的秋千上下摇荡起来了，加上女人们轮番的哭声，使得丧家充满了热闹的生气。（1：75）

这富有生命力的棺材、向死而生的热闹，以及活泼起来的四壁肖像……似乎寓意着也许只有在死亡中，生发伯与林忠雄才能真正相遇。也许只有死亡，才能最终消除这因为资本入侵、殖民统治以及传统断裂所带来的世代隔膜吧。

第三节　《六月里的玫瑰花》：小人物的情与爱

《六月里的玫瑰花》讲述的是因为越战，黑人大兵巴尼与台湾吧女艾密丽将情色邂逅升华为爱情，并得以救赎的故事。两个来自不同国度、不同世界、不同种族的男女，一个是黑奴子孙的合众国士兵，另一个是延续了三代养女的吧女，他们偶然邂逅于六十年代末台湾的某个酒吧。以情色交易为始的邂逅，在一朵朵"红的以及黄的玫瑰花"（3：26）的呵护与见证下，竟而超越了国界、种族与文化的藩篱，成就了一段动人的爱情故事。

读《六月里的玫瑰花》（下文简称《玫瑰花》）不能不想起陈映真另一篇描写小人物爱情的名作《将军族》。同样是讲述生活在社会底层的男女故事，《将军族》因为触及了"外省老兵"这一敏感的题材，且小说有个悲壮而浪漫的殉情结局，数年来备受瞩目，评论甚多；相比之下，《玫瑰花》却少有人关注。然而，反复阅读《玫瑰花》时，我却几度哽咽——当屡屡读到艾密丽卑微而小心翼翼地守护着爱情，在爱情里无私付出却不求回报时；当读到巴尼童年时在黑夜里忍受着母亲被侮辱的羞耻与恐惧，并希图偷偷用肥皂拼命把自己洗白时；当读到巴尼在生死搏命的战场上，因为终于能被白人一视同仁，而忍不住爱上战争时；当读到巴尼因为艾密丽而第一次感受到爱与被爱，激情澎湃地深情告白与宣言时；当读到艾密丽接到巴尼的信，不是憧憬着两人美好的未来，却一意为巴尼的再次晋升而欢跃时……读陈映真的小说或杂文，虽屡屡被他诚挚的爱国爱民情怀和对人间宽容博大的爱所打动，但是像这样的被他笔下小人物的情爱所感动还是少有的。

《六月里的玫瑰花》是陈映真入狱前发表的最后一篇小说，也是他告别忧戚时代，进入写实时期的第四篇小说，因此尽管作家安排了巴尼战死的悲剧性结尾，然则因为爱的温暖与照亮，小说的语句间少了忧悒与凄楚，而多了情感的张致与饱满，况且新的希望已经孕育。一如既往，陈映真的小说不可能止于俗世的男女之爱，而是试图反映他所处时代的症结，这篇小说便是借由黑人大兵巴尼与本地吧女艾密丽两个底层人物及其关系的书写，批判了战争罪恶与种族歧视。

一

小说伊始，美国黑人大兵巴尼在越战时期来台度假，在"仿佛一朵朵疲倦的月亮"（3：3）的颓废灯光下与吧女艾密丽相逢。作家还写到"地窖里都是便装的和军装的美国兵士"（3：3），一句话便点明了彼时的时代背景。这个相逢"是以美国帝国主义战争与

'中华民国'劳'军'（即美帝王师）性产业政策为宏观架构、以市场交易关系为微观基础的色情邂逅"①，因此作家颇有意味地写道："两种不相同的肤色相拥抱着，便有某种色情的气息"（3：5）。这样"买卖爱情"似乎注定了一个是恣意消遣，一个是迎合讨好。因此，当艾密丽觉察出巴尼是个温柔又懂得调情的客人时，颇为开心，"有一个这样的客人，便会使他们忘掉伊们的职业性，而且间或也会有一种恋爱的陶醉的快乐"（3：5）。小说对艾密丽的吧女职业的辛酸、哀苦并无描述，但飘飘这一句话便将伊日常的艰辛一笔带出。伊是个有着"扁平的鼻子"（3：8—9）"并不白皙的手"（3：4），"肩背宽大而光滑，好像一个等待开垦的山坡"（3：10）的"健壮的女人"（3：5），断然称不上漂亮。较之那个能与英俊的白人军官跳舞的"漂亮的×货"，伊只能与巴尼这般黑人大兵打情骂俏，可知伊在酒吧的处境也颇为低微。

这样一个职业卑贱、地位卑微的女子，却是一个善解人意，对他人的喜怒哀乐能感同身受的善良女子。面对因晋升军曹激动得哭泣而至号啕的巴尼，虽然刚刚相识，艾密丽却真心为他高兴，以至"眼圈红了起来"（3：8）。较之吧女艾密丽的多情善感，"文明"的东部世家子弟白人军官史坦莱却显得野蛮，又缺乏教养。他连续三次称呼巴尼"蠢驴子"，继而戏谑他"今天是你的伟大的日子"，"也许是你的家族历史中最了不起的日子"（3：6）。其后又用"大学里的演说课的姿态"（3：7）堂而皇之地表扬了士兵巴尼的英勇事迹，并宣布他荣升为军曹。士兵巴尼喜极而泣，因为全然不曾想到"我的曾祖父只不过是个奴隶呢"（3：8），自己竟然就成了"军曹"。"军曹"这一小小的官阶或荣誉，对巴尼的意义为何这般非同寻常？这与美国社会深刻的种族与阶级不平等有关，需要在下文寻找答案。

晋升为军曹，让巴尼看到了希望之光，"仿佛世界上一切的希望之门都为他打开：成功、希望、荣誉和尊严都对着他和蔼而谦虚

---

① 赵刚：《左眼台湾——重读陈映真》，北京大学出版社 2016 年，第 62 页。

地微笑着"（3：8）。于是在一张观光饭店里大而讲究的床上，巴尼抽着烟遐思未来，做起了"上校"的"白日梦"。艾密丽则如他古老的南方故乡的土拨鼠般依偎在他身旁，细心聆听。

> "现在我是个军曹了。"他充满自信地说："军曹上去是少尉、中尉、上尉，再上去是少校中校，然后就是上校。"
>
> "你一定办得到，"伊快乐地说："你一定办得到。"
>
> "那时候，人们便叫我巴尔奈上校——一直到我老了，小伙子们还会恭敬地叫我巴尔奈上校，巴尔奈上校。"
>
> ……
>
> "那个时候，人们将邀请我做善邻委员会的委员，同白人一起参加宴会，甚至给白人的小伙子一些有用的、聪明的忠告。"他微笑地说："而且我将有一幢干净、安适的大房子，被高大的南方的榕树包庇着。榕树的影子使草坪永远荫绿……"（3：12）

巴尼的美梦里都有什么呢？有尊敬，与白人一视同仁的平等，还有一座安适的大房子，仅此而已。毫不贪婪的白日梦！对于一个白人来说，唾手可得的人生标配，黑人巴尼却倾尽全力方把这美梦想到极致，并当作人生梦寐以求的终点。多么可叹！更可悲的是，这样的人生梦想也只能以对白人世界的认同与向往为参照。

较之巴尼"小气"的白日梦，更让人动容的是艾密丽。巴尼畅想自己是"非洲的君王"时，艾密丽尚心甘情愿做"王的麻雀""王所钟爱的妾"（3：9）。然则人生如戏，戏如人生，当两人的演戏更深一层，巴尼遐思着"上校梦"时，伊终于低声提及了"上校夫人"（3：12），并且不能专心地做爱了。虽然是逢场作戏，伊终是入戏了。小说写道：

"他们都是高尚的人吗？"

"谁是高尚的人？"

"巴尔奈上校的朋友们。"

"当然，他们都是高尚的人。"军曹笑着说。

"你要娶他们之中的某一个女儿。"伊幽然地说。

黑人军曹沉静地望着一个冷气的出口。冷风徐徐地流渡着，使得深垂的窗幔不住地晃动。他因为新的野心，有些困难地拒绝着某种感动。但是他仍然说："我谁也不娶，我只娶你：我的宝贝，我的小麻雀。"

"真的吗？"伊欣悦地说。

"真的。"军曹说。（3：13）

有人说，枯肆之鱼，相濡以沫，不如相忘于江湖。我却委实被这两个小人物"苟富贵，勿相忘"的情意感动了。伊自认为不是个"高尚"的人，配不上将来高尚的巴尼上校，然而伊又多么满心欢喜渴求着成为他的女人啊！所以伊终于按捺不住地问了巴尼。巴尼肯定的答复，哪怕只是为了慰藉着伊满满少女心的"白马王子梦"，伊也满足了。因此伊接着说："只要你这句话，我已经很高兴了"，"我只不过是吧女，我不能做上校夫人"（3：14）。这个单纯、可爱的女孩子艾密丽啊！哪怕是做白日梦，都不肯饶恕着放过自己"即使我不是吧女，我也是个养女"（3：14）的身份。这样卑微又高贵的爱，很容易让人想起张爱玲的话——"见了他，她变得很低很低，低到尘埃里。但她心里是欢喜的，从尘埃里开出花来。"

那么巴尼呢？可怜的巴尼也许是生平第一次有人这么珍爱自己，与自己一起小心翼翼地守护着那远在天边的梦想。面对这突如其来，对他尚还陌生的爱意，他恍然有些不知所措，因此"他有些困难地拒绝着某种感动"。对从小在歧视和不安中长大的巴尼来说，风尘女子艾密丽的动情让他始料不及，却又自然而然地理解那种自认为低贱而带来的自卑。两个人，虽然生长的环境、文化与习俗等等各不相同，却因为同病相怜而轻易地心意相通了。

> "养女是从小就被卖出去的那种女孩，"伊说："我的母亲也是一个养女。我的外祖母也是。"
>
> "耶稣！"军曹叹息着说："一百年前，我们曾经像牲口般被拍卖！可是你瞧，现在我是个军曹哩……"
>
> "是的，我为你高兴。"小麻雀快乐地说："我从小就在那些阴暗的房子里长大。你看到乡下的那种房子的。但有什么关系？我现在比他们谁人都活得舒服，就好比现在你是个军曹，明天你可能是个神气十足的上校。"（3：14）

一个是三代养女，一个是奴隶的子孙，两个苦命的人萍水相逢，却相爱了。艾密丽不再只是那个昏黄灯光下，用着老套的手法调情的女子；巴尼也不再只是那个哼着轻佻的情歌，悠闲度假的美国大兵。他们开始开诚布公，坦诚相待了。他们都是土地的儿女，他们的背后都有着一声沉重的叹息，却都同样用卑微的梦想勉励支撑着尊严与未来。这时的巴尼，由衷地怜惜着艾密丽。他为艾密丽的命运叹息，也开始为艾密丽动心了。

当听说艾密丽是在"那样低矮的、阴暗的房子"（3：15）里长大时，巴尼曼妙的"白日梦"迅即地碎了一地，他变得沉默而愤怒。已经对伊诚实的巴尼，面对伊恳切的询问，却又撒了一次谎。并且，当天晚上破晓时分，他忽然在睡梦中惊惧地啸喊起来。

二

看似大大咧咧的巴尼，何以突然坠入无边的梦魇呢？在与精神病医院"鸭子"医生的对话中，逐渐揭晓了答案。虽然巴尼"一向厌恶又骇怕那种自信、骄傲和高尚的人们"（3：16），但是每天深夜都困扰着他的梦魇，逼迫他逐渐信赖傲慢的、英语流利的医生"鸭子"。"你必须告诉每样事，"鸭子温柔地说，"我们在帮助你，你瞧。"（3：18）在"鸭子"职业性的谆谆诱导下，巴尼开启了那长年密封的童年记忆。他的父亲常常在夜里带他出去游逛，在深夜的街灯下流浪。父亲在寒冷的夜里，一口一口地喝着酒，并用他浑圆的低音轻轻地唱着。等到夜深回家时——

> "有时候，那个白人还没有走，我们就得躲着等他。然后我的母亲在门口送走那个白人——他是一只肮脏的猪！而母亲的身上什么也没有穿。"
>
> ……"然后我们回到家里，我的父亲开始毒打我的母亲，咒骂我的母亲。而伊只是低声哭着，从来不反抗的。然后我们挤在一张床上睡。……就是在那些夜里，我开始梦魇。"（3：18—19）

这是何等悲伤的往事！这些让人愤怒的恐惧与不安，深深地困扰着小巴尼。他爱着"会唱许多好听的歌"（3：18）的父亲，也能感受到深夜里他对自己的爱意和温暖。然而，他却无从理解父亲的家暴与母亲的忍耐。他同样爱着母亲，却不得不以母亲为耻。他太小了，无法理解母亲是以出卖肉体来支撑这个家，同样也不能理解母亲忍耐父亲的殴打，是因为她也为自己的行为不齿，却又无可奈何。这涉及美国黑人的不幸遭际，由于奴隶身份的历史残留以及阶级地位的低下，美国黑人长期以来在美国社会中被迫承受着种族、阶级与性的三重弱势。在美国南方的种族主义体制下，黑人男性若是敢沾染白人女性，他所将面对的报复，不管是来自国家法庭或是群众私刑，都会是非常残酷的，但黑人女性却经常可以是白人男性的付费（娼妓）或不付费（强奸）的性对象。[①] 所以，母亲只能对白人迎来送往，父亲只能以家暴宣泄其挫折与羞辱感。种族与阶级所带来的创伤，让巴尼第一次陷入深夜梦魇。

"鸭子"继续诱导。"你永远不必懊悔你告诉了我这些，"他说，"我是一个医生呢。"（3：19）巴尼开始回忆起参加越战的经历。他说一开始他害怕战争，但是"你一下子就喜欢它了"——

> 你晓得，在我的平生，第一次同白人平等地躲在战壕里，吃干粮，玩牌，出任务，一点差别也没有。他们被敌人击倒了，一点也没有特殊。在打仗的时候，你成为一个完完全全的合众国的公民。（3：20）

只有在硝烟弥漫、生死一线的战场上，巴尼方第一次体会到与白人的平等，第一次感受到是一个"完完全全的合众国的公民"，再也不用蜷缩在被划定的黑人世界了，那世界"只有那么一丁点，永远是那么失望，肮脏"（3：20）。巴尼喜欢战争的理由是这般令人匪夷所思，却又是触目惊心的真实。

巴尼继续回忆起越战中的一幕，他冒着弹雨把一个受了重伤的白人士兵救了出来。白人在临终前说"巴尼，我真感谢你"。巴尼闻之而泣，其他人都以为他"是个重感情的人"，而对巴尼来说，却仅仅因为他"忽然想到这半生从来没有一个白人对我这样说过"（3：21）。可以说，战争让巴尼可以和白人同甘共苦，甚至受到称赞；让他不再自卑，变得自信，且对未来充满希望；那些曾经可望不可即的奢求——平等、肯定、赞扬，统统因为战争实现了，为此，他甚至"希望战争永远没有完"（3：21）。这是种族歧视下多么扭曲的心理啊！

"鸭子"继续启发巴尼。"现在，你能不能想一想，这次发生梦

---

① 赵刚：《左眼台湾——重读陈映真》，北京大学出版社2016年，第64页。

魇之前有什么特殊的事情呢?"(3:21)巴尼说,他觉得最近是最快乐的时候,因为他遇见了一个女孩,虽然不确定是否爱上了她,但是他确定并三番五次地强调:"艾密丽是个好女孩,艾密丽是个可怜的好天使"(3:22)。在"鸭子"的追问下,他终于理清了头绪——不是艾密丽困扰他,而是"伊生长在那些低矮的、阴暗的屋子"(3:22)困扰了他。在一次战役中,巴尼所在的部队被歼灭,只剩下他一个人。在死亡的笼罩下,他紧张不安地走进一间矮小的屋子。

> "屋子里坐着一个小女孩,抱着断了胳膊的布娃娃。"军曹说:"小女孩既不骇怕,又不哭喊。伊只是睁着大大的眼睛看着我。我扣了扳机——耶稣基督哟——"
>
> ……"医生,我必须那样,相信我。"
>
> ……军曹又开始饮泣。"好耶稣。"他说:"你一定知道我不是存心那样。你分不清他们谁是共产党,谁又不是……"
>
> "喝杯水,军曹。"医生柔和地说:"感情的发泄对你是一件好事——极好的事。"
>
> "噢,好耶稣……"军曹喃喃地说,他的眼泪静静地滑下他黝黑的脸颊,像一粒雨珠挂在古老的、黑色的岩石上。(3:24—25)

让巴尼再度回归梦魇的是他所犯下的类似《贺大哥》中"美莱村事件"的重大战争罪行。他残忍地屠杀了抱着断臂娃娃的无辜小女孩,并且"把整个村庄打烂了"。这是何等惨无人道的罪行!尤其是知晓了艾密丽与这小女孩类似的身世后,巴尼的心再次流血,也许他想到了自己所杀害的小女孩长大后正是眼前的艾密丽这样善良、纯朴,却又身世凄苦的女子。他只能诅咒那些稻田、太阳、森林，以及躲在森林里的越共。正是这样的共情，激起了对自己罪恶的回忆，因此他的精神骤然失控。

颇具讽刺意味的是，巴尼却因为这疯狂中犯下的罪行，而获得升迁。然而无论这"荣誉"对巴尼来说何等重要，或是史坦莱排长所宣称的为了"公正、民主、自由与和平的传统"缘故，都无法掩饰战争的丑陋、肮脏与无耻。更可悲的是，深受战争戕害的巴尼，并没有因此如贺大哥那般反省战争的罪恶与非人道主义，反而盲目地迷信战争，相信战争能弥补种族歧视的伤害，并为他提供出人头地的机会。

<h1 style="text-align:center">三</h1>

无论如何，巴尼终于康复出院了。一出院他就打车直奔艾密丽的住处。当他抱着一大束红的及黄的玫瑰花走进艾密丽的公寓时，就如一束闪亮的阳光照进了彼此的生命。他们幸福地拥抱在一起，艾密丽再次喜极而泣。巴尼动情地说："整整的一个六月，他们不让我们见面……但是你却每天送来一朵玫瑰花——整整一个六月里。"（3：26）

这也许是小说的名称"六月里的玫瑰花"的来历吧。尽管艾密丽与巴尼只是萍水相逢、露水姻缘，伊却须臾也不曾忘记他们的情义。伊用整整一个六月里的玫瑰——多么绚烂、热烈，兀自绽放着傲人的生命力的玫瑰，向巴尼传递着伊的牵念与关爱。之前，巴尼在回答"鸭子"时，尚不能确认自己是否爱上了伊，这时，却满满都是对伊的爱。他单刀直入地恳请伊嫁给他。伊沉默片刻，眼睛里闪烁着快乐的泪光。

"我永远都是你的新娘，但你不能娶我，我只不过是个吧女。"

"小麻雀，听我说。"军曹严肃地说。他严肃得可以把
　　整个太阳涂成黑颜色。他说："你晓得吗？我是个奴隶的
　　子孙——一个奴隶哩。"（3：27）

　　巴尼的严肃，足以看出他对伊的深情。然而，伊依旧胆怯着，自卑着，畏缩着，伊一仍坚持着"可是你要成为一个上校"，"我永远是你的新娘"，"只要你走之前爱着我——完全地爱着我——就行了"（3：28）。伊在成为"上校夫人"的爱里是这般的胆小慎微，却又在对巴尼的爱里那般的勇往无前——为他怀了一个月的小孩，却终是向他隐瞒了这个消息。伊不想因为孩子，而阻碍了巴尼成为"上校"的脚步。伊一直以为命定里，伊不配享有富贵荣华，不配与高尚的人谈笑自若，伊只能如"土拨鼠"或"麻雀"般，卑微地生活在粗糙的角落里。

　　当两人谈及还有四天的时间巴尼就要离开时，他们再次沉默了，彼此难舍难分。尤其是艾密丽，在伊看来，巴尼的未来是平坦灿烂的"上校"之途，伊只能用这四天拼尽全力地去爱他。然而巴尼的告白，才是世界上最动人的情话。

　　"在医院的时候，我对我自己说：平生第一次，有个
　　人使我觉得我自己有多重要。那个人就是你，我的小麻雀。
　　我又对我自己说：平生第一次，我的生命里有了一个目
　　的，为它奋斗。""我爱你。"小麻雀叹息着说："我爱你。"
　　（3：29）

　　巴尼终于被爱了，他也能爱人了。他得到了爱的救赎。他在艾密丽的爱里找到了自尊、自重与自爱。不再自轻自贱，而是感受到了自己的重要性，有了人生奋斗的目标。可惜他所能找到的奋斗手段仍然只是"回到战场"，除此之外，似乎别无选择。他说：

> "我要杀光那些躲在森林里的黑色的山蚂蚁，那些狗娘养的。我要成为一个勇敢的军人，一个上校。我要成为你的骄傲。"（3：29）

这个"上校梦"依然是那般虚无缥缈、不切实际，但是做梦的主人却有了质的改变——巴尼之前做上校梦，是为了安抚种族歧视带给自己的伤害；现在，却是为爱而勇，为爱而拼。他可不想把艾密丽拖进那个"那么失望，肮脏"的被划定黑人世界，他要努力翻身，成为上校，让心爱的艾密丽不再卑屈地生活。

巴尼终是要离开了。那天的阳光灿烂无比。

> 那时候，灿烂的阳光照耀在那只巨大无比的战舰上，也照着他的崭新的卡其军装。他频频张着长臂对伊摇动着，而伊却在船下不住的哭着，哭着。"甜心，我会好好的，"他大声说："我会回来看你，我会的！"（3：30）

被爱救赎了的巴尼，终于生活在了阳光的暖煦里，有了期待和憧憬，不再只是悲伤和恐惧。然而，他终是没有回来，因为他死在了战场。这是一个让人悲伤的结局。然而，他们昙花一现的爱情里，艾密丽对爱的执着与无私，巴尼被爱救赎的喜悦与担当，却让我们看到了小人物的伟大与凛然。

第五章　十字架下的哀泣

　　陈映真与基督教的缘分，要从他的父亲谈起。陈映真的孪生兄弟在九岁过世时，其父深感悲痛，继而敞开心怀，把耶稣基督当成了慰藉和力量的源泉。父亲信仰的强烈和对福音的热诚，一并影响了家人，陈映真在高中时期便也成了一名诚挚、热心的基督教徒。

　　高中毕业后，陈映真进入淡江文理学院外文系就读，并于1961年获得学位。在此期间，陈映真决意脱离基督教组织。离开宗教的原因，他在采访时曾说，"他觉得教会过于中产阶级化，远离了人民的疾苦"[1]。即便如此，陈映真依然认为他成长期的基督教徒经历，在其心智塑造上扮演了一个极为重要的角色。纵观其小说创作，尽管被视为左翼作家，但陈映真始终深受基督教伦理的影响。

　　由于基督教影响而造成的道德意识与爱心的独特的融合，再加上忠实反映"人民疾苦"的愿望，终于成就了陈映真这一为刘绍铭所盛赞的作家：

　　　　他所以重要，因为他是独特的。在当代作家中，他几乎是唯一的一人，（在小说中）探讨他那时代最敏感的一些问题。[2]

---

① 罗宾逊：《陈映真的沉思文学》，《陈映真作品集》第15卷，第135页。

② 刘绍铭：《论陈映真的短篇小说》，叶维廉编《中国现代作家论》，联经出版社1976年，第440页。

本章将依照写作顺序，一一探讨陈映真与基督教有关的作品。

第一节　枷锁上的断痕[①]

《我的弟弟康雄》发表于陈映真大学毕业的前一年，从中我们可以大略了解陈映真为何对教会失望。小说同时应用了独白与意识流，是已为人妇的康雄姐姐，在弟弟自杀后，对他的日记所作的评述。她曾经被弟弟的理想主义和社会意识所深深地吸引，然而，从弟弟的日记里，她却惊讶地发现了宗教。康雄的最后一本日记里，记载了他对耶稣受难景象的感受：

> 圣堂的祭坛上悬着一个挂着基督的十字架。我在这一个从生到死丝毫没有和人间的欲情有份的肉体前，看到卑污的我所不配享受的至美。我知道我属于受咒的魔鬼。我知道我的归宿。（1：18）

对十字架上的基督的强调，是基督思想的传统。虚无主义者康雄生前认同宗教这一事实，也得到教堂法籍神父的证实，他说，亲眼看见康雄在深夜潜进教堂长跪，直到他自戕前几天为止。加尔文曾说过，被钉十字架是一面镜子，我们从中认识到上帝，也认识到自己。显然，因为与"妈妈一般的妇人"发生性关系，失去了童贞而产生的罪恶感，因为宗教教条教义而更强烈了。这些教条让他相信基督"从生到死丝毫没有和人间的欲情有份"，虽然基督在旷野所受的诱惑（《马太福音》4：1—16）以及他在客西马尼所受的诱

---

① "枷锁上的断痕"受米乐山教授的启发，引自法国存在主义大师马色尔的主张，他将断裂的世界定位在他指称的"存在境遇"中，意指生活破碎，人们对健康、营生、免于政治恐惧以及友谊等的期许，无不受阻、挫折。

惑（《马太福音》26：36—46）并非如此。然而，康雄由于自己的处境所产生的心理认知，让他把物质和欲望看作纯粹的恶，把耶稣看作纯粹的善，而否认耶稣也有自然的、肉体的存在。如此便陷入帕斯卡尔所说的"认识自己的可悲而不认识上帝，便形成绝望"①的境地。这样的心理迫使康雄更加良心不安，他"此后的日记尽是自责、自咒、煎熬和痛苦的声音"。上帝能够赦免罪人这一事实，并未深入其心。

如果说，康雄从十字架的镜像里看到了绝望，康雄姐姐却自婚礼上起，便一再混淆十字架上耶稣的形象与弟弟康雄的形象，而始终不敢仰望那个挂在十字架上的男体。因为，对于她来说，不仅两个瘦削而未成熟的胴体是如此相似，他们对人世间的爱也是如此一致——弟弟在他的乌托邦里建立了许多贫民医院、学校和孤儿院。这样俊美、善良、敏感的弟弟却终是自毁了。康雄姐姐虽无法阐释社会主义者弟弟，缘何又是有神论者这一矛盾，然而她却推断弟弟的自杀有着宗教的缘故：

> 这个少年虚无者乃是死在一个为通奸所崩溃了的乌托邦里。基督曾那样痛苦而又慈爱地当着犹太人赦免了一个淫妇，也许基督也能同样赦免我的弟弟康雄，然而我的弟弟康雄终不能赦免他自己。初生态的肉欲和爱情，以及安那琪、天主或基督都是他的谋杀者。（1：19）

上述引文，足见康雄姐姐对宗教的犹豫与矛盾之处。一方面她明白，弟弟的死，是因为"康雄终不能赦免他自己"，并企盼仁慈的基督能赦免弟弟康雄；但另一方面，她却将弟弟的死亡部分地归咎于基督耶稣。这一矛盾的叙述，足见康雄姐姐对宗教的情感是爱恨交织。究其然，康雄的自杀是由其"内在的灾难"——一种精神

---

① ［法］帕斯卡尔：《思想录》，何兆武译，商务印书馆1985年，第234页。

的绝望感促成的，这种绝望感关涉着个体生存的根基问题。在尖锐地质疑富裕与贫穷这一生存论问题后，接着经历了通奸这一不光彩且不合乎道德规范的事件，内向敏感的康雄自此彻底陷入生存的无限恐惧与紧张，乃至痛苦与怀疑中。他转而虔诚地求助于宗教。由于悲剧意识和受难意识的深重，他认为，宗教的虔敬意味着十字架，意味着悲哀，意味着肉体的受苦和死亡；他的不洁，则意味着上帝的谴责和诅咒。因此，他在日记中绝望地写道："我没有想到长久追求虚无的我，竟还没有逃出宗教的道德的律。"康雄对基督信仰思想理解的片面与偏执，就像一堵墙，挡住了身处无根状态的自己与《圣经》中能救护每一个人的上帝相遇的路径。

如果康雄对基督信仰有更合理的理解，或者他能有幸遇到一个指引他的神父，也许其命运结局会完全不同，从而呈现出二十世纪俄国杰出哲学家、基督思想家舍斯托夫评说拉斯柯尔尼科夫陷入不幸时的状态：

> ……他努力在记忆中重新唤起对福音书的理解，这种对福音书的理解以念及个人的悲苦（无异于一个自我主义者）为假托接受了一个孤傲的被毁灭了的人的祈祷和希望；他知道，在这里，上帝会听到他的恸哭，他不再被吊在观念的刑具上受酷刑；他会获许去讲述自己完整的、可怕的、暗藏着的真实，这种真实使他接近上帝的世界。[①]

此间，基督教会把他从悲剧性深渊和存在的不幸处境中解救出来。因为，在上帝看来，人的罪性乃是一种无端的不幸，转向上帝就能得到怜悯、宽恕，并能得救；倚靠信仰，便能推倒我们身上漫无节制的原罪和重负，让我们重新直腰站起来。

[①] ［俄］舍斯托夫:《悲剧哲学：陀思妥耶夫斯基与尼采》，转引自刘小枫《走向十字架上的真》，华东师范大学出版社 2011 年，第 42 页。

然而，事实上，撞见他祈祷的法籍神父从未试图劝慰或引导康雄走出困境；即使康雄死后，他也坚持不肯为康雄举行宗教葬仪——这也是康雄姐姐怨恨宗教的缘由之一。因此，直至小说结尾，康雄姐姐都一直心心念念地为弟弟修个有十字架的墓碑，以此来洗刷和补偿内心的卑屈和羞辱。颇具讽刺意味的是，在康雄姐姐豪华的婚礼上，神父们，也许正包含这一法籍神父，却卖力地各尽其责，赞颂祝福。一冷一热，神父的嘴脸也昭然若揭。

《我的弟弟康雄》对基督教的批判与反思，首先在于基督教的神父、牧师等神职人员，没有尽到自己的责任与义务，迎纳与救护一个敏感、孱弱并将最后的求生希望寄托于宗教的不幸者；其次，尽管父亲转向宗教信仰已有六年之久，康雄对基督教教义却有着狭隘、偏执的理解，可知神父、牧师等神职人员日常中没有清晰地向教徒和民众宣扬全面的基督教教义；最后，小说中康雄姐姐嫁入有名望的富裕宗教家庭后，去教堂做弥撒时"注定要坐在最前排的阶级"等细节描写，可知基督教尽管宣扬平等、博爱的精神，现实中却常常依据财富多寡、名望高低区别教徒在教堂的地位。此间，陈映真对台湾现实中基督教信仰情形的讽刺不可谓不强烈，对他缘何在大学时自行退教亦可做管窥。

另一篇小说《凄惨的无言的嘴》中也涉及宗教描写。小说中，主人公"我"是一个年轻的大学生，也是小说的叙述者，住进精神病院治疗已有一年半的时间，即将出院。与陈映真笔下的其他人物相似，小说中的这个年轻人也因为心理错乱而孤独，且与他人关系疏离。与之关系相对密切的郭先生，是一位在精神病院实习的神学院学生。也正是由两人的对话与交往引发出小说对基督教主题的探讨。

第一次谈话时，"我"要郭先生解释神学对精神病的看法。谨慎思考片刻后，郭先生吃力地想要分辨精神病症和被鬼附身的差别却莫能如何，便讲述了自己亲眼目睹被鬼附身的体验。当时，他跟随自己的老师，一位牧师，去看一个被恶鬼附身的乡村医生，一进门，那恶鬼便借着医生的口说：

> 牧师，这是我的私仇，你不用来管。否则我当着许多
> 人揭开你们一干人的阴私。（1：208）

郭先生说，那邪灵是医生为夺取他的妻子而谋害的某个人的鬼魂，后来，那医生慢慢被折磨致死，妻子也自戕而死。"我"魅惑于故事的离奇，而忘却了之前的问题。恶鬼附身这段故事恰也揭示了小说的主题，即客观存在的不安，人际关系的疏离，语言的隔阂——牧师与恶鬼无法沟通，神学院学生对病人的疑问无法解答却不再深思，病人于自身的困惑也不再主动求得深度释怀。

小说伊始，"我"再次去看望郭先生。看到居家的郭先生穿着"不甚干净的内衣裤"，而且看上去"多毛发"，这样的形象与一个追求灵性与信仰的神学者毫不相称。以医院新来的病人为引，两人从精神病患谈到精神病起因，谈到神学，谈到社会矛盾，谈到大毁灭：

> "我们院又来了个病人……那个人浑身抖抖索索。精
> 神病的花样真多。"
> 他没说话，为我倒了茶。我说："谢谢。"
> "世道变了很多啊！"他说。
> "好像上帝也丢弃了这个世界了。太芜杂的缘故。"
> 他想了想，停顿着。每次到了最后，他总是很英勇的
> 退守住作为一个神学生的立场。
> "也不是，"他沉吟说："圣经上也说的：末世的时候，
> 乱世道，灾祸不断：战争、杀伐、异病……而精神病是异
> 病之一。"（1：209—210）

由此看出，郭先生显然缺乏热情与"我"一道把这个他理应

感兴趣的话题谈下去。接着，因意识到作为一个神学生自己的不真诚，他感到受窘，于是，不得不表态捍卫他的神学立场，并再次习惯性地"退到"教条的安全地带。

> 我想起了在医院的草坪上那些晒着太阳的轻病人们。
>
> ……"罪，"我轻轻的说："这毒舌的种类啊！"
>
> 他没有理会我的揶揄。他小心地把唱机开了，音量放得很细。他说：
>
> "我曾经想过。就像你说的，大半的精神病人是人为的社会轧铄的牺牲。然而基督教还不能在轧铄中看到人的罪。"
>
> 我看见他的诚实的眼睛垂着。他似乎努力地护卫着他所藉以言动的原则，但他已然没有了对新耶路撒冷的盼望了。我的耶路撒冷又在哪里呢？那么剩下的便似乎只有那宿命的大毁灭了。（1：210—211）

"我"认为，疯狂是社会的产物，理应放在社会整体环境中把握梳理。郭先生却把个人的罪愆看成精神病的根本原因，对于牧师来说，这是颇为不通人情的方式，因为它意指病人应该受苦。郭先生把本应宣扬爱与拯救的宗教教条当作退守的屏障，而非与病人有任何真正的交感。在这里，为神学家们所信奉的教规教条教义，并不救护每一个既孤单又渺小的个体，郭先生兀自沉浸于那些纸面的教条，对个体生存的切实困境熟视无睹，却把教规教条教义变成了现实的和应有的东西的象征。用教条的平静和冷漠，取代对个体生活中的艰辛、受苦和不幸的关照，将个体问题消融在理念的普遍性中。这种教义掩盖了神性真实的意义和光亮，也悖于基督信仰所规定的良善、同情和爱。

虽然郭先生"诚实的眼睛低垂下来"，在灵魂深处，他也是个虚无者，因为他对自己最应投入的宗教信仰问题都缺乏自然的炽热；对"我"的"恋爱故事"却专注而热情，对鼓吹和炫耀自己的情感史更是谎话连篇、洋洋自得，他的心志所系与世俗之人并无二致。行笔至此，想起著名神学家卡尔·巴特临逝前，在巴塞尔大学神学系一位博士生的学位论文上题词道："在所有学问中，神学是最美好的学问，它最能触动和丰富人的心灵和头脑，最贴近人之确实性，最明澈地探望一切学问最终要询问的真理。但所有学问中，神学也最艰难、最需小心审慎，最杜绝望而却步和狂妄自负。"[①] 郭先生则恰恰是屡屡触犯"望而却步"与"狂妄自负"的错误。他只顽固地据守着基督徒的原罪意识，却失去了上帝之城的信念，失落了对未来的希望。正如赵刚所分析：

> 因此，不只是"我"有精神问题，郭君又何尝没有！但郭君不及于"病"，又是否因为他有物化的基督教体制作为身家靠山，又是否因为，他能把他的"基督教信仰"妥帖地安置在一个分隔而独立的领域中，把"信仰"和其他的自我片段，安置在一个百宝盒般的隔间中，各安尔位？而"我"呢，不但无所依托，更且犯了一个大忌：想要在自我的矛盾碎片之间找出一个天理周遍、理路圆通。[②]

赵刚这段对现代社会基督体制物化的分析极为精彩。基督教本应有一种对此世的否定信念，以及救赎世人的肯定信念。而郭先生念兹在兹的却是皮肉欲望，由此也可推测年轻的郭先生是一个失去一切信念，却依然死守"原罪论"的没有信仰没有希望没有爱的神学院学生了。

《哦！苏珊娜》描写的是以第一人称叙述故事的女主角，由于

---

① 刘小枫：《走向十字架上的真》，华东师范大学出版社 2011 年，第 3 页。

② 赵刚：《橙红的早星——随着陈映真重访台湾一九六〇年代》，人间出版社 2013 年，第 134—135 页。

一个住在台湾的外国摩门教传教士的"牺牲"而产生的转变。小说中，这个外国传教士是个名叫彼埃洛的法裔美国人。因为摩门教规定出必成双，他有个叫撒姆耳的伙伴，是个性情外向的美国人。不知什么原因，在交往中，"我"逐渐迷恋上了整洁、俊秀，有些羞涩的彼埃洛，并且把某种理想投射到了他身上，就如罗宾逊所言："他无意中成了她的一种基督象征，虽然，保险地说，除了她的投射和幻想之外，她从未真正的认识他。"[1]就像所有的心理投射作用一样，彼埃洛其实只是一部分的"我"自己，是"我"渴求完整的部分，因此，在彼埃洛突因车祸丧生后，促使"我"下决心与家人言归于好，并展开新的生活。

小说伊始，刚放暑假的大学生"我"抵达男朋友李某在海滨小镇的寓所。当天晚上，"我"和李走向海滩时，发现了一处新建筑，李告诉"我"那是末世圣徒教会的一间教堂，最近才兴建完工。一个值得注意的细节是，"我"从车站见到李的那一刻起，便一直不断压抑着袭上心头的忧愁。穿插在他们言谈举止间的流动意识，揭示出她对他们私下关系的混杂心情——一面爱恋他，一面又拒斥他的沉默和封闭。随着时间的推移，"我"对李某的矛盾心情与日俱增，对彼埃洛的迷恋却愈加强烈。彼埃洛的"衣冠整齐，温柔而潇洒的男性的魅力"，与李某的"杂乱而粗野"形成鲜明的对比。如果说李某象征了"我"叛逆、狂野、纵欲的一面，彼埃洛则象征了"我"渴求安定、温柔、有序的一面。这两种以彼埃洛和李某为化身的截然不同的思绪，始终交织着出现在整篇故事中。后一种情绪对"我"来说，表面上陌生而新鲜，其实是"我"内心深处一直渴求而向往的，恰如那首《哦！苏珊娜》的歌曲。譬如，当"我"与李某亲密后，正当无端感到悲哀时，却听见教堂飘来一片微弱的和声："哦！苏珊娜，你可曾为我哭泣？"词意正好与"我"内心的伤愁共鸣，从而舒缓了"我"精神的忧虑。

---

① 罗宾逊：《陈映真的沉思文学》，《陈映真作品集》第 15 卷，第 160 页。

经由联想，《哦！苏珊娜》这首歌日渐使"我"了解自己，认识到"我"究竟是谁，以及"我"对人生的真正渴求。

　　"哦！苏珊娜"这首歌给我异样奇妙的感觉，我和李在沙滩上激情正浓的时候，它会使我一下子清醒过来；当我在等待李回来吃晚饭的时候，它会使我寂寞地想立刻跑回家里去；而当我们在床上的时候，它会使我蜷曲到他的身边，让他的自信而骄傲的两手抱住我，在他的怀里痴痴地望着窗外的星星而无端地悲愁着。（3：83）

　　显然，这首歌是那摩门教教堂里年轻人例常演唱的许多首歌中的一首。当她询问彼埃洛为什么教堂里唱民谣时，"他绽开了一朵天使一般无邪的微笑：'没什么，只是你习惯于听到一般教堂里的赞美诗罢了。'""我"在获知彼埃洛的死讯后，起先一直压抑着的心情，在听见这首歌的旋律时，终于失去控制，泪如雨下。其后，"我"感到内心从未有过的平静，同时领悟到"我"必须回家，并对自己的生命负责，使生命展开新的追求，而非只耽溺于享乐。

　　这篇小说呈现出许多特殊的宗教观点。这一对年轻恋人与那两个摩门教徒的关系就颇为耐人寻味。如同女主角所说：

　　李和我都是无神论者。也许我们还不配有这样一个代表知识的某一面的称呼，我们只是不愿意有一个上帝来打扰我们这种纵姿的生活罢了。然而李和他们却又很温和的友情。（3：79）

　　另外，李某非常喜欢与这两人为伴。尽管他不时取笑他们的信仰，私下却十分钦佩他们追求正义与公理的诚挚精神。他向"我"坦承：

> "他们也在追求着正义"……"这使得我尊敬他们。他们也信仰着和平、互爱，我不必让他们知道，但是我是他们的朋友。"（3：80）

然而，每当这两个摩门教士来访时，李某从不放过任何机会来挪揄他们的摩门经和摩门教主约翰·斯密。那两个传教士却从不为此恼怒，依旧十分尽兴地离去，继续他们其他的访晤工作。

他们来访时，"我"暗中关心彼埃洛。他的优雅教养和李某的放荡不羁形成强烈的对比。在比较了两个男人后，"我"明白自己多需要"一个有节制的、高尚的，甚至虔信的生活"。不觉中，"我"对彼埃洛由尊敬渐至爱恋，心中幻想着与他共进早餐、观赏歌剧等，进而又变质为使"我"深觉羞愧的性。正如罗宾逊所说："彼埃洛，对她代表了精神或心理完整的可能状态，所以她环绕他的幻想生活，让她产生了比她与李某的实际性关系更深的内疚，因为后者传送的是源自她心灵的本能那一面完全不同的一组投射。"[1]"我"渴望与彼埃洛发生性关系，其实只是象征"我"无意识中冀求更大的完整。只有彼埃洛死后，"我"才不再专注于性与内疚，也收回了在两个男人身上的投射，获得较为超然的人生态度。

彼埃洛的死，使"我"重新审视自己及自己的生活，赎回了价值感和目的感。"我"毅然决然地要回家，"世界上没有什么人什么事可以阻止我了"。这里的"回家"，不只是现实意义上的回到自己的家，更是象征意义的回归生活的正途，"再也不是一个追逐欢乐的漂泊的女孩了"，因为"不管家里有如何的鞭笞等着我，回家总是甘甜的"。等"我"想通了这些后，"我仿佛看见亲爱的彼埃洛先生文雅地骑着他的单车，渐去渐远了"。另外，"我"也意识到，李某或许和彼埃洛根本没多大不同：

---

[1]　罗宾逊：《陈映真的深思文学》，《陈映真作品集》第15卷，第126页。

他们用梦支持着生活，追求着早已从这世界上失落或早已被人类谋杀、酷刑、囚禁和问吊的理想。（3：84—85）

"我"接着思索他们的生命是如何易于破碎，就"像打掉玻璃杯一样"。不过，"我"知道李某还能够生活下去，只要他还有他的骄傲支持他——"他是个强人，在某些方面……"

陈映真在小说中讨论了种种不同类别的基督教（新教、天主教、摩门教等），关心的并不是每个教派的优缺点，而是他笔下人物的内心和精神世界。他的论点是，只要一个人承认人生有比自己更重要的事，并以此行为，他或许就可以享受恩典。

第二节　《加略人犹大的故事》：十字架上的爱与悲悯

时至今日，对待宗教的态度，的确有些暧昧两难。诚如赵刚所分析，一方面，我们看到大宗教经常与国家机器及统治阶级的意识形态表里其间，也看到它状似无辜地支撑着霸权集团的一种种族主义或民族主义的敌我想象；另一方面，宗教也是诸多重要人道价值，如爱敬、包容、忏悔、怜悯、宽恕，乃至有所畏惧……的载体。我们的确见到体制化宗教经常对这些价值提出保守的、反动的诠释，甚至为帝国主义提供暴力与文化殖民的正当性。尽管如此，这些合理的顾虑也无法让我们取消一个重要问题：在左翼面临溃败的今日，是否需要重新检讨主体的精神、感觉与道德状况，并思考是否以及如何将各个世界宗教的重要的价值与理想重新纳入我们的思想活动，使它们在改造世界，以及同等重要的改造自我的路途中，成为一种重要资源。[①] 陈映真的《加略人犹大的故事》正是借由对犹

---

① 赵刚：《橙红的早星——随着陈映真重访台湾一九六○年代》，人间出版社 2013 年，第 92 页。

大这一古老圣经故事的新编，呈现出对这一问题的思考。

几个世纪以来，犹大的故事及其引人争论的神学含义，一直吸引着历代作家。因为，正如德国神学家莫尔特曼所指出的：基督的十字架乃是基督神学的基础和批判，整个十字架事件必须作为上帝的事件来理解。

> 耶稣在十字架上惨死，是整个基督神学的中心。它不是神学的唯一课题，但却是进入神学问题的入口和对尘世的回答。基督教所有关于上帝、关于创造、关于罪和死的陈说，都要指向这位被钉十字架者。基督教所有关于历史、教会、信仰、拯救、未来和希望的陈说，都来自这位被钉十字架者。①

几十年来，这一主题影响力最大的作品莫过于日本小说家远藤周作写于 1966 年的小说《沉默》。这部享誉国际的小说出色地处理了日本 1614 年对基督徒的驱逐及迫害。恰如罗宾逊所言，这部小说的高潮部分，有助于我们理解陈映真的犹大故事。在《沉默》的结尾处，最后一批留在日本的外国传教士之一罗吉奎斯神父，为了拯救因他而受难的无辜日本人，做出了叛教的举动——用脚践踏一块有耶稣钉十字架像的"彩绘"铜牌。由于受苦受难，罗吉奎斯神父获得了先验的宗教认知——"为了救人，基督必定也会背教"，所以他做出"最为痛苦的爱的行为"。就这样，这一原会被教堂同侪谴责为亵渎神圣的举动，因为一种难以理解的恩典而成了赐福。陈映真小说中，犹大目睹耶稣受难后，蓦然顿悟，羞愧自尽而亡，却同样分享了上帝的恩典，这样的结局处理，与之类似。

另外，《加略人犹大的故事》多少会让人想起茅盾的作品《耶

---

① ［德］莫尔特曼：《被钉十字架的上帝》，转引自刘小枫《走向十字架上的真》，华东师范大学出版社 2011 年，第 480 页。

稣之死》，它们都是对耶稣受难原委的阐释，都以隐喻方式处理敏感的政治事件，不过两相比较，可以看出茅盾更倾向于借此批评当时的国民党政权，在采用《圣经》记载时，几近抄袭，而陈映真则"以创造力透视他笔下人物的心灵，一面添入了许多富有创意的曲解，同时在描写耶稣时，也忠于福音书的精神"[1]。更重要的是，陈映真在为犹大出卖耶稣的真正动机这一问题上，提供了另一种可能性的答案。

小说中，我们可以从犹大与奋锐党的针锋相对中去认识犹大。奋锐党是以驱逐罗马人尔后独立建国为目标的一个民族主义基本教义派的政党。当奋锐党的老祭司亚居拉以上帝选民的代言人姿态，用急促的语调威胁犹大"我们信万军之耶和华的杖，我们的重担必将离开，我们的轭必被折断"，犹大则予以尖锐的回应：

> "罗马人的担子，罗马人的轭一旦去除又如何呢？因为你们将代替他们成为全以色列的担子和轭。"
>
> "你们一心想出去拿逼迫你们的，为的是想夺回权柄好去逼迫自己的百姓吗？"（1：110）

当亚居拉以低姿态诉说奋锐党并未忘记民族苦难，不然"冒险的图谋又是为了什么呢"时，犹大毫不犹豫地站在苦难大众的立场回应：

> "你们既然冒着万险自罗马人手中图谋他们的权柄，那么将来分享这权柄的，除了你们还有谁呢？你们将为以色列人立一个王，设立祭司、法利赛人和文士来统治。然而这一切对于大部分流落困顿的以色列民又有什么改变呢？"（1：111）

---

① 罗宾逊：《陈映真的沉思文学》，《陈映真作品集》第15卷，第147页。

亚居拉以社会福利与社会救助来回应这一问题，并说"我们的律法中有多方的体恤"，犹大辛辣地质疑"怜悯"所预设的不平等及伪善：

> "怜悯？千万不是的！"……"你们配去怜恤他们吗？那供应你们从容为以色列首领的，不正是日日辛勤却不得温饱的他们吗？主人倒受怜恤，这当是律法的正义吗？"（1：111）

犹大进而以一种世界主义姿态的内在批判，间接攻击犹太教偏狭的选民思想，并触碰到奋锐党的种族主义底线，使得亚居拉为之歇斯底里，怒斥犹大为"不分洁净的与污秽的"异端。

> "……一切的权柄来自耶和华，那么罗马人的权柄——她的权柄如今遍布世界——又源于谁呢？"……
>
> "这些轭，这些重担不止加在以色列人的身上，这些轭和重担同样加在那些在该撒权下的一切外邦人的身上，也在那些无数的为奴的罗马人身上。"……"反对罗马人应不只是以色列人的事，也是……"（1：111—112）

在国际主义与民族主义对立这一点上，犹大与亚居拉在最后时刻，僵持不下。但是，在另一个角度，两者也有一致之处：他们的用心或热情都是借着一种自居弱小或正义的姿态，"反对"或"反抗"那强大且邪恶的他者，因此都共享了一种妒恨政治的平台。[1] 陈映真透过犹大这个复杂且矛盾角色的刻画，除去对宗教的

---

[1] 赵刚：《橙红的早星——随着陈映真重访台湾一九六〇年代》，人间出版社 2013 年，第 97 页。

态度这一主题的呈现，更是探索了对改革或革命"病症"的思考：如果改革或革命的计划与行动，只能以理性的、怀疑的、批判的、否定的……来定性其核心精神状态，那么这样的改革或革命，无论其初衷是多么磊落超拔，也必将沉沦陷落。这要从犹大遇着耶稣谈起。

与亚居拉争吵后不久，犹大与亚居拉的女儿希罗底，私奔至迦萨，缠绵相守。五年间，犹大一直为犹太人的境遇焦躁不安，深感无力与痛苦。他在前往耶路撒冷的旅程中遇见耶稣后，犹大心中的阴霾一扫而光，昏睡多年的理想与悸动复醒了，重又生气蓬勃地焕发起来。犹大决心归从耶稣，不仅在于耶稣的爱与美，更重要的是耶稣是"他的思想的偶像"，因为——

> 他对待罪人、贫贱者和受侮辱者的诚挚的爱情。他对这些为上层犹太人所唾弃的以色列人，充满着亲切、仁爱和温慈。但当他指责法赛利人和文士的时候，他的语言严重而且震怒。（1：121）

耶稣是一个犹大所向往的"社会的弥赛亚"，而非只是奋锐党人所企盼的那种狭隘的"政治的弥赛亚"。这使犹大兴奋，以为他找到梦想中的"领袖"了。的确，耶稣的普世主义与犹大有关现实存在的人道主义论述有着表面的趋同，连有一种"完全平民的聪慧"的西门都难免产生误解。西门是这样感受与理解耶稣的：

> "他的教训有无比的权威和爱。这些又使我想起你和亚居拉的话了。"
>
> ……
>
> "我细心地跟从他……知道他果然便是以色列人的领袖。他和城中的罪人、穷人、病人、娼妓、税吏和做贼的

为伍，却有自在的圣洁，便又叫我想起你的话了。来日他的国度定必是我们真正的以色列人的国；他的权柄必使每个以色列的民得福。"（1：118—119）

这是有关耶稣印象的一种平民的、直观的正解。除了"爱"这一关键字，西门的这些话，犹大都懂，他自以为与耶稣息息相通。犹大听罢——

沉吟起来。一个有权威的教训是什么，他是不难料想的么，就比如古希利尼人的辩士罢。但一个宣传着爱的教训的人，却使他的辽远的心智动荡起来。（1：119）

有着"冷峻的犬儒的智慧"的犹大，并没有深刻地理解"爱"，他自以为是地认为耶稣只是以"爱"为权力论述，争民心、夺政权才是目的。因此，在被耶稣精神感召的同时，犹大却将耶稣理解为"一个聪明的人、极聪明的人"，并一再以己度人地将耶稣想象为一个权谋者，认为耶稣是"极端聪明而巧妙地将他政治的、社会的目的，掩护在以色列人迷信着由上帝遣来救赎主的传统寓言的心理，扮演着古先知的神采"。犹大的悲剧缺陷，使得他一再把自己的渴望投射到耶稣身上，并不断地膨胀。诚如赵刚所分析，这是一个误解：

但是，以犹大的质才格局所理解的耶稣是一个误解，差之毫厘失之千里。固然，犹大看到了耶稣"对待罪人、贫贱者和受侮辱者的诚挚的爱情"，也看到耶稣"指责法赛利人和文士的时候，他的语言严重而且震怒"，但这并不意味耶稣对苦难人群的"爱"是以对社会支配群体的"恨"为根底的，也不意味爱必然是与恨对偶相生的。耶稣的愤怒不是恨，耶稣的“爱”不是政治，他不是也不会操作一种爱恨政治。然而，犹大却始终是在这样一种根底器识所限定的格局中追寻耶稣。[1]

耶稣对世人的爱是一种超越各种偏见，以及不带任何社会、政治目的不求回报的大爱。犹大对耶稣的爱却是一种错爱，这个错爱带给他一连串的失望，乃至爱恨交加。他眼见耶稣未能将“骚动”事件，譬如洁净圣殿，扩大为社会运动，犹大开始失望。他发现，每次群众开始失去控制时，耶稣就会悄然退隐，而不是抓住机会鼓动大家公开反抗罗马帝国统治者。

陈映真细致地描述了犹大出卖耶稣的心理活动过程，对其背叛起着决定性作用的是耶稣进耶路撒冷事件。当耶稣差遣门徒去找匹驴子让他骑着进城，犹大立刻心想：

> “这无非是要故意去应验撒迦利亚书上的预言罢了。”犹大忽然对这一切的布置感到厌烦和不屑了，他想着正当耶路撒冷的那些支配者们对他满有敌意和危险的时候去扮演这喜剧，未免太过于昏妄了。（1：125）

然而，目睹迎接耶稣的广大群众雷动的欢声，高呼“那将临的我祖大卫之国，应当称颂”后，犹大立马转忧为喜。他相信革命的胜利就在眼前，也兴奋地加入进城的行列，但是没多久，犹大再次失望了，因为：

> ……喧腾的声音渐渐零落，而至于完全寂寥下去。城里的居民欢喜而且满足地回到他们日常生活里去了，仿佛

---

[1] 赵刚：《橙红的早星——随着陈映真重访台湾一九六〇年代》，人间出版社2013年，第102页。

他们在一起过完了一个愉快的节日一般。耶稣又在最欢腾的时刻，不知退隐到哪里去了。犹大一个人站在街角，眼看着满地狼藉的棕榈叶和尘土纸屑，沉入一种从未有过的失望和悲戚之中了。这失望和悲戚顿时转化成一股不可思议的忿怒，满满地胀着他的胸。"这傻瓜，这个梦想者!"犹大在心里嘶叫着，止不住淌下极热辣的眼泪来。(1∶127)

失望之极的犹大，转向了原先的仇敌亚居拉。当深怕基督的影响力超过的自己的亚居拉问犹大，交出耶稣想要多少代价时，另一种泪水又挂在犹大的脸上。他并不在意他们给他的三十块银钱，因为他的动机完全是为了助长政治和社会改革。就像罗宾逊所言，既然犹大深信耶稣无论如何都会很快死在那些当权者手上，就如基督不断预言的(《路加福音》9∶44)，他又所以会有这罪恶深重的出卖行为，是欲制造一个假想的背景，希望借由耶稣的死激起群众的愤怒，从而煽起革命之火。① 然而，犹大目睹了他计划的落空，不但预期中牺牲耶稣以换得犹太民众的觉悟与抗暴的行动化为乌有，甚至在彼拉多犹豫不决时，犹太民众竟向他要求把基督钉十字架。在绝望的眩晕与背叛的冷齿之后，痛苦、失落的犹大选择了结束自己的生命。耶稣和犹大的死，让我想到美国现代富有创造性的神学政治思想家尼布尔所言，他认为信仰与政治问题没有直接关系，解决具体政治问题须在政治领域中来讨论。基督信仰与现实政治的关系应是一种批判性的距离关系。② 从犹大的教训里，也启示我们不能以为基督信仰可以直接解决现实政治问题，更不能认为基督信仰应当具体提出一个社会政治理想并实现之。

犹大虽死，却死得其所，他的自杀既有背叛师门的羞耻，亦有"问道死而无憾"的满足，因为在钉上十字架的耶稣被竖起来时，

① 罗宾逊：《陈映真的沉思文学》，《陈映真作品集》第 15 卷，第 155 页。
② 刘小枫：《不抱幻想，也不绝望》，《走向十字架上的真》，华东师范大学出版社 2011 年，第 262 页。

223

当世间的希望灭尽之后，身处绝望中的犹大方始顿悟，他终于真正理解了耶稣。陈映真对这一顿悟的描写颇为打动人：

> 挂在十字架上的耶稣在嘈杂残酷的嘲弄声中被竖了起来。犹大凝神地望着他，他的眼睛忽然因着惊叹微微地亮了起来。他初次看到耶稣有着一对十分优美的手臂。这曾因木匠而劳动过多的双手多肉、结实而且十分的笔直。
>
> "多么优美的一双手臂呀！"犹大对自己嗫嚅着。
>
> 但是在这一顷刻之际，犹大完全了解了一切耶稣关于天上乐土的教训和他上连于天的权柄。他知道耶稣已经这样赢得了他实现于人类历史终期的王国，这王国包容着普世之民，他的来临和宇宙的永世比起来就几乎可以说已经来到人间了。他忽然明白：没有那爱的王国，任何人所企划的正义，都会迅速腐败。他了解到他自己的正义的无何有之国在更广大更和乐的王国之前是何等的愚蠢而渺小，他的眼泪仿佛夏天的骤雨一般流满了他苍白无血的脸。
>
> （1：131）

耶稣被钉在十字架上的真充满了无限的意味，它"意味着，在上帝的爱中才有个体生存的原则、本源和根基，上帝不仅揩掉每一滴眼泪，而且给人吃生命之树的果实；十字架上的真表明上帝与人的生命和死亡、渺小和伟大、罪孽和救赎、梦魇和自由、呻吟和悲叹认同，它给予人的是上帝允诺的安慰和爱……它标明挚爱才是生活的法则，这个法则是活着的上帝给予的；十字架上的上帝之子的受难是上帝的救赎之爱战胜现实的不幸和冷酷的明证"[1]。耶稣以爱与宽恕展现了永恒王国的一刹那，连犹大也宽恕、赦免和救赎了。

---

[1]　刘小枫：《从绝望哲学到圣经哲学》，《走向十字架上的真》，华东师范大学出版社2011年，第36页。

正如赵刚所分析，我们从陈映真关于耶稣受难的描写得到一种神秘的启示。"耶稣是一个超越了爱与恨、超越了天地雌雄、超越了繁星理想与现实人生、超越了头脑与身体对立的一种形象，而这个形象的最具体、最形而下的代表则是为罪人犹大所惊诧目睹的那曾是木匠耶稣的一双手臂，'多么优美的一双手臂啊！'——那是一双为生活而劳动的手臂，为扶持跌倒的人、为拥抱麻风病人而伸出的手臂。"[1] 这样的宏观大爱，又岂是"犹大们"的政治、权谋或"聪明"所能比拟于万一的呢？信仰才是更为根本性的，也是道德感无法取代的。因为道德力量是有限度的，"这种限度意味着，人与世界中的许多困难不是人间的道德法则能予解决的，如果把道德原则视为普遍的、绝对的至高法则，以至于取代信仰，就会出现信靠的虚托"[2]。作为神性事件的十字架事件之发生以及耶稣的一生和传言福音，绝非是一个一部分人（被压迫者）起来推翻另一部分人（压迫者）的阶级斗争事件，它关涉的是每一个人的救赎和整个人类的未来。因为，耶稣上帝是作为生存难友与人并肩而立的上帝、与受苦的人休戚与共的上帝，上帝的意义在于：

> 一位同情的、与人患难与共的上帝，他在未来将改变一切，把人从罪恶、苦难和死亡中解救出来，把人类引向终极正义、彻底的和平和永生的上帝。[3]

《加略人犹大的故事》诚然是青年陈映真对他道德政治、价值与欲望的困惑而认真的思索与告白，它必然折射了属于二十世纪六十年代的某些特质，但是他以同情理解的心情推想了犹大背叛耶稣

① 赵刚：《橙红的早星——随着陈映真重访台湾一九六〇年代》，人间出版社 2013 年，第 112 页。

② 刘小枫：《走向十字架上的真》，华东师范大学出版社 2011 年，第 6 页。

③ ［德］孔汉斯：《上帝活着？》，转引自刘小枫《走向十字架上的真》，华东师范大学出版社 2011 年，第 153 页。

的动机，并描绘了一种高于、超越于"政治弥赛亚"和"社会弥赛亚"的更高理想图景，这一图景的描述将成为人类重要的思想资产。

第三节 《贺大哥》：于困境中活出基督

小说《贺大哥》由两条线索构成，一条线索叙述了一个参与越战，因屠杀无辜的平民，心理遭受重创而罹患健忘症的美国青年贺大哥的故事。另一条线索以女大学生小曹的口吻讲述了她与在台湾企图通过人道主义救助而自救的贺大哥相识相遇，并深受影响的故事。这两条线索在小说文本中交叉进行，从中呈现出对爱与救赎这一宗教主题的探讨。

一

相较于小说伊始机场里心智失衡、表情呆滞的贺大哥，"我"初遇的贺大哥是一个心境怡然、生机勃勃的青年。作家在描述了贺大哥的外貌体征后，特别写道：

> ……他就是那样安静地站立着，在潺潺的水流声中，随着安静地渡舟，安静地靠上渡头。……
>
> 不晓得用什么织成的褚红色的、带着长长的背带的嬉皮袋，以鲜艳的颜色，配织着显然是印第安人的图样——火红的太阳、昂立的骏马、展翅欲飞的枭鹰。（3∶86—87）

太阳、骏马、枭鹰，这些富有生机与活力的象征，预示着生命力的勃发，亦如贺大哥的名字 Hopper 般，充满希望与未来。这个"好温柔的眼睛""流露着一种发自内心极深之处的爱的光芒"的美国青年贺大哥,以他在台湾淡水附近一家天主教复健中心工作的认真、专注,"尤其是弥漫在他的工作中的真实的关爱",赢得了所有人的信任与喜爱。

暑假跟随校社团做义工的"我"与贺大哥在这家复健中心相识,并逐渐熟稔起来。闻及贺大哥每天在复健中心是义务工作,他需要另外帮别人补习英文赚钱吃饭时,"我"曾惊讶地问:

> "你是天主教徒,我猜。"
>
> "才不是呢。"他说。把"呢"字拉得异样的长。
>
> "哦。"我说。
>
> "刚刚相反,我是一个谈无神论的人。"(3:89)

从后文的精神报告中,我们知道贺大哥曾是天主教徒,不过在大学时宣称放弃宗教信仰。而今,面对询问,他毫不思索地矢口否认。关于他对宗教的态度,可从接下来的对话中窥见一斑。在工作接近尾声时,被贺大哥的真挚博爱所感染的"我",曾与贺大哥有过下面的对话:

> "贺大哥,你说,"我终于说,"你说你不是天主教徒?"
>
> "不是。"他说。
>
> "为什么你花费这么多的时间……"我说:"我是说,花那么大的气力,在这里。"
>
> 他露出他异样地整齐的、略微长了些的牙齿笑起来。
>
> ……
>
> ……如果去爱人类同胞,变得需要有一个理由,这就告诉我们,人们在今天已经活在如何可怕的境地。他说,如果爱别人,关心别人的事,竟只成为一些称为这个或者那个宗教的教徒的事,这就告诉我们,这个世界已经不是

人的世界。（3：93）

这里贺大哥触及关于"爱"的很深刻的主题，的确，爱应是无条件的，不受身份、职业、年龄、学历、家庭、信仰的影响，如果爱只是宗教信徒的事，成为论资格、讲条件的事情，这样的爱就是不彻底的、有限度的，以这种狭隘的爱充斥的人间，想必也是淡漠寡味的。贺大哥对宗教的态度也很明确——我们爱别人、关心别人，未必以宗教的名义；或者说爱与关心是做人的基本原则，而非教徒的专属，也不受是否为教徒所限。至于，他自己的关爱别人，他声称：

> ……"帮助这些小孩，其实是帮助了我自己。"贺大哥说。"使我在一个人，一个人，"他着重地说："从他的爬行的境地里站立起来的努力中，认识到人的尊严……"（3：93—94）

爱，对贺大哥来说，并非高高在上的施舍，也非沾沾自喜的炫耀，而是一种源自生命深处近乎本能的自我救赎。他从对孩子的关爱中汲取继续生活下去的理由。就像帮助那个"在地面上羞辱地、孤单地、恐惧地爬行了多少日子"的小女孩一般，贺大哥终于在服务于人的爱中，为残缺的人生找到支撑自我继续前行的拐杖。

《贺大哥》里我们可以看到早期《故乡》里哥哥的影子。《故乡》里的哥哥，从日本学医归来，宁可不做高尚而赚钱的开业医师，却做起矿区焦炭厂里的保健医师，晚上还在教堂里服务，使全家都受了洗。每次他的祈祷都像一首大卫王的诗歌。小说中描写道：

> 当他用伏拜的亲切的声音说着："耶和华啊！感谢您又一度将我们这群小羊聚集在您的约旦河傍；这里有您甘

甜如蜜的溪水，这里有您嫩绿如茵的牧场……"的时候，我激动得不禁偷偷地张望着眼看他。（1：50）

然而，这样一个虔诚的、热情的基督信徒，在遭受时代的冲击和父亲的生意破产后，"我俊美的太阳神哥哥"竟而堕落成了"放纵邪淫的恶魔"，往日那种淑世助人的理想，完全幻灭，从此沉入虚无黑暗的无底深渊。

《贺大哥》中的贺大哥却以无比的爱心和耐心，教双手枯萎的孩子绘画手工，教只能在地上爬的孩子学站立走路。虽然贺大哥跟《故乡》中的"哥哥"本质上是一类人，都是怀抱着经世济民的理想，以身作则，勇于实践。然而，"哥哥"在受打击后一蹶不振，贺大哥却顽强地走出逆境，再次站立起来，并播下了仁爱、友善的种子。不同于《故乡》中的忧郁、幻灭，《贺大哥》写的是希望、新生。

二

回到前面的宗教信仰。贺大哥放弃信仰的具体原因，作家虽然未给出具体答案，我们却能从小说中寻找出蛛丝马迹。大学时期的贺大哥是个热衷于学生政治运动、关心社会改革和社会正义的"无政府主义者"。他"曾以为美国的'革命'就在眼前"，并"对美国的富裕，提出道德方面的质问；对美国国家永不犯错的神话，提出了无情的批判"，把热情和努力都寄托于"一个新的、美丽的美国"。也许正是为了这个几乎触手可及的美丽新世界，贺大哥放弃了宗教信仰，并义无反顾地奔赴越南战场。

贺大哥并非孤立，与贺大哥持有类似想法并一起奔赴越战的美国青年不在少数，譬如那个在战场上给父亲写信的青年葛莱克。他在信中叙述了自己的恐惧、困惑和迷茫。在前往发生骇人听闻惨案的梅莱村之前，他已见证并经历了队友们一路残杀手无寸铁的老人、妇女，甚至"不懂事的小孩子"的残忍。他惊骇地发现那些"在美国那么平常的人"，有的甚至是自己朋友的人，竟然"全变成了禽兽"，而自己面对这些"明目昭彰的杀人"，却无所作为。他为队友们的滥杀无辜，更为自己的无所作为，而陷入深深的痛苦和羞耻。他对同伴的信赖心，已经完全崩溃，极度渴望尽快回家。（即使在这样的心境下，却依然被迫前往要塞梅莱村，参与更为惨绝人寰的血腥与暴力，从中我们似乎也能看出贺大哥缘何战后精神分裂。）面对这一系列的激变，葛莱克（包括贺大哥们）有一个极大的困惑，那就是："在越南，为什么？""你为什么那么做？每个人为什么那么做？"葛莱克在信中写道：

> 爸，正如你所相信的，我也真正的相信：在这一切事的背后，有一个原因。并且，如果我这样面对试炼前行，是上帝的旨意，那么，这旨意行于那高速公路边的我家，就不如行于这里的这块土地上。（3：120）

预期中前往越南进行人道主义救助的正义行为，演变成了一场实实在在的人间炼狱，面对这一切，陷入惊惶不安的葛莱克最后将这一切的发生归结为"上帝的旨意"，并宁愿这试炼在异国他乡进行。这是多么可悲又可怜的理由，上帝在这里承受多大的误解。联想之前，在横七竖八地摆满了老少妇女和孩子尸体的堑壕里，那个叫甜心饼的胖子，对着正想喝酒的大伙，"起劲地讲耶稣有一回把水变成美酒的故事"。在这种境地，讲述耶稣的故事，无疑是对基督极大的不敬和亵渎。战争中，对耶稣和基督的误解、亵渎比比皆是。

面对"在越南，为什么"这一问题，思虑甚久的贺大哥给出了不同的答案，他说："因为他们的后面站立着一个巨人——国家。在越南的孩子们，都是国家的受害人。"因为意识到在"国家"这一冰冷铁器的支配下，越战中的"常人"才变成了"非人"，他反复强调"被害者变成加害者，然后又变成被害者"的逻辑：

> 正由于是被害者，终于成为加害者——你懂我的意思
> 吗？然后加害者又成了加害于人这个事实的被害者。（3：123）

　　贺大哥们在美国国家意识形态和舆论的引导下，抱着主张社会
正义的热情前往越战，然而越战中的实际遭遇，让他们意识到自己
成为屠杀越南平民的杀戮者。对越南平民来说，他们是加害者；反
过来，他们因为杀戮被迫承受着足以吞噬自己的精神和心理压力，
在这个意义上，他们又是被害者，被国家欺骗并道德绑架的被害
者。正是在这种良心饱受谴责，又唯恐他人指责的恐惧中，贺大哥
"恨透了我自己"。他曾试图将越战中的黑暗，将梅莱村虐杀事件公
之于众，以此来缓释心理的焦虑和痛苦。可是母亲劝他放弃并让他
"忘掉它"。理由是"那是战争"，而且如果说出来，"对你自己，对
国家都不好"。贺大哥母亲的立场，其实代表了维护国家虚荣和脸面
的多数美国人的立场。无法找到对外宣泄出口的贺大哥，从越战回
来不久，早已放弃宗教信仰的他突然拜托准备前往教堂的母亲为自
己在越南战争中奉命而为之事，祈求天主的原谅。对宗教信仰的认
识，从之前的宣称放弃，到祈求天主原谅，贺大哥在这里又一次转
折。母亲问其原因，贺大哥沉默不语。他也只能沉默，在越战中见
证了人性最黑暗、阴鸷的一面，已然对人性产生了强烈的质疑；回
家后，又从最亲的人身上，看到人性冷漠、虚伪的一面，他对人性
的信任所剩无几。因此，在他后天的补偿人格中，他将现实中精明
能干的商界精英母亲，替换为一位过世的大学物理教师，且"是一
个热心的种族主义者和和平主义者"。也许，这样的母亲，才是他
理想中的母亲。这样的情状下，为逃离生存的悲剧性处境，摆脱生
命中的悖论，求诸宗教也是顺理成章。尽管他对小曹说自己是无神
论者，并称爱别人、关心别人，不只是宗教教徒的事。然而，他前

往台湾，隐姓埋名做一个热心于教导残障儿童的工艺老师，毋宁说是他在为他潜意识深处肆虐的越南梅莱村的残酷罪行，进行一种宗教意义上的苦行赎罪。这条路，乃是帕斯卡尔式的边呻吟边探索真理的人走的路，乃是约伯一边坐在炉灰中刮毒疮，一边赞颂上帝所启明的路。故此，他曾无数次说过："我们用我们的苦痛、眼泪、孤寂，甚至生命，去迎接将来的美丽的世界……"（3：83）又或者，从贺大哥的言行上我们可以做出另一层理解：在那些无论遭受怎样的凌侮和欺辱仍不放弃持重珍贵的、美好的品质的人中间，在那些无论遭遇过多少爱的破灭、正义的毁灭仍然为爱与正义奉献自身的人中间，基督确实一直匿名地在场，并以自己的受难的血默默印证着这些人身上神圣的品质；就历史的现实处境而言，即便教会尚不能更好地为了处境而存在，但这并不妨碍人们在自己的生活中活出基督。①

小说中，陈映真以同情和赞赏的态度，描述了在天主教复健中心工作的修女。贺大哥住院后，天主教复健中心的全体修女每日为他祈祷，因为她们全都喜爱着这个外国青年。其中一位修女甚至说，他"有一颗基督的心"。我们有理由相信，在献身帮助残障儿童的行动里，贺大哥定会逐渐找回那件属于他的"又干净、又新的衣服"，并最终恢复健康。然而情势的发展阻止了这恩典的实现。贺大哥最终被母亲派出的侦探寻获，被迫终止了在台湾的新生活，无缘走完他为自己找到的救赎之路。

但是，他选择的救赎之路，对周遭的人，尤其是小说的叙述者"我"产生了极大的影响。十天的义工生活结束后，重新回到台北的"我"，"比起贺大哥的一些话，比起贺大哥虔敬的爱的生活"，开始觉得日常生活的空泛和虚无了，渴望投入他那样刻苦的、丰富、火热而又辽阔的世界。接下来，请贺大哥补习英文的两个多月里，"我"的心智世界更是发生了快速、复杂的变化——从集贵族、

---

① 刘小枫：《人是祈祷的 X》，《走向十字架上的真》，华东师范大学出版社 2011 年，第 225 页。

无赖、纨绔、天使和反叛者于一身的俄国诗人普希金身上，学到了怎样"斗胆地挑激命运中狂乱的欢乐和危罹"；追随克鲁泡特金，遇见当时俄国贵族一场"耻于坐享他人的血汗所积成的财富，纷纷叛离自己富裕、高贵的门第，凭着自己的力量赚取衣食"，并蜂拥着深入广大农村，尽力在知识和生活上帮助俄国农民，逐渐扩及全俄的运动。这对出身富裕、衣食无虞的"我"是极大的震撼。对"我"及广大读者影响最深的恐怕莫过于两人关于"美丽新世界"的对话。兹抄录如下：

> ……"啊啊，"我忧愁地、笔直地望着他，说："那么，你的一生，如果明知道理想的实现，是十百世以后的事，你从哪里去支取生活的力量啊。"
>
> 他的隐藏在棕色的、开着极为分明的双眼皮中的灯火，悠悠地燃烧起来。不，他说，毋宁是清楚地认识到不能及身而见到那"美丽的世界"，你才能开始把自己看做有史以来人类孜孜矻矻地为着一个更好、更公平、更自由的世界而坚毅不拔地奋斗着的潮流里的一滴水珠。看清楚了这一点，你才没有了个人的寂寞和无能为力的感觉，他用英语说，并且也才得以重新取得生活的、爱的、信赖的力量。（3：99—100）

此间，贺大哥或者说陈映真的一个观点是，明知道"美丽新世界"是一百年、两百年甚至更长时间以后的事，却决不轻易放弃现在的努力，反而祛除了好高骛远的浮夸和喧哗，祛除了"舍我其谁"的自大和狂妄，从而更踏实地去爱、去努力，把自己这滴水珠投入到奋斗着的潮流里。

接着，"我"提出了爱的限度的问题。

我坦白地跟贺大哥说，我至极敬爱着他的胸怀。"但是，贺大哥，良善和热情，怎么能改变这么一个冷漠、凶残的世界啊！"

　　"不！让我们去爱、让我们去相信，"贺大哥虔敬地说："爱，无条件地爱人类，无条件地相信人类。"这样的爱，时常带来因着我们所爱的对象的不了解，而使施爱的人受到挫折、失望。"但是这个时候，你最要照顾的人是你自己，而不是别人——照顾自己不在你的爱受挫之后，冷淡了爱的能力，"贺大哥说："让我们也相信一切、一切的人——虽然这无条件的信赖，往往带来甚至以生命当代价的危机。但是，让我们相信。"总有一天，他说，更多、更多的人能够不图回报，而从一个人的生命的内层去爱别人、信赖别人。贺大哥说："那美丽的、新的世界就伸手可及了。"（3：100）

　　每每读到这一段，我都感动不已，要知道《贺大哥》可是陈映真七年牢狱之灾归来后写作的第一篇小说，在小说中他借贺大哥之口说出了自己对"爱"的理解，譬如"不在你的爱受挫之后，冷淡了爱的能力"，再如，"即使以生命为代价，也要对一切人以无条件的信赖"，这不能不让人为之动容。一般人，遭受误解、冤屈、受辱之后，往往会产生对人性的质疑、对世间万物的不信任，而陈映真则恰恰相反，经历了诸多挫败和磨难后，反而升华了对爱的认识，并勇敢地呐喊出"让我们相信，让我们希望，让我们爱！"的心声。小说中，陈映真以贺大哥这样一位反暴政但又被暴政所伤害的受害者的真诚，重新建立了对人、对生活、对世界的信念。在一个抽象个人主义、价值冷感虚无、实践与价值脱钩、政治正确取代思想理论，以及所谓的历史终结论的今日世界中，陈映真透过他的书写救赎了他自己，同时也启发着我们——他对爱的理解重新激活了我们对"美丽""幸福"和"爱"这些差不多成为陈词滥调的汉语词汇的认识，使之充满希望，充满了鼓舞人们的心灵的新的含义。这些出自心灵的只言片语，满溢着真心和虔诚、期待和纯洁，满溢着天才般的感悟和洞察、深邃和启明，深刻地影响着"我"或者"我们"。

在"我"被催逼着回家度过余下的暑假期间，贺大哥因受刺激旧病复发住进了大学医院精神科。急切关爱贺大哥安危的"我"在读完他的精神报告，获知贺大哥的一切之后，对他的了解愈加完整了，整个人也为之彻底改变。在机场悄然目睹贺大哥离去后，"我"清楚地了悟了一件事：

> 对于我，贺大哥已经从这个世上消失了。从今以后，我必须离开贺大哥，一个人生活，就像蒲公英的种子离开了枯萎的花朵，乘风而去，飞向辽阔无垠的世界。（3：84）

小说结尾处，受贺大哥影响，思想逐渐成熟和自主起来的小曹，并未受国家安全人员威胁的影响，勇敢地挣脱富裕家庭的羁绊，毅然决意"找个英文家教，试试过自食其力的生活"。故事至此，贺大哥与基督的结合得以完成，他的自食其力、真挚博爱，乃至"牺牲"，恰恰成为"我"完成救赎的契机。

第四节 《万商帝君》：在行动中拥抱大地

陈映真小说中有关基督教的最后一篇小说，是创作于 1982 年的《万商帝君》。小说以一家大型跨国公司为背景，着重描写了一个名叫林德旺的青年在公司里所受的心理挤压，最终精神分裂，相信自己是"万商帝君"的化身的故事。该小说对基督教的叙述，多集中于英文名为 Rita 的基督徒女秘书身上，较之于公司里其他人的勾心斗角、激烈竞争，Rita 拥有健全的人性，懂得理解人、关怀人。小说对基督教探讨的更深刻之处在于对琼这一宗教人物的塑造，与多数教徒"温室"里的祈祷不同，琼勇敢地行走于不幸者之间，真正去践行耶稣的爱、望与信。琼这一形象，显然寄寓了陈映真对当前宗教现实的批判与期望。

一

> Rita 是业务部陈经理的秘书，但她和全公司的秘书不一样。她从来不打扮，从来不搔首弄姿，嗲声嗲气地说话。三十出头，人却都称她为"奥巴桑"。她为人谦和，工作努力，整天跟着几近于工作偏执狂的陈经理打转。可她再忙，总是不忘找机会把福音单张送给她觉得急需要送的人。（4：139）

故事伊始，在以行销为目的的台湾莫飞穆国际公司里担任"工作狂"陈家齐秘书的 Rita，把周遭的人看成潜在的信徒，锲而不舍地发放福音单张。小说中有这般描写：

> "带回去，要看哦！"Rita 说。
> "看。看的。"他说。
> "来做礼拜好吗？"
> "下一次吧，"他总是说，仰着头笑。"下一次吧。"他说，"Rita，全公司，数你最好了，我看。"
> 她微笑着，把眼睛收回打字机上。"全公司，数你最好了。"Rita 的耳中残留着林德旺无邪的声音。但是她知道，所谓最好，是面貌和身材平庸，不施脂粉，不穿花

哨、新潮的衣服。但是，感谢主，她想，上主给我这容
貌，除了上主，我还讨谁的喜爱呢？（4：212—213）

从上述中看出，Rita 的福音发放多半是一厢情愿，即使是"公
司里就数他最肯接她的福音单张"的林德旺也多半是礼貌性地收
下，把所有的福音单张都整齐地收在抽屉里，却从未试图去真正理
解福音的涵义，更遑论践行福音的召唤。

"凡劳苦背重担的人……"（《马太福音》11：28），是 Rita 散发
给她同事福音单张的标题。有一天，她发觉林德旺似乎特别心神不
宁。她不知道林德旺花费极大心血自主写的一份报告，被陈家齐怒
气冲冲地否定，并随手丢进字纸篓里。跟平日一样，她悄悄在公司
报表底下塞了一张单张，送给林德旺。这次林德旺居然揣摩起福音
书的涵义，却荒谬地把"凡劳苦背重担的人……"理解为孟子说的
"天将降大任于斯人也"的那种人，循此逻辑，把陈经理的呵斥和
责骂，理解为"必先劳其筋骨，苦其心志"，最终的目标却是得到
应有的报酬——公司经理的职位。实际上，他自以为是地认为不久
的将来必定志得意满，所以，他与 Rita 有下面的对话：

"还有，Rita，"他说："凡劳苦背重担的人……我要得
救了。"

"感谢主！"

Rita 的眼睛亮了起来。奇妙的救恩！她目送着林德旺
像个乖顺的小孩走出办公室。全办公室，大约只有 Rita 以
她的基督徒的慈爱和一颗慈母的心肠，不明所以，却确然
地感觉到林德旺内心深处隐藏着不可言说的悲伤、重压和
伤害——奇妙的救恩……（4：144）

显然，上面这段话充满讽刺和吊诡，宗教在现代或后现代社会

的地位可谓不尴不尬。然而小说中基督徒 Rita 是被描写成唯一把人当人看，能够进入他们心灵的人。她是唯一关心林德旺的人，在他病假期满没来上班时，她主动设法为他延长了病假，并写了一封慰问信。在接连三封信石沉大海之后，Rita 遂决定亲自去了解他的处境。与之相反，林德旺的上司陈家齐、布契曼先生等人则立刻将其抛在脑后，雇用别人。然而尽管敏锐地感觉到"林德旺内心深处隐藏着不可言说的悲伤、重压和伤害"，Rita 对林德旺的关心也仅止于问候和对话。诚如陈映真所说，在今日复杂的社会中，单靠热心，恐怕很难面对现代生活中复杂的难题，也不容易解答现代知识分子心灵中深而巨大的疑惑。

林德旺走后，"她想着，继又滴滴答答地打起字来。那声音，就好像夏天的骤雨，猛烈地打在旧时木头的屋檐上一般"（4：144）。这样疾风暴雨般的狂虐，恰也象征着林德旺精神的激荡不安。

无论如何，基督信仰的谦卑精神和关怀精神，在小说中也以 Rita 的形象得以呈现。较之于公司的其他人，她拒绝自我的孤傲，抵制像中了魔一样栖泊于黑夜中的只关注自我价值的目光把人变成自大狂和否定狂，使恭顺这一最温柔的剪影——神性至爱留在人心灵上的剪影永驻心中。

二

第五章，"善良的、虔诚的 Rita"做完礼拜，在信义路的教堂门口与牧师寒暄了几句道别后，骑着"小天使"机车去找寻林德旺，并开始倒叙 Rita 的皈依和日后保持信仰的过程。路上，Rita 回想起她和她的中学同学琼在台中沿街骑着单车去采访中学里基督教团契契友的事，并随之引出了引领她认识基督、亲近基督，后来却在进大学不久就脱离教会的密友琼的故事。

琼是 Rita 念中学时的室友和最好的朋友。不同于 Rita 的平凡，长相美丽的琼，因为内心的纯洁无瑕，散发着耀眼的光芒。

> ……她们跪在深夜的床边，向着那位在她们心中……
> 温柔、亲切的基督，切切地倾诉着她们共同的向慕。
> "主啊，哦，我主，求你让我更爱你……"她听见琼
> 殷切地说。那声音是那样的温柔，那样的婉转……"主哟，
> 求你使我的心灵和身躯，都像雪那么圣洁，"琼呢喃着说，
> "让我以清净的身心，跟随你。"（4：211）

琼在高中的青年团契中有着巨大的影响力。Rita 仍然记得琼拉着新契友的手，低声为坚固他们的信心而祷告的情景。

> 即使到现在，Rita 的祈祷中，不时地提起那美丽的、
> 温婉的琼。"主啊，她在哪里呢？"她会说："你说你不让
> 一个灵魂失丧。主哟，只要你肯，你会使你的女儿快快回
> 头。哦，主……"（4：212）

后来，这两个女孩上台北念了不同大学，却仍然有机会一同唱诗、读经、祈祷，这让 Rita 格外开心。她诚挚地热爱着琼，甚至将与琼的相遇看作是某种天意："上帝是为了有一个人去衷心地欣赏琼，而让她生下来的……以在主耶稣基督里面的姐妹深情……第一个去爱她。"然而，这样的琼，却在上大学后不久就发生了变化，一个多月不曾在教会和团契露面了。Rita 怀着忐忑不安的心情来到琼的住处，她流着泪恳求琼回去做礼拜，并提议她们一同祷告。不易落泪的 Rita，在泣不成声中好不容易做完了祷告。她事后回忆，明白那次"怕是向上主倾诉：教会里，团契中，少了琼，是多么的寂寞，多么的空虚"（4：216）。然而，Rita 的挽留和规劝，终未能动摇琼的决心，她决意改宗天主教。至于理由，小说中写道：

"不要为我担心。"琼安详地注视着她小心地把眼泪擦拭干净。上主一定不是要我们只做个什么事都不懂，只会问他要棒棒糖的那种乖宝宝，琼说，许多无神论者都视为滔天的罪行的，教会却噤默不语……琼悲戚的说："许多世上的苦难，是我们这儿的教会和信徒所完全不理解的。"（4：216）

由此，可以看出两个女孩在宗教信仰方面的不同，Rita 偏向于理论的教义，琼则主张实践。琼对台湾基督教的感受，未尝不是陈映真自己的感受。琼由中学时对基督虔诚的敬仰，到逐渐认识到教会漠视世人苦难的虚浮，从而在大学时改宗天主教的人生轨迹，也暗合陈映真本人的基督教信仰历程。这段书写，未尝不可以看作陈映真自己意识演变的写照。陈映真曾在采访中声明：

我之所以离开教会，原因其实是简单的，六○年代初开始读了三○年代文学及社会科学的作品，受到作品背后的哲学的影响，使思路和价值颠倒过来了。但最大的原因，还是在于我感觉到教会太出奇地漠视思想和学术、文化的重要。①

对台湾教会的问题，陈映真更进一步尖锐地指出：

许多牧师除了关心信徒聚会的人数、奉献金额的增减之外，便是忙着与教会中的有力人士周旋，不知不觉汲汲于经营自己的名望。不知不觉犯了骄慢、自私、夸己的罪。②

由此可知，陈映真离开教会的真正原因不仅是自己思想的"左

① 陈映真：《由"出走"谈起》，《陈映真作品集》第 6 卷，第 112 页。
② 陈映真：《由"出走"谈起》，《陈映真作品集》第 6 卷，第 113 页。

转",更重要的是对教会冷漠、不作为,以及汲汲于经营的不满。与此相对的,他欣赏奉行解放神学教义的天主教派,因为"(天主教)有不可忽视的文化和知性的力量。天主教文化有丰富的信仰生命,使他们能自由出入于'世俗'的文化与知识"[1]。因此,小说中不久之后作家极为欣赏的琼"改宗天主教"。琼需要极大的勇气、敏锐和思想见地,才能发现受体制优容、为体制而不是为真理服务的基督教会存在的奢慢、漠视等问题,并在逐渐腐化的体制内反省信仰本质的问题。可以说,琼在基督教里的反抗与断裂,是不得已的,是因为内在的一股圣召驱迫着她去做。对她来说,信仰不仅仅是思想上的认信,更是行动上的分担——"分担"上帝的苦弱。

> ……又不久,人说她立志要当修女。她毕业以后,又听说她开始了漫长的修女的修业课程,到罗马去了。进入莫飞穆国际公司的那一年,她收到琼从玻利维亚寄来的圣诞卡,从此全没了音讯,只剩下那天离开琼的住处时琼送给了她,而她却一直不曾读过的一本书:Church and Asian People。(4:216)

体悟了真正耶稣之爱的琼,决意用信靠、谦卑与行动反抗台湾教会的饱食、自满和傲慢,反抗现代教会生活中"廉价的恩典"。所谓"廉价的恩典"是指,上帝的恩典被仅仅当作一种教义和原则,人们以为只需在思想上承认这一教义,就可以释罪,甚至获得恩典。朋霍费尔曾尖锐地批判道:"廉价的恩典是不付出做门徒的代价的恩典,是没有十字架的恩典,是没有道成肉身的、永远活着的耶稣基督的恩典。"[2]在他看来,信仰绝不仅仅是在观念上认信

---

① 陈映真:《由"出走"谈起》,《陈映真作品集》第6卷,第113页。

② [德]朋霍费尔:《追随基督》,转引自刘小枫《走向十字架上的真》,华东师范大学出版社 2011 年,第 154 页。

十字架上的真理，更重要的是在行动上践行十字架的真理。朋霍费尔认为："如果信仰仅止于默思灵修，教会把自己与整个社会隔离，就是对基督的不虔和背离。"因此，他反对虔敬主义，反对基督信徒把自己封闭在一个与世隔绝的纯精神性的属灵生活中，只寻求内心安宁，不愿跟随基督分担上帝的苦弱的宗教趋向。他认为，基督徒的态度不是逃避现实，而是面对和在行动上进入现实。他主张：

> 我所说的"世俗方式"乃是指：直面人生，包括它的一切责任和困惑，它的一切成功与失败，它的一切经验和孤单。只有在这种人生中，我们才算整个投身于主的怀抱，分担上帝的苦弱，才算与橄榄山上的基督一起，共同承受此世的受苦，一起彻夜不眠地看护人世。这就是信仰，就是悔改，就是做人和做基督徒的意义。[①]

琼便是带着对困扰人类的不幸、不义和自由等问题的思索，勇敢地背负起社会和人的切实问题的重负，走向那些受压迫者、受剥削者、被凌辱者和遭蔑视的人。琼的这一行动与努力，恰如刘小枫所说，基督教的信、望、爱绝非遗弃大地，而是救护大地。[②] 因为真正的基督教信仰中，信、望和爱三位一体，绝不逃避罪恶、不义、苦难和死亡的现实，将自己置身于另一世界，而是参与实现充满爱、正义与和平的未来的努力，突破由不义、罪恶和死亡构筑的界线。

三

Rita 抵达林德旺居所后，呈现在眼前的是一个污秽的、拥挤的

---

① 〔德〕朋霍费尔：《狱中书简》，转引自刘小枫《走向十字架上的真》，华东师范大学出版社 2011 年，第 164 页。

② 刘小枫：《十字架上的未来是大地的希望》，《走向十字架上的真》，华东师范大学出版社 2011 年，第 490 页。

廉租共同住宅，这也证明了琼的看法：台湾教会闭眼不见某些社会的疾苦。Rita 对这贫穷的最初反应，是大吃一惊，竟然有林德旺这样的人，会住在"这样一个破旧、阴暗的地方"。

沿着破败的木梯登上四楼后，听着同一楼层女人介绍林德旺近来大声呓语着"马内夹"的怪异行径，Rita 简直不敢相信这个邻居所说的是那个每次接过她的单张，总会露出愉快笑容的同一个林德旺。不过，当她推开林德旺的房门，发现他在剪报的每一个 MANAGER 字的下面，都"画着一道至三道殷红的、血也似的粗线"（4：218），同时供奉着"万商帝君"的神坛，再也不怀疑他的精神出了状况。"神坛"的中央是一幅林德旺的画像，头顶绕着一个写着英文字母 MANAGER 的光环，而画像正下方写着"帝君太子林德旺绘像"。看到这一切，Rita 大为震撼，内心充满着悲楚，她低着头开始祈祷：

> "哦主，我的上主，哦，主哟……"她喃喃地说。她不知道要说什么，因为她完全无法理解那只凭着感觉去发现的，林德旺的整个悲苦的内涵。她的胸口被闷热的什么堵着。"哦，主哟，"她呻吟着不住地重复，"我的上主，慈悲的天父……"她想哭，让泪水洗净她的悒闷和酸楚，但她只觉得眼热，泪水却怎么也流不出来。"主啊，怜悯我们罢……"她哀求似地说。
>
> 她默默地坐在床沿。她听见婴儿在隔壁不知道为了什么，怨恨地哭着。她知道这是她少有的，没有交通，不蒙上主垂听的祈祷。必定有什么不对。她想，她忽然想起了琼的话——"许多世上的苦难，是我们这儿的教会和信徒所完全不理解的。"
>
> ……她的眼泪忽然挂下来了。
>
> "琼，你在哪里？"她喃喃地说着。几年来，她从

不曾像现在这样心痛地想念过琼。"琼……你，在哪里，呢？……"（4∶221—222）

这一刻，Rita 彻底理解了琼。Rita 如同大多数基督徒一般，以爱、正义、良善为生活的品质，盼望基督的重临和上帝之国的来临，敬仰上帝。然而，现实是，世间诸多的不幸者在恨、不义、邪恶和残忍的生活中挣扎着，基督教徒无法通过传单、布道这些浅尝辄止的努力，救护他们的心灵，提供他们可以遵循的真理、意义、价值、理想和规范。只有真正地同这些卑贱者、不幸者、被压迫者、被侮辱者一起承受含辛茹苦、步履艰辛的人生，才能真正实现与完成自己的基督信仰。

"许多世上的苦难，是我们这儿的教会和信徒所完全不理解的。"琼说过的话，Rait 在林德旺残破、拮据的住所目睹了他的癫狂后，终于彻底地理解并醒悟了。信仰上帝，不是像台湾的许多基督徒一样，那么无知、自足、物质化，有时甚至是轻慢的……事实上，很多时候，信仰是拼命的事，要被绑赴刑场，唱着诗歌被送进狮子口；信仰有不得已的时候，必须慷慨赴死。[①] 真实的基督信仰体现于，在无神性的地方活出神性，在没有爱的地方活出爱，在上帝不在场的地方，活出上帝的形象——基督。恰如法国基督思想作家薇依所认为的，基督教应成为生活本身，它不应与这个物质的、无神的世界隔绝开来，不应与无数不幸的不信的人分离开来：

> 我要到这些人中去，到各种不同的人的处境中去，同他们混在一起，涂上完全相同的颜色，消失在这些人之中，与他们一样，而且绝不乔扮自己。[②]

---

① 陈映真：《由"出走"谈起》，《陈映真作品集》第 6 卷，第 113 页。

② ［法］薇依：《期待上帝》，转引自刘小枫《走向十字架上的真》，华东师范大学出版社 2011 年，第 187 页。

第六章　对资本主义的反省与批判

第一节　写作"华盛顿大楼"系列的种种

巍峨、雄壮的"华盛顿大楼",这样呈现在陈映真笔下:

> 他抬头望去,一栋赭黄大理石板砌成的,壮硕、稳
> 重、踏实的大楼上,镶着一排厚实而典雅的英文字:
> WASHINGTON BUILDING
> ……
> 他一边望着雨中的华盛顿大楼,一边走着。走到华盛
> 顿大楼的正对面,他看见这分成四栋的十二层楼建筑,像
> 一座巨大的轮船,笃定、雄厚地停泊在他的对面。走廊的
> 柱子,是黑色的大理石片砌成的。在细雨的浇洗之下,整
> 栋大楼的大理石显得干净而明亮。无数的窗子,整齐、划
> 一地开向大街。有少数几扇窗子已经点着日光灯,透过轻
> 薄的纱帐,向大街透露出青色的灯光来。楼下的几个大
> 门,都用不同花式的铁栅锁着。铁栅上写着各行号商店的
> 名字,有餐厅、银行、轮船公司、建筑公司,还有一家西
> 服店……(4:40—41)

陈映真是较早对于战后资本主义跨国体制，以及台湾资本主义发展过程具有反省力与批判力的作家。1978 年，陈映真远行归来后，发表了小说《贺大哥》，除此之外，他陆续创作并发表了被称为"华盛顿大楼"系列的小说：《夜行货车》《上班族的一日》《云》和《万商帝君》。在华盛顿大楼的三层是《夜行货车》所描写的马拉穆国际公司下设的台湾马拉穆电子公司，九层是《上班族的一日》所描写的莫里逊台湾公司，七层是《万商帝君》里的台湾莫飞穆国际公司，《云》的故事则发生在五层的麦迪逊台湾公司里。1983 年 2 月，陈映真把上述四篇小说结集为作品集《云》出版。阅读陈映真"华盛顿大楼"系列的小说，忍不住想起周宪与许钧为《现代性研究译丛》所作《总序》里的一段话：

　　　　作为一个心理学范畴，现代性不仅是再现了一个客观的历史巨变，而且也是无数"必须绝对地现代"的男男女女对这一巨变的特定体验，这是一种对时间与空间、自我与他者、生活的可能性与危难的体验。恰如伯曼所言：成为现代就是发现我们自己身处这样的境况中，它允诺我们自己和这个世界去经历冒险、强大、欢乐、成长和变化，但同时又可能摧毁我们所拥有、所知道和所认识的一切。它把我们卷入这样一个巨大的漩涡之中，那儿有永恒的分裂和革新，抗争和矛盾，含混和痛楚。"成为现代就是成为这个世界的一部分，如马克思所说，在那里，'一切坚固的东西都烟消云散了'"。现代化把人变成为现代化的主体的同时，也在把他们变成现代化的对象。换言之，现代性赋予人们改变世界的力量的同时也在改变人自身。①

　　的确，现代化把人变成为现代化的主体的同时，也在把他们变

---

① 周宪、许钧主编"现代性研究译丛"之《总序》，商务印书馆。

成现代化的对象。陈映真笔下的"华盛顿大楼"系列的主人公们，就是一些被资本主义和现代化不自觉地改变了的男男女女。

"华盛顿大楼"系列的写作缘起

在一次访谈中，被问及写作"华盛顿大楼"的动机，陈映真认为：

> 对于亚洲人来说，在一个多国籍公司工作，是个极为特殊的体验。多国籍企业在亚洲的存在，不仅影响了这个地区的经济，也深刻影响着这个地区的社会。当外国人在这个地区投资的时候，他们所带来的是一整套价值、经济和文化的观点。许多亚洲优秀的青年被组织到这些国际经济，也深刻地影响着这个地区的社会。当外国人在这个地区工作时，直接与伦敦、纽约、东京联络的满足感和兴奋感，给予他们一种成就之乐。这些青年人如果生在别的国家，可能会去参与政治。但第三世界的政治空气使得青年人在政治上找出路这件事成为困难而不便的选择。但是，当这些外国企业为当地较具进取心的青年提供出路时，它们同时也成为灭绝当地文化的威胁。①

陈映真之所以关注跨国公司这一主题，一是关注跨国公司的人，尤其是跨国公司对当地年轻人的影响；二是关注跨国公司对当地传统文明与价值的影响。同时，他还强调较之古典殖民主义"有一张较易辨认的嘴脸"，跨国公司的这些影响"已经不是做为强权的压迫"，而是通过"行销"，使"人民心甘情愿地舍弃他们原有的

---

① 琳达·杰文：《论强权、人民和轻重》，《陈映真作品集》第 6 卷，第 4 页。

生活方式——以及价值体系——来获取商品"。① 在另一次访谈中，陈映真就上述论点展开叙述，他指出：

> 为了销售其产品于世界市场，它发展和运用现代空前强力的大众传播技术知识、广告技术和知识、行为科学、心理学，组织成空前强大的行销活动，创造和操纵人的消费欲望，并且在这种美的操纵中，利用、改造、破坏各市场国家和民族原有的文化特性和价值体系，深刻地影响到人的生活。
>
> ……跨国企业和强权政治间错综复杂的相互依存关系，深刻影响弱小国家的命运……在国际性利润贪欲下，跨国企业向落后国家的生态环境、医药法律、农业用药法规……挑战。它并且以"现代化""进步""富裕""消费主义""国际主义"向弱小国家的自尊心、民族主义、传统节制的、尊敬自然的哲学挑战。②

况且，跨国公司这些巨大而深刻的影响，"并不是以利炮坚船加在弱小国家的头上。它是以甜美的方式——'进步''舒适''丰富''享乐'……这些麻醉人的心灵的消费主义，加在我们的生活和文化上，需要一点批判的知识，才能透视它的真相"。遗憾的是，"台湾知识、文化界的一般，似乎对之浑然不觉"。正是由于这种种原因，跨国经济的问题引起了陈映真的注意与关切，"写自己所注意关切的问题，对于作家，怕是极为平常之事"③。

---

① 琳达·杰文：《论强权、人民和轻重》，《陈映真作品集》第 6 卷，第 4—5 页。

② 李瀛：《写作是一个思想批判和自我检讨的过程——访陈映真》，《陈映真作品集》第 6 卷，第 13 页。

③ 李瀛：《写作是一个思想批判和自我检讨的过程——访陈映真》，《陈映真作品集》第 6 卷，第 13—14 页。

对跨国公司这一主题，陈映真不但有理性的观察与思考，还有实际生活的体验。1965 年 7 月，他曾就职于美商辉瑞药厂；1975 年 11 月，又在美商温莎药厂任职。这两家药厂均为跨国性制药公司。这两次工作经历，使得陈映真对这种国际性公司有着深刻的了解与体验。他说：

> 我置身其中，具体"生活"地感受到跨国资本和商品对于各市场国家民族的人、文化和价值的深刻的影响。精英们甜美的梦想，逐渐成了我的噩梦。于是，在台湾，早在牵强附会、半生不熟、从西方学院转贩而来的"后殖民论"尚未为人所知的六十年代末以至七十年代中后期，台湾外国机关（黄春明）和跨国公司的生活（陈映真、王祯和）成了作家关注、批判的题材。如果说批评跨国资本主义而谓作品缺少生活，还应该具体作品具体分析。但对我而言，台湾思想学术界全面西化、亲美、反共的六十年代末以迄八十年代初，台湾几位作家在文化帝国主义、新殖民主义问题上，以敏锐的批判眼光、生动的艺术性留下来的作品——除了我的作品外，都是重要而优秀的收获。[①]

正因为有跨国公司的实际生活经验为基础，陈映真对于"现代企业下人的异化之本质的探索，以及凝视耸然傲岸的华盛顿大楼、对于人性尊严的维护、对于日渐崩解的固有文化的关切"[②]，在当时的台湾文学中成为比较特殊、醒目的存在。

---

① 赵遐秋、曾庆瑞、张爱琪：《步履未倦夸轻翩——与当代著名作家陈映真对话》，《文艺报》1999 年 1 月 7 日。

② 李瀛：《写作是一个思想批判和自我检讨的过程——访陈映真》，《陈映真作品集》第 6 卷，第 12 页。

"现代企业行为下的人"

陈映真所关注的"华盛顿大楼"在讽刺跨国资本主义的强权嘴脸、速写台湾新兴中产阶级的物化及虚矫等方面都有独到之处。他聚焦于旧政治殖民主义后的文化、经济等新殖民暗潮，还有全球化趋势下的资本帝国主义竞争。在"华盛顿大楼"系列中陈映真以一种第三世界的立场，对当代新帝国主义与新殖民主义借助的"跨国公司"这一体制，进行了梳理与批判。正如赵刚所说：

> 既是"新殖民地"，那就表示华洋关系中存在着某种形式的"主奴关系"。不论"华盛顿大楼"看上去多么的文明亮丽，它必然是架构在一种根深蒂固的种族优越感与自卑感的对照之上，对被殖民者造成了巨大的心灵扭曲与伤痛。因此，"华盛顿大楼"系列所铺陈的"新殖民地"状况里的"不平等"，并不只是一种普世论的阶级关系可以完全说明的，因为这种"阶级关系"要同时透过"种族""文明""宗教""强势语言"……等因素的中介进行再生产。①

自二十世纪六十年代中期以来，台湾逐渐被吸纳进"大美国秩序"（Pax Americana），普通民众对这个霸权秩序的强势感觉比较迟钝，反而以融入为荣耀，对进不去的人如《万商帝君》中的林德旺，则表现出极大的鄙视。这是从《夜行货车》到《万商帝君》重复出现的主旋律。因此，王德威在评价陈映真的"华盛顿大楼"系列写作时说："他与彼时兴起的台湾本土自决运动，显得格格不入；另一方面，相较90年代学界流行的后殖民论述，他反倒开风气之先了。"②

---

① 赵刚：《战斗与导引：〈夜行货车〉论》，《中国现代文学研究丛刊》2017年第6期。
② 王德威：《如此繁华》，上海书店出版社2006年，第293页。

在《云》的自序《企业下人的异化》一文里，陈映真阐述了"华盛顿大楼"小说的主题。他认为，"企业为了有效达成它惟一的目的，即利润的增大与成长，展开精心组织过、计划过的行为。这些行为，以甜美、诱人的方式，深入而广泛地影响着人和他的物质生活和精神生活"，而"分析和批判这影响的工作，属于政治经济学范畴。文学不应，也不能负起这个工作任务"。[①] 所以——

> "华盛顿大楼"系列作品，主要和基本地，不在于对企业和它的行为做出分析和批判。文学和艺术，比什么都更以人作为中心与焦点。现代企业行为下的人，成为"华盛顿大楼"系列的关心的主题。
>
> 作家首要的功课，是自觉地透过勤勉的学习与思想，穿透层层欺罔的烟幕，争取理解人和他的处境；理解生活和它的真实；理解企业下人的异化的本质。[②]

显然，跟同时代的台湾作家相比，陈映真更强调传统文化和现代化之间的矛盾，更关注台湾经济资本主义遮掩下的文化冲突和人性矛盾，以及台湾经济繁荣的光鲜外表下人的疏离与不安。

以小说《云》为例阐释。

陈映真在《后街》中曾提及《云》的写作缘起，他写道：

> 1979年10月3日早晨，他突然遭到调查局以"涉嫌叛乱，拘捕防逃"的拘捕令逮捕。三十六小时之后，他奇迹一般地获得保释。他被前来具保的妻带回到被恣意搜查得凌乱不堪的书房，在地板的一隅，他捡起了一本他为《夏潮》工作时的采访笔记。笔记上竟记载一个被压杀的

---

① 陈映真：《企业下人的异化》，《陈映真作品集》第9卷，第29页。
② 同上。

工会运动的始末。虎口归来，读着数年前的采访笔记，不禁眼热。他突然悟解，当他生活在随时可能被逮捕的日月中，写作竟是惟一的抵抗和自卫。他把采访笔记的材料小说化，就是八〇年发表的《云》。[①]

《云》有三层结构，层层分明，又汇合在一起表达了一个总的主题。《云》的第一层结构，从张维杰招聘朱丽娟为秘书，开办小公司说起。第二层结构倒叙，讲张维杰回忆在跨国公司组织工会的情景。第三层是装配女工文秀英（小文）以日记方式，既追忆了自己的出身、家境，又实写了参加工会改革斗争的心路历程。这三层结构组成一体，既有张维杰的视点，又有文秀英的视点，这不同的视角又共同表现了工人阶级与跨国公司的矛盾，揭露了外国老板的虚伪与残忍，同时，也展现了工人们觉悟后的风采。[②]

小说伊始，台湾麦迪逊仪器公司的新进职员张维杰，奉总经理艾森斯坦之命，前往中坜的工厂协助设立一个"真正属于工人的工会"（4：5）。张维杰深受艾森斯坦"新的、开明的、'跨国性的自由论'"的影响，产生了脱胎换骨的变化，对"艾森斯坦先生所代表的美国麦迪逊公司，以及美国麦迪逊公司的这一切成为可能的美国自身，发生了深切的敬畏和崇拜的心"，"对艾森斯坦先生建立了无法取代的尊敬和忠诚"（4：42—43）。在艾森斯坦所谓"将是我复兴美国理想于全球的骨干"的殷切厚望中，张维杰信心满满地奔赴"重组工会"的第一线。"重组工会"的计划，虽然得到赵公子等女工的热烈响应与支持，就连老成持重、富有经验的何大姐也加入这一行动中。然而，却受到"保守派"既得利益者宋老板一伙的竭力反对和攻击，张维杰越挫越勇，为能被"这年轻、英伟而经

---

① 陈映真：《后街》。

② 赵遐秋：《生命的思索与呐喊：陈映真的小说气象》，作家出版社 2006 年，第 245 页。

纶满腹的上司当做贴心的人"（4：77）而深感荣幸，他勉励何大姐们"为了艾森斯坦先生，请大家一定要努力，把新工会组织起来"（4：95）。张维杰自忖："曾经为了别人的苦乐、别人的轻重而生活的自己，变成了只顾自己的，生活的奴隶，大约就在那时开始，也说不定。"（4：36）

到了工会选举的当天，宋老板指使"工仔虫"张海清等人发挥流氓本性，千方百计阻挠工人们参与选举——何大姐一大早被人以母亲病重为由骗回老家，张维杰被禁锢在楼上的厂长办公室，这种情形下，赵公子与小文等人都坚持着，等待说好了九点钟会来投票现场的总经理艾森斯坦。孰料，艾森斯坦始终没露面。工人们最终散去，张维杰也失望而归。

选举失败后，张维杰认识到总经理艾森斯坦的虚伪与欺骗——在艾森斯坦的指令下，他与女工们费尽心力推进的工会重组，投票受挫后，艾森斯坦不是坚持初心，与张维杰及女工们继续并肩作战，反以一句"企业的安全和权益，重于人权上的考虑"（4：119）轻描淡写地了结，为此觉得"恶心至极"（4：120）的张维杰，以辞职表示抗议。当时，小文关于白云的一番寓意深刻的话，并没有触及张维杰的灵魂，他也没有深刻地自我反省，只把自己也当作了受害人之一。小文说：

> "实在说，我方才一直在看着那些白云。看着他们那么快乐、那么和平、那么友爱地，一起在天上慢慢地漂流、互相轻轻地挽着、抱着。想着如果他们俯视着地上的我们，多么难为情。"她说。（4：117）

天上的白云，尚且能够那么快乐、和平、友爱地相互挽着、抱着，人间的人为什么做不到呢？这是小说题为《云》的旨意。当时的张维杰却兀自沉浸在自信心受挫的打击中，把小文说的"云"看作了天空中游移的云。如今，时过境迁，读罢小文的日记，再回味反思离开麦迪逊后的生活，他突然意识到：

> 自以为很辛苦地工作着的这两年来的生活，其实是懒惰的生活。只让这个迅速转动的逐利的世界撞打、撕裂、铿锵，而懒于认真寻求自己的生活……（4：122）

念及此，他不仅立即给日本客户回信，严厉斥责对方"有意利用强势商业地位，压低代理人应得利益之不当"（4：122），并写信给秘书朱丽娟"倘若你今晚有空，我想请你到台北吃饭"，为自己这两年来只是"把她当作效率很高的打字、打杂的机器"（4：123）而摇头喟叹。无疑，在这里，张维杰的人性在回归，表现出浓浓的人文情意和人道关怀。

另一条线索写小文。小文刚出场时，是一个没有社会经验的畏怯、质朴的女孩子，她认为"工会的事，那么困难，我也不会。专心努力锻炼写作，才是我的本分"（4：23）。在何大姐等人的感召与帮助下，小文逐渐成长起来，有了新的人生感悟与触动。在日记里，她写道："我知道了在芸芸众多的工人间，有何大姐和阿钦这样，以木讷的正直和并不喧嚷的正义及勇气，自己吃亏，受辱，却永远勤勉而积极生活着的人。……坚决相信人应该互相友好、诚实地生活，吃了许多苦头而不后悔的何大姐她们，是多么的了不起。"（4：73—74）与何大姐她们一起工作、并肩战斗的日子，改变了小文的人生观与价值观，她明确了生活的真谛："为他人而生活的人，才是真正为着自己而生活的人。"（4：74）

在选举新工会失败的那一天，当工友们开始缓缓地、不情愿的走回装配线大楼时，小文大声地呼唤工友们，她脱下黄色的工作帽，高高地举了起来：

忽然间，几百只蓝色、白色、黄色，分别标志着不同劳动部门的帽子，纷纷地、静静地举起，在厂房、在宿舍二楼、在装配部楼顶、在电脑部的骑楼上纷纷地举起，并且，在不知不觉间，轻轻地摇动着，仿佛一阵急雨之后，在荒芜不育的沙漠上，突然怒开了起来的瑰丽的花朵，在风中摇曳。（4：114）

小文这"在被侮辱、被欺骗、被伤害之后的觉醒"[1]，读来的确让人感动。小说结尾处，写了张维杰的真正觉醒。张维杰"如今，在读过这三本小文的日记之后，却无端地听见他那原已仿佛枯萎了的心的孱弱的呻吟了"（4：121）。那"枯萎了的心"就是爱心和同理心，就是关爱他人与理解他人之心。正如詹宏志所评价："《云》……呈现了几个台湾社会的经济事实，并深入地批评了资本主义经济制度的本质，以及其与人性尊严的冲突。着墨虽然从容淡雅，批判的气力却泉涌而出。"[2]

如何评论"华盛顿大楼"系列的概念化写作

陈映真"华盛顿大楼"系列的书写颇为引人注目，尤其是他对跨国企业体制下人的异化、传统文明和价值的沦丧等主题的揭示发人深思，詹宏志甚至赞誉"复出的陈映真，是在文学上深刻反省台湾资本主义化之下，社会制度与人性冲突的第一人"[3]。然而也有些学者认为，陈映真有公式化、概念化倾向，太为思想服务。以《万商帝君》为例，据陈映真说："一般反应，似乎认为故事太为思想服务，枯燥无味。说起来，这是我才华不足，不能像卓别林、布莱

---

[1] 姚一苇：《〈陈映真作品集〉总序》，《陈映真作品集》第 1 卷，第 15 页。

[2] 詹宏志：《尊严与资本机器的抗争》，《陈映真作品集》第 14 卷，第 88—89 页。

[3] 詹宏志：《尊严与资本机器的抗争》，《陈映真作品集》第 14 卷，第 87 页。

希特、萧伯纳那样，使思想的宣传充满着艺术的芬芳。"[①] 那我们该怎样评判陈映真"华盛顿大楼"系列的写作呢？

首先，我认为这与陈映真的写作哲学有关。在一次访谈中，陈映真谈到不同作家有不同的写作哲学，他说：

> 写作也是这样：有些人写作以我为中心，写我的感情、思想，写我的喜怒哀乐，可以不照顾到现实，他们认为照顾到现实就不是文学，文学艺术应该追求纯粹的东西，追求那种美的、善的东西。可能有另外一种写作的哲学，认为文学艺术只是一种手段，用这种手段让自己跟读者或者观众能够更加理解生活、历史、社会的本质，理解了这些本质，最主要的还是要去理解这些本质里所透露出来的，生活里面的或者社会历史当中存在的矛盾，并且想办法去克服这些矛盾，让人能够生活在更美好的环境和世界里。[②]

陈映真坦言，他选择了第二种，并把这样的选择看作是一种非常重要的哲学式的选择。在彦火的访谈录《陈映真的自剖和反省》里，陈映真曾经明确地说：

> 我想我是属于"概念先行"一类型的作家，这在我出狱以后更明显，我对文学的哲学观点，是言之有物，倒不是有否载道的问题，我这一做法不一定对——有些人反对这样的做法。但这是我的想法，对不对是我的事情。特别是我出狱以后，理性的成分比较高。[③]

---

① 李瀛：《写作是一个思想批判和自我检讨的过程——访陈映真》，《陈映真作品集》第 6 卷，第 14 页。

② 周泉泉整理：《"有一种需要去爱别人"——与陈映真对话》，《书人访谈录》，中央电视台《读书时间》供稿，第 97 页。

③ 彦火：《陈映真的自剖和反省》，《陈映真作品集》第 6 卷，第 81 页。

上述观点在韦名的访谈录《陈映真的自白——文学思想及政治观》中也得到印证，陈映真说：

> 我说过，写作，对于我，是自我批评和批评的过程。这就一定是"概念先行"了。"概念先行"，对某些人而言，其实就是"技术犯规"，尤其是犯了他们的"规"。（笑）[1]

之所以有这样的写作哲学，因为陈映真一向认为："对于我，写什么远比怎么写重要得多。……在一定的历史时代的一定社会中生活的作家，到底说了什么——关于人与人的关系，人与世界的关系，人与天的关系这些问题，那个作家想了什么，说了什么，这才是艺术的中心课题。"[2] 他以杨逵的创作经验为例加以说明。他说"杨逵等先行一代作家之动人"，在于他们写作技巧与思想内容的完美结合，在于他们的写作技巧有深厚的文化底蕴，尤其是"杨逵的批判力思想力，以及批判思想背后巨大的人间性和人间爱"。[3] 基于上述写作哲学，陈映真创作了"华盛顿大楼"系列。然而，自我表述是一回事，他人的阅读体验是另一回事。下面，以《万商帝君》为例，谈谈我自己的阅读体会。

第一次阅读《万商帝君》时，确实有"概念先行"的感觉，尤其是文章第六节"彼得·杜拉卡"，几乎通篇是与行销有关的商业知识，读来感觉单调。然而，再读几遍后，方品出小说的滋味，并体会到作家的良苦用心。作为一个成熟的、有着丰富写作经验的作家，不得不说陈映真对小说的布局和剪裁，把握得很到位。以"彼得·杜拉卡"一节为例，尽管国际会议每天的会议主题与主讲内容

---

[1] 韦名：《陈映真的自白——文学思想及政治观》，《陈映真作品集》第6卷，第41页。

[2] 李瀛：《写作是一个思想批判和自我检讨的过程——访陈映真》，《陈映真作品集》第6卷，第14—15页。

[3] 李瀛：《写作是一个思想批判和自我检讨的过程——访陈映真》，《陈映真作品集》第6卷，第15页。

小说中均有涉及，但多为一笔带过，只有涉及小说创作主旨的关键环节才展开详细描述。譬如讲述"行销工作的外在环境"时，引用Blackwell教授的话，意在强调较之对美、日等发达国家消费者的尊重，跨国公司对相关法律欠缺的东亚、东南亚等第三世界地区的消费者则可以肆意作为。强调Blackwell教授的"交叉文化"概念，意在说明刘福金思想意识的转变，这一"振聋发聩"之课，让刘福金茅塞顿开，主动放弃"台独"理念，以具备国际心胸和视野为荣耀。与之相类，叙述宫泽"世界管理者"的理念，意在指出陈家齐的变化，受"世界管理者"的启发，他提出了"国际的行销人"概念，从而"使他从传统和家庭而来的民族国家信念中，逐渐得到解放"。而Alpert教授关于"用我们多国籍企业高度的行销技巧，多样、迷人的商品""反攻大陆"的高谈阔论，更是写出了陈映真内心对"红色中国"被资本主义的糖衣炮弹同化并最终消失的无尽担忧。

因此，尽管陈映真的确属于"概念先行"类型的作家，但是细心品咂、体味他的小说就会有不同于第一印象的微妙而丰富的感受和认知。这让我想到了李欧梵对他小说艺术的评价，他说：

> 陈映真作品中的典型长句子，是一种充满了"异国情调"的激情式的文体，而这种文体却不断地受着另一种严谨的"现实"模仿式的文体所限制；倒过来看，我们也可以说陈映真的写实文体仅是一个荒芜的河床，而在这河床深处所流动的却是另一种"非写实"或超现实的意象激流。这两种文体的交错，使得陈映真作品中的叙事架构出现种种回旋，并不依着单一的时间直线进行，因此，陈映真的作品并不完全在说故事或塑造人物，而是在说故事的过程中处处"自省"故事的意涵；在描述人物的同时也为这些人物反思、请愿或赎罪。简单地说：这决不是普通一般的

写实主义的叙述语言，而是一种颇为独特的知识性语言。[①]

显然，恰如陈映真所说，对于一位作家来说，"出手就有技巧"，"出手就自动地思考表现技巧的问题"，那本身是一种境界。技巧，对于一个作家，尤其是陈映真这样老练的作家来说，是一种"最起码的要求"[②]。正是在这个意义上，特别引用蒋勋对"华盛顿大楼"系列的评价作为本节的结束语。他说：

> 陈映真停笔七八年之久，他近期的作品，如《夜行货车》《华盛顿大楼》系列等几篇，对于目前经济体制，人类生产关系的分析，局面之辽阔，恐怕中国近代新文学作品中无出其右，虽然我觉得在结构上，应该发展成长篇，来容纳这样大的历史主题，用作中篇、短篇，稍嫌局碍，但是，这已不影响陈先生已经具备了一个真正伟大的作家的格局了。
>
> 即使在最近的作品中，对经济体制的分析，人类生产关系的近乎论文式的深刻探讨，都没有使陈映真的小说变得僵硬、教条或空洞可厌，我想，根本的理想主义的色彩，根本上简单的爱人之心，实在是不可忽视的大背景。[③]

第二节 《夜行货车》："企业下人的异化"

《夜行货车》讲述的是在一家称为马拉穆的跨国公司的职员刘

---

① 李欧梵：《小序〈论陈映真卷〉》，《陈映真作品集》第 14 卷，第 20 页。
② 李瀛：《写作是一个思想批判和自我检讨的过程——访陈映真》，《陈映真作品集》第 6 卷，第 15—16 页。
③ 尉天骢、李欧梵、蒋勋等：《三十年代的承传者——谈陈映真的小说》，《陈映真作品集》第 5 卷，第 188 页。

小玲，与财务经理林荣平、同事詹奕宏之间的情感纠葛，尤其是当刘小玲遭受美国上司摩根索的无礼轻薄时，他们的不同反应，及呈现出的不同人格状态。正如赵刚所说，《夜行货车》并不只是所谓的对"跨国公司"的批判而已，它更是说了台湾作为美国的一个"新殖民地"的故事。[①] 陈映真所关注的是在跨国公司这一"新殖民地"场域里透过人际关系所折射出的复杂人性。

林荣平：长尾雉的标本

林荣平，英文名简称 JP，1940 年生，三十八岁，"是一个结实的，南台湾乡下农家的孩子。然而，在他稀疏的眉宇之间，常常渗透着某种轻轻的忧悒"（3：130）。林荣平是《夜行货车》着力刻画的人物之一，陈映真对于堕落后林荣平的自私、胆怯和懦弱，挖掘得深入细致，语句间虽不乏讥讽，却也以同情之笔，写到他的伤痛、犹疑和自责。

小说伊始，为迎接下周马拉穆国际公司太平洋区财务总裁的来台察看，林荣平跟着美国上司摩根索先生在公司天天加班。在焦灼得"和东京玩政治"（3：131）之余，摩根索"在紧张中仍不失他那代表动物一般的精力的恶戏：和女职员做即兴式的调笑；说肮脏的笑话；破口开骂，然后用他的大手拍拍挨骂的中国经理的肩膀：'OK，Frank，不要让我们的讨论影响了你中午的食欲。'然后哗哗大笑"（3：130）。摩根索在公司视若无人的轻松自如、放肆无礼，与林荣平等人的压抑谨慎、小心翼翼形成了鲜明的对比。

当着林荣平的面，摩根索公然称林的秘书兼情人刘小玲为"小母马儿"（3：131）。面对这一明显带有侮辱性的称呼，林却只能佯装充耳不闻，继续讨论着工作。然而从这个时候开始，"林荣平忽然感到不由自主的嗒然"（3：131）。继而摩根索一句"好好休

① 　赵刚：《战斗与导引：〈夜行货车〉论》，《中国现代文学研究丛刊》2017 年第 6 期。

息"的关照，立马"使林荣平对于自己的莫名的嗒然，有些羞耻起来"（3：132）。这一微妙的心理变化，被陈映真刻画得细致入微。离开办公楼不多久，"那嗒然之感，竟逐渐转变为一种沉滞的忧悒"（3：132），伴随着他去赶赴与刘小玲的约会。一路上，林荣平的情绪兀自芜杂地矛盾着：既为公司新配给他的福特"跑天下"洋洋自得，边开车边漫然地想"同样是新车子，福特开起来就是跟裕隆不一样"（3：133）；然则"摩根索先生那放胆的、恶作剧的笑脸，总是不放过任何一个思绪的空间，在他的视野的上端浮现"（3：133），他试图摆脱而不得。终于，JP还是忆起自己一直试图逃避的白日里关于摩根索调戏刘小玲的种种情境，备觉羞耻与不堪。

刘小玲愤怒地向他哭诉摩根索如何油腔滑调地恭维着她漂亮，并忽然抱住她，企图侵犯她，被她义正辞严地竭力挣脱……刘小玲愤怒地谩骂着摩根索"猪"，并怒斥"公司里的男人，没有一个不是奴才坯子"（3：135）。一边是引他为心腹知己、赐他荣华富贵的上司，一边是他名义上的秘书、私下与他亲昵两年的情人，林荣平闻听此事后，呈现出了千转百回的心绪变化，陈映真对此雕琢之精妙，让人不禁拍案叫绝。小说写道：

　　他面露怒容。他感到一股暧昧得很的怒气，使他的握着烟斗的手，轻轻地颤动起来。然而，那毕竟不是居家的时候，对妻儿的那种恣纵的、无忌惮的、有威权的怒气。一个引他为心腹知己的，昵称他 old boy 的美国老板；自己"青云直上"的际遇；几百万美元在他的手上流转；自己所设计的，被太平洋总部特别表扬而在整个亚太地区的马拉穆分公司中广为推行的两种财务报表格式；在花园高级社区新置的六十四坪洋房……在这一切玫瑰色的天地中，刘小玲，他的两年来秘密的情妇，受人调戏，坐在他的面前。他的怒气，于是竟不顾着他的受到羞辱和威胁的雄性的自尊心，径自迅速地柔软下来，仿佛流在沙漠上的水流，无可如何地、无助地泄失在傲慢的沙地中。这才真正地使他对自己感到因羞耻而来的愤懑。（3：137）

林荣平初闻此事从痛感"雄性的自尊心"受到"羞辱和威胁"的恼火，到关于前途富贵左思右想的"理性"衡量，再到愤怒的消退，最后只剩下"对自己感到因羞耻而来的愤懑"。最终他"因着恼怒、懦弱和强自倨慢的情绪而扭曲着的"脸上，"逐渐地浮起苦疼的温柔"（3：137）。最终，他以谈"情敌"詹奕宏的事为托辞，安抚刘小玲下班后去"小热海"等他。这厢刚安顿好刘小玲，那厢摩根索又在追问："Linda（刘的英文名）真的没有跟你说什么吗？"（3：133）林荣平一口咬定自己对此一无所知：

> 他仿佛可以看见自己平静得了无破绽的表情。摩根索先生狡黠地、好奇地望着他。"Linda什么都没有说，J.P.？真的吗？真有趣，J.P.。"摩根索先生放胆地、恶作剧地笑着说。
> "告诉我什么？"他说。尽管连自己也诧异着，但他很清楚自己一脸毫不知情的样子，是那么样地无懈可击，"她告诉我什么？告诉我你要升我的薪水啊？"
> 他说。他们大声地、美国式地笑了起来。（3：133）

林荣平不是没有耻感，他为自己一副毫不知情的样子感到羞耻。然而他却未能"知耻而后勇"，反而不知不觉间堕落为"洋奴才"而不可自拔。陈映真曾以殖民主义作为一般，日本殖民台湾作为特定，指出在殖民体制下，"土著知识菁英有三条路"：一、"彻底同化而背弃同胞，憎恶自己的民族，对殖民者百般输诚诏笑"；二、反抗者——这不需多做解释；三、占大多数的"逡巡于同化与抵抗之间，对殖民者面从腹背，在现实生活上委曲求全，但在内心隐密的角落暗藏抵抗"。[①] 虽然这是以旧殖民统治为背景设想的分类，但是小说中新殖民情境下的林荣平可以说是第三种人无疑。《夜行货车》以他与刘小玲的情感纠葛为镜子，折射出新旧殖民交叉影响下林荣平的真实面目：表面看似光鲜亮丽，有着外人艳羡的成就、地位、财富和享受，然而内在却是扭曲、懦弱与无能的，为了保有这一切不惜以牺牲尊严为代价。

小说中写道：林荣平升上财务经理前的去年冬天，告诉她说他不能离婚（3：140）。足见，在此之前，刘小玲一直以为林荣平对她的情感是真挚的，尽管屡屡觉察出"那于他尤烈的男人在爱情上的自私心"（3：150），她还是怀抱着他们必会走进婚姻殿堂的美好憧憬与他隐秘地交往着，显然林荣平给过她离婚的暗示。然而，为着顺利晋升财务经理，尽管也自疚、烦躁，但林荣平绝口不再提离婚的事。满腔悲愤的刘小玲为此跟他争吵过、哭闹过、威胁过……都无济于事，她最终放弃了挣扎，将投靠美国的姨妈作为出路。刘小玲一针见血地指出他们情感受阻的症结：

"从前，你说社会，你的孩子，你的家族……其实还有一件是你没说的：你在公司新得的地位，"她以并不伤人的调侃笑了起来，"你说，这些那些，使你无法跟你太太离婚，跟我结婚。其实，你很清楚，这全不是理由。"

"我不是不愿意承认，"他苦痛地说，"感情的事，不那么简单。你明知道的。"

"J.P.，我不是在跟你争执，"她看着他忧苦的脸说，"或者，就这么说：你以你的方式爱我。不打破你的家庭；

① 陈映真：《七〇年代黄春明小说中的新殖民主义批判意识——以〈莎哟娜啦·再见〉〈小寡妇〉〈我爱玛莉〉为中心》，《左翼传统的复归：乡土文学论战三十年》，人间出版社 2008 年，第 126 页。

不跟我结婚；在我这儿找感情的寄托；而且也不霸着我不放。我呢？我怎么办？好，你说过，我什么时候找到人，什么时候要走，你不拦着我。"（3：143）

为着财务经理的地位，林荣平一面不破坏自己的家庭，另一面又卑鄙地在刘小玲这里寻求情感的寄托，对刘小玲或其妻而言，这都是不公平且不尊重的。他又提出，刘小玲找到合适的人时，可一走了之，这对具有强烈独占性与排他性的爱情来说，是多么荒谬又伤人的提议。他热烈地爱着刘小玲，可为了保持自己的地位与财富，他甘愿委曲求全。对此，他心知肚明，却又无可奈何。当刘小玲故作轻松地与之周旋到最后，情感实在绷不住而出声哭泣时，他将她拥在怀里，"他真切地感到自己实在是爱着这个女人的。只是他的地位、他的事业、他的自私使他懦弱，使他虚伪，使他成为一个柔软的人罢了"（3：146—147）。

这个"柔软的人"，在对上司卑躬屈膝的奉承讨好里，一次次压抑着自己雄性的本性与欲望，只把这欲望化作了往上攀升的工作付出，久而久之，林荣平逐渐失去了爱的欲望与能力。即使对待爱情，他也如对待业务般经营，把刘小玲当作一件事物去"安排"，认真思忖着把她推卸给詹奕宏。将自己心爱的女人拱手相让，该是多么让人痛心的事，他却理智地筹划着，并安慰刘小玲"事情总该可以安排的"，对此，刘小玲感到某种爱情和同情混合起来的酸楚（3：150）。对于林荣平这种外表光鲜、内里荏弱的人格状态，小说中写道：

他们走下阳台，在柜台边看见小热海出了名的摆设：一只日本长尾雉的标本，栖息在曲劲有致的木架上。长约六公尺的美丽的尾羽，即使在日光灯下，还发出美艳、高贵的色泽。（3：147）

这长尾雉的标本尽管在日光灯下"发出美艳、高贵的色泽"，然则却是没有生命热力的，是华丽死亡的象征。而这，岂不像极了华盛顿大楼里道貌岸然的林荣平们？他们追求名利的人生看起来华丽多彩，实在内里已干枯殆尽，既不能勇敢地恨，也无法真正地爱。

黄静雄：林荣平的前传抑或后续

在小说《夜行货车》中，没有片言只语提及林荣平是如何"堕落"的，而《上班族的一日》里的主人公黄静雄恰好可以看作林荣平的前传，从有理想的贫寒子弟，在跨国公司里一步步地堕落，终至无可自拔，失去了护卫尊严与爱的能力。陈映真对黄静雄的人格转变有一段精彩的概述：

> 在那个时候，他有过憧憬，有过一颗在地平线上不住地向着他闪烁的星星；也有过强烈的爱欲。而曾几何时，他成了副经理室闭了又开、开了又闭的那扇贴着柚木皮的、窄小的、欺罔的门的下贱的奴隶。他成了由充满了贪欲的杨伯良所导演的丑陋而腐败的戏曲中的，小小的角色。（3：221）

这又何尝不是林荣平的转折遭际呢？小说中，拍纪录影片和Rose分别是黄静雄理想与爱欲的象征，这两者皆在他嗜欲日重的华盛顿大楼生活里渐行渐远了。

在大学"影像社"里，黄静雄是个没有摄影机的拍片迷，"在那些孤单的、几乎绝望地渴想着自己有一架摄影机的贫困的夜归的时光，使他立定要以单车为主题，拍一部纪录影片的志向"（3：196）。然而，生活的拮据使他没有额外的心力去实现这一愿望。五年前，入驻华盛顿大楼并逐渐成为杨伯良的心腹后，为着有更多的时间和心思继续大学时代没有拍完的那部纪录片，他开始热心地想望副经理的位置。微妙的是，随着时间的推移，黄静雄"纪录摄影家"的规划渐渐地荒腔走板了。

昨天当得知被杨伯良数次暗示承诺了属于自己的副经理职位再次有了新的任命时，黄静雄感到"无由自主的羞耻、愤怒和挫伤"（3：191），意兴阑珊的他愤而辞职。毕业十年来，他过着千篇一律的上下班的生活，"把生命最集中的焦点，最具创意的心力，都用在办公室里的各项工作上"（3：195），直到昨夜，他才又想起整整搁置了四年许的毛片、摄影机，并决意重新捡拾他的"电影艺术"梦想。

"辞职"清闲的一日，在陈映真细腻的刻画里，我们委实感受到理想与现实的巨大差距，或者说反差。杨伯良一大早的电话，使黄静雄今早把封存着的摄影机取出来擦拭的想法松懈了下来，他"无端感到不能言说的、凄楚的空虚"（3：198）。他漫不经心地翻读那些大学时代耽读、并据以做梦的影视论书籍，却"感到惊慌、生疏，甚至于忿怒了"。离开了华盛顿大楼，离开了终日繁忙的工作，黄静雄没有重获自由与新生的喜悦，反而"感到仿佛被整个世界所抛弃了的孤单"（3：199）。陈映真在小说中借黄静雄的思绪和意识反思现代工作的体制、规约对"上班族"的异化：

> 这一整个世界，似乎早已绵密地组织到一个他无从理解的巨大、强力的机械里，从而随着它分秒不停地、不假辞色地转动。一大早，无数的人们骑摩托车、挤公交车、走路……赶着到这个大机器中找到自己的一个小小的位置。八小时、十小时以后，又复精疲力竭地回到那个叫做"家"的，像这时他身处其中的，荒唐、陌生而又安静的地方……（3：199）

这是多么无声却又可怕的变异。按部就班的朝九晚五让人们习以为常，成为"上班族"，尤其是华盛顿大楼里作为跨国企业一分子的"上班族"更是荣耀得很，即使"辞职"了，黄静雄也心安理得地享受着朋友和餐厅服务员对他或者说对他所处的"美国公司"的恭维。那些为着梦想，随性自由打拼的生活，反而成为大家眼中的异类。尽管"纪录摄影家"的梦想一直勉力潜伏在黄静雄的内心，作为他的精神支撑之一，但从他上午对摄影机和影视书的态度里，我们毫不费力地便能推测出，没有了彼时的心境、志向、意愿和动力，没有了专业知识的累积和情感的积淀，他所竭力维护着的摄影梦早已离题万里、渐至风干了。

中午，为了逃避这"令人惶恐、孤单和叫人陌生地安静的家"（3：215），更因为在电话中的虚与委蛇的表态，终于让多疑的杨伯良不再起疑心，他才"差不多有了真正度假的心情"，他决意去西餐厅吃饭，而计程车上的冷气，"逐渐又使他自在起来"（3：201）。用餐时，因为服务员浑圆的脸，微噘的、厚实的嘴唇，让他想起了久违的情人Rose。

调任信用组主任后，在第一次上沙龙时结识了风尘女子Rose。因为与Rose"心中唯一的男子"，"那终生不能忘怀的老师"有着"六七分像"（3：214），Rose几次在宿醉醒后打电话给他。经过一段时间的矜持后，Rose迅速地滑入他的生活里。"他于是从一个谨慎的、谦卑的、挤公共汽车的职员，变成比较狡猾、世故、以计程车代步——而终于有了情妇的小主管。"（3：206）半年后，Rose同一个美军人员一起离开了台湾。刚开始"爱欲和妒恨苦苦地煎熬着"黄静雄，他不可自抑地"发疯似地想念她"（3：206），然而"他的棘心、他的沮丧，并没有继续多久"（3：207），因为不久他被意外擢升为离会计部副经理一步之遥的表报组主任，他一步深似一步地看见了"企业的既深又广的腐败面"（3：212），且"在和

Bertland 杨紧紧地挂钩的日子里，把她完完全全地忘了"（3：211）。黄静雄也终而彻底成为 Rose 信中所指斥的"不敢爱，爱起来条件又多"的中国男人。黄静雄对待理想与爱情的走向，恰恰印证了马歇尔·伯曼对资本主义的论证，他说：

> 资本主义的麻烦在于，它到处摧毁了自己创造出来的人的各种可能性。它培育了，其实是强制了，每个人的自我发展；但人们却只能有局限地扭曲地发展自己。那些能够在市场上运用的品格、冲动和才能，（常常是过早地）被匆忙地纳入发展的轨道，并且被疯狂地压榨干净；而我们身上其余的没有市场价值的一切，则受到了无情的压抑，或由于缺乏运用而衰亡，或根本没有出生的机会。[①]

晚上在看过了自己曾经拍摄的纪录片，回顾了年轻时成为"中国未来的伟大纪录电影家"（3：218）的宏伟志向后，黄静雄忍不住反省并诘问："为什么那时候的生活里，充满了另外一种力量？"（3：218）一直到上床时，他的心都"怀着一份久已生疏的悔恨和心灵的疼痛，以及这悔恨和疼痛所带来的某种新生的决心"（3：221）。他憧憬着没有杨伯良、荣将军，没有腐败的阴谋，没有对于副经理的贪欲的截然不同的生活。然而，就在这时杨伯良的电话再次响起，告诉他原定的副经理人选因故不能赴任，也就是说副经理的座位再一次空缺了，那差点擦肩而过的副经理职位再一次近在咫尺了。听闻此消息的黄静雄，毫不犹豫地大声回答："我明天去看看！"（3：221）那曾经的理想和爱欲，再次统统被隔绝在华盛顿大楼豪华办公室的门外了。

[①] ［美］马歇尔·伯曼：《一切坚固的东西都烟消云散了：现代性体验》，徐大建、张辑译，商务印书馆 2013 年，第 124 页。

刘小玲：荒芜的白色沙漠

《夜行货车》中的外省人刘小玲，同为跨国公司的职员，她比林荣平要勇敢得多——面对摩根索的无礼骚扰，她愤而反抗，即使揶揄，她也优雅地回应。在马拉穆这一"新殖民地"场域里，她敢爱敢恨，最大限度地保持了个人的尊严和气节，却也有自己难言的心结：为什么她能爱、要爱，却只能无助地等待另一个分别（3：146）?

大学一毕业，为了"报复"母亲，她草草嫁给了一个长她十岁的老光棍，不久又离婚。"离了婚以后，她进入马拉穆，过着从一个男人流浪到另一个男人的寂寞的生活。"（3：160）直到两年前，成为林荣平的情人后，她安定下来并再次憧憬婚姻。孰料，林荣平出尔反尔，明确表示不会再离婚，深陷绝望与悲苦的刘小玲，诱惑了詹奕宏：

> 那时节，她正好和 J.P. 天天吵闹，情绪坏到逾此一步就要自毁毁人的时候。单纯地自为了以新的激情减缓另一个失望的激情的苦痛，她自暴自弃地以少妇的蛊媚，轻易地诱惑了他。然则又初不料她竟然会绝望地爱上了这个不驯又复不快乐的年轻的男人。（3：144）

原本与詹奕宏的逢场作戏，只是为了寻求刺激，找一个情感的宣泄口而已，因此，当刘小玲"发觉自己已经那么不可救药地爱着詹的时候，她是酸楚的"（3：146）。之所以"酸楚"，并不是詹奕宏不爱她，而是"他是个善妒的，甚至狂妒的男人。多少次，他为他风闻的她的过去的事激烈地争吵"（3：164）。尤其当他得知她和林荣平间的事后，他尖利地叫喊着："不要想赖上我，我可不是垃圾桶。别人丢的，我来拣!"（3：146）在一次刘小玲精心为他准备的生日晚宴上，酒醉的詹又一次陷入歇斯底里的痛苦状态：

> "你怀不怀，当然，不干我事，"他的脸灰白得像一张久
> 置的旧纸。他疯狂地叫喊，"你的裤带，就不能束紧一点！"
>
> 他的话，像一束利刃，猛然地铤进她的胸膛。她因羞
> 怒而涨红了脸，眼泪如倾倒一般流泻下来。
>
> "你，这样地欺骗我！"他说。
>
> 他猛一个翻身，一个沉重的巴掌掴在她的脸上。当他
> 向她掼去第二个巴掌的时候，她以连自己都不自觉的快速，
> 霍然站起，手中握住削水梨的锋利的水果刀。(3：164—
> 165)

詹奕宏看见那个一向任其詈骂甚至殴打的刘小玲，手握利刃，
肃然地站在他的面前。以"母性最原始的勇敢"(3：166)护佑着
肚子里的孩子，她庄严地宣告："我的身上，有你的孩子……"

> "我不让一块随便的血肉，留在我的身上长大。"她无
> 意识地用手掠了掠头发："我怀着这块血肉，因为，"她的
> 声音微微的颤抖："因为，我爱你……"(3：166)

尽管曾经过着从一个男人流浪到另一个男人的寂寞生活，刘小
玲却不是一个随便的女人，她断然拒绝上司的调戏，更不会随意为
一个男人怀孕生子。她是个自尊、自爱的女人，虽然真心爱着詹奕
宏，并甘愿为其生儿育女，却不将这作为要挟的筹码：

> "不过，你放心好了，"她咽了一口气，清晰地说：
> "我刘小玲，决不会赖上你，要你娶我。我说过：孩子，
> 我自己生，自己养大。我们母子会走得远远的。"(3：166)

刘小玲、詹奕宏两个相爱相杀的人，恶性循环般地陷入争吵、和好，复争吵、复和好的僵局，终于在一次激烈的争吵后，两人和平地分手了，刘小玲决意远赴美国投奔姨妈。

在公司为其举行的送别宴会上，业余生态学研究者达斯曼先生绘声绘色地描述着沙漠博物馆，他告诉刘小玲，"沙漠是一个充满生命和生机的地方"（3：177）。这让刘小玲惊讶不已，因为她长年梦境里感受到的沙漠是荒芜的、了无生息的。

> "就是那种白色。一眼望过去，苍苍茫茫，看不见边际的白色而且干干净净的沙子。"她说。
>
> "总有几棵仙人掌什么的。"他调侃地说。
>
> 她摇摇头。
>
> "或者几个野牛的头骷髅。"
>
> 她又肃穆地摇着头。
>
> 她说第一次有这样的梦，是在中学的时代。那寂静的、白色的、无边的沙的世界，使她害怕。每次从沙漠的梦中醒来，她总要孤单地哭泣。有时甚至必须把被角塞进自己的嘴里，才不致哭出声音来。
>
> "后来，我大了，大约习以为常了罢，"她说，"我逐渐能够在梦里凝视那一片广袤的沙子。"她便是这样地对实体的沙漠发生了兴味。（3：179—180）

这段对话，发生在刘小玲跟随詹奕宏乘坐夜车回到他南部的故乡路上，可知"沙漠"意象与故乡、身份的认同有关。对于刘小玲来说，"沙漠是一种符号、一种象征，指向了刘小玲的某种深层的难以言说的恐惧、焦虑或虚空"[1]，是一种没有故乡的、失去源头

---

[1] 赵刚：《战斗与导引：〈夜行货车〉论》，《中国现代文学研究丛刊》2017 年第 6 期。

活水的深度枯竭状态。要理解刘小玲从青春期以来就受困于这一噩梦，回顾她的家庭与成长背景，我们只能从刘小玲的父亲那儿获得一些线索。

刘父是一个"曾经活跃在民国三十年代的华北的过气政客"（3：151），人称"刘局长"。来台后，却诸事不问，不修边幅，成了一个出世的散客。生意逐渐做大且日益丰艳起来的母亲劝他出去周旋应酬，他予以回绝："二十岁从日本学兵回来，什么我没抓过，什么我没见过？"由是，在家里父亲越发成了"一个破旧的、多余的人"（3：152）。在刘小玲自幼的记忆里：

> 周妈口中的那个"一次枪毙十个把人，眼皮不眨一下"的、剽悍的、青壮时代的父亲，她从没见过。她看见的，却只是一个邋遢的、懦弱的、一任妻子嘲骂和背叛的老人。（3：153）

然而，在颓废自弃的父亲与年轻能干的母亲之间，刘小玲选择了认同父亲。来台后闲散出世的刘父靠什么支撑着度过冗长无味的岁月呢？刘父无意于东山再起，也不计较妻子的嘲讽与背叛，他终年一袭长袍，"时而弄弄老庄，时而写写字，又时而练练拳，写一些易经和针灸学的关系之类的文章，在同乡会的刊物上发表"（3：152）。刘父就这样在"中国传统文化"的庇荫下苟全性命、了此余生。中国传统文化是否庇护或救赎了刘父呢？未必。诚如赵刚所分析：

> 这个"传统中国文化"就不再是一个人（更别说一个群）得以安身立命的基础，反而象是一根救命稻草，维系住一个沦落之人的仅存的一点点存在感与自尊。更确切地说，在刘父这样一个反共的失意的流离的政客的夕阳人生中，"中国文化"变成了一种极其遥远的乡愁，一种逃

避现实的寄托。这个"中国文化"让他在想象中和"古典中国"产生了关联，却脱离了"现实中国"——这是一种"没有中国的中国文化"，没有现在、没有未来，只有一个和现在与现实既无法也不欲产生关连的凝固的、静止的"过去"。因此，这个"中国文化"是一个死境，没有动态升级，没有源与流的水脉交通，也无法生长任何生命。而这正是认同了父亲的刘小玲梦境中的"沙漠"意象。[①]

在这样"去中国化"语境下成长起来的刘小玲，无疑会不时地陷入一种被动的、无根的焦虑与寂寞的状态。

詹奕宏：驶向南方故乡的夜行货车

詹奕宏在小说中甫一出场就是个"粗鲁、傲慢，满肚子并不为什么地愤世嫉俗"（3：144）之人。在跨国体制下，他算是一个不同于林荣平奴才式认同西方的"异类"——他敢爱敢恨，在与刘小玲的情感纠葛中绝不虚与委蛇、敷衍应酬，因为真心爱着她，才深陷于嫉妒她过去的梦魇里；他不装腔作势，更不高高在上，有着朴素的人道主义情感，与门房守卫老张一起喝酒、做朋友，并为他打抱不平。

小说中，詹奕宏与林荣平形成鲜明的对比，陈映真在很多细节上都做了暗示。在刘小玲眼中，詹的"腰板最能显示他的年轻。J.P. 的腰，早已松垮下来了"（3：156）。这可以说是对 JP 在洋人面前不能挺起腰板做人的赤裸裸的嘲讽。晚宴上，林荣平眼看着"曾是自己的情妇的女人，受到西方老板的轻薄，却要几乎反射性地对这个老板佯装不知，佯装自己和那女人之间什么也没有"（3：175）。

---

① 赵刚：《战斗与导引：〈夜行货车〉论》，《中国现代文学研究丛刊》2017 年第 6 期。

詹奕宏却不堪其辱，愤怒地拍案而起：

> "先生们，你们最好当心点你们说的话。"
> 他说。他的脸色苍白，并且急速地气喘着……
> "我以辞职表示我的抗议，摩根索先生，"詹奕宏说。
> 他的脸苦痛地曲扭着，"可是，摩根索先生，你欠下我一
> 个郑重的道歉……
> "James……"林荣平小声说。
> "像一个来自伟大的民主共和国的公民那样地道歉。"
> 詹奕宏说。
> "怎么回事，J.P.？"摩根索先生嗳嚅地说。
> "James……"林荣平说。
> 詹奕宏猛然转向林荣平，脸上挂着一个悲苦的、痛楚
> 的笑。
> "J.P.，"他改用台语说，"在蕃仔面前我们不要吵架，"
> 他勉强地扮着笑脸，努力用平和的语调说，"你，我不知
> 道。我，可是再也不要龟龟缩缩地过日子！"
> 他于是头也不回地大踏步走出餐室。（3：182—183）

紧跟着，本来已分手并决意去美国的刘小玲追了出来，两人再
度和解并相爱，詹奕宏把那一枚景泰蓝戒指套在了她的右手上，请
求她放弃出国，"跟我回乡下去"（3：184）。刘小玲流着难以抑制
的泪水，忙不迭地点头答应着。詹奕宏的思绪里出现了这一意象：
"黑色的、强大的、长长的夜行货车。轰隆隆地开向南方的他的故
乡的货车。"（3：185）

熟悉陈映真小说的人，对于这种过于戏剧性的浪漫结局，会感
到意外和惊讶，因为"这与他的文学向来底蕴的思想性与现实性颇

不相传"①。这一结局让人颇感突兀的缘由大致有二：其一，詹奕宏缺少主体觉悟的变化过程；其二，鲁迅的经典之问：娜拉走后怎么办？尤其是从城市回归乡村，这对年轻人如何求生立足呢？本节试着对此解答。

对于第一个问题，小说中其实有所暗示与铺垫的，詹奕宏素来是桀骜不驯的男子。如同刘小玲一般，詹奕宏这一性格的养成，与他的家庭、他的父亲息息相关。詹父是"二二八"事件的受害者，对国民党与外省人充满怨恨，并且以自己毕生的失败奴役着詹奕宏，驱逐着他要出人头地。詹奕宏不满父亲的奴役与压抑，却又找不到路径抗拒这压力，这是他成为"愤青"的根本原因。他曾向刘小玲袒露内心的愤懑：

> "从小到大，我在贫穷和不满中，默默地长大。"他说。他的小而饱满的脸，因多量的酒而愈益苍白起来，"家庭的贫穷、父亲的失意，简直就是绳索、就是鞭子，逼迫着我'读书上进'。让我觉得，以家境论，以父亲的失意，我本早就没有求学的机会的，"他说，"而我得以一级一级地受教育，读完大学，又读完硕士。"他面有怒色，"却从来没有人问过我，我自己想要什么，想干什么……"他砰砰地捶着胸脯说。（3：158）

家中的生活阴悒窒闷：从小到大，他惯常听见父亲以那快速的话锋抱怨校长，抱怨训导，抱怨将近三十年前导致他破产的金融波动，抱怨政治，抱怨天气，抱怨"外省人"（3：158）……母亲则像蹩脚的、生产力很低的机器一般地工作：帮佣、洗衣服、带小孩（3：159）……在这种情状下长大的詹奕宏，不得不朝着父亲所期盼的"成功"之路上走，然而他的内心却愤懑不平，觉得失去了自

---

① 赵刚：《战斗与导引：〈夜行货车〉论》，《中国现代文学研究丛刊》2017年第6期。

我："从来没有人问过我，我自己想要什么，想干什么……"成为众人所仰慕的跨国公司的成员之一，未必是他所心仪的，因此刘小玲发现"看来疲倦，却显得舒坦、祥和的这样的他的脸，即使是她，也不曾见过的"（3：184）。可知，詹奕宏在马拉穆公司的生活是龟缩的、压抑的、愤懑的，其离职虽显突兀，却也在意料之中。

再来看第二个问题。老实说，这个问题我思索过很久，却总也没有合适的答案，直到拜读了赵刚的相关见解，才豁然洞开。因为既衷心服膺于赵刚的见解，自身又无更好的解读，因此以下的解析均引自赵刚的观点，特此说明，并予以致谢。①

除却回到南方乡下，詹奕宏这样走在十字路口上的具有高度政治倾向的青年，能够让他们的苦闷找到真正的历史与社会的根源，从而有不同的政治路径选择吗？在七十年代的台湾，詹奕宏似乎没有其他更好的选择。因为在冷战与内战的双战结构，特别是五十年代的白色恐怖所造成的"左眼的消失"的历史背景下，台湾没有了支撑这样一种反美、反帝、反殖的第三世界的反抗的论述与环境。正是在这种情形下，陈映真才在"台独"浪潮大起之前用心良苦地塑造了"詹奕宏"这一典型，意图为潜在的"台独"青年"打预防针"，引导他们走向一个超越狭隘本土意识，具有某种第三世界观与朴素人道主义的政治方向。

然而《夜行货车》还是被"本土派""台独派"人士按照他们自己的意思，把"乡土"换为"本土"，把"南方"改为"南部"，把反美/反帝改换成反国民党，并为本省男青年成功地"收编了"外省女性而暗爽。这里就涉及小说最关键部分的诠释了："黑色的、强大的、长长的夜行货车。轰隆隆地开向南方的他的故乡的货车。"（3：185）

"南方、货车、夜行，与故乡"，按照赵刚的考证，均具有多

---

① 以下解读的观点均引自赵刚《战斗与导引：〈夜行货车〉论》，《中国现代文学研究丛刊》2017 年第 6 期。

重含义。具体如下：首先是"南方"。在此，陈映真非常谨慎地用"南方"而不用"南部"。因为"南部"是地理名词，而"南方"则可以且经常是政治概念。"南方"就是第三世界，在诠释学意义里至少有三层含义：一、在全球范围内被发达北方国家宰制的第三世界南方国家；二、类比于文化或文明意义上的相对于西方的"东方"；三、相对于日本殖民时期的"南北"地位对照，南方是被日本殖民、被"进"的对象。① 其次，"故乡"与"货车"。"故乡"早已不是那个田园诗的故乡了，而是一个已经被近一二十年来的大规模资本主义发展所吸纳所整编的所在了。而"货车"，尤其是载满了（半边陲）资本主义生产所需的资材、半成品，或生产出来的商品，而非乘客或游子的"火车"，核心地展现了这样的一种正向广大农村蔓延的"非人的"资本主义化。最后，是关于"夜行"的理解，因为这个"黑色的、强大的、长长的"货车，虽然其行进是如此之"轰隆隆"，但整个岛屿似乎报以麻木之沉默。陈映真太息于一个世代的现代化知识分子对这个"巨变"（the great transformation）的麻木无感。陈映真是如此地戒慎恐惧于资本主义所具有的那被人们"视为当然"的霸权力量。由是，赵刚得出如下结论：

> 因此，詹奕宏不是被右翼的"族群的本土""田园的故乡"，甚或"农村与农民的认同"所召唤，以他就是他的主体状态，回到故乡，而是要以一种重新改造的自我，回归那正在快速破碎并失根的南方故乡，且就在那儿战斗。因此，"黑色的、强大的、长长的夜行货车"所象征的并非光明的本土的亲密召唤，而是一个已经发生或即将到来的"黑暗"的暗喻。

---

① 陈映真：《七〇年代黄春明小说中的新殖民主义批判意识——以〈莎哟娜啦·再见〉〈小寡妇〉〈我爱玛莉〉为中心》，《左翼传统的复归：乡土文学论战三十年》，人间出版社 2008 年，第 138 页。

......

> 而陈映真对詹奕宏的最深的鼓励是：你要找到你的故乡，但"故乡"不是田园，也不是南部，也不一定是祖坟之所在。故乡展现于当你对那要蒸发、消灭你的故乡的巨大非人力量进行抵抗之时。"故乡"显然不仅仅是一个地方（place），而是与这个地方结合起来的一种危机的时空意识与一种行动实践。[1]

正是基于出生于五十年代的本省青年詹奕宏这样的一种中产阶级身份，且有着其父是"二二八"事件的受害者，对国民党与外省人充满怨恨的成长背景，陈映真以敏其感、同其情的心思塑造了"詹奕宏"这一人物典型，希冀他能以"一种重新改造的自我"伫立在台湾本土，对资本主义的霸权入侵予以顽强的抵抗与战斗。只是时序推移，陈映真着力塑造的反美反帝并有第三世界视野的"詹奕宏"形象，在台湾亲美反共的主流大潮中，几近消失。然则，陈映真经营"詹奕宏"，可谓用心良苦。

第三节 《万商帝君》："跨国公司的必然性格"

陈映真在一次访谈中曾坦言，《万商帝君》是"比较深入探讨跨国企业下的文化、民族认同、人间疏隔这些问题"[2]。《万商帝君》的故事发生在台湾莫飞穆国际公司，由三条线索交错互补，发展而成，以此塑造了"跨国公司的必然性格"[3]。第一条线索，讲述的是公司管理层外省经理陈家齐与本省经理刘福金的由冲突到"和

---

① 赵刚：《战斗与导引：〈夜行货车〉论》，《中国现代文学研究丛刊》2017 年第 6 期。

② 李瀛：《写作是一个思想批判和自我检讨的过程——访陈映真》，《陈映真作品集》第 6 卷，第 14 页。

③ 同上。

解"故事——为争夺在公司的地位与话语权，两个在国家、民族、政治社会等观念上有着巨大分歧从而陷入矛盾龃龉的跨国公司职业人，最终透过对跨国资本主义体制的完全臣服握手言和，达成"和解"。第二条线索，叙述的是林德旺的故事，与第一条线索交错进行——身处公司底层的普通职员林德旺由于无法融入跨国公司所象征的"大美国秩序"，而陷入自卑自哀自怨，终至自弃的疯狂状态。第三条线索，通过 Rita 的故事，意在展现基督教对现代人精神救赎的无能为力，并由琼的出走来探索现代社会更有效的宗教救赎方式。因为在《十字架下的哀泣》一章第四节专文讨论了第三条线索，本节着重探讨前两条线索。

"三 C 派"与"管理教授派"的正面交锋

陈家齐，台湾 F 大学化工系毕业，赴美国读了三年书后，遵父命，回台报效国家。在莫飞穆做了五年的业务部经理，有着丰富的市场实战经验，业务成绩显著，如果不出所料，他会名正言顺、水到渠成地坐上企划部经理的宝座。不料，美国波士顿总公司在当年 3 月下达了一个指示，要加强各分公司人员干部的品质管理，"尽量以受过各项专业教育的人为今后各分公司人事资格的首要考虑"，"尤其是企管硕士（MBA）的需要性，更为紧迫"（4：127）。于是乎，半路杀出个程咬金，具有土产企管硕士学历，并曾在一家著名的美国药厂做过三年企划部副经理的刘福金在公开征选中脱颖而出，成为企划部经理。这无疑给了陈家齐"一记意外而且沉闷的打击"（4：128）。然而，老到沉稳的陈家齐却沉得住气，不露声色。他依旧每天刻苦勤勉地在办公室忙碌着。

刘福金走马上任后，陈家齐很是不屑于他"一副没下过市场，光会念书、考试的嫩模样"（4：129），因为刘福金的英文名字是 King H.K.Lau，上海籍的陈家齐听刘福金名字的台湾话读起来酷似

H.K. 便为他取了"香港"的外号，并敏锐地发觉了他的"台独"倾向。小说主要通过刘福金主讲管理训练课和关于小型铁板烤炉的营销业务会两件事，表现陈家齐和刘福金之间的勾心斗角、省籍矛盾，及政治观点的分歧等。

刘福金在台湾莫飞穆主讲的管理训练课，是波士顿的总公司有计划、有预谋的"整训我们在全世界二十四个国家驻在八十二个分支机构中的中级以上管理干部"大型活动的组成部分，目的是将全球各地跨国公司职员的思想统一于跨国资本主义体制的理念下，从而成为超越国籍、民族、种族、意识形态、政治观点等种种限制的"世界的管理者"（Global Manager）。对此，总经理哈瑞·布契曼在开场讲话中开宗明义，直言不讳。

他首先阐明了跨国公司的性质。"像莫飞穆国际公司这样一个多国籍企业，是人类有史以来，头一次有能力借着现代组织、科技、资金和理念把这人类所居的地球，当做一个整体，加以管理、经营，并且卓然有成的机构。"（4：133—134）其营销的特点在于"借重全球性现代传播科技的发展，使我们不但能够对新的顾客卖老产品——例如把过时、过样的车子和电化产品，卖给第三世界；也能对老顾客卖新东西，例如把最新研究发展的昂贵结晶，卖到第一世界"（4：134）。为了达到营销的目的，则要讲究管理技术、知识与策略，因为"我们卖的不只是各种产品。更重要的，我们卖的是一种理念、一种文化。进步的、合理的、舒适的、享受人生的理念和文化！"最后宣布："莫飞穆国际公司的全球性管理训练会议，已经决定在台湾举行！"（4：134）顿时，掌声雷动，身处第三世界的经理们在亢奋中无条件地接受了这套"改头换面"了的剥削理论。自此，以"世界的管理者"自诩的兴奋和严肃的责任感及自我期许，逐渐弥漫在公司的每一个经理室中。

刘福金主讲的课程，不过是具体地阐释哈瑞·布契曼的上述观点。一个多月的训练会议结束后，刘福金在公司管理者同僚中，很快地建立了一定的威信，并且赢得了"管理教授"的美誉。由此，台湾莫飞穆国际公司的管理层，微妙地形成了两派：以"管理教授"刘福金为中心的少壮一派，多是三十五岁以下的年轻经理和主任，被称为"管理教授派"；另外，则是以陈家齐为首，从实务体验来的公司资深经理为中心的"三C派"。陈家齐与刘福金的矛盾也隐约地半公开化了。

此外，陈家齐最早警觉到刘福金的"危险思想"。公司里风传刘福金宣称"台湾人不是中国人，而是山地人和荷兰人的混血人种"，理由是台湾人经过几百年的变迁，已形成了一个新的民族，台湾有独立的台湾话、独特的文化和社会，并认为党外运动就是"台湾人"寻求新的"自我认同"的运动，美国人特别疼"台湾人"等（4：147—148）。

上海籍的陈家齐是一个"在台湾越来越少的传统中国家庭长大的孩子"（4：148），从小在退役将军父亲的耳提面命下，立志"报效国家"。因此刘福金的"台湾人不是中国人"论，"很深地激荡了他深在的宗教情感和爱国忠党的心怀"（4：149）。作为曾经留美时"反共同盟"的中坚分子的陈家齐，在政治上比刘福金老到得多。他知道，在台湾妄论政治是一件危险的事。因此，"他依旧沉静、劳苦地工作，依旧绝口不谈政治"（4：149）。陈家齐小心、谨慎地避免同"可以预测的刘福金的破灭"扯上任何关系，以免影响他在台湾莫飞穆的工作，因为：

> 对他，在台湾莫飞穆国际公司的工作，早已不只是金钱和地位的获得，而是对工作和成就——从台湾伸向以全球为舞台的工作和成就——的嗜狂。他是绝不让任何事物、任何人破坏他与台湾莫飞穆国际公司肉血相联的关系的。（4：150—151）

陈家齐笃定地工作着，他以具体的业务成绩向着"管理教授"的权威形成逼人的包围态势。直到两个阵垒在一个关于小型铁板烤炉的营销业务会议上开了火。

台湾莫飞穆第一次计划从意大利进口一种牌名叫 Rolanto 的小型铁板烤炉，准备在台湾开拓市场。刘福金雄心万丈，想把 Rolanto 销到"台湾广泛的城市和乡村的每一个角落"（4：152）。他做出预判的依据，主要有二：一是台湾社会已进入了"大众消费时代"；二是在 Marketing 时代，消费的需要"是可以创造、可以操纵、可以管理（manage）的"，因此企业要迅速、广泛地把产品推销出去，必须"有计划、有组织、有行动地'开发'人对商品的欲望"（4：155）。正是基于"创造欲望"这一哲学，刘福金开展了把 Rolanto 向"广大的台湾农村"推广的计划。他说：

> 在当前，台湾有一场乡土文学论战，乡土成了最流行的时髦语：文学家写乡土，画家画的是乡土，摄影家拍摄的也是乡土。但是，So far，还没有人把商品和乡土联系起来，Rolanto 就是这个产品！（4：156）

接着，会议室放映了刘福金他们制作的有关在台湾农村推销铁板烤炉的广告。他声称这次广告是一个实例，用来说明"如何使整套 marketing 计划，具体化为一种可以感染和传播的意念，达到'改变意识、创造欲求'的目的"。在刘福金看来，他这种"行销取向"营销观念与营销手段，已稳稳地打败了陈家齐那种过时了的"销售取向"。

然而，陈家齐显然有备而来，做好了反击的准备。他先是充分肯定了刘福金前面所讲的营销观念，因为这等于变相地称赞了总经理布契曼的思想。针对刘福金的产品创造需求理论，他不乏揶揄地说：

"一般地说来，我同意 H.K. 关于透过 marketing plan 为我们自己口袋中的产品创造需求的理论……而且，为了达到这个目的——为了将我们的 Rolanto 打进每一个台湾农村中的每一个家庭,H.K. 把他所最珍贵的东西：例如'乡土文学'；例如他的台湾情感，也拿出来交换……一个优秀的 Marketing Man，应该学会不惜以任何东西，包括他自己的宗教，去换取消费者对产品的认识、意识、兴趣、需要，以及，先生们，最终掏出钱来，完成购买的行动。And H.K.is that marketing man." 他说，"刘福金就是这样的企划人才。"（4：162）

　　小说中，陈家齐对刘福金等"台独"之流，精致、准确地嘲笑与攻击，何尝不是现实中陈映真的真实心理呢？《万商帝君》作为陈映真"后乡土文学论战"时期的一篇作品，他对"台独派"再也没有了《夜行货车》中的谆谆诱导和殷殷希望，而是毫不留情地予以抨击。这也反映了陈映真等这些八十年代初的"胜利者"的一无所获，从而面对愈演愈烈的"台独派"而产生深刻的败北感。

　　陈家齐接着就广告片发表意见，他指出，广告要有针对性，而片中所理解的那种田园时代的台湾农村在现实中已不存在了，因为台湾农村和台湾"在国际性的 marketing 计划长年的工作下，几十年来，使她发展出一种现代性，先生们，一种统一在国际性统一规格的物质和精神商品下的现代性，从而逐渐丧失了它传统的特性"（4：165）。他继续说：

　　作为一个跨国性企业的管理者，应当深刻地理解到我们跨国企业体正在全世界范围内，进行一项和平、无声的革命：相应于我们跨国企业商品在品质上的统一性，我们

创造了一个没有文化、民族、政治、信仰、传统的差别性
的，统一的市场！（4：166）

陈映真借陈家齐之口说出了，古老的亚洲第三世界已然"和
平而自然地"泯灭了传统个性，沦为西方资本社会所创造的具有
国籍同一性的文化、思想和价值的附属殖民地的事实。刘福金的
Rolanto 营销广告显然脱离了当前台湾农村的实际，是不可能达到
他所预期的结果的。会议结束后，"每一个与会的人知道陈家齐已
经结结实实地打倒了'管理教授派'的刘福金"（4：170）。然而，
这胜败却被为了即将到来的"国际性会议"的某一种兴奋和某一种
对未来的期许所冲淡了，大家全力投入到会议的筹备工作中。

"花草若离了土……"

小说伊始，管理训练会结束后，会场上只剩下林德旺独自一
人骂骂咧咧，他指斥刘福金："有什么用？哼！全是纸上谈兵！"
（4：126）之所以叱骂，因为在多日"细心地看着陈经理，连一点
点细节也不放过"（4：129）后，他发现了陈家齐与刘福金的矛盾
斗争。作为一个自以为正在接受考验，且无比忠诚于陈家齐的人，
他自然而然地选择了站在陈家齐的阵营。

原本只是海关事务科联系员的林德旺并不曾被列入受训名单，
为此懊恼、羞耻的他躲在型录档案室里，苦思冥想："陈经理应该
圈他参加管理训练会的，他痛苦地想。经理。他多么想当一个经
理。""陈经理明明知道，我忠心、可靠……陈经理看得见我任劳任
怨，对不对？我已经好几次暗示过他，我是他最忠诚的人，我是他
派下唯一的秘密的干员啊。"他转而安慰自己："其实，他也好几次
暗示过我：要升，要升。升，升！"（4：136—137）由此，林德旺
回忆起在上个月他花了巨大心血拟写了一份报告，建议专门设立海

关事务部，由他担任经理。当他小心翼翼地呈送给陈家齐时，却被对方生气地丢进纸篓里，并怒言："以后，你给我省省，省省！"闻听此言的林德旺不仅没恼火，反而微笑着回到座位上，他以阿Q式的诡异逻辑安慰着自己：

> ——其实，"省"，就是"升"。升升。升！升！他的意思，就是要升我。升我做经理啊！
>
> 他感激得想哭。陈经理那么生气，其实，他想：其实是一种掩护。他确实相信，陈经理已经和财务部的老金，人称"财神"的，配合好了，要一举推翻"香港的"一派，林德旺出神地想：他对我生气，就暗示他已经把我算在他的一派。由于目前时机尚未成熟，故意用表面的敌意来保护我哩。林德旺严肃地想着。（4:140）

就在这般微妙、不可思议的心理安慰下，他以帮小妹把十几杯茶端进会议室为由，在众人的诧异中出现在了第二次训练会上。

林德旺之所以有这么异于常人的逻辑和心理，根本原因是他太渴望成功了，渴望在这令人瞩目的华盛顿大楼里出人头地，而后衣锦还乡，一雪从前之耻。小说通过一个细节予以透露。原本在财务部当办事员的林德旺有一次无意撞见上司老金与布契曼的秘书Lolitta躲在会客室里"乱搞"后，便陷入极端恐惧的状态，担心老金为"报复"而逼他离职。在确信自己不会被开除，只是被调到陈家齐的业务部后，小说有段深入细微的心理描写，来呈现"台湾莫飞穆"在林德旺心中的分量：

> 他想：如果要他离开台湾莫飞穆，他宁愿一头从七楼栽下这宫殿一般巍峨的华盛顿大楼。冷气、地毯，漂亮的办公桌椅，漂亮的人们……这全是"成功"和"出世"的

象征啊！他躲在厕所里，一个人流泪，一个人安慰自己，一个人笑。他下定决心成功。离开台湾莫飞穆，他再也没有更好的机会和乡下的父母那种粗鄙、辛苦的生活一刀切个两断。（4：141—142）

"台湾莫飞穆"于林德旺而言，已绝非单纯的工作之地，而是他实现"成功"与"出世"梦想的最佳跳板，是他人生价值和情感归属的唯一凭依，是他的全部。在莫飞穆"成功"的最佳标志莫过于成为"经理"，因此"对于林德旺，Manager 像是一个神奇的咒语"，他的崇拜无以复加。

只要是 Manager 要他办的事，公事，自不必说，就算是办私事——例如帮 Manager 到银行领钱；打电话叫修车行的人来修 Manager 的车子；送钱给在西门町等着的 Manager 的太太……他都特别卖力，而在办完以后，奇怪地感到特别的光荣。（4：206）

不知不觉间，林德旺把 Manager 当作了人生至高无上的光荣，尤其是跟姐姐素香赌气后，他"更是含悲茹念，发奋工作，紧跟陈家齐，深深地相信陈家齐把他升起来当业务部下一个 Manager 的日子，一定会来到"（4：207）。然而现实是，在"公司里的男男女女，全是大学毕业的，体面漂亮的男男女女"（4：183）间，三专毕业、一年到头一身寒碜衣服的林德旺着实卑微至极。林德旺的悲剧在于，他认识不到自己的普通，反而在"成功哲学"的引导下，把"成功"作为赢得别人尊敬和实现自我的唯一路径，把正常的工作安排看作对自己的挤压与折磨，把上司的情绪看成是对自己的考验。随着刘福金的到来，林德旺看准了一次"派系"斗争的机会，自以为可以凭此一举成功，却反而陷入一个不断崩溃与更新、斗争与冲突、模棱两可与痛苦的大漩涡，这个年轻的自言自语者，一贫如洗，毫无资历，却被激发出敌我阵营分化、自己被委以重任的幻象，结果只是徒劳与绝望。最终，当发现连国际会议也没有他的份时，他彻底绝望了，不停地、无助地流泪：

> 他想起陈家齐。把整个心都掏出来了，陈经理还是不要他。他弄不懂为什么。整个公司上、下、里、外，就没有他可以待的地方。为什么没有一个人肯开扇门，让条路，叫他进去……那样子折磨我，出各种各样的状况给我，考验我吧，我不是全过了关？但是，国际会议，就不让我参加！他感觉到他整个的心都要被一种无以分说的悲痛压碎。耗费了几年的时间，使尽了一切的力量，却仍敌不过那一股强大的阴谋，在暗处睥睨着他、折磨他、试炼他、玩弄他、欺骗他，最后还丝毫也不顾惜地，一脚踢开了他，宁愿把公司里所有的白痴、马屁精……全都请进公司的一场大拜拜：国际会议，却独独把他留在门外，使他受到最大的羞耻……（4：189—190）

在这"最大的羞耻"打击下，林德旺"感到无比的疲倦，心中充满着无由分说的绝望、羞耻和惊恐的感觉"（4：179）。他的眼前一片黑暗，这黑暗深渊即将吞食了他。林德旺也意识到这迫在眉睫的黑暗，"现在他觉得最重要的事，莫过于尽一切体力和心力，去避免因少年那一场大病入院前的那一段可怕的、混乱的地狱般的日子。他想，无论如何，要渡过这一关。然而，恐惧、忿怒、悲伤、羞耻、失败、沮丧、自己恨自己……这些又多又强烈的感觉，像猛然从崩塌的鬼门关汹涌而出的恶鬼，向他喧哗着扑来"。

林德旺因为在莫飞穆受辱而陷入黑暗、错乱，乃至疯狂的境状，很容易让人想到卢梭的浪漫主义小说《新爱洛依丝》中年轻的主人公圣普罗伊克斯迈出了从农村到城市的第一步——对未来的几个世纪的千百万年轻人来说都是一个原型。圣普罗伊克斯体验到，都市的生活"是一些团体和阴谋小集团之间的不断冲突，是各种偏见和相互冲突的见解不断的潮涨潮落……每一个人都不断地把自己置于与自己相冲突的境地"，在这个世界里，"好的、坏的、美的、丑的、真理、德性都仅仅具有地方的和有限的性质"。在这种环境中过了几个月后，圣普罗伊克斯自述：

> 我开始感到这种焦虑和骚乱的生活让人陷入的昏乱状态。由于眼前走马灯似地出现了如此大量的事物，我感到眩晕。在我感受到的所有事物中，没有一样能够抓住我的心，但它们却扰乱了我的情感，使我忘记了自己的身份和应当归属的对象。[①]

小说中，林德旺在莫飞穆的困惑与恐惧，与之类似，他看见了陈家齐与刘福金的斗争与冲突，将自己想象为陈家齐的忠实跟班，把刘福金的出现看成总经理布契曼对陈家齐的考验，把自己身处底层所受的屈辱与折磨看成陈家齐对他的考验。由此，林德旺陷入焦虑和骚动，心理的眩晕和昏乱，各种经验可能性的扩展及道德界限与个人约束的破坏，自我放大和自我混乱，大街上及灵魂中的幻象……纷繁复杂地出现在他的脑海里。这种幻象扩大的结果是他处处感受到"震惊"——震惊于经理陈家齐对其忠诚和才能的漠视，震惊于自己不惜与家庭决裂而效忠的莫飞穆公司对他可有可无的不屑，震惊于台北街"陌生、黑暗、幢幢独立"的林立高楼对他"满怀着无可测度的恶意"（4：179），震惊于路边小店的食客享受"人肉"的安然若素……作为旁观者，我们知道这一切不过是林德旺的

---

① 转引自［美］马歇尔·伯曼著，徐大建、张辑译《一切坚固的东西都烟消云散了：现代性体验》，商务印书馆 2013 年，第 19 页。

意念与幻觉，可是局内人林德旺却为此痛苦地深陷其中，因为这些正是他内心焦虑与恐惧的投射。刺激他最痛彻的莫过于人与人之间的倾轧恶斗，莫过于"人吃人"的挣扎，陈映真运用鲁迅《狂人日记》中的"吃人"手法，精彩地描写了林德旺纷乱的内心、痛苦和渴望，以及他与这个世界格格不入的弱点、抱负和绝望。小说写道：

> 他看见那些粉红色的猪头皮中，竟而掺杂着人的耳朵和指头。林德旺并且逐渐看清楚了，凡是有肉的菜，例如狮子头、炒鸡丁、红烧肉、咖喱牛肉、炸香肠……其中莫不躲藏着人的头皮、指甲、胫骨，甚至于人的生殖器。
>
> ……林德旺看见每一个人都装着一点也不知情似的，把人的指头和肚皮肉，送进嘴里吃着。他的心快速地悸动起来了。
>
> ……林德旺想着，每个人，都互相欺诈，装着若无其事的样子，把人的筋、骨、肉、皮，当做猪肉、鸡肉吃掉，他想着。只为了保全自己，就不惜欺诳着别人和自己——每个人都明知自己在欺诳着别人和自己——而不去说破，吃着同类的肉，啃着同类的骨，喝着同类的血……却没有一个人敢起来举发那人肉黑店的真情，打杀了那长着一身白得像用蜡去做成的白肉的，终日油腻腻的老板娘。（4：203—204）

这幅"人间地狱"的残酷景象，未尝不是陈映真借助徘徊在疯癫边缘的林德旺之思之眼之口，寓言西方跨国公司借助新的传销手段压迫、欺诳第三世界的图景。那些本地精英助纣为虐地沉醉在"吃着同类的肉，啃着同类的骨，喝着同类的血"中，一级一级拾级而上，通往新时代宫殿里"世界管理者"的宝座。没有人起来揭发以美日资本为核心的资本主义秩序正把台湾整编到一个经济、政治、文化与精神全面依附的新殖民地的资本主义社会的历史真相，更没有人奋起反抗。人们麻木地陶醉其中，而不自觉，恰如林德旺愤愤地咒骂着的"这懦弱、不敢说真话的人间"，"这懦弱、不敢说真话的世界"（4：205）！对此，陈映真不得不以"人吃人"这种令人怵目惊心的艺术方式加以表现，以发人深思，引人警惕。

在半疯半醒的梦呓之间，孤独、恐惧的林德旺不由得忆起了姐姐素香，忆起了自己不幸的童年经历。林德旺生活在一个贫困的菜农之家，他不满十岁那年，因为天旱虫灾，家里欠债破产，祖父饮药自尽。为了还债，父母把林德旺抵债给了一个债主做养子。养父是个独身男人，性格喜怒无常，酩酊大醉时常常用竹剑鞭笞他，并严厉警告他不准跟生家有丝毫接触。自悲身世忧悒的林德旺，格外地思念那个他从未怨恨过把他送了人的生家。终于，上国中的时候，养父被人削肩意外身亡，林德旺再次回到了生家。然则"这团聚绝不像渴望中那样热烈，反倒有些僵硬，有些悲哀，有些失望和叫人寂寞"（4：198），生家是贫穷的、冷漠的，只有姐姐素香给他热切的关爱。素香一意坚持着让他读了高中，为了救治他高二时那场精神错落的大病，姐姐把在"三界宫"兼差女乩童的全部报酬，全交了医药费。后来，素香接下更多扶乩的工作，"她身穿黄色的法衣，在萦绕的香烟中，盘着双腿，坐在地上，现在她整个身体一边颤动着，一边左右摇晃"（4：182），终于供应着林德旺病愈复学，直到三专毕业。

三专毕业，换过几处工作后，林德旺进入了台北的台湾莫飞穆国际公司。进入这富丽堂皇的新世界后，林德旺又开始不断地向姐姐素香索要钱财，买新的衬衫、长裤、皮带、皮鞋……素香意识到弟弟变坏后，力劝他回乡。"我们是做田人，做田人有做田人的去路"（4：184），"外国人，怎么体面，都是外庄人"，"外庄人，就休想给你留下什么好处"（4：184）。面对姐姐素香的苦苦规劝，林德旺无动于衷，在他的意识里："比起台湾莫飞穆国际公司干净、高尚、富丽的人们，外面的世界，即使这个他的故乡，也显得那么愚昧、混乱、肮脏、落后。"（4：186）在姐姐"花草若离了土，就要枯黄"的一语成谶中，一意孤行的林德旺选择了带着姐姐留下的钱离了家，他发誓"一定要成功出世了才回乡"（4：188）。然而现在呢？

在一家素食店，林德旺不经意地看见一份报纸的广告版，上面刊载了镶着黑边的英文广告，要招聘 Marketing Manager（行销经理）。"这个魔术一般的英文字——Manager；这个黄金、宝藏一般的观念——'经理'；这个神奇的发音——'马内夹'，在林德旺逐渐狂乱起来的心智中，发生了咒语似的效用。"（4：207）他的心神稳定了下来，兴奋地自语："你们，再也不能反对我了。"他指着报上的字 SALES MANAGER 说："这个位置是我的。"他越看报纸越兴奋了："一天就有三个地方要 Manager，这分明是帝君爷的指示……"（4：208—209）当 Rita 来到林德旺居住的破旧杂乱的房间时，她震惊地发现在下铺的顶上有一张画像，画像旁边有一行林德旺写的字："帝君太子林德旺绘像"。

> 她仔细地端详着这画像：一个年轻人正面坐在像是太师椅那种椅子上。西装、领带的服装。那脸，除了微微向着两边的眉毛，是一点也没有林德旺的模样。头部的后面，有一个圆的光圈。顺着光圈的弧度，写着几个英文字母。再定睛看，赫然是 MAN-AGER 这个咒语一般的字。（4：221）

终于，林德旺迷失在以"华盛顿大楼"为象征的西方资本主义构建的权力、财富、地位和利益追逐体系中，被"manager"的魔咒蛊惑着，精神陷入分崩离析的崩溃状态。林德旺疯了。他把自己扮成"万商帝君"闯入会场。12 月 16 日，刘福金的日记里记载着：

> ……关闭的会议室门轰然撞开，进来了一位蓬首垢

面，奇装异服的男子。他用台语尖声叫喊——

"我是万商帝君爷……"那男子振臂呼喊，"世界万邦，凡商界、企业，拢是我管辖哦！"

……

"无礼！我万商帝君爷，是来教你们大赚钱……"

"我万商帝君爷有旨啊……"他说，掀开破旧的西装，露出污秽的黄衬衫。衬衫上写着血红的、斗大的英文字：MANAGER。"你们四海通商，不得坏人风俗，诓人财货喂……"他唱歌也似地说。（4：234—235）

林德旺的确疯了。即使疯癫了的林德旺，听到陈家齐"不要胡来"的怒声喝叫，"顿时绵羊似地，驯服地让门警和饭店经理押走"（4：235）。对陈经理奴性的服从，已深入骨髓。而林德旺的疯狂对台湾莫飞穆的经理们正在如火如荼进行着的国际会议没有造成丝毫影响，他们只是耸耸肩，两手一摊："没啥，一个疯子，就这么回事儿。"（4：236）偶尔，这扮成"万商帝君"的年轻的清癯、忧悒的脸庞从刘福金眼前蓦然闪过，最终消失在冬天的台北的灰暗的天空里……

"盲目的民族主义！"

由陈家齐担任筹备负责人、刘福金为特别助理的行销管理国际会议在台北某著名国际性饭店如期召开，会议主题为《行销管理中的行销传播》。这次会议召开的事宜，小说以富有"优等生"根性的刘福金日记的方式来呈现。

会议第一天，农家出身、父亲是公务员的刘福金通过实际接触参会人员与工作后，对"多国籍（公司的）管理的民主性格"（4：225—226）有了颇深的感触。在第一节"行销工作的外在环境"讲述中，Blackwell 教授特别强调，在美国、日本等有着繁复而苛刻的消费者保护性立法，这些地方，企业不考虑行销上的法律限制，就会铸成企业的惨剧，而"其他东亚、东南亚国家要好得多，这就是为什么我们特别喜欢（love）这些国家"（4：229）。第二节是宫泽的"促销计划的规划与策略"，会后，陈家齐与宫泽交谈，陈家齐提出"国际的行销人"——global marketing man——的概念，来丰富"世界管理者"的观念，并说"这个会议使他从传统和家庭而来的民族国家信念中，逐渐得到解放"（4：233）。

　　会议第二天的主题是"消费者行为模式的研究"，老简打来电话向刘福金报告"台独派"党务助选团所到之处万人空巷的情状，刘福金听后颇为激动，恨不得马上去竞选总部帮忙。会议第三天，大家惊闻"美国卡特总统宣布承认中共"的消息，台湾总经理布契曼为此发表"感人肺腑的、简短的"讲话，他最后提醒大家："一个多国籍公司的重要管理者，在管理'世界购物中心'（World Shopping Center）的过程中，要发展出适当的国际忠诚（international loyalty），以与原来各自对民族国家（nationstate）的忠诚相补足——如果不是相颉颃的话。"（4：241）上午 Blackwell 教授讲述了"交叉文化"对行销调查的重要性，其间他对台湾莫飞穆对 Rolanto 的行销计划做了点评，指出："行销管理者要以国际性人格为基础，从多国籍公司全球性企业利润的观点，去正确评估各驻在地区、分支机构的文化、政治、民族、传统等诸问题。"（4：244）刘福金闻之十分振奋：

　　　　这真是个振聋启聩的功课。
　　　　我必须从这个起点，从"台湾"步向"国际"的视野！
　　　　……
　　　　我应该从台湾人而成为国际人。不，说得正确一点，我属于一个新的、聪明的、精英的，创造世界更好、更丰盛之生活的民族和人种: Global Manager！ Global Marketing Man！

　　这真是宗教性的时刻。(4：244)

　　晚上，老简他们问他对时局的意见，他对党外竞选不再那么热心，反而劝导他们，台湾人要有"国际心胸"。

　　会议最后一天，被国际会议成功"洗脑"的对手陈家齐与刘福金握手言和了。两人同车而行，看见一列学生在游行，条幅上写着"中国一定强！"，刘福金在日记中记载：

　　"要是几天前，这五个字，一定叫我流泪。"

　　陈家齐沉思地，低声说。

　　学生们捧着献金箱，高喊口号，挥舞着青天白日满地红旗。

　　我们的车子在行列边不能不放慢了速度。

　　"Irrational nationalism！"陈家齐忽然独语似地说："盲目的民族主义！"

　　"Peter Drucker！"我脱口而出。

　　彼德·杜拉卡著名的一句话，就是"盲目的民族主义"！

　　"这一句呢？"陈家齐从后视镜中笑着看我。他用清晰的英语说："……We need to defang the nationalist monster！"

　　"Again, Peter Drucker！"我又一次脱口而出，觉得像猜到了好谜那么高兴。

　　又是管理学大师彼德·杜拉卡的名言："……吾人应该将民族主义这个恶魔的毒牙拔除净尽！"

　　真不料陈家齐对 Peter Drucker 那么熟悉，我想：这家伙，还真不错！

我们在镜中相视而笑了……（4：251—252）

这笑，是会心的笑，是融汇在跨国公司理论大师彼德·杜拉卡的理念中心意相通的笑。就这样，通过对陈家齐与刘福金不同性格、不同行事作风的刻画，以及他们最终的握手言和，小说真切地写出了经济全球化下的"跨国公司的必然性格"。韦伯曾将整个"现代经济秩序的庞大宇宙"视为"一个铁笼"，这个铁笼把世界分裂为一群私人的物质利益集团和精神利益集团，身处铁笼里的人，即使如陈家齐、刘福金这样的志得意满者，也失去了内在的自由或尊严，成为了没有国家、没有民族，甚至没有个人身份的人。他们看似每天生机勃勃、高效率在华盛顿大楼里运作着，却不过是资本主义在各地扩张的复制品罢了，日常生活的日益国际化让他们逐渐丢失了民族、国家、阶级，他们在追求现代企业管理国际化的无限可能性，这种无限可能性却消除一切有价值的，包括政治诉求、家国传统，甚至个人情感。这让我想起马歇尔·伯曼所说：在"零星地出卖自己"时，他们不仅仅在出卖自己的体力，也在出卖自己的头脑、自己的感受力、自己最深层的情感、自己的想象力，实际上是在出卖整个自己。[1] 跨国公司不过为他们提供了渴望和需要的虚荣，却使得他们成为只能在业务中认识自己，在商战中找到自己灵魂的"单向度的人"。

---

[1] ［美］马歇尔·伯曼：《一切坚固的东西都烟消云散了：现代性体验》，徐大建、张辑译，商务印书馆 2013 年，第 151 页。

第七章　重访左翼精神山路

第一节　"对于我，一九五〇年充满意义"

在那些年的台湾，成千上万的青年一生只能开花一次的青春，献给了追求幸福、正义和解放的梦想，在残暴的拷问、扑杀和投狱中粉碎了自己。另有成百上千的人，或求死不得，含垢忍辱，在严厉的自我惩罚中煎熬半生，坚决不肯宽恕自己。有一些人，彻底贪生变节，以同志的鲜血，换取利禄，而犹怡然自得。

那是一个崇高、骄傲、壮烈、纯粹和英雄的时代，同时也是一个犹疑、失败、悔恨、怯懦和变节的时代。

而受到独特的历史和地缘政治所制约的、这祖国宝岛继日帝下台湾共产党溃灭以来的第二波无产阶级运动的落幕，当红星在七古林山区沉落，多少复杂的历史烟云，留待后人清理、总结、评说和继承。

——陈映真《当红星在七古林山区沉落》

正式进入本节之前，我们有必要先了解下二十世纪四五十年代台湾左翼运动的历程。

1948 年，中共在战场上赢得决定性胜利，掌握全国政权指日可待。蒋介石开始寻找后路，并选中了台湾。为确保这个最后的立脚点，国民党对岛内的左翼力量展开了大清剿。1949 年 9 月，保密局逮捕了基隆工委书记钟浩东，随后又有 44 名地下党被捕。1950 年 1 月省工委书记蔡孝乾被捕，虽一度逃脱，但未几再度被捕。根据蔡孝乾的供述，国民党先后抓了 1800 多人，包括潜伏在国民党军高层的吴石、陈宝仓等人。台湾地下党遭受毁灭性打击。朝鲜战争爆发后，美国第七舰队进驻台湾海峡。残存在岛内的左翼力量陷入绝境。1952 年，台湾军警扫荡了地下党最后的据点——鹿窟基地。至此，台湾已无成形的左翼组织。[1]

结合上述五十年代的历史背景，本节立足陈映真八十年代的左翼写作，在《乡愁式的左翼》一节的基础上更深入探讨陈映真左翼思想的根源、在文学上的表现，以及所产生的意义与影响。

五十年代历史关怀的个人缘由

九十年代，陈映真在《后街》中谈及 1980 年他从反省和批判台湾在政治经济与心灵的对外从属化的"华盛顿大楼"系列，转轨到以五十年代台湾地下党人的生活、爱与死为主题的《铃珰花》系列的原因时，自称是"把当代台湾人民克服民族内战、克服民族分裂的历史——台湾地下党的历史加以文学化的营为"[2]。紧接着，他回顾了自己四五十年的思想生涯，写道：

命运却像是紧紧相扣的一个又一个环节，选择了他，

---

① 抱老师：《陈映真与台湾左翼运动》，见微信公众号"抱老师书房"。

② 陈映真：《后街》。

驱使他在四五十年中，走过台湾当代历史的后街。正如他
为《人间》杂志采访时，他看到的是饱食、腐败、奢侈、
冷酷、绚丽、幸福的台湾的后街：环境的崩坏、人的伤
痕、文化的失据……他走过的历史巷道，是小学吴老师的
失踪；是枪决政治犯的布告；是被带走的陆家姊姊；是禁
书上的署名和印章；是禁书为他打开的激进主义的世界；
是他在政治监狱中相逢的五〇年代残酷的政治肃清的大狱
中一段激烈、喑哑、压抑着一代青春和风雷的历史……①

此间，我们了解到促使陈映真转向"清理、总结、评说和继
承"五十年代历史烟云的直接动机或者说近因是台湾当代历史后
街的人文崩坏，因为他认为这种崩坏与台湾在"冷战构造"下的
政治、社会、文化等各方面的严重歪扭有很大关系，所以《铃珰
花》系列是"冷战形成的五〇年代台湾的民众史在文学范围上的探
索"②；至于远因，则要追溯至少三点：一是童年时耳闻目睹的经
历，二是禁书对他思想转变的影响，三是狱中与五十年代的左翼政
治犯相遇。

一、儿时的印象、传闻和经验。

我们先从远因谈起，更多关涉的是陈映真本人的经历。在《后
街》中，陈映真清晰地表述了他对五十年代肃清时的印象：半夜里
被军用吉普车带走的级任老师；住在他家后院被人带走的外省人陆
家兄妹；读台北成功中学时，每天早晨在台北火车站看到的枪决告
示和在告示上看见亲人名字的民众的悲痛；以及在学校隔壁的青岛
东路看守所等待探监的农村妇孺……其他同龄人也许会对此避之不
及，善感敏锐的陈映真却"从看守所高高的围墙下走过，他总不能
自禁地抬头望一望被木质遮栏拦住约莫五分之三的、阒暗的窗口，

---

① 陈映真：《后街》。
② 陈映真：《思想的贫困》，《陈映真作品集》第 6 卷，第 127 页。

忖想着是什么样的人，在那暗黑中度着什么样的岁岁年年"①。

也许，正是因为这些见闻所引发的思索与提问深深地根植在陈映真年幼的心灵里，在那个肃杀的荒芜年代，青年陈映真，"突然对于知识、对于文学，产生了近于狂热的饥饿"。

二、禁书引发的思想转变。

小学六年级时，他从父亲的藏书里找到了鲁迅的《呐喊》，这本短篇小说集伴随他度过少年岁月。1958年考入淡江英专后，他想方设法搞禁书②，偷读鲁迅、巴金、茅盾、老舍等人的作品。进而由文学转入社会科学，读艾思奇《大众哲学》、斯诺《红星照耀中国》，乃至于《联共（布）党史教程》《政治经济学教程》《马列选集》等。谈及这些旧书的影响，他总结为："我在旧书店和30年代、40年代的文学、思想与意识形态碰面，并交互影响激荡。具体的说，社会科学使我更深刻的理解30年代、40年代文学的内容，而文学审美形象的世界又使我了解了较枯燥的社会科学真实的内容，也就是人的内容，包括人的解放、自由及充分发展。"③ 在《"马先生来了？"》一文中，陈映真更是以感性之笔动情地回忆了当时的情境，及它们对自己思想的改变，他说：

> 当然，这些其实还是"外围"的、还是比较"浅"的
> 书，已经足以全面颠覆我在台湾的教育养成过程中所接受
> 的一切"内战—冷战"的价值。对于二十多岁的，读书不

① 陈映真：《后街》。

② 陈映真在九十年代的一次访谈中谈道：当时在白色恐怖的清扫下还有那些书的存在，其来源有二，一是日据时代留下的日文书籍，由于检查之严，常在重要之处以××或□□取代文字，但我们仍能从别的地方嗅到我们所要的知识。那些多是日据时代台湾二十年代末期、三十年代左翼传统的知识分子买下阅读的书，而一直留传到战后。第二，台湾光复后，1945年到1949年间，大陆的思想、文化、文学对台湾的影响甚大，尤其是透过杂志产生更大的影响。

③ 陈映真、杨渡：《运笔如椽的梦想家——专访陈映真》，王妙如记录整理，《中国时报·人间副刊》2000年1月23日。

求甚解，文学气质远远多于政治的兴趣的青年，由于纯粹的命运中的偶然，在那严苛而荒芜的时代，因着那一条杂乱旧书店街里的破旧、发霉的书，一个人孤单地、恐惧地、亢奋地，一次又一次进行着思想的脱皮和蜕变。

我于是感觉到，通过这些"社会科学"的书，自己遂更加了解了鲁迅、老舍和巴金们；了解了他们杰出的文学作品中最深层的呐喊。我才恍然地了解到，在幼小的时代，大人们用耳语传说的，一些青年和老师，在那苍茫冷冽的、白色的五十年代失踪、赴死的时候，燃烧在他们心中的灯火，飘扬在他们的思维的天空里的旗帜，竟是什么样的灯火，和什么样的旗帜……

因此，当我在这些旧书上看到书的原主人留下的眉批、阅读时强调其重要性而圈下的圈子、画下的线，尤其是他们的签名、购书日期甚至印章，都使我心魄颤动，不能自已。我无法自抑地想象着这些旧书的主人被捕、被拷问、甚至被杀的命运和情景。他们留在残破的书上的眉批和姓名，像是一个奋力要为强被湮灭的时代与历史作证言和呐喊冤抑，在我当时的睡梦中，徘徊踟躇。[1]

这些旧书在"思想、知识和情感上""一寸寸改变和塑造"了青年陈映真，并在他的"生命深处点燃了激动的火炬"。[2] 这里有个历史背景值得注意，那就是在 1945 年至 1950 年间，中国三四十年代的作品被大量介绍到台湾，"日政下被抑压的台湾文学激进的、干预生活的、现实主义的文学精神传统，在这五年间迅速地复活，并且热烈的发展"[3]；但从 1950 年开始，随着世界冷战结构的确立，

① 陈映真：《"马先生来了"？——马克思〈资本论〉在台湾出版的随想》，《陈映真文集·杂文卷》，中国友谊出版公司 1998 年，第 562—563 页。

② 陈映真：《后街》。

③ 陈映真：《四十年来台湾文艺思潮的演变》，《陈映真作品集》第 8 卷，第 211 页。

"左翼的、激进的，经中国30年至40年发展下来的反帝、反封建的文学思潮，在这个时代里，受到全面压制"，以鲁迅为代表的左翼文学遭到全面封杀，从此，台湾的思想、文化、文学与三四十年代的中国，特别是其中的左翼传统发生了断裂。[1] 在这种条件下，陈映真与这些左翼"禁书"相遇，殊为不易，也意义匪浅——"陈映真在这样的相承相继里起到了关键性的作用，也由此确立了他在整个中国现当代文学史不可替代的历史地位。"[2]

1964年，陈映真结识了日本年轻外交官浅井基文，是他思想的又一次重要转折。"他第一次生动地体会到，对于建立一个真正和平与进步的世界深信不疑的善良的人们之间，真挚又严肃热情的超国境的团结与友谊，是完全可能的。"[3] 在思想封锁闭塞的年代里，依靠着过去的旧书没有办法建立起对当前世界的认识，浅井借身份之便提供了一扇通往激进知识的窗户。[4] 由此，陈映真又往前迈进了一步。

大致在1965年，陈映真等"因着不同的历程而憧憬着同一个梦想"的几个年轻人，走到了一起，成立了读书会。据成员丘延亮回忆，读书会维持约三年，读书的内容至少包括：《毛选》、"老三篇"、《新民主主义论》《九评》《鲁迅全集》《苏金伞诗文集》、艾思奇的《大众哲学》、普列汉诺夫、费尔巴哈、三十年代文学、巴金、老舍、田汉、马克思的《路易·波拿巴的雾月十八日》《德意志意识形态》《资本论》、易卜生、旧俄文学等。[5] 他们以读书会为基础，开始进行组织活动，形成一个松散的组织，称为"民主台湾联盟"。

---

① 陈映真：《四十年来台湾文艺思潮的演变》，《陈映真作品集》第8卷，第213页。

② 钱理群：《陈映真和"鲁迅左翼"传统》，《现代中文学刊》2010年第1期。

③ 陈映真：《后街》。

④ 陈光兴：《陈映真的第三世界：五十年代左翼分子的昨日今生》，大家良友书局2014年，第54页。

⑤ 转引自陈光兴著《陈映真的第三世界：五十年代左翼分子的昨日今生》，大家良友书局2014年，第222页。

1968 年 7 月，陈映真被台湾当局勒令逮捕，罪名是"组织聚读马列共党主义、鲁迅等左翼书册及为共产党宣传等"，同时被捕的还有李作成、吴耀忠、丘延亮等三十五人，史称"民主台湾联盟案"。同年 12 月陈映真被判刑十年。

三、鲁迅的命运性影响。

谈及旧书对陈映真的影响，有必要再次探讨鲁迅对陈映真的影响。关于鲁迅对自己的意义，陈映真曾这样自述：

> 鲁迅给我的影响是命运性的。在文字上，他的语言、思考，给我很大影响。然而，我仍然认为鲁迅在艺术和思想上的成就，至今没有一位中国作家赶得上他。鲁迅的另一个影响是我对中国的认同。从鲁迅的文字，我理解了现代的、苦难的中国。和我同辈的一小部分人现在有分离主义倾向。我得以自然地免于这个"疾病"，鲁迅是一个重要因素。[1]

"鲁迅给我的影响是命运性的"，"鲁迅给了我一个祖国"[2]，陈映真的这两句话很值得三思。

据陈映真自述，他是在"快升六年级的那一年"偶然从父亲的书房里得到了一本鲁迅的《呐喊》。他曾这样描述自己阅读鲁迅作品《呐喊》后的转变：

> 当然，于今想来，当时也并不曾懂得那滑稽的背后所流露的、饱含泪水的爱和苦味的悲愤。随着年岁的增长，这本破旧的小说集，终于成了我最亲切、最深刻的教

---

① 韦名：《陈映真的自白——文学思想及政治观》，《陈映真作品集》第 6 卷，第 35 页。

② 陈映真在香港浸会大学"鲁迅节座谈会"上的讲话，《大公报》2004 年 2 月 23 日。

师。我于是知道了中国的贫穷、的愚昧、的落后，而这中国就是我的；我于是也知道：应该全心全意去爱这样的中国——苦难的母亲，而当每一个中国的儿女都能起而为中国的自由和新生献上自己，中国就充满了无限的希望和光明的前途。①

正如钱理群所言，陈映真如此去解读鲁迅的作品——把鲁迅看作是现代中国的一个象征，特别是现代中国的左翼传统的载体，所感受到的，所认同的是鲁迅背后的"中国"。②自五十年代台湾左翼传统已被割裂的状况下，陈映真与鲁迅的相遇，是历史性的，"象征着、预示着在地表的断裂下的地层深处的相承相续"③，未来的陈映真也在这相遇中确立了。

与鲁迅相遇开阔了陈映真的视野，使得他虽然置身于两岸分断的台湾岛屿，却始终以"一个中国"的立场看待台湾；另外，他还获得了从第三世界看台湾的视野。如日本学者松永正义认为，鲁迅所给予陈映真的，是与他的爱国主义结合在一起的观察台湾社会的广阔视野和清醒的批判力，这使得陈映真虽置身在"台湾民族主义"（即分离主义）的气氛中，却"还能具备从全中国的范围来看台湾的视野，和对于在六十年代台湾文坛为主流的'现代主义'，采取批判的观点"④。另外，陈映真是第一位把"第三世界"的视角，引入台湾文学和文学史的思想家。这得益于鲁迅从俄国文学里"明白了一件大事，是世界上有两种人：压迫者和被压迫者"⑤的启

---

① 陈映真：《鞭子和提灯》，《陈映真文集·杂文卷》，中国友谊出版公司 1998 年，第 180—181 页。
② 钱理群：《陈映真和"鲁迅左翼"传统》，《现代中文学刊》2010 年第 1 期。
③ 同上。
④ 松永正义：《透析未来中国文学的一个可能性》，《陈映真作品集》第 14 卷，第 233 页。
⑤ 鲁迅：《中俄文字之交》，《鲁迅全集》第 4 卷，人民文学出版社 2005 年，第 473 页。

发。在台湾思想、文化、文学界，这样的爱国主义和国际主义的视野与立场是鲜明而独特的，备受钱理群的赞誉，他认为陈映真赋予了台湾与文学以三重定位："第三世界的台湾与文学，中国的台湾与文学，台湾的台湾与文学。"[①]

正因此，陈映真与许多台湾知识分子面对"中国人"这一指称时，有不同的情感反应，以及深刻的分歧。他写道：

> 几十年来，每当我遇见丧失了对自己民族认同的机能的中国人；遇见对中国的苦难和落后抱着无知的轻蔑感和羞耻感的中国人；甚至遇见幻想着宁为他国的臣民，以求"民主的、富足的生活"的中国人，在痛苦和怜悯之余，有深切的感谢——感谢少年时代的那本小说集，使我成为一个充满信心的、理解的、并不激越的爱国者。[②]

陈映真的孤独与坚定，皆深扎在他与鲁迅的精神相遇里。陈映真成为独立于党派外、体制外的"鲁迅左翼"批判知识分子传统的重要传人与代表。批判知识分子最重要的特征，就是以人为中心，对各种形态的奴役力量，进行无情的揭露与批判，永无休止，永不满足。

因此，与鲁迅"立人"思想一致，陈映真毕生的写作也是以人为中心，追求人的自由、解放和健全发展。他声言，"文学与艺术，比什么都要以人作为中心和焦点"[③]，"永远要以弱者，小者的立场去凝视人、生活和劳动"[④]。陈映真的这一基本信念、理想、追求和

---

① 钱理群：《陈映真和"鲁迅左翼"传统》，《现代中文学刊》2010年第1期。
② 陈映真：《鞭子和提灯》，《陈映真文集·杂文卷》，中国友谊出版公司1998年，第180—181页。
③ 李瀛：《写作是一个思想批判和自我检讨的过程——访陈映真》，《陈映真作品集》第6卷，第12页。
④ 陈映真：《相机是令人悲伤的工具——日籍国际报导摄影家三留理男剪影》，《陈映真作品集》第7卷，第107页。

价值观，与鲁迅的"乌托邦"彼岸精神一脉相承。在小说创作中，主要表现为两点，一方面是自觉地以同情与宽宥之笔书写小人物在时代、社会与体制的挤压下生活的纠结与不易，抱之以理解、慰藉与包容。因此，在许多台湾知识分子眼里，陈映真最重要的精神品质就是他"同情一切被损害、被侮辱、被压迫的人们"①。另一方面则是毫不留情地批判"后街"众生、底层民众的冷漠与麻木。与鲁迅对其笔下"看客"的态度相类，陈映真亦是"哀其不幸，怒其不争"。在对"国民性"的劣质严厉审视与批判的同时，陈映真还予以深刻的自我批评与剖析，这方面与鲁迅也是相通的。陈映真曾说："写小说，对于我，是一种思想、批判和自我检讨的过程"，并一向警惕，"激进的文学一派，很容易走向'唯我独尊'的宗派主义和教条主义"。因此，陈映真被称为台湾最具"反省力与批判力"的作家。

堅持鲁迅式的彻底批判立场，陈映真从台湾问题出发，对殖民社会、冷战结构、两岸分断、民族分裂，以及大众消费时代人的异化等种种不合理的现状予以批判。他说："放眼世界伟大的文学中，最基本的精神，是使人从物质的、身体的、心灵的奴隶状态中解放出来的精神。不论那奴役的力量是罪、是欲望、是黑暗、沉沦的心灵、是社会、经济、政治的力量，还是帝国主义这个组织性的暴力，对于使人奴隶化的诸力量的抵抗，才是伟大的文学之所以吸引了几千年来千万人心的光明的火炬。因为抵抗不但使奴隶成为人，也使奴役别人而沦为野兽的成为人"②。最难能可贵的是，即使经历了对大陆"文革"由失望到理解的痛苦挣扎的精神历程，陈映真仍始终不渝地坚持"在权利之外，另求出路"的思想，他自觉地继承

---

① 王晓波：《重建台湾人灵魂的工程师——论陈映真中国立场的历史背景》，《陈映真作品集》第 11 卷，第 20 页。
② 陈映真：《思想的荒芜——读〈苦闷的台湾文学〉敬质于张良泽先生》，《陈映真作品集》第 11 卷，第 112 页。

鲁迅"对社会永不会满意"的"真的知识阶级"[1]的传统，为"重建中国知识分子在权力之前，坚持良知、真理，为民请命，褒贬时政的传统精神"[2]而不懈奋斗。可以说，"当永远的在野派"[3]，做"抵抗体制的知识分子"[4]，是陈映真一生的选择与自我定位。

四、会见五十年代左翼政治犯。

1970 年，陈映真被移监到台东泰源监狱。在那里，他遇见了五十年代朝鲜战争爆发前后全面"肃清"时代被投狱，在狱中已度过约二十年的百余名左翼政治犯，这对他的人生产生了深刻的影响。如他所言："使我和台湾史缺失的这部分接上头了，对我的影响是很大的，使我觉得自己的想法并没有错，且值得再坚持下去。"[5] 对此，他在《后街》中深情地回忆道：

> 在那个四面环山，被高大的红砖围墙牢牢封禁的监狱，啊，他终于和被残酷的暴力所湮灭、却依然不死的历史，正面相值了。他直接会见了少小的时候大人们在恐惧中嚓声耳语所及的人们和他们的时代。他看见了他在青年时代更深入静窃读破旧的禁书时，在书上留下了眉批，在扉页上写下自己的名字，签上购买日期，端正地盖上印章的那一代人。在押房里，在放风的日日夜夜，他带着无言的激动和喟叹，不知餍足地听取那被暴力、强权和最放胆的谎言所抹杀、歪曲和污蔑的一整段历史云烟。穿越时光

---

① 鲁迅：《关于知识阶级》，《鲁迅全集》第 8 卷，人民文学出版社 2005 年，第 226—227 页。

② 陈映真：《无尽的哀思——怀念徐复观先生》，《陈映真作品集》第 8 卷，第 65 页。

③ 韦名：《陈映真的自白——文学思想及政治观》，《陈映真作品集》第 6 卷，第 50 页。

④ 陈映真：《严守抗议者的伦理操守——从海内外若干非国民党刊物联手对〈夏潮〉进行政治诬陷说起》，《陈映真作品集》第 12 卷，第 37 页。

⑤ 陈映真、杨渡：《运笔如橼的梦想家——专访陈映真》，王妙如记录整理，《中国时报·人间副刊》2000 年 1 月 23 日。

的烟尘，他噙着热泪去瞻望一世代激越的青春，以灵魂的战栗谛听那逝去一代的风火雷电。狱中多少个不能成眠的夜晚，他反反覆覆地想着，面对无法回避的生死抉择、每天清晨不确定地等候绝命的点呼时，对于生，怀抱了最渴切的眷恋；对于因义就死，表现了至大至刚的勇气的一代人。五十年代心怀一面赤旗，奔走于暗夜的台湾，籍不分大陆本省，不惜以锦绣青春纵身飞跃，投入锻造新中国的熊熊炉火的一代人，对于他，再也不是恐惧、神秘的耳语和空虚、曲扭的流言，而是活生生的血肉和激昂的青春。他会见了早已被故乡腐败的经济成长所遗忘的一整个世代的人，并且经由这些幸存于荒陬、孤独的流放之岛的人们，经由那于当时已仆死刑场二十年的人们的生史，他会见了被暴力和谣言所湮灭的历史。①

在狱中与五十年代肃清侥幸存下来的无期徒刑政治犯们，宿命的、历史的会合，对陈映真的影响是深远的。青年陈映真的战友刘大任在一篇回忆文章中提及说，年轻时的陈映真和他，在文学方面，基本都是鲁迅的道路；在政治方面，基本反映"内战延续论"的观点；虽然"不能代表当前台湾的主流"，他们却都坚信："非主流终有转化为主流的一天"。然而，后来两人却分道扬镳，走了截然不同的人生之路。产生这一分歧，或者说陈映真坚定不移地走"统派"的社会主义路线的关键，在于陈映真这七年的狱中"洗礼"。正如蓝博洲所分析：

　　尽管"道路"和"观点"是一致的，彼此之间在如何看待新中国的革命问题上还是不同的。正因为有过那样直面被湮灭的历史的经验，陈映真后来才会有不同于他那一

① 陈映真：《后街》。

代人的发展与坚持吧。设若他在被捕前也去了美国而不是到那"高高的围墙"里头，那么"受到激动的'文革'风潮的影响"的他，恐怕也很难摆脱"文革"以后的历史发展所带来的疑惑与失落吧。如果不是有过不同于同代人的生命经历，后来的陈映真也许不过只是另外一个自我流放海外的"蜉蝣群落"吧。[①]

即使不是去海外成为"蜉蝣群落"的一员，留在台湾，陈映真能免于部分乡土作家后来深陷"台湾民族"论述的泥淖，或者成为"台湾分离论"主张的支持者，这次历史性的会见是关键所在。可以说，在狱中与在台共产党员的相遇，让他成为台湾本土左翼的"精神党员"，并由此明确了自己写作的意义："为了世界上无数的，在遭人湮灭的角落里，为着不肯释手的生命中的一盏灯火，而正在受尽囚锢、拷问之苦的，被全世界遗忘的人们而活，而写作……"[②]恰如马雪所评论，泰源监狱时期对于陈映真来说，如同第一个"蛰伏的时期"之于鲁迅，是他人生中最重要的时期。在这期间，一种"生命的""原理的"陈映真形成了——左翼的、反帝的、民族民主的自觉，成为陈映真思想与文学最坚固的磐石。[③]

从冷战架构看台湾的 1950

从远因看，1950 年是两岸分断的历史原点。要厘清台湾在冷战架构下所付出的重大代价——"民族主义的消萎；民主政治的滞抑；

---

① 蓝博洲：《陈映真的"山路"，不忘初心》，《文艺报》2016 年 12 月 9 日。

② 陈映真：《被淹没的历史的寂寞》，转引自曾健民《试谈"九十年代的陈映真"》，陈光兴、苏淑芬编《陈映真：思想与文学（下）》，台湾社会研究杂志社、唐山出版社 2011 年，第 503 页。

③ 马雪：《"文学"与"思想"的两难：我们该如何理解"陈映真文学"？》，《文艺争鸣》2017 年第 2 期。

整个工人阶级的牺牲；历史的模糊化；安全体制下、大众消费文化下，文化和思想进一步贫困化；台湾自然环境的重大破坏；豪游冶荡的泛滥对人和社会的残害，和教育的全盘破产"①，必须重返1950年，因为1950年对理解台湾的近代史至为关键。早在1987年陈映真便在一篇访谈中指出："对于我，一九五〇年充满着意义"。其原因如下：

其一，1950年冷战体制下，韩国、土耳其、希腊、中南美和台湾岛以"民主""自由"等美名为掩护，以"异端"之名对左翼力量进行世界性、组织性的屠杀。他说：

> 一九五〇年是个重要的世界现代史的年份。明显地，第七舰队封守海峡的五〇年，肃清在台湾加快了速度，加深了深度。同一时期，日本、韩国、土耳其、希腊……进行着沉默而猛烈的肃清。一直到今天，特别在辽阔的第三世界，这惨烈的斗争在世界范围内的"南—北""东—西"复杂的矛盾中绝望地进行着。②

> 在具全球意义的异端扑杀运动中，显露了人类残酷的极致；当无数被扑杀的人们，因着一面旗帜超越了组织的暴力与恐怖；革命后政治和权力的退颓，因着五〇人对于残酷和愚昧，化肉身为齑粉的抵抗，受到远远比犬儒的、右翼的、地方主义最恶毒的诟詈还要严苛的批判。当五〇年代台湾的肃清，和同年代韩国、土耳其、希腊的肃清连结起来，我们看见四十年来在"自由""民主""人权"的美名下刻意湮灭全球性的、史无前例的异端扑杀。③

---

① 蔡源煌：《思想的贫困——访陈映真》，《陈映真作品集》第6卷，第126—127页。
② 蔡源煌：《思想的贫困——访陈映真》，《陈映真作品集》第6卷，第126页。
③ 蔡源煌：《思想的贫困——访陈映真》，《陈映真作品集》第6卷，第130页。

其二，1950 年肃清的"整地"意义，成为台湾发展史上诸多重大转折的历史原点，却一直有意或无意地遭到漠视，甚至遗忘。他说：

> 一九五〇年后在战后台湾资本主义发展史上，绝不能忽视肃清的"整地"意义。战后四十年来，台湾学术、思想、文学、艺术、社会和经济发展，对"阵营"被迫和自愿的屈折与扭曲，丧失民族的主体性格，以及国土和民族分裂下民族主义的摧折和一九五〇年开始的肃清，都有深远曲折的影响。[1]

> （可以说，）一九五〇年是中国国土和民族长期分断的历史原点；是这四十年以来"国家机器——企业——外资"的"三边联合"结构下达成赖以发展的原点；是战后台湾冷战的、依赖的、反民族——非民族化的整个文化形成的原点。[2]

> 然而，不只是异端扑杀的历史本身，更重要的是历史的世界和中国现代史的意义，完全被制度性地湮灭了。杀人者固然要湮灭证据，被杀害的人们也在肃清后的冷战意识形态中，在反共——反中国的悃结中，歪曲地理解那历史的悲剧，在不知不觉中协助湮灭证据的罪行。[3]

正是基于上述考虑，陈映真的小说里有强烈的"回到历史"的驱动，并不仅仅是面对历史中被压制、被击败的希望之光，更是企

---

① 蔡源煌：《思想的贫困——访陈映真》，《陈映真作品集》第 6 卷，第 130 页。
② 蔡源煌：《思想的贫困——访陈映真》，《陈映真作品集》第 6 卷，第 126 页。
③ 蔡源煌：《思想的贫困——访陈映真》，《陈映真作品集》第 6 卷，第 130 页。

图面对历史中的黑暗，并提出警戒。①

重返五十年代的意义

上述种种因素的综合作用下，在八十年代终于能"冷静地回想那个时代的意义"时，陈映真创作了小说《铃珰花》系列，自述主要"描写五○年代在肃清之下人的限度和可能性，写人在组织性的恐怖中怎样睥睨黑暗和死亡，非但不曾使人在绝望中还原成动物，甚至发出令人难以置信的生之光芒和尊严"②。"如何留下这段在台湾的红色革命及被暴力摧毁的历史，如何确保这段属于左翼的历史不被消灭、湮灭与污蔑，如何承继前辈的精神与未完成的任务"③，对陈映真来说，是个迫在眉睫的重任。因为这"是对向着历史的近代跃动的台湾和中国的审视和思考，也是对于我自己的思想和过去的实践的审视和思考"④。也许陈映真希望他所见证的历史与人，能免于灰飞烟灭，能裨益于来世有心之人。对这段历史极为熟稔的后来者蓝博洲说："实际接触了那段历史的我认为，陈映真先生显然已经通过这篇小说《赵南栋》向历史缴交了他个人的答卷。"⑤

一、唤醒五十年代的历史记忆。

从题材来看，《铃珰花》系列包括陈映真早期的作品《乡村的教师》《故乡》等都是以台湾左翼分子在白色恐怖下的命运为书写的主题。那么，台湾左翼的追求与主旨何谓？造成两岸长期分断以及日据以来的台湾左翼传统断裂的五十年代白色恐怖的历史，对陈

① 赵刚：《左眼台湾——重读陈映真》，北京大学出版社 2016 年，第 179 页。

② 蔡源煌：《思想的贫困——访陈映真》，《陈映真作品集》第 6 卷，第 130 页。

③ 陈光兴：《陈映真的第三世界：五十年代左翼分子的昨日今生》，大家良友书局 2014 年，第 57—58 页。

④ 李瀛：《写作是一个思想批判和自我检讨的过程——访陈映真》，《陈映真作品集》第 6 卷，第 18 页。

⑤ 蓝博洲：《陈映真的"山路"，不忘初心》，《文艺报》2016 年 12 月 9 日。

映真个人，乃至于对台湾进步运动的发展有何意义呢？在一次访谈中，陈映真曾如此回应"左翼"的称谓：

> 所谓的左翼，就是对经济发展，社会发展过程中我们不仅仅瞩目于进步，经济发展，东西多而已，而是我们关注到这个过程里面一些弱小者被当作工厂的报废品，不合格品一样被排除出去的那些人，为什么关心这些人，不是因为他们穷，我们才关心，穷人都是好人，不是这个意思，而是站在人的立场，人毕竟不是动物，不是靠森林的法律来生活，人固然有贪婪、欺压别人的行为，可是内心的深处也有一种需要去爱别人，去关心别人，去帮助别人。①

"左翼"的核心是站在人的立场上，关注弱势群体，懂得爱人、关心人和帮助人。如果没有左翼会怎样呢？陈映真在访谈中指出："战后台湾思想的特性是缺乏了左眼，左眼或许没什么重要，但人一旦失了左眼，平衡就有问题。"②当今台湾左翼中兴力量的代表人物之一陈光兴的论述恰是对陈映真这番话的展开与延伸：

> 左翼思想在台湾从来就是反压迫、争平等的理想主义的产物，而台湾战后半个世纪的路途表面看上去富裕繁荣，实际上问题多多，包括社会割裂、人心分化，包括贫富差距持续扩大，五十年间被割去左眼确实是主因之一。在世界的范围内进行比较，台湾是少有在主流政治舞台上没有左翼力量的地方，堪称一枝独秀。③

----

① 刘继明：《走近陈映真》，《天涯》2009 年第 1 期。
② 陈映真、杨渡：《运笔如椽的梦想家——专访陈映真》，王妙如记录整理，《中国时报·人间副刊》2000 年 1 月 23 日。
③ 陈光兴：《陈映真的第三世界：五十年代左翼分子的昨日今生》，大家良友书局 2014 年，第 6 页。

因此，陈映真重返五十年代的首要意义，就是唤醒大家的记忆，重新续接上台湾的左翼进步运动。正如蓝博洲所说，通过陈映真的小说与报告，战后出生的台湾青年一代才第一次具体地触及到长久以来台湾社会"夫不敢传妻，父不敢言子"的恐怖政治的历史源头。他也因为这样的启蒙而开始有了想要进一步认识台湾历史的渴望。①

这就涉及 1949 年至 1987 年台湾戒严时期的历史背景。在此，我想引用陈映真与陈光兴的论述做简要概述：

> 当台湾的马克思主义者和怀抱着马克思主义奋不顾身地要改变命运和世界的工人和农民，被一切有权、有势、富有、体面而有知识的一切"体制"当做异端传布者异教徒、叛国者和恶疾传染者一样被追缉、拷问、枪决、监禁、破身亡家而至"种族灭绝"。②

> ……出道于五十年代末、六十年代初的台湾作家早有体会，不可触碰左翼禁忌。与国民党左翼禁绝同时的，是接下来二十年国民党政权的"保台"走向成为分离主义的温床，结果是到八十年代台独从暗流浮出地表。根据陈映真九十年代的陈述，正是这样一些强烈的危机意识使得他致力重返当年台湾地下共产党人的历史。五十年代这批地下党人惨遭枪决、入狱，活下来的后来也事实上被监禁在整个社会总体上反共亲美的牢笼中。③

---

① 蓝博洲：《陈映真的"山路"，不忘初心》，《文艺报》2016 年 12 月 9 日。
② 陈映真：《"马先生来了"？——马克思〈资本论〉在台湾出版的随想》，《陈映真文集·杂文卷》，中国友谊出版公司 1998 年，第 564 页。
③ 陈光兴：《陈映真的第三世界：五十年代左翼分子的昨日今生》，大家良友书局 2014 年，第 5—6 页。

五十年代的左翼力量被当局当作"异端传布者、异教徒、叛国者和恶疾传染者"一样枪杀、收押，甚至"种族灭绝"，那些少数幸存者也被"监禁在整个社会总体上反共亲美的牢笼中"。这些人成为戒严时期的禁忌，是"夫不敢传妻，父不敢言子"的政治红线。戒严时期如此，解严之后呢？他们是否洗清冤屈、重见天日了？从陈映真九十年代的论述中，我们了解到，答案是否定的。他曾痛心疾首地指出：

> 一九八八年，政府宣布解严。但至今没有一个在解严后不惮于主张"人权""民主"和"自由"的教授、政客和名人为一九五〇年反共肃清的罪案做过什么清理、调查和研究。没有。没有一个自称进步、民主、自由的学者，提出过对于那充满了压抑、虐杀、拷问、歪曲的"战后"加以清算、复权，并全面颠倒冷战历史之论述的要求。解严以后，没有一个报纸、言论人、教授和学者，真诚地为他们在充满了非理和荒废的戒严时代，自己意识和无意识之间成为戒严的非理和暴力之共犯，表示过忏悔与羞耻，却大模大样地扮演着来自前进、民主、自由、正义的谑戏的角色。①

五十年代至关重要——是台湾、大陆、东亚区域与世界史的分水岭，两岸分断、全球冷战确立于此时，从此亲美反共成为台湾战后至今的基本思想走向。② 然则，整个知识界、思想界、文化界却异常的沉默，噤声不语。而陈映真认为挖掘他们奋斗的历史就是在衔接被切断的历史观，因为这不仅是把台湾重新连接上中国革命左翼路线的关键，也是在岛内的战斗位置上"克服民族内战、克服民

---

① 陈映真：《"马先生来了"？——马克思〈资本论〉在台湾出版的随想》，《陈映真文集·杂文卷》，中国友谊出版公司1998年，第563—564页。

② 陈光兴：《陈映真的第三世界：五十年代左翼分子的昨日今生》，大家良友书局2014年，第5页。

族分裂"的关键。而且只有重新接上当年地下党人反帝、反封建、重建公平公正社会的理想主义，才能真正理解当年他们不畏牺牲的思想与精神意义。① 这也是陈映真从七十年代直至去世一直关注这一问题的原因所在。后文会论述陈映真八十年代后半期至新世纪的主要关注与贡献所在，在此略过。总之，此间的陈映真恰如蓝博洲所言，从台湾近现代左翼运动的历史长河来看，历史恰恰在这里让陈映真扮演了一个承先启后的角色。

二、激励同路人前行。

本小节拟引入蓝博洲的事迹和陈光兴的评论作为结束语，两人皆是当前台湾左翼的中坚力量，皆受陈映真的影响。上文曾提及因为陈映真报告与小说的启蒙，促使蓝博洲有了想进一步认识台湾历史的渴望。1987 年，蓝博洲加入了陈映真主持的《人间》杂志，并被安排撰写陈映真策划的"纪念'二二八'四十周年台湾民众史"专题的报告之一。正是此次活动中，他"发掘"出了牺牲在五十年代白色恐怖下的台籍中共地下党人郭琇琮的事迹，并撰写了以郭琇琮为主人公的报告文学《美好的世纪》。在《人间》杂志刊出后，获得超乎意料的反响。

"写了《美好的世纪》之后，我知道我那长期找不到出路的思想已经找到了安身立命的道路了，我已经被那个时代的历史与人物所吸引而决心将我的人生投入挖掘这段被湮灭的历史。"② 由此，蓝博洲真正走入长期被湮灭的历史现场，挖掘整个台湾社会在战后经历的创伤和哀痛、遗忘和记忆，其后数十年来不断将那些为了国家、民族前途而英年牺牲的台湾进步人士的热血事迹公之于众。陈映真先生的情怀、栽培和支持，无疑对青年蓝博洲产生了莫大的影响。像蓝博洲这样的事例，绝不是个例，还有许多。

① 陈光兴：《陈映真的第三世界：五十年代左翼分子的昨日今生》，大家良友书局 2014 年，第 6 页。
② 蓝博洲：《陈映真的"山路"，不忘初心》，《文艺报》2016 年 12 月 9 日。

至于陈映真重返五十年代的文学书写，对左翼政治犯及其家属的抚慰，对同路人的激励，拟引用陈光兴的一段长文证实，并作为本节的结尾。陈光兴写道：

> 从思想的观点来回顾台湾战后左翼，因为高压的政情，文学不得不以隐讳的方式夹带思想、欲望与身体，挤压出来的美学力量，却在深层的地下渠道中串连出藏身社会幽暗角落中偷偷落泪不能出声的同路人们。早期的六十年代如此（《乡村的教师》对于理念大前解的困顿），二十世纪八十年代更进一步开始把压抑历史重新纳入讨论的议程（展现在《铃珰花》），说出不见天日的心声、对社会开始提出对九泉下的同志们进行平反的诉求（《山路》该是最早对受难者家属产生抚慰作用的社会文件）。更重要的是对左翼的下一代解释没人诉说清楚的他们被污名化的父母，让他们及家属重新获得该有的尊严，同时又让死去的、活着的同志能够提出内心真诚的发问：该如何评价今天社会主义的实践？（阅读了《赵南栋》的赵南栋与赵尔平们，该释怀于自己的境遇，地下有知的宋蓉萱、林添福、蔡宗义们，或许能感念于活着的作家替她／他们问了身后难以放过的疑问。）九十年代，被湮灭的历史、被践踏的同志，终于走向台前，陈述着他们自己的故事，他们的伤感、无奈与无怨无悔（猜想读了《当红星在七古林山区沉落》还活着的党人们，能够让伤口稍稍复合，最后可以含笑地下）。最终，作家做到的是开始撰写战后左翼的心灵史，让落单的人们能够重新归队，让没有历史的后辈们可以在心灵上进入历史的轨迹，找到归属，知道该如何摆放自身所处的关系位置。[①]

---

① 陈光兴：《陈映真的第三世界：五十年代左翼分子的昨日今生》，大家良友书局2014年，第211—212页。

让落单的左翼志士重新归队，让无根的左翼后代在历史轨迹中找到归属，也许这就是陈映真重访左翼精神山路最大的意义吧。

第二节 《铃珰花》：重返 1950 年

小说开头第一段只有简短的五个字"一九五〇年"（5∶1）。然而这短短的五个字，对台湾左翼来说，却有千钧之力，"承载着巨大的情感伤痛以及思索提问"。因为这五个字，不只是传递了年代的讯息，而且"展现了一股终于要面对残酷历史的决心，要在谎言蔓草中重新听看想象那早被遗忘了的跫音、人语、激动与叹息"。①小说中，对白色恐怖降临的 1950 年的压抑氛围，也有着侧面叙述。小说写道："那一年，整个莺镇出奇的沉悒，连大人们也显得沉默而惧畏。"素日里喜欢与地方"有志"去喝酒打牌的"我"的父亲，"也只待在家里，默默地吃饭、默默地到台北上班"（5∶19）。哪怕是曾益顺这样的小孩子，听闻了高老师深夜逃走的消息后，也只能"深深地锁在幼小的、迷惑的心里，即使对像我这样的好友，也不轻易吐露"（5∶20）。

初读《铃珰花》感到强烈的震撼，跟随两个戏耍的孩童，看到了一个尘封数十年的历史记忆，走进了那一代人火热的青春与生命。忍不住久久吟味、沉思陈映真的诘问："这样朗澈地赴死的一代，会只是那冷淡、长寿的历史里的，一个微末的波澜吗？"为着将这消失殆尽的"历史的真相"呈现给我们，尚在戒严时期的 1983 年，陈映真创作了《铃珰花》。2000 年初，陈映真在一篇访谈中指出当年他写作《铃珰花》系列时，感受到的一种在政治、历史与文学三者之间的特殊紧张。他说：

---

① 赵刚：《左眼台湾——重读陈映真》，北京大学出版社 2016 年，第 173 页。

由于有政治上的危险，一方面促使我公开我的想法，二方面促使我更注重形象艺术的表现，特别是写《铃珰花》系列之时，因为题材太过敏感，危险性太大，而我又深深觉得应使那隐讳、被压迫下的历史重见天日，因此使我自我要求，特别提高了创作时的艺术性。①

鉴于当时政治环境的复杂，《铃珰花》选择以旁观者的眼光讲述那些关涉政治的特殊的生命。这种被迫隐蔽的艺术对作家来说是一种挑战，如吕正惠所言："艺术家最大的难题是，如何不逃避现实而又不违背现实。对陈映真来讲，如果不处理政治问题，那就是逃避；但是，如果为了处理政治问题而制造出台湾的环境所不可能出现的'现实'，那就是虚夸，就违背了现实。"而陈映真的高明之处在于"《铃珰花》成功的创造了一个情节，在这一情节里合情合理的表现了台湾社会的某一面"。② 小说中，庄源助以第一人称的口吻回忆了三十年前与好友曾益顺四天以来的逃学片断——两个逃学的孩童，漫无目的在山野间游荡，以他们的游荡为主线，交替穿插着各自的见闻，构成了小说立体的、丰富的架构，最后两个孩童在走进山洞时，蓦然撞见了小说的主角高东茂老师。高老师的正面出场，所用笔墨不多，他的身影却始终笼罩于小说的首尾，让我们时时都能感受到。这也是陈映真的用心良苦之处。现在，就让我们走进《铃珰花》，走进那段"被暴力和谣言所欲湮灭的历史"。

外省兵仔

阅读小说，我们追随着逃学儿童阿顺与阿助进入五十年代的莺

---

① 陈映真、杨渡：《运笔如椽的梦想家——专访陈映真》，王妙如记录整理，《中国时报·人间副刊》2000年1月23日。

② 吕正惠：《历史的梦魇——试论陈映真的政治小说》，《陈映真作品集》第15卷，第216页。

镇山野世界：十月晴朗的天光，阳光下废弃的砖窑厂，或橙黑或焦褐的破损陶器，养着小蛇的大水缸，日人留下的弥勒佛，牵着黑狗的小女孩，黑松林下的神秘禁区，长长地延伸出去的火车道，盘旋在空中的慵懒的老鹰，溪铺边开满篱笆的铃珰花，长着婆娑相思林的"后壁山"，秘为"私有"的野蓄石榴，被杂草遮住的老炮口，茄冬树下吃着火焖花生的逃学孩童，山洞里神态惶恐的高老师，以及远处莺镇小学不时传来的歌声——"太阳出来亮晃晃，中国的少年志气强，志气强唉……"（5：5）这些文字意象优美中见忧悒，让人回味再三，但这篇小说更让人惊叹的是对风土人情的细致描摹中掺杂进政治的"砂子"，渗入"不安"的因子①，这正是作家的用心用情之处。

小说伊始，"我"瞒着家里，天天跟着阿顺逃学，已经三天了，内心着实不安。倾听着从学校里流泻出的风琴声和歌声，"我"嗫嚅着告诉阿顺，明天想回学校去。阿顺"吃惊地回过头来望着我"（5：6），为了安抚"我"，答应明天给"我"带笋龟来，却因擅长抓笋龟的二叔跳进洪水拖流木时不慎重伤，愿望很难达成。阿顺又承诺带"我"去看兵仔。所谓的兵仔，就是跟着国民党撤退来台的外省兵。这些外省兵居住在学校三令五申不准许学生靠近的黑松林禁区。这个提议自然勾起了阿助的好奇心，于是两人小心翼翼地潜入莺镇小学后门的废园，躲在纪念碑的石台后面暗中观察这些外省士兵吃饭的情景。他们看到：

> ……士兵们围蹲成三个圈子，用铝碗、大漱口缸盛饭，就着摆在地上的菜盆里的菜吃饭。
>
> "好香。"阿顺说。
>
> "不香。好怪的味。"我反驳说。

---

① 吕正惠：《历史的梦魇——试论陈映真的政治小说》，《陈映真作品集》第15卷，第215页。

……我睁大了眼睛看着士兵们蹲在地上呼呼地吃饭。有些人也站着吃。我问阿顺：

"为什么他们不在屋里吃？"

"不知道。"

"为什么不找个饭桌吃饭？"

"不知道哩。"

"他们为什么现在才……"我说，"才吃早饭？"

"这你就不知道了。"阿顺说，"他们一天只吃两顿饭。"（5：9）

通过两人的所见所闻，我们可以了解到，这些外省兵的饮食极为简陋——一天只吃两顿饭，饭菜还有股怪味，没有餐桌餐具，用洗漱用品，蹲着或站着吃。这些外省兵，住的是最古老的教室，吃的是勉强维持存活的粗饭，他们生存环境的恶劣尽收眼底。在这种境况下，死人自然是常有的事。阿顺就告诉阿助，吃下这些饭菜的士兵，大多拉稀，"到他们厕所挑出来的大肥，全是稀的多"，因此"兵仔里头有些人患下痢，治不好"，只好"几个兵用毯子裹着死尸，用担架抬到公墓上埋了"（5：10—11）。为着证实阿顺所言不虚，后文接着讲述了篱笆上开满铃珰花的"客人仔蕃薯"一家的故事。

到了去年年末，莺镇上的兵忽然多了。徐阿兴的女人在菜市场上逢了一个出来采购菜蔬的、青年的、徐姓的炊事兵，便成了"客人仔蕃薯"家的客人，两相认起宗亲来。这年轻的炊事班长，每逢星期假日，便到溪埔的徐家帮忙挑水、整地、种菜。日子一久，徐阿兴的女人渐渐有意把女儿许配与他。每当节日，硬是到学校松林下的营区门口，央求着让那炊事兵出来过节，使那年轻的炊事班长成了弟兄们哗笑的对象。

"后来呢？"我说。

"可怜喂，那炊事小班长，也得了痢疾，拖了个把月，竟也是死了。"（5：25—26）

那年轻的炊事班长，原有着在台湾扎根生儿育女的美好前程，却因为痢疾，而丧命了，一切希望随之烟消云散。这是多么令人惋惜，而又残酷的事实。国民党对这些忠心耿耿跟随自己南征北战多年的士兵弃而不顾，对人命关天、亟待解决的吃饭问题，悬而不决，却将政策的重心放在不遗余力地围剿与毁灭台湾左倾力量上，这是多么可悲又惨然的事实！又何况，这些台湾左翼力量也是我们一衣带水的兄弟姐妹呵。因此，小说接着借阿顺之口唱出了《台湾之歌》：

张灯结彩喜洋洋，
胜利歌儿大家唱。
唱遍城市和村庄，
台湾光复不能忘……（5：12）

借阿助之口，唱出了解放之歌：

八年抗战，八年抗战，
胜利终是我。（5：13）

回想中华儿女齐心协力、同仇敌忾赶走日本侵略者的抗战情景；台湾光复时民众挥舞着青天白日旗，欢庆"这是我们自己的国家，自己的同胞"，并燃起重建破败家园希望的光景；而今，这样手足相残，自己人打自己人，格外令人悲泣。在这样的氛围中，阿顺提起了他们竭力回避却时时惦念着的高东茂老师。

火车道

走出相思林，横在他们面前的便是通往桃镇的火车道。两人一边在铁轨上踩着碎步，一边唱着那些让人高兴的歌。看见火车从远处而来，阿顺忽而提起了高老师。

"阿助，我问你。"曾益顺忽然说。

"嗯。"

"阿助，如果高东茂老师在火车上，他会看见我们吗？"

"不知道。"我沉思着说，"我不知道。"（5：15）

这是小说中高老师的第一次出场，从学生曾益顺的口中说出。在阿顺幼小的心灵里，他一直劝说自己相信深夜破窗而逃的高老师早已坐着火车，安然无恙地奔向远方。因此，当疾驰而去的火车驶远时，阿顺"忽而默默地目送着它远去，脸上挂着一层寂寥依恋"（5：15）。

高老师是校务会议上唯一的、极力反对升学班与放牛班的老师，并志愿接下"看牛仔班"的级任。他对贫苦佃农的孩子有着强烈的亲切感，不仅教他们打算盘和记账，还增加图画、唱歌的课，把"素行顽劣"的曾益顺选为班长，并且不顾校长的反对带着全班学生"去帮穷苦学生的农家种地、整顿公共卫生；带着学生到田里学习种菜、施肥、除虫的知识"（5：16）。他灌输他们新思想，教他们自立自强——"说分班教育是教育上的阶级歧视；说穷人种粮食却要饿肚子；说穷人盖房子却没有房子住……"（5：17）对贫苦孩子阿顺们点点滴滴的关怀与教导，也许正是高老师"左倾"的证据和口实吧。

阿助与阿顺的深厚情谊，也得益于高老师的助力。尽管阿助与阿顺素常要好，然而被大人强制安排的分班，却让阿顺们"怀着卑怯和怒恨疏远",而令阿助内心"常常涌起自己无从解说的悲伤"（5：17）。有一次，有钱人家的小孩向阿顺预定了笋龟，到"看牛仔班"找阿顺要笋龟，引起争执，阿顺被人推倒在地。恰恰这时进门的高老师误以为是阿助推搡的——"一个箭步欺了上来，挥出一记沉重的掌掴，准确地甩在我的右脸上。'还没有到社会上去，就学会欺负穷人么？'"（5：18）在得知错怪了阿助后，高老师带着阿顺亲自向他道歉：

> "庄源助，老师对不起你。"高东茂老师微笑着说。我抬头望着高瘦的高东茂老师，看到他一张苍白的脸，用一双像是为了什么而长时忧愁着的眼睛望着我。
>
> "分班是……大人做的坏事。"高东茂老师说，"老师的错，在于用一个坏事来反对另一个坏事。啊，不懂吧？总之，老师对不起你了。"
>
> 我自然是不懂的。可是不知道为什么，两个五年级的学生都同时流下了眼泪。
>
> "我们都不要让别人教你们从小就彼此分别，彼此仇恨。"高东茂老师说，"啊，彼此……"（5：18—19）

高老师"长时忧愁着的眼睛"，也许正是担忧上一代的贫富不公、阶级分化通过分班再传递给孩子们，让这些纯真无邪的孩子自小便学会戴着"有色眼镜"，以出身、财富、地位等来看待社会人世。左翼的特征就是反对压迫和欺凌，强调平等、互助与友爱。有左翼倾向的高老师看到升学班的孩子欺负放牛班的孩子定是火冒三丈，忧心忡忡，对阿助"挥出一记沉重的掌掴"，正是他的忧虑、烦恼与愤怒的发泄。然而，这个赢得了孩子们的尊敬与信任的高老师，却在一个细雨的冬夜遭遇当局的抓捕，被迫越窗而逃。

"高老师那么好，为什么不说一声就走了呢？"（5：20）这成为郁结在阿顺与阿助心头的疑问。只是在那个压抑的环境和氛围中，他们不敢去触碰，甚至交流。硬是憋了许多天，对老师惦念之极的阿顺在火车道的触动下才开了口。但是没聊几句，便戛然而止。惘然失落的阿顺也只能对着再次驶过的火车"赌气似地尖声叫喊："嗬呀！嗬呀！唷！——呀……'"（5：21）。

高老师坐着火车逃走了的可能性，从小说的暗示来看微乎其微，小说有一段关于火车道颇富意味的描写：

> 我极目望去，在铁路的尽头，并不见火车的踪影。在晴朗的天空下，只看见铁道旁边的电线杆，齐齐整整地排成一线，和铁道一齐向着莺镇以外的广阔的世界延伸出去。两只老鹰正在左近的天空慵慵懒懒地画着从容的、不落迹痕的圈圈。（5：14）

如果说，铁道象征着远去的可能性，然而火车却迟迟不见踪影，而况天空还有鹰隼在盯梢呢。即使火车来了，只要特务在，高老师也难以逃遁吧。然而，阿顺还是希望未灭。故此，小说中写到两人从茅草小坡走下后，碰见"那只红衣"的蝗虫：

> 一只硕大无比的，湛绿色的蝗虫，正从我们的眼前飞跃而起。粉红色的内翅，在阳光中变成一团明媚的粉红色的彩球，俊然地飞向远远的茅草地上。（5：21）

阿顺再次怀抱着期望，想象着高老师幻化成一只红衣蝗虫，远走高飞，躲过此劫。这里，作家几次三番借助孩童阿顺的所思所想，隐秘地抒发自己的情感。接着他又让阿顺寂寞地、轻声地唱出了团结之歌：

枪口对外，

齐步向前。

不打老百姓。

不打自己人。（5：16）

铃珰花

小说题名"铃珰花"，足见铃珰花是理解这篇小说的关键。两个孩童是在怎样的情景下见到铃珰花的呢？别过红衣蝗虫，他们继续往前走，阿顺突然开口提议，让阿助明天回学校上学。之前他为了挽留住阿助陪他继续逃学，想出了种种办法"诱惑"，现在却主动开口劝他去上学，关键还是从未出场的高老师，因为"高老师知道了，恐怕也是会生气的"。高老师虽然不在校了，对阿顺而言，却是正能量之源，让阿顺得以更理性、更积极地看问题。阿助反问他："你呢？高老师也不见得高兴你这个样。"（5：22）想到这，阿顺沉默了。继而，他忽然唱起了高老师教过的凄楚的抗日之歌：

同胞们，

请听我来唱；

我们的

东邻舍，

有一个小东洋。

几十年来练兵马，

要把中国亡。（5：23）

继而在两个孩子疑惑着歌词的最后一句"一心要把中国亡呀伊唷嘿"中，"为什么是'伊唷嘿'"时，他们蓦然撞见了铃珰花。

篱笆上开满了一朵朵标致的铃珰花儿。五瓣往上卷起的、淡红色的花瓣，围起一个婴儿拳头那么大的铃子。长长的花蕊，带着淡黄色的花粉，像个流苏似地挂在下垂的花朵上，随着风轻轻地摆荡，仿佛叫人听见"叮呤，叮呤"的铃声。（5：23—24）

这有着浓厚象征意味的"铃珰花"在抗日歌曲中出场有什么意味吗？更何况这铃珰花开在贫苦、不幸，又饱受歧视的"客人仔蕃薯"家。我认为这暗合陈映真一向的思想主张，在当时的政治情形下，他无法将矛头指向美国，只能隐晦地指向海峡两岸共同的敌人日本，日本在这里指向的是一种阻碍海峡两岸和平统一的外在力量，在五十年代取代这股力量的恰恰是美国。1950 年象征的不只是白色恐怖，更是因朝鲜战争而落实的"冷战、分断与白色恐怖"的整个变局，在这个变局中昔日的同志多遭劫难，国民党政权在美国的卵翼下更加巩固，与对岸新中国的亿万同胞更加咫尺天涯。海峡两岸的同胞曾经团结一致，抵御了日本企图灭亡中国的野心，但是现在呢？国民党大肆绞杀岛内同志，使得反压迫、反侵略的左翼力量迅速萎缩，直至后继乏人。这后继乏人体现在，对后来者简单的一句"伊唷嘿"都来不及解答，也无人能解答。我认为小说中的"铃珰花"象征的正是五十年代台湾的左翼力量。小说中描写"铃珰花"的词语都有特殊的指谓，"五瓣"花瓣容易让人联想到"五星"；"婴儿"拳头大的铃子，则容易让人想到"赤子之心"；而"淡红色"的花瓣，"淡黄色"的花粉，这一红一黄，很容易让人联想到苏联或中国的国情，红色象征着革命的热情，黄色象征着革命发出的光芒。如果更"穿凿附会"些，我一直疑惑"铃珰花"的"珰"何以用此"珰"字而非常见的彼"铛"字，也许对陈映真来说只有这个"珰"字才能切合他的心境吧，他一直在内心深处像守护珍贵的珠玉一般，守护着自己的左翼情感。回到小说，然而这象征着左翼力量的铃珰花，也只能"随着风轻轻地摆荡，仿佛叫人听见'叮咛，叮咛'的铃声"。"仿佛叫人听见"，实则人是听不见的，在当时压抑的环境下，他们能发出的声音微乎其微，极少能引人注意。何况铃珰花下的篱笆里，还有一只狗"凶狠地"吠叫着，更叫人心生畏惧，不敢接近。

小说中盘旋在铁道上空的老鹰，蹲守在铃珰花边肆意吠叫的恶狗，都寓意着国民党的特务势力。小说中，与特务的身份相称的唯有那个面目暧昧不明的金先生。金先生是光复以后，搬来莺镇的，与其他一些外省人不同，他"是唯一的单身来到莺镇的外省人"。小说中这样描写他：

> 他长得高大，头发总是光光鲜鲜地上着发油。由于语言不通，他总是用笑嘻嘻的脸，连比带写地同人谈话。而每值他笑开了口，便不由得要露出一排黄澄澄的、微暴的金牙。他还常常喜欢穿着宽松的裤子，总是白色的棉袜，穿黑色的布鞋。（5：38）

油头金牙、白鞋黑袜，这样一副形象总给人一副油嘴滑舌的不正经模样。然而，虽然不清楚他的经历和身份，但镇上有势力的人，诸如镇长、派出所里的人，都对他恭恭敬敬。就连镇上从上海回乡、一向厌恶外省人的余义德，不仅把房子租给了他，连二十岁的女儿也嫁给了他。小说描写金先生有两个细节值得注意：其一，他对干干净净的榻榻米毫不在意，用他那巨大的黑布鞋随意踩踏，对比"都不许儿女说一句中国话"的"亲日派"余义德，得知他绝不是日本派出的特务。其二，他对二十岁的新太太轻声细气、体贴入微，然而一待他的原配夫人和儿女从大陆赶来，被遗弃的新太太就被迫着吊死在"后壁山"上。从他的狠厉绝情来看，他也绝不是共产党左翼。既不是亲日派，又不是共产党左翼，有钱有势的人却都买他的账，由此可知，金先生是国民党的人，更确切地说，是国民党派到莺镇监视地下党一举一动的爪牙心腹。高老师的被抓捕，大概与之脱不了干系。

高老师

离开盛满铃珰花的"客人仔蕃薯"的家后，两个孩童来到了溪边黑色的砂铺上，在庄稼地里大显神通的阿顺游到小溪对岸的花生园偷了一大抱花生，在烧热的沙坑里焖烤花生。等待花生熟的间隙，茄冬树下阿顺向阿助敞开心扉讲述了他上学的经历。由于出生于贫乏的佃农家，一直到十岁，台湾光复的那年，阿爸听从了一个坐过日本人监狱的远亲的劝说，才让阿顺入了小学，因为"现在是咱自己的时代，人人都要读书识字，建设家园"（5：30）。然而过了两年，那个远亲因牵涉了事变（按时间推测大概是"二二八"事件），再也没回家。思想受到震荡的父亲，觉得还是种田安稳，便让阿顺休了学，因为"读书做读书人，做官有分，杀头也有分，阿爸说了，我们还是戆牛，戆戆的过日子好些"（5：31）。一年后，先人曾拜过兄弟的二甲高厝的儿子高东茂（即高老师）从大陆回来，方又说服了阿爸让阿顺入学。高老师在学校的所作所为，深深地激励了如阿顺这般的佃农孩子，不仅教他们知识、文化，更重要的是帮他们树立了做人的尊严和信心。阿助满怀感激地说："一直到了高东茂老师当级任，我才开始觉得：庄里人，并不就是没路用的人。"（5：31）也是经由阿顺的转述，我们知晓了高老师的历史——"他原是日本征了去中国大陆打仗的。可一去了大陆，却投到中国那边做事了。"（5：31）虽然小说对他在大陆为谁做事、做什么事都语焉不详，但对照后文，可以推测他这次是潜伏回台做工作的。

吃饱花生后，阿助决意带着阿顺去长满相思树的"后壁山"看一株他秘为"私有"的野蕃石榴树，借此向伙伴炫耀他的财产。出乎意外，那棵树上"连一颗待熟的、青涩的果子都没有。即连地上，也找不着一颗稍微成形的落实"（5：41）。此处伏笔对应着后文高老师逃离山洞后，"碗边还留着三四个熟透了的蕃石榴"（5：48）。正是这不着痕迹的一笔，写尽了高老师在野外求生的艰难不易。在这人迹罕至野地里，两个孩童又斗着嘴，鼓着劲终于走近了山顶碉堡旁边的山洞。在洞口撞见了正要夺路而逃的高老师。小说写道：

> 那人紧紧地握着一支短棒，收住正要奔逃的双脚，回过头来。啊！那是高老师么？脏脏的长发，深陷的面颊，凌乱而浓黑的胡须，因着消瘦和污垢而更显得巨大、散发着无比的惊恐的，满是血丝的眼睛。（5：44—45）

这"鬼魂一般的人"，是高老师吗？阿顺一眼就认出来了，阿助逐渐才敢确认。高老师以"极度恐惧的神色，左右顾盼着"，他的"一身衣服很单薄，污秽而且破烂"，散发着异味。他用"惊恐地、压低了"的声音，让他们先躲进洞再说，那声音像是一个"极其衰老的老人"（5：45）。

> 他靠着比较阴暗的一面石壁，坐了下来。他几次躲避了我们两双疑惑、哀伤而又同情的眼睛，终于低下了头。
> "走吧。"他微弱地说："走吧。"他忽然惊醒似地抬起头来，睁开寓藏着无量数的惧怖和忧伤的眼睛，"不要告诉别人好吗？不要告诉任何人。"（5：45）

师生这般不期而遇，他们没有过多的言语。此情此景，还能说什么呢？作为一个被追捕的逃犯，面对学生同情关爱的眼神，他只能躲闪。即便有满腔的关爱、嘱托与期待，想跟两个孩子倾诉，他也不能说，也无法说，他担心牵连了他们。无言以对，就是对他们最好的关爱。因此，他接着又两次要求他们"走吧"，继而用高亢的声音赶他们"走，走！"，最后张着"空洞的、愁苦的眼睛"再次让他们"走吧"（5：46）。唯有赶走他们，才是真正地保护他们。这里的师生深情描写得真实感人，一直牵挂惦念着老师的阿顺，有多少疑惑想询问老师啊，可他明白最重要的是帮老师解决吃饭问题，他和阿助把剩余的花生都掏出来给了高老师，并允诺第二天早晨再送饭来。第二天，两人来到山洞时，不出所料高老师已经走了，舍不得恩师的阿顺再一次流泪了。正是在这个与高老师生死离别的场景中，阿顺与阿助也从此分道扬镳：

> 阿顺只是沉默地走着。我就这样跟着他一前一后地走在清晨的大汉溪山上，看见他久久就抬一次手拭泪的背影。一直到我跟过了那满开着铃珰花的花树做篱笆的，"客人仔蕃薯"的女人的家，不知为了什么，忽然觉得我不应该再这样跟着阿顺。让他一个人吧，我忽然对着自己说。我缓缓地立定了脚，在那欣然地开着粉红色的铃珰花的篱笆下，目送着阿顺一边拭泪，一边走远了。（5：48）

那在"小径上经高老师恢复起来的两个少年的""不曾再松动过"的友情，随着高老师的消失，就此戛然而止。小说中写两个孩童的友情绝非只是避实就虚、躲避戒严时期审查的策略，也是左翼力量在岛上由崛起走向消沉的明证。阿顺和阿助分属于不同阶层，一个贫穷一个富裕，一个是佃农的后代一个是有势力家的孩子，他们在高老师（小说中是左翼力量的象征）的引导与帮助下，结成了亲密的友情，弥合了因经济与学习"智力"不同而来的裂痕，这是否也寓意着台湾贫富分化的两个不同阶层也能在左翼力量的干预下，放弃仇恨、压迫与歧视，走向团结、友爱呢？更进一步讲，是否寓意着如果台湾的这只左眼没有损坏，海峡两岸的炎黄子孙也会共同携手，走向未来呢？然而，高东茂老师终是被抓捕枪杀了，这一切假设也不复存在了。

第三节 《山路》：台湾左翼的遗忘史

如果说《铃珰花》描写的是五十年代台湾左翼分子就义前落难的状况，同年8月发表的小说《山路》则叙述了左翼家属与支持者在怎样幽曲的心境下，随着时局与环境的变化，走过了后来的三十年。这样一篇讲述五十年代左翼政治犯及其家属的小说，竟然获得当年《时报》推荐的小说奖。这在尚处于戒严时期的台湾，颇有些不可思议，连陈映真本人都觉得吃惊。小说的主人公蔡千惠到底以怎样的生命经历感动了读者，并引发人们的思考呢？带着这个疑问，我们一起走进小说《山路》。

小说伊始，台大医院特等病房里，查房的杨教授正在询问李国木，对于他的老嫂子蔡千惠毫无缘由地萎弱下去充满疑惑。他告诉国木，"病人对自己已经丝毫没有了再活下去的意志"，"很少见过像伊那样完全失去生的意念的人"（5：76）。小说围绕着蔡千惠何以突然就丧失了坚韧的生命力展开。

蔡千惠在病床上反复提到自己又梦见"那一条长长的台车道"（5：77），并对当下舒适安逸的生活满怀疑虑，她几次说到"我来你们家，是为了吃苦的"，"我们这样子的生活，妥当吗"（5：74）。李国木并不理解老嫂子的追忆与诘问，他只隐隐约约觉得蔡千惠身心迅速地衰竭，与那条台车道，以及大哥的好友黄贞柏的出狱有关，却无法确认之间的干系。尽管他也能准确地回忆起"一幕幕那时的光景"，然而他还是不理解面对黄贞柏的出狱大嫂何以这般伤痛地哭泣，尔后又这样"忽然间老衰了"（5：55）。他只好问蔡千惠："就为了那条台车道，不值得你为了活下去而战斗吗？"

（5：78）诚然，作为一个自幼被告诫着"回避政治"成长起来的新一代，他无法深入理解蔡千惠内心千回百转的纠结。

初读小说时，我曾把关注的重心放在五十年代被枪杀的左翼政治犯李国坤家人——包括他的父亲、母亲、弟弟李国木，以及"妻子"蔡千惠的遭际，几次研读后，才意识到小说在横向铺陈李国坤家属三十年间发展史时，更有一条贯穿小说始终的主线，也是理解小说主题的关键，即蔡千惠的思想演变史。小说主要以李国木的回忆和蔡千惠在遗信中的内心独白来交替呈现。本节以时间为序对蔡千惠三十年间的心理历程做展演分析，并重点论述作家在小说中提出的关于中国大陆革命是否"堕落"了的"大哉问"。

山路上的初心

从蔡千惠的信里，我们了解到早在四十年代后期，黄贞柏与蔡千惠就已谈婚论嫁，但因为那时黄贞柏已加入左翼，随时都有生命危险，所以暂时搁置了订婚之议。半年后，千惠终于见到了贞柏多次提起的挚友李国坤。千惠深情地回忆道：认识国坤大哥"感到一种惆怅的幸福的感觉"。爽朗的国坤则"用他那一对浓眉下的清澈的眼睛，亲切地看着早已涨红了脸的我"（5：84）。在回来的山路上，千惠"整个的心都装满着国坤大哥的影子"（5：85），千惠对国坤可以说一见钟情，产生了爱慕之心。

和国坤分别后，贞柏和千惠挑了一条弯弯曲曲的山路往桃镇走，在山路上贞柏向千惠讲述了很多："讲您和国坤大哥一起在做的工作，讲你们的理想，讲着我们中国的幸福和光明的远景。"（5：84）千惠听着深受鼓舞与感动，不自觉地流下泪来。她暗下决心：

> 走完那一截小小而又弯曲的山路，我坚决地知道，我
> 要做一个能叫您信赖，能为您和国坤大哥那样的人，吃尽

人间的苦难而不稍悔的妻子。(5:85)

正是在这条山路上，千惠完成了初期的启蒙，并成为左翼力量的坚定支持者。她决意嫁给革命的大家庭，让贞柏、国坤们没有后顾之忧的"为了广泛的勤劳者真实的幸福"（5:83）而奋斗。

然而，命运的风暴无情袭来。1950年，国坤、贞柏，以及千惠的二兄汉廷都被逮捕了。不久，千惠发现"我的父亲和母亲的悲忿，来自于看见了整个逮捕在当时的桃镇白茫茫地开展，而曾经体验过恐怖的他们，竟而暗地里向他们接洽汉廷自首的条件"（5:85—86）。千惠的父母大概在大陆时见识过国民党残酷扑杀异己手段的惨烈，企图用汉廷的自首保全他的安全，结果也落空了。半年后，汉廷回来了，一次酒醉后他向千惠说出了"一场牵连广阔的逮捕"（5:86）。得知二兄出卖同志的卑劣行径后，千惠陷入极度的悲愤与痛苦之中：

> 为了使那么多像您、像国坤大哥那样勇敢、无私而正直、磊落的青年，遭到那么暗黑的命运，我为二兄汉廷感到无从排解的、近于绝望的苦痛、羞耻和悲伤。(5:86)

极疼爱自己的二兄竟然为了一己之利，背叛了革命，出卖了组织，陷害了国坤、贞柏等革命同志。三十年之后，千惠依旧痛斥自己的二兄为"一个卑鄙的背叛者（裏切者）"。这让千惠感到痛彻的羞耻与绝望，在"经过几乎毁灭性的心灵的摧折之后"，千惠痛下决心"我必须赎回我们家族的罪愆"（5:86）。后来，在她得知国坤被枪杀，贞柏被终身监禁后，对比了两家的境况后——贞柏家薄有资产，国坤家则贫病交加，千惠决定冒充国坤在外结过婚的妻子来到他们家。

我说服自己：到国坤大哥家去，付出我能付出的一切生活的、精神的和筋肉的力量，为了那勇于为勤劳者的幸福打碎自己的人，而打碎我自己。（5：87）

后来千惠常说起当时的情景。1953年夏，少女千惠独自一人坐火车从桃镇来到莺镇，下了车也不敢问路——"有谁敢告诉你，家中有人被抓去枪毙的人家，该怎么走？"（5：61）年少体弱的李国木坐在门槛上，看着他后来感念了一辈子的嫂子远远地踩着台车道的枕木，走了过来，挽救了这个濒临破碎的家：

台车道的两旁，尽是苍郁的相思树林。一种黑色的、在两片尾翅上印着两个鲜蓝色图印的蝴蝶，在林间穿梭般地飞舞着。他犹还记得，少女蔡千惠一边踩着台车轨道上的枕木，一边又不时抬起头来，望着他家这一栋孤单的土角厝，望着一样孤单地坐在冰凉的木槛上的、少年的他的样子。他们就这样沉默地，毫不忌避地相互凝望着。一大群白头翁在相思树林的这里和那里聒噪着，间或有下坡的台车，拖着"嗡嗡——格登、格登！嗡嗡——格登、格登！"的车声，由远而渐近，又由近而渐远了。他，少年的、病弱的李国木，就是那样目不转睛地看着伊跳开台车道，捡着一条长满了野芦苇和牛遁草的小道，向他走来。
"请问，李乞食……先生，他，住这儿吗？"伊说。
（5：61—62）

每次读到这段，都觉得怦然心动，又蓦然感动。在那些荒芜的、惨白色的日子里，人与人之间的信任极为单薄，然而千惠和国木这对即将成为一家人的叔嫂，却彼此信任，即使有白头鸟的聒噪和台车的轰隆声，这股浓浓的情意却扑面而来。那苍郁的相思林中穿梭的蝴蝶，亦像是为千惠这重获新生的一日而舞而乐。

经过一番讨量，千惠终于怀着一颗感激的心进了李家的门。在山墺矿场上当台车夫的父亲，对儿媳千惠关爱有加。但是原本羸弱的母亲，因为丧子之痛，病情加重，性格变得易怒而躁悒。她躺在阴暗、潮湿、弥漫着从一只大尿桶里散发出来的尿味的房间里，由千惠细致、耐心地侍奉着。每每念及曾经中产之家掌上明珠的千惠，在这贫寒之家如此尽心尽意地恪守孝道，总忍不住泪湿双眸，该是怎样的决心和意志，才让她对国坤一家始终不离不弃呢？千惠这一"赎罪者"所要承受的，不仅是李家家境贫寒带来的物质窘迫，还因身为"叛徒"的家人让她加倍地承受着由李家痛苦而来的内疚和羞愧。小说中，有个细节写到父亲从台北领回国坤的旧物——一捆用细草绳打好包的旧衣服、一双破旧的球鞋和一支锈坏了笔尖的钢笔。当夜，母亲睹物思人，再次悲伤满怀：

> 他的母亲也这样地哭着：
>
> "我儿，我心肝的儿喂——"
>
> "小声点儿——"他的父亲说。蟋蟀在这浅山的夜里，嚣闹地竞唱了起来。
>
> "我儿喂——我——心肝的儿啊，我的儿……"
>
> 他的母亲用手去捂着自己的嘴，鼻涕、口水和眼泪从她的指缝里漏着往下滴在那张陈旧的床上。（5：64）

此情此景，像芒刺般扎着千惠的内心。她像国坤的母亲一般为国坤的牺牲而悲痛难忍、伤心欲绝，然而这些冤屈、悲伤和疼痛却不允许有任何释放的空间。虽然哀思如潮，但不仅当时的政局不允许，而且作为"赎罪者"，她自认为没有资格坦荡地表达哀痛，只能沉默地以泪洗面。

国木小学毕业那年，父亲执意要他休学做矿工，一则因为家境贫困，二则以国坤的遭遇为警戒："坤仔他……错就错在让他读师范"（5：72）。但千惠坚持让国木继续求学，并说这是国坤的意思："让阿木读更多、更好的书。"（5：73）听闻是国坤的遗愿，父亲不再坚持：

> "都那么多年了，你还是信他。"阿爸无力地说，摸索着点上一根香烟。
> "我信他。"伊说，"才寻到这家来的。"
> 大嫂默默地收拾着碗筷。在四十烛的昏黄的灯光下，他仍然鲜明地记得：大嫂的泪水便那样静静地滑下伊的于当时仍为坚实的面颊。（5：73）

寥寥数句对话，却意味深长。"都这么多年了，你还是信他"，这里的"他"不只是指国坤，更是指国坤的信仰。也就是说，这么多年过去了，左翼也许在台湾已经被绞杀殆尽，千惠却依然坚定地相信左翼，支持左翼。所以，她坚持让国木读书，走一条与国坤成长相类的路。然而，时代的吊诡就在这里，因为1950年白色恐怖的肃清政策，左翼党人被连根拔起，即使有心的后继者想去继承也茫然无绪。这也是其后近四十年台湾因缺少"左眼"而导致发展不平衡的主要原因。小说中隐晦地写道：

> 长久以来，对于李国木，桃镇是一个神秘而又哀伤的名字。他的大哥，其实是在一件桃镇的大逮捕案件的牵连下，在莺镇和桃镇交界的河边被捕的。少年的时候，他不止一次地去过那河边，却只见一片白色的溪石，从远处一路连接下来。河床上一片茫茫的野芦苇在风中摇动。（5：73）

国坤们一直是禁忌，他们被"体制"诬为"异端传布者、异教徒、叛国者和恶疾传染者"①，耳不敢闻，口不敢言，至于死因，即使最亲密的家人也三缄其口。另一方面，鉴于岛内高压的戒严政策，即使像千惠这般左翼党人坚定的支持者，也不忍心革命的后代再涉入随时有性命之忧的革命之途。因此，她不断地教育和督促国木"避开政治""力求出世"。虽然后来她为此懊悔，并深感羞耻，但在当时的情形下，她没有更多的选择余地。试想，国坤的牺牲已给这个风雨飘摇之家带来灭顶之灾，如果国木再有个三长两短，不仅千惠永远也无法原谅自己，这个历经波劫的家也只会分崩离析。这样的后果，无论是谁，既不忍心设想，也无法承受，因此我们完全理解千惠的做法。

为了供阿木上中学，千惠也去了煤矿做矿工，工作地点就是那条萦绕在千惠和国木梦中的台车道——从矿山蜿蜒着莺石山，然后通向车站的煤矿起运场的那一条细长的、陈旧的、时常叫那些台车动辄脱轨抛锚的台车道（5：79）。在这里千惠经历了极为严酷的磨砺。她在信中写道：

> 我狠狠地劳动，像苛毒地虐待着别人似的，役使着自己的肉体和精神。我进过矿坑，当过推煤车的工人，当过煤栈间装运煤块的工人。每一次心力交瘁的时候，我就想着和国坤大哥同时赴死的人，和像您一样，被流放到据说是一个寸草不生的离岛，去承受永远没有终期的苦刑的人们。每次，当我在洗浴时看见自己曾经像花朵一般年轻的身体，在日以继夜的重劳动中枯萎下去，我就想起，早已腐烂成一堆枯骨的，仆倒在马场町的国坤大哥，和在长期监禁中，为世人完全遗忘的，兀自一寸寸枯老下去的你们的体魄，而心甘如饴。（5：87—88）

---

① 陈映真：《"马先生来了"？——马克思〈资本论〉在台湾出版的随想》，《陈映真文集·杂文卷》，中国友谊出版公司 1998 年，第 564 页。

读这段总有种触目惊心的感动，也许是同为女性吧，对千惠这种不顾一切打碎自己的做法——抛却了个人的家庭、幸福和前途，把自己与这个阴暗、贫穷、破败的家牢牢地捆绑在一起——由衷地钦佩和敬重。在尚未来得及绽放青春容颜时，在还没有体味过甘美爱情的酸甜苦辣时，在未来得及与爱人花前月下卿卿我我时，少女千惠目睹并感受着"曾经像花朵一般年轻的身体，在日以继夜的重劳动中枯萎下去"，却甘之如饴。这是何等的信仰坚定！又是怎样的深厚情怀！支撑千惠得以承担这"生命不可承受之重"的，是内心那团被贞柏和国坤燃起的熊熊火焰，是对遍插红旗美好图景的想象，也是对贞柏和国坤等人的告慰。因此，千惠在信中倾诉道：

> 几十年来，为了您和国坤大哥的缘故，在我心中最深、最深的底层，秘藏着一个你们时常梦想过的梦。白日失神时，光只是想着你们梦中的旗帜，在镇上的天空里飘扬，就禁不住使我热泪满眶，分不清是悲哀还是高兴。(5：88)

> 长时间以来，自以为弃绝了自己的家人，刻意自苦，去为他人而活的一生，到了在黄泉之下的一日，能讨得您和国坤大哥的赞赏。有时候，我甚至幻想着穿着白衣、戴着红花的自己，站在您和国坤大哥中间，仿佛要一道去接受像神明一般的勤劳者的褒赏。(5：89)

穿着白衣、戴着红花的千惠，站在贞柏与国坤中间，一起接受他们为之献身的勤劳者的褒赏，这一意象带有强烈的宗教仪式之美感，左翼党人及其支持者牺牲的魅力带有了形式主义的诗意。此间的千惠不只是左翼力量的支持者，更成为左翼理念的执行者。她跟国坤们有着同一个遍插红旗的梦想，她也像国坤们一般爱护着穷人。在扫集煤屑时，她故意把大把的煤渣往外播，让穷孩子们扫回去烧火。她跟国木说："同样是穷人，就要互相帮助。"（5：80）在劳动的间隙里，她忍不住柔声唱诵起"三字集"——这一日本时代台湾的工人运动家用来教育工人和农民、反对日本的歌谣，国坤还没来得及改完，风声紧时托千惠收藏，却再也没有机会重见天日了。千惠的吟唱，许是为了怀念逝去的国坤，许是为了激励奋斗的自己，又许是为了把国坤的意志传承给国木吧，虽然她只能语焉不详、欲言又止。而国木呢，虽然满腔疑惑，也知道不敢多问，只能如往常般"落入与他的年龄极不相称的沉默里"（5：82）。

"被资本主义商品驯化了的"后来人

后来李家又经历了父亲从台北闹市的鹰架上摔下来的噩运，但是国木终于没有辜负千惠的期望，考上了大学，经过几年实习生的工作后，七年前取得会计师的资格，并带着千惠迁离故乡的莺镇，住进台北高等住宅区的公寓。自此，千惠"受到国木一家敬谨的孝顺，过着舒适、悠闲的生活"（5：89）。然而从报纸上得知贞柏出狱的消息后，千惠真心为他高兴的同时，又一次陷入深深的自责：

> 贞柏桑：这样的一想，我竟也有七八年间，完全遗忘了您和国坤大哥。我对于不知不觉间深深地堕落了的自己，感到五体震颤的惊愕。
>
> 就这几天，我突然对于国木一寸寸建立起来的房子、地毯、冷暖气、沙发、彩色电视、音响和汽车，感到刺心的羞耻。那不是我不断地教育和督促国木"避开政治""力求出世"的忠实的结果吗？自苦、折磨自己、不敢轻死以赎回我的可耻的家族的罪迹的我的初心，在最后的七年中，竟完全地被我遗忘了。（5：89）

从这段自剖中，我们了解到千惠之所以感到"绝望性的、废然的心怀"原因，首先在于，自己竟然在这七八年间，遗忘了贞柏和国坤，也即遗忘了他们的左翼意志。她自称"被资本主义商品驯化、饲养了的、家畜般的我自己，突然因为您的出狱，而惊恐地回想那艰苦却充满着生命的森林"（5：90）。初读时，对于陈映真以这样颇为严厉的笔法苛责蔡千惠，颇为不解。其一，"那些勇于为勤劳者的幸福打碎自己"的左翼党人，最终的追求不正是普通人过上幸福的生活，拥有光明的未来吗？何以国木这样穷苦的人家好不容易过上富裕的日子，千惠反而失落了呢？就像小说中得知贞柏出狱，老大嫂失声痛哭时国木的疑惑：三十年里，最苦的日子，全都过去了，而他却从来不曾见过他尊敬有过于生身之母的老大嫂，这样伤痛地哭过。为了什么呢？（5：55）其二，千惠历尽千辛万苦帮李家渡过难关，作家何以忍心用"驯化""饲养""家畜"这般字眼来形容她呢？后来，读到吕正惠的解释才释然：

> 我现在觉得，陈映真无非是要让蔡千惠这个人物来表现人性的脆弱。即使是在少女时代对革命充满纯情的蔡千惠，以至于她肯为她所仰慕的革命志士的家庭牺牲一辈子的幸福，但不知不觉中，在台湾日愈繁荣的物质生活中，还是把久远以前的革命热情遗忘了，证据是，她根本不记得被关押在荒陬小岛上已达三十年以上的黄贞柏的存在。"五十年代心怀一面赤旗，奔走于暗夜的台湾……不惜以锦绣青春纵身飞跃，投入锻造新中国的熊熊炉火的一代人"（《后街》，卷14，159页），在日益资本主义化的台湾，不是被遗记，就是没有人想要再提起。所以，与其说陈映真是在批评蔡千惠，不如说陈映真真正的目的是要痛斥：现在的台湾人不过是被美国驯化的、饲养的类家畜般

的存在，是赵南栋之亚流，虽然没有沦为赵南栋的纯生物性，其实距离赵南栋也不会太远了。[①]

因此，陈映真不是苛责蔡千惠，更不是责怪生活的富裕，而是责备现代人的"遗忘"——忘记那些为着普通人的幸福而舍弃生命的整整一代左翼党人，忘记那艰苦却充满着生命的森林，甚至忘记那弯曲山路上的初心。"遗忘"之所以受到谴责，因为它会导向"冷漠"与"无视"——冷漠地看待社会的不公，漠视依旧在穷困中挣扎的人们，甚至把生命扭曲在纯生物性的生存与发泄中。

其次，是千惠对自己不断教育和督促国木"避开政治""力求出世"，使得国坤与贞柏等人的左翼精神没能实现衣钵传承，充满懊悔。关于这一点，在上文已做过部分探讨，这主要取决于外在的政治大气候，千惠不必苛责自己。小说中的另一条隐线便是通过国木的表现与感受，来侧面书写压抑的政治环境与氛围。在莺镇时，全家人感受到的禁忌与压抑，已不必多言。即使在形势相对宽松的八十年代，我们也能从小说中透露的细节，感受到左翼家属面临的压力。根据老大嫂的说法，高雄事件后，"人已经不再忌怕政治犯了"，大概是 1980 年年初一家人决定在父亲母亲的坟墓旁替李国坤竖起墓碑，埋下保存了二十多年的遗物。在坟场，国木忽然记起近来嫂子挂在家中的大哥的照片："修剪得毫不精细的、五十年代的西装头，在台湾的不知什么地方的天空下，坚毅地睁望着远处的，大哥的略长的脸，似乎充满着对于他的未来的无穷无尽的信心。"（5∶69—70）他禁不住发出这样的疑问："这个曾经活过的青年的身体，究竟在哪里？"（5∶70）这个惘然的疑问承接着他年少时"大哥为什么被枪杀"的疑惑，贯穿而来。国木依然选择了沉

---

① 吕正惠：《重新思考 1970—80 年代的陈映真——出版〈陈映真全集〉的意义》，《文艺理论与批评》2018 年第 3 期。

默，他知道这样的追问不会有任何答复。

到了千惠生病住院的 1983 年，杨教授询问国木千惠近期有没有精神受过刺激时，"一时间，当着许多人，他近乎本能地说了谎"（5：53）。虽然他心里不住地疑心，嫂子的病，究竟和那个消息有没有关系，但他还是颇为苦恼："——可是，叫我如何当着那些医生、那些护士，讲出那天早晨的事，讲出大哥、黄贞柏这些事？"（5：59）他在犹豫、纠结着。终于，当杨教授再次确认千惠发病前后的情况时，虽然国木立即就想到黄贞柏的出狱带给老大嫂的冲击，他还是"沮丧地、放弃什么似的说：'没有。想不起来什么特别的事'"（5：76）。对于国木来说，学会绝口不提大哥的事，已然成为习惯了。小说中的一段话，对此有清晰的解释：

> 后来呢？后来，我大哥呢？那时候的少小的他，有好几次想开口问伊，却终于只把疑问吞咽了下去。甚至于到了现在，坐在沉睡着的伊的病床前，他还是想对于有关大哥的事，问个清楚。长年以来，尽管随着年龄和教育的增长，他对于他的大哥死于刑场的意义，有一个概括的理解。但愈是这样，他也愈渴想着要究明关乎大哥的一切。然则，几十年来，大哥一直是阿爸、大嫂和他的渴念、恐惧和禁忌，仿佛成了全家——甚至全社会的不堪触抚的痛伤……而这隐隐的痛伤，在不知不觉中，经过大嫂为了贫困、残破的家庭的无我的献身，形成了一股巨大的力量，驱迫着李国木"回避政治""努力上进"。使一个原是赤贫、破落的家庭的孩子的他，终于读完了大学。（5：82—83）

三十年来，五十年代对左翼党人的屠杀，成为台湾整个社会不敢触碰、不敢公开的伤口，因此左翼党人的家人"只能借由远离政治，自我消音，按照体制所规定的渠道才能换取脱离贫困、苟且偷生"[①]。然而，故事远未结束，当李国木读完蔡千惠厚厚的一封信时，他被感动亦或震撼地流下了"满脸，满腮的泪"。那些自年少时，就积淀在他内心深处的所有关于大哥的一切疑惑和谜底，在这封信里都解开了，接下来的李国木会怎样呢？会继续规避政治，还是积极介入呢？这不仅是李国木一个人面临的选择，也是他所象征的左翼后代们共同的选择。对此，作家没有给予明确的答复，他只是在结尾处安排李国木抬头"看见放大了的相片中的大哥，晴朗的天空下，在不知是台湾的什么地方，瞭望着远方"……至于远方，或者更确切地说是未来究竟会怎样，没有人能回答。也许是前路茫茫，也许是充满希望，然而至少有一点是肯定的，即使左翼的后代和继承者们，重新聚集、崛起，迎接他们的将是"另一场艰难崎岖的开端"，因为"面对着广泛的、完全'家畜化'了的世界，您的斗争，怕是要比往时更为艰苦罢"？然而，陈映真还是不忘鼓励道上的同志们"请硬朗地战斗罢"（5：90）。

革命"堕落了"吗？

小说中，还有一点颇为引人注意，就是陈映真借着蔡千惠之口，对"文革"后的中国革命提出过这样的疑虑：

> 近年来，我戴着老花眼镜，读着中国大陆的一些变化，不时有女人家的疑惑和担心。不为别的，我只关心：如果大陆的革命堕落了，国坤大哥的赴死，和您的长久的囚锢，会不会终于成为比死、比半生囚禁更为残酷的徒然……（5：88）

---

① 陈光兴：《陈映真的第三世界：五十年代左翼分子的昨日今生》，大家良友书局 2014 年，第 94 页。

从这一后来被诸多论说所反复称引的"大哉问"中，我们能感受到这样揪心的提问，对八十年代的陈映真是何等残酷与痛苦。因为这意味着：

> 在六七十年代陈映真的思想认识、实践想象具有中心信仰位置，被他热烈理想化的中国大陆毛泽东时代社会主义实践，特别是"文化大革命"的规划与实践遭遇极大的困难，并于"文革"后通过中国大陆自身对这些问题的检讨与不义、残酷的揭露，所引发的陈映真信仰和思想的危机。①

这些"活生生的血肉和激昂的青春"所投身的革命本身所出现的巨大问题，促使陈映真思考如何面对社会主义的中国所发生的异化的问题："以'人间解放'为起点的社会主义革命运动，如何逐步走上它自己的对立面，即'人间残害'的另一端"②。这个问题的严重性在于社会主义的中国曾经是他的理想所在，是他批判台湾社会的重要资源，并以之作为"自己世界观、思想的根本凭依，甚至还内在、根本地决定他精神、情感和工作的核心关切感觉"，这必然使1979年陈映真所经历的曾经长时间"以为是正确、光荣、伟大的真理，不过转眼间崩坏为寻常的尘泥"③——这一中国社会主义危机对他的冲击和因之引发出的幻灭感如下：

> 对他更根本的打击来自：陈映真本以为中国社会主义是人的充分解放者，广泛、真正民主的实现者，有意义生活与生命形式的实现者，民族健康主体的塑造者，结果在

---

① 贺照田：《当信仰遭遇危机……——陈映真20世纪80年代的思想涌流析论（一）》，《开放时代》2010年第11期。

② 陈映真：《思想的索忍尼辛与文学的索忍尼辛——听索忍尼辛在台北演讲的一些随想》，《陈映真作品集》第8卷，第69页。

③ 陈映真：《企业下人的异化》，《陈映真作品集》第9卷，第30页。

"文革"后揭露出的中国社会主义诸问题中，中国社会主义反而变成了民主的践踏者，勇于践行自己批评权利、按照良知讲话行为的压迫者，大批人堕入虚无、玩世、狭隘的重要责任者。①

除此之外，早在 1982 年的《万商帝君》中，陈映真就对中国大陆的改革开放，通过一次国际会议上 Alpert 教授的演讲，反映了他的深刻焦虑。在小说中 Alpert 教授说道：

> 这两天来，我亲身感受到台湾民众对于美国与中共建交所感受到的悲怨。但是容许我提出一个新的看法：
> "使中共和苏联不破坏我们的'世界购物中心'，不威胁我们的自由、富足生活的最好的方法，是把它们也拉到这个'世界购物中心'里头来。用'资本主义的皮带'（the belt of capitalism）把它们紧紧地绑起来。
> "先生们，尤其是台湾的同事们，容许我做个预言，你们将不久就见证这个事实：在你们看来野蛮的中共，从美国与它缔结外交关系之日起，不消多久，我们多国籍公司的万能的管理者的巧思，将逐步把中共资本主义化。我们有这个把握！"（掌声）……（4：249—250）

这是陈映真第一次在小说创作中表达他对中国大陆实行改革开放、发展市场经济的焦虑，以及他对社会主义革命可能终归徒劳的恐惧。即使面临这样复杂的困境，陈映真依然坚守了他的彻底的全面的批判立场。对此，钱理群予以精到的阐释与总结：

---

① 贺照田：《当信仰遭遇危机……——陈映真 20 世纪 80 年代的思想涌流析论（一）》，《开放时代》2010 年第 11 期。

第一，他并不回避中国社会主义实验中所出现的严重异化，并从新的奴役关系的产生的角度进行了尖锐的批判，他坚持"对于（海峡两岸）两个政权和党派，我们保有独立的、批评的态度"①。其二，他并没有像某些左翼知识分子那样，因为对社会主义的失望而走向全面认同西方资本主义体制的另一个极端，他旗帜鲜明地表示：对社会主义的"反省"绝不能"后退、右旋到了否定反帝民族主义、否定'世界体系'四百年来对落后国的支配和榨取这个历史的、经验上的事实，到了肯定帝国主义压迫有理论，主张穷人必须接受富国支配才能发展论，和跨国企业无罪论的地步"②。因此，他在批判所谓"社会主义病"的同时，也没有放松对"先进国症候"的批判。③他并且提醒说："没有对帝国主义采取断然的批判态度——甚至受帝国主义豢养的——'后进国家'民主、自由甚至人权运动，总是向着它的对立的方向——独裁的、镇压民主自由的方向发展"④。这里所表现出的独立批判知识分子的清醒，是十分难得的。⑤

更难能可贵的是，陈映真在如此复杂，甚至混乱的局势下，依然坚持他的乌托邦理想、他的社会主义信念，并且提出了"在现存共产主义体制和资本主义、帝国主义之外，寻求一条自己的道路"的新的设想，他认为这是"第三世界革新的知识分子"所应该承担

---

① 陈映真：《严守抗议者的伦理操守——从海内外若干非国民党刊物联手对〈夏潮〉进行政治诬陷说起》，《陈映真作品集》第12卷，第38页。

② 陈映真：《"鬼影子知识分子"和"转向症候群"——评渔父的发展理论》，《陈映真作品集》第12卷，第119页。

③ 陈映真：《你所爱的美国生病了……》，《陈映真作品集》第8卷，第229页。

④ 陈映真：《台湾长老教会的歧路》，《陈映真作品集》第11卷，第69页。

⑤ 钱理群：《陈映真和"鲁迅左翼"传统》，《现代中文学刊》2010年第1期。

的历史任务。① 另外，陈映真还必须重建他感受、把握人生与中国和世界的基本框架，在不断的反省、调整中，陈映真新确立了民主理解和民族主义重构中的"以人民为主体的爱国论"。然而如贺照田所说，"人民论"对陈映真八十年代大陆批评和思考具有两面性的影响：

> 一方面，陈映真的"人民论"使他获得了一个批判性审视党国权力的支点，而其所隐含的逻辑使他自认他的大陆批评代表着大陆人民心声，从而有力推动着他80年代上半段对大陆进行积极的批评；另一方面，他"人民论"隐含的认识连带逻辑，则妨碍着他对其时大陆的历史与现实进行深入、细致的探索，而这导致向来敏锐的他80年代上半段的大陆批评文字在大陆历史、现实认知上甚少独到性。②

关于"人民论"的负面影响，确切地说，从特定国际政治、经济、军事、文化关系角度对中国大陆历史、社会的分析未能像他对台湾历史、社会的分析那么切实、有力，"凡此，有资料问题，有历史与现实隔了一层的问题，有大陆历史与现实更为复杂的问题，有陈映真80年代以后主要精力用于台湾内部的问题，但由于这些确实是把握大陆历史和现实不可或缺的角度，进展不够，使用不够适度，当然都会影响陈映真从这些角度对大陆历史和现实把握的说服力"③。

---

① 陈映真：《思想的索忍尼辛与文学的索忍尼辛——听索忍尼辛在台北演讲的一些随想》，《陈映真作品集》第8卷，第71页。

② 贺照田：《当信仰遭遇危机……——陈映真20世纪80年代的思想涌流析论（一）》，《开放时代》2010年第11期。

③ 同上。

然而，无论如何，陈映真在此挫折面前没有转向、消沉或避世，主要原因在于："他对何谓有意义生命、生活的理解，对弱者、被侮辱、被损害者的深切同情，对苦难发自内心的悲悯和对人为苦难、不公正而不容自已的反感与渴望克服，对民族健康、自主发展的深切关怀，对近现代中国的被侮辱、被损害和在其中不断振起历史的深切认同。"①

现在，我们再转回陈映真在《山路》中的"大哉问"。作为革命先行者，陈明忠在一篇题为《我对文革从赞成到困惑质疑的心路历程》的文章中，开宗明义地回应蔡千惠的质疑说：

> 惊恐可以承受，牢狱可以坐穿，但对于把自己的理想完全寄托在彼岸的革命之上的红色党人来说，大陆革命乃是自己行动的意义之源；大陆革命一旦堕落则无异于生命之水的干涸。这几乎可以说是台湾 50 年代地下党人的最后一道心理防线。②

那么，大陆的革命究竟"堕落"了吗？在 1993 年 12 月发表的《后街——陈映真的创作历程》中，陈映真这样回答蔡千惠的质疑：

> 从政治上论，他认为大陆与台湾的分裂，在日帝下是帝国主义的侵夺，在韩战后是美帝国主义干涉的结果。台湾的左翼应该以克服帝国主义干预下的民族分断，实现民族自主下和平的统一为首要的顾念。对于大陆开放改革后的官僚主义、腐败现象和阶级再分解，他有越来越深切的不满。但他认为这是民族内部和人民内部的矛盾，从来和

① 贺照田：《当信仰遭遇危机……——陈映真20世纪80年代的思想涌流析论（一）》，《开放时代》2010 年第 11 期。
② 转引自蓝博洲《陈映真的"山路"，不忘初心》，《文艺报》2016 年 12 月 9 日。

反对外力干预，实现民族团结与统一不产生矛盾。①

正如蓝博洲所说，马克思认为，在进入共产主义社会以前，人类终究还没有进入真正的历史。人，包括 1937 年出生于日本帝国主义统治的殖民地台湾的陈映真，毕竟还是台湾历史的产物。而历史的终结，往往要超越个人生命的单位长度。蓝博洲以自己的实际采访经验，从《铃珰花》系列的主人公——五十年代台湾左翼分子的角度，回答了这一问题，他说：

> 我的实际采访经验告诉我，对陈明忠先生所云的"台湾 50 年代地下党人"而言，国坤大哥的赴死，和贞柏桑的长久的囚锢，绝对不会"成为比死、比半生囚禁更为残酷的徒然"。毕竟当历史走到他们的面前的时候，他们抉择了他们作为一个理想主义者应该走的路；即使理想不一定能在自己的有生之年实现，或者曾经一度实现后来又遭到遗忘或背叛。因为他们对历史进程的认识，对社会公平的真理的坚信，应该清楚明白"道路是曲折的，前途是光明的"。②

而陈映真对于如何正确看待改革开放之后的大陆，也经历了一个变化发展的过程，直到 2005 年 6 月，在《批评与再造》上登载的《"中国人不能因怕犯错而裹足不前"——读〈中国与社会主义〉》，在如何"理解中国的发展和'社会主义'原则理想的距离"的问题上，陈映真才有了一个相对成熟的看法。陈映真将改革开放后由中国共产党领导的"类资本主义工业化"视为为未来社会主义阶段建立物质基础，并通过自己的发展促进其他欠发达社会的共同发展，成为国际格局中举足轻重的力量，挑战美国的单极制霸，推动了多

① 陈映真：《后街》。
② 蓝博洲：《陈映真的"山路"，不忘初心》，《文艺报》2016 年 12 月 9 日。

极、和平与发展的世界秩序。陈映真动态地从社会主义发展阶段、世界社会发展学、国际地缘政治的视野来把握改革开放后的中国，从而摆脱了左右两派对此的过低评价。陈映真也就此呼吁全中国的左派，不要从意识形态的左右出发，而要从中国自身的历史脉络中反思，探索一条被压迫民族寻求独立自主发展的理论体系。①

第四节 《赵南栋》：父辈的为理想献身
与子辈的精神迷失

> 这样朗澈地赴死的一代，会只是那冷淡、长寿的历史里的，一个微末的波澜吗？
>
> ——陈映真《赵南栋》

《赵南栋》发表于 1987 年年底，承续着之前的《山路》和《铃珰花》而来，是陈映真的又一篇描写五十年代台湾左翼分子的力作。正如吕正惠所说，初读《山路》和《铃珰花》的人，大概都会有强烈的震撼。这一震撼，在《赵南栋》(特别是一、三两节) 里转为悠长的余音，让人久久不能释怀。这一震撼来自于，当历史的厚厚的灰尘被清扫以后，我们突然面对了一个被掩埋三十多年的生命世界。②《赵南栋》的不同之处在于：在更广阔的历史与社会背景下展开，一方面借由更直接的牢狱生活的描写，谱写了一代革命者为理想献身的慷慨悲歌；另一方面也以革命者后一代人的精神迷失与堕落为对照，对资本主义消费社会做了再一次的批判。③

---

① 马雪：《以"文学"的方式介入"思想"论战——试论陈映真小说〈忠孝公园〉的问题意识》，《现代中文学刊》2017 年第 5 期。

② 吕正惠：《历史的梦魇——试论陈映真的政治小说》，《陈映真作品集》第 15 卷，第 215 页。

③ 蓝博洲：《陈映真的"山路"，不忘初心》，《文艺报》2016 年 12 月 9 日。

这样朗澈赴死的一代

小说伊始，叶春美来医院看望狱友宋蓉萱大姐的丈夫赵庆云，赵庆云身患重疾，已处于弥留之际。当年宋大姐临刑前，将尚在襁褓之中的小儿子赵南栋——也即小芭乐托付给叶春美照顾。狱中托孤，成为叶春美出狱后生活的重心与动力，她在得知被判决终身监禁的赵庆云也回家后，便联系了他。1978 年第一次见到"宋大姐她的老赵"时，烟尘往事，扑面而来，叶春美忍不住直流泪。老赵最关心宋大姐临刑前有什么嘱托，叶春美却只能摇头沉默。她最惦记的还是小芭乐："我盘算，小芭乐，都二十八岁的人了。"叶春美笑了起来，眼中闪亮着某一种母亲似的温柔："成亲了吧？上大学了没？"（5：105）面对询问，赵庆云"孤单地笑了"（5：105），搪塞道他在南部做生意。叶春美一直想着要见小芭乐，可一晃七八年过去了，却一直没有他的消息。这次来医院看望老赵，自忖："无论如何，一定要问问小芭乐的消息。"（5：97）看着病床上沉睡的老赵，叶春美的思绪回到了遥远的"南所"时代，带我们走进了电闪雷鸣、风驰电掣的五十年代初叶。对于那样一个激荡人心却又无声缄默的时代，作家借叶春美对宋大姐临刑前的沉默做了这样的概述：

> 世纪的沉默啊，不是喧嚣地述说了千万册书所不能尽载的、最激荡的历史、最炽烈的梦想、最苛烈的青春，和狂飙般的生与死吗？（5：105）

在《赵南栋》中，陈映真引领着我们逼视并正面"那湮远的、荒芜的五〇年代，在那天神都无从企及的，一个噤抑的角落里，日日逡巡于生死之际"的生命群体。成千上万的他们交织着血与泪、伴随着巨大的奉献与牺牲，化身为宋蓉萱、叶春美、赵庆云、许月云、张锡命、蔡宗义、林添福，屹立在历史的长河里。书写这一代左翼分子身陷囹圄的故事时，陈映真旨在突出他们在严苛环境下保持做人的尊严与气节的刚毅，突出他们临危不惧、笑对生死的淡然，突出他们对未来满怀希望与光明的乐观。至于狱中精神的折磨与肉体的磨难，只是通过宋蓉萱一人来展现。

小说中，叶春美告诉老赵爷儿俩，宋蓉萱在那一段最难挨的、被人拷问的时候，因为一心想着肚子里的婴儿，常常忘记了肉体的痛苦。她接着转述了敌人严酷审讯时宋大姐的自述：

> ……他们说我受过专门训练，问不出口供。在地上，他们踢我，踹我。我把身体蜷起来呢，两手死命地护着肚子，只担心他们踢坏了我的孩子。他们踹我的头，我的腿，我的背……哦，可只要不踢着我的肚子，我似乎竟不觉得痛了……
>
> ……
>
> 被拔去指甲的时候，惦记着要用胸腔而不是用腹肌哀叫；被拴着拇指吊起来的时候，尽力收着下腹……十几天，几套拷问下来，因为使了太多的体力和精神去抵挡痛楚，去卫护怀中的、将生的婴儿，"一天下来，往往都瘫痪成一堆湿泥似的，坐都无法坐直……"宋大姐说。（5：106）

宋大姐跟狱中的姐妹讲述着她在拷问时的遭际，并将这称之为"母性的愚爱"。然而叶春美所看到的宋大姐所遭的罪、所受的刑，比她描述的要远远残酷得多：

> 由两个女班长搀扶着送到她的押房来时的宋大姐，两条大腿都赭红、肿胀。用细铜丝捆成的帚鞭，不极用力地抽打囚人的大腿。第二天，双腿竟发炎肿胀。拷问的时候，审讯的人用手在炎肿的大腿上捏、打，"眼泪、小便，

全痛出来了。"叶春美说。(5：107)

在长达数万字的小说中，陈映真对狱中刑罚没有过多的渲染和铺张，仅有这三小段。这样的书写不是消费受苦人的伤痛，而是正视历史，因为"这是左翼历史不容抹去的一部分"。况且这样的书写也是颇有意义的，就此台湾左翼学者陈光兴这样评说："在我个人的记忆中，解严前在海外碰到被关过的党外异议分子，那时他们都避讳谈到狱中的严刑拷问，其中的一个原因在于担心年轻人听了这些事会被吓到，而不敢投入反对运动……直到今天其实也没有具体的研究，去追溯当时酷刑对于受难者造成肉体的伤害，在后来的精神上产生长期的后遗症，受害者如此，加害者也难逃悔恨；但是我们的历史书写都是截断的，过去的好像就过了，在方法上没有在历史主体的层次上拉长时间进行探究，这是研究战后左翼历史值得警惕的。"[1] 不能因为各方面的顾虑，而选择漠视这时期酷刑对当事人的伤害，以及所衍生的种种后遗症。小说中陈映真选择了正视这些历史真相，唯如此才能更清晰地找准未来前进的方向。

后来，老赵告诉叶春美他在中国全面抗日的前夕初识宋蓉萱，他隐约觉得"宋大姐参与运动的历史和经验，比长了她六岁的自己长久，而且丰富"。但是宋大姐的身份一直不明，临殁时，老赵还在追问梦中的妻子："你找到了党，入了党吗？否则，为什么……""为什么判决下来，你竟是死刑！"（5：183）从小说的暗示来看，宋大姐很可能就是一名中共党员，只不过鉴于作家写作时的政治气候无法言明罢了。对于不久必死的结局，宋大姐了然于怀，因此她早早地就把小芭乐托付给了"多半能活着出去"的叶春美。

在一个清寒的早上，宋大姐被告知"开庭"。面对意料中的死亡，尽管有诸多的不舍与不甘，宋大姐却坦然面对：

---

[1] 陈光兴：《陈映真的第三世界：五十年代左翼分子的昨日今生》，大家良友书局2014年，第117页。

"让我梳梳头，好吧？"

宋大姐沉静地说。脸色逐渐没成凝脂似地苍白。她默默地对着一堵没有镜子的墙壁，梳理着在三十八岁上未免早白了些的，她不失油光的长发。整个押房和门外的甬道，都落入某一种较诸死亡尤为寂然的沉静。麻子班长和王班长眈眈地凝视着宋大姐梳过头发，看着她跪在墙角上的自己的铺位，替沉睡中的小芭乐拉上小被。（5：98）

宋大姐最大的不舍便是家人，尤其是小芭乐。念及即刻便要与几个月大的小芭乐骨肉分离，与狱外托人养育着的大儿子赵尔平，以及同在狱中却不通消息的老赵天人永隔，宋大姐定是五内如焚、肝肠寸断。于是——

叶春美在模糊的泪眼中，看见宋大姐给她一个母亲最郑重诚挚的、托付的一瞥，走出了押房。在死一般的寂静中，甬道上传来迫不及待的、上铐的金属声音。（5：99）

宋大姐走了，远远地从楼下男监传来激亢的政治口号，接着被一阵殴打着肉体、钝重的声音打断。在坟墓一般的沉默中，漆黑的夜里又从男监传来《赤旗》，又是一阵殴打，猝然打断了歌词。而对叶春美来说，"在那生命至大的沉默的一瞥里，向她极清楚不过地留下了她这样的遗言：——春美，小芭乐子的事，无论如何，就拜托你了"……

宋大姐走后，接着走的是许月云老师。许月云因为牵连台大医学院案件入狱，她向来持重、坚定、守口如瓶，只有两次破例用日文大骂"杀人者"：一次是眼见蔡孝乾的招供不断地造成一批又一批新的逮捕时（5：126），再次是小芭乐被江苏女班长强行抱走时。

这样的许月云面对死亡心静如水，在听到麻子班长点她名时：

> 许月云老师安静地背对着押房的房门，换上一套干
> 净的洋装外套，叠好被铺，站着跟大家说："请多保重。"
> （5：126—127）

伴着男监传来听不真切的、怒鸣的口号声，押房外的长廊上传来了许月云沉稳的、日语《赤旗歌》的歌声：

> 人民的旗帜，
> 红色的旗帜，
> 包裹着战士的尸体。
> 东方未晓，
> 战斗早已开始……（5：127—128）

许月云就这样走了。

在赵庆云关押的男监里，第一个牺牲的同志是音乐教师张锡命。对于张锡命，赵庆云最感佩的是他天天生活在死亡的缝隙中，犹能沉醉于音乐。他每天一大早就换好衣服，等待着死亡的点名，而一到下午，又能全心投注在肖斯塔科维奇中。他安慰狱中更年轻的囚徒，"不必为自己的焦虑感到羞耻"，因为"以我的案情，我自份必死。我等待的，只是死的时间。你等着的，是他人对你的生或死的决定，自然比我焦虑"（5：186）。

出身台南地主之家的张锡命，原是单纯地想到日本学习音乐的，不意在日本成了抗日革命的青年，后来又奔赴辽阔的东北，寻找抗日战争中祖国的音乐。再后来，他进一步认识了肖斯塔科维奇的音乐，沉湎日深，无法自拔，一心要谱写一个交响曲《三千里祖国》，"描写自己在寻找民族认同过程中觉醒、抗争、寻访、幻灭、

再起，以及在胜利的历史足音前的赴死"（5：185）。张锡命用日语说着"请保重"，向大家道别，奔赴刑场。而在睡梦中，赵庆云犹自梦见他"专注、无我地挥划着指挥棒"：

> 一场暴风，一场海啸；一场千仞高山的崩颓；一场万骑厮杀的沙场……在他时而若猛浪、时而若震怒的指挥中轰然而来，使整个押房都肃穆地沉浸在英雄的、澎湃的交响之中。（5：186）

紧随张锡命而去的，是整日坐在地板上沉思着对弈的林添福和蔡宗义，他们的睿智给赵庆云以深刻的印象。在狱中讨论有关朝鲜战争态势，尤其是美国介入台湾海峡和台湾军事的看法时，赵庆云等人都暗自庆幸：也许美国这一"崇尚民主的国家"，可能迫使政府减少、甚至停止对政治犯的严厉处决。然而蔡、林二人却持有不同的意见，尤其是拥有"哲学性的思辨性格"和"知识上的渊博"的蔡宗义对此显现出素未所见的悲观，他忧悒地说："第七舰队如果真的已在海峡巡弋，我想，历史已经暂时改变了它的轨道了！"（5：187）当时的赵庆云颇不服气。历史兀自演进，到了八十年代中叶，赵庆云才赞佩道：

> 善弈者，有洞烛机先的能力。老蔡，你毕竟看对了。可是我得一直要到十年后才看清楚，那一切的屠杀和监禁，都和战后四十年间享尽了自由、民主的美名的美国，有深切关系……（5：189）

而林添福是那种"即使在那以死亡和恐怖为日常的环境中，总也是每天一定要让别人至少笑一次才能甘心的人"，"即使在生命已到了倒数着日子的时期，他也一直活生生的保持着那不可思议的朗爽"（5：190—191）。林添福以自己诙谐、乐天的个性安慰着那些台湾籍的年轻党人。小说写道：

> 林添福是个出身麻豆的年轻的医生。他和散居在其他各押房里的，清一色外省人的，张白哲那一案的人们一样，以他们在拷问中的不屈，以他们在押房生活中的优秀风格，以他们赴死时的尊严和勇气，安慰和鼓舞了许许多多在押房中苦闷、怀疑、挣扎着的台湾籍年轻的党人。有一次，经过数日长谈之后，一个台中的年轻人泪眼模糊地对林添福说："谢谢。"年轻人说，"一旦又找着了中国，死而无憾。"（5：190）

林、蔡二人面对死亡，有着不可置信的从容。林添福惋惜似的对蔡宗义说："你也走，真可惜啊！"蔡宗义亲切地笑着拍他的肩膀，仿佛在说：又来了，你的玩笑……忽然，人们听见走出押房的林添福那仿佛无限惊喜的喊声："哇！有月亮呢。"（5：191）一个迎接死刑的人，看见了月亮，犹能那样的喜悦！这是怎样动人心魄的情境呢。宋蓉萱、许月云、张锡命、蔡宗义、林添福……这一个个为着遍插红旗的理想而义无反顾地走向死亡的鲜活生命，在历史的长河里、后代的心灵间到底有着怎样的影响呢？正如作家所问：

> 这样朗澈地赴死的一代，会只是那冷淡、长寿的历史里的，一个微末的波澜吗？（5：191）

故乡中的异国之人

五十年代的左翼分子除去"朗澈地赴死"的宋蓉萱等人，剩下的就是叶春美、赵庆云等被关押二三十年后带着污名回到社会的人。叶春美是 1975 年最早出狱的一批，她既非左翼分子又非左翼的追随者，唯一的罪证大概是恋人慎哲大哥送她的那本《辩证唯物论之哲学》吧。

叶春美十八岁入狱，出狱时已经四十四岁了，故乡石碇变化很大，每次走过那往时有过一座日式邮局木屋的小街，她总觉得"是被谁恶戏地欺瞒了似地，感到快然"（5：117）。在叶春美的感受中，故乡在她不在的日子里，发生了翻天覆地的变化：

> 在她不在的二十五个寒暑中，叫整个石碇山村改了样，像是一个邪恶的魔术师，把人们生命所系的一条路、一片树、一整条小街仔头完全改变了面貌，却在人前面装出一副毫不在乎、若无其事的样子。（5：117）

在叶春美长期监禁中，时间、历史、社会的变化，使回到故乡的她陡生沧海桑田之感，"在她的故乡中，成了异国之人"（5：112）。同在 1975 年被释放回家的老赵也发现"一九五〇年离开的台北，和一九七五年回来的台北，是两个完全不同的台北"（5：110），即使在那不曾改变的博物馆前，他耳边响起的却是 1947 年台北骚动的鼓声……为此，老赵曾用日本渔夫浦岛太郎的故事，形容他们出狱后时过境迁、物是人非的感受。

老赵住院后，有一次他、叶春美和赵尔平三人在病房聊天，赵尔平抱怨父亲对狱中的生活缄口不言，老赵承诺病好了一定说，但还是说了实话："其实，不是我不说。整个世界，全变了。说那些过去的事，有谁听，有几个人听得懂哩？"（5：110）老赵用舞台剧打了个比方，他告诉尔平抗战时期，他们搞学生运动常常演戏，有一次在后台工作的他，不小心走到了正在演戏的前台，看到台下满场观众，那场戏很热闹，角色很多，但是他只能默默地站在一个角落里看着，没法参与：

"主要是，整台戏里，没有我这个角儿，我也没有半句辞儿，你懂吗？"他说，"关了将近三十年，回到社会上来，我想起那一台戏。真像呢。这个社会，早已没有我们这个角色，没有我们的台辞，叫我说些什么哩？"（5∶118）

　　但是，赵尔平还是执意让父亲讲出那段历史，他说："不讲，我们都陌生了"（5∶118）。较之赵南栋，他有着极大的热情去理解自己在孤寂中奋斗时精神支撑了二十五年的父亲。叶春美看出尔平的诚意和老赵的尴尬，她接过话来对尔平说：

　　"我们，和你们，就像两个世界里的人。我们的世界，说它不是真的吧？可那些岁月，那些人……怎么叫人忘得了？说你们的世界是假的吧，可天天看见的，全是闹闹热热的生活。"叶春美说，"在那些日子里，怀着梦死去的人，像是你妈吧……反倒没什么问题。活着的人，像是老赵，像是我吧，心心念念，想了几十年，就是想活着回来，和亲人生活在一起。"（5∶119）

　　叶美春说得很直白，他们活下来的动力是过去的理想和奋斗所在，是与亲人们一起接续这个为着全人类的幸福而努力的梦想。然而，出狱后，发现一切与他们在狱中的想象截然不同，不要说梦想中的遍插红旗，整个社会翻天覆地的变化，让他们眼花缭乱、措手不及。在他们的生命轨迹里，全然无法想象赵南栋等新新人类靠着感官生活的状态，也无法理解赵尔平为着"成功入世"轻而易举地舍弃少年时代"立业济世，答恩报德"的志向。这种恍如隔世之感，陈光兴说得很透彻：

从战后到五十年代入狱时，正是台湾还在灰烬满天的混乱时期，七十年代是冷战对峙的高潮期，高压统治不仅制造了相对的稳定性因而成为经济成长的基本条件，也同时洗尽红色思想，跳接到的历史时代中，左翼是空白的，失去了生存土壤的荒芜之感该是老赵之所以沉默无言的基本心情。[1]

从五十年代到七十年代末期，在台湾左翼是空白的，这种"空白"让老赵们生出异乡人之感。他告诉尔平，如果是在押房里，他会一样样说给他听，然而——"我出来了。这些年，我仔细看，也仔细想过，那个时代，过去了。怎么说，没人懂的。"（5：120）老赵用"那个时代，过去了"一句话，轻描淡写地勾画了"那些岁月，那些人"，然而我们有理由相信他在说出这些话时内心是滴血的、是不甘的，那些叱咤风云、群情涌动的抗战岁月，那些为着贫困百姓的平等与幸福艰苦奋斗着的光阴，就这样平白无故地消失了吗？对这样的结局，他们定是不甘心的，对于尔平这样还愿意理解那段历史的后代，又该怎样让他们理解呢？老赵闭目凝思后只能总结式地解释道：

> 那是个日本人年年进逼的历史啊。我们生活在那个历史里面吧，满脑子，只知道搞抗日、搞爱国主义。我们这一辈，一生的核心，就只有这。（5：120）

然而，老赵知道，他这样说，尔平是不会懂得的。老赵他们这一代人念兹在兹的是爱国主义，这是他们一生的核心。因此，直到1972年他在狱中给尔平回信，仍不忘勉励他们要做一个"正直、刚

---

[1]　陈光兴：《陈映真的第三世界：五十年代左翼分子的昨日今生》，大家良友书局2014年，第136页。

360

健，蔚为民族所用的儿女"（5：154）。然而，出狱后，通过所看所思，老赵日益发现在这外国资本大肆入侵、民族分断论甚嚣尘上的今日，将他们终生维系的民族认同、爱国主义传承下去，可谓难上加难，因为他们既没有了话语权，这些话语也丧失了生存的土壤与环境。这一境况，在他与赵南栋的第一次见面的场景里展现得淋漓尽致。

赵庆云仔细端详着二十五年未曾谋面已经长大成人的小儿子，开口道："让你们孤儿似地长大，真对不起。政治上，让你们有很多不便……"（5：165）老赵大概想了很久到底该跟阿南说什么，除了愧疚于让他们孤儿般长大以及因自己革命波及后人受困表达内心深处的歉意之外，他想尽力向阿南解释他和蓉萱选择抗日爱国之途的历史背景及意义。然而，当时的场景极为尴尬：

> 阿南弟弟只是勉强掩饰着他在这完全陌生的父亲之前的局促，安静地坐着，听着父亲涣散、晦涩地又说着抗日；说着逃难；说着他们的母亲，在女学生时代，就参加了上海租界里的抗日游行……
>
> 第二天，赵尔平打电话到俱乐部，问他为什么昨天上桌吃饭，就一直沉默无语。
>
> "我不知道。"弟弟沮丧地说，"我觉得心慌。爸爸那种人，知道我过的生活一定生气。"
>
> "我从小到大，我只觉得你亲……"弟弟笨拙地说，"还有，林荣大叔。"
>
> "胡说。"他并不生气地说。（5：166）

如果说赵尔平还有理解父亲生活的动力，赵南栋则对老赵们的生活完全陌生了，他既听不懂父亲那些陈旧的抗日往事，也不理解父母那一代人不惜舍弃生命家人也要拼命维护和热爱祖国的意义。

原本就不爱说话的他，只好一直沉默无语。如果说老赵他们是一个世代，赵尔平和莫葳是一个世代，那么赵南栋和莫莉则属于一个更新的世代。这个新世代既没有兴趣，也无力理解老赵们的左翼奋斗史。1950年左翼戛然而止后的余音，赵尔平尚且还能接收一些，而到了赵南栋则再也没有了历史的回声。因此，正是这个意义上，赵南栋之所以成长为如今的赵南栋，与左翼的被扼杀、被钳制、被消声息息相关，正如陈光兴所说：

> 真正构成虚无的赵南栋的就是历史，来自父母、来自兄长那些隐形的制约与塑造。赵南栋身上复杂的虚无，让他表面上看来充斥着富裕时代人们的肤浅，但是骨子里是左翼大失败的结果，底色是红的，只是脱落了思想的内涵，很突出的体现在关键时刻。[①]

老赵他们有着自成系统的生命逻辑体系，赵南栋们也有着自洽的生命轨迹。如今他们虽然生活在同一社会环境中，却互不理解。赵尔平一直隐瞒着弟弟的生活，直到再也隐瞒不住了，他才第一次告诉父亲弟弟遭遇的"真象"，并设法告诉父亲全部的故事，"父亲嗒然地沉默了良久，终于也是这样忧愁地叹息了"（5：154）。赵尔平也感慨："弟弟的生命，不必说对于在囹圄中度过将近三十年的父亲，即使对于他自己，也难于全部理解的。"（5：167）赵南栋的生命状态到底是怎样的呢？

让身体带着过活的新新人类

小说虽然取名为《赵南栋》，赵南栋却是小说中面目最模糊的角色，他正面出场的机会很少，他的成长和遭遇多是由赵尔平转

---

① 陈光兴：《陈映真的第三世界：五十年代左翼分子的昨日今生》，大家良友书局2014年，第157页。

述。即使这样，赵南栋却是小说中不可或缺的关键性人物。首先，赵南栋对小说的构架极为重要，是小说贯穿始终的结构性人物，与小说中的诸多人物有着千丝万缕的联系。他在狱中出生，由他引出了宋蓉萱等人的狱中生活。临刑托孤，他又成为叶春美盼着出狱以及出狱后生活下去的主要支撑。同时，赵尔平作为长兄深感责任重大，他自忖"他的少年和青少年时代，毋宁是为了他这俊美、温良的弟弟，努力地活过来的吧"（5：144）。其次，赵南栋身上凝结着作家对左翼的思考。相对而言，赵尔平这一角色在陈映真的作品中并不少见，"华盛顿大楼"系列里此类人物比比皆是。然而赵南栋却是一个极为罕见的角色，陈映真在杂文中称之为"新新人类"，他们无能于爱，完全让身体带着过活。这样的一类人到底是怎样形成的？陈映真认为，很重要的一个原因就是台湾"左眼"的缺失。少了"左眼"，即左翼被彻底消音后，社会主流认可的价值即美式所谓的"入世功名"，功名利禄、荣华富贵，甚至纸醉金迷成为衡量一个人成功与否的标准。其他的包括爱、希望、信任……这些都变得可有可无，那么对于赵南栋这类非成功的边缘人，怎样来体现和证明他们的人生价值呢？似乎没有路径。他们看不到未来和希望，只一味沉溺于当下的感官享乐，赤裸裸地追逐吃穿玩乐，这些在上一小节末尾处也提到过。反过来，从赵南栋这代新人的特征，我们也可推测到左翼试图重续香火的艰难性。

谈及赵南栋，必先谈赵尔平，因为小说中赵尔平是了解赵南栋的钥匙。赵尔平自幼最为熟稔的便是孤单，父母当年被抓走时，他已有记忆，想跟去没跟成，从小被寄养在林荣阿叔家。接着他知道，"自己的母亲以在这个社会上无法说出口的方式死去；而自己的父亲，则被囚羁在台湾东部的一个遥远的小岛上，也许要到父亲在那个岛上死去，父亲才可能从那个于他为极其奇异的监狱中出来"（5：133）。这样的命运，让他承受着巨大的社会压力，对父母的遭际他学会了三缄其口；这样的命运，也让他早熟，二十五年来关押在岛上的父亲都是他"赖以活过来的'中心'"（5：134），以"早日自立，成家立业，带着弟弟长大"（5：142）为志愿。

"要让弟弟'幸福地成长'"是他青少年时代生活的最大动力，因为深知作为左翼"异教徒"后代内心的艰涩与沉重，因此他亦兄亦父，竭尽全力守护着阿南。为了节省学费，他读了公费的师专，二十岁时就当家自立了。1964年离开林家时，内心充满感恩的弟兄俩"双双跪在林荣阿叔和阿婶的跟前，涕泪滂沱地磕头谢恩"（5：145）。到了罗东乡下的小学，他们住进学校分配的日式宿舍里，当天深夜，尔平给孤岛上的父亲写信："'我终于做到了：十五年前失散的赵家，初步又撑起来了。'他写道，'这才是个开始呢，爸……'"（5：145）想必老赵收到信后，必定老泪纵横，内心既歉疚又欣慰。

赵尔平不甘心做一名小学老师，因此自初中起他就苦读英文，终于在1969年考上了德国一家大药厂的业务代表，兄弟俩迁入了台北市。凭着出色的英语，赵尔平很快脱颖而出，成为区域销售经理，1971年正式升任业务经理，并且买房结婚。自幼长相俊美、颇有女人缘的弟弟赵南栋已二十一岁，在几个专科学校之间辗转着"重修，退学、降级、转学"（5：148）。他"不打架，不算计，不诳诈偷窃"，只是不断替换着身边的女孩，"喜欢吃，喜欢打扮，喜欢一切使他的官能满足的事物"。尔平还发现他这个"善良"的弟弟，一个最大的特征是"举凡一旦得手的，不论是人和物品，他总是很快地，不由自己地丧失热情"（5：149）。不知从何时起，尔平发现阿南从经常夜不归宿，变成带着不同的女孩回来住，这些都能容忍，直到有一天他因发烧提前回家，赫然发现弟弟的卧室里躺着两具赤裸的男体。尔平感到前所未有的愤怒和羞恶，怒吼着把弟弟阿南赶出了家门。阿南离开家后，先是做吉他教师，稍后又住进了一个叫作嫚丽的风尘女子的公寓。嫚丽说，阿南是"真心地，爱惜人家"（5：151），不过他后来又喜欢上了别人，歉意地走了。

阿南在不同的女子间辗转流浪。这期间，赵尔平也步步为营地"滑进了一个富裕、贪嗜、腐败的世界"。他对金钱、居所等各种财货的嗜欲与日俱增，对女人也由初涉欢场时的亢奋、羞涩，到成为情场老手的油滑，后来更是狎养情妇并且离了婚。如果说阿南的症结在于虽然对每一段情感都真心投入，却无法长久地爱恋，那么对尔平来说，女人只是他"满足男子的自私、骄傲和野性的活工具"（5：156）。那个曾经因父亲家信的激励而立志磨砺人格人品，并把"立业济世，答恩报德"（5：157）作为志向的少年，于今"竟随着他戮力以赴，奔向致富成家的过程中，崩解净尽了"（5：157）。1973年，送林荣阿叔一家迁美时，尔平意识到自己远非林荣叔叔心中端正奋进的孩子了，他反省自己心灵的腐化："其实是在自己滑入这'成功入世'的，贪欲而腐败的生活之后产生的性格吧。"（5：158）由赵尔平，我们很容易想到《铃珰花》中的李国木，他们都是左翼的后代，都在孤单与偏见中长大，自小就敏感地"远离政治"，咬紧牙关一意"成功入世"，试图依靠自身的聪明、勤奋与努力改善自己和家人的处境，不再在贫困和泥淖中挣扎度日，至少在物质上丰裕，并能赢得一定的社会地位与尊敬。只是较之国木，尔平走得更远。

1975年，父亲回来后的第一个礼拜，尔平终于联系上了四年多未见面的阿南。这时的尔平由"曾经淬砺自己的意志与品德的青年，一变而为贪取苟得、营私逐利的人"（5：161），也知道了狎欢于一个又一个女人糜腐生活的滋味，较之从前，更进一步理解了弟弟阿南。看着俱乐部里风度翩翩的阿南彬彬有礼地接待各色士绅名媛，三年前的怒意早已消失，他跟弟弟讲述父亲的近况，以及从父亲那里知道的关于大陆与台湾总是不分家的信息等，阿南只是礼貌地听着却不理解"某些远远超出他所熟悉的范围里的事物"（5：163）。两个月后，阿南送他的情妇、俱乐部老板曹秀英去机场时，认识了莫葳，并开始了无法遏制的热恋。嫉恨的曹秀英以贩毒和侵占罪控告了赵南栋，他被判处四年六个月的徒刑。从莫葳的转述中，尔平了解到弟弟阿南不久又背弃了莫葳，与替姐姐探监会面的莫莉竟隔着玻璃用电话谈起了恋爱。莫莉与阿南是同一类人，她因为自小见惯了爸爸的风流偶傥，因此"变得什么都引不起她的好奇心，什么都无所谓"（5：173）。莫葳说，莫莉最大的疾病是"不能爱"（5：174）。没多久，双性恋的莫莉就赶走了阿南。颇有桃花运的阿南竟然栽在他最擅长的情场上，这带给他巨大的打击和莫大的耻辱。自此，赵南栋过上了潦倒不堪的流浪汉生活。

赵尔平与莫葳在对话中，试图以世代差异的方式理解阿南与莫莉这一"按照自己的感官生活"（5：176）的下一代。莫葳说："身体要吃，他们吃；要穿，他们就穿；要高兴、快乐，不要忧愁，他们就去高兴，去找乐子，就不要忧愁……身体要 make love，and they make love……"（5：176—177）尔平附和着："他们有什么欲求，就毫不，毫不以为羞耻地表现他们的欲求。他们用他们的眼睛、心意和行动，清楚明白地，一点也不会不好意思地说，我要，我要！"（5：177）略有醉意的赵尔平最后总结道："其实呢，谁又不是？我们全是这样。有时候，我在想：整个时代，整个社会，全失去了灵魂，人只是被他们过分发达的官能带着过日子，哈……"（5：177）

赵尔平的话语虽然不无偏激，却引人深思。现代人多是被"过分发达的官能带着过日子"的本质是以自我为中心，把追求享乐、奢靡与腐化作为生命的主导，无能于爱，更遑论顾忌他人、民族与国家。赵尔平、赵南栋这两个世代的生活，与父亲家信中那些"青年要有从民族和国家的出路去思考个人出路的认识"（5：148）之类的瞩望与寄托已格格不入。不同世代的理想与奋斗目标也截然不同了。尔平兄弟发展到今天的境况，与台湾社会"左眼"缺失的大环境密切相关。试问，在民族分断以及所有进步理想被窒息被麻木的资本主义社会中，除却成为追求性欲、物欲等极端享受的单向度的人，赵尔平与赵南栋还有其他可选择的生命路径吗？总而言之，《赵南栋》这篇小说的主题在着力书写五十年代左翼狱中生活，以及长达二十五年左翼空白对台湾社会造成的影响时，回扣了陈映真小说一以贯之的大主题，即冷战与民族分断对台湾民众造成的精神危机、认同伤害与人格扭曲。

小说一直念念不忘民族认同和祖国统一。对于赵庆云这一代人来说，中国是不证自明的议题，即使有过波折，但正如林慎哲所坦言："本以为在'二二八'事变中不见了的祖国啊，又被我们找到了"。因此，四十年代末，在台北某中学教书的大陆人宋蓉萱深感中国历史教材的缺乏，在要编写的新教材中她坚持"认识中国，先认识台湾和中国的历史关系"（5：182）；五十年代，由台湾奔赴东北寻找抗日战争中祖国的乐者张锡命，直到生命的终了都在致力于写一个描写自己在寻找民族认同过程中复杂感受的交响曲《三千里祖国》。然而到了1975年，赵庆云出狱后，跟尔平一起谈论中国制药工业，尔平才发现：

> 当父亲说着"中国"，大陆和台湾总是不分家的。他先是感到诧异。可继而一想，在理论上，大陆和台湾，是不分家的。他这才感觉到，很多的场合，当人们说"中国"，不知不觉之中，其实指的就是台湾。中国大陆，从什么时间起，竟而消失了呢？（5：163）

逐渐消失的中国大陆，成为压在陈映真心头的痛。小说结尾处，他借助在赵庆云的梦境中重新复活的蔡宗义与林添福之口，倾吐心中的块垒：

> "三十多年前，我并没有能力预想到，今天的台湾。"蔡宗义忽然沉缓地说，"历史的时间，同个人的时间的差

距，老赵，你应该有很具体的实感吧。"

"民族内部互相仇视，国家分断，四十年了。"林添福朗声说，"羞耻啊……"

"每回有人被叫出去，我在押房里唱过：安息吧，亲爱的同志，别再为祖国担忧……我们走的时候，老赵，你们也这样唱，"蔡宗义无限缅怀地说，"快四十年了。整整一个世代的我们，为之生，为之死的中国，还是这么令人深深地担忧……"

病房里忽然沉默起来了。(5：192—193)

如果五十年代那些已逝去的左翼分子地下有知，知晓了他们"整整一个世代"，为之生、为之死的中国陷入民族仇视、两岸分断的僵局，该是多么地痛心疾首！尽管如此，他们仍没有放弃希望与信念：

赵庆云感觉到四十年的历史的烟云，在整个病房回绕着，像高山上的云海，像北漠呼啸的朔风……

"超越了恐怖和怒恨，歌唱着人的解放、幸福的光明之梦，度过了最凶残的拷问，逼向死亡的，我辈一代的人间原点，"蔡宗义独白似地说着，而后忽然激愤地、战栗地啸吼起来："燃烧起来，在台湾、在全中国、在全世界，高高地烧起来哟！"(5：193)

第八章　分断体制下的"归乡"之路

第一节　迎战"台独"势力

1987 年之后，作为思想者和文论家的陈映真十分活跃，而作为小说家的陈映真却沉寂了十二年。直到 1999 年，他才又以崭新的姿态出现；在其后的三年里，他连续发表了"分断体制三部曲"——《归乡》《夜雾》和《忠孝公园》。《归乡》以一位台湾农家子弟、国民党老兵的际遇，凸显出过去与现在、大陆与台湾这一主题：归乡之路就是结束民族分裂，实现祖国统一之路。《夜雾》则以札记的形式，描述了两进两出国民党特务机关的李清皓因精神压力导致精神分裂，最终自杀身亡的过程，以此揭露了几十年黑暗统治的历史。中篇《忠孝公园》是陈映真用心经营的一部作品，更是他数十年来苦苦思索的结果。在这三篇小说中，陈映真给自己的使命是再现内战、殖民、冷战、统独这段漫长历史所带来的认同危机——同胞之间相恨相忌的心灵重伤。同时，陈映真要救赎这段被压抑被篡改被扭曲的历史，其主要对象是在民族撕裂下受到重大认同内伤的一般民众。

被称为"思想剧"的"分断体制三部曲"，理解起来殊为不易，因为这一时期的陈映真"不再仅仅困惑于自身的主体矛盾，而是在台湾社会性质研究、大陆社会性质讨论、'台独'论战、重读台湾史等一系列思想探索与社会实践的积累之后，能够从一个更大的历史视野，直面台湾当下问题，并将'文学'与'思想'圆融为一体"[①]。在不写小说的这十二年里，陈映真主要着手做了两件事：一是与"台独"的战斗，二是关于台湾社会性质及其历史分期的研究。本节旨在探讨在这一研究过程中，陈映真形成的思想变化与发展，以及庞大的思想积累，因为这是理解这三篇小说的关键。

追根溯源揭示"台独"风潮

1945 年日本战败，台湾从五十年日本帝国主义的统治下得到解放。当时的台湾人民和知识分子，无不欢欣鼓舞，感到莫大的"光荣与喜悦"。然而，不多久，岛上就出现了不和谐的声音。根据陈映真的研究，主张台湾从中国独立的政治运动，最早可以追溯到五十年代中期廖文毅在东京的"临时政府"。这一思潮愈演愈烈，自 1984 年始，台湾的舆论中开始公开出现主张台湾与中国大陆在政治、社会、文化上永久分裂的言论。1987 年，以中国的历史、文化和政治为耻，诅咒台湾在二次大战结束、日本战败后向中国复归，直接主张"台湾独立"的言论，在台湾党外民主运动的刊物中大量出现。纵观陈映真的研究成果，他认为，回顾两岸分断的历史，主要由以下因素导致：

一、亚洲的冷战结构。

理解亚洲冷战结构下的台湾，需要从战后美国和台湾的关系谈起。1950 年，在大陆战争全面溃败，美国宣布对"国府"遗弃政策下，在台的"国府"面临着旦夕间破灭的危机。不料因中国参与朝鲜战争，美国对"国府"的政策也从遗弃主义逐步转变为支持和美国化改造。也就是说，"国府"在朝鲜战争中，全面扭转了危机。

[①] 马雪：《以"文学"的方式介入"思想"论战——试论陈映真小说〈忠孝公园〉的问题意识》，《现代中文学刊》2017 年第 5 期。

正因此，美国与台湾的分离主义运动有着千丝万缕的联系。有关论述在 1984 年 6 月陈映真发表的《美国统治下的台湾》一文中有详细论证，他分析道：

> 一九五〇年，美国对"国府""恢复"军经援助的同时，主动、连带地执行着台湾政权的亲美化改造政策。以军援、美援为手段，美国企图支配"国府"三军系统，企图培植亲美将领颠覆国民党政府。在此同时，美国一方面以军经支援巩固"国府"在台湾的统治，一方面早在五十年代初，即由驻东京盟军总部卵翼廖文毅在日本的分离运动。一方面对"国府"恢复军援，促成"国府"与日本和约的签字，订立"中美协防条约"，通过台湾海峡决议案，一方面又公开提倡"台湾地位未定论"，不但为美国军事力量进出台湾和台湾海峡，制造法的根据，一方面也是用来制造各个阶段的"两个中国"和"一中一台"政策。而正是在这个"台湾地位未定论"的阴影下，滋长了三十年来各派别的台湾分离主义。
>
> 尤其引人注目的是，三十年来各种主要的台湾分离主义理论，主要都先由美国或日本政客和"学者"率先提倡。一九五五年，有名的赖旭和倡言协助一个"民主台湾"之发展；同年，美国曾要求李宗仁出面推翻"国府"，建立独立的台湾；一九六〇年，美国副国务卿倡言——"独立的中台国"之利益；六十年代，美国人柯尔抛出了"台湾人在人种上并非中国人"之论。另外，以赖旭和为首的美国"现代化"派学者，在肯定日本战后"现代化"成功之余，连带肯定日本对台湾的殖民统治，从而谓台湾已因五十年殖民而受日本"同化"，而主张台湾与中国的分离之论；蒙代尔有推翻"国府"而使台湾独立，可使中

共攻台失去理由，从而可维持台湾海峡之和平论；有国共和谈将危害美国在台湾之利益，而力主台湾独立之论，林林总总，不一而足。而最近两三年间流行于北美的"台湾民族论"，实也无非以上诸论的一个延长。七十年代以后，美国对华政策进行重大改变，在转移对"国府"之外交承认于北京前后，私底下美国抛出了更多支持台湾成为一"独立政治单元"以永久分离于中国的"两个中国"和"一中一台"论。虽然一直到两年前，美国才公开地抛弃了"台湾地位未定论"，承认台湾为中国之一部分，并且公开放弃了对台湾独立的支持政策，但在实际上支持台湾自中国永久分离以确保美国之台湾利益的政客、议员、商人和学者，仍大有人在。而海外，尤其是北美的台潜分离运动，其右派如"台湾独立联盟""台湾人公共和谐会"者，固然公然采取对美附庸的立场，以促成如"台湾前途决议"案之帝国主义法案以骄人，即连自称马克思派的"左"翼分离主义，对美国的对台湾之帝国主义历史和政策，也睁眼、闭眼，装聋做哑。[①]

此间，值得一记的是在五十年代初美国一手导演下签订的日本与"中华民国"间的和约。1951 年，在美国"旧金山和约体系"的影响和推动下，吉田首相承诺日本与台湾单独缔结和约。在这项和约中，美国和日本要挟国民党政府承认国民党政府的"主权"仅限于台湾和澎湖，和约的效力也仅限于台澎地区。同时，为了符合美国协防台湾以封锁中国大陆的世界战略，日本只宣布放弃从前的属地台澎，却拒绝言明将台澎归还给中国。

这一和约，成为"台湾地位未定论"的"国际法的基础"，成

---

① 陈映真：《美国统治下的台湾》，《陈映真文集·杂文卷》，中国友谊出版公司 1998 年，第 329—330 页。

为截至 1978 年前，国际间"两个中国"论、"一中一台"论和"台湾独立"论的合理化依据。于是，"台湾和中国本部，先是因为国共内战而对峙、分裂，继则编入美国在亚太地区的反共—安全体系之后，外来的势力，不惮于用种种手段，企图使这分裂永久化、固定化，甚至使台湾和中国永远脱离"①。

二、台湾的光复。

在这样的战后亚太地区的现代史中，台湾在 1945 年光复。1949年国民党政府退守台湾，中国成为二战后与韩国、德国、越南同被全球冷战结构分裂的国家之一。对此，陈映真在《国家分裂结构下的民族主义》一文中，从 1947 年的"二二八"事件到 1950 年的"反共肃清运动"，予以深刻的梳理和评析，他写道：

> 一九四七年，因陈仪恶政，和前近代的中国政治、文化与日本帝国主义殖民地近代化台湾社会的冲击，爆发了不幸的"二二八事变"。以军事镇压和恐怖屠杀收场的这个民众不满事件，对于在日本帝国主义下长期脱离中国历史和社会经验的部分台湾人民，造成第一次对中国民族认同的苦闷和迷惑。这苦闷和迷惑，先是受到"台湾中立论""台湾托管论"所弃，继而在一九五八年美日推动"两个中国"论和"一中一台"论的国际背景下，被台湾分离主义运动所用。

> 一九四五年台湾光复后，在日据时代的台湾长期从事抗日斗争的中国民族主义民族解放运动家，不但没有受到褒奖与政治上的支持，反而因为抗日运动中不同性质的、真实或虚构的左翼色彩，在国共内战和国际反共—冷战—安全架构的历史中遭到被杀、被监禁或流亡的命运。另一

---

① 陈映真：《国家分裂结构下的民族主义——"台湾结"的战后史之分析》，《陈映真文集·杂文卷》，中国友谊出版公司 1998 年，第 390 页。

方面，日据时代与日本帝国主义协力的汉奸分子，光复后却没有受到道德与法律的惩治。反而因为反共的共同政治立场和肃共的实际经验，而得以在光复后的体制享有权力和名位……对于具有特殊的殖民地历史体验的台湾人民，这忠奸的放胆的颠倒，对于台湾的中国民族主义，是一项重大而不易理解的打击和摧残。

一九五〇年，朝鲜战争爆发，第七舰队开始巡弋台湾海峡。这时台湾开始了对于共党分子、民族解放分子、左翼爱国学生、教师、新闻记者和文化人进行组织性的政治肃清。五十年代初叶的反共肃清，是世界"二极对立"构造中"自由—民主"阵营形成的副产物。那是一个从日本、韩国一直到马来西亚、菲律宾以迄中近东和中南美洲，在全球范围内肃清"赤色第五纵队"的广泛的运动。但是在台湾，因为是弹丸小岛，肃清在美国默许下，极为彻底地进行，致使台湾激进的、爱国主义的、民族主义的传统为之灭绝。这一彻底的肃清运动，固然有利于"巩固"美国"太平洋防线"中基地台湾反共纯洁性，但对台湾而言，则是日据时代中长期培育出来的反帝、民族主义、爱国主义传统的惨重摧折。战后四十年台湾在政治上、文化上和思想上长期没有对美、日霸权的批判观点和民族主义的弱体化，一九五〇年初的政治肃清，起着重要的作用。①

1947 年的"二二八"市民蜂起，战后民族忠奸之辨的颠倒，1950 年后广泛的民族、爱国主义者的肃清，加上配合世界冷战意识形态框架的长期反共宣传和教育，光复后一度高涨、旺盛的在台湾

---

① 陈映真：《国家分裂结构下的民族主义——"台湾结"的战后史之分析》，《陈映真文集·杂文卷》，中国友谊出版公司 1998 年，第 392—393 页。

的中国民族主义和中国民族感情，遭到严重的摧损、打击和歪扭。台湾人民的"祖国—中国"形象，于是丧失了焦点，终而至于模糊和变形了。光复当初原本可以迅速地在台湾发展起来的中国的民主主义和民族主义，在 1950 年世界和亚太地区冷战体系的确立过程中，遭到严重的否定和打击。

三、国土、民族分裂下的台湾文化及其他。

自二十世纪六十年代末，世界局势发生了重大变化，台湾海峡尤为显著，诸如美国第七舰队撤出海峡，"台湾决议案"的撤销，"中美协防条约"随美国与中国建交而自然失效，"国府"被迫退出联合国，台湾问题的"中国内政问题化"……国际政治中的"台湾问题"，已经发生了深刻的变化。然而，在台湾内部，有许多反体制的分离主义文化人、文艺家和政客，不断地宣说他们对中国事务、中国历史、中国文化、中国民族的难以理解的轻蔑和仇视。较之这些分离主义者的反华、蔑华情绪，更多的文人学者，则对祖国的分裂、民族的离散，不以为怪，更不以为伤痛。对此，陈映真沉痛地写道：

> 有更多的知识分子、文化人、学术工作者，四十年来，从来不以国土的分断与民族的离散为他们感情、道德和知识上的忧伤、羞辱和不安。四十年来，很多人从西方打折转贩各种知识和思想，夸夸乎议论于讲座庙堂之上，却从来没有人从国家分断的架构上，去思考台湾的社会、经济、政治、历史、民族和文化。四十年来，多少文艺工作者在创作上浪得名利，却没有人想过，作为一个中国文艺创作者，站在中国千古文化艺术的传承和去向中，自己的作品，在民族统一之日，或民族统一之后百千年，是否尚能无愧地面对我民族优秀丰厚的传统。我们有很多评论家、传播工作者，四十年来，他们想过很多问题，报导过

无数的现实，却从来没有一个人曾经开动他的想象力，想一想四十年国土和民族分裂，为我民族生活的各方面所造成的影响。[①]

另外，在国家分裂和冷战构造下成长的战后台湾社会和经济，反过来加深了、固着了台湾与大陆的分裂，从而在另一方面也越发加深台湾对美日资本主义经济圈的深层依赖。这依赖，复又加深了"国家分裂—冷战—安全"的荒谬的结构。这种恶质循环，也助长了战后台湾"非民族化""反民族化"的倾向。

基于上述种种，早在二十世纪八十年代末，陈映真就号召："我们及早超克被四十年冷战政治和历史所内化的冷战心智，去面对中华民族长远而根本的课题，结束四十年来在外来势力所强加于我们的冷战价值体制中，同民族间的敌视、疏隔、猜忌和仇恨，结束全民族优秀的英智和创意因国土和民族分断而受到扼杀与压抑；结束台湾与大陆的经济的分断，使两岸经济超越外力的干涉，重组中国自己的国民经济圈；结束同族之人成为异族、同国之人成为异国的，冷战史所强加于分裂国家的荒谬。"[②]

陈映真为超克两岸分断的种种努力

陈映真曾说，提出超克长期"国家分裂—冷战—安全"体制，是当前台湾知识分子、文化人和学生面对历史所不能躲避的责任。因为"知识分子是一个民族思想、反省、批判、前瞻之所寄。从中国历史和文化的全局、全景去看问题，去思索、创作和批评，超越

① 陈映真：《国家分裂结构下的民族主义——"台湾结"的战后史之分析》，《陈映真文集·杂文卷》，中国友谊出版公司 1998 年，第 399 页。

② 陈映真：《国家分裂结构下的民族主义——"台湾结"的战后史之分析》，《陈映真文集·杂文卷》，中国友谊出版公司 1998 年，第 401 页。

一时一地，一党一派之私，为民族在知识上、创造上寻求生动的出路，是知识人的严肃的、民族的、社会的责任"[1]。数十年如一日，陈映真身体力行着知识分子的责任，积极参与超克两岸分断、维护祖国统一的行动。他在研究、思考和创作上对"两岸分断"下的政治、经济、文学、社会、历史、生活和感情，做了全面的思索、反省、批判，除却创作了小说《归乡》等"分断体制三部曲"，还有参与乡土文学论战，创办《人间》杂志，进行台湾社会性质研究，以及参与"统派""独派"之争等。

一、参与乡土文学论战。

乡土文学论战起始于 1977 年 5 月，在当年夏天达到白热化。当时，国民党文艺带头人之一彭歌与现代派诗人余光中相继发表白色檄文，定性"乡土文学"为红色文学，并影射某些乡土文学作家（特别是陈映真）是在按照中共文学理论进行创作，宣扬残酷阶级斗争，是"工农兵文学"。陈映真在《后街》中回忆道：

> 同一年，在余光中发表《狼来了》、彭歌发表的点名批判《没有人性，何来文学？》之后，乡土文学论战在反共法西斯恐怖中登场。乡土文学系的同人作家在大恐怖中勉力抵抗。国民党全面动员学者、文特、党团刊物对乡土文学进行恐怖围剿，至召开"国军文艺大会"而达到高潮。而今日在台独文学论坛上无任意气风发的作家、理论家，在当时似乎一直采取了识时务的缄默。经历了国民党白色镇压的他，敏锐地感受到形势的险峻。[2]

《中央日报》总主笔彭歌发表的《不谈人性，何有文学》是由

① 陈映真：《国家分裂结构下的民族主义——"台湾结"的战后史之分析》，《陈映真文集·杂文卷》，中国友谊出版公司 1998 年，第 402 页。

② 陈映真：《后街》。

短论拼成的文章，矛头直指乡土文学的代表作家和理论家王拓、陈映真、尉天骢，文中大量引用蒋经国语录和三民主义资料，硬是要迫出这三位乡土作家的"左派"原形。余光中的《狼来了》一文，故作惊世之语，在两千多字的文章中却抄引了近三百字的毛泽东语录，以论证台湾的"工农兵文艺"有其"特定的历史背景与政治用心"，以证明乡土文学与毛泽东《在延安文艺座谈会上的讲话》隔海唱和，暗示乡土文学是共产党在台湾搞起来的。由此，台湾文坛乃至社会一时为之惊怵惶惑。

在这个"血滴子"随时会落下的时刻，部分由于内部意见无法统一——胡秋原、徐复观、郑学稼等国民党理论大家或泛归国民党阵营的大学者，纷纷表态支持乡土文学；部分由于刚刚经历了中美关系缓和与"中坜事件"，不复五十年代白色恐怖时期的专制霸权，国民党政权决定草草结束这场由它所发起的思想清算运动。1978 年元月，国民党中央表态，说乡土思想"基本上是好的"，但要"动机纯正，尤其切防为中共所利用"。[①]

乡土文学论战的斗争核心绝非仅限于文学问题本身，而是在戒严时期，某些被称为"乡土文学"的作家、理论家与国民党右翼文人，就台湾社会的历史记忆、现实的内外支配性力量，以及台湾社会前进的方向等问题所展开的高度政治敏感从而危机四伏的论战。陈映真在 1998 年的一篇文章中指出，从七十年代初由"保钓运动"所开启的左翼文艺与社会思潮，经之后的现代诗论战，到 1977 年乡土文学论战高峰的台湾七十年代斗争的意义，是在于提出了"美国帝国主义论"以及"台湾殖民经济"的说法，并引发了台湾的经济与社会性质到底是不是与"殖民地"相类的争论。他认为，这基本上是白色恐怖以来台湾头一次的，虽因政治与知识条件不足而难免

---

① 陈映真：《向内战·冷战意识形态挑战——七○年代文学论争在台湾文艺思潮史上划时代的意义》，《告别革命文学？：两岸文论史的反思》，人间出版社 2003 年，第 164 页。

仅是雏形的一场有关"台湾社会型态（social formation）性质的讨论"。① 正是在这个意义上，赵刚称乡土文学论战是一场因五十年代白色恐怖镇压余波绵延而长期推迟的以冷战意识形态为核心对象的论战。②

乡土文学论战之际，陈映真发表了若干篇直接涉及乡土文学的文章参与论战，分别为发表于 1977 年 6 月的《"乡土文学"的盲点》，1977 年 7 月的《文学来自社会，反映社会》，1977 年 10 月的《建立民族文学的风格》，以及 1978 年 8 月的《在民族文学的旗帜下团结起来》等。几篇文章一再出现的论点如下：

> 首先，战后台湾的发展是属于严重倾斜于美日技术与资本的依附型经济，建立在物质基础上的依附也必然带来程度不等的政治、文化、知识，与精神上的依附。其次，进入 1970 年代后，台湾社会面临重大危机，政治上对美依附的稳定感崩坏了，社会经济现实也急遽变化，城乡关系、阶级关系，与环境生态等都乍现危机，同时，钓鱼台事件也让一种反帝的中国民族主义思潮开始形成。凡此，都是乡土文学得以出现的重要背景。其三，由于反帝与反殖的中国民族主义的出现，一种对于日本殖民时期台湾民众反抗史的重新评价也得以展开。最后，对陈映真而言，所谓"乡土文学"就是"民族文学"，而这个民族文学的民族主义不是国粹主义的、文化主义的、沙文主义的，或地方分离主义的，而是"第三世界的""反帝国主义的民族主义"；"有帝国主义压迫的地方就有反帝的民族主义"。③

① 陈映真：《七〇年代黄春明小说中的新殖民主义批判意识——以〈莎哟娜啦·再见〉〈小寡妇〉〈我爱玛莉〉为中心》，《左翼传统的复归：乡土文学论战三十年》，人间出版社 2008 年，第 126 页。
② 赵刚：《战斗与导引：〈夜行货车〉论》，《中国现代文学研究丛刊》2017 年第 6 期。
③ 同上。

在乡土文学论战期间，陈映真在正面斥责、严正回应彭歌、余光中等人的打击，直斥他们为"几个粗暴、无知的打手"，并称他们的诬陷与攻讦"应该立刻停止"的同时，也在回应里明确表白，面对这些无情且无知的打击污蔑，被攻击的乡土文学作者是"永远不会""不当地产生分裂主义的情绪"。① 之所以有这样的表态，因为陈映真注意到了"分裂主义情绪"的苗头，并为此悄然忧心，着重表现在《"乡土文学"的盲点》一文。此文是回应叶石涛在 1977 年 5 月发表在《夏潮杂志》的《台湾乡土文学导论》而作，赵刚甚至认为："这篇回应是陈映真作为一名鲁迅意义的战士，在乡土文学论战中最具战略视角的一次介入，他事实上是把当时作壁上观的'本土派'视为最麻烦的潜在敌人，因为他们正与新兴分离主义政治运动各有所司地共同调动一种意识型态与感情结构；用陈芳明的话：'各自为战，也是相互为用'。"② 文中，陈映真一针见血地指出：

这是用心良苦的，分离主义的议论。③

陈映真认为，日据时代的台湾，仍然是农村经济而不是城市经济在整个经济中起着重大的作用。而农村，正好是"中国意识"最顽强的根据地。即使是城市，中小资本家阶级所参与领导的抗日运动，也都无不以中国人意识为民族解放的基础，所以"从中国的全局去看，这'台湾意识'的基础，正是坚毅磅礴的'中国意识'了"④。他还提出，"台湾意识"或"台湾立场"的说法，可能有两个盲点：

① 陈映真：《建立民族文学的风格》，《陈映真作品集》第 11 卷，第 25—32 页。
② 赵刚：《战斗与导引：〈夜行货车〉论》，《中国现代文学研究丛刊》2017 年第 6 期。
③ 陈映真：《"乡土文学"的盲点》，《陈映真作品集》第 11 卷，第 5 页。
④ 陈映真：《"乡土文学"的盲点》，《陈映真作品集》第 11 卷，第 6 页。

其一，这个"特殊性"，当遭遇到我们之前一直视而不见的"全亚洲、全中南美洲和全非洲殖民地文学"时，就无法显现出它是多有"个性"的了——它必然从属于这"全亚洲、全中南美洲和全非洲殖民地文学"的大个性之中；

其二，那么，日据时期的台湾文学是不是就只是"第三世界文学"的一个构成呢，从而失去了它在这个大范畴内的个性了呢？不是的，因为它一直是以作为反帝、反封建的中国近代文学的一个重要的有机构成而存在的——"光辉的、不可切割的一环"。[①]

陈映真指出了叶石涛的两个盲点：第三世界与中国。多年后，陈映真在 2005 年发表的《对我而言的"第三世界"》一文中，指出当初他在回应叶石涛的《"乡土文学"的盲点》时，就起意在"'第三世界'意识极端荒废的台湾"，第一次在台湾提出"第三世界"和"第三世界文学"这两个词。[②]

陈映真注意到，在叶石涛所谓的"台湾乡土文学"的反帝与反封建的修辞表面之下，所隐藏的"盲点"——即一种以"台湾"为一孤立自足的立论空间，自外于"第三世界"与"中国民族的立场"。他指出，如果少了这样的一种"第三世界"与"以中国为取向的民族主义"，那么无论是"反帝"或是"反封建"都可以被抽象化，进而被收编到同样抽象化了的"台湾"这个意识形态范畴上，而为其所用。陈映真准确地预言了林载爵所说的，乡土文学论战之后"从乡土到本土"的整个趋势：抽象谈民主但同时取消阶级

---

① 陈映真：《"乡土文学"的盲点》，《陈映真作品集》第 11 卷，第 1—7 页。

② 陈映真：《对我而言的"第三世界"》，薛毅编《陈映真文选》，三联书店 2009 年，第 529—536 页。

视野，抽象反封建但实质反中，抽象谈独立但无条件认同乃至依附美日帝国主义霸权，抽象反殖民但肯定日本殖民。[1] 自然这是后话。

在 1978 年 8 月的《建立民族文学的风格》一文中，陈映真继续强调："三十年来在台湾成长起来的中国文学"的作家们，"用自己民族的语言和形式，生动活泼地描写了台湾——这中国神圣的土地，和这块土地上的民众"。正是他们的文学，"在台湾的中国新文学上，高高地举起了中国的、民族主义的、自立自强的鲜明旗帜"！[2]

二、创办《人间》杂志。

为适应文化思想、文学思想反对"台独"斗争的需要，1985 年，陈映真创办了《人间》杂志。《人间》是一种什么样的杂志呢？

> 如果用一句话来说明，《人间》是以图片和文字从事报导、发现、记录、见证和评论的杂志。透过我们的报导、发现、记录、见证和评论，让我们的关心苏醒；让我们的希望重新带领我们的脚步；让爱再度丰润我们的生活。[3]

为什么在这荒枯的时代，要办《人间》这样一种杂志？陈映真及其同仁的答案已广为人知，那就是：

> 我们的回答是，我们抵死不肯相信：有能力创造当前台湾这样一个丰厚物质生活的中国人，他们的精神面貌一定要平庸、低俗。我们也抵死不肯相信：今天在台湾的中

---

[1] 林载爵：《本土之前的乡土》，《台湾乡土文学・皇民文学的清理与批判》，人间出版社 1998 年，第 77—89 页。

[2] 陈映真：《建立民族文学的风格》，《陈映真作品集》第 11 卷，第 25—26 页。

[3] 陈映真：《〈人间〉杂志发刊辞》，《陈映真文集・杂文卷》，中国友谊出版公司 1998 年，第 92 页。

国人，心灵已经堆满了永不饱足的物质欲望，甚至使我们的关心、希望和爱，再也没有立足的余地。不，我们不信！

因此，我们盼望透过《人间》，使彼此陌生的人重新热络起来；使彼此冷漠的社会，重新互相关怀；使相互生疏的人，重新建立对彼此生活与情感的理解；使尘封的心，能够重新去相信、希望、爱和感动，共同为了重新建造更适合人所居住的世界；为了再造一个新的、优美的、崇高的精神文明，和睦团结，热情地生活。[1]

《人间》杂志的口号"让我们相信，让我们希望，让我们爱！"至今读来，感动萦绕于心。其宗旨是："从社会弱小者的立场去看台湾的人、生活、劳动、生态环境、社会和历史，从而进行记录、见证、报告和批判"[2]。1987年5月，陈映真在香港大学演讲时，他这样介绍《人间》杂志：

首先，它是一个用文字和图片从事报道、记录、发现和批判的、反省的杂志；第二，它的宗旨是从弱小者的立场看台湾的人、生命、生活、自然和世界；第三，它是希望对台湾二十多年来的现代化、资本主义化或者是富裕化提出反省的思考和批评，想想我们究竟为这现代化付出了什么样的代价。[3]

《人间》杂志是月刊，始自1985年11月，终于1989年9月，总四十七期，四年缺一个月。如王安忆所评，这是一份纪实性的刊物，

---

① 陈映真：《〈人间〉杂志发刊辞》，《陈映真文集·杂文卷》，中国友谊出版公司1998年，第92—93页。

② 陈映真：《后街》。

③ 陈映真：《大众传播和民众传播》，《陈映真文集·杂文卷》，中国友谊出版公司1998年，第422页。

然而，却有着鲜明的思想主导，使它有别于新闻报道。这些客观性质的材料，在自觉的主观意识之下，编辑成另一种现实，警醒起人们某一部分已经迟钝的视觉与感情，重组成新的视野。①

刊物存续的四年期间，台湾的社会政治发生了急剧转折的变化，《人间》这样一份重视"现场"的杂志，其主题宗旨也随之不断演变。

"在初创刊的一年里，对于社会弱势的关怀占据主要部分，那些消失在现代化图景里，被遗弃的人和地方，在《人间》的舞台上徐徐铺陈。"② 1987 年 1 月以后，关注的问题逐渐变得具体和集中——"在众多的主题中，渐渐提炼出主要的项目，其中尤为彰显的就是回顾检讨台湾历史，不止是历史事件本身，族群生存、两岸分离、环境损害、经济畸形，都企图从中找出根源。"③

1989 年 2 月第四十期，《人间》杂志社进行了人事变更。陈映真以发行人身份宣布由杨宪宏任总编辑，张志贤任社长。这一期刊首发表"人间宣言"，题目为《解放与尊严》。不同于三年前创刊时所宣扬"因为我们相信，我们希望，我们爱"，此文严厉声称："《人间》不应该只沉迷在'反压迫勇者''弱者的代言人'之类的社会造型中"，而是"在批判国际冷战历史寻求解放与尊严的运动中，重新建设新历史时期的台湾——从而中国以及亚洲的新人和新文明"。④ 此后，《人间》将更大的使命负于己任，更深刻地介入现实斗争。自然，这也意味着导入激进政治的危险。同年 9 月，《人间》杂志宣布因财务周转困难而破产。

总之，《人间》杂志以"在台湾的中国人"的意识为中心，从事思想启蒙运动。其创办的另一个深远意义是，陈映真通过编辑、

① 王安忆：《乌托邦诗篇》，华东师范大学出版社 2011 年，第 96 页。
② 同上。
③ 王安忆：《乌托邦诗篇》，华东师范大学出版社 2011 年，第 98 页。
④ 王安忆：《乌托邦诗篇》，华东师范大学出版社 2011 年，第 158 页。

顾问、作者，注重组织了"统派"的战斗队伍。到九十年代，陈映真又创办了《人间思想与创作丛刊》。《人间思想与创作丛刊》分季出版，发表了许多旗帜鲜明、思想厚重、论辩有理有据的反对"台独"的文章。

三、研究台湾社会性质。

台湾统一运动的实践，向理论界提出了紧迫的要求，要求理论界明确回答：台湾当前社会的性质是什么？台湾当前社会的特点是什么？台湾的出路在哪里？陈映真也在访谈中提到："我对自己的期许是知识上要解决两个问题，一是台湾要怎么认识？台湾的社会史应该分成几个阶段，台湾社会的构成是什么？二是新中国的社会本质是什么……中国统一论，应该在台湾社会论和大陆社会论的基础上。"[1]

因从七十年代末陈映真就注意到了台湾"分离主义"的苗头，所以自八十年代起，陈映真最大的问题就是迎战日益壮大的"台独"势力，而台湾的社会性质论就是对于挑战的回应。对此，马雪分析得很透彻：

> 如果没有对于台湾的政治经济学研究，也就无法全面的、理性的认识台湾社会，更无法从知识上迎战分离主义的势力。陈映真在整个九十年代，除了在"台独"的第一线上随时应战之外，一直在做台湾的社会科学研究，包括理论基础的积累和对台湾史的深入了解。陈映真曾多次说过自己投身于台湾政治经济学分析中，乃是不得已而为之。随着陈映真的思想由简单到复杂，向着更高次元迈进，他所面对的思想困境就要求他把握更多的历史和现实因素，从而才能从更加整体的角度来认识台湾社会。又由

[1] 陈映真口述：《自剖"统一情结"——陈映真：我又要提笔上阵了！》，《财讯》总第 132 期（1993 年）。

于台湾服从于美国的冷战政策，一直没有系统的社会科学，所以他才不得不自己做一番研究。此外，"台独派"的手段之一就是裁剪台湾历史，企图构建一条台湾"独立建国"的历史线索，所以陈映真除了在理论上有所积累与推进外，另外一条线索就是了解台湾历史。他在理论和历史两方面的积累，就是为了更好地将理论联系台湾的实际，解决台湾社会性质的问题。①

正是基于历史的、现实的各种因素，"没有一群进步优秀的社会科学队伍作为他的依靠"，由此作为"一个搞创作的人"，陈映真不得不"去搞理论、搞社会科学"。②九十年代，陈映真开始全面探讨台湾历史各个阶段的社会性质，并试图将其与台湾社会现实结合。适应这个需求，1991 年 8 月，陈映真筹划，由人间出版社出版《台湾政治经济丛刊》系列。1992 年 6 月，《台湾政治经济丛刊》第一至四卷出版，即涂照彦的《日本帝国主义下的台湾》，刘进庆的《台湾战后经济分析》，段承璞的《台湾战后经济》，谷蒲孝雄的《国际加工基地的形成》。7 月，《台湾政治经济丛刊》第五卷陈玉玺的《台湾依附型发展》出版。1993 年 7 月，第六卷刘进庆等的《台湾之经济》出版。1994 年 9 月，第七卷温克勒、格林哈尔什合编的《台湾政治经济学诸论辨析》出版。③这套《台湾政治经济丛刊》系列，集中分析了当前台湾社会的性质及其特点，这是反对"台独"斗争的理论基础。

同时，正式发表以台湾社会性质为论题的文章，包括《李友邦

---

① 马雪：《以"文学"的方式介入"思想"论战——试论陈映真小说〈忠孝公园〉的问题意识》，《现代中文学刊》2017 年第 5 期。

② 陈映真：《后街》。

③ 赵遐秋：《生命的思索与呐喊：陈映真的小说气象》，作家出版社 2006 年，第 334 页。

的殖民地台湾社会性质论与台共两个纲领同"边陲资本主义社会构造体论"之比较考察》《台湾现代文学思潮之演变》和《祖国：追求、丧失与再发现——战后台湾资本主义阶段的民族主义》等。前两篇文章回顾了前人对于台湾社会性质论的贡献，后一篇文章陈映真展开了对于战后台湾社会性质的分析。为此，在1993年，陈映真成立了研究台湾社会性质的团体"台湾社会科学研究会"。其章程前言直陈八十年代后台湾社会发生巨大变化，但台湾的社会科学界却无法提出有效的说明，在于1950年白色恐怖彻底破坏了台湾社会科学的传统。为了重建台湾社会与历史的科学论述系统，有必要继承二十年代台湾社会性质论的遗产，并汲取二战以后各种社会科学的新理论。① 从章程来看，该"读书会"正是通过对"社会性质论"理论以及对台湾各时代的"社会性质"论的研究，形成对于战后台湾社会性质变化的科学认识。整个九十年代，陈映真及其学习小组投入于台湾社会性质的探索中，并通过论文展现出阶段性成果。

陈映真对社会性质论的研究，其目的并不止步于研究成果的产出，而是希望引起社会的反响，为"统一论"提供理论依据与舆论支持。进入二十一世纪后，陈映真将两岸分断后台湾社会性质的研究成果通过三次论争初步实现了他的目的展开：第一次是在《左翼》杂志上，论战以两蒋政权、李登辉政权及民进党政权的阶级性格为主题；第二次是在《联合文学》杂志上，针对陈芳明的台湾分期史论，指出战后五年台湾为殖民地，五十年代以降为新殖民地的分期反驳陈芳明的"1945年再殖民"论；第三次在"七一讲话"之后，陈映真组织岛内"统一派"就大陆自改革开放后的社会性质进行讨论。② 然而，这三次讨论，均没有得到台湾知识界的热烈回应。论战没有成效，并不是陈映真的思想不接台湾地气，而是"整个台湾思想界处于'知性的贫困'的氛围中，缺乏主体性的思考，难以

---

① 参见《台湾社会科学研究会章程》。

② 参见邱士杰《试论陈映真的社会性质论》，《现代中文学刊》2013年第6期。

与陈映真的问题意识对接。其次，面对全球化的挑战以及后现代去本质化和多元化等方式消解掉'阶级政治'的宏大叙事之后，陈映真的写作环境变得宽松了，禁忌少了，但陈映真的议题却再次被遮蔽了"①。

通过九十年代社会科学的研究与积累，陈映真初步建立了一套相对完整的台湾历史分期的论述，在继承前辈遗产的基础上，将议题向前推进了一大步。同时，最可贵的是，在研究探索中，陈映真保持着高度的自省精神，正如邱士杰的研究所呈现出来的："陈映真对台湾社会性质的探问既来自于作家身份与社会主义者之间的矛盾，也来自于分离主义向统一派提出的挑战。但是陈映真并不是一个对中国统一没有批判的社会主义统一派。"②

四、参与"统独"之争。

陈映真作为台湾思想界、文学界"统派"的领军人物，自七十年代末一路走来，与文学界形形色色的"独派"思想言论毫不妥协地斗争了二十余年，在台湾新文学思潮史上书写了浓重的一笔。自1977年与叶石涛关于台湾乡土文学的争论开始，到2000年至2001年与陈芳明关于台湾新文学史分期问题的争论止，陈映真与台湾形形色色的"独派"、分离主义者在台湾新文学史论领域诸问题上进行了卓越的"统独"斗争。

在1982年4月的《消费文化·第三世界·文学》、8月的《论强权、人民和轻重》、1983年1月的《中国文学与第三世界文学之比较》、8月的《大众消费和当前台湾文学的诸问题》等文中，陈映真都强调了一个无可争辩的事实：台湾文学不可辩驳地是中国现代文学的一个组成部分。还指出，那些标举"台湾文学"的"自主性"的"分离主义"，和企图中国永久分裂的野心家有复杂而细致的关

① 马雪：《以"文学"的方式介入"思想"论战——试论陈映真小说〈忠孝公园〉的问题意识》，《现代中文学刊》2017年第5期。

② 邱士杰：《试论陈映真的社会性质论》，《现代中文学刊》2013年第6期。

系，而台湾文学的分离运动，其实是这个岛内外现实条件在文学思潮上的一个反映而已。1984年1月，在韦名的采访稿《陈映真的自白——文学思想及政治观》一文中，陈映真明确地说，台湾乡土文学是在台湾的中国文学继承了过去中国民族主义的、现实主义的、干涉生活的传统。

1987年，是陈映真批判新分离主义和文学"台独"势力相当活跃的一年，发表了诸多相关文章，如《"台湾"分离主义"知识分子的盲点"》《关于文学的一岛论》《为了民族的和平与团结》《何以我不同意台湾分离主义？》《国家分裂结构下的民族主义》等。除此之外，在接受访谈时，也对"台独"问题给予犀利批判。5月《华侨日报》发表彦火的采访稿《陈映真的自剖与反省》，陈映真旗帜鲜明地说："台湾文学，如果从写作方式、语言、历史、主题来讲，都是中国近代和现代文学的组成部分，这是毫无异议的。"6月，《海峡》编辑部采访陈映真的记录稿以《"乡土文学"论战十周年的回顾》为题发表；11月，蔡源煌采访陈映真的谈话记录稿《思想的贫困》发表。在两次访谈中，陈映真对"台独"势力的种种"本土化""自主性"文学"台独"言论做了深刻有力的批判，他说："台湾分离主义，其实是四十年'冷战—安全'体系下发展的反民族或者非民族之风的一部分。"

九十年代，陈映真继续在与"台独"斗争的战线上倾注着极大的热情与心血，发表的相关重要文章如下：1995年的《"台独"批判的若干理论问题——对陈昭瑛〈论台湾的本土化运动〉之后回应》，1996年的《张大春的转向论》，1997年的《向内战与冷战意识形态挑战》《历史召唤智慧和远见——香港回归的随想》，1998年的《精神的荒废——张良泽皇民文学论的批评》《近亲憎恶与皇民主义——答复彭歌先生》《左翼文学和文论的复权》《台湾现代知识分子的历史》等。进入新世纪，则就陈芳明具有"台独"意识的台湾文学史，予以针锋相对的反驳与批判。对此，陈映真在《论"文学台独"》中做了较为系统的回顾。他认为"'文学台独'论的发展，其实是'文化台独'论、'台湾自主'论、'台湾主体'论发展的一个组成部分"。文章还回顾了他参与"统独"斗争的部分经历：

自 1977 年，陈映真发表文章《台湾乡土文学的盲点》，对叶石涛的《台湾乡土文学史导论》进行了深入的批判。1979 年，旅日台独派学者张良泽于日本发表文章《苦闷的台湾文学，蕴含"三脚仔"心声的系谱》，认为日据台湾塑造出了既非日本人又非中国人的"三脚仔"台湾人，而台湾文学就是这些"三脚仔"的"心声"。1981 年，陈映真撰写《思想的荒芜——读〈苦闷的台湾文学〉敬质于张良泽先生》，对此文予以严正的批驳……针对张良泽分别在 1979 年和 1983 年发表的《战前在台湾的日本文学：以西川满为例》和《西川满书志》两文，陈映真又在 1984 年发表了《西川满与台湾文学》，批评张良泽认为西川满"有台湾意识"和"挚爱台湾"的谬论。对日据下台湾的"皇民文学"，统独两派也有截然不同的评价。

1998 年，张良泽发表文章《正视台湾文学史上的难题——关于"台湾皇民文学"作品拾遗》，力言在日据战时下的台湾，写"皇民文学"既普遍又不得已，后人不宜妄加评论，而应予以谅解。两个月后，陈映真写下《精神的荒废——张良泽皇民文学论的批评》，对此说加以批驳。不久，彭歌又写《醒悟吧！——回应陈映真〈精神的荒废〉》。三个月后，陈映真再写《近亲憎恶与皇民主义——答复彭歌先生》，予以驳斥。

1997 年，乡土文学论争 20 周年之际统独两派各自组织了研讨会。陈映真发表文章《向内战与冷战意识形态挑战——70 年代台湾乡土文学论争在台湾文学思潮史上的划时代意义》，从战后冷战与内战意识形态的颠覆来认识 70 年代的乡土文学论争，批评"台独"派亟欲篡夺乡土文学论战的果实。

此外，《人间思想与创作丛刊》1998 年的冬季号和 1999 年的秋季号还组织了"台湾皇民文学合理论批判"和"不许新的台湾总督府'文奉会'复辟"两个专辑。

1999 年 8 月，陈芳明开始在《联合文学》连载他企图雄霸台湾文学史论的书稿《台湾新文学史》，并刊出其绪论性的首章《台湾新文学史的建构与分期》，宣称要根据自日据期迄于今日的台湾"社会性质"来"建构"台湾新文学史，并将台湾的历史划分为日据"殖民地社会"（1895—1945）、"再殖民社会"（1945—1988）以及"后殖民社会"（1988 迄于今日）三个阶段。2000 年 7 月，陈映真在同一杂志发表《以意识形态代替科学知识的灾难》，依据科学的社会生产方式论及其有关理论，彻底批驳了陈芳明杜撰的台湾"社会性质论"。此后，双方又交锋三个回合，2000 年 12 月，陈映真发表了《陈芳明历史三阶段论及台湾新文学史论可以休矣！》……①

进入新世纪，陈映真先后发表了《以意识形态代替知识的灾难的〈台湾新文学史〉》《关于台湾"社会性质"的进一步讨论——答陈芳明先生》《陈芳明历史三阶段论及台湾新文学史论可以休矣！》等文章，与陈芳明论战。二人皆是台湾知名度极高的作家、评论家，且有不同的党派背景——陈映真曾任"中国统一联盟"创会主席和劳工党核心成员，是"统派"的思想家；陈芳明曾任民进党文

---

① 陈映真：《论"文学台独"》，《学术动态（北京）》2002 年第 1 期。注：段落次序笔者稍做调整。

宣部主任，是"独派"的"理论家"，因此二人的争论被称为"'二陈'之战"（杨宗翰语）。与七十年代后期发生的乡土文学论战一样，这也是一场以文学为名的意识形态前哨战，"双陈"争论的实质绝不仅限于台湾文学史如何编写、如何分期等学术问题，而是争论台湾到底属于何种社会性质，台湾应该与大陆统一还是走"台独"路线这类政治上大是大非的问题。

针对陈芳明把 1945 年中国国民政府收复国土台湾，看作台湾被外来政权"再殖民"，陈映真指出：这是对历史的歪曲，是"台独派逻辑"得出的荒唐结论。台湾从来是中国领土的一部分，台湾光复回到祖国怀抱，是值得大书特书的一次重大历史事件，只有陈芳明这类"台独"思想根深蒂固的人才会认为是"灾难"。针对陈芳明把李登辉美化为"使台湾从中国帝国主义下解放，结束了'再殖民'社会阶段"的"救星"。陈映真驳斥，这既是对台湾民意的践踏，也是对台湾历史的篡改。针对陈芳明所谓五十年代后两岸长期隔绝，"台湾文学与中国文学的分离"也就成了既成的事实的说法，陈映真针锋相对地指出：

> 这种"分离说"不符合历史的原貌。相反，由于日本的投降，台湾文学从此与祖国文学有了更频繁的交往，并由此名正言顺地成了中国文学的一个有机组成部分。如 1946 年，杰出的在台湾思想家宋斐如就提出要洗去日本军国主义统治的殖民色彩，"教育台胞成为中国人"，其他思想家也认为"复归"就是"复归中国"，"做主体的中国人"。1947—1949 年在台湾《新生报》副刊上展开的"如何建设台湾新文学"的讨论，省内外作家都强调台湾文学工作者有必要把"清算日据时代的生活，认识祖国现状"当成头等任务。到了 1950 年代乃至 70 年代后期，现已沦为"独派"的叶石涛等当年均不止一次地说过"台湾文学

是中国文学的一环",作家则是"台湾的中国作家"之类的话。即使陈芳明自己,亦曾是"龙族"诗社的骨干,在乡土文学论战前后才向中国"诀别"的。就陈芳明所认为的台湾文学写作是中国白话文、日文与"台湾文"等"三文"并重,而非白话文一花独放等观点,陈映真都以事实与数据说话,做了有理有据的反驳。并指出,陈芳明之所以要把"台湾话"从中国汉语中单独抽出来,无非是想证明子虚乌有的"台湾民族"有"独立的民族语言",从而达到分离两岸同胞情感的目的。[1]

简单回顾"统独"斗争史,足以说明,陈映真在反对"台独"斗争,尤其是反对文学"台独"、文化"台独"的斗争中,积极站在斗争的前线。然而,陈映真面临的问题是,不管他的探索对于台湾社会的发展与变革多么必要,他的研究成果有多大的启发性,但是他的议题不再吸引人的兴趣。正如曾建民所慨叹:"这在一个全球化、资本逻辑取代价值与审美,人被零碎化,心灵内向化,谈'人的终极解放'被嘲笑的年代,特别又在反共意识转化为台湾意识独擅阔步的台湾社会,思想的陈映真的孤独,是可想而知的。"[2] 因此,恰如马雪所说,九十年代的陈映真是思想的陈映真,也是孤独的陈映真,在求索台湾社会未来出路的道路上,苦于没有对话的对象,在两方面的夹击下,思想臻于成熟的陈映真反而被台湾社会彻底放逐了。[3] 如何让"自己民族的议题"重新回到台湾社会的政治议程上,激发成长期就浸淫在消费社会的台湾年轻人的关注? 这是陈映真所面临的挑战。这一挑战让陈映真迫切地感受到:

① 以上均转引自古远清《台湾文坛的"统独论争"》,《光明日报》2001 年 4 月 4 日。
② 曾健民:《试谈"九十年代的陈映真"》,陈光兴、苏淑芬编《陈映真:思想与文学(下)》,台湾社会研究杂志社、唐山出版社 2011 年,第 500 页。
③ 马雪:《以"文学"的方式介入"思想"论战——试论陈映真小说〈忠孝公园〉的问题意识》,《现代中文学刊》2017 年第 5 期。

"台湾需要一场新的文学运动。这不能只靠理论，而更重要的是靠创作实践，要多创造出一批真正反映现实生活，给人心灵以撞击、让人鼻塞眼眶红的作品，然后再进行提升。"[1] 正是在这种历史背景与心境下，陈映真创作了具有更广历史视野、更大思想格局，更富人性深度的三部小说——《归乡》《夜雾》和《忠孝公园》。

第二节 《归乡》：台湾和大陆两头，
都是我的老家……

《归乡》通过在大陆的台湾老兵杨斌的遭际，追述了跨越半个世纪的台湾人国民党老兵在国共内战时战场上的生与死；战后经历了"反右""文革"，八十年代政策翻转可以回归台湾老家时，又遇到二弟父子见利忘义的重重阻碍；终于，历经波折的杨斌回到了台湾故乡，却又渴望与大陆家人团聚的故事。《归乡》的主旨，是呼吁与渴盼海峡两岸早日和平统一，因为杨斌两头割舍不下的亲情，正是台湾与大陆历史的民族的延绵不绝的血缘纽带。

"台湾人哪来国军老兵？"

小说伊始，在卓镇三介宫后壁公园里，"早觉会"的领袖之一张清发现了"一个太极拳打的极好的老头"（6：1）。看他那娴熟、沉稳、圆活的一套十八式拳，从"揽雀尾"接"单鞭"，双手顺缠，内向合抱而成"提手上"式，再接"白鹤亮翅"……一招一式都打得沉稳、圆活。张清等"早觉会"的成员热心围拢过来求教，并簇拥着他来到公园的早餐点一起吃饭。这老头正是小说的主人公杨

---

① 　江湖：《为民族文学尽自己的心力——国庆走访台湾作家陈映真》，《文艺报》1999年 10 月 14 日。

斌。当张清问起怎么称呼时，杨斌"沉默了片刻，一抹轻微的阴影快速地掠过他那满是风霜的脸"（6：4），方称自己叫"杨斌"。再问起"府上"时，杨斌"沉默了半晌，忽然说：'台湾'"，"台湾，宜兰"（6：10）。然而，一桌人面面相觑，不相信，一桌人七嘴八舌地议论开来："杨师父爱说笑"，"是台湾人，怎么可能忘了台湾话"，"杨师父要真是台湾人，就教我们几句日本话"（6：10—11）。大家"都确定杨斌师父开了一个玩笑"（6：11），他们宁愿相信自己的臆测，也不相信杨斌是台湾人。而当事人杨斌呢？想澄清和证明自己的身份，也确实有种"不知从何说起"的沧桑感。

小说中，张清是"台独"的拥护者。这几年，张清特别喜欢谈"台湾的主体性""命运共同体"。他还喜欢谈"吃台湾米，喝台湾水"就应该"爱台湾"一类的话（6：5）。当郝先生说起"台湾这么个巴掌大的地方"（6：5）时，张清马上反驳："国家不在大小……只在于，有没有那个……主体意识，有没有命运共同体的观念。"（6：5）当杨斌说起，过去台湾人穷，吃不上饭才入伍时，张清也立马想到："米仓台湾居然缺米，这正是'国民党中国人统治台湾'的恶果。"（6：16）

张清一句"台湾人哪来你这身经百战的老兵"（6：13—14）的提问，把杨斌的思绪追回到国共内战时期，追忆起"台湾人老兵，吃了大半辈子的苦"（6：17）的遭际。他说道：

> "其实，台湾人也有国民党老兵……"杨斌老头忽而说，仿佛有一层轻轻的伤感，"而且人数还不少。一样的。一样地吃了千辛万苦。"（6：14）

可知，"台独"势力骗取民众信任与支持，主要原因是历史真相的掩盖和误导。早餐点摊主老朱从杨斌与大家的谈话中猜测到杨斌是国军七十师的，他私下告诉杨斌自己是六十二军的，并约好改天登门拜访"谈谈往事"（6：20）。

这一日，杨斌与老朱在长谈中，忆起了半个世纪前的战火风云——那些战场上的生与死、爱与痛、泪水与思念。大概不想让人知道自己的沧桑经历，也为着避免做过多的解释，杨斌在与老朱的交谈中隐去了真名"林世坤"，化名为"苏世坤"。交谈中，从大陆到台湾的老兵，在台湾生活了大半辈子，一开口就是"民国××年"，且"共匪""匪军"脱口而出。相反，台湾人杨斌即林世坤，在大陆生活了近五十年，他说时间总是用"19××年"，并习惯称呼"共产党""共军"。这些人物语言的细节，更生动地深化了小说主题。

"可怜天下父母心"

一、征兵入伍。

1946年，国民党七十师、六十二军在台湾大规模地招募兵员，大批台湾青年应召入伍。"穷，没饭吃，是台湾青年踩进国民党军营的一个主因。"（6：16）"学好国语"是次要原因。因为招募兵员的告示上写着："月饷四百五，每天两顿大白米饭，还保证只戍守台湾，决不派调到大陆。"（6：16）告示上还说："入伍后，先发三千元安家费，免费学国语，两三年后退伍，安排地方机关里的工作。"（6：16）

如此这般，家境殷实的王金木们也满怀"学好国语，将来找份好工作"的希望进入了老朱所在的六十二军；贫苦人家的林世坤，走进了七十师的军营，则"图的主要是两顿饱饭"（6：23）。林世坤入伍的另一条原因是，他听招兵的人说，台湾将来一定实施征兵制，"但凡今日志愿入伍的，这一家的兄弟都可免征"（6：35）。为了两个弟弟和贫瘠的家，林世坤满怀希望走进了军营。小说写道：

这苏世坤（即林世坤）家里有一个年迈的父亲和一

个双眼失明的母亲。兄弟三人，苏世坤排行老大。他和老二，在佃来的薄田上，没日没夜地干，却一仍吃不饱饭。父亲老了，母亲什么活也干不了，常年在床上、不见一丝日光，把她一张瘦的脸，萌得苍白了⋯⋯

苏世坤有个老三，右腿有一点瘸。苏世坤说他从小担心这老三干不了田里的活，一心想让这老三读书识字，将来也或者能照顾他自己一身子⋯⋯老人家老了。倘若老二另日再征去当兵，这家可如何维持？（6：35）

领着现成发给的三千元安家费，想着两三年后就回家了，将来弟弟们可免去当兵之苦，林世坤"高高兴兴地志愿当兵来了"（6：35）。第二天，连长点名时，林世坤顶了"杨斌"的缺，平白地姓了杨。后来，他的儿子、孙子也姓着无缘无故的杨姓。

老朱说起一个叫王金木的台湾小伙，"家里是个殷实的自耕农"，差一年就从农业专门学校毕业的，被一家人打锣披红地送来当兵，"他们的朋友、家人还撑着白布条旗，写'精忠报国'，写'祝某某君出征'"（6：15）。王金木入伍的理由只有一条："学好国语"（6：24）。连长、营长都看傻了眼，因为，"在大陆上，兵员是用枪杆子拉了来的"（6：15）。而今，提起来老朱依旧惊诧不解，"他在五十多年后还不能理解王金木的这个当国民党兵的原由"（6：24）。老朱的疑惑，让杨斌叹息了，他想起了当时在连队上的一些台湾青年：

为了学好国语钻到军队里来的，何止是王金木！穿着并不合身的军装，这些青年都在想，日本天年尽了，祖国天年来了，将来退了伍，分配了工作，就得会说国语，会写国语⋯⋯在贫穷、残破的战后，那是个多么幸福的梦想。（6：24）

老朱回忆起，在部队要开拔到基隆港的前四天，在营区门房守卫的他，恰好碰到王金木的父亲来部队要求跟儿子"面会"，当弄清楚是想见儿子时，老朱"忽而变了一副面孔，把枪端在胸口上，一面恶狠狠地摇手"。因为在部队移动之前，外省兵得到密令，要对台湾兵保密，"谁走漏消息，谁挨枪毙"（6∶25）。看着王父一脸惊慌和迷惑，老朱只得骗他"十日后来"，"老头看了，整个脸都笑开了，又鞠躬，又道谢"（6∶25），王父走后，老朱"待在卫兵亭子里。眼泪大颗大颗地掉"（6∶26）。同病相怜的大陆兵老朱想起了自己的母亲和自己离家当兵的经过。

那年秋天的一个晚上，老朱被乡长骗着去城里国军团部的大礼堂看电影。结果整个礼堂早被枪兵重重包围，电影还没看完，"小伙子老朱和其他百八十个壮丁，全被国民党连铐连绑地带走"（6∶27），强迫给国民党当兵。在一片哭爹叫娘的喊声中，被绑在军车上的老朱，最惦记的是他母亲，母亲心疼他"一年到头，都只顾着田里园里的活，也趁这一回到城里玩去"（6∶27）。她哪知道这是怂恿着儿子踏上了一条不归之路！老朱说：

> 我爹早故。那回是我娘千方百计怂恿着我上城里。在军车上，我就想，这一下，她老人家怕永远不原谅自己了。她怎么受得了……（6∶27）

母亲该承受着多大的悔恨与悲痛！在多少个不眠之夜，每每想到这里，老朱心里都绞割般地作痛。由母亲，老朱想到王金木的父亲如果十天后来军营，发现儿子已被人带走，该是"心肺被剜了一块肉"般刺痛和懊悔。而原本是受害者的自己，"竟也帮着人家把父子拆散"（6∶28），念及此，老朱忍不住又痛骂："这亡国灭种的。"（6∶28）对此，作为被迫害的台湾兵杨斌（即林世坤、苏世坤）却理解老朱的处境，并安慰他"你也不能不那么办"（6：28）。这些被命运播弄着辗转如飞蓬般漂泊的小人物，历经坎坷，却始终葆有一颗宽容、原宥的心。

老朱说，这"多半纯朴、老实"（6：36）的台湾青年，"大批大批来志愿当兵"，"我营长看傻了，连长说他一辈子没见过"（6：37）。对怀抱着各种愿景和期待走进国民党军营的台湾青年，杨斌总结道：

> 有人为了经济窘困，有人当了几年日本军侥捡了一条命从南洋或华南回来，几个月半年找不着工作，相当多的人为了学习中国普通话适应殖民地结束后的生活……而走进了军营。（6：37）

二、台湾兵在大陆战场的生与死。

短短的时间内，仅七十师就"补了一万多个台湾人兵员"（6：39）。这些台湾青年被骗入军营三个月后，苏世坤渐渐地感觉到失去了自由，不准回家探亲，活动只能限在连队范围等，尽管长官以"这是军队的秘密性要求"来安抚新兵，他们还是感觉"兵营这就成了监狱"（6：37）。

> "而后有一天，部队里宣布行军演习，要台湾兵打包结实，不带武器，急行军到高雄。"杨斌说。"而一到了高雄，天色已晚，街道的两旁，净是真枪实弹的外省兵，一路戒备到高雄港。"
>
> "……一上军舰，他们就把台湾兵往底舱赶……"杨斌说。
>
> 杨斌说，有几个脑筋机灵的台湾兵，猜到了这是送往大陆打仗了。惊悚的耳语在黑暗窒闷的船舱中渗水似的

传开。（6：18）

这厢舰艇里的绝望的台湾兵放声痛哭，"用台湾话、客家话，呼喊着爹娘"；那厢大陆军车上的老朱们由"全副武装的兵爷，右食指紧紧扣着扳机押着"，"轻声的唤着爹、喊着娘"（6：27）。就这样，1946年年底，十九岁的林世坤所在的七十师从高雄上船开往徐州；同年9月，二十二岁的老朱所在的六十二军从基隆港上船开往秦皇岛。

1948年秋天，六十二军支援锦州城，"才生离死别，硬生生从台湾拉出去，就把台湾新兵往枪林弹雨的战场里扔"（6：38）。塔山一战中，"敌人的火力意外地强大，士气意外地高"（6：39），六十二军七次攻打白台山，七次被击退，老朱形容那感觉像"踢到铁板"（6：30）。在这次战斗中，台湾兵骁勇善战，毫不退缩，第一天，王金木的同乡同学被敌人的炮弹炸得肚皮开花。"王金木也顾不得枪林弹雨，嘶喊着冲出战壕，一把抱住那个来自同一个故乡的青年，吵架一般地跟伤兵说着什么，一手还拼命地把人家的肠子、肚子塞回开了花的肚子里。"然而，那台湾兵终是"死在王金木满是硝尘和血污的怀里"（6：30—31）。第二天，在密集猛烈的炮火中，"许多台湾兵都咬着牙，找爆击的间隙跳出战壕，向前冲锋"（6：33）。更多的台湾兵牺牲在了战场上：

> "王金木就在这时被打死了。他们四五个同一个县来的台湾兵，从躲枪弹的尸体堆上起身，正要向前跳过一个战壕往前冲，一个六〇炮弹在他们跟前爆开了。"老朱说。四五个台湾兵的破碎的身体，都像几件被用力扔下的大衣，颓然掉落在战壕里了。他看见的。老朱说。（6：34）

猛烈的拉锯战之后，死伤遍野，王金木等台湾兵的尸身都已无处可寻。

七十师抵达徐州后，台湾兵人生地疏，"台湾兵讲的话，人家一句不懂；人家讲话，台湾兵只会焦急地瞪眼"（6：24）。杨斌所在的营驻守土燥石坚、寸草不生的九里山，因为山上的碉堡湿闷，又没法洗澡，台湾兵身上开始长虱子。有一天，一个高姓台湾兵，终因水土不服而频频拉稀死亡，"死的时候，眼睛怎么也盖不合"（6：31）。接着发生的一幕，让人至为感怀：

> "那天半夜，二十来个连上的台湾兵到连长室，涕泪涟涟。"杨斌说，"连口说带笔写，才知道他们希望把人葬在阵地背后一个高地上，用一根缠铁蒺藜用的木棍子，穴朝东边，写'台湾大溪高某某之墓'。死了也要向东，遥望着台湾……"（6：32）

死者，死不瞑目；生者，兔死狐悲，借战友的墓碑纾解怀乡之情。

到了第二年6月底，听说共产党军队渡过了黄河，七十师慌张失措，"台湾新兵感染了这慌张的暗流，开始有人逃亡"。搜索排的一个台湾新兵溜号被抓回后，"连长坚决要活埋这个被抓回来的台湾逃兵，逼他自己挖个坑，集合全连的官兵围着看"（6：39），以儆效尤。这时候，台湾兵再次展现出高度团结的精神品质：

> 苏世坤突然双膝点地，跪下来为那逃兵代求一条性命。不料连上几十个台湾新兵也跟着全跪下了，哭着求饶命。呜呜哇哇地哭。（6：39）

见此情景，连长气急败坏，开枪射杀了那逃兵，掉头走了。冒着被杀头的危险，这些台湾兵也要为老乡求情，可谓"其心可表，其情可鉴"。老朱也感怀地说："我们六十二军里的台湾新兵也一

样，平时战时，特互相照顾。"（6∶39）

因为上面的政策朝令夕改，七十师被随机调遣到济宁、嘉祥、巨野，鸡飞狗跳，更加人心惶惶。话语不通，不辨大陆东西南北的台湾新兵，扛着沉重的装备，跟着紊乱的军令，马不停蹄地急行军，搞得人仰马翻。7月，七十师被困在六营集，在接到命令突围，撤到金乡时，"一出六营集就中了伏兵"：

> 子弹霎时从四面八方打来，炮弹天崩地裂地在你四周开花。国军这边溃不成军。成百上千的台湾兵，一堆一堆，缴械了。
>
> "受了伤，满身血污的台湾兵，到处乱窜奔逃，就像家里杀鸡，割了喉了，却不小心让它跑了，带着喷出来的血，到处颠颠仆仆地窜。"……
>
> 兵乱了，官也乱了，兵溃如山崩。杨斌说。（6∶41）

行笔至此，不得不佩服陈映真文笔的老练，之前形容六十二军台湾新兵在战壕中被炸死，他们破碎的身体，像"几件被用力扔下的大衣，颓然掉落在战壕里了"；这里形容七十师受伤逃窜的台湾兵，"像家里杀鸡，割喉后，四处颠仆乱窜"。这种精准又颇富悲伤意味的形容，让人读来，内心颤动，颇为沉重。一个个年轻鲜活的生命，在故地台湾满怀希望与热情地走进了国民党军营，孰料，却踏入了生命朝不保夕的残酷境地。

六营集一战，死了诸多的台湾新兵，剩下的"还有一场劫难在陈官庄等着"。华北初冬，守徐州的台湾新兵"感觉到军棉衣已经难以御寒"，到了大雪纷飞、冰天雪地的12月份，"苏世坤手指、脚尖和脸颊都冻出不断流出血水的冻疮……苏世坤的台湾新兵伙伴，死的死，伤的伤"（6∶42）。这时候，苏世坤认识了一个厦门来的刘班长，因为语言相通，两人结为朋友。后来，正是这个刘班长救了他。

> 那大雪一连下了一个多月。苏世坤的头发、眉毛、胡子渣渣，终日都是白色的雪末。杨斌说。粮食断了，刘班长带着苏世坤到麦田里拔幼嫩的麦苗来吃。整个集团军十几万人困在冰雪封实的大地上，军车、大炮、帐篷全盖上一层皑皑的白雪。
>
> 有一天，苏世坤倒在地上了。刘班长摇着他的肩膀。"起来，起来！"刘班长说。把脸贴在雪泥地上的苏世坤不觉得冷了，仿佛睡到故乡台湾的木板床上。杨斌说。
>
> "刘班长用力地刮他耳光，硬拖强拉，才把苏世坤拉回了人间。"杨斌说。（6：43）

刘班长救回苏世坤后，勉励他好好活着回台湾见爹娘。天气越来越冷，寒冷与饥饿如影随形，七十师甚至去坟场挖棺材板烧火，刘班长在抵抗饿鬼兵抢劫马肉时中枪身亡。苏世坤听说后，"蹲在雪地里，浑身发抖，满脸全是眼泪和鼻涕"（6：44）。这个对自己有救命之恩的大陆战友，就这样死了，怎不叫人悲痛呢？台湾兵苏世坤与大陆兵刘班长的友谊，却是残酷战争中的一抹亮色。

三、国民党战败以后。

兵败如山倒。1949年正月，七十师所在的陈官庄被攻打下来，"国民党一个团、一个团地，连人带枪投降"（6：45）。同样的，"六十二军打垮的时候，也一片混乱，死尸遍地"（6：45）。"六十二军、七十师的，不是打死，伤病死，就是当了共产党的俘虏……"（6：46）当了俘虏的杨斌，忍不住感慨着台湾兵的命运：

> 六十二军、七十师连哄带拐，把台湾新兵带走，却把人家扔在大路上，自己撤来了台湾。……（6：46）

小兵杨斌"跟着一个团一个团投降的国军被俘了"（6：7），后来不知什么缘故，被安排去服侍被俘的国民党赵营长。这赵营长少言语，平时除了读些共产党发的小册子，就是在一棵老槐树下打太极拳。杨斌小伙子在屋檐下站着随侍。有一天，赵营长若有所思地转身看着小伙子杨斌。

> "你离家千万里，流落在他乡，"赵营长面无表情地说，"要下决心，活着回家，见爹见娘。"
> ……战战兢兢地观察了十来天之后，杨斌才在营长的身后边看边送手旋腿。（6：7—8）

四十余年过后，杨斌想起"在石家庄那个种着槐树的庭院里，耐心教过他打太极拳的赵营长对他说过的话"，他就更知道"赵营长那一张冷冷的国字脸下，有一颗心，心疼着从千万里外被拉进了战争的修罗道的台湾人小兵"（6：53）。后来的杨斌历经劫难：

> 打五〇年代中后，就戴上"历史反革命"和"蒋帮特务"的帽子，送到河南郸城外的五台庙劳动教育，几十年低头做人。八〇年代初，"拨乱反正""改革开放的新政策"，突然把他们从劳改场，从山洼洼，从穷乡恶水里，打着灯笼找了出来，脱帽子，平反，补贴损失，杨斌还被七劝八劝当过县里的几届政协委员。（6：49）

从毛头小伙到白头老人，历经波折的杨斌心心念念的还是"能回到几十年朝思暮想的宜兰故乡"，"看看父母兄弟、看看小时的左邻右舍，看看在无数个梦寐里出现的辽阔的、在风中打着稻浪的兰阳平原和山山水水"（6：49）。数十年间，这个念头从未断绝：

在辽沈战役连天的烽火中，在五〇年代初几年成了家，以及在生下头生的儿子时，心心念念，总是故乡的家园，父母的慈颜，和已经不知道如今是个什么模样，少小就相依相持的兄弟骨肉。几十年来，这些切切的思念和对此生还乡的绝望，互相纠缠，让杨斌在明知的绝望中又不禁款款思念，在钻心的相思中面对此生终须客死他乡的冷墙……这样地度过了多少年年月月。（6：49）

大陆兵老朱呢？老朱说："我逃命呀。后来碰上二十八军，编在一个团的搜索排里吃饭，胡乱打了几场小仗，又混着逃到上海，最后是跟着青年军又来台湾。"（6：45）来台湾后，老朱这些外省兵一心想着在台湾养精蓄锐后，"反攻大陆"，回到朝思暮想的大陆。实情却是：

"民国四十五年以后，我们才知道'一年准备、二年反攻、三年扫荡……'全是骗人的，"老朱说，"就那年，天天夜里蒙着被头哭。许多人，一下子白了头。"
……
"那年以后，逢年过节，我们老兵就想家，部队里加菜，劝酒，老兵哭，骂娘……"老朱说，"有些人因骂娘、发牢骚，抓去坐政治牢。一坐就是七年十年。"（6：45—46）

老朱从部队退下来以后，天天洗黄豆，泡黄豆，磨豆浆，煮豆浆，在卓镇三介宫后边公园边上摆着一个早点摊儿。四十多年后，他回大陆探亲，去了一趟老家，圆了一回思乡的梦。

"我娘她在一九五六年，就是我们的民国四十五年，病死了。"老朱说，"我一个老嫂交给我一支牛骨做的发簪，尖尖的一头，包着一小截薄薄的一层金。"

……

"老嫂说，我娘要她有朝一日，把这发簪交给我，"老朱黯然地说，"要我送给我媳妇儿……天下父母心啊。"（6：47）

杨斌也默然站立了会儿，说"那真是。天下父母……心"（6：47）。无论是自大陆来到台湾的老朱，还是从台湾去了大陆的杨斌，他们都是炎黄子孙，都有着浓浓的父母心、儿女情。这是割不断的血脉，正是割不断的华夏一家亲。

"再怎么，人不能就不做人"

杨斌怎么也没想到命运和天年来了个巨大的挪移和翻转，他终于可以跟台湾的家人联系了！他满怀激动地按老地址写信回宜兰，而后"日日兴奋又焦急地等待着从故乡亲人寄来一封音讯皆渺凡四十余年后的来信"（6：50）。盼了一年多，依旧石沉大海，渺无回音。后来，在一次偶然的宴席上，杨斌结识了来自台湾礁溪的黄姓商人，由这商人才终于联系上了台湾的家人。"然而料想中从此密集热情的鱼雁往返，并不曾发生。台湾的回信，总是滞迟不前"（6：54）。又经历了几多波折，在三弟的儿子林启贤的奔波下，杨斌终于回到了阔别已久的台湾。回台不久，杨斌去祭拜父母的坟墓。

在盖成小屋子似的墓室前跪下来，开始全身颤抖，而后放声哭了。林启贤从来没有见过这样哀切的男子的哭号，仿佛要诉尽一生的苦楚、漂泊和离散。他和大伯之间，原本隔着年辈；隔着他无从攀登和探视的历史；隔着辽阔、陌生的地理。但那一天，杨斌那至大的哀伤和悲怆，深深地渗透到他最里面的心坎，使他泪流满面。就打这回起，林启贤忽而从生命中感受到大伯是亲人，是骨肉，他甚至感觉到上天竟活生生地又给了他一个新的父亲。（6：61）

杨斌在父母坟墓前的哭，是至情至性的大哭，是最哀切最纯挚最深厚的哭号，是发自肺腑的最强烈思念之情的外宣。这样的恸哭，在陈映真的笔下并不多。记忆里，只有《一绿色之候鸟》中季公在丧妻时的恸哭，与之相类。

在林启贤看来，与大伯父杨斌的重情重义形成鲜明对比的是二伯父父子的薄情寡义。

原来，1952 年，台湾实行"耕者有其田"，几代佃农的林家也分得了两甲地。老父亲去世前，把土地分成三份，对老二、老三百般嘱咐："你大哥这一份，他要活着回来，留他一份。要是神主牌回来，留给他妻儿。"（6：58）后来城市的发展点石成金般哄抬了地价。老二卖地发了家，"从一个勤苦朴素的农民，变成了花天酒地、胡天胡地的老头"，大儿子林忠"用钞票先选上了镇代表，用大钱炒买地皮，开酒家"（6：58—59），成为暴发户后又搬到新市的别墅区。老二一家接到杨斌的多次来信后不予理睬，因为他们以阴暗之心揣测杨斌回来是"专为了分这份地产"（6：59）。老三早已病逝，留下的儿子林启贤是小学教师。当黄姓台商找到林启贤的时候，林启贤去找二伯父和堂兄商量，他们以大伯父"就是共产党"，"为共匪做保，财产充公不算，人都会抓去打枪的"（6：60）等言辞恐吓林启贤。对于共产党也是害怕的林启贤，踌躇了。这期间，林忠动用地方政坛的关系，公告"林世坤在民国五十二年客死大陆"，且正在"办土地'假买卖'，把土地所有权转在他人名下"（6：60）。年轻正直的林启贤听说后认定"人不能那样"（6：63），于是写了那封由他出面为大伯办入境和担保的信。"身份证下来后，我们先上法院打注销死亡宣告的官司。"（6∶62）林启贤决定为大伯父争取公道。可这个时候杨斌却放弃了，林启贤非常诧异不解。杨斌告诉他：

> "我离家时，咱家还是三餐不继的佃农。"杨斌怅惘地说，"四十年来，我从来没想过我们会有地，也没想回来分半平米的地……"（6∶59）

> "我知道了有一份财产，也没想过一定要。大家欢喜乐意要分给我，我要。要争、要抢，伤心啊，我就不要了。"杨斌说，"四十多年来，我想的是家，是人。"（6∶62）

> "电话里，我也同你大伯母合计过了。她说，我们不要。别为了财产就不做人。"（6∶62）

遥想五十年前贫困时期的三兄弟情深义重，他们兄弟三个，知道家里贫穷，"非特别卖力，特别互相帮衬，才能过日子"（4∶36）。尤其是大哥林世坤，担心"老三遭同学欺负，天天陪老三上学，接他下学"；刚入伍，还准家人来访时，尽管一天只两餐，林世坤把当天的早饭，两个白馒头、酱菜、花生，还有前一天晚饭的糙米饭、卤咸鱼和炒酸菜，装进便当盒，"把便当塞得满满的"（6∶48），交给三弟带回家。而今呢？物是人非。

一个家庭这样，留在大陆的台湾兵也是如此。杨斌接着跟启贤解释大伯母为什么说"人不能为了争财产就不做人"（6∶63）。在大陆五六十年代的"肃清反革命"和"文化大革命"中，绝大多数台湾出身的人，都戴上了"历史反革命"和其他的帽子。因为"台湾兵有两条过不了关。给国民党干过，打反动内战。这是'历史反革命'，有反革命的历史背景"。"第二条，有不少台湾兵给日本干过，去过东北、海南岛当日本军伕。这就是帝国主义走狗了。"（6：64）杨斌说：

> "人为了信念，或者为了自保，人跟人那么对着干，是由不得自己。但也该有个限度。好好一个家散了。受不住苦，或者竟为了保护家小，不能不自杀的也有……"
>
> ……杨斌说，那时候，思想上最难于过关的，是在战火中为了生存始终互相扶持的台湾同乡，也互相写告发信，也把人不当人地整。（6：64）

杨斌说，他能熬过来因为有妻子的支撑。"有批斗我的会，她一定参加，坐在我只须一抬头就看得见的地方。她不是来听批斗。她是要让我知道，我最艰苦的时候，她总是在场。"他接着说，事情都过去后，他和妻子只得出一条结论："以后再有什么大风大火，也绝不能不做人。"（6：65）

启贤说他还是有些不懂，杨斌接着说："我在大陆做了几十年中国人，这回回到台湾老家了，没有人认识我这个台湾人，还当我外省人！""张清，郝先生，老朱都硬说我是个大陆老兵。"（6：65）"连自己的亲弟弟，自己的亲侄子，想吞占我的财产也就罢了"，"还硬生生编派我是共产党，是冒牌来抢财产的外省猪"（6：66）。杨斌说：

> 可是，别人硬要那样，硬不做人的时候，我们还得坚持绝不那样，坚持要做人。这不容易。（6：67）

林启贤终于懂了，他痛快地答应去帮大伯父办理一周内回家的机票。杨斌与侄子林启贤的这番对话，正如赵遐秋所说："就是一次心灵的交流，是一次亲情的融汇。林世坤的'不能不做人'一出口，林氏一家的亲情就升华了，升华为'人'的尊严，'人'的气节，从而也深化了小说的思想内涵，引导人们步入一个真善美的境界。"①

小说结尾，杨斌答应启贤常回台湾，他笑着说："毕竟，台湾和大陆两头，都是我的老家。"（6∶67）几经周折，台湾人林世坤也即大陆人杨斌，终于顺利地开启了"回乡"之路。这里的"回乡"不只是个人往返于两个故地，更是老百姓翘首期盼的海峡两岸统一。

第三节 《夜雾》：一个国民党特务的惧与怕

《夜雾》通过国民党特务李清皓这个小人物的生与死、惧与怕、悔与愧、歉与疚，把时代的沧桑巨变，通过李清皓的自述，以"札记"的形式一一展现。正如赵遐秋所说，李清皓的自述"将台湾几十年的历史，一页一页地翻开，不仅淋漓尽致地暴露了台湾20世纪五六十年代反共的法西斯的特务统治的反动、残酷、丑恶、黑暗，暴露了二十年来至今日'台独'势力分裂祖国的阴谋活动的罪恶、残忍、肮脏、无耻，还揭示了今日台湾由'统''独'对峙而生的种种社会的问题、危机和人们内心的深刻忧虑"②。读《夜雾》总被一种震惊与感动之情所萦绕，很难想象陈映真这样一个受过国民党特务打击与伤害过的人，竟然以包容、理解之情书写了李清皓这一国民党特务的烦忧、无奈、悔恨，以及精神受到的伤害。

李清皓是"冈山眷村一个老少校的儿子"（6∶72），因为"天

---

① 赵遐秋：《生命的思索与呐喊：陈映真的小说气象》，作家出版社 2006 年，第 351 页。

② 赵遐秋：《生命的思索与呐喊：陈映真的小说气象》，作家出版社 2006 年，第 363—364 页。

生的正直"，为着"报效祖国……做一点有意义的事"（6：73）的热诚，而报考了国民党安全局。在这种机关过了大半辈子的丁士魁，早就看出"诚实、憨厚"（6：72）的李清皓不适合干这行。然而毕竟是 C 大法律系毕业的，李清皓顺利过关，来山庄报到受训时，丁士魁看到"站在他跟前微露门牙而笑的、对新的生涯充满了热情的年轻的脸庞"（6：73）。结训后，老实、谨慎的李清皓，虽然工作积分偏低，但"干得还很热心"（6：74）。然而随着中美建交和美丽岛事件的爆发，局里"忙着抓思想、言论不稳人士"（6：74），参加了侦讯工作并前后忙了一年多的李清皓，"心灵造成强大的震动"，"神色变得疲倦而沮丧"（6：74）。看着"这个无论如何也不适于端这个饭碗的年轻人"（6：75），丁士魁沉吟半晌，吩咐李清皓写离职深造的报告。于是，李清皓携妻负子，远赴美国，四年后获取法律硕士学位，然而这到底也没有挽救他们破灭的婚姻。只身返台后，李清皓找工作四处碰壁，只好"怀着无奈，回到局里，默默地上下班"（6：77）。一次偶然，帮助了被丈夫家暴并被迫偿还丈夫欠下巨额债款的邱月桃后，两人同居。又过了两年，李清皓再次辞职，去了一个专科院校担任讲师。任教后不久，患病，病重后自杀身亡。

李清皓二进二出特务机构，一次为着爱国热忱，一次为着生计，每次都在政局动荡时，萌生辞职之念。小说没有正面叙写台湾自七十年代末至九十年代初的政局沧海桑田、白云苍狗的变幻——1979 年元旦中美建交、1979 年 12 月美丽岛事件、1980 年 2 月林宅血案、1986 年 9 月成立民进党、1986 年 11 月桃园机场闯关事件、1988 年蒋经国去世等，却通过小人物李清皓——这样一个天生正直、敏感，对工作极负责任，却误入特务机关歧途的年轻人所感受到的刺激与震撼，尤其是他无辜患病，"变得特别容易害怕"（6：81）来书写。他的两次主动出"局"，并终至深陷心病的梦魇，不仅暗示了国民党特务机构对正常人性的戕害，而且通过李清皓的所历所闻，呈现了动荡不安的台湾时局下，因国民党当局的恓惶和专政，大量普通人无辜被抓捕、审判和判刑，造成家破人亡、妻离子散的悲惨景象。

患　病

刚任职专科不久，李清皓和月桃生活在一起，感到"幸福"（6：89）。然而，不久就感觉到"无来由的心悸和胸闷"（6：84），"有时还感到某种无来由的焦虑和不安"，他一度怀疑自己"已经得了绝症"（6：86）。

> 我感觉到从来不曾知道过的大恐惧和大黑暗。……感觉到无际的孤单、害怕，有时竟也独自流泪。（6：85—86）

在无数个失眠的夜晚，李清皓扪心自问："我为什么害怕，忧愁着些什么"（6：87），思索良久，他终于意识到，一方面惧怕那些他"办"过、整过、伤害过的人前来报仇，另一方面更深层的潜意识里他为自己明知是诬陷、迫害，虽迫不得已却依然为之的过往"罪恶"感到焦虑与悔恨。小说中写道：

> 想着想着，我终于想到了，就是在那些年里，我第一次日复一日感到灵魂深处的无边无涯的害怕和解不开的忧虑。那些年的起因于外在具体时间的恐惧和忧悒、又逐渐汰尽了具体的内容，长年以来，竟而成为没有具体内容和面貌的、无来由的惊悚和焦虑了，人生变成了一片沉重的黑暗。（6：89）

自然，李清皓不是无来由地就害怕了，而是源自台湾时局的变化：

> 在那些年，先是因 K 市事件①判了刑、在监执行的一
> 些人，政府把他们分批释放、假释了。当年我们在侦讯室
> 里费多大的工夫，之所以把一干人的口供，勉强按照上头
> 的需要，将人犯敲敲打打，凑成一个大政治阴谋事件，明
> 里暗里，总有一个大前提：这些人一送到牢里，起码也要
> 十年二十年，永无翻身之日。现在上头怎么就把这些当年
> 他们要我们不择手段送进去的人全放了，猛虎出了柙了。
> "坏人""国民党特务"的帽子让我戴一辈子，上头的人却
> 去充"开明""民主"的好人。（6：88）

那些原本被李清皓们按照上头的要求，不择手段关送进牢房永
无翻身之日的人，突然间被全部释放了，上头赢得了"开明""民
主"的好名声，李清皓们却不得不戴着一顶"国民党特务"的帽
子，噤声屏息度日。正是这次变化，让他产生了疑惑："这是个什
么局，我逐渐害怕了"（6：88）。陷入恐惧的李清皓又陆续经历了
桃园机场闯关、民进党建立等事件，尤其是后者——"这个几十年
来不计代价、一定要加以扑灭的、很有被'共匪利用'之虞的不祥
组党运动，竟然也就眼巴巴让它组成功了，闯过了关，平安无事"
（6：89）。这让整个局的人都议论纷纷，不能理解，李清皓就是在
这个时候"头一次感到晨起时无缘故的、极端的沮丧"（6：89）。

等到蒋经国去世，李清皓终于明白，"一个时代已经结束了"
（6：89）。也就是这个时候，他下定决心离开了局里，去了 S 专当
讲师。任教的前几年里，他和月桃过着平静而幸福的生活。然则那
些潜伏在梦魇里的过往，终于还是追逐而至，把李清皓坠入"阴冷

---

① 即台湾美丽岛事件。

413

的忧悒"，甚至"铺天盖地的黑暗的绝望"。

挣 扎

患病的初期，李清皓还勉励自己："一定要振作起来，重新找到那粲然的阳光才好"（6：90）。他配合着月桃去医院做了各种检查，除却高血压，脑部查不到任何症状，医生判断其病"由心引起"（6：94），主张去精神科治疗。他却疑心这医生是"台独分子"，因为看穿了他的工作史，有意延误他的治疗，要置他于死地。沿着这一思路，因头疼而心思涣散的李清皓，越发觉得当年冤假错案中被送进黑牢的台湾人、外省人，随着世事变化——"他们果而是犹太人，而我们竟是纳粹的吗？"（6：94）他左思右想，不得其解："则究竟谁是犹太人，谁是纳粹？他们凭什么天涯海角追杀我？凭什么？"（6：96）他一边质疑，却又坚信"他们迟早终于要寻上门来报复"（6：97）。正是这种焦灼不安进一步加剧了他的失眠症状，在失眠的恍惚中他想起了搬箱子的梦，以及梦中的老太太。由此，而更加心悸如鼓了。

一、因愧疚而不安。

1985 年前后，李清皓被调到 S 市一个"文化据点"，奉命在文教界"悄悄清洗一些思想、言论和政治不稳人士"（6：98—99）。有一次，他接到一个名叫林育卿的学生的情报，说有位昆玥籍的阮老师在课堂上散布"共匪言论"，李清皓上报后，阮老师迅即被抓走了。林育卿受命继续监视阮老师的宿舍，发现阮家只有一位年老无依的本省岳母，终日以泪洗面。跟这穷困孤独的老太太接触一段时间后，林育卿开始怀疑"我们是不是抓错了"（6：100），他过去查报阮老师，"也许说的不够准确"，譬如"阮老师说共产党爆原子弹成功，但人民生活苦。他也说共产党说，宁要核子，不要裤子"（6：100）。林育卿于是陷入懊恼与悔恨。在阮老师因"为匪宣传"，

414

被判了七年徒刑后，林育卿"几乎崩溃了"（6：100），他给校长，给"内政部""教育部"甚至蒋经国写信，"力辩阮老师的无辜"，"愿随时候传作证"（6：100—101），然而每一封信，都石沉大海，渺无回音。李清皓因此遭到局里的究问和训斥，而林育卿却"已精神恍惚，形容枯槁"（6：101），被送回台东乡下老家。李清皓尤为难忘的是监视老太太搬家的凄惨情境。当时，实在看不下去的他不由自主地加入了帮老太太搬运沉重书籍的行列，听着老太太唱叹："将来他回来了……"（6：102）

而今，李清皓写道："如今，这无来由的双臂灼痛，使我忽而想起了这密实地尘封多年的往事来，想起了那无依的老妇人，尤其无法不去不断地想起那写得一手工整的好字的林育卿，痛苦不已。"（6：102）正是这种内心的愧疚，依旧担心被对方找上门来复仇的忧虑，折磨得他心神不安、焦虑不已，他自忖"而如若是他们来寻仇，我只有默然受死了"（6：87）。

二、"自己人"的伪装抑或叛变。

李清皓近来喜欢关门闩户，他疑心那些曾经屈服于他们的暴力，如今却早已叛变了他们的人，"已经在踩着猫步，寸寸紧逼而来了"（6：103）。譬如那个多年前在侦讯室里，被拳打脚踢着"变得十分沮丧、软弱、无助"（6：104）的赵某，曾经"把我们希望你供、希望你攀连的人，希望你来补圆的案情破绽全供了、全圆好了"（6：105）。这个"终于为我们所运用了"（6：105）的赵某，因为"后悔有据"而被提早释放。如今呢？他摇身一变为"赵委员长"，在电视上大肆宣传"台湾、中国，一边一国"（6：103）。李清皓不禁猜想，那曾经的"为我们所运用"，不过是伪装。毕竟——

> 他们的党也组成了，戒严令解除了，他们怕什么？还能被"我们所运用"吗？不可能。他们在伪装，无非等有朝一日，伺机对我下手。（6：105）

赵某们"叛变"了，曾经像李清皓这种"无名英雄"的 N 教授也摇身一变，在座谈会上夸夸其谈"台湾今日的民主化，是几代人对抗独裁政权、前仆后继，不惜破身亡家的结果"（6∶105）。李清皓由此陷入困惑：N 教授说的若是真话，那他就"已经背离了我们"（6∶106）；若是假话，那也是伪装的，"目的是伺机袭击"（6∶106）。那曾经十几二十万的秘密同仁，到底有没有反向倒戈呢？自己会不会受到来自内部人的指认与袭击呢？李清皓忐忑不安地写下：

> 十几二十万人，在茫茫人海中四处漂浮，他们平常都像赵委员、N 教授，都装着一副若无其事的脸孔。其中估计倒向他们的也过去了；隐遁起来的也隐遁好了，却只剩下我一个，没有人来接头……十几、二十万人，他们在一旁冷眼窥伺着你，有人冷笑，有人等着食我之肉而寝我之皮，有人把什么都推得干干净净，一切事不干己……十几、二十万人啊……有人也还在录音、跟监、搜证……（6∶106）

疑神疑鬼间，李清皓开始质疑当初的选择："而后来，我怎么就去考到局里了呢？否则，我是不会落到今天这步田地的。"（6∶107）

三、身为外省人的惊惧。

1998 年，蒋经国去世十周年的一天，李清皓无意间看到电视新闻纪录片《十年烟云》，在万头攒动的游行人潮中，李清皓当时奉命便衣去现场搜证，突然他惊讶地发现：

> 从路上开进来一小队群众，拉着上写"台湾、中国、一边一国！"的白布条。队伍跟前，有一个穿灰色夹克的男子，用绳索拴着一条小白猪，小白猪在人声中惊惶失措

地窖，而小白猪身上被人用利器刻着"中国猪"几个歪歪斜斜、渗着血丝的字。人群中传来笑声。小白猪"呜呜"地叫。我听见了抑压而亢奋的声音："台湾独立万岁！"（6：109—110）

顷刻，李清皓"第一次感觉到外省人的自己，已经在台湾成为被憎恨、拒绝、孤立而无从自保的人"（6：110）。他又想起了一家"地下电台"里，一个外省第二代，竟然嘲笑自己父亲东北老家围坐在炕上吃的酸菜火锅"又脏又臭，叫人恶心"（6：110），并说，他对大陆完全没有感情——"我里里外外是个台湾人了！"（6：110）台里的另一人用台语沿袭日据时期的称呼把中国叫成"支那"，并扬言反对"一个'支那'政策"（6：110）。闻此，李清皓——

我感到一种突如其来的、空虚的、深渊似的恐惧。（6：110）

身为外省人的李清皓，看着眼前荧屏上从高处拍下的全景，他担心他们用电脑定格跳进放大，把当时潜伏其中的他找出来。由此——

我感到一种远远比担心自己被指认出来还更大的忧虑、不安全和从骨髓里传向全身的恐惧，冷汗直流。（6：110）

在这种惊惧中，李清皓晕倒在床边，不省人事。

自　缢

因为"已经绝望至于无极的缘故"（6：111），李清皓终于答应了月桃，去 R 医院看精神科。医生询问他有没有某种"被压抑不宣的内疚"（6：111），有没有长期让他不安和忧虑之事。他坚决否认。月桃暗地听从医生的建议购买处方药，李清皓服药后终于睡了两天，他却疑心"亲如月桃，也会背着我和他们同谋呢"，为此而"悲哀得绝望了"（6：112）。

终于，在赴月桃约会的一家百货公司门口，李清皓撞见了一个头发灰白的高个子老人，赫然是被他们陷害的"福建南靖师范案"的张明。他喁喁地诉说着自己被指认为"匪谍"后家里的种种情状——妻子在第二年去世，小儿子离家出走，女儿始终没有嫁出去，他尖厉地喊叫："你们害的，家破人亡呀！"继而愤怒地质问："当时你们何苦睁着眼瞎编派，硬派我们是奸匪……"（6：116）李清皓开始气喘，并"感到至大无边的恐慌，心脏酸痛"（6：116），他快步走进挤满人群的大百货公司。他用受训时学过的跟踪和反跟踪的技巧，顺利摆脱了张明的追逐，却兀自听着张明在身后啸喊着："拦住那个国民党特务！丧尽天良的"（6：118）。想象中自己被百货公司里的人众揪住，乱拳打死的情景没有发生，大吼大叫的张明反而被人认为是疯子。李清皓悲哀地意识到：

> 我仿佛觉得张明在声嘶力竭地向整个城市叫喊。而整个城市却报之以深渊似的沉默、冰冷的漠然、难堪的窃笑，报之以如常的嫁娶宴乐，报之以嗜欲和麻木……（6：118）

与其说这是李清皓的感受，倒不如说是陈映真对台湾民众漠然于历史、漠然于政治、漠然于现实的失望与悲哀。

自百货公司回家后，李清皓变得怏怏不语了，不得已被送进了医院精神科治疗。治疗时好时坏——"他变得更加缄默不语，神情僵木，表情茫漠中透露着深不可探其底的凄恻。"（6：120）也许，在这绝望的茫漠中，他忆起半年前自觉无路可走时，特意去问过自己一向敬仰和信任如父亲的丁士魁，然则"他老人家就铜墙铁壁，

418

守口如瓶"（6：118）。李清皓不住地自问："我们要倒过去吗？要隐遁吗……"（6：118）可是，没有人回答他，他只能在心底无声地呐喊：

> 十几、二十万人哪！你们是这城市里到处漂流笼罩着的夜雾。我做了什么，竟让你们把我一个人扔进了豺狼的洞窟，却又铁了心肠不肯来联系。哦，你们这笼罩着几大城市的夜雾，无所不在、阴狠、寒冷的白色的夜雾……（6：119）

李清皓惊弓之鸟般的惊慌失措不难理解。当年那些千方百计硬送进黑牢的"阴谋分子"，如今大抵成了委员、代表和知名学者；那些曾以"同志"相称的自己人，或是倒向了，或是隐遁了，变身成为教授名流在荧屏上吹牛皮。而他自己呢？坚守，已无信念；隐遁，无处可遁；倒向，无人接头。无路可走的李清皓，终于在大雨如注的一日，在浴室里自缢而死。

余　音

得知李清皓的死讯后，丁士魁设法约见了李清皓的主治医生，医生说李清皓的症状源于"潜入下意识的、病人的严重内疚和犯罪意识"，他们试图让他"逐渐把他的内疚透露出来"，但"他守口如瓶，什么也不说"（6：121）。听闻李清皓自始至终"守口如瓶"后，丁士魁长舒一口气，彻底放下心来了。

不久，月桃把李清皓生病两年来陆陆续续记录下的文字交给了丁士魁，因为"清皓哥一直都当您是他的父亲"（6：83），只有交给他，她才放心。这些文字其实不能称为日记，"而是一些荒乱的回忆、纠结和内心思想感情的葛藤的札记，一些在工作上适应不良引起的忧烦与矛盾的记录，既未署明日期，又并不全是逐月逐日的记事。到了发病以后，记载更不免其凌乱，语言也恍惚杂乱了"（6：84）。依据这份日记，丁士魁整理出来十篇札记，完整而清楚地揭示了李清皓病态的由来、发展及其根源。对此，他感慨万千：

> 想起了民国三十九年后随着几年强烈的肃共斗争，他们把成千上万的共产党在风风火火的肃共行动中经过百般拷讯，送上了刑场、送进了监牢，终竟保住了国民党的江山，当时靠的正是对领袖、国家和主义的不摇的信仰。今天的挑战，对调查工作的冲击，李清皓内心严重的纠葛，就是生动的说明。（6：122）

丁士魁原打算写一份报告附在李清皓留下的日记上，送到局里研究，并存档。然则，当"总统大选"的尘埃落定后，丁士魁竟然接到在安全机关工作的许处长的电话，邀请他一道守护"国家安全"，因为"时代怎么变，反共安全，任谁上台，都得靠我们"（6：123）。同样的大雨如注中，丁士魁按捺不住欣喜地答应了。颇富讽刺意味的是，一向敬丁士魁如父执的李清皓，终究被他遗弃了，"像一个要结案归档的卷宗，反正从此就要封藏起来了"（6：82）。

第四节　《忠孝公园》：民族认同危机的救赎

在小说《忠孝公园》里，陈映真从国民党上层人士马正涛的视角，讲述了台湾底层平民林标的故事。台湾人林标于1944年被征入日军参战。他内心抵制"皇民化"，报到时却被宣布为日本国民，与日军一同经历了残酷战争。日本战败，他突然成为战胜者。七十年代，他与一起被征入日军的台湾老兵要求战争赔偿，却因丧失日本国民资格而遭驳回，台湾当局又不愿出面。经历了台湾人、日本人、中国人的几重身份转换，林标至死也没弄清"我是谁"。

四川老兵：省籍问题在底层的虚构性

小说题名为"忠孝公园"，不仅因为小说的若干故事情节发生在忠孝公园这一地点，更因为忠孝公园里汇集了小说的主人公。粗读小说，如果不留心，也许会认为《忠孝公园》主要叙述了主人公林标与马正涛的故事，其实细细读来，我们就会注意到小说中还隐含着第三个主人公，即以四川老兵为代表的太极拳班子。

随着停靠私家车的增多，两年前，忠孝公园"就只剩下来甩手的马正涛、每每一板一眼地做完一大套柔软体操才走的林老头儿，和一个小小的太极拳班子"（6∶128）。而这三方势力，不仅是《忠孝公园》的主人公，也象征了三种不同的身份——上层外省人马正涛、底层台湾本省人林标，以及以太极拳班子中的四川老兵为代表的底层外省人。小说伊始，这三方势力针对林标参加的"南洋战殁台湾兵慰灵碑"落成揭幕仪式，各自做出了截然不同的反应。其中，陈映真将大多笔墨用来叙述林标与马正涛的生平遭际，而四川老兵作为忠孝公园的一员，并没有出现在以忠孝公园为地点的情节中，只唯一一次出现在豆浆店中。而且林标与四川老兵也从未有过正面接触，他们之间的"关系"也是透过马正涛的视角来展现的。

小说中，某天马正涛晨练后，照例来到附近的一家豆浆店。坐下后，他听见隔桌几个外省人模样的人，在议论电视新闻"南洋战殁台湾兵慰灵碑"落成揭幕仪式的一景。

"都穿着日本兵服装呀，"一个穿蓝格子衬衫的瘦小老
人说，"手里还举着一面很大的日本海军军旗。嘿！"
"都是一群汉奸。"一个四川口音的人愤慨地说。马正

涛认得他。他常常看见那瘦老头在忠孝公园里打拳，不到一套拳打完，他就不张开他那紧闭的眼睛。

"我一看到那日本海军旗，就觉得心头绞痛。"穿蓝格子衬衫的瘦子说，"那年呀，日本海军陆战队，就是举着那面海军军旗进了上海。我亲眼见到的。"他说在日本旗飘扬下，日本人在上海和全中国烧杀掳掠。"我忘不了！"瘦子老人说。

"都是一群汉奸呀。"四川老头说。他说他老了。要是十几二十年前，让他在场，先杀个精光自己再去见官。

"看不得呀，"蓝格子衬衫的瘦老头说，"血一般的太阳旗，染着多少中国人的鲜血……"

"跟你说吧，都是一群他妈的汉奸。就不知道哪里冒出来的一群汉奸！"四川人说。（6：162—163）

马正涛闻听后，对于四川人"一群汉奸"的诅咒不屑一顾，他想："天下的事，要都像那些粗人想的，就简单了。"（6：169）在马正涛眼中，四川老兵和林标虽然一个是外省人国民党兵，一个是本省人日本兵，但并无多大区别，都是简单执拗、不懂变通的"粗人"。事实也是如此，因为只有在马正涛的位置——一个不可见光的"黑暗"位置，才能看到四川老兵和林标的盲点。

四川老兵的盲点在于他以自己有限的生平经历，取代了对历史与事实的全面认知。事实远不像四川老兵想象的那么简单。就说马正涛吧，他在日本宪兵队和国民党侦缉部杀了多少人，却享尽荣华富贵，来台后依然过着富足安闲的生活；再说李汉笙，他几易其主，通敌卖国，墓碑上却刻着"陆军上将"的头衔；而林标呢？虽被咒骂为汉奸，但在南洋因为没有武器，并没有参与到日本人的杀戮中，相反，却被日军压迫与奴役。然而，四川老兵基于省籍的划分和对历史想当然的认知，只能看到林标曾经的"助纣为虐"，却看不到同时期的外省人马正涛才是真正的双手沾满了鲜血的罪人，而毫无顾忌地批判林标们参与日本殖民侵略的行径。而林标呢？他心甘情愿地参加揭幕仪式，选择"认同"日本，部分原因正是这种仇恨政治粗暴氛围下无可奈何的选择。小说也由此引出了外省人与本省人因为对日本不同的情绪与态度而产生省籍矛盾的话题。

省籍矛盾一直是陈映真关注的问题。据马雪的研究，陈映真并不否认在战后台湾曾经出现过省籍矛盾，但强调将其放在台湾社会性质的历史周期上看。陈映真认为所谓的省籍矛盾，存在于两个时期，并坚持反对"外来政权"说。这两个阶段的省籍矛盾有所不同，第一阶段是大陆溃败来台的外省精英在美国的支持下控制台湾政经资本，对台湾本省的地主及资产阶级造成一定的打击。第二个阶段则是本地资本在美国援助及国民党支持下逐渐做大，但仍然处于国民党威权的控制下，造成经济基础与上层建筑之间的重大扞格。陈映真强调，无论是上述哪一种省籍矛盾，都是台湾本土中上层阶级与国民党精英之间存在的矛盾，而较少存在于台湾社会的底层。随着"两蒋"的去世，国民党上层中央势力瓦解，本地资产阶级全面取得政权，从台湾社会性质的角度来分析，省籍矛盾早已不是问题。而历次"大选"，省籍矛盾都反复被挑动起来，这跟台湾政党的性质有关。尤其是 2000 年上台后，民进党逐渐向垄断资本靠拢，开始为大资产阶级代言。根据陈映真的社会性质论，台湾社会的性质是"新殖民地·垄断资本主义社会"向"新殖民地·'国家'垄断资本主义社会"变化（1985—2000）。台湾社会问题的本质是阶级问题，而非省籍问题。省籍问题不过是蓝、绿阵营所营造出的意识形态，以此掩盖台湾社会阶级矛盾的本质。而这是两党的阶级属性无法解决且更要固化下来的，维护大资产阶级和中产阶级的利益是蓝、绿共识。[①] 因此，在《忠孝公园》中，我们看到相比于生

---

① 具体分析详见马雪《以"文学"的方式介入"思想"论战——试论陈映真小说〈忠孝公园〉的问题意识》，《现代中文学刊》2017 年第 5 期。

活奢侈的马正涛，无论是底层台湾人日本兵林标还是国民党下层的四川老兵，都处于台湾社会的边缘，并不因为省籍问题而有特殊待遇，说明了省籍问题在底层的虚构性。

小说中，陈映真通过一种漫画式的方式勾勒出两名外省老兵对林标的愤怒。外省老兵反日情绪背后的中国民族主义来自于抗日战争的历史记忆。这一民族主义内涵随着时事推移而产生的变化，却不被他们认识与理解。正如马雪所分析：

> 战争时期，这一民族主义确实是反抗日本侵略的重要力量，然而国民党来台湾后，逐渐依赖美日新殖民政权，使得原来进步的民族主义窄化为族群的民族主义。外省老兵一味地以"民族大义"来要求曾被长期殖民的台湾民众，看不清"党国民族主义"所带来的新形式的压迫，这也是造成省籍矛盾意识形态的原因之一。但通过"民族—国家"的历史之恶为老百姓卸担，安放他们难以呼吸的感情之后，同样关闭了他们的反思空间，在不对自身有所反思与清理的前提下，只会陷入更深的孤儿、弃儿和受害者的心理中无法自拔，逐步演化成更加激进的道德与美学上的优越感……①

基于此，陈映真认为当务之急不是草草地把"民族—国家"的框架扫入垃圾堆，关键的问题是区别"新殖民地精英的反共的、国粹主义的、扈从帝国主义意识形态的右派民族主义，和人民的、反帝的、民族·民主运动的民族主义"②。由省籍问题延伸至两岸分断体制，陈映真更是一针见血地指出："所谓'台湾结'，其实是从

① 马雪：《以"文学"的方式介入"思想"论战——试论陈映真小说〈忠孝公园〉的问题意识》，《现代中文学刊》2017 年第 5 期。
② 陈映真：《"大和解？"回应之五》，《台湾社会研究季刊》第 43 期。

四十年代后半期由美国霸权展开的亚太地区两极对立下'中国国家分裂—冷战—反共安全'体制的意识形态。"[1] 他强调"美国结"与"日本结"才是台湾的根本大结，正是在对美日依附的社会基础之上，去殖民的任务才无法展开，反而被一再拦截。小说中，陈映真正是通过台湾人日本兵林标讨要"恩给"金这一曲折过程，折射出冷战下台湾与日本之间持续着的殖民关系。而战后林标对殖民及战争记忆的扭曲，正是美国在亚太地区制造的反共防线所造成的。四川老兵"民族大义"的狭隘化，林标被扭曲的历史记忆，共同造成了所谓的"省籍矛盾"，而不同于他们底层阶级身份的上层人士马正涛的出现，以及他对二人的评判，鲜明地揭示出所谓省籍问题在底层的虚构性。

林标：去历史化的日本想象

早在二十世纪六十年代，日本学者尾崎秀树就怀着对日本战争责任的深刻反省和"自责之念"，以春秋笔法写下了《旧殖民地文学的研究》一书。尾崎秀树发出这样的疑问："对这精神上的荒废，战后的台湾民众可曾以全心的忿怒回顾过？而日本人可曾怀着带着自责之念凝视过？"[2] 他沉痛地感慨：

> 只要没有经过严峻的清理，战时中精神的荒废，总要和现在产生千丝万缕的关系。[3]

---

① 陈映真：《国家分裂结构下的民族主义——"台湾结"的战后史之分析》，《陈映真文集·杂文卷》，中国友谊出版公司1998年，第416页。

② 陈映真：《精神的荒废》，《陈映真文集·杂文卷》，中国友谊出版公司1998年，第575页。

③ 陈映真：《精神的荒废》，《陈映真文集·杂文卷》，中国友谊出版公司1998年，第575页。

陈映真深感尾崎秀树提出的这一问题的重要性，在 1998 年的《精神的荒废》一文里，他深情地写道："每当在生活中眼见触目皆是的，在文化、政治、思想上残留的'心灵的殖民化'，尾崎的这一段就带着尖锐的回声，在心中响起。"① 文章结尾，他极力呼吁与警策：

> 久经搁置、急迫地等候解决的、全面性的"战后的清理"问题，已经提到批判和思考的人们的眼前。②

《忠孝公园》中塑造的台湾人日本兵林标的形象，正是陈映真"重新拿起小说的笔，用艺术形象去演绎这种精神上荒废的严峻的清理"③ 的典型。

陈映真在小说中着重刻画了林标生命历程中的两大事件，其一是年轻时亲历的南洋战事，这部分以儿子林欣木的孕育、出生、成长、结婚生子和落魄流浪为叙述线索；其二是晚年所热衷的讨要"恩给"金和补偿款，这部分以孙女林月枝的成长经历为叙述线索。两者都与日本息息相关，这就涉及林标的"日本情结"。小说中，陈映真有意让亲日的马正涛来审视林标的日本想象，在意识形态的对立之外打开林标的日本情结。在与马正涛、宫崎和泉州仔甚至四川老兵的关系中，林标所展示出来的对于日本的"认同"都是变动的，尤其是在讨要"恩给"金和讨要补偿款两次事件中，对日立场南辕北辙，并不能简单地用"媚日"或"恋日"来概括。由此可见，林标对日本的想象是分裂的、破碎的，甚至是扭曲变形的。

---

① 陈映真：《精神的荒废》，《陈映真文集·杂文卷》，中国友谊出版公司 1998 年，第 581 页。
② 同上。
③ 赵遐秋：《生命的思索与呐喊：陈映真的小说气象》，作家出版社 2006 年，第 367 页。

一、林标与马正涛：错位的日本情结。

林标去屏市参加"慰灵碑"落成揭幕仪式回来，恰好被在忠孝公园晨练结束的马正涛瞧见。他眼中的林标完全是一副衰老、萎弱甚至滑稽的日本兵模样：

> 一身日本海军战斗服、头上戴着战斗帽的林老头。白色的战斗帽上圈着蓝色的带子。白短袖衬衫，白短裤。两条瘦削的、发黄的腿下，白色的棉袜规规矩矩地翻在一双满是灰尘的老皮鞋上。（6：128）

因这身打扮，马正涛想起十多年前第一次在高市东区大马路上看见一身日本海军战斗服的林标的情景。那次见面后，对林老头起了极大的诧异心的马正涛，无法释怀，一天晨练时终于忍不住向前搭讪。小说写道：

> 在那小小的忠孝公园里，老远堆着笑脸，走到正在做弯腰运动的林老头跟前，不经意地用日本语说：
> "你早。"
> 林老头霎时触电似的停下体操动作，目瞪口呆地看着马正涛。
> "你，为什么，日本语，懂得？"林老头用日本话说着，脸上漾开了最真挚的笑颜，"外省人，为什么，日本语……"
> 林老头的容光像是一盏油灯似的被马正涛的日本话挑亮了起来。马正涛说他在"旧满洲"长大，读过日本书。
> "啊，旧满洲。"林老头快活地说。
> "是的。旧满洲。"马正涛微笑着说。
> "小名林标。标是标准的标。"林老头用日语说，热情洋溢地伸出手让马正涛握住。还没有等待马正涛回过神

来，林老头忽然以肃穆的立姿，以朗诵古日语的腔调吟哦
起来……

"……赖天照大神之神庥，天皇陛下之庇佑……庶几国本
奠于唯神之道，而国纲张于忠孝之教……"（6：130—131）

这一段描写可谓传神之极，将林标对日语的无限崇拜与缅怀刻
画得生动形象。林标甚至因此对同样说日语的外省人马正涛都充满
了好感，那真挚的笑脸、被日语点亮的容光、热情洋溢的握手，以
及庄严肃穆的吟哦……无一不呈现出林标对日语及日本人极深厚的
情感。然而，这两个看似都对日本人有着好感的台湾人与外省人是
否因为这份可共同分享的历史情感背景，而开启友谊之路呢？答案
是否定的。马正涛回答着林标的问题，"用流利的日本话说，虽然
笑着脸，却逐渐对林老头的喋喋不休、半生不熟的殖民地日本话感
到愠怒"（6：132）。这是很值得玩味的，马正涛并没有因为他们都
是亲日派，而对林标萌生好感，反而因为他"喋喋不休、半生不熟
的殖民地日本话"而感到愠怒。在这里，日语不仅仅是一种语言，
或一种情感指征，更重要的还是一种身份的象征。一口流利日本话
的马正涛，身处社会上层，安闲自得，颐养天年；而日语蹩脚的林
标呢？则是辗转于种种不如意、不得志困境中的社会底层边缘人
物。这样的两个人即使交集了，也不会有《归乡》中杨斌和老朱的
一番惺惺相惜的痛彻长谈。小说接着写道：

林老头和马正涛在忠孝公园里绕着圈子走。林老头叽
叽呱呱地说日本话。马正涛听出来，林老头的日本话太蹩
脚，难免用错的助词全用错了，而不该用错的助词也错误
百出。马正涛听得烦心了。"几天前，我看见你穿日本军
服……"马正涛笑着说。

马正涛开始一径用普通话说话。（6：133）

马正涛径自把日本话改为普通话，就是想与林标"隔"开，用语言疏离两人的距离。因为在马正涛看来，一个日本话说得磕磕绊绊、错误百出的人，无论如何跟他不是属于一个阶层、一种身份的。对于这样的人，他很是不屑一顾。果然，小说接着写道：

> 马正涛自从知道了他穿日本海军战斗服去申请赔偿，就再也懒得理他了。那时候，林老头话很多，他说少年时代听说了"满洲国"的"王道礼教、民族协和"，马正涛只是笑而不答，叉开了话题。（6：133—134）

林标因日本话对马正涛一见如故，喋喋不休地诉说着自己的年少往事，以及对伪满洲国的好奇与向往。而马正涛呢？自从得知林标台湾人日本兵的身份，知道他们正在组建战友会，与日本政府交涉补偿事宜后，内心早已忍不住噗声冷笑了。马正涛不可能瞧得上林标，他鄙夷林标："你也只不过是个小小的日本'军夫'，连个正规的日本小兵都不是。"（6：136）这样的人，岂可以与马正涛平起平坐、握手闲谈？因此，马正涛尽管表面上笑容可掬，骨子里却一如既往地保持着四十年前自己在日本宪兵队时高高在上的优越感。这种因阶层身份不同而造成的差异，远远大于他们外省人与台湾人身份的区别。这也正是小说《忠孝公园》揭示的主题之一。

小说不仅写到了林标与马正涛的正面交往，更重要的是通过引入真正的"亲日"人士马正涛，由他青年得志、飞黄腾达，几经政权交迭，皆能明哲保身的生平经历，与林标穷苦落魄、坎坷潦倒的人生形成鲜明对比；另外，通过他的视角重新审视林标的日本情结，意义也非同寻常。

二、林标与宫崎：曲折的讨要经过。

林标屏息凝神看着电视里"慰灵碑"落成揭幕式的报道，头一次看到镜头中自己老态龙钟、疲乏不堪的"军容",不禁吃惊,"慢慢地感觉到他自己和那些老人仿如受着不堪的嘲笑和愚弄"(6:159)。林标开始回忆起近二十年讨要"恩给"金和补偿款一波三折的经过。

1979年左右,在孙女月枝十七岁时,南洋战场上的宫崎小队长,竟然被优有资财的曾金海迎来台北。于是,一群台湾人原日本老兵,在一家著名的日本料理店里聚集了。看着在自己面前排成横队,以肃然的表情挺胸而立的几个老人,老宫崎激动得涕泪横流。"在南方、战争中,真辛苦了大家……"他向大家鞠躬致谢致歉,"那时,也许对大家太严厉了"(6:142)。这话,让林标想起自己当驾驶员有回出任务晚归,在厨房找寻剩饭时,被宫崎小队长用军靴靴跟打掉两颗血牙,脸上嘴里肿了四五天,粒米不能进的往事。可是,大家似乎都忘记了那些不愉快,整个料理店充满了怀旧和欢快的气氛:

> 酒过三巡,大家仗着酒精的兴奋,开口讲起遗忘得差不多了的日本话的胆子也大了,使一个小房间里叽叽咕咕地漂流着破碎的、台湾土腔的日本话。但听在宫崎的耳朵,这些破碎的、不正确的日本语何等动听,恰恰表现了殖民地台湾对母国日本深情的孺慕和向往。宫崎受到了感动。霎时间,宫崎不再只是个战后吃国家"恩给俸"的潦倒老人,而又复是当年帝国军队小队长了。(6:143)

年迈潦倒的宫崎在三十余年后的台湾,再一次享受到了曾是殖民国主人的优越感,那些"破碎的、不正确的"日本语,在他听来都极其美妙动听,因为这是"殖民地台湾对母国日本深情的孺慕和向往",更是自己蹉跎人生的慰藉与骄傲。在众人恭维中越发飘飘然的宫崎"以军人腔"的日本话,向大家许诺:"日本……绝没有忘记，在台湾的日本忠良的臣民！"（6：144）接着，曾金海郑重其事地向大家介绍 1975 年一个日本名叫中村辉夫的台湾阿美族原日本兵，组织了一个"（研究）思考台湾人原日本兵士补偿问题会"，讨要补偿金，但是日本政府表态："日本对大战中因战死、战伤所订定的'援护法'和'恩给法'，只适用于有日本国籍者。"（6：144）换言之，台湾人日本兵不在补偿之列。曾金海告诉大家，"比岛（菲律宾）派遣军战友会"正在发动一个视台湾兵如日本人的、为台湾战友争取正当补偿的运动。曾金海以坚定的语气，用日本话说：

> "诸君！在南方战场上，我们，每一个人，不都是作为
> 一个日本人、一个忠勇的帝国兵士，而战斗的吗？"（6：144）

> "只有在那个战场上一起浴血战斗过的战友，才能体
> 会台湾战友，是日本皇军无愧的一员，曾经为天皇陛下尽
> 忠效死……"（6：145）

曾金海慷慨激昂的宣讲，激发起老人们的热情，他们以日语唱起了《军舰进行曲》。这段宣讲中有两点微妙的细节值得我们关注：其一，曾金海现在斩钉截铁地说他们在南洋战场时，作为一个日本人、一个忠勇的帝国士兵浴血奋战，显然不是历史实情。事实是，台湾人日本兵在南洋战场的每一天都面临着"我是谁？日本人还是台湾人？"的困惑。其二，家境富裕的曾金海与命运多舛的林标们，对待补偿金的态度也有着显著的差别，对曾金海来说，争取补偿的意义，不是金钱的问题——"补偿运动，是争取我辈为日本人、为天皇赤子的运动……"（6：145）而对林标等其他老人来说，来自日本国家的"一笔大的无法想象"的"恩给"金，足以让他们安度夕阳余年。

在曾金海的点拨下，老人们恍然大悟、如梦初醒："他们原是

像三十多年前出征当初日本人就说过的，是日本皇军无愧的一员！"（6：145）聚会后，他们组建了台湾的"战友会"，争取日本政府比照日本军人发给优渥的"恩给"和"年金"。作为台湾战友会的骨干，林标开始穿起他的日本海军战斗服，三天两头疯了一样和周近几个从华南和南洋战场活着回来的台湾人日本兵，跑高市、跑海市、嘉市甚至台北，往往几日不归。正是这时候，一向温婉、孝顺的十七岁的孙女月枝竟与一个外乡来的小理发匠私奔，不知所之。林标闻之，像是身上被剜了一块血淋淋的肉那么伤痛，然而对"恩给"金的强烈渴望，"像高烧不退的热病，使林标失去孙女月枝的忿恨和羞耻混成的苦痛，变得麻木了"（6：146）。

林标等人为"恩给"金奔波了整整十年，在月枝二十五六岁那年，日本东京地方法院第二次驳回了台湾兵补偿的要求，理由是老人们"已丧失日本国民的身份"（6：159）。去东京聆判的曾金海等人对日本政府失望了，继而将希望寄托在日本国民身上。他们印制了传单说明"作为忠良的日本人转战华南和南洋"，发放传单的情景却让他们再度失望：

> 他们曾想：接到传单的一般日本人，一定会报以热情的握手、慰问、感谢和支持。不料偌大一个东京市，过往如织的东京火车站口，居然没有一个日本人，不论老少，肯接过传单，而用冷冷的、嫌烦的面孔，拒绝了老人们伸到他们鼻子跟前的传单。（6：159）

日本政府的冷酷无情，日本国民的冷漠惨淡，让曾金海颇受打击，他痛彻地评判"日本人无血无眼泪"（6：159）。然而，即使这种情状，也没有彻底打破台湾人日本老兵们的幻想。这个时间点，大致相当于马正涛第一次在忠孝公园跟林标搭讪的时节，那时的林标依然对日本政府以及日本话满盈崇拜之情。

大概五年后，在月枝三十岁时，曾金海竟又活动起来了。他告诉老人们，从前台湾人去日本索赔之所以失败，是因为国民党政府不出面，如今有机会"换一个台湾人自己的政府"，换成了，台湾人向日本政府索赔，就有人做主。而且，这次他们不再要求"恩给"金，而是要日本政府赔偿未付的军饷和军中邮政储金。曾金海带着体体面面的陈炎雷"委员"到处找台湾人日本老兵"为换一个政府"拉票，马不停蹄。并许诺这次陈炎雷发动竖"慰灵碑"，将"设法请几个日本参议员和自卫队校佐"参加，以便先和日本军政界拉好关系。那一天，林标等老人们军服整齐地参加落成式。然而，整场仪式俨然是陈炎雷为了拉拢人心赢得"选举"而进行的个人秀。既没有请来一个日本军政界的人士，而且"东南西北，这些老人还得自己赶回家去，连发个便当，陈委员都没安排"（6：161）。尽管如此，林标等老人们还是暗暗"希望将来新政府果真能为台湾兵做主"。

三、林标与泉州仔：困惑的身份认同。

参加"慰灵碑"落成仪式回到家的林标，在门缝里发现了孙女月枝的信，月枝说近期可能会带个朋友回家探望。由月枝，林标念及儿子林欣木，并由此忆起了自己五十年前被迫征兵入伍派遣至南洋战场的沧桑往事。

1943 年的一天，十九岁的林标和春天才进了门的新媳妇阿女从农田回家后，看见父亲老佃农林火炎手里抓着一张日本人征兵的传单发呆。不久，林标就穿上配下来的"国防服"，到村疫所前的广场接受乡亲们的送行。林标耳听着日本上官的训话："诸君要作为忠良的日本国民，作为大日本皇军的一员，做天皇陛下坚强神圣的盾甲……"心中却"满是因为不知道如何与怀着孩子的新妻道别，觉得焦虑忧苦"（6：147）。

在炎炎赤日的南洋战场上，林标是作为军夫而不是军人应征，按照日本军队"军人、军犬、军马、军属、军夫"的排序，"军夫"

排在犬马之下，所以，林标并非是作为"皇军"的一员出征。林标出征时穿的是"国防服"，也并非海军战斗服。这些台湾兵"军属、军夫"跟着日本军干伙夫、种菜开垦、修筑工事、开车开船、运搬运输等卑微、低贱的军事劳工，因为处于军队的最低端，常受到日本兵的凌辱与虐待。林标一到马尼拉，就被调赴巴丹，编入一个运输连当驾驶车夫。在巴丹半岛的炎天赤日下，日军强迫七万个美菲俘虏徒步到一百里外的集中营，驾驶座上的林标看见——

　　那数万人的行列，在酷暑下颠踬而行，在路边处处留下被押解的日军用棍棒打死、用手枪格杀、用刺刀砍死的路倒、掉队甚至企图脱逃的俘虏的尸体，都像断了线的傀儡一般，瘫倒在肮脏的血渍中，任炎日煎曝。（6：185）

那些未被俘虏、不甘屈服的菲律宾人，自发组建了游击队，进行反日破坏事件，林标的军卡车载运过一批又一批被反绑的游击队员，被日军予以疯狂的滥杀。林标看见——

　　就是在村子里的青壮男子被拉出来强迫蹲在地上等候处决时，在一旁的老人妇孺就开始大声哀号，以那短音节的土语，发出林标所从来不曾听见过的，表达最大的惊悼、恐惧和绝望的人的语音。（6：188）

自此，林标的耳际时常萦绕着"塔加罗语的语调却充满着死亡的恐惧、绝望和为了求得活命的凄厉的哀求"（6：187）。

耳闻目睹着日军残暴罪行的林标是忧悒与苦闷的，不仅是日复一日从事着这繁重、低廉的劳苦工作，而且林标等台湾兵更是陷入身份认同的困惑。一方面，"台湾军属和军夫确实被美军、被非律宾人游击队当做他们所仇恨的日本人，用炸弹炸烂四肢，用子弹轰开脑袋"（6：148）；另一方面，"然而在实际上，即使需要台湾兵在南洋的战场上为日本拼命的时候，日本人也会不时地提醒台湾人其实并不是真正的日本人"（6：149）。被打掉两颗血牙的那一回，林标就听见宫崎暴跳如雷地对他叫骂"清国奴"。尤其是在日本读过中学叫梅村的客家人，他满脑子的"日本精神"，志愿报名参军报效天皇，却被安排在部队上管理非机密性文书。他发誓："我一定要奋力炼成，证明我是个优秀的日本人。"（6：149）但没多久，梅村被一个喝醉的日本兵鸡奸后，连捆带叫，连声喝骂"清国奴，畜牲"。台湾人梅村不堪其辱，终于用皮带上吊死了。梅村的遭遇，让林标等台湾兵陷入更大的愁闷与烦懑。偶然一次机会，林标在马尼拉市郊一家小杂货铺结识了姓叶的泉州人老板，才稍稍纾解了心中的抑郁。小说写道：

> 林标第一次到小杂货铺买土酒时，那老板满脸谄笑。林标当他是非律宾人，向他比手画脚时，姓叶的泉州人以试探的语气用闽南话说：
> "买烧酒吗？"
> 林标大吃了一惊。"你讲台湾话？"他惊喜地说。"我跟你们台湾人一款，都说福建话哩。"泉州仔说着，堆着满脸的笑纹。后来，林标问泉州人，怎能知道他就不是日本人？"台湾人的日本兵不配枪。连刺刀都没得佩。"泉州人说。
> 从此，"福建话"像是这恶山恶水的战地里唯一的一泓汩汩甘泉，开始执拗地引诱着林标藉口买些日用，去照顾杂货铺寒伧的生意。（6：190）

林标与泉州仔的对话交往，很容易让人想起小说伊始他与马正涛在忠孝公园因日本话而产生的一番交谈，二者形成鲜明的对比。

这段叙述中有两个细节值得注意：一是，对于语言的体认。在非人的南洋战场，"福建话"成为林标唯一的慰藉。因为"福建话"，他把泉州仔当成老友一般，从杂货铺汲取一些温暖与力量。二是，关于武器。就连市郊一个小杂货铺的老板都知道"台湾人的日本兵不配枪。连刺刀都没得佩"，也就是说在南洋战争中日本人并不情愿让他们眼中的"二等人"台湾兵当军人，只能当军属、军夫。此外，正因为台湾军夫没有配备武器，"才使林标和其他台湾人军夫只成了杀人炼狱的旁观者"（6：189）。

然而，林标与泉州仔的友谊并未持续多久。有一天，林标无意中发现杂货铺中还躲藏着十五六岁的少女。泉州仔赶紧慌张着更谄媚地向林标解释这是自己的女儿。

> 但林标却突然明白了泉州仔这一向的谄笑中，包藏着多少恐惧，猜疑甚至憎恶。在这奸淫抢掠直如日常茶饭的乱世中，把蓓蕾初绽的女儿深藏在内室的这老泉州人，是在以他那绝望的卑屈和表面的巴结去奋力保护着他的家小。当身穿日本军服的林标瞥见了内室的少女，泉州人的笑容看来就是绝望、讨饶的恳求。林标明白了穿着日本军衣的自己，从来就是这泉州人可怕的敌人和仇家。（6：191）

这一刻，林标明白了，被他当作老友的泉州仔，却一直将穿着日本军衣的他视为敌人和仇家。泉州仔表现出的惊惶、警惕而又卑屈的笑脸，不过是为了保护家人的讨好与巴结罢了。林标的心被深深地刺痛了。身份认同的危机再次剧烈地撕裂着林标，他又陷入孤独与愤懑的状态。幸好，1944 年，林标收到家信得知阿女为他生了一个男婴。从此，林标有了执着的牵挂与思念。

也是这一年，驾驶车夫林标都感受得到战局在严重逆转。为绞杀暗中支持菲共与中共的华侨，日本军队暗中发出"肃正敌性华侨"的密令，很快又发展为对华人无差别的疯狂逮捕、拷问和杀戮。无意中得悉次日凌晨日军将把"肃正"推向市郊时，林标乱编了派车理由，跳上卡车直奔泉州仔的杂货铺。赶到时，恰好碰见三名日本巡逻兵正向铺子靠近，急中生智的林标一边佯装踢打泉州仔饲养的土猪，一边用"福建话"高声咆哮着警告泉州仔全家人一定要赶在日本人暗暝剿村前离开。林标用生硬的日本话搪塞了日本兵的问话后，开着军车带着三人离去，调转车头时又用闽南话叫骂似的嘱咐："日头落山就走！"（6：193）因为林标的提醒，泉州仔一家人连夜逃入山林，终于保住了性命。经此一节，我们可以看出，深层次里，南洋战场的林标一直把自己当作中国人。否则他不会在得知同胞泉州仔一家人的生命将受到威胁时，潜意识里的第一反应是不计前嫌，第一时间赶去通知他们、救护他们。

1945 年，美军反攻登陆菲律宾各岛，战局全面逆转，被打得落花流水的日本军队被迫逃入深山。林中行军是一场绝望的、死亡的征程，如果说一衣带水的同胞之情让林标在充满暴力与杀戮的血腥战场上，得以保持了完整健康的人性；血浓于水的骨肉之情，则让林标有足够的意志、勇气与信心在深山里存活下来。

> 在逃窜的途中，林标常常想着他自己在台湾的、未曾谋面的儿子。对自己骨血男婴的不可思议的爱念，在他的内心燃起了强烈的求生意志的火焰，使他逃窜的脚步更加坚决和谨慎。（6：150）

在大雨密林的一个荒废的日军防线据点，一行人从尸体里搜出来的文件中得知"日本早已战败了"。

> 没有人立刻明白小泉大队长的话，但林标却立刻想到了自己竟然可以活着回去看到朝暮思念的孩子和他的女人

阿女。（6：152）

见到自己的孩子，以及与家人团聚的强烈愿望，支撑着这些台湾人日本兵。然而，这并不是说，他们对身份认同的疑惑就减轻或化解了。小说继续写道，日本战败了，台湾兵的心情混乱芜杂，"包括林标在内的台湾人日本兵却几乎没有一个幸灾乐祸的人"（6：152）。小泉队长召集了二十几个台湾人日本军属和军夫，"从此，你们都变成中国人了，"小泉说，"你们都是战胜国的国民了。下山去吧。那不是投降。那是向你们战胜国的同盟军报到。"（6：153）然而，林标等人还是恍惚不已：

> 一国的人究竟要怎样在一夕间"变成"另一国的人呢？林标苦想着这无法回答的问题。……茫然、悲伤和痛苦浸染着不肯离队的台湾兵。但一旦被以"战胜国国民"之名和日本人分开，林标觉得一时失去了与日本人一起为战败同声恸哭的立场。而无缘无故、凭空而来的"战胜国国民"的身份，又一点也不能带来"胜利"的欢欣和骄傲。（6：153）

这段叙述可谓一语中的，林标等台湾人日本兵既没有资格分享战争胜利的荣耀，又失去了与日本人一起恸哭的立场与理由。陷入身份尴尬的台湾兵下山了，和其他的台湾人日本兵被收容在由美军和菲律宾游击队荷枪看守的俘虏集中营，和日本战俘一道在烈日曝晒下从事修整军事机场的沉重劳动。为着甄选曾虐待过美军战俘的台湾人日本兵，林标们的遣返时日遥遥无期，他们再次为自己的身份苦恼着："日本人说台湾人是日本人，要跟着他们去打美国人……""现在美国人也当我们是日本人，要送咱去判罪、去当枪靶子。"（6：155）

终于，当"日本战败兵员被美军优先用军舰送回日本之后好几个月，才轮到台湾兵搭着破旧的运煤船回到台湾"（6：156）。杀人炼狱的旁观者台湾兵即使在战后在美军得到的待遇，也要远远低于日本兵。这是殖民体制下的必然结局。1948年的秋天，台湾兵就这样孤零零地默然地回到了故土，没有欢迎，没有慰问，甚至家属都没有接到通知。回来后的林标，发现父亲与妻子早已离世，只有四岁的儿子林欣木怯生生地迎接了他。

四、林标与林欣木：被扭曲的日本认同。

作为一个在南洋战场上屡屡陷入身份认同危机，骨子里倾向自己是中国人的台湾人林标，战争结束后的三十余年间，经历了怎样的白云苍狗、世事变幻，变成了"亲日派"呢？对此，小说所用笔墨并不多，只能从林欣木的身上寻找蛛丝马迹。小说对林欣木的着笔并不多，仔细梳理，时间线索如下：

1948年，回家后的林标续佃种田，带着四岁的欣木勉力维持生计。终于，1954年台湾"土改"，让林标父子的生活有了转机。"欣木九岁、农地改革使林标变成了一个小自耕农的那一年，林标欣喜得不知所措。"（6：157）十年如一日，父子俩勤勤恳恳地种田干活，直至1964年，"年已过了二十的欣木从浦寮那边娶来了一房亲"（6：157），并在第二年，生下了孙女月枝。更让林标欣慰的是"欣木是个勤勉的小伙子，干起田里的活来，从来不知疲累"（6：161）。但欣木有一样跟林标不同："他老想有一天离农发家。"（6：161）终于1968年，"欣木二十四岁上下的那些年，种稻子的收入已经远远追不上肥料、农药和日用品的开销，村镇上的年轻人逐渐到城市里去打工"（6：161）。林标被迫转卖农田，欣木拿了地价的三分之一，带着妻子宝贵和三岁大的小月枝远走台北三重。临行前，欣木承诺："生意没做好，不把这笔土地公钱完好、加码捧回家来，我就回不来家乡。"（6：181）林欣木与同乡青年刘坤源在承负"成功发家的强烈欲望的三重市"开了家铁工厂，"在这竞逐求活的修罗地狱中，欣木他们三人都集生产、外务、记账于一身，加上长久沉重的劳动，总算撑持了下来"（6：183）。然而，天有不测风云，"那年平地刮起了国际石油涨价的大波浪时"（6：183），贸易公司接不到订单，欣木的厂子最终倒闭了。结合后文"你把工厂收起来的那年，她（月枝）都小学五年级了"（6：210），可推测，林欣木工厂大致在1973年至1974年间倒闭。其后，"第二年，你和你女人宝贵开始到台北大桥头、万华龙山寺边等人叫零工，以日工算工钱"（6：210）。大致在1977年，因为生活太苦太累，宝贵径自离去。林欣木暗中把十二岁的月枝送到林标身边，自己不告而别，成了一名流浪汉。

简单回顾林欣木的成长历程，我们不禁要问，怎样的时局导致了林欣木这样一个负责、勤勉的青年，最终成为流落街头的"街友"，过着潦倒不堪的生活？这个问题的答案，可以管窥林标"日本情结"的由来。换句话说，在南洋战场，林标还能凭借着底层的认同感和语言的共鸣，反抗殖民主义，出手搭救泉州老板，为何在1980年左右反而成了"亲日派"？

林标1925年出生，生活在日本殖民五十年的后半期。这个时期台湾社会已经相对稳定，与前半期日本疯狂镇压台湾人抵抗的情形有所不同，而且战时体制下进行的"皇民化教育"有了一定成效，像梅村这样要炼成"皇民"的人也不在少数。从1945年台湾光复到1947年的"二二八"事件为止，大部分台湾人的民族立场是坚定的，反日和对日本殖民的批判是社会主流。只是由于国民党的贪腐与霸权，终于酿成"二二八"事件，才使得台湾人民第一次对中国民族认同产生了困惑。在这种情况下，正如曾健民所说："一般民众虽然在民族和国家认同上并未明显动摇，但在语言、生活方式、习惯、思考方面又逐渐逆回到殖民统治时期，亦即社会生活上延续了殖民统治时期的样式，出现了国家生活和社会生活的二重结构，这就是后来台湾'日本情结'的原型。"① 也就是说，这种"日本情结"是以遗忘日本是殖民者的支配位置，借由在日据时代所习得的"皇民""精神力量"来对抗国民党的威权统治。

1950 年，朝鲜战争爆发后，台湾作为美国"世界反共军事基地"之一，被纳入冷战体制，美国拨付巨额美元扶植国民党政府，发展台湾的资产阶级企业。由此，台湾被进一步编入美日资本主义经济圈，完成了"国家分裂—冷战—依赖"性经济的发展。也就是说，处于"冷战—内战"双战结构下的台湾，其主流意识形态必然是向着"现代化"美国的朝圣之旅。因此，小说中写到"光是种稻实在已经打不开生活开销时"，林标被迫答应了卖地，同意儿子远走三重市开厂另谋一条生路。这一时期的台湾，不仅继续走在被隐形殖民的路上，本省人忍受着政治腐化、通货膨胀等恶况，还被急欲"中国化"的国民党政府视为战敌的共犯，因此林标等底层本省人，不论情感、心理上，还是物质、财富上都过着失意落魄的生活。就像他对欣木的内心独白："也没有战争，也没有天灾地变，怎样我们一家就这样四四散散？"（6：209）否则，林标也不会把所有的热力与希望都寄托在那虚无缥缈的"恩给"金上了。想象中那笔数额大得惊人的"恩给"金，既是对他过往青春的补偿，也是他现有人生价值的证明。

正是在这种内外交困的情势下，曾经作为日本兵被深刻地卷入日本的殖民体系中的林标选择性地保留了对日本的情感，在日常生活层面上退回到日据时代。然而，这种对日本情感的想象只能是去历史化的，是选择性遗忘历史真实而产生的。小说中，日本料理店里的老兵们要压抑掉曾经被虐待的经历，才能与宫崎把酒言欢；只有当日本殖民的历史成为"过去"的"现在"，林标等台湾兵才穿上日本海军战斗服，作为"真正的""皇军"与曾经的日本军官平

---

① 曾健民：《台湾"日本情结"的历史诸相——一个政治经济学的视角》，《思想》2010 年第 14 期。

起平坐。正如马雪所追问的："当被殖民者怀念殖民母国所带来的现代性时，是否还记得与此一同而来的种族歧视、强征、虐待、剥削与遗弃？"[1] 也就是说，在对国民党所代表的"祖国"失望后，尤其是外省人以征服者的角色凌驾台湾，本省人才会扭曲地对于曾经的殖民者日本产生出乡愁。这样一种形态的乡愁由选择性记忆形成，日本作为殖民者的支配与压迫形象就被他们所遗忘了。因此，以林标为代表的本省人的"日本情结"其实是把"过去的日本"和"现在的日本"切割开，通过去历史化的日本想象来对抗国民党在战后企图强力塑造的民族认同。[2]

马正涛："路的两头"全堵住了

小说伊始，晨练结束后照例走过一条小巷时，马正涛恰好一眼看见了马路对过的林标，林标正在等公交前去参加"慰灵碑"落成仪式。马正涛看着身穿日本海军战斗服的林标，不禁有些恍惚了：

> 在他记忆中横行过全东北的、穿着毛呢军装、束紧腰带、斜挂着肩带、脚穿长统皮靴、戴着白手套、手把着右腰上的日本刀的日本军官的形象，不时和早上那衰老、佝偻、悲伤而又滑稽的林老头儿的形象互相重叠。（6：140）

记忆中这个神气十足的日本军官不是别人，正是日据伪满洲国时期的马正涛。小说以此为切入点，纵向书写了马正涛历经日据伪满洲国时期、国民党大陆执政时期以及国民党台湾执政时期的波澜一生，亦由此侧面揭示了国民党统治的前世今生。

---

① 马雪：《以"文学"的方式介入"思想"论战——试论陈映真小说〈忠孝公园〉的问题意识》，《现代中文学刊》2017 年第 5 期。
② 同上。

一、被压抑的黑色记忆。

作为一个资深特务，马正涛为人凶狠恶毒、阴险奸猾，几经政权交替，却均逢凶化吉，过得颇为顺遂。即使到了晚年，马正涛"对自己杀人绝不眨眼的过去，几十年来，都绝对地守口如瓶，密不透风"。然而，近年那些旧时的噩梦，那些被牢牢压抑的回忆，却越来越困扰着年已八十的马正涛了。那些黑暗的记忆，从密封的记忆之门，带着尸臭和血腥，漂流而出，搅得马正涛心神不安。

年轻时的富家少爷马正涛，亦是吃喝嫖赌样样精通的纨绔子弟。从沉迷声色犬马，到成为趾高气扬的日本军官，得力于他的父亲马硕杰。马硕杰，人称马三爷，是东北一个亲日的富商。马硕杰深知"要发家，光在日本人鼻息下做生意，不行"，"那还得混进日本机关，当日本官儿"（6：135）。他意识到自己的生意助手，曾留学日本的李汉笙因"熟练的日本语和处事的精明圆融，受到日本军部、特务和权商的赏识"（6：165），便顺势把李汉笙举荐给了日本人。十年不到，李汉笙就出任"满洲国"警察署的"咨议"，成为满洲特务系统中权位很高的华人之一。而正是这位李汉笙，对马正涛未来的人生之路起了关键的作用，被马正涛视为有知遇之恩的贵人。同时，马硕杰又命人为马正涛戒毒、教授日语，并动用关系硬把马正涛送进了"日本人在满培养精英的'建国大学'法律学部"（6：131）。在校几年，马正涛"日本话学得特别溜转"，毕业后顺利进入了日本宪兵队，"负责调查和通译"，不几年"就学会了拷讯、绑票、缉捕和刑杀的各种本领"（6：135）。那时的马正涛摆着一张不喜而笑的脸，在岗哨前"只以笑脸上一双枭眼去咬住每一个凄惶不安的过路人"（6：136），过了数年嚣张、得意的日子。

到了1942年间，马正涛却越来越感觉到，"在沉默、辽阔、冰寒的东北大地上，到处潜伏着越来越多'不祥'的意志，幢幢作祟，向他缓慢地包抄而来"（6：137）。尽管那时候，马正涛在侦讯室里，"看见在他的指挥下，人被滚烫的开水浇烂，被拷打得像是剔了骨头的一摊子血肉"（6：138）；在刑场上，看着"一声令下，应着毕竟不能不参差的手枪声，被反绑的人都像是被纵放的田蛙似的，向前冲跃了出去，极不舒适地趴在严冬的野地上"（6：139）；在为日军押送粮食、弹药的路上，看见"一个头上裹着汗巾的、脸色铁灰的农民仰躺在地上……枣红色的血，从他胸口上的两个窟窿，浸染脏得渗油的棉衣，汩汩地流淌"（6：138）。

1945年5月，对时局颇为敏感的李汉笙意识到日本人大势已去，他把马正涛调离侦缉部，调到了总务部，并嘱托他"部、局里很大的家当，你去管起来"（6：165）。在日本宣布战败前一个星期，气定神闲的李汉笙问起马正涛总务部的工作情况，包括宪兵队的财库、资产、武器、房舍、土地等各项细节。听闻日本侵华战争结束的马正涛，陷入瞠目哑然、茫然无措的状态。李汉笙却告诉他因为担心苏联军和八路军插手东北地区，国民党重庆方面已派人前来联系，而他们已"把日本宪兵队部一切财产和资源紧紧抓到手中"（6：166）。于是——

> 当日本战败，万民腾欢，李汉笙先生居然就以重庆潜伏在东北的国民党地工身份，摇身一变，正式发表为"华北宣抚使署"首长，交换的条件是确保日满在东北一切财产、武装、情报特务及警宪体系，和资源、安全档案及继续羁押狱中的共产党系反满抗日分子名册资料，等候移交给国民政府。而当一些"附日附逆"的小小文人和官警被扣上汉奸的帽子，受众人唾骂，遭新权力逮捕、审判甚至于下狱处决的时候，马正涛仗着李汉笙先生的关系，也就摇身一变，突然成为长期潜伏东北地区的"爱国"地工，并且参加了"军统局东北办"的工作。（6：167）

历史的吊诡又一次上演了。日本特务首领李汉笙摇身一变成为国民党新政权的首长，而特务马正涛也以长期潜伏东北地区的"爱国"特工身份，从阶下囚变成座上宾，从日本宪兵变成军统局骨干。伪满洲国留下来的新的特情班子，继续"反共防共"，为新政权服务。小说还写道：

> 他记得那年八月日本人打败，"满洲国"垮了。十月初，美国人帮着把重庆的大员和少数军警从天上、陆上和海上送到广阔的东北来。李汉笙先生人家真是胸有成竹，带着马正涛和一些干员，为中央大员找气派的临时办公室，帮着地方上过去附日的大官豪绅和商人安排连日连月、三餐不断的宴请，夜夜不停的笙歌舞会，去巴结、讨好重庆来的新主子。"山珍海味、醇酒美人，无日无之。"李汉笙先生说。他很快地获得了中央先遣大员的宠信。因为在他授权下，机灵的马正涛能从日本人遗留下来的庞大"敌伪财产"中，为接收大员依其官职大小而张罗不同大小和规格的华邸豪宅及汽车。而旧满时代附敌致富的豪绅巨贾也没闲着。他们忙着用金丝银线织成了天罗地网，通过马正涛穿的针、引的线，以配分走私鸦片的厚利、贿赠黄金和美妾歌妓，去换得在宣抚使署或先遣军司令部谋个专门委员、参谋、秘书之类的名衔，一夕间变身为爱国绅士。（6：169）

朱门酒肉臭，路有冻死骨。李汉笙、马正涛以及国民党政权的政要们在战后一片衰疲的东北大地上，过着纸醉金迷、酒池肉林的生活。

觥筹交错、推杯换盏间，马正涛却想着："墙上原先巨幅的溥仪肖像，早已经换成了委员长的肖像了。脸长的是两个人两个样，但是一身勋章绶带和肩章袖纹，两人就几乎没有两样。"（6：167—168）

这样的描写颇有讽刺意味，这也暗示了国民党政权与伪满洲国政权本质上没有差别，同样地巧取豪夺、笙歌舞会，同样地鱼肉百姓、欺压良民。这样地描写也给人以暗示与联想——1949年撤退至台湾海峡的国民党政府是否也是如此呢？

好景不长。1946年年底的沈崇事件后，各地的示威游行在全国蔓延开来。一批又一批的"奸匪嫌疑"和民盟分子被抓进来。"特警布建的缜密比日满时代只有过之而无不及，拷讯的技术，比起日满时代只有更硬、更狠"（6：171—172）。重操旧业的马正涛，"夜以继日地指挥秘密逮捕、诱捕、拷打和审讯"（6：171）。他惊讶地看到日满时代与政府合作无间的评论家周恕竟也被抓进来了。当他职业性的眼睛看出了周恕休克致死的危险，前去查看时，周恕忽然在马正涛身上呕了半身血，紧闭着眼睛死了。马正涛从此以后变得越来越爱洗澡了。

尽管国民党垂死挣扎，在大陆的政权还是被共产党推翻了，退居至台湾。至于来台后的情形，小说没有详述，只粗略交代几笔：

> 李汉笙先生比他早了将近一年到台湾。来台以后，保密局虽然还在，但全国五湖四海各省各市的嫡系保密局老干部全都水淹似的来到了台湾，僧多粥少，何况像李汉笙这种从"伪满"投靠的特务。李汉笙先生深识时务，早早从工作上退了下来，过了好几年才因老衰死在荣民总医院的头等病房里。（6：172—173）

从这寥寥数笔的描述中，即可管窥国民党台湾政权的构成与性质。此后，马正涛历尽波折，也来到了台湾。

二、"永远回不了家乡"。

每年在李汉笙忌日时，马正涛总要前往台北草山的一个旧墓园去给李汉笙上香。有一年，同行的祝景问及他没想过回家吗，马正涛陷入沉思，他注定永远回不了家乡，终生只能背对着那片早已长在血肉里的山野河川。因为——

> 马正涛想，他跟共产党结的怨太深了。李汉笙先生从东北脱走以前，在马正涛指挥下抓的、杀的地工嫌疑，少说都有两百上下。现在杀人放火比他凶的人都给放了，他对自己说。放了也不行。他又对自己说，他在大陆上结的民怨更深。再说，人到了大陆，怎么好跟自己在吉林牵出去的老同志见面呢？（6：203）

最后一句话说的是马正涛在大陆时曾投降、替共产党抓人的往事。那是国共内战的末期，李汉笙被秘密转移至台湾。走投无路的马正涛在李汉笙的点拨下自首投降，来到吉林公安部门专门集中国民党军政特警的"解放团"。在"解放团"填写登记表时，马正涛第一次感到了焦虑与恐惧。

> 当天晚上，马正涛挑亮油灯编稿子。化名、化装、假身份编制假经历都难不倒他这个在日本宪兵队和军统待过的人。但是编着编着，却老是心虚害怕。马正涛想起了那些落在他手里的青年。当他们用被打肿的手指吃力地编写好的口供，被马正涛看出了破绽而咆哮着撕碎时，他们那苍白、恐惧和绝望的眼色，这时——浮现在油灯的光晕里。他太明白：他一个人绞尽脑汁写的，逃不过一个小组人的仔细检查。马正涛写了撕，撕了再写，心焦虑乱，不知所措。（6：176）

焦虑不堪的马正涛决定坦白从宽。他向中共的刘处长交代自己的经历，并巨细靡遗地说了保密局在沈阳的部署、潜身起来的旧军统分子，以及埋藏起来的枪械子弹等等。两周后，马正涛又被要求当鱼饵——"马正涛在街上碰人，他给人家地址，也要问人家地址。几天下来就抓上了十几个人。"（6：179）不久，得到公安局信赖的马正涛，由一个年轻干部陪着去沈阳继续"为敌所用"。途中，马正涛择机逃掉了。

马正涛辗转来到保定，从保定一路披星戴月逃到北平，再从天津奔了上海，从上海跑到云南。知道四川就要解放，设法过了边界，到泰北游击队上待了近一年，在李汉笙具保下，才到了台湾。来台后，在李汉笙的保荐下，马正涛到当时承担着全岛风风火火的"肃防"工作的保密局大楼去报到了。

> 具有从军统到保密局长期资历的马正涛，现在已不进侦讯室去直接拷讯从台湾四处夜以继日地抓进来的"匪嫌"，而在幕后不断地开会，判读堆积如山的供状，指出供状的破绽，揭示侦问的方向。成千上万的台湾和外省青年被送到马场町刑场，被推进长期徒刑的监狱。（6：199）

马正涛在台湾继续从事着"特务"的老本行，过着顺风顺水的日子。直到有一天，得知共产党在1959年年底特赦了第一批战犯后，马正涛"感到心头长了一块沉重的石头"（6：201）。自此，马正涛听从李汉笙的安排，从警察总部退下来，远离中心，来到小县城逍遥养晦。1975年共产党释放了所有的内战战犯，当得知有人申请入台，人到了香港，却全被台湾方面拦截下来时，马正涛方"偷偷地舒了一口气"（6：202）。

纵观马正涛的大半生，历经三次政权交迭，他始终从事着"特务"的老本行。他把提携、指点自己，对自己半生影响极大的李汉笙视为再生父母，年年为其扫墓除草，看似是个知恩图报、颇富人情味的人。但是，这样的马正涛，对自己长年累月残杀无辜的罪恶行径却似乎毫无悔意。然而，从他回不去故乡的遗憾里看得出他的落寞，从他竭力封锁记忆以免血腥四溢吞噬自己的惧怕里也看得出他的畏惧，而从他告诉祝景他名字的寓意——"景行行止"，"景行，走大路，康庄大道"（6：200）来看，也许这不只是李汉笙一人的愿望，更是他们这一行特务们对下一代的共同寄寓与期望吧。

尾声：未完成的"大和解"

根据马雪的研究，《忠孝公园》的创作背景与 2001 年 5 月台湾文化界的"大和解"思想论争有关。陈光兴在《为什么大和解不／可能？——〈多桑〉与〈香蕉天堂〉殖民／冷战效应下省籍问题的情绪结构》（下文简称《大和解》）这篇文章中，引入"情绪性的感情结构"的概念来说明本省人与外省人分别受制于殖民主义与冷战两条不同的历史线索，主观上不同的集体情绪如何造成了省籍冲突的情绪基础。《忠孝公园》的极具思想性和论辩色彩，一个重要的原因在于这是陈映真面对陈光兴抛出的省籍问题（及其设想的解决方式）的一个小说形式的直接回应。[①] 从前文分析中，我们看到底层外省人四川老兵与底层本省人林标所谓"省籍矛盾"的虚构性，也看到上层外省人马正涛与底层本省人林标的"和解"似乎成为不可能。这也是陈映真在对《大和解》的回应文章中所着重批判的，即省籍矛盾作为族群动员的利器，本身就是被主流政治激化，为蓝、绿斗争格局服务的。

因此，在小说中，我们看到 2000 年的台湾"大选"在即，林标等一干台湾人原日本兵被曾金海鼓动着——"曾金海坐车、坐飞机，

① 关于"大和解"的讨论背景以及陈光兴文章的具体情况，详见马雪《以"文学"的方式介入"思想"论战——试论陈映真小说〈忠孝公园〉的问题意识》，《现代中文学刊》2017 年第 5 期。

全岛北、中、南部奔波，把去了南洋和华南的'战友'动员起来了"，为陈炎雷所在的民进党"选举"拉票、摇旗呐喊。林标坚信，"日本精神，讲的是信义。欠钱还债，这就是信义"，对本省人上台执政后帮助他们争取到战争赔偿款满怀信心。而马正涛呢？他陆续接到老同志从各地打来的电话，咒骂"台独"，担心本省人上台后，"我们外省人，死无葬身之地呀"（6：218）。老同志和子侄辈的祝景，都拜托马正涛一定选举"宋先生"——即外省人宋楚瑜所在的亲民党。面对马正涛"我投我的国民党"的坚持，小说写道：

> 祝景隔着南北电话，大着胆子骂国民党"总统"："国民党早没了，马伯伯，早被人搞垮了。"祝景恳求似的说。祝景接着说，现在外省人过日子，表面上从从容容，骨子里害怕呀。只要有台湾人在场，就绝不敢说出肚子里的话，还结结巴巴地学闽南话。"马伯伯你……你年岁大了。我和我媳妇儿子没有能力搬到美国、加拿大去住，一走了之。"祝景说，"但我们不能每天每天一家子过担心受怕的日子。"（6：219）

从这段叙述中，我们看到，有钱有权势的外省人早已移居海外，而以祝景为代表的下一代底层外省人在台湾的日子很不好过，为着讨好台湾人，"结结巴巴地学闽南话"，强忍着"骨子里害怕"，颤颤抖抖地过日子。正如他向马正涛所倾诉的内心恐惧："现在台湾人都把我们当外人了。你怎么装孙子还是个外人。"（6：204）他还说，如果外省人把自己当成大陆的外人，路的两头就全叫堵住了（6：204）。联想到同世代的底层本省人林欣木至今流浪街头，有家不能回的悲惨遭际，不禁一声长叹，真可谓"兴，百姓苦；亡，百姓苦"啊！小说中还暗示了国民党统治的不得人心，就连期盼国民党在台继续执政的外省人，对国民党政权都失去了信心。

2000年3月"大选"揭晓，国民党果真失利，民进党上台执政。固守着"没有了国民党就没有了马正涛"执念的马正涛颇受打击，他的人生一下子陷入虚无与黑暗。

> 顷刻间，马正涛感觉到仿佛他半生的记录都成了白纸；他的户口簿上的一切记载消失了，他的存款簿剩下一片空白，他的身份证上的注记不见了，他的党证、退役官兵证件上的记载全都褪色，无法辨读。他那从旧满洲宪兵队而军统局、而保密局、终而警备总部这半生的绑架、逮捕、拷问、审判和处刑，自今而后，那密密地封在各个机关里的，附有他亲笔签注的无数杀人的档案，难保没有曝光公开的一日。他成了坠落在无尽的空无中的人。他没有了前去的路途，也没有了安居的处所。他仿如忽然被一个巨大的骗局所抛弃，向着没有底的、永久的虚空与黑暗下坠。（6：220）

马正涛对国民党可谓忠心耿耿，毫无二意，他曾誓言："只要国民党在台湾当着家一天，我就紧跟、紧靠着国民党一天。再没有别的路。"（6：204）随着国民党的垮台，马正涛深感无路可走了。那过往的丑陋与罪恶也许有一天将公开在日光下，而前去的路途却苍茫无色，马正涛第一次感受到他所效忠的国民党政权不过是一个巨大的骗局。而他，只是其中一枚小小的棋子罢了。承受不住压力的马正涛日渐萎缩了。终于，一个月后，马正涛自尽而亡。人们在马正涛那间孤独的旧屋里，发现了他被一副金黄的手铐反铐着的尸体。

林标呢？"台湾人的天年了"（6：223），林标追求了二十余年的愿望达成了吗？陈炎雷"委员"如愿以偿地当了"资政"，却要求台湾人原日本兵或其遗属直接去领两百倍的补偿金——这一数目远远低于按照这五十年物价比率折算出来的金额。这一卑劣的行径，彻底激怒了林标，让他清醒地认识到这一长达半个世纪的骗局。

> "新政府是我们自己的了。我们的新政府特别需要外交支持，需要日本支持不能为难日本，因小失大。这是陈资政说的。"曾金海在电话中诚恳地对林标说，"为了咱自己的政府，请大家无论如何要体谅。两百倍就两百倍吧。"
>
> "日本人当时不就是以'为了国家''为了天皇陛下'，骗了多少人死在南洋没有回来……"林标提高了嗓门对着电话筒嚷起来。
>
> ……
>
> "曾金海你是图了谁的什么东西，这样骗死一片老人？"林标怒声说，"这些老人没有被美国炸弹炸死，倒要被曾金海你们骗到死了才甘心。"（6：224—225）

面对月枝的中年日本男友，醉酒的林标压抑不住内心的愤懑与委屈，倾诉起来："那时候，日本人，要我们以一个无愧的、日本战士、去赴死……"（6：227）"现在你们又说，我们又不是日本人了，不给钱！""我问你，我，到底是谁？我是谁呀！"（6：228）"日本人骗了我……""又轮到我们自己的人，巴格鸦罗，骗来骗去呀，骗死一片可怜的老人呀……"（6：229）小说在林标痛苦的泪水中结束了。

在林标用日语哭号着的"我是谁呀——我到底，是谁呀——"（6：229）的质问中，月枝奔进了苍茫的夜色中，阿公老痴了，她一定要找到阿爸。

林标与马正涛，一疯癫一死亡，对他们这代人来说，真可谓"落了片白茫茫大地真干净"！可是，林欣木、林月枝和祝景等人呢？继续生活在这个美丽的宝岛上的他们，未来将何去何从呢？

陈映真生平与创作简表

1937 年　一岁

11 月 6 日，与双胞胎兄弟陈映真出生于台湾苗栗县竹南中港，取名陈映善。父亲陈炎兴，母亲陈许丝。

1939 年　三岁

过继给三伯父陈根旺，养母陈玉爱，随之迁居桃园市。

1944 年　八岁

为躲避空袭，生家与养家皆疏散至台北县莺歌镇。

1945 年　九岁

9 月，就读于莺歌学校（现莺歌小学）。

10 月，趁光复后新户籍登记，养父将其名由"映善"改为"永善"。

1946 年　十岁

11 月，生家迁桃园，生父出任桃园小学校长。

双胞胎兄弟陈映真因腹膜炎去世。

1949 年　十三岁

在桃园生父家接触到鲁迅小说集《呐喊》。

1950 年　十四岁

6 月，毕业于莺歌学校。

9 月，进入成功中学初中部就读，认识同学吴耀忠。

秋，小学老师及邻家陆大姐在白色恐怖"肃清"中遭逮捕。

1953 年　十七岁

初三留级一年，暑假大量阅读各种小说，开学后被编入三年甲班，认识同学方森弘、陈中统。

1954 年　十八岁

6 月，毕业于成功中学中学部。

9 月，就读于成功中学高中部，仍与方森弘、陈中统同班。

1956 年　二十岁

养父因肝病去世，养家搬至台中与生家一同生活。

1957 年　二十一岁

5 月 24 日，"刘自然事件"中打着反美抗议牌与陈中统等人前往抗议，遭巡警队召去询问口供，幸无事释回。

6 月，毕业于成功中学高中部。

9 月，就读淡江英语专科学校（今淡江大学）外文系。

1958 年　二十二岁

重考考上师大美术系秋季班，与吴耀忠同榜，但未去就读。

1959 年　二十三岁

5 月，读毕钟理和《草坡上》，写信给作者表达感动，钟理和因此受到鼓舞，立即回信。

9 月 15 日，在尉天骢、尤崇洵邀稿下，第一篇小说《面摊》发表于《笔汇》1 卷 5 期，笔名陈善。

1960 年　二十四岁

1 月，《我的弟弟康雄》发表于《笔汇》1 卷 9 期，笔名然而。

3 月，《家》发表于《笔汇》1 卷 11 期，笔名陈映真。

8 月，《乡村的教师》发表于《笔汇》2 卷 1 期，笔名许南村。

9 月，《故乡》发表于《笔汇》2 卷 2 期，笔名陈君木。

10 月，《死者》发表于《笔汇》2 卷 3 期，笔名沈俊夫。

11 月，《祖父和伞》发表于《笔汇》2 卷 5 期，笔名陈炳培；书评《介绍第一部台湾的乡土文学作品集——〈雨〉》，笔名陈映真。

1961 年　二十五岁

1 月，《猫它们的祖母》发表于《笔汇》2 卷 6 期，笔名陈秋彬。

5 月，《那么衰老的眼泪》发表于《笔汇》2 卷 7 期，笔名陈善。

6 月，毕业于改制后的淡江文理学院外文系。

7 月，《加略人犹大的故事》发表于《笔汇》2 卷 9 期，笔名许南村。

11 月，《苹果树》发表于《笔汇》2 卷 11、12 期合刊本，笔名陈根旺。

1962 年　二十六岁

进入军中服役。

1963 年　二十七岁

3 月，《哦！苏珊娜》发表于香港《好望角》半月刊，笔名陈映真。退役，9 月任台北市私立强恕中学英文教师，共两年半，其间结识同事李作成，李介绍日本外交官浅井基文与陈映真认识，陈映真开始大量阅读左派思想书籍；离校后仍与学生蒋勋保持亦师亦友的关系。

9 月，《文书》发表于《现代文学》18 期，作为好友吴耀忠毕业纪念，笔名陈映真，此后发表小说以陈映真为笔名，评论翻译等以许南村为笔名。

1964 年　二十八岁

1 月，《将军族》发表于《现代文学》19 期。

6 月，《凄惨的无言的嘴》发表于《现代文学》21 期。

10 月，《一绿色之候鸟》发表于《现代文学》22 期。

1965 年　二十九岁

1 月，参与《剧场》编务，影评《超级的男性》发表于《剧场》第 1 期。

2 月，《猎人之死》发表于《现代文学》23 期。

4 月，评论《关于〈剧场〉的一些随想》、译文《贝克特与METATHEATER》发表于《剧场》。

7 月，《兀自照耀着的太阳》发表于《现代文学》25 期。

7 月，译文《现代思想与电影》发表于《剧场》。

9 月 3 日至 4 日，于台北耕莘文教院参与《剧场》第一次演出，《先知》及《等待果陀》的幕后工作及演出。

12 月，评论《现代主义底再开发——演出〈等待果陀〉的随想》发表于《剧场》。

任职于淡水的美商辉瑞药厂，与高中同学方森弘成为同事，负责文宣及公司刊物等业务。

1966 年　三十岁

1 月，评论《寂寞的以及温煦的感觉》发表于《剧场》。

9 月，《哦！苏珊娜》发表于《幼狮文艺》153 期。

10 月，《最后的夏日》发表于《文学季刊》1 期，与友人组织"民主台湾联盟"。

1967 年　三十一岁

1 月，《唐倩的喜剧》发表于《文学季刊》2 期。

4 月，《第一件差事》发表于《文学季刊》3 期。

7 月，《六月里的玫瑰花》、评论《流放者之歌——於梨华女士欢迎会上的随想》发表于《文学季刊》4 期。

11 月，评论《期待一个丰收的季节》发表于《草原杂志》。

1968 年　三十二岁

2 月，评论《知识人的偏执》发表于《文学季刊》。

2 月，政治漫画发表于《草原杂志》，笔名巫茶果。

5 月，应邀赴美参加"国际写作计划"，出发前却因"民主台湾联盟案"被警总保安总处以"组织聚读马列共产主义、鲁迅等左翼书册及为共产党宣传"等罪名逮捕。

12 月 18 日，初审被判决有期徒刑十年。

1969 年　三十三岁

2 月，复审判决，仍被判刑十年，羁于台北新店警总看守所，同案遭判刑者有吴耀忠（十年）、李作成（十年）、陈述孔（十年）、丘延亮（六年）、弟弟陈英和（八年）、林华洲（六年）。

1970 年　三十四岁

春节前移监至台东泰源感训监狱。

2 月，被捕前旧稿《永恒的大地》由尉天骢以化名"秋彬"刊于《文学季刊》10 期。

1972 年　三十六岁

春，移监至绿岛监狱"绿洲山庄"。

11 月，被捕前旧稿《累累》由主编也斯以化名"陈南村"刊于香港不定期刊物《四季》。

出版小说集《陈映真选集》(刘绍铭编)。

1973 年　三十七岁

8 月，被捕前旧稿《某一个日午》发表于《文季》1 期。

1975 年　三十九岁

7 月，蒋介石去世百日祭"特赦"，提早三年出狱。

10 月，以笔名许南村发表自我剖析的文论《试论陈映真》。

10 月，台北远景出版社出版小说集《将军族》和《第一件差事》。

11 月，经高中同学方森弘介绍，就职美商温莎药厂，在忠孝东路的大陆大楼上班。

出版作品集《第一件差事》(台北远景出版社)。

1976 年　四十岁

年初，小说集《将军族》遭查禁。

年中，参与《夏潮》杂志编务。

10 月，评论《孤儿的历史和历史的孤儿》发表于《台湾文艺》。

12 月，评论集《知识人的偏执》由台北远行出版社出版。

1977 年　四十一岁

2 月，与药厂同事陈丽娜小姐结婚，结婚典礼在耕莘文教院举行。

5 月，参与乡土文学论战，《文学来自社会反映社会》《建立民族文学的风格》《乡土文学的盲点》《关怀的人生观》等文章发表于

《仙人掌》《中华杂志》《台湾文艺》《小说新潮》。

1978 年　四十二岁

3 月，《贺大哥》发表于蒋勋主编的《雄狮美术》85 期。

3 月，《夜行货车》发表于《台湾文艺》58 期。

9 月，评论《在民族文学的旗帜下团结起来》发表于《仙人掌》。

9 月，《上班族的一日》发表于《雄狮美术》91 期。

1979 年　四十三岁

4 月，获得第十届"吴浊流文学奖——小说创作奖"，得奖作品《夜行货车》。

10 月 3 日，第二次被调查局拘捕，逮捕名义为"涉嫌叛乱，拘捕防逃"，三十六小时后交保候传。

10 月，被捕纪实《关于"十三事件"》发表于《台湾文艺》。

11 月，旧稿《累累》发表于《现代文学》复刊 9 期。

11 月，小说集《夜行货车》由台北远景出版社出版。

1980 年　四十四岁

6 月，参与"台湾结"与"中国结"论战，《向着更宽广的历史视野》《战国辉与陈映真对谈："台湾人意识"与"台湾民族"的虚相与真相》（丛芸芸整理）等文章发表于《前进周刊》《夏潮论坛》。

7 月，评论《试论蒋勋的诗》发表于《现代文学》复刊。

8 月，《云》发表于《台湾文艺》68 期。与弟弟陈映朝、陈映和合办汉升出版社，出版《立建杏苑》等医学刊物。

1981 年　四十五岁

7 月，评论《试论施善继》发表于《现代文学》复刊。

1982 年　四十六岁

7 月,《云——华盛顿大楼系列（二）》由台北远景出版社出版。

12 月,《万商帝君》发表于《现代文学》复刊 19 期。

1983 年　四十七岁

4 月,《铃珰花》发表于《文季》1 期。

6 月, 评论《试论吴晟的诗》发表于《文季》2 期。

8 月,《山路》发表于《文季》3 期。

8 月, 于台北空军俱乐部发表首次公开演讲《大众消费社会》。

8 月, 与七等生赴爱荷华大学国际作家工作坊。

10 月 2 日, 以《山路》获《中国时报》小说推荐奖。

11 月,《陈映真小说选》由福建人民出版社出版。

1984 年　四十八岁

6 月, 小说《万商帝君》由中国友谊出版公司出版。

9 月, 小说集《山路》及评论集《孤儿的历史和历史的孤儿》
由台北远景出版社出版。

1985 年　四十九岁

11 月, 创办《人间》杂志。

12 月, 自选、绘插《陈映真小说选》, 作为纪念《人间》杂志
创刊收藏版, 计收入《将军族》《唐倩的喜剧》《第一件差事》《夜
行货车》《山路》共五篇。

1986 年　五十岁

5 月, 发起汤英伸援救行动。

7 月, 成立人间出版社, 任出版发行人。

12 月, 评论《抗议日人藤尾正行来台》发表于《中华杂志》,

并上街抗议。

1987 年　五十一岁

5 月，访港，为《八方》主持复刊仪式，并至浸会大学、香港大学等地进行演讲。

6 月，《赵尔平》(节录自《赵南栋》)发表于《中国时报·人间副刊》。

6 月，《赵南栋》发表于《人间》杂志。

6 月，《赵南栋及陈映真短文选》由台北人间出版社出版。

6 月，受邀前往韩国汉城外语大学（今韩国外国语大学）谈中国的抗日文学。

7 月，与康来新等合著的《曲扭的镜子——陈映真的心灵世界》由台北雅歌出版社出版。

8 月，参与"'中国结'与'台湾结'研讨会"。

9 月，赴美国爱荷华参加国际协作计划成立二十周年志庆。

11 月，《赵南栋及陈映真短文选》增订再版。

1988 年　五十二岁

4 月，15 卷本《陈映真作品集》的 1—10 卷由台北人间出版社出版。

4 月，参加果农反美示威游行。

4 月，参与筹组"中国统一联盟"，任创盟主席。

5 月，出版 15 卷本《陈映真作品集》的 11—15 卷。

6 月，参加台湾"清华大学"主办的第一届"当代中国文学国际学术会议"，并担任座谈引言人。

6 月，赴香港参加"陈映真文学研讨会"。

9 月，《赵南栋——陈映真选集》由香港文艺风出版社出版。

11 月，率"中国统一联盟"赴国民党中央党部集体退党，抗议胡秋原因赴大陆而遭开除党籍一事。

1989 年　五十三岁

4 月，一度赴韩国采访民主运动。

5 月，赴美国加州旧金山波丽娜斯参加"1989 年中国文化研讨会"。

9 月，《人间》杂志因财务困难停刊。

1990 年　五十四岁

2 月 14 日，率"中国统一联盟"代表团二十七位团员到北京访问，受到江泽民亲切会见。

5 月，《回忆〈剧场〉杂志》发表于《幼狮》。

7 月，参与香港"海峡两岸关系学术研讨会"。

1991 年　五十五岁

8 月，筹划由台北人间出版社出版"台湾政治经济丛刊"。

1992 年　五十六岁

2 月 28 日，参与台北人间出版社等主办的"纪念'二二八'事件文艺集会"。

4 月 7 日，台视开拍《夜行货车》连续剧。

6 月，《台湾政治经济丛刊》1—4 卷《日本帝国主义下的台湾》《台湾战后经济分析》《台湾战后经济》《国际加工基地的形成》由台北人间出版社出版。

7 月，《台湾政治经济丛刊》第 5 卷《台湾的依附型发展》出版。

1993 年　五十七岁

7 月，《台湾政治经济丛刊》第 6 卷《台湾之经济》出版。

12 月，创作纪年与历程《后街》刊于《中国时报·人间副刊》12 月 19—23 日。

1994 年　五十八岁

1 月，报告文学《当红星在七古林山区沉落》刊于《联合文学》111 期。

3 月，报告剧《春祭》于 12 日在台北"国立艺术馆"公演，观众爆满。

3 月，《春祭》发表于《联合报》副刊 14—15 日。

4 月，《安溪县石盘头——祖乡纪行》发表于《联合报》副刊 23—25 日。

9 月，《台湾政治经济丛刊》第 7 卷《台湾政治经济学诸论辩析》出版。

1995 年　五十九岁

1 月，《陈映真小说集》修订版 5 卷由台北人间出版社出版。

5 月，应马来西亚《南洋商报》之邀至吉隆坡出席第二届"国际华文书展"开幕式，并举办讲座。

6 月，译著《双乡记》由台北人间出版社出版。

8 月，剧本《春祭》由台北行政文建会出版。

1996 年　六十岁

5 月，论文《歌唱希望、自由和解放的诗人金明植》发表于"中韩文化关系与展望学术会议"。

6 月，《张大春的转向论》发表于《联合报·读书人》。

7 月，《评"中国不可以说不"论》发表于《联合报》副刊。

7 月，小说集《夜行货车》（古继堂编）由时事出版社出版。

11 月，于台北"吕赫若文学研讨会"发表论文《吕赫若与杨逵殖民抵抗文学》。

11 月，散文《一本书的沧桑》发表于《联合文学》。

11 月，主办"五十年枷锁：日本帝国主义下的台湾照片展"，于台北新生画廊展出。

11 月，生父陈炎兴过世。

1997 年 六十一岁

3 月，《陈映真代表作》（刘福友编）由河南文艺出版社出版，列入"中国现当代著名作家文库"。

4 月，获中国社会科学院授予荣誉高级研究员位阶，于仪式上演讲《时代呼唤着新的社会科学》。

1998 年 六十二岁

1 月，《论吕赫若的冬夜》发表于北京"吕赫若文学讨论会"。

3 月，因前列腺炎急性发作，入台大医院治疗。

4 月，《精神的荒废》发表于《联合报》副刊 2—4 日。

4 月，在张照堂邀约下主持超视"生命·告白——98 调查报告"，7 月交棒给黄春明。

7 月，《近亲憎恶与皇民主义》发表于《联合报》副刊 5—7 日。

7 月，《左翼文学和文论的复权》发表于《联合文学》。

8 月，评论《台湾现代知识分子的历史》发表于《联合报》副刊，后收入《知识分子十二讲》。

8 月，参加韩国济州岛"二十一世纪东亚和平与人权研讨会"。

10 月，赴北京参加"黄春明作品研讨会"并发表论文。

10 月，《陈映真文集》（小说卷、文论卷、杂文卷）由中国友谊出版公司出版。

1999 年　六十三岁

9 月，《归乡》连载于《联合报》副刊 9 月 22 日—10 月 8 日。

9 月，《归乡》刊载于由台北人间出版社出版的《人间思想与创作丛刊》秋季号《噤哑的论争》。

10 月，参与中华人民共和国建国五十周年大典。

2000 年　六十四岁

1 月，散文《父亲》发表于《中国时报·人间副刊》。

2 月，为范泉著《遥念台湾》写序，台北人间出版社出版。

3 月，《陈映真自选集》由三联书店出版。

4 月 10—12 日，演讲文稿《文学的世界已经变了?》发表于《联合报》副刊。

7 月，评论《以意识形态代替科学知识的灾难——批评陈芳明〈新台湾文学史〉》发表于《联合文学》。

7 月，小说集《将军族》由解放军文艺出版社出版。

7 月，日文译本合集《终归》由日本蓝天出版社出版。

9 月，《关于"台湾社会性质"的进一步讨论——答陈芳明先生》发表于《联合文学》。

11 月，《夜雾》连载于《联合报》副刊 11 月 24 日—12 月 5 日。

11 月，法文译本小说集 *L'FLE VERTE*（《陈映真小说集》）于法国出版。

12 月，《夜雾》收入台北人间出版社出版的《复现的星图》。

12 月，《陈芳明历史三阶段论和台湾新文学史论可以休矣!》发表于《联合文学》。

2001 年　六十五岁

4 月，小说集《归乡》由昆仑出版社出版。

6 月，序杨国光著《一个台湾人的轨迹》。

7月，《忠孝公园》发表于《联合文学》。

8月，《台湾教导文学的历程》发表于《联合报》副刊18—20日。

10月，《陈映真小说集》6卷由台北洪范书店出版。

2003年　六十七岁

12月，《忠孝公园》获第二届"花踪世界华文文学奖"。

2004年　六十八岁

2月，担任香港浸会大学第一届驻校作家。

6月，《铃珰花——陈映真选集》（刘绍铭编）由香港天地图书公司出版。

6月，《陈映真小说选》（郑树森编）由香港明报出版社出版。

9月，"云门舞集"以陈映真小说作品为灵感制作《陈映真·风景》，盛大演出。

9月，《父亲》（《陈映真散文集》第1册）由台北洪范书店出版。

10月，抱病经香港至北京参加苏庆黎葬礼。

12月，《父亲》获《联合报·读书人》文学类年度最佳书奖。

2006年　七十岁

2月，《文明与野蛮的辩证》发表于《联合报》19—20日。

6月，受邀赴中国人民大学讲学。

7月，抱病参加大陆"两岸文化联谊行"活动。

9月26日，第一次中风入院；10月6日二度中风，重度昏迷，数日后苏醒。从此，于北京朝阳医院长期疗养。

2007年　七十一岁

11月，获香港浸会大学颁授荣誉文学博士学位。

2009 年　七十三岁

7 月，身体情况稳定，持续复健中，得知台湾为他举办一系列活动，庆祝他创作五十周年，十分高兴。

9 月，《陈映真文选》（薛毅编选）由三联书店出版。

2010 年　七十四岁

8 月，中国作协第七届主席团第十次会议决定聘请陈映真为中国作协第七届全国委员会名誉副主席。中国作协新闻发言人陈崎嵘表示，陈映真担任中国作协名誉副主席对于两岸文学以及两岸作家的交流是一个标志性事件。

2016 年　八十岁

11 月 22 日，在北京逝世。

参考文献

陈映真：《陈映真作品集》，人间出版社 1988 年。

陈映真：《陈映真小说集》，洪范书店 2001 年。

陈映真：《陈映真文集·杂文卷》，中国友谊出版公司 1998 年。

赵刚：《橙红的早星——随着陈映真重访台湾一九六〇年代》，人间
　　出版社 2013 年。

赵刚：《左眼台湾——重读陈映真》，北京大学出版社 2016 年。

赵刚：《战斗与导引：〈夜行货车〉论》，《中国现代文学研究丛刊》
　　2017 年第 6 期。

陈光兴：《陈映真的第三世界——五十年代左翼分子的昨日今生》，
　　大家良友书局 2014 年。

赵遐秋：《生命的思索与呐喊——陈映真的小说气象》，作家出版社
　　2006 年。

刘小枫：《走向十字架的真》，华东师范大学出版社 2011 年。

［美］马歇尔·伯曼：《一切坚固的东西都烟消云散了：现代性体
　　验》，徐大建、张辑译，商务印书馆 2013 年。

张立本：《陈映真"关心受辱、弱小者"吗？——以小说版本商榷近
　　年陈映真研究》，《文艺争鸣》2017 年第 2 期。

张立本：《重读陈映真〈永恒的大地〉》，《台湾社会研究季刊》第
　　108 期。

蔡源煌：《思想的贫困——访陈映真》，《陈映真作品集》第 6 卷，人

间出版社 1988 年。

李瀛：《写作是一个思想批判和自我检讨的过程》，《陈映真作品集》
第 6 卷，人间出版社 1988 年。

马雪：《以"文学"的方式介入"思想"论战——试论陈映真小说
〈忠孝公园〉的问题意识》，《现代中文学刊》2017 年第 5 期。

马雪：《"文学"与"思想"的两难：我们该如何理解"陈映真文
学"?》，《文艺争鸣》2017 年第 2 期。

钱理群：《陈映真和"鲁迅左翼"传统》，《现代中文学刊》2010 年
第 1 期。

蓝博洲：《陈映真的"山路"，不忘初心》，《文艺报》2016 年 12 月
9 日。

贺照田：《当信仰遭遇危机……——陈映真 20 世纪 80 年代的思想涌
流析论（一）》，《开放时代》2010 年第 11 期。

吕正惠：《重新思考 1970—80 年代的陈映真——出版〈陈映真全集〉
的意义》，《文艺理论与批评》2018 年第 3 期。

后　记

　　《陈映真论》的写作，已近尾声，却陷入评价陈映真的难题。左翼斗士、"文学的思考者"、两岸薪火人？抑或，永远的"在野派"？"后街"的英雄？再或者，"最后的乌托邦主义者"？似乎都是，又似乎都不是。这些评定，皆能概括陈映真的某些侧面，却又无法涵盖其全貌。解读陈映真，走近陈映真，恰如评述陈映真，是一个艰难却又充满愉悦的过程。

　　我无法准确地描述阅读陈映真的感受，因为陈映真对我的意义是多层面的。研读陈映真，不仅是文学素养和人文情怀的提升，还加深了我对当今中国政治、经济、文化等各方面的理解，更重要的是每每被其对人性的信任、怜悯与宽恕，以及对人间卑弱者的关怀所打动。阅读陈映真的文章，常常被他的赤子之心和九死未悔的爱国之情感动得落泪。

　　研读陈映真作品，逐渐认识了姚一苇、吕正惠、尉天骢、赵刚、陈光兴、张立本、蓝博洲、马雪等一批优秀的台湾学者，钦佩他们对陈映真研究的精辟之余，受他们的影响也很大。尤其是赵刚和张立本，对我影响至大。至今犹记初读赵刚文章时，即被他的思想深刻、观点独到和文采斐然所吸引，忍不住拍案叫绝。他们对我的影响，不仅在于评析陈映真某些小说篇章时的观点和见解，还在于解读陈映真小说的方法和路径，更在于对陈映真小说的敬畏与虔诚。他们"正襟危坐"反复研读陈映真小说的方法，看似并不高妙，甚至有些老生常谈，却让我受益无穷。如果说我能对陈映真小说的解读有所贡献，便是得益于此。对陈映真的每一篇小说，我都力求能有自己较为系统、成熟的解读，每每下笨功夫，翻来覆去阅读，捕捉那些零散的心得与体会，直至那些由各个细节的内在联系所支撑的逻辑框架和意义体系渐次浮现，方才写下读后心得。因此，本书的写作是在左翼、知识分子、宗教、跨国公司、"后街"众生……一个个主题涵盖下，对陈映真每一单篇小说的"篇解"。

心理学家梅格·杰伊在一次演讲中提到："人生中百分之八十重要的决定时刻发生在三十五岁。"人生中那些能影响你一生的决定、经历，以及"顿悟"的时刻，十有八九都出现在三十岁中旬。于我而言，能在三十五岁遇见陈映真是幸运的。这一年，我的精神与思想经历了巨大的裂变，能更加清醒、理性地审视自我，开始给人生做减法，同时，也因为坚定了把学术当作安身立命之基的信念而喜悦、而充实。在那些挥汗如雨的炎炎夏日，我在书房里读和写陈映真，女儿在旁边自行读书画画的情景如在耳目。这个夏天，每每在书写陈映真中，缓释着阵阵袭来的焦灼与不安。我很庆幸，因为陈映真的文学与思想，得以抵御了思想裂变带来的紧张与恐慌。

出书在即，兴奋、惶恐与感激兼而有之，要感谢的人太多了。由衷感谢我的博士导师吴义勤先生，因为他的信任和支持，方有了本书的面世，并间接助力我走过三十五岁这段精神的崎岖山路，更加踏实有力地前行。感谢我的领导李波教授，她不仅始终关心我的写作，而且在我陷入困惑时，鼓励我要自信，写出自己心中的"陈映真论"。感谢编辑李宏伟先生，他的认真与包容，让我解读陈映真更从容不迫。最后，我还要谢谢丈夫孔成刚和女儿孔任栋，以及父亲、母亲、公公、婆婆等家人，没有他们的理解与支持，我无法完成本书的写作。要感谢的人还有很多，不再一一列出他们的名字了。虽然我知道，一个"谢"字不足以表达内心的感激与感念之情，但也只能道一声感谢。

任相梅

2019 年元月于日照

图书在版编目（CIP）数据

陈映真论 / 任相梅著 . -- 北京：作家出版社，2019.7
（中国当代作家论）

ISBN 978 - 7 - 5212 - 0418 - 6

Ⅰ . ①陈…　Ⅱ . ①任…　Ⅲ . ①陈映真 - 作家评论
Ⅳ . ①I206.7

中国版本图书馆 CIP 数据核字（2019）第 042541 号

陈映真论

总 策 划：吴义勤
主　　编：谢有顺
作　　者：任相梅
出版统筹：李宏伟
责任编辑：杨新月
装帧设计： 合和工作室
出版发行：作家出版社有限公司
社　　址：北京农展馆南里 10 号　　邮　　编：100125
电话传真：86 - 10 - 65067186（发行中心及邮购部）
　　　　　86 - 10 - 65004079（总编室）
E - mail: zuojia@zuojia. net. cn
http: // www. zuojiachubanshe. com
印　　刷：北京明月印务有限责任公司
成品尺寸：152 × 230
字　　数：390 千
印　　张：30.25
版　　次：2019 年 7 月第 1 版
印　　次：2019 年 7 月第 1 次印刷
ISBN 978 - 7 - 5212 - 0418 - 6
定　　价：58.00 元

中国当代作家论

第一辑

阿城论　　杨　肖　著　　定价：39.00 元

昌耀论　　张光昕　著　　定价：46.00 元

格非论　　陈斯拉　著　　定价：45.00 元

贾平凹论　苏沙丽　著　　定价：45.00 元

路遥论　　杨晓帆　著　　定价：45.00 元

王蒙论　　王春林　著　　定价：48.00 元

王小波论　房　伟　著　　定价：45.00 元

严歌苓论　刘　艳　著　　定价：45.00 元

余华论　　刘　旭　著　　定价：46.00 元

第二辑

陈映真论　任相梅　著　　定价：58.00 元

二月河论　郝敬波　著　　定价：45.00 元

韩东论　　张元珂　著　　定价：50.00 元

刘恒论　　李　莉　著　　定价：45.00 元

苏童论　　张学昕　著　　定价：46.00 元

于坚论　　霍俊明　著　　定价：55.00 元

张炜论　　赵月斌　著　　定价：46.00 元